S.F.
V.

CHRISTOPHER J. KOCH

DAS VERSCHWINDEN DES MICHAEL LANGFORD

ROMAN

Aus dem Englischen
von Reinhild Böhnke

S. FISCHER

Die amerikanische Originalausgabe erschien 1995 unter dem Titel ›Highways to a War‹ im Verlag William Heinemann Ltd, London

Satz: Wagner GmbH, Nördlingen
Druck und Bindung: F. Spiegel Buch GmbH, Ulm
Printed in Germany
ISBN 3-10-040213-8

Für Cynthia Blanche, die daran glaubte.
Für Carl und Kim Robinson und James Gerrand,
die mich in den Krieg mitnahmen.
Und im Gedenken an meinen Freund Bill Pinwill,
der nicht so sanft in diese gute Nacht ging.

Hüte dich vor der Vergangenheit;
In ihr ruhen
Dunkel verwunschene Weiher,
Die das Auge magisch locken,
In Kummer oder Zorn zu versinken.
Dinge, die vorbei
Oder nie gewesen,
Schlingt der Feind
Dir zum Fallstrick,
Geheimnis der Melancholie.

James McAuley, *Warnung*

INHALT

I. VERMISST

II. DIE LEUTE AUF DER ANDEREN SEITE

I. VERMISST

Der helle Mond steigt ganz allmählich höher:
Der blaue Berg wird ganz allmählich schmal …
Wir gelten nichts in unsren besten Tagen;
Erst wenn wir nicht mehr jung, dann kommt das Glück.
Die Fee des Heils und ihre schwarze Schwester
Begleiten sich in jedem Augenblick.

Yüan Hung-Dao, *Ganz allmählich*
(Übersetzt von Günther Debon)

ERSTES KAPITEL

EIN VERSCHLOSSENER RAUM

1.

Seit April 1976 ist mein Freund Michael Langford in Kambodscha vermißt. Vor einem Jahr hatten die Roten Khmer die Macht ergriffen und dabei die Vergangenheit ausgelöscht und die Welt neu erschaffen. Wir befanden uns jetzt am Ende des Jahres Null.

Langford war vierzig Jahre alt und auf dem Zenit seines Ruhms als Frontfotograf. Er hatte Australien mit neunundzwanzig verlassen und den Rest seines Lebens in Asien zugebracht. Nun hatte ihn Asien anscheinend verschlungen.

Die Medien in aller Welt brachten die Nachricht am Abend des 8. April, einem Donnerstag. Ich hörte sie schon vorher von Rex Lockhart, der mich am Nachmittag vom *Launceston Courier* aus anrief.

»Mike Langford ist vermißt«, sagte er. Es klang, als mache er mich dafür verantwortlich; doch so war Lockhart. Ich wollte Genaueres hören, aber er wollte sich am Telefon nicht dazu äußern.

»Wir bringen es morgen früh«, sagte er. »Doch ich denke, wir sollten heute abend darüber sprechen. Komm doch zum Abendessen.«

Es war noch hell, als ich von meinem Büro zum Haus der Lockharts nach Trevallyn fuhr. In Launceston gibt es keine großen Entfernungen, und ich war in etwa zehn Minuten da.

Während ich langsam die kurvenreiche Straße zur Longview Road hinauffuhr, schaute ich auf die Berge im Osten – den Rand des graublauen Beckens, in dem die Stadt liegt. Auf dem Mount Barrow lag Schnee, doch es war ideales Herbstwetter, die Luft war dünn und still. Am Ende der Straße, oben auf dem Berg, hielt ich vor dem braunen Lattenzaun der Lockharts und der ziegelgedeckten Garage; doch ich stieg nicht gleich aus. In diesem Stadium machte ich mir noch keine großen Sorgen – jedenfalls nicht bewußt. Langford war schon früher von der Bildfläche verschwunden und wieder aufgetaucht – er hatte den Ruf eines Überlebenskünstlers.

Die Sonne war im Sinken begriffen, und ich saß im Auto und blickte mit zusammengekniffenen Augen durch die Windschutzscheibe in die langen, schrägen Strahlen. Auf einem Breitengrad, so weit südlich wie der unsrige, verweilen sie lange und verklären Dächer, ferne Straßen und goldene Wiesenhänge hinter den letzten Vororten – es ist ein Licht, wie ich es ähnlich nur in Griechenland gesehen habe. Die ersten Lampen leuchteten auf. Launceston rührte mich, wie stets, mit seiner Kleinheit.

»Das hat er früher schon drauf gehabt«, sagte Diana. »Damals, als er in Vietnam verwundet wurde, haben wir alle schon an seinem Nachruf gearbeitet, weißt du noch? Er wird wieder auftauchen.«

Rex war noch bei der Zeitung aufgehalten worden, und wir saßen uns auf Hockern an der Küchentheke gegenüber – eine Zuflucht, die wir oft aufsuchten, während eine der Lockhartschen Samstagabendpartys vom Wohnzimmer herüberdröhnte, da wir nicht das Durchhaltevermögen hatten, um beim heldenhaften Trinken und Singen bis in die frühen Morgenstunden mitzumachen. Die Oberfläche der Theke bestand aus dunkel gebeiztem tasmanischen Akazienholz – recht hübsch, doch mit Narben von den Zigaretten Betrunkener. Diana hatte eine Flasche Riesling hervorgeholt, und ich schenkte nach. Ich fragte sie, ob Rex ihr mehr von Langford erzählt hatte als mir.

»Nein«, sagte sie. »Du weißt doch, wie Lockhart ist.« Sie nannte ihn im allgemeinen Lockhart oder Locko, wie das seine Freunde taten. »Wenn er da ist, wird er alles verraten«, sagte sie.

In kleinen Schlucken trank sie ihren Wein, das dunkelbraune Haar, das sie noch immer lang trug, rahmte ihr Gesicht ein. Sie hatte ein enganliegendes jadegrünes Kaschmirkleid an, das sie wahrscheinlich den Tag über getragen hatte; eben erst war sie aus ihrer Boutique in der St. John Street nach Hause gekommen. Ich hatte Diana genauso gern wie Rex. Sie war sechsundvierzig und sah jünger aus; ihr ovales Gesicht mit der kräftigen, geraden Nase und dem durchsichtigen Teint war das Erbteil schottischer Vorfahren, die nicht wenige von uns hier in Launceston haben. Ich erinnerte mich noch an sie mit Anfang Zwanzig, als sie eines der hübschesten Mädchen in der Stadt war – die Tochter von Angus Campbell, Besitzer unseres größten Kaufhauses.

»Ich habe mich für Kambodscha nicht sehr interessiert«, sagte sie. »Wie wird es jetzt genannt? Kamputschea? Was geschieht da wirklich?«

Ich erzählte ihr, was ich von den Roten Khmer wußte. »Aber es sind alles nur Gerüchte. Keiner weiß, was wirklich dort passiert, nicht einmal die Presse.«

Sie blickte mich stirnrunzelnd an. »Es war also nicht sehr klug von Mike, dort hinzugehen«, meinte sie. »Warum mußte er das nur tun?«

Ich zuckte mit den Schultern. »Es ging um die Story, nehme ich an«, sagte ich.

Ich hörte die Hintertür zuschlagen und Rex' Schritte im Flur. Ohne ein Lächeln betrat er die Küche, ließ seine ramponierte Tasche auf einen Stuhl fallen und ging um die Theke, um Diana auf die Wange zu küssen; dann sah er mich an, den Arm um ihre Schultern gelegt. »Ray«, sagte er. »Schön, daß du kommen konntest.«

Er sah die Flasche, suchte sich ein Glas und goß sich vom Weißwein ein. Diana beobachtete ihn und wartete ab; dann fragte sie: »Ist sonst noch etwas durchgesickert?«

Mit dem Glas in der Hand schaute Lockhart sie an und runzelte die Stirn, die Augen waren zusammengekniffen, die Mundwinkel unheilverkündend herabgezogen. Er neigte dazu, solche retardierenden Momente voll Vorahnung zu schaffen; seine Launen waren – wie meist bei Trinkern – unvorhersehbar. Er war nun Mitte Fünfzig und ein großer, schwerer Mann, der sein gutes Aussehen noch nicht ganz verloren hatte und stets Haltung bewahrte. Er hatte noch immer einen dichten rotblonden Haarschopf mit grauen Strähnen, und sein Schnurrbart – eine Erinnerung an seine Zeit bei der Royal Air Force im Zweiten Weltkrieg – war fuchsfarben. Er zog einen Hocker heran, lockerte seinen Schlips, nahm den ersten Schluck Wein und suchte gleichzeitig etwas in der Innentasche seines Tweedjacketts. Schließlich zog er ein Blatt Papier heraus, das er auf der Theke ausbreitete.

»Lest das lieber mal«, sagte er.
Diana und ich lasen es zusammen; es war ein Fernschreiben.

18.00 Uhr
VERMISST
Reuter Bangkok, 8. April
Der bekannte australische Frontfotograf Michael Langford ist vermißt in Kambodscha – jetzt Demokratisches Kamputschea. Man befürchtet das Schlimmste für seine persönliche Sicherheit. James Feng, Chef des Büros von British Telenews in Bangkok, hat auf das Verschwinden Langfords aufmerksam gemacht. Mr. Feng, ein Kollege und enger Freund von Langford, hat der australischen Botschaft in Bangkok gegenüber geäußert, er glaube, daß Langford Gefangener der Roten Khmer sei. Laut Feng überquerte Langford vor fünf Tagen illegal die thailändisch-kambodschanische Grenze, ungeachtet der Tatsache, daß das kommunistische Kamputschea jetzt für alle Ausländer geschlossen ist. Michael Langford fand internationale Anerkennung durch seine mutige Berichterstattung über den Indochinakrieg, sowohl mit Filmbeiträgen als auch mit Fotos.
Seine Fotobücher über den Vietnamkrieg zählen zu den besten über dieses Thema, und er hat eine Reihe bedeutender Preise für Fotojournalismus erhalten.

»Langford muß übergeschnappt sein«, sagte Lockhart.

»Er ist schon früher aus schlimmen Situationen heil herausgekommen«, sagte ich. »Vermutlich wußte er, daß es auch diesmal einen Ausweg gab.«

Lockhart zündete eine Zigarette an und sah mich von der Seite an, während er mit dem Streichholz durch die Luft fuhr und es löschte. »Man kann es nur hoffen, mein Freund«, sagte er. »Doch ich nehme an, daß du die Lage wirklich kennst. Das Land ist völlig abgeschnitten. Keine Telefonverbindung, keine Post, keine Flugverbindung außer mit Peking, überhaupt keine Einreisegenehmigungen für Ausländer, und das heißt, auch keine für Journalisten. Und es finden massenhafte Säuberungsaktionen statt. Was, um Himmels willen, hat er sich also dabei gedacht?«

 Diana blickte jetzt ein wenig erschrocken drein; aber als sie den

Mund aufmachte, geschah es wieder in dem Versuch, ernsthafte Befürchtungen zu zerstreuen. »Ray hat recht«, sagte sie. »Michael hat sich immer auf Risiken eingelassen, mit denen er umgehen konnte. Es muß einen Grund geben.«

Lockhart sah sie ausdruckslos an, und ihre Blicke hielten sich auf eine für Ehepaare typische Weise fest, die ich nicht zu deuten wußte. Um das Schweigen zu brechen, sagte ich: »Vielleicht hat er sicheres Geleit mit den Roten Khmer ausgehandelt.«

Lockhart wandte sich mir zu, seine Zigarette schwebte auf halbem Weg zum Mund. »Mit den Roten Khmer?« sagte er. »Tut mir leid, Ray. Wieviel weißt du von ihnen? Keiner handelt etwas mit den Roten Khmer aus; nicht einmal Langford.«

In seiner Stimme war ein brutaler Ton, der mich verblüffte. Lockhart hatte Mike früher sehr gemocht, bis zur Gefühlsduselei; doch das einzige Anzeichen von Gefühl, das ich jetzt bei ihm entdecken konnte, war unterdrückter Ärger. Vielleicht war es das einzige, was er zu zeigen wagte. Er brauchte seine Maske; darunter war er ein Mann mit zu vielen Gefühlen.

In den Siebenuhrnachrichten im australischen Fernsehen, die wir uns vor dem Essen ansahen, kam nichts über Langford. Danach saßen wir bei Kaffee und Brandy im Wohnzimmer und warteten auf die zweite Nachrichtensendung um neun.

Für mich hatte das Lockhartsche Haus immer den Hauch der dreißiger Jahre. Eine jener Uhren mit Stundenschlag aus der Zeit stand in der Mitte des Kaminsimses, ihr geschwungenes Holzgehäuse paßte zu den dunklen Holzverkleidungen im Zimmer. Darüber hing eine Schwarzweißfotografie von Lockharts Lancaster-Bomber im Flug, und neben der Uhr standen weitere gerahmte Fotos: ein Porträt von Diana, eine Atelieraufnahme ihrer beiden Töchter als Kinder und ein Schnappschuß von drei jungen Journalisten – einer davon der junge Lockhart – vor einem Hotel in Singapur. Nach seiner Entlassung aus der RAF war Lockhart Auslandskorrespondent geworden und hatte sowohl in Europa als auch in Asien gearbeitet, und ich hatte nie verstanden, warum er als Mittdreißiger heimgekommen war, um in der Nachrichtenredaktion unseres bescheidenen örtlichen Tageblatts zu versauern.

Die Uhr zeigte jetzt dreiviertel neun; wir hatten geraume Zeit schweigend dagesessen. Lockhart sah von seinem Sessel aus zu mir herüber.

»Du bist eigentlich sein ältester Freund«, sagte er. »Das stimmt doch? Und er sagte immer, du wärst sein Anwalt.«

»Ja. Doch ich habe ihn nie vertreten«, sagte ich. »Er war keiner von denen, die Rechtsstreitigkeiten haben. Er hat nicht einmal ein Haus besessen, soviel ich weiß.«

»Hat er ein Testament hinterlegt?«

»Nicht bei mir.«

»Um Gottes willen!« Diana saß steif aufgerichtet da und starrte uns mit beinah zorniger Miene an. »Würdet ihr bitte aufhören, so zu reden, als sei er schon tot«, sagte sie. Sie schien wie versteinert, eine Hand lag reglos auf der Armlehne, die andere hielt das Glas Brandy.

»Entschuldige, Di.« Lockharts Stimme wurde so leise, daß man sie kaum noch hören konnte. »Aber die Möglichkeit besteht wirklich. Das begreifst du doch.«

Er kippte seinen Brandy hinunter und zündete sich eine Zigarette an; dann blickte er wieder mich an. »Wenn man morgen nichts Genaues von ihm hört, vermute ich, daß das Auswärtige Amt in Canberra sich mit seinen Angehörigen in Verbindung setzen wird«, sagte er. »Und vielleicht auch mit dir, Raymond, wenn Mike solche Anweisungen hinterlassen hat.«

Die Uhr begann, die neunte Stunde zu schlagen. Lockhart erhob sich sofort und ging zum Fernseher, der sich in einer Zimmerecke befand – ein Nachrichtensprecher mit breitrandiger Brille blickte uns von seinem Studiotisch in Sydney aus an. Er verlas die Nachrichtenübersicht.

»In den Vorwahlen der Vereinigten Staaten konnte der demokratische Kandidat Jimmy Carter seinen Spitzenplatz sichern. Howard Hughes hat ein Vermögen von zweitausend Millionen Dollar hinterlassen. Gestern ist die gesamte Regierung des Demokratischen Kamputschea zurückgetreten. Die Berufung der Nachfolgeregierung erfolgt durch die neue Nationalversammlung der Arbeiter, Bauern und Soldaten. Und wir berichten über das Verschwinden des australischen Kriegsfotografen Michael Langford in Kamputschea …«

Wir sahen schweigend zu, als die ersten beiden Nachrichtenblöcke abgehandelt wurden. Als das Thema Langford kam, setzte der Nachrichtensprecher den ernsten Gesichtsausdruck auf, den man gewöhnlich bei einer Todesmeldung zeigt, und gab so ziemlich die gleichen Einzelheiten preis, die wir schon vom Reuters-Bericht kannten. Es stellte sich bald heraus, daß es keine neuen Informationen gab – aber dieser Bericht war etwas ausführlicher.

»*Nach Aussagen seines Freundes James Feng ist Mr. Langford vor fünf Tagen illegal nach Kamputschea eingereist, ohne Gründe für seine Handlungsweise anzugeben, doch er ließ verlauten, daß er innerhalb von vierundzwanzig Stunden zurückkehren werde. Wenn das nicht der Fall sei, so Langford, dann könne man annehmen, daß ihn die kommunistischen Behörden zurückhielten.*«

Man hatte ein vergrößertes Farbfoto von Langford hinter den Nachrichtensprecher projiziert, und wir starrten es an, als sei es Zauberei. Aus den Augenwinkeln sah ich, daß Diana die Hände im Schoß gefaltet hatte, auf ihrem Gesicht lag der Schein vom Bildschirm. Langford wirkte eher wie achtundzwanzig als wie vierzig, dachte ich – wenn man von der leichten Verhärtung um die Augenpartie absah. Ansonsten war sein jugendliches Aussehen ungetrübt, das blonde Haar das eines jungen Mannes.

Er sieht schon wie tot aus, dachte ich.

Sofort versuchte ich den Gedanken zu verdrängen, ihm nicht zu glauben. Und doch schien mir, daß Mikes Gesicht die endgültige, starre, historische Eigenschaft der Toten hatte. Der Nachrichtensprecher fuhr fort, und Langfords Bild verschwand und wich Filmausschnitten, in denen schwarzgekleidete Soldaten der Roten Khmer mit Schnellfeuergewehren durch Reisfelder und Dörfer marschierten.

»*Es wird berichtet, daß die gewaltsamen Säuberungsaktionen innerhalb des Landes andauern, und jeder westliche Journalist, den man bei der Einreise erwischt, muß mit seiner sofortigen Verhaftung und Internierung rechnen. Die Angehörigen der australischen Botschaft in Bangkok haben jedoch keinen Bericht von Langfords Verhaftung erhalten. Nachforschungen über seinen Verbleib, die an die Regierung des Demokratischen Kamputschea gerichtet wurden, blieben unbeantwortet, und die Botschaft hält sein Verschwinden für besorgniserregend.*

Michael Langford hatte als Kameramann für Australian Broadcasting Service *und* British Telenews *mit Berichten über den Viet-*

namkrieg begonnen. Später spezialisierte er sich auf Kriegsfotos für Zeitschriften wie Life, Time *und* Newsweek *und wurde mit mehreren Preisen ausgezeichnet. Er gilt als einer der besten Kriegsfotografen seiner Generation.«*

Der Nachrichtenblock war zu Ende, ein anderer begann, Lockhart erhob sich und schaltete den Fernseher aus. Er drehte sich um, stand mit den Händen hinter dem Rücken vor uns und betrachtete uns beide. Sein Schnurrbart zuckte, er räusperte sich, sagte aber nichts.

Diana blickte mit gerunzelter Stirn auf den grauen, erloschenen Bildschirm, die Hände noch immer im Schoß gefaltet; sie schien zu erwarten, daß dort gleich noch ein Bild aufleuchtete, das alles Vorangegangene widerrief. Dann holte sie tief Luft und schüttelte den Kopf. »Nein. Nicht Mike. Er wird durchkommen«, sagte sie. Ihr Ton war sachlich. »Sonst wüßte ich es«, sagte sie.

»Stimmt das, Di? Ja, ich glaube, es stimmt.« Lockhart musterte sie mit einem Gesichtsausdruck, der Sympathie verriet; aber irgend etwas in seiner Miene beunruhigte mich, so daß ich seine Aufmerksamkeit von ihr ablenken wollte.

»Es gibt bestimmt noch eine reale Chance«, sagte ich. »Ganz sicher.«

Er sah schnell zu mir her. »Eine Chance? Es gibt immer eine Chance, mein Freund. Aber ich fürchte, es ist einfach so: Um dort fünf Minuten zu überleben, müßte er Kontakte auf höchster Ebene mit den Roten Khmer haben. Und da es heißt, daß sie jeden mit Beziehungen zum Westen verhaften, ist das wohl ein wenig unwahrscheinlich, wie? Wir müssen also hoffen, daß er den Roten Khmer nicht in die Hände gefallen ist. Denn wenn er es ist, sitzt er jetzt im Gefängnis oder ist tot.«

»Michael ist nicht tot«, sagte Diana.

»Ich hoffe, du hast recht«, sagte Lockhart. »Aber man hat mir beigebracht, mich an Tatsachen zu halten.«

Diana erhob sich. »Zum Teufel mit deinen Tatsachen«, sagte sie. Ihr Ton blieb ruhig, doch ihr Gesicht war bleicher als sonst. »Entschuldigung«, sagte sie und verließ das Zimmer.

Lockhart stand immer noch mit hochgezogenen Augenbrauen vor dem Fernseher. »Sie ist ein wenig emotional«, sagte er zu mir.

 »Ich mach mich jetzt auf den Weg«, sagte ich. »Mike hat so lange durchgehalten – ich möchte das auch nicht glauben, Locko. Läßt du mich wissen, wenn du etwas hörst?«

»Bleib noch ein bißchen, Raymond; renn nicht weg«, sagte er. »Ich schaue nur mal nach Di.«

Allein im Wohnzimmer saß ich in meinem Sessel und betrachtete das Bild der Lancaster und die Gruppe vor dem Hotel in Singapur. Die Uhr tickte laut.

Ich saß eine ganze Weile da und hörte das ferne Gemurmel ihrer Stimmen, vermutlich aus einem Schlafzimmer. Sie waren nicht laut; ihr Ton schien gleichmäßig, gedämpft. Schließlich verstummten die Stimmen, und ich hörte die Hintertür zuschlagen.

Ich verlor die Geduld und ging durch den düsteren Flur mit seinem Teppichboden, der dunkel gebeizten Holzverkleidung und den gerahmten Drucken aus der Kolonialzeit. Einer der Lockharts oder beide waren in den Garten gegangen; die Lage wurde allmählich ungemütlich, und ich hatte vor, denjenigen zu finden, der dort war, und mich zu verabschieden.

Von der Rückseite des Hauses blickte man über den Tamar-Fluß zu den Bergketten im Osten; ich konnte ihre schwarzen Umrisse vor einem grauen und bläulichvioletten Himmel ausmachen. Es war immer noch windstill, Sterne blinkten, und die Luft war nun empfindlich kühl. Ich ging über den ungemähten Rasen und stolperte in der Dunkelheit über eine Schubkarre. Im jasminüberwucherten Lattenzaun hinten im Garten war eine niedrige Pforte, und ich steuerte darauf zu.

Hier stand er, eine dunkle Gestalt im weißen Hemd, und lehnte sich rauchend auf die Pforte. Ich ging zu ihm und stellte mich neben ihn, doch er ließ sich nicht anmerken, ob er meine Anwesenheit wahrnahm. Ohne Jackett mußte ihm kalt sein, aber er zeigte es nicht. Unter uns ein weiter, freier Raum und Lichter – die der Stadt und draußen auf dem Fluß Tamar die Baken der Fahrrinne, die sich verschwommen im Wasser spiegelten. Als Lockhart sprach, wandte er mir immer sein Profil zu.

»Das Komische daran ist, Raymond, daß sie mich so lange so erfolgreich getäuscht haben. Wirklich recht amüsant, mein Freund. Darüber hat man schon immer Witze gemacht.«

»Ich hab es nicht gewußt«, sagte ich.

»Nein«, sagte er. »Niemand hat es gewußt. Auch ich nicht. Doch das stimmt natürlich nicht ganz. Ich wußte es und wollte es nicht wissen. Als ich es herausfand, war er schon fort. Und jetzt ist er wieder fort, nicht wahr? Der letzte Abschied.«

»Du glaubst wirklich, daß er tot ist«, sagte ich.

»Natürlich ist er tot, verdammt noch mal, wenn nicht ein Wunder geschehen ist.« Er nahm die Zigarette aus dem Mund, drehte sich plötzlich zu mir herum und zeigte mir ein Gesicht, das aschgrau war. Seine Augen waren rotgerändert, und ich erstarrte; noch nie hatte ich Lockhart weinen sehen. »Jetzt kann er *wirklich* ein Held und ein Heiliger sein«, sagte er. »Und wie viele Leute werden ihn nicht dazu machen?«

»Wann hat das angefangen?« fragte ich.

»Wann?« Er wandte sich wieder der Betrachtung der Dunkelheit zu, zog noch einmal an der Zigarette, bevor er sie fortschnipste und ihr Funken sich kurz zu den anderen Lichtern gesellte. »Darin waren sie so romantisch, Raymond – offenbar hat es überhaupt nicht angefangen.«

»Dann verstehe ich nicht«, sagte ich.

»Als Mike beim *Courier* arbeitete, waren wir drei immer zusammen«, sagte er. »Die ganzen Jahre damals. Ich war geschmeichelt, daß er Diana so mochte. Und er hatte doch jede Menge Frauen, nicht wahr? Rugby-Stars sind mit weiblichen Groupies gut versorgt. Dann bekam er den Job in Melbourne, und das war's.«

»Na dann, Locko«, sagte ich. »Was ist schon dabei?«

Er hatte beide Hände auf das Tor gelegt und sprach zur Dunkelheit. »Nicht viel«, sagte er. »Besonders wenn du die Sorte Mensch bist, die glaubt, was er dich glauben machen will. Aber drei Jahre später kam er auf Urlaub zurück. Er hatte bei *Age* gekündigt, weißt du noch? Einen Monat darauf war er in Singapur.«

»Ja«, sagte ich. »Ich kann mich an den Besuch erinnern. Es hat gerade für ein Mittagessen mit ihm gereicht – das war alles. Damals habe ich ihn zum letzten Mal gesehen. Mein Gott, Rex, das ist beinahe elf Jahre her.«

»Ich habe ihn nicht mal getroffen«, sagte Lockhart. »Ich weiß noch, daß ich deswegen enttäuscht war – sogar beleidigt.« Er ließ ein Lachen hören, das wie Husten klang; er versuchte, seinen ironischen Ton beizubehalten, doch es hörte sich verkrampft an. »Mußte eines Mittags nach Hause. Diana war hier; sie war nicht ins Geschäft gegangen, ich hab vergessen, wieso. Ich bin in die Küche gegangen, und da war eine qualmende Zigarette im Aschenbecher – sie glimmte noch.« Er unterbrach sich; dann fuhr er fort. »Di hat nie geraucht. Ich hab sie gefragt, wessen Zigarette das sei, und sie sagte, Mike wäre gerade dagewesen und vor ein paar Minuten gegangen. Trotzdem hat er danach nichts von sich hören lassen; ich habe ihn nicht wiedergesehen. Ich habe immer seine Zigarette im Aschenbecher vor Augen; sie tauchte noch Jahre danach vor mir auf. Immer noch qualmend. Er war auf eine Zigarette zusammengeschrumpft, könnte man sagen.«

»Vielleicht irrst du dich«, sagte ich.

Doch er überhörte das. »Ich konnte ihn so verdammt gut leiden«, sagte er. »Das ist der Witz daran. Aber ich hab ihn nie richtig gekannt, das ist mir jetzt klar. Freundlich; großzügig – würde alles für einen Freund tun. Das ist doch die Langford-Legende, oder? Alles Quatsch. Die Leute wollen das glauben; er hat viel Zeit damit verbracht, an diesem Bild zu arbeiten. Keiner von uns hat ihn gekannt – und nun werden wir ihn nie mehr kennenlernen.«

»Das ist so lange her, Locko.«

Das war das Beste, was ich tun konnte, und ich wußte, es war nicht viel. Schmählicherweise begann ich, an Flucht zu denken.

»Falsch, Raymond. So etwas ist nie lange her.« Es hörte sich an, als müsse er ersticken. »Ich fühle mich noch immer hintergangen«, sagte er.

2.

Das Paket aus Bangkok erhielt ich in der Woche nach dem Essen bei den Lockharts. Am Tag seines Eintreffens zögerte ich es fast bis Mitternacht hinaus, seinen Inhalt in Augenschein zu nehmen. Dann saß ich in meinem Arbeitszimmer und hatte alles im Licht meiner Schreibtischlampe vor mir ausgebreitet.

Nach einer Weile begann die Luft, die durch das halb geöffnete Fenster hereindrang, das Zimmer auszukühlen. Ich erhob mich, um das Fenster zu schließen, und ein schwaches, fast nur eingebildetes Summen vom Straßenverkehr stieg aus dem Tal empor. Das schrille

Tuten eines Zuges drang vom eine Meile entfernten Rangierbahnhof herüber – eisig über eisige Räume hinweg. Der Nebel war nicht bis zum hoch gelegenen West Launceston hinaufgestiegen: die Stadt lag unsichtbar unter einer weißen Decke. Ich kehrte zum Schreibtisch zurück, schaltete die Lampe aus und ließ, im Dunkeln sitzend, noch einmal die Kassette ablaufen.

Es existierte eine umfangreiche Sammlung von weiteren Tonbandkassetten, und die Zeit hatte nur gereicht, um ein paar Stichproben zu machen. Diese hier war als Brief an mich gerichtet – das war etwas, was Mike über die Jahre hin oft getan hatte. Ich hörte sie mir jetzt zum dritten Mal an. Ein leises Zischen war zu hören, als sie sich im japanischen Kassettenrecorder drehte. Ich sah zu, wie sich die Spulen drehten und dieses spröde Knäuel abwickelten, das sich zwischen Tod und Leben spannte.

– AUFGENOMMEN AM
ERSTEN APRIL 1976 IN BANGKOK.

Als die ruhige Stimme zu sprechen begann, war es, als ob Mike plötzlich im Dunkeln aufgetaucht wäre. Die Aufnahme war von sehr guter Qualität. Seine gelassene, ländlich-gedehnte Sprechweise war noch zu hören, jedoch geglättet – die Stimme eines Journalisten.

– Hallo, mein Freund. Es ist eine ganze Weile her, seit ich dir einen Brief oder ein Tonband geschickt habe; es war so viel los. Ich habe ein paar wichtige Mitteilungen zu machen. Für mich wichtig, heißt das.

Eine Pause folgte – endgültige Abwesenheit gähnte.

– Ray: In ein paar Tagen werde ich etwas tun, was ein wenig gewagt ist. Ich begebe mich ohne Genehmigung ins Innere von Kambodscha. Innerhalb von achtundvierzig Stunden sollte ich wieder draußen sein; das heißt, bis zum Fünften. Doch ich nehme an, du kennst die gegenwärtige Lage in Kambodscha – es ist nicht gerade ein Ort, wo man ohne Probleme kommen und gehen kann. Ich möchte, daß du mir einen Gefallen tust: Du sollst mein Testamentsvollstrecker sein, wenn ich nicht zurückkomme. Wenn du dir dieses Band anhörst, wird das vielleicht eingetreten sein – und ich habe es nicht geschafft. In diesem Fall, wenn ich nicht einfach irgendwo eingesperrt bin, bedeutet das hier ein herzliches Adieu.

Wieder eine Pause; dann ein kurzes, sachliches Räuspern. Die leicht humorvolle Redeweise hatte sich nicht verändert; sie ließ nicht darauf schließen, daß sein ›herzliches Adieu‹ ernst gemeint war. Ich streckte schon die Hand nach dem Knopf aus; doch dann lehnte ich mich zurück. Ich war gezwungen, mir alles noch einmal anzuhören.

– Ich werde Jim Feng bitten, dir diese persönlichen Dinge zu schicken, wenn ich nicht bis zum Zehnten zurückgekehrt bin. Er muß dann annehmen, daß ich es nicht geschafft habe. Jim ist derzeit Chef des Büros von British Telenews hier in Bangkok, und er ist einer meiner ältesten Freunde – wir haben viel zusammen erlebt. Ich hoffe, daß du ihn irgendwann kennenlernst. Er wird das Paket zur australischen Botschaft bringen, und von dort wird man es mit der Diplomatenpost an das Auswärtige Amt in Canberra schicken, von wo es an dich geht.

– Ich habe ein Testament gemacht, und ein Exemplar davon ist in dem Paket. Ich habe nicht viel zu vermachen. Wichtig sind meine Tonbandkassetten, Papiere und Fotografien. Du sollst die alleinige Verfügungsgewalt darüber haben und mit ihnen nach deinem Gutdünken verfahren. Es sind unveröffentliche Fotos darunter, die möglicherweise ein weiteres Buch rechtfertigen – mein Verlag ist vielleicht daran interessiert.

– Wie du weißt, war ich nie besonders scharf darauf, Sachen aufzuschreiben – deshalb habe ich dir anstelle von Briefen meist Tonbänder geschickt – und über die Jahre hin habe ich per Tonband Tagebuch geführt. Manchmal denke ich daran, nach ihnen Memoiren zu schreiben, jetzt, wo der Krieg vorbei ist. Ich hoffe natürlich, es kommt nie dazu, daß du sie dir anhörst – keiner kennt sie bisher – aber wenn doch, sind sie vielleicht von Interesse. Du hast dich immer für Geschichte interessiert.

Wieder eine Pause.

– Ich habe an meinen Bruder Marcus geschrieben. Wenn ich nicht zurückkomme, soll er dir einige Familienerbstücke geben, die mir zugefallen wären. Marcus und Cliff haben wirklich überhaupt kein Interesse an dem Zeug; es ist mir zugedacht, und sie werden es dir gern überlassen. Du mußt zur Farm runterfahren, um es abzuholen – das wird wohl ein paar Kindheitserinnerungen wecken, mein Freund. Wir hatten doch schöne Zeiten zusammen. Wenn ich nicht gerade auf dich geschossen habe, heißt das. Mach's gut, Ray.

Ich stoppte das Band. Spulte dann zurück.

– ... hoffe natürlich, es kommt nie dazu, daß du sie dir anhörst – keiner kennt sie bisher – aber wenn doch, sind sie vielleicht von Interesse. Du hast dich immer für Geschichte interessiert.

An dieser Stelle klang seine Stimme leicht spöttisch, als mache er sich lustig. Über mich? Über sich selbst? Ich schaltete das Gerät aus und lehnte mich zurück.

Es stimmt, ich interessiere mich für Geschichte – das Interesse eines Laien, das gewachsen ist. Das Buch über die ersten Jahre der Besiedelung von Launceston, das ich vor ein paar Jahren veröffentlicht habe, ist in akademischen Kreisen und von der Presse gut aufgenommen worden. Seitdem und seit meiner Scheidung habe ich immer mehr von meiner Freizeit der Erforschung des kolonialen Tasmaniens gewidmet. Roy Wilson, mein Partner in unserer Rechtsanwaltspraxis, toleriert das; er glaubt, das mache mich zum Experten für historische Gebäude und damit für den Wert von Grundstücken im zentralen Geschäftsviertel von Launceston.

Ich habe mich in meine Heimatstadt verliebt, als ich Mitte Zwanzig war. Davor wollte ich (ebenso wie Mike Langford und wie so viele andere hier) der Insel den Rücken kehren. Doch nach der üblichen Pilgerfahrt nach Europa merkte ich dann, daß das für mich nur Unruhe bedeuten würde; und ich verlasse Tasmanien oder die Stadt nur selten, höchstens für die eine oder andere Reise in einen anderen Bundesstaat und nach Übersee. Leute von auswärts sagen, es sei ein Ort, wo nichts passiert. Ich sage, hundertundfünfzig Jahre haben sich ereignet; aber in gewissem Sinne haben sie recht. Schlachten, Revolutionen, Konzentrationslager, Bombenangriffe und die vielen anderen Folgen der Geschichte finden weit weg in einer anderen Hemisphäre statt; die Stadt bleibt unberührt und döst inmitten ihrer Berge vor sich hin.

Dies ist der sichere Ort, den Michael Langford vor langer Zeit hinter sich gelassen hat. Er war derjenige, der fortging.

3.

Diana stellte ihre Kaffeetasse ab und starrte durch das Fenster von Quigleys Café hinaus auf den halbmondförmigen Platz in der Stadtmitte. Das Laub der Birken färbte sich gelb und lag verstreut unter den Füßen der nachmittäglichen Einkäufer.

»Wenn er während all dieser Jahre irgendwann einmal zurückgekommen wäre, wär das alles nicht so schlimm«, sagte sie. »Doch wir werden alle alt, Ray, und er nicht. Und nun ist er verschwunden. Warum muß er uns so quälen?«

Sie versuchte ein Lächeln, den Kopf hatte sie zurückgebogen, und das Licht des Nachmittags hatte aus ihren in die Ferne gerichteten Augen das Blau zum größten Teil gelöscht. Wenn sie glücklich war, lag in ihnen die leichte Koketterie, die zu den Waffen ihrer Frauengeneration gehörte, und wechselte dort mit einem fröhlich-nachdenklichen Funkeln. Das nachdenkliche Funkeln war jetzt vorhanden und mischte sich seltsam mit ihrem Kummer. Ihr elegantes Tweedkostüm war ein steifer Schutz, und den Lippenstift hatte sie ungewöhnlich dick aufgetragen.

»Es tut mir leid wegen gestern abend, Ray«, sagte sie. »Und es tut mir leid, daß ich dich aus deinem Büro weggelockt habe. Aber ich konnte nicht anders; ich muß von ihm sprechen, und es gibt sonst keinen, mit dem ich reden kann. Ja, ich weiß – es ist sinnlos. Besonders seit er aufgehört hat, wirklich zu existieren.« Lockhart wiederholend, ohne daß es ihr bewußt war, sagte sie dann: »Mikes Existenz war nie ganz wirklich.«

Ich entschied mich für Direktheit. »Du hast damals nie daran gedacht, Rex zu verlassen?«

Sie schüttelte den Kopf. »Nein. Aber liebe nie einen Menschen, der Trinker ist, Ray – die Wutausbrüche, die Krankheit, der Verfolgungswahn. Hast du dich nie gefragt, warum ein so guter Journalist, wie Lockhart einer gewesen ist, hierher zurückkommen sollte? Warum wir vor so vielen Jahren aus Südostasien zurückgekommen sind? Unsere Rückkehr war nicht geplant. Aber nach fünf Jahren eskalierte das Alkoholproblem. Ich war also dort in Singapur mit zwei kleinen Töchtern, und er verschwand regelmäßig für eine Woche. Ich wußte dann, er konnte überall sein, von Kuala Lumpur bis Hongkong – doch stets in einer Bar. Und schließlich feuerte ihn seine Zeitung, und wir kehrten heim. Er kommt klar bei diesem dummen kleinen Schundblatt. Der Job als Nachrichtenredakteur ist hier bequem; die Leute decken ihn. Und er ist in den letzten Jahren mäßiger geworden.«

Sie wandte den Blick ab und verfolgte durchs Fenster das Näherkommen einer jungen Mutter mit Strubbelkopf, die ein Kind im

Sportwagen vor sich her schob. Sie hatte noch nie so gesprochen, hatte mir gegenüber nie eine ernsthafte Kritik an Lockhart geäußert. Diana war zurückhaltend. Aber wie das oft bei zurückhaltenden Menschen der Fall ist, als sie erst einmal zu reden angefangen hatte, ergab eins das andere.

»Manchmal denke ich, vielleicht wäre es besser gewesen, man hätte ihn bei einem seiner Bombenangriffe über dem Ruhrgebiet abgeschossen«, sagte sie. »Damals hat sein Leben eigentlich aufgehört.«

»Das ist doch nicht dein Ernst«, sagte ich; doch sie blickte mich anscheinend ohne Reue unverwandt an, mit beiden Händen die Tasse umklammernd.

»Als ich ihn kennenlernte, war er ein gutaussehender Mann«, sagte sie. »Als Journalist schien ihm die Welt offenzustehen. Damals habe ich nicht begriffen, was der Krieg ihm angetan hatte. Mit Zwanzig hatte er sich zur australischen Luftwaffe gemeldet; ein Jahr später war er in England bei der Royal Air Force: ein einundzwanzigjähriger Fliegerhauptmann, der Deutschland bombardierte. Er überlebte zahlreiche Einsätze – und so vielen seiner Kameraden war das nicht vergönnt. Sie waren so jung. Und das Furchtbare daran ist, Ray, ein Teil von ihm hatte Spaß daran gehabt. Er hat das nicht gesagt, doch es stimmt. Danach war er nie mehr mit seinem Leben zufrieden. Journalismus reichte ihm nicht aus. Im Krieg ist irgend etwas in ihm wie eine Uhr stehengeblieben.«

Während sie sprach, dachte ich an Lockhart, wie er vor zwanzig Jahren, als Mike Langford beim »Courier« anfing, gewesen war. In der Hallenbar des Colonel-Paterson-Hotels hatte Lockhart jeden Samstagabend präsidiert, auf seinem Stammplatz sitzend und von einem respektvollen Kreis junger Reporter und Fotografen umgeben – unter ihnen auch Mike. In einer Stadt wie der unseren war ein ehemaliger Auslandskorrespondent eine Seltenheit und vom Glanz eines Filmstars umgeben – dem Glanz der Welt da draußen. Lockhart hatte viele Anekdoten auf Lager, die sich um seine Berichterstattung während der fünfziger Jahre drehten, Geschichten vom Korea-Krieg, vom Kampf der Franzosen in Vietnam, vom kommunistischen Aufstand in Malaya und Singapur. Er beherrschte stets den Abend, und Mike wurde sein treuester Trinkkumpan.

 Als hätte sie meine Gedanken erraten, sagte Diana: »Wenn du

doch verstehen könntest, wie es war, Ray, als Mike zuerst nach Launceston kam. Voller Träume von der Welt, wie sie ein Junge vom Land hat – er war sympathisch, und Rex mochte ihn mit der Zeit sehr. Vielleicht sah er sich selbst, bevor ihm alles gleichgültig wurde, in Mike. Wir luden Mike immerzu nach Hause zum Essen ein, und Mike brachte immer Geschenke mit. Er wollte wie Lockhart im Ausland arbeiten; er bewunderte ihn wirklich. Aber lange Zeit ging er nicht fort – sechs Jahre. Ihm gefiel das Leben hier – er spielte in seinem Klub Rugby, ging abends mit Lockhart und der übrigen Clique aus. Aber meist ging er meinetwegen nicht mit.«

Ich bestellte per Handzeichen noch zwei Kaffee.

»Er hatte einen schweren Schicksalsschlag erlitten«, sagte sie. »Er hatte das Mädchen verloren, das er heiraten wollte. Die Tochter der Hopfenpflücker auf der väterlichen Farm; ihr Name ist mir entfallen. Ich habe nie erfahren, was wirklich geschehen ist, und Mike wollte nicht darüber sprechen. Sie ist einfach verschwunden, war's nicht so?«

»Ja«, antwortete ich. »Sie ist einfach verschwunden.«

Sie rührte ihren frischen Kaffee um und schaute in die Tasse. »Mike und ich liebten uns, doch wir wurden kein Liebespaar«, sagte sie. »Jedenfalls nicht bis ganz zum Schluß. Er hatte seine Freundinnen – ich ermunterte ihn dazu, weil ich Rex und die Mädchen nie verlassen würde. Doch seine Affären schienen nie zu etwas zu führen. Wir waren alle drei Freunde – Rex war wie ein Vater, und ich tat so, als sei ich wie eine Mutter.« Sie lächelte. »Wen wollte ich damit hinters Licht führen? Als Mike beim *Courier* anfing, war er einundzwanzig, und ich war erst siebenundzwanzig. Viel jünger als Rex, und allmählich spürte ich das auch. Mike und ich trafen uns fast jeden Samstagabend im Colonel Paterson, zusammen mit den anderen der Clique. Und später dann wurde bei uns weitergemacht – du weißt ja. Mein Gott, Ray, jene Nächte im Colonel! Wie ein immer wiederkehrender Traum. Nun, Mike ist schließlich entkommen. Aus der Hallenbar des Colonel, aus Launceston, von dieser verdammten kleinen Insel.«

Sie hatte am Lack eines Fingernagels herumgezupft, mit verbittertem Gesicht; nun blickte sie hoch und versuchte zu lächeln.

»Ich wußte natürlich immer, daß ich ihn verlieren würde. Er dachte sich ständig Möglichkeiten aus, wie wir unser Problem lösen könnten, ohne Rex oder den Mädchen wehzutun – Möglichkeiten, wie ich mit ihm gehen könnte. Ich konnte ihn mit dem Bewußtsein weiter lieben, daß es eines Tages zu Ende sein würde; doch er konnte das nicht ertragen – er wollte das nicht wahrhaben.

Wir waren nur einmal allein zusammen, am Tag, nachdem er erfahren hatte, daß er die Stelle beim *Age* in Melbourne bekommen hatte. Er überredete mich, mit ihm einen Tagesausflug in seinem Auto zu machen – in den Süden hinunter, nach Clare. Lockhart hat das nie erfahren. Mike war nicht mehr auf der Farm gewesen, seit er endgültig weggegangen war. Er wollte nicht ins Haus, weil sein Vater damals noch lebte. Seinen Vater hat er wirklich gehaßt, wußtest du das? Die einzige Person, die er meiner Meinung nach je gehaßt hat.

Er parkte den Wagen also eine Meile vom Haus entfernt auf der Landstraße und führte mich durch den Busch auf einen dieser hohen Berge. Er wollte mir seine Heimat zeigen, sagte er. Er liebte das Tal – doch die Farm oder das langweilige alte Haus liebte er nicht. Er hat mir einmal erzählt, daß die Vergangenheit sich dort nachts in seine Träume schlich – Bruchstücke eines Lebens vor hundert Jahren, von dem er nichts wissen wollte. Clare war vermutlich so ein Ort.

Es war ein schöner Frühlingstag. Wir saßen auf der Bergkuppe im Gras, und wir konnten auf das Anwesen und die grünen Hopfenfelder hinuntersehen. Die Akazien hatten ausgeschlagen, und die Pfirsich- und Birnbäume blühten; es war ganz still, das Tal, doch voller Leben, erfüllt von einem wunderbaren Summen. Wir wußten beide, daß das der Abschied war; er wußte es auch. Der Unterschied war, daß ich es aussprechen konnte. Doch er hielt an seinem Spiel fest; er konnte es anders nicht ertragen, obwohl wir beide Bescheid wußten. In ein oder zwei Jahren, wenn er hauptstädtische Erfahrung gesammelt hätte und bereit wäre, sein Glück im Ausland zu versuchen, würde er zurückkommen und mich holen. Ich sagte ihm wieder, daß ich Rex nicht verlassen könne, wie sehr ich es mir auch wünschte, doch er lächelte nur.

Mike war altmodisch, findest du nicht auch? Auf dieser Farm dort draußen aufgewachsen, schien er im vorigen Jahrhundert groß geworden zu sein. So waren sogar die Bücher, die er las. Ein einsames Kind – die Brüder waren schon erwachsen –, da schöpfte er viel aus Büchern. Er sprach von einer rührseligen Geschichte Kiplings;

ich habe den Titel vergessen. Er sah uns als das Liebespaar in dieser Geschichte. Nun, ich wette, er hat sich inzwischen sehr verändert – er scheint ein zäher Bursche geworden zu sein, was man so hört. Und er hat nie geheiratet. Was war nur an ihm, Ray? Er hatte etwas, das man nicht ergründen konnte – etwas, das von weither kam und einem Frieden brachte.«

Sie sah an mir vorbei aus dem Fenster. Fünf Uhr war jetzt vorüber, und die Schatten auf dem Platz draußen waren lang.

»In der darauffolgenden Woche ging er nach Melbourne«, sagte sie. »Und er rief mich in den nächsten achtzehn Monaten regelmäßig im Geschäft an. Dann tauchte er eines Januartags plötzlich in Launceston auf. Wir trafen uns zweimal allein. Aber nur, um miteinander zu reden; einmal tagsüber im Haus, als Rex uns beinahe erwischte; einmal in der Stadt, um Lebewohl zu sagen.

Er würde beim *Age* kündigen, sagte er; er hatte Empfehlungen für Zeitungen in London, und er ginge dorthin, um sein Glück zu versuchen. Ich sollte mit ihm kommen, einfach so, den Strick endgültig durchschneiden und mit ihm gehen. In einer Woche mache er sich auf den Weg. Und natürlich konnte ich nicht, und er wußte das – es war immer noch das alte Spiel.«

Sie schaute mich wieder an, mit leerem Gesichtsausdruck. »Ich höre lieber auf. Entschuldige, Ray.«

»Du brauchst dich nicht zu entschuldigen«, sagte ich.

»Das ist lange vorbei«, sagte sie. »Aber du mußt ihn *finden*. Deshalb wollte ich dich sehen.«

»Ihn finden?«

»Du könntest nach Bangkok fliegen. Mit dem Personal der australischen Botschaft reden, mit den Journalisten. Keiner *tut* etwas.«

Sie wollte glauben, daß er am Leben war. Ihre Augen hatten in dem schwindenden Licht ihre Farbe wiedergefunden – junge Augen in dem Gesicht einer Frau mittleren Alters, die mich mit dem Hunger der Hoffnung anblickten.

4.

Ich war im Derwent-Tal angekommen, und der Hopfen auf den Feldern hatte zu wachsen angefangen. Die schmale, kurvenreiche Landstraße nach Clare zweigte zwei Meilen hinter dem Städtchen

New Norfolk ab; den weißen Wegweiser gab es immer noch, und ich folgte ihm.

Mike Langford war im Süden der Insel zu Hause, der geprägt ist von hochaufragenden Bergen, den Gipfeln erloschener Vulkane und den wilden Stürmen, für die diese Breitengrade berüchtigt sind. Ich bin im Norden daheim, in den offenen, ländlichen Gebieten mit dem freundlicheren Wetter. Der Nord-Süd-Unterschied ist hier genauso real wie in anderen Weltgegenden, und unsere beiden Kleinstädte sind ewige Konkurrenten von der Zeit an, als die Insel noch Van Diemen's Land hieß. Aber hier ist der Unterschied ins Gegenteil verkehrt. Das südliche Hobart, die Hauptstadt, einst das Verwaltungszentrum der Strafkolonie, noch immer drohend in unserem kollektiven Gedächtnis verankert, ist die letzte Stadt vor der Antarktis, und ihr Geist ist kalt und abweisend. Das nördliche Launceston, als unschuldiger Marktflecken entstanden, ist umgänglicher – näher zum Kontinent, über die Bass Strait in wärmere Breiten schauend. Als der Knabe Mike in den Norden ging, machte er also den ersten Schritt auf die Welt außerhalb der Insel zu; ich stelle mir vor, daß er ihren Pulsschlag in der Brise spürte.

Es war später Nachmittag. Auf den Straßen von heute dauert die Fahrt in den Süden nur etwa zwei Stunden. Früher war es eine Tagesreise; die Insel war seit meiner Kindheit zusammengeschrumpft. Doch die Landstraße, die mich in den langen Korridor der Täler führte, hatte sich nicht verändert – sie war immer noch ohne festen Belag, Staub wirbelte auf, und ich fühlte mich um mehr als dreißig Jahre zurückversetzt.

Ich hatte vergessen, wie hoch diese Berge waren. Sie schlossen mich ein und stiegen steil, fast überwältigend, links und rechts der Straße empor – dicht bewaldet, dunkelolivfarben, stellenweise in der letzten Sonnenstunde in träumerischen Sienatönen glühend. Das Gras neben einem kleinen holzverschalten Bauernhaus, das auf einem Hügel hockte, war dunkelgrün wie das Gras in einem Märchenbuch von der nördlichen Halbkugel und voller gelber Blumen; schwarze Angus-Rinder grasten da, doch sonst gab es kein weiteres Lebenszeichen. Die Täler machten noch immer einen entlegenen und völlig selbstgenügsamen Eindruck – intim, klaustrophobisch, grüblerisch, auf ewig eingeschlossen von ihren schönen, aber eifersüchtigen Bergen. Kein Ort, wo man leicht etwas verbergen konnte;

kein Ort, dem man leicht entfliehen konnte. Von allen Langfords hatte das nur Mike geschafft.

Hier säumten die kerzengeraden goldenen Flammen der Pappeln die Straße, und die Weiden unten am Bach färbten sich gelb. Hier gab es Hopfenfelder und Ulmen, Kiefern und Zedern; es war das früh besiedelte Land, reich und europäisiert. Als ich über die weiße Holzbrücke fuhr, die zur Farm führte, empfand ich eine seltsame, melancholische Erregung. Vor dem Tor ließ ich den Mazda herumschwenken und hielt, weißer Staub stieg in Wolken auf wie einst vor dem alten Buick meines Vaters. Auf der anderen Straßenseite auf dem Feld sahen die nackten Drähte und Stangen, des Hopfens entkleidet, wie Ruinen in einem Kriegsgebiet aus, und ich wunderte mich, wieso alles so trostlos wirkte.

Dann fiel mir ein, daß ich als Kind immer im Sommer hierher gekommen war, und diese Zeit hatte sich stets wiederholt. Die englischen Eichen an der Auffahrt waren immer belaubt und mit weißem Straßenstaub bepudert gewesen, ebenso die Pappeln am Straßenrand. Die uralten Babystimmen der Krähen hatten immer in der Hitze geklagt und Kohlweißlinge wie an Stricken über dem Buschgras und den Wiesenblumen gezappelt.

Zum letzten Mal war ich im Sommer 1952 hiergewesen, als Michael Langford und ich sechzehn waren. Davor lagen sechs Sommerferien – die ersten, als er und ich zehn waren und der Zweite Weltkrieg zu Ende war. Die Ferien bedeuteten gewissermaßen erwiderte Gastfreundschaft. Weil der alte John Langford die Internatsschule von Launceston besucht hatte, bestand er darauf, seine Söhne auch dahin zu schicken, statt sie in Hobart in die Schule gehen zu lassen; Mike und ich wurden Freunde, und ich nahm ihn oft an den Wochenenden in mein Elternhaus mit. Doch ein weiterer Grund, weshalb die Langfords mich auf die Farm einluden, war vermutlich, daß Mikes drei Brüder erwachsen waren und seine Eltern sich hier draußen einen gleichaltrigen Gefährten für ihn wünschten – einen Ersatzbruder. Und Ersatzbrüder wurden wir – ich profitierte davon mehr als er, da ich keine leiblichen Brüder hatte – und wir standen uns vielleicht näher, da Geschwister sich meist zanken und wir das nie taten.

Jetzt lebten nur noch zwei Langfords: Cliff und Marcus. Der alte John Langford und seine Frau Ingrid waren schon viele Jahre tot.

Das Tor zum Anwesen hatte immer noch dieselbe Farbe – die Farbe getrockneten Bluts. An der Stange oben war noch immer das Brett befestigt, in das der Name *Clare* eingekerbt war, mit schwarzer Farbe hervorgehoben. Es war eine der ältesten Hopfenfarmen im Derwent-Tal, und dieses kleinere Tal hieß nach ihr. Sie befand sich seit über hundert Jahren im Besitz der Familie Langford, und mir fiel ein, daß Mike mir erzählt hatte, früher hätte man hier Sträflinge arbeiten lassen. Aber keiner konnte mir je erklären, warum das Anwesen Clare genannt wurde. Mike nahm an, daß es der Name einer der Pionierfrauen in der Familie gewesen war; doch ich glaube, er hat das nur erfunden, um meine Neugierde zu befriedigen. Geschichte interessierte ihn nie besonders.

Auch das Haus wirkte unverändert. Es war verwinkelt, einstöckig und aus ockerfarbenen Ziegeln erbaut, die hier in Tasmanien »Sträflingsziegel« heißen, weil sie von den Strafgefangenen der frühen Jahre in Handarbeit hergestellt wurden; es stand auf einer flachen Anhöhe ungefähr dreißig Meter von der Straße entfernt, sein rotgestrichenes Blechdach und die hohen Schornsteine wurden von den Zedern und der Reihe Eichen an der Auffahrt halb verdeckt. Die Zedern – die meisten frühen Siedler pflanzten sie vor ihre Häuser – machten die vorderen Zimmer von Clare dunkel, erinnerte ich mich, und trugen zu einer Atmosphäre düsterer Abgeschiedenheit bei. Der Ort war immer von einer merkwürdigen, stillen Aura umgeben, von einer Schwere, die ich nicht ergründen konnte.

Vielleicht hing das mit der Tatsache zusammen, daß das Haus voller verbotener Zonen war – die meisten davon hatte John Langford festgelegt. Ich entdeckte das sofort, bei meinem ersten Besuch im Alter von zehn Jahren. Eine dieser Zonen war die Hopfendarre.

Komm mal mit in die Hopfendarre, sagte Mike.

Vom Haus gingen wir über den Hof zu einem sechseckigen, mittelalterlich wirkenden Turm aus Sträflingsziegeln. So ein Bauwerk hatte ich noch nie gesehen. Die Turmspitze war mit grauen Holzschindeln gedeckt und gekrönt von einem taubenschlagähnlichen Gebilde, ebenfalls sechseckig, mit hölzernen Entlüftungsöffnungen. Der Turm hatte in jeder seiner sechs Seiten nur zwei kleine Fenster, hoch oben und tief unten, und war mit einem scheunenähnlichen Gebäude verbunden, das auch aus ockerfarbenen Ziegeln errichtet war. Zu ebener Erde befand sich im Turm eine Reihe von großen Feuerstätten mit Rauchfängen – darin war kein Feuer, nur alter Kohlenstaub. Ich folgte Mike ins Innere.

Er ging voran, in den Turm hinein und eine steile Holzstiege hinauf zum oberen Stock, und wir kamen in eine leere Kammer, deren Boden mit Sackleinen ausgelegt war und die ein durchdringender Geruch erfüllte. Er war scharf und beißend – halb süßlich, halb säuerlich; halb verlockend, halb abstoßend. Als ich eine Bemerkung darüber machte, zog Mike die gewölbten Augenbrauen leicht erstaunt hoch.

Das kommt vom Hopfen, sagte er.

Ich fragte ihn, wozu die Feuerstätten dienten, und er blickte mich mit einem Ausdruck träger Belustigung an; er hatte schwere weiße Augenlider. Die stammen noch aus der alten Zeit, sagte er, früher wurden Sträflinge darin gegrillt.

Ich starrte ihn an und wußte nicht, ob ich ihm glauben sollte. Er zwinkerte, und mir war klar, daß er mich auf den Arm genommen hatte. Dieses Zwinkern sollte mir bald vertraut werden, wie ich merkte, war es allen Langford-Brüdern eigen; ein bäurisches Zwinkern, speziell für solche Stadtpflanzen wie mich. Dann lächelte er; doch sein Lächeln war ohne Spott oder Arglist. Nein, sagte er, ich hab dich nur verscheißert. Hier wird der Hopfen getrocknet. Er sprach leise, als würde jede laute Äußerung Ärger bringen. Eigentlich dürften wir gar nicht hier sein, sagte er. Aber ich dachte, du würdest es gern sehen.

Er hatte einen alten Khakioverall an, und sein blondes Haar war zottlig und lang, weil Ferien waren; und doch wirkte er irgendwie sauberer als andere Leute. Seine Augen standen weit auseinander, und sein langes Gesicht hatte einen hellen Teint; aus bestimmten Blickwinkeln wirkte es fast weiblich hübsch. Doch dieser Eindruck schwand beim zweiten Blick und wich dem eines normalen, sogar strengen guten Aussehens, und seine volle Unterlippe war in einer Weise vorgeschoben, die einen zur Vorsicht mahnte. Für mich war sein Gesicht rätselhaft, da die verschiedenen Züge darin verschmolzen, dann auseinanderfielen und erneut verschmolzen. Ein wenig war das auch bei seinem Charakter so. Ganz anders als Zehnjährige sonst war Mike Langford immer freundlich, stellte ich fest, mit einer Beständigkeit, die nicht monoton war; und seine Stimme klang stets ruhig und gleichmäßig. Wir wurden Vertraute, als wir einander besser kennenlernten, und doch hatte ich immer das Gefühl, daß er manches für sich behielt, daß man ihn nie ganz kannte. Verschwiegenheit war in dem ganzen Haus spürbar, sie durchdrang die Farm wie der Geruch des Hopfens, sie lag Mike im Blut.

Ich blickte mich mit großen Augen in dem geräumigen, düsteren Oberboden mit den kleinen Fenstern um. Über uns war ein Spitzdach aus Brettern und Balken, und das Sackleinen aus geflochtenem Roßhaar auf dem Boden war über Schieferschindeln gespannt, auf denen verstreut ein paar hellbraune Dolden lagen. Körbe und sehr alte Holzrechen standen herum; eine kleine Tür führte in einen anderen kahlen Raum, in dem sich eine große eiserne Presse befand. Hier war es sehr trocken und still und unangenehm warm. Wie in einer seltsamen Kirche. Sonnenfinger und -streifen drangen durch die Fenster und lagen wie Sirup auf dem Sackleinen.

Und mich überkam ein seltsames Gefühl. Die ganze Welt da draußen war ausgesperrt, und der unsichtbare Nachmittag ging ohne uns weiter. Wir waren abgeschnitten von der Farm und vom ganzen leise summenden Land ringsum; wir schienen sogar gänzlich vom Heute abgeschnitten und uns im Nirgendwo zu befinden. Ich glaubte allmählich ersticken zu müssen, als befänden wir uns in einer verschlossenen Kiste, und mir war, als belauschte ich unerlaubt etwas Unsichtbares, etwas sehr Altes und Trauriges, das wie der Geruch des Hopfens vom letzten Jahr in der großen, warmen Stille hing.

Als könne er meine Gedanken lesen, sagte Mike: Wir gehen jetzt lieber wieder runter, Ray.

Als wir in die unschuldige Sonnenflut und Wärme des Bauernhofes traten, wo große alte Eschen Schatten spendeten und Hühner im grauen Staub pickten und kakelten, schien es, als wären wir davongekommen; und wir lächelten einander zu, als Zeichen, daß es uns bewußt war. Aber gesagt wurde nichts.

Die verbotenen Zonen auf der Clare-Farm schienen allmählich selbstverständlich.

Wie bei vielen tasmanischen Farmhäusern aus dem neunzehnten Jahrhundert gab es auch hier zwei verschiedene Bereiche – zwei Seelen sozusagen. Was verboten war, lag meist im ersten Bereich.

Das war das Terrain des nach Bohnerwachs riechenden Hausflurs, der Schlafzimmer und des Wohnzimmers. Jener düstere, steife Raum mit seinen zugezogenen, bis zum Boden reichenden roten Gardinen und den Zedernmöbeln aus dem neunzehnten Jahrhundert erinnerte an eine leere Bühne, die auf den Beginn einer folgenschweren Handlung wartete. Das geschah nie; und Mike und ich wurden nicht dazu ermuntert, dort hineinzugehen.

Es war immer noch die Zeit der Nachttöpfe unter den Betten, die Zeit der Waschkommoden mit Marmorplatte in den Schlafzimmern, auf denen Porzellankrüge und -schüsseln mit dem sentimentalen Rosendekor standen. Auf Clare gab es elektrisches Licht, doch nicht in allen Zimmern; die Schlafkammer am äußersten Ende der vorderen Veranda, die Mike und ich uns teilten, wurde von Kerzen erleuchtet. Es gab keine Kanalisation – neben dem Haus stand ein graues, mit Brettern verschaltes Klohäuschen, das Mike *das Plumpsklo* nannte, zwischen ein paar Pflaumenbäumen. Die Kletterrosen, die über dem Dach hingen, konnten den mörderischen Gestank des Plumpsklos nicht überdecken – der nach meiner Auffassung nicht allein von der Scheiße der Gegenwart herrührte, sondern von irgendwo aus dem dunklen, längst vergangenen Jahrhundert.

Der zweite Bereich des Hauses lag im hinteren Teil und war das gänzliche Gegenteil des ersten. Hier war das echte Bauernhaus, wo das Leben sich abspielte; ein Terrain voller guter Laune, im Zentrum die Küche und die lange hintere Veranda mit ihren Pfeilern aus rohem, unbehandelten Zypressenholz und ihrem Durcheinander von alten Hüten, Milchkannen, Hunden und miauenden Kätzchen. Die große, hallenartige Küche, beherrscht von einem langen Kieferntisch, an dem fast alle Mahlzeiten eingenommen wurden, hatte am gegenüberliegenden Ende einen schwarzen, mit Holz beheizten Herd, der nie erlosch. Das war das Kraft- und Wärmezentrum des Hauses, das Reich von Mikes Mutter, Ingrid Langford. Mikes Vater und seine drei Brüder gingen hier ständig durch und ließen die Fliegentür, die auf die Veranda führte, krachend ins Schloß fallen.

Marcus war der älteste Bruder, dann kam Ken, dann Cliff. Sie waren alle in den Zwanzigern – in meinen Augen Männer. Marcus war gewöhnlich still; ein untersetzter Mann mit dicht anliegendem schwarzen Haar und einem in sich gekehrten Lächeln. Ken und Cliff waren blond, freundlich und redselig. An meinem ersten

Abend dort, als wir alle beim Tee in der Küche saßen, erfuhr ich von einer weiteren verbotenen Zone.

John Langford, am Kopfende des Tisches, räusperte sich.

Ich weiß nicht, ob Michael es dir schon gesagt hat, Raymond – aber du darfst nicht zu den Hütten der Pflücker, sagte er. Einige von den Leuten sind ziemlich ungehobelt. Sie sollen hier arbeiten, sie sind kein Umgang für uns.

Er hatte eine leise, deutliche Stimme, die alles, was er sagte, amtlich klingen ließ, und er war kleiner als seine drei erwachsenen Söhne; doch er wirkte groß wegen der kräftigen Schultern und seiner aufrechten Haltung. Die Ärmel seines sauberen Khakihemdes waren bis über die Ellbogen aufgerollt, und seine gebräunten Unterarme, die auf dem Tisch lagen, waren sehr muskulös von der schweren Arbeit. Aber der Kopf war der eines Gelehrten – groß, kahl und sonnengebräunt, mit wenigen dunklen Haarsträhnen, die mit Pomade zurückgestrichen waren, mit schmaler Nase und sehr dünnen Lippen. Er trug eine strenge randlose Brille und konnte einem Angst einjagen.

Ken blickte mich quer über den Tisch an und zwinkerte, während er sein Glas Hopfenbier hinuntergoß. Er war groß und schlank, hatte die lange, schmale Nase seines Vaters und dichtes, glattes Haar von der Farbe ranziger Butter. Er saß sehr gerade da, und in seinen Augen war ein belustigtes Glitzern. Vor kurzem erst war er aus dem Neuguineakrieg zurückgekehrt, zu dem er sich freiwillig gemeldet hatte, während seine Brüder auf der Farm geblieben waren. Jetzt arbeitete er hier in den grünen Armeehosen, die er beim Dschungelkampf getragen hatte, auf dem Kopf seinen breitkrempigen Soldatenhut der Australian Imperial Force, jedoch ohne Abzeichen – er trage die Klamotten auf, sagte er. Er war für seine Tapferkeit auf dem Kokoda-Pfad ausgezeichnet worden, und Mike bewunderte ihn kritiklos; wenn er sich irgendwen zum Vorbild nahm, dann war das Ken.

Halt dich lieber an das, was Dad sagt, junger Mann, ermahnte mich Ken. Und noch was. Wenn du in den Busch gehst, könntest du auf ein dort herumwanderndes seltsames Wesen treffen. Komm ihm auf keinen Fall zu nahe, weil es gefährlich ist und völlig unnütz. Man nennt es einen Politiker.

 Cliff, kleiner und mit Lockenkopf, neben Ken sitzend, lachte höhnisch auf. Stimmt, mein Sohn, sagte er. Komm ihm nicht zu nah. Es wird dir 'ne Menge Lügen auftischen.

Ich war verwirrt; ich hatte noch nie was von einem Politiker gehört. Aber dann blinzelte Ken mir zu.

Veralbere den Jungen nicht, Cliff. Wenn er auf dich hört, traut er sich überhaupt nicht in den Busch.

Ingrid Langfords Stimme war tief und bedächtig; sie sprach selten, aber wenn sie es tat, hörten alle Männer zu. Jetzt hatte sie die Lippen geschürzt, als sie ihre Söhne musterte, und sie lächelte nicht; doch dann sah ich ein Funkeln in ihren Augen, das ich als Vergnügen deutete.

Sie war eine große, starke Frau, deren glattes, blondes Haar verblaßt und mit Grau durchsetzt war. Ihre kräftige Kieferpartie war etwas schief, und ihre großen, tiefliegenden Augen schienen häufig in die Ferne gerichtet. Vor ihrer Heirat mit John Langford gehörte sie zu den Olsens aus Moogara – dem Clan der norwegisch-stämmigen Holzfäller, die auf der ganzen Insel berühmt waren. Viele von ihnen waren Meister der Axt; ihr Vater und dann ihre Brüder hatten auf der Ausstellung in Sydney viele Jahre hintereinander Titelkämpfe der australischen Holzfäller gewonnen. Ingrid Langford selbst pflegte wie ein Mann Holz für den Küchenherd zu hacken, die Axt beim Holzhaufen am Schuppen mit kalter Präzision schwingend. Jeden Morgen war sie um sechs Uhr auf den Beinen, um eine kleine Kuhherde zu melken, die offenbar unter ihrer Obhut stand, und sie hielt eine Menge Hühner, die frei im Hof herumliefen – die übliche Mischung aus schwarzen Orpington-, weißen Leghorn- und Bantamhühnern. Sie hatte ihnen Namen gegeben, und wenn ich in all den Jahren an sie dachte, sah ich sie meist in einem ihrer verblichenen, kurzärmligen Kattunkleider im Hof stehen, ernst und monumental wie eine Wikingerfrau, ihren Hühnern aus einem verbeulten Blechtopf Weizenkörner hinstreuend. Während Mike und ich zuschauten, runzelte sie kritisch die Stirn und teilte die Weizenkörner mit langen Wurfbewegungen ihrer kräftigen weißen Arme aus, und die gefiederte Schar wuselte aufgeregt um ihre Füße.

Herbei, meine Damen. Nicht drängeln. Ihr kriegt alle was.

Mike war Mrs. Langfords Küken; ihr Jüngster, das Nesthäkchen der Familie, das sie besonders zärtlich liebte. Sie zeigte selten offen

Gefühle irgendwelcher Art; doch einmal, als wir ihr beim Füttern der Hühner zusahen, legte sie Mike kurz die Hand auf den Kopf, ohne ihn anzusehen, ehe sie wieder in ihren Topf langte; und ich sah in seinem schnellen Blick zu ihr hinauf unbegrenzte, ungetrübte Bewunderung.

Mit fünfzehn trieben wir uns immer auf den Hopfenfeldern herum. Wenn wir unsere Pflichten auf der Farm erledigt hatten, führten uns Mikes Füße stets in jene Richtung. Eine gewisse Zeit lang fragte ich mich, warum das so war.

Wir durften uns nicht am Pflücken beteiligen – das war der Job der geschickten Schar der Fremden, mit denen wir uns nicht gemein machen durften. Doch wir konnten sie in den Hopfenfeldern bei der Arbeit beobachten, ohne daß Mr. Langford protestierte. In jenem Jahr schienen sie für Mike von wachsendem Interesse.

Auf den Hopfenfeldern war es wie nirgendwo sonst. Die Hitze des Sommers hinter uns lassend, durchstreiften Mike und ich endlose akkurate Schneisen, wo es sehr kühl war, wie unter Wasser. Hier herrschte ein anderes Klima, und die Welt hatte andere Farben; der beißende, bierähnliche Geruch, den ich zuerst in der Darre kennengelernt hatte, war allgegenwärtig. Kein Grün der sonst oliv- und gelbbraunen Landstriche um New Norfolk glich dem des Hopfens – es war das Grün einer anderen Hemisphäre, von den Langfords vor langer Zeit hierhergebracht und angepflanzt. Wenn Mike und ich die Reihen der rohen Stangen unter den geraden, seltsamen Drähten entlangschritten, wurden wir von grünen Wänden eingeschlossen und von einem grünen Dach beschirmt; sogar das Licht war grün, und die Schneisen glichen der smaragdgrün schimmernden Kirche einer unbekannten Sekte.

Weit weg, am Ende einer dieser Reihen, thronte der alte John Langford in der starken, unbarmherzigen Sonne des Tages wie ein König, unterstützt von Ken. Cliff lenkte einen vierrädrigen Wagen, der von zwei schweren Pferden gezogen wurde, die Herzog und Prinz hießen und Fuhre um Fuhre zur Darre brachten; und in den Schneisen bewegte sich der stille Bruder Marcus mit grauem Filzhut und dunkelblauem Hemd.

Marcus wirkte auf mich wie sein Vater, nie so recht wie ein Bauer, im Gegensatz zu Ken und Cliff. Er hatte fast etwas Mönchisches –

eine gewisse schwermütige Sensibilität und Innerlichkeit. Er beaufsichtigte die Pflücker wie ein hoher Beamter und trug dabei eine lange, mittelalterlich aussehende Stange mit einer Sichel an der Spitze. Sie diente dazu, die Hopfenranken von den Drähten herunterzuziehen; und es war Marcus, der das Wiegen des Hopfens aus den Behältern der Pflücker überwachte, wobei er die Namen der Pflücker und die Zahl der Behälter aufschrieb. Begleitet wurde er von zwei Gehilfen, angeworbenen jungen Männern in Overalls und Strohhüten, die die Säcke auf die Waage hoben. Wenn der Hopfen gewogen wurde, entdeckte man hin und wieder schmutzige Machenschaften der Pflücker – Steine und anderer Unrat kamen zutage, womit unehrliche Pflücker ihre Säcke schwerer machten. Nichts dergleichen entging Marcus, der streng die Haufen kontrollierte. Die Pflücker verstummten dann und warfen ihm schnelle Blicke zu; manchmal fing einer von ihnen zu streiten an, doch meist waren sie gutmütig. Es hatte keinen Sinn, mit Marcus zu streiten; ein finsterer Blick oder ein Stirnrunzeln ließ sie verstummen.

Die Pflücker kamen jeden Sommer, wenn der Hopfen reif war – Familien von Wanderarbeitern, die wie Zigeuner auf der Insel umherzogen. Sie kamen in verrückten, zerbeulten Autos, auf deren Dächern überquellende Koffer und Küchengeräte hin und her schwankten, und sie bezogen eine Reihe von Bretterhütten auf der Südseite des Anwesens, auf einem trockenen Grashang in der Nähe des Damms. Die Hütten waren nicht viel besser als Schuppen, ohne Fensterscheiben; doch die Pflücker schienen damit zufrieden. Sie besaßen keine festen Häuser, erzählte mir Mike; sie fingen Kaninchen in Fallen und brachten je nach Jahreszeit verschiedene Ernten ein, sie verrichteten die Arbeit, die sie finden konnten. Ihre Kinder gingen kaum zur Schule, und die Behörden konnten sie selten belangen, da die Pflücker immer umherzogen.

Wenn ich doch mit ihnen gehen könnte, pflegte Mike zu sagen.

Die Pflücker faszinierten ihn, und er mißachtete das Verbot seines Vaters; abends wanderten wir oft an ihren Hütten vorüber und genossen den Reiz des Verbotenen. Aus Türen und Fenstern schimmerte das Licht von Petroleumlampen; Männer standen draußen und rauchten, Frauen standen schwatzend in Grüppchen beieinander, wilde Kinder spielten und schrien. Auf den ersten Blick unterschieden sie sich nicht von anderen, doch kleine Dinge verrieten sie – eine seltsame dunkelblaue Mütze, ähnlich einer Matrosenmütze; ein Halstuch, das auf ungewöhnliche Weise geknotet war; Frauen mit merkwürdigen Hüten aus Filz und Stroh, wie auf alten Bildern; kleine Mädchen in den Kleidern ihrer Mütter, deren zerfranste Säume auf dem Boden schleiften.

Neuerdings pflegte Mike uns an einer bestimmten Hütte vorbeizuführen, wo ich stets ein rothaariges Mädchen bemerkte, das ungefähr so alt wie wir war und mit anderen in einer Gruppe dastand. Sie trug einen weißleinenen Sonnenhut und ein grünes Baumwollkleid, das ihr zu groß war – vielleicht von einer älteren Schwester –, doch nichts konnte verbergen, wie hübsch sie auf ihre hellhäutige, sommersprossige Art war. Sie hatte vortretende Wangenknochen, ihre blauen Augen standen weit auseinander und waren etwas schräg, was ich mir damit erklärte, daß sie zu den Pflückern gehörte. Mit fünfzehn hielt ich die Pflücker immer noch für einen fremden Volksstamm.

Einmal lächelte uns das Mädchen zu, als wir vorübergingen, und zeigte seine vorstehenden Schneidezähne. Sie blickte anscheinend Mike an, und als ich ihn von der Seite ansah, stellte ich fest, daß er rot geworden war; er errötete immer schnell. Er sagte nichts, und ich auch nicht; wir gingen weiter. Hinter uns erscholl das Gelächter der Mädchen und vermischte sich mit den Tönen des Regenpfeifers in der Abenddämmerung.

Jetzt drangen die Stimmen der Pflücker überall um uns herum aus dem Hopfenlaub – Väter, Mütter, Kinder, alle arbeiteten. Sie pflückten mit großer Geschwindigkeit ganze Hände voll raschelnder Dolden ab, und ihre braunen Arme waren von den Hopfenranken zerkratzt. Irgendwo schrien in Nestern neben den Stangen Babys; doch der Laut klang gedämpft (wie jeder Laut in diesen grünen Schneisen) und schien unbeachtet zu bleiben wie das Heulen von Wechselbälgern. Und als Mike und ich die Schneisen auf und ab patrouillierten, kamen wir anscheinend immer an einer bestimmten Familie vorbei, in der sich auch das rothaarige Mädchen befand.

Sie trug heute wie immer den weißleinenen Hut und das grüne Kleid. Sie lugte durch die Blätter, und ich sah, wie sich ihre Blicke mit denen Mikes kreuzten. Diesmal sahen sie sich an, ohne zu lächeln; er erwiderte kühn ihren Blick, mit einer ruhigen Ernsthaftigkeit, die ich bewunderte. Dann ging er wortlos weiter und stieß mit dem Fuß nach Erdklumpen.

Von einem Ort jenseits der Hopfenfelder, es mußte beim Flüßchen sein, drang ein ganz leises Schwirren. Es schien mir aus dem Herzen des Sommers zu kommen und eine tiefere Bedeutung zu haben als der Sommer selbst – das echte Geheimnis der Clare-Farm und des Landes. Dieses Geheimnis hatte einen Kern, dachte ich; und manchmal stellte ich mir vor, daß er in einem bestimmten Raum des Hauses, den ich nie betreten hatte, konzentriert war.

Ich hielt den Raum für reine Erfindung; doch in jenem Sommer führte mich Mike dorthin.

Die Schlafkammer war in das Ende der vorderen Veranda hineingebaut, mit Wänden aus senkrechten Brettern und Schiebefenstern. Wir lagen auf schmalen Feldbetten, die im rechten Winkel zueinander standen und lasen beim Licht zweier Kerzen.

Mike las ziemlich viel. Er war von Natur aus aktiver und sportlicher als ich, und ich bezweifle, daß er soviel gelesen hätte, wenn er in der Stadt gewohnt hätte. Doch wir hatten wenig Abwechslung, außer wenn einer seiner Brüder uns am Sonnabendnachmittag mal ins Kino nach New Norfolk mitnahm. Nach Hobart waren es nicht viel mehr als dreißig Meilen auf der Landstraße, doch die Landbevölkerung fuhr damals nicht so oft in die Stadt; die Autos waren langsamer und wurden weniger freizügig benutzt. Eine Einkaufsfahrt nach Hobart in Mr. Langfords großem blauen Dodge war eine größere Expedition.

Mike las wahllos, von den damals kursierenden Western und Abenteuerbüchern bis zu ernsthafteren britischen Büchern aus der Zeit vor unserer Geburt, als das Empire in Blüte stand. Er hatte einen großen Vorrat davon hier in einem alten Schrank – viele davon stammten noch aus der Kindheit seines Vaters, einige aus der des verstorbenen Großvaters. Sie kamen aus einer Hemisphäre und einer Vergangenheit, die uns vertraut und fern zugleich waren, und enthielten sowohl Sherlock-Holmes-Geschichten als auch Werke von Schriftstellern wie Kipling, Rider Haggard, Captain Marryat und R. M. Ballantyne ein.

Von größerem Interesse als jedes dieser Bücher war für uns jedoch ein großer Stapel Zeitungen unten im Schrank. Es handelte sich um eine Sammlung mehrfarbiger Wochenbeilagen einer amerikanischen Zeitung, und sie brachte Comics in Fortsetzungen. Sie hieß *Wags*, und ich rieche noch heute den durchdringenden Geruch der amerikanischen Druckerschwärze. Jemand (vielleicht Ken oder Marcus) hatte *Wags* über einen Zeitraum von zehn Jahren gekauft, von Mitte der dreißiger bis zu den frühen vierziger Jahren, und sie gehortet; und nun betrachtete Mike diese Zeitungen als seinen persönlichen Schatz. Das Fernsehen gab es noch nicht; damals war noch das große Zeitalter des Comic strip, und alle Klassiker waren vertreten: Tarzan, The Phantom, The Captain and the Kids, Dick Tracy, Flash Gordon.

Wenige dieser Comics waren wirklich komisch. Ihre Zielgruppe schienen tatsächlich die Erwachsenen zu sein, doch wir wußten, daß viele Erwachsene sie nicht guthießen. Die amerikanische Kultur war bei unseren Erziehern nicht sonderlich beliebt; sie galt als ordinär und häufig zweideutig, und sie sahen es lieber, wenn wir unsere Phantasie mit anerkannten Büchern aus dem väterlichen England fütterten. Zwei Kulturen der nördlichen Hemisphäre bemühten sich also um uns; und »Wags« zog uns an wie ein verbotener Irrgarten. Als Zehnjährige fanden wir es sowohl geheimnisvoll als auch schockierend. Die sadistischen Gangster und das in Bildern gezeigte Blutvergießen in »Dick Tracy« stieß uns ab und faszinierte uns, denn damals wurde vergossenes Blut selten zur Unterhaltung gezeigt. Weder Mike noch ich hatten als kleine Jungen diese Comic strips richtig verstanden, doch in jedem Sommer begriffen wir etwas mehr. Aus den großen Zeitungsdruckseiten von »Wags« stieg der Gestank einer Welt der Maschinen, der Gewalt und der sexuellen Geheimnisse. Sogar die schreienden Farben waren gewalttätig. Hier sah man schöne Frauen, manchmal bis auf die Unterwäsche ausgezogen, doch meist in die schmeichelnden Gewänder der gerade verstrichenen dreißiger Jahre gehüllt, als Mike und ich Kinder gewesen waren. Die Autos und Doppeldecker der dreißiger durchbrachen dröhnend die Umrandungen der Cartoons und waren nicht weniger modern und schick, weil sie aus dem vergangenen Jahrzehnt stammten.

Ein Comic zog Mike mehr als jeder andere an, und das grenzte an Besessenheit: Milton Caniffs »Terry und die Piraten«, der an der damals sogenannten chinesischen Küste spielte. Er pflegte auf seinem

Bett zu liegen und ihn stundenlang zu betrachten. Mit zehn lasen wir ihn zusammen, von den Bildern mitgerissen, bemühten wir uns um das Verständnis der Sprechblasen. Wir durchforschten diese Texte eigentlich nach Hinweisen auf einen beunruhigenden und verführerischen Kosmos der Erwachsenen, der in der Zukunft wartete, und an viele besonders verwirrende Dialoge kann ich mich noch erinnern, so wie sich vielleicht ein Archäologe an Hieroglyphen erinnert, die er in jahrelanger Arbeit entziffert hat. (*»Du bist die Drachen-Frau? Die Piratin?« »So ist es! Und dank dem Hellhäutigen bin ich wieder die alte!«*) Der amerikanische Junge Terry war ohne Frage Michaels Alter ego, und wir verfolgten sein Leben von seiner Kindheit in der Südchinesischen See der dreißiger Jahre, als die Chinesen die Schurken waren, bis zu seinem Mannesalter im Zweiten Weltkrieg, als Colonel Flip Corkin von der U.S. Air Force zu einer Hauptfigur wurde und die Schurken unsere Schurken waren: die Japaner. Daß Mike eines Tages zur chinesischen Küste fahren würde, um ein Leben wie Terry zu führen (in jenem unheimlichen Fernen Osten, der für uns nicht Osten, sondern Norden war), davon war ich immer überzeugt gewesen.

Nun, da wir in der Pubertät waren, wurden uns die früher so rätselhaften Geschichten verständlicher. Wir gaben uns jetzt gleichgültig; wir waren keine Kinder mehr, und »Terry und die Piraten« war bloß ein Comic. Doch immer noch lasen wir manchmal »Wags« in der Schlafkammer, aus Gewohnheit und zum Zeitvertreib, und Terrys Anziehungskraft blieb erhalten, besonders für Mike. Und wir konnten bei den weiblichen Comic-Figuren, die nun eine andere Dimension für uns hatten, nicht gleichgültig bleiben. Da gab es eine blonde, schöne amerikanische Abenteurerin, die Burma hieß, und eine genauso schöne Schurkin (um die Sprache der Zeit zu gebrauchen), die man Drachen-Frau nannte. Diese Drachen-Frau, sagte Mike immer, und er schüttelte den Kopf und grinste. Ich glaube, er war in die Drachen-Frau verliebt – eine Eurasierin, die uns auf unserer angelsächsischen Insel so fremd war wie ein Wesen von einem anderen Stern. Und ganz sicher waren wir beide in Burma verliebt.

Wenn Mike in der Schlafkammer nicht las, hatte er ein grünes Transistorradio eingeschaltet, das auf der Kommode neben seinem Bett stand. Er hörte gern Country- und Western-Musik und Nachrichtensendungen. Bei solchen Gelegenheiten im Kerzenschein, wenn auf seinem Gesicht tiefe Schatten lagen, wirkte er älter als fünfzehn; seine schweren weißen Lider glichen Muscheln, die ihm etwas Fremdartiges verliehen. Mike hatte ein Innenleben, über das er nicht sprach, und ich vermutete, daß es zum Teil mit dem Zweiten Weltkrieg zu tun hatte, und auch mit »Terry und den Piraten«. Er bewunderte seinen Bruder Ken noch immer rückhaltlos und bedauerte sehr, daß der Krieg zu Ende war, ehe auch er in ihn ziehen konnte.

Es wäre gut, seinem Land zu dienen, sagte er und starrte ins Kerzenlicht, während er mit hinter dem Kopf verschränkten Händen dalag.

Sogar schon mit fünfzehn fand ich insgeheim die direkte Äußerung einer solchen Empfindung als merkwürdig und altmodisch; und für einen Moment dämmerte mir, in welchem Maß die Bücher im Schrank und auch »Wags« ihn beeinflussen mußten. Zweifellos spielte auch sein Heldenkult um Ken eine Rolle – obwohl Ken seinen persönlichen Einfluß auf ihn nicht dazu nutzte, ihm den Krieg als etwas Erstrebenswertes erscheinen zu lassen; eher im Gegenteil, wie ich es vor langer Zeit bei der Sache mit den Gewehren erlebt hatte.

Als wir jünger waren, spielten wir oft ein einfältiges Spiel mit Kleinkaliber-Gewehren. Ken nahm uns manchmal mit zur Jagd auf Kaninchen und Wallabys und hatte jedem von uns ein 22-kalibriges Gewehr zum persönlichen Gebrauch geliehen. Ohne sein Wissen machten wir damit auf Mikes Anregung ein Verfolgungsspiel – eine Abart unserer kindlichen Cowboy-und-Indianer-Spiele, allerdings mit einem realitätsnahen Element. Wenn ich mir das jetzt in Erinnerung rufe, bin ich fast entsetzt.

Es gab Regeln. Wir schossen über den Kopf des anderen oder seitlich weit daneben. Und da uns bewußt war, welche Aufregung es ausgelöst hätte, wenn man uns auf die Schliche gekommen wäre, spielten wir das Spiel in ziemlicher Entfernung vom Hof, auf dem steilen, grasbedeckten Hang hinter den Hütten der Pflücker, jenseits des Drahtzaunes, der die Grenzen des Langfordschen Anwesens markierte. Dort, zwischen gelben Grasbüscheln und grauen, flechtenbewachsenen Felsbrocken am Rand eines Eukalyptuswaldes, lauerten wir einander auf. Und oft denke ich, daß Mike eher dort als auf dem Rugbyfeld die sagenhafte Geschicklichkeit zu entwickeln begann, die ihm später auf den Schlachtfeldern Indochinas so zustatten kam.

Wir wechselten uns als Jäger und Gejagter ab. Das Spiel war auf ein vorher ausgemachtes Buschgebiet beschränkt, und man mußte mit kurzem Vorsprung versuchen, sich nicht entdecken zu lassen. Wenn du aufgestöbert wurdest, feuerte der andere einen Schuß knapp über deinen Kopf hinweg, und du hattest dann zu erstarren und dich zu ergeben. Ich war bei diesem Spiel gut genug, um Mikes Interesse wach zu halten; doch ich war nie so gut wie er. Wenn ich ihn jagte und durch das stachlige Unterholz zwischen den Eukalyptusbäumen und Akazien kroch oder stolperte, war es, als hätte er sich in Luft aufgelöst. Wenn mir sein leuchtender Blondschopf nicht einen kleinen Vorteil verschafft hätte, wäre ich vielleicht zum Aufgeben gezwungen gewesen.

Wenn Mike mich jagte, wand ich mich auf dem Bauch über den Buschboden, atmete die scharfen, trockenen Gerüche von Eukalyptus, Rindenstücken und Ameisen ein und wartete darauf, daß sein Schuß krachte. Einmal schlug die Kugel fünfzehn Zentimeter über meinem Kopf in den Stamm eines Eukalyptusbaums, und ich lachte hysterisch und ergab mich mit erhobenen Armen.

An eben diesem Nachmittag vernahmen wir plötzlich Kens gewaltigen Schrei. Er kam von weiter unten; seine große Gestalt kämpfte sich durchs Gras auf uns zu, und bald darauf ragte er vor uns auf, die Hände in die Hüften gestemmt. Er trug immer noch den Soldatenhut, fleckig und verbeult und verblichen, so daß er jetzt bloß noch ein alter Hut war. Seine blauen Augen schienen dunkler und größer als gewöhnlich.

Ihr dummen Bengel, sagte er, ohne das sonst übliche breite Grinsen.

Wir ballern nur so herum, sagte Mike.

Ken streckte seine Hand aus. Her mit den Gewehren, sagte er.

Wir wußten, daß eine Diskussion sinnlos war, und gaben sie ihm. Er ließ sich ein paar Schritt entfernt auf einem Stein nieder, die Gewehre über den Knien.

Mike sah zerknirscht aus. Tut uns leid, Ken, sagte er. Wir tun's nicht wieder.

Dazu bekommt ihr auch keine Gelegenheit, sagte Ken. Er schüttelte den Kopf. Verdammt noch mal.

Mike versuchte, ihn anzugrinsen, doch Ken erwiderte sein Grinsen nicht. Er saß schweigend da, und wir setzten uns zu ihm, während lange Schatten ihre Finger über das Tal legten und die Sonne von dem roten Dach des Hauses und der weißen Straße zwischen den Pappeln verschwand. Von weitem drangen die Stimmen der Pflücker im Hopfenfeld und das Bellen von John Langfords Collie Angus herüber. Als Ken wieder sprach, schien er mit sich selbst zu reden und blickte dabei ins Tal hinaus.

Du nimmst ein Gewehr in die Hand und fühlst dich groß, sagte er. Du denkst, es macht einen Mann aus dir, wenn du ein Gewehr hast. Das ist Blödsinn, Jungs. Dir ist nicht annähernd so großartig zumute, wenn du es gegen jemanden abgefeuert hast. Nur verrückten Schurken macht das Spaß.

Erzähl uns, wie es in Neuguinea war, Ken, sagte Mike. Er versuchte immer, Ken dazu zu bringen, von den Kämpfen, die er mitgemacht hatte, zu erzählen, doch Ken wollte nie.

Nicht jetzt, Chick, sagte Ken. Doch plötzlich blickte er uns an und sagte: Wollt ihr wissen, wie ich meinen ersten Japaner getötet habe? Gut, ich erzähl's euch.

Ich sah Mike an. Sein Ausdruck war äußerst gespannt; er hatte jahrelang darauf gewartet.

Es geschah kurz nach meiner Ankunft in Neuguinea, sagte Ken. Ich war einundzwanzig; ich hatte noch nie einen richtigen Kampf miterlebt. Die Kerle vor uns auf dem Buschpfad hatten einen japanischen Maschinengewehrposten außer Gefecht gesetzt, und man hatte uns befohlen, keine Gefangenen zu machen. Wir konnten's nicht; wir waren ihnen zahlenmäßig unterlegen. Ein Japaner lebte noch, er hatte einen Bauchschuß, und unser Sergeant befahl mir, ihn zu töten. »Erschieß ihn, Ken.« Das hat er zu mir gesagt.

Er schüttelte den Kopf und schnaubte kurz, als wäre er belustigt, was aber nicht stimmte. »Erschieß ihn, Ken.« Er wiederholte die Worte staunend, als enthielten sie den Schlüssel zu etwas – zu einem Rätsel, das er seit langem zu lösen versuchte. Deshalb nahm ich meine .303 und feuerte, sagte er. Das war der erste Mensch, den ich erschoß. Dann ging ich hinter einen Baum und übergab mich.

Er dachte einen Moment nach, während wir ganz still waren und warteten.

Er lag einfach da und schaute mich an, dieser Japs, sagte er. Ein ziemlich junger Kerl. Manchmal, vor dem Einschlafen, sehe ich ihn vor mir, wie er mich anblickt. Ich habe danach im Kampf viele andere Japaner getötet, und es wurde leichter. Doch bei ihm war es etwas anderes. Bei ihm war es kaltblütig. Ich glaube nicht, daß der verdammte Sergeant es mir hätte befehlen dürfen. Nein, ich glaube, er hätte es nicht tun sollen.

Er blickte uns an; doch der Blick sagte uns nichts. Dann wurde sein Gesicht etwas weicher und fast freundlich; er schien zu uns zurückzukehren. Ihr Bengel dürft also nicht glauben, es mache Spaß, Menschen zu töten, sagte er. Es macht überhaupt keinen Spaß, verdammt noch mal.

Er erhob sich und hielt die Gewehre im Arm. Ich behalte die erst mal, sagte er.

Er drehte sich um und ging den Hang hinunter, aufrecht, als marschiere er, den ramponierten Soldatenhut tief über die Augen gezogen und ohne sich umzublicken.

Mike blies seine Kerze aus und ich meine.

Manchmal hat Ken böse Träume, erzählte mir Mike. Ich habe ihn in der Nacht schreien hören. Er denkt immer noch über den Krieg nach, ab und zu. Und er hat seine Freundin Peggy verloren, weil er in den Krieg gegangen ist. Er war mit ihr verlobt, und sie hat die Verlobung gelöst, als er in Neuguinea war. Hat einen anderen geheiratet.

Warum nur? fragte ich. Jedes Mädchen wäre doch scharf auf Ken.

Weil sie egoistisch ist, denkt Mum. Die Stantons sind alle egoistisch.

Eine Weile war Ruhe; dann kam seine Stimme sanfter aus der Dunkelheit. He, hast du schon ein Mädchen?

Nein, sagte ich, ich habe noch kein Mädchen. Und du?

Hm, ich hab ein Mädchen, sagte er. Erzähl das keinem, Ray. Sie gehört zu den Pflückern.

Ich lachte. Ich weiß, sagte ich. Die Rothaarige.

Lach nicht, Ray, sagte er. Ich liebe sie. Seine Stimme war leise und leidenschaftlich; es war klar, daß er es ernst meinte, und obwohl er erst fünfzehn war, besaß er die Würde jugendlicher Reife. Sie heißt

Maureen Maguire, sagte er; und er verkündete es wie ein großes Geheimnis.

Wir hatten das Alter erreicht, in dem die Hopfenfelder und die Berge und das ganze blühende Land von einem Summen und Murmeln des Verlangens erfüllt waren. Aber es war noch eine Epoche sexueller Zurückhaltung und Unschuld, und obwohl wir unzulängliche Informationen über den Beischlaf ausgetauscht und einander hin und wieder schlüpfrige Witze erzählt hatten, waren Mädchen und Frauen für uns beinah ein völliges Geheimnis, über das besonders Mike ehrfürchtig nachgrübelte. Die rothaarige Pflückerin in ihrem geerbten Kleid und dem ausgeblichenen Leinenhut war also für mich, und ohne Zweifel für Mike, eine Waldnymphe. Der Gedanke, daß sie Mikes Mädchen war, durchfuhr mich mit lustvollem Neid; aber ich sagte mir, Mike verdiente sie. Er besaß den Schneid, ihr den Hof zu machen; ich nicht.

Mich amüsierte, daß er geglaubt hatte, ich hätte nichts gemerkt, nur weil er nie etwas gesagt hatte. Er hatte sich eingebildet, daß ich keine Ahnung von seinem geheimen Leben hätte.

Doch ich wußte davon. Ich hatte Blicke darauf erhascht, war jedoch taktvoll genug gewesen, es ihm gegenüber nicht zu erwähnen. Manchmal verschwand er, besonders früh am Abend, und gab mir zu verstehen, daß er allein weggehen wollte. Mir selbst überlassen, streifte ich auf dem Anwesen umher; und eines Abends, als ich mich über die Hütten der Pflücker hinaus wagte, sah ich ein außergewöhnliches, häusliches Bild. In einem der scheibenlosen Fenster war wie in einem Rahmen im Schein der Petroleumlampe eine Familie zu sehen, die beim Essen um den Tisch saß – ein Mann und eine Frau mittleren Alters, das rothaarige Mädchen (unverkennbar ihre Tochter, da die Frau ähnlich rotes Haar hatte), zwei kleine Jungen und Mike. Er lachte und redete ungezwungen mit ihnen, mit der einen Hand gestikulierend, eine Tasse Tee in der anderen. Sie lächelten ihn alle an, und die Eltern hatten angenehme, freundliche Gesichter. Der junge Gutsherr inmitten seiner Untergebenen, dachte ich. Ich war in dem Alter solch einfältiger Klugscheißerei; und wie gesagt, beneidete ich ihn.

Ich hatte auch Angst. Er drang in eine der von John Langford am strengsten verbotenen Zonen ein. Wenn ihm nun sein Vater auf die Schliche kam? Diese Frage stellte ich ihm jetzt.

Er wird es nicht erfahren, sagte Mike. Und wenn doch, soll er sich zum Teufel scheren. Diese Pflücker sind anständige Leute; und sie haben so verdammt wenig, Ray. Dad behauptet, sie würden stehlen; doch die Maguires würden das nie tun. Ich hab angefangen, ihnen Eier und Gemüse mitzubringen, was Mum mir so gibt.

Und deine Mutter erzählt deinem Vater nichts? fragte ich.

Nein, sagte er. Sie erzählt ihm nichts. Bloß Luke Goddard könnte es ihm verraten.

Luke Goddard war ein Einsiedler. Seit Jahren lebte er mit John Langfords Erlaubnis in einer verfallenen Hütte an der Grenze des Anwesens, nicht weit von den Hütten der Pflücker. Keiner wußte, was er einst gewesen oder wo er ursprünglich hergekommen war. Er war ein hochgewachsener alter Mann mit weißer Mähne und tiefliegenden fahlen Augen, deren starrer Blick sowohl erschrocken war als auch erschreckte; ich zum Beispiel konnte ihn nicht ertragen. Er schien immer umherzustreifen, den Kopf gesenkt, in tasmanischer Buschkluft – er trug die dunkle Tuchjacke der Buscharbeiter.

Damals gab es viele solcher Einsiedler im Land, und man erfand Legenden, die ihnen eine großartige oder tragische Herkunft nachsagten. Von Luke Goddard erzählte man abwechselnd, er sei ein reicher Farmer gewesen, der in den Ruin getrieben worden sei, ein ehemaliger Matrose, ein verschmähter Liebhaber, der in Ungnade gefallene Sohn eines englischen Adligen. Aber niemand wußte Genaues, denn er sprach selten mehr als einsilbige Wörter und erwiderte meist auch keinen Gruß. Mike und ich hatten gesehen, wie er sich mit den Pflückern unterhalten hatte, doch der alte Goddard sprach kaum mit Mitgliedern der Familie Langford – obwohl er manchmal über das Anwesen wanderte. Aus irgendeinem Grund duldete ihn John Langford; er schien ihn sogar lustig zu finden. Als Mike und ich jünger waren, lachten wir über ihn, wenn er vorbeikam, und manchmal wandte er sich zu uns, drohte mit der Faust und schrie Worte, die wir nicht verstanden, und dann fürchteten wir uns vor ihm.

Luke Goddard? Warum sollte es ihm Luke Goddard erzählen? fragte ich. Das ist verrückt. Er spricht nie mit jemandem. Er würde nicht mit deinem Vater reden. Und selbst wenn, würde dein Vater nicht auf ihn hören.

Nein? Mikes Tonfall war bitter. Er würde eher auf Luke Goddard hören als auf mich, sagte er.

In der nächsten Nacht lagen wir eine Weile schweigend da. Draußen war ein heftiger Wind aufgekommen, eine frühe Warnung vor dem Herbst, er fuhr klagend durch die vordere Veranda von Clare und prallte gegen die Tür unserer kleinen Kammer.

Es war ein Wind, den ich mit Luke Goddard in Verbindung brachte – ein Wind der großen Einsamkeit. Er kam von den steilen, dunklen Bergen dieses Landes, von den Bergketten, die die Stadt New Norfolk und das Derwent-Tal einschlossen, von den Schwarzen Bergen und von Moogara mit seinen wenigen ärmlichen Farmen; er kam von noch weiter her, er heulte aus dem Tal der Ouse heran und vom Landstrich hinter dem Echo-See; von den menschenleeren Hochebenen, dem Schneeland mit seinen Hunderten von Seen und Weihern, mit kalten, entrückten Bergen und Grassteppen, wo keine Menschenseele war.

Ray? Bist du wach?

Es war Mike. Ich will dir was von meinem Alten erzählen, sagte er. Er hat einen verschlossenen Raum, wo er keinen rein läßt. Eine Abstellkammer. Keiner darf da rein.

Wo ist das? fragte ich.

Am anderen Flurende, sagte Mike; und ich wußte sofort, welchen Raum er meinte. Vom Hauptflur, der die zwei Zonen des Hauses miteinander verband, zweigte im rechten Winkel ein kleinerer Flur ab. Von diesem zweiten Flur aus gelangte man ins Wohnzimmer und in zwei der Schlafzimmer, und er endete vor einer dunkel gebeizten Zederntür, die stets verschlossen war. Ich hatte die Tür manchmal etwas neugierig betrachtet, doch nie gefragt, was sich dahinter verbarg.

Was hat er da drin?

Er sagt, bloß Familienurkunden.

Klingt langweilig.

Ja, sagte Mike. Aber warum muß sie dann immer verschlossen sein?

Darauf hatte ich keine Antwort.

Hör zu, sagte Mike. Ich weiß, wie man da reinkommt. Ich weiß, wo er die Schlüssel hat. Machst du mit?

Wir gingen am frühen Nachmittag los, als die Männer alle unten auf den Hopfenfeldern waren. Es war ungefähr halb drei – eine schlimme Tageszeit, dachte ich später.

Halb drei war eine Zeit des reinen Stillstands; eine Zeit der Langeweile, mit all den Gefahren, die Langeweile in sich birgt. An einem heißen Januarnachmittag um halb drei war es – eine Zeit, wo ich die Farm gar nicht mochte. Der helle Tanz des Morgens war vorbei, und die einladenden Schatten des tiefen Nachmittags ließen noch auf sich warten. Eine Übergangszeit ohne Chancen; eine Zeit, wo die fade, gleißende Außenwelt nichts verhieß und der Geist sich zurückzog. Langeweile brütete fast sichtbar in dem finsteren kleinen Abwassergraben an der Westseite des Hauses, wo Brennesseln wuchsen – düsteres, bösartiges Unkraut, das die Leute in der anderen Hemisphäre angeblich gegessen hatten. Langeweile hockte im Hof auf dem Holzstoß, wo die Sonne matt auf der verlassenen Axt glänzte. Die Axt, und alle anderen Gerätschaften im Farmhof, schienen hier schon eine Ewigkeit herumzuliegen und in einem geronnenen Licht wie in Fett festzustecken. Im Innern der Langeweile gab es kein ruhiges Zentrum, sondern etwas anderes: etwas brutal Ruheloses und Böses, das manchmal erwachsene Männer und Frauen hier draußen in den Wahnsinn trieb. Vor zwei Jahren hatte es Don Maxfield auf der nächsten Farm weiter oben dazu getrieben, den alten Arthur Baker mit einer Brechstange zu erschlagen, bei einem Streit um den Verkauf von irgendwelchem Vieh. So etwas passierte immer um halb drei, war ich mir sicher. Doch ebendiese Zeit wählten wir, um in John Langfords Abstellkammer einzudringen.

Der Schlüssel befand sich mit einigen anderen auf einem Schlüsselring, den Mike seinen Vater in das Schubfach eines Rollpults im Wohnzimmer hatte legen sehen. Es war für ihn ein Leichtes (wie es in einer der Geschichten aus seinen britischen Knabenbüchern geheißen hätte), dort heimlich einzudringen, die Schlüssel zu holen und sie durch den halbdunklen Flur bis zur verschlossenen Kammertür zu bringen. Mit Bedacht und ohne Eile probierte er einen nach dem anderen im Schloß unter der weißen Porzellanklinke aus dem vorigen Jahrhundert aus.

Als er den passenden gefunden hatte, schlüpften wir schnell hinein, und Mike schloß rasch die Tür hinter uns. Hier drinnen herrschte ein leuchtendes Halbdunkel, das seltsam war; doch auf den ersten Blick erschien uns nichts ungewöhnlich. Der Raum sah einfach nach dem aus, was er war: eine Abstellkammer, mit Blechkoffern und Pappkartons, die an einer Wand übereinandergestapelt waren, alten Möbeln, die ungeordnet herumstanden, und in der Mitte mit einem langen Nußbaumtisch, auf dem sich Papiere, Dokumente und Bücher türmten. Doch ich wußte sofort, daß wir in das Zentrum des Hausgeheimnisses vorgedrungen waren, in die Zelle, die den Kern enthielt.

Etwas Geheimnisvolles lag in der abgestandenen Luft und summte wie ein altes, leise gestelltes Röhrenradio. Es war eine Luft, die hier anscheinend jahrzehntelang eingesperrt gewesen war und nach Moder roch. Die verblichene Tapete sah sehr alt aus und hatte ein Muster mit englischen Wiesenblumen. Das Leuchten wurde von einem verblaßten, pergamentgelben Leinwandrollo erzeugt, das man vor einem einzelnen hohen Fenster am anderen Ende herabgezogen hatte, so daß der Raum völlig abgedichtet war. Die frühe Nachmittagssonne, die vergebens einzudringen suchte, wurde gefiltert und in eine dicke senfähnliche gelbe Substanz verwandelt; ein Zwielicht und das einzig natürliche Licht, das der Raum je gesehen hatte, vermutete ich. An der hohen Decke hing keine Glühlampe; bei den Büchern auf dem Tisch stand eine Petroleumlampe mit Porzellanfuß, und ich stellte mir vor, wie John Langford sie anzündete.

Der Gedanke an John Langford machte mich nervös; aber diese Nervosität und das Gefühl des unbefugten Eindringens war nicht die einzige Wirkung des Raumes auf mich. Die Vergangenheit, erkenne ich nun, wartet immer darauf, uns ihre Türen zu öffnen; und wenn sie es einmal getan hat, können wir uns entscheiden, ob wir ihren dünnen, hilflosen Stimmen Gehör schenken oder uns abwenden wollen. Wofür wir uns auch entscheiden, es hat seine Folgen. Mike war gleichgültig; ich war interessiert; und da hat mich die Vergangenheit in ihren Dienst genommen.

Zunächst, als ich mich vorsichtig neben Mike bewegte, glaubte ich mich auch gleichgültig – zwar nicht gegenüber der Atmosphäre des Raumes, so doch dem gegenüber, was er beherbergte, und das waren Gegenstände, die uns sofort anödeten. Wir fingerten an den Ordnern auf dem Tisch herum, von denen die meisten niederschmetternd aussehende Dokumente und Geschäftsbriefe enthielten, die zu lesen wir kein Verlangen hatten. Es gab Berge alter Zeitschriften – *The Bulletin* und *The Land* –, die uns ebenfalls nicht interessierten.

Was für ein blöder Trödel, sagte Mike mit angewiderter Miene.

Irgendwas *muß* es hier doch geben, sagte ich. Warum sollte er es sonst zusperren?

Mike blickte mich zustimmend an; er witterte stets finstere Ränke. Hast recht, mein Freund. Suchen wir weiter.

Wir begannen nun unabhängig voneinander herumzustöbern; und als ich mich an dem langen Tisch vorbei zur rechten Ecke des Raumes zwängte, stieß ich auf ein Gemälde. Es war groß – ungefähr ein Meter zwanzig mal sechzig Zentimeter –, befand sich in einem schweren Nußbaumrahmen und stand auf einem kleinen Zederntischchen gegen die Wand gelehnt: das Porträt eines Mannes Anfang Dreißig, in der Tracht des vorigen Jahrhunderts. Das intensive, durch das Rollo gefilterte Sonnenlicht fiel so darauf, daß die Augen und die Haut fast lebendig glänzten. Wie alle Gemälde dieser Periode wirkte es wie verschleiert, als sei ein dunkler Flor darüber gebreitet. Doch es war sehr realistisch und maltechnisch gut genug ausgeführt, um einer Fotografie zu ähneln.

Der Mann sah den Betrachter nicht direkt an; er starrte unentwegt an meiner Schulter vorbei zur rechten Rahmenseite. Er trug eine Krawatte und einen schlichten, dunklen Anzug mit breitem Revers. Sein langes braunes Haar war links gescheitelt, wie das eines Mannes von heute, fiel aber an den Seiten so lang herab, daß es die Ohren bedeckte. Sein Gesicht wirkte modern, da es glatt rasiert war. Sein Kopf war ein wenig zur Seite geneigt, seine Lippen lächelten leicht. Gleichzeitig war seine volle Unterlippe in einer Art vorgeschoben, die einen zur Vorsicht mahnte. Er sah unter den niedrigen Augenbrauen hervor, und das verschmitzte, humorvolle Glitzern in den dunkelblauen Augen verschaffte mir das Gefühl, wenn ich ihn lang genug betrachtete, könnte ich seine Gedanken lesen. Sein Gesicht war hager, die Nase gerade und schmal.

Wer ist das? fragte ich.

Mike betrachtete das Bild mit geringem Interesse. Der da? Einer der Urgroßväter. Ich weiß nicht genau, welcher.

Er begab sich zur anderen Seite des Raumes; doch ich verweilte. Der Mann hatte etwas nicht Alltägliches – von dem Bild ging eine starke Wirkung aus, die ich in meinem damaligen Alter nicht zu deuten wußte. Aus einem gewissen Blickwinkel hatte er den sinnenden, nervös-verfeinerten Ausdruck eines viktorianischen Dichters. Doch dann wieder drückte das Gesicht messerscharfe Bereitschaft zum Handeln aus, die weniger Dichtern als vielmehr Sportlern, Offizieren oder Filmstars eigen ist. Beide Möglichkeiten waren vorhanden und verschmolzen auf eigenartige Weise. Er war wohl ein Mann, der unbekümmert und launenhaft sein konnte; und auch einer, der Dummköpfe nicht ertrug oder Ärger nicht aus dem Weg ging. Als ich näher herantrat, erkannte ich die Familienähnlichkeit. Abgesehen von der Haarfarbe war der Mann eine erwachsene Ausgabe von Michael und sah auch Ken ähnlich. Die Augen hatten das gleiche Blau, und die schmale Nase war die Langford-Nase.

Durch das geschlossene Fenster hörte ich Angus leise bellen. Es kam mir nicht in den Sinn, mich zu fragen, wieso Angus von den Feldern zurückgekommen war; ich hatte jetzt das Interesse an dem Bild verloren und schaute mich anderweitig um. Michael war weitergegangen und hatte eine alte Pfefferminzbüchse mit komischen Bildern darauf in die Hand genommen und angefangen, sie kichernd zu betrachten.

Vor dem Gemälde stand ein altmodischer Kasten auf dem Tischchen. Er war aus poliertem Holz, ungefähr vierzig Zentimeter breit und mit Messingschließen versehen. Sein Deckel war abgeschrägt, so daß er beinahe wie ein Miniaturschreibpult ohne Füße aussah. Seinen Zweck konnte ich mir nicht vorstellen, aber er zog mich an. Ich befühlte ihn und entdeckte, daß der Deckel mit einem Messingschloß gesichert war. Als ich den Schlüssel darin umdrehte, konnte ich den Deckel aufklappen. Im Innern waren viele Fächer. Einige der kleineren waren voller Tintenflecke, und ich begriff, daß sie für Tintenflaschen und Federn vorgesehen waren. Im Hauptfach befanden sich zwei sehr alt wirkende, in Kalbsleder gebundene Notizbücher, sonst nichts.

Und hier, aus dem Inneren des Kastens, stieg der Geruch der Vergangenheit zu mir auf.

Es war ein beunruhigender Geruch, sogar ein wenig furchterregend. Seither habe ich gelernt, mich davon nicht irritieren zu lassen. Man sollte den Hauch, der aus dem tiefen, trockenen Schacht aufsteigt, nicht beachten, wenn man die Vergangenheit sehen möchte, wie sie wirklich war. Ich lasse mich auch nicht mehr von dem verblichenen, verschrumpelten und vertrockneten Aussehen alter Gegenstände in die Irre führen. Das provoziert Traurigkeit, aber so war es nicht, damals; wir blicken nur auf Leichen. Die Vergangenheit lebt und ist voller Saft. Sie setzt sich in einer Dimension fort, die weder von menschlichen Wünschen noch von menschlicher Gleichgültigkeit berührt wird, selbst wenn die Dinge, die sie hinterläßt, tot sind – wie auch unsere Kostbarkeiten sehr bald schon tot sein werden. Doch als ich an diesem heißen Nachmittag eines der Notizbücher befühlte, war das etwas anderes; die Vergangenheit schien mir auf unbestimmte Weise bedrohlich, und ihre Melancholie ergriff mich – ein schwacher, trockener Geruch, der nicht nur aus dem Schreibkasten aufstieg, sondern auch im Raum selbst zu hängen schien; er stammte wahrscheinlich vom herabgezogenen Leinwandrollo. Die warme Fläche des Rollos strahlte Melancholie wie ein stetiges Leuchten aus; und die helle Sonne von heute wurde verwandelt, als sie durch jenes brüchige Leinen drang, wurde zu dem intensiven senffarbenen Glühen der Vergangenheit selbst.

Ich hatte gerade begonnen, in einem der Notizbücher zu blättern, als ich das Rütteln an der Türklinke vernahm.

Entsetzen durchzuckte mich, ich legte das Buch eilig in den polierten Kasten zurück und schlug den Deckel zu. Ich wollte irgendwie noch Mike warnen, doch zu spät. Die Tür ging auf, John Langford stand da, die Porzellanklinke in der Hand, und blickte uns an. Er trug das übliche saubere Khakihemd und die randlose Brille, die er nur zu Hause aufsetzte, hinter der uns seine zu Schlitzen verengten braunen Augen wie die eines Schuldirektors musterten. Er runzelte die Stirn.

Mike stand ganz still, die Pfefferminzbüchse in der Hand; in seiner Miene sah ich keine Angst – nur Überraschung.

Als Mr. Langford schließlich zu sprechen begann, geschah es leiser als sonst. Was machst du hier, Michael?

Mike antwortete nicht, und nun wurde er langsam rot. Das Erröten war erstaunlich: es kroch ihm den Hals hinauf wie ein Fleck aus dem Innern seines himmelblauen Hemdes; bald hatte das Gesicht, das dem Vater zugewandt war, eine scharlachrote Tönung angenommen, die ich noch nie vorher auf einem menschlichen Antlitz gesehen hatte – außer vielleicht auf den Gesichtern älterer Trunkenbolde.

John Langford betrachtete dieses Phänomen, ohne eine Miene zu verziehen; dann fing er an, uns beiden eine Reihe von Fragen zu stellen. An seine wirklichen Worte kann ich mich kaum mehr erinnern, vielleicht weil ich halb taub war vor Angst; aber ich weiß noch, daß ich sogar in meiner Angst den Eindruck hatte, daß er nicht nur über Mike und mich verärgert war, sondern noch über etwas anderes – etwas in der Kammer.

Was genau wir hier suchten, wollte er wissen. Was war so wichtig, daß Michael deswegen seine Schlüssel gestohlen hatte?

Da er keine befriedigenden Antworten bekam, starrte er uns beide wieder schweigend an, und sein schmaler Mund wurde noch schmaler. Dann sagte er: Was ihr beide getan habt, nennt man Herumspionieren.

Er sah mich an. Du wirst sobald wie möglich nach Launceston zurückkehren, Raymond. Ich rufe heute abend deinen Vater an. Jetzt kannst du gehen, während ich ein Wörtchen mit Michael rede.

Langsam und heiß vor Verwirrung ging ich zur Tür und ließ Michael und seinen Vater zurück, die sich unverwandt anstarrten. Ich hatte Angst um ihn, und das nicht ohne Grund.

Als er noch jünger war, wurde er wegen jeder Unart, die John Langford als ernst ansah, mit einem Lederriemen gezüchtigt – wegen eines schlechten Zeugnisses oder nicht erledigter Farmarbeiten. Die Schläge auf die nackten Beine waren grausam; einmal hatte er mir die Schwielen gezeigt. Seit er dreizehn geworden war, hatte das Peitschen aufgehört; doch die Strafe für das Eindringen in die Kammer war hart: täglich zehn Stunden schwere Farmarbeit, bis die Schule wieder anfing, mit halbstündigen Essenspausen und keiner Freizeit am Wochenende.

Das schien mir unangemessen, was ich ihm auch sagte, als er es mir erzählte. Einen Augenblick sah er mich wortlos an. Dann sagte er etwas, was ich nie vergessen habe, und sein blasses Gesicht zeigte dabei keine Regung.

Manchmal glaube ich, daß ich nicht sein Sohn bin, sagte er. Ich glaube, ich bin der Sohn eines besseren Mannes.

Nur diejenigen, die nie an das Land gefesselt waren, können es mit verklärtem Blick sehen. Ich liebte Clare, weil ich wieder wegkonnte. Mike konnte davon nur träumen; unterdessen hatte er für sich eine Möglichkeit gefunden, der Wirklichkeit zu entrinnen, indem er sie verwandelte.

Der Apparat, der das möglich machte, sollte später sein Schlüssel zur Welt werden. Ken hatte ihm einst eine Brownie-Box geschenkt, und Mike entwickelte immer größeres Interesse für die Fotografie. Er lichtete so gut wie alles ab, und ich besitze die Abzüge, die er mir gegeben hat, noch immer: seine Brüder bei der Arbeit hinter dem Pflug oder als Aufseher bei der Hopfenernte; Duke und Prince; die alte Schmiede in New Norfolk, wo man noch Pferde beschlug und wo der mächtige alte Percy Maynard mit dem Hammer in der Hand am Schmiedeherd steht und in Mikes Kamera grinst – ein Bild wie aus dem neunzehnten Jahrhundert.

Die kleinen, ungekünstelten Schwarzweißbilder sind erstaunlich gut; als hätte er das Ungewöhnliche in diesen Alltagsdingen gesehen und mit der Kamera festgehalten. Und das Licht auf diesen Fotos war trotz der primitiven Brownie-Box ganz anders als das matte Licht auf meinen Schnappschüssen; er schien Momente ausgewählt zu haben, wo es die Dinge deutlich hervorhob.

Damals hielt ich sein Interesse nur für eine vorübergehende Leidenschaft. Ich sehe ihn noch vor mir, wie er ein Motiv anpeilt und voller Konzentration in den winzigen Sucher blickt; dabei kriecht seine Zungenspitze aus dem Mundwinkel. Gewiß ahnte er zu dieser Zeit nicht, wohin das führen würde; doch aus seiner absoluten Ernsthaftigkeit schließe ich jetzt, daß es ihm im Unterbewußten klar war. Das ist bei uns allen so.

Zum Ende des Ferienbesuches, den John Langford verkürzt hatte, am Abend meiner Abreise, machte mir Mike ein Geschenk: ein in Leder gebundenes Album mit seinen Aufnahmen. Wir standen auf der vorderen Veranda und hielten nach den Scheinwerfern vom Auto meines Vaters Ausschau.

Hier, sagte er. Als Andenken an die Farm.

Ich blätterte das Album durch und stellte fest, daß er etliche seiner Fotografien eingeklebt hatte. Die Pflücker, Percy an seinem Schmiedeherd, Ken mit seinem Soldatenhut beim Pflügen. Eigenartigerweise befand sich darin auch ein Bild von Luke Goddard, wie er mit großen Schritten in seiner dunklen Buschkleidung abends durchs Büschelgras geht – den Kopf gesenkt, die zornigen Augen starr, weiße Stoppeln am Kinn, hinter sich seinen langen Schatten. Mike mußte ihn aus einem Versteck heraus aufgenommen haben; und mir kam jetzt der Verdacht, daß er den Alten nicht nur fürchtete – Luke Goddard faszinierte ihn auch unerklärlicherweise.

Vorn in das Album hatte er geschrieben: *Von deinem Freund Mike.*

Im nächsten Sommer, als wir sechzehn waren, wurde ich wieder eingeladen. Doch diesmal sollte es das letzte Mal sein. Ich wußte das damals noch nicht, aber es würde keine Ferien auf Clare mehr geben; Mike und ich würden getrennte Wege gehen, wenn er im darauffolgenden Jahr die Schule verließ.

Nun überschatteten zwei Sterbefälle das Leben auf der Farm, und das Herz des Hauses war nicht mehr da. Beide Sterbefälle hatten sich im Jahr zuvor ereignet, bald nachdem John Langford meinen Besuch vorzeitig beendet hatte.

Mike hatte mir davon in der Schule erzählt, aber ohne Einzelheiten, und ich hatte ihn nicht danach gefragt. Sein Gesicht hatte einen schmerzlich leeren Ausdruck, und so jung ich war, wußte ich doch, daß er einen Schock erlitten hatte.

Er hatte die beiden Angehörigen verloren, die er am meisten liebte. Zuerst war Ken gestorben, dann seine Mutter.

Er sprach erst darüber, als ich auf der Farm ankam. Es war an einem warmen Nachmittag; wir lungerten in der Scheune herum, wo Mike die Pferde gefüttert hatte. Wir verbrachten jetzt wenig Zeit im Haus, das stets kalt wirkte. Ein Mädchen von einer Nachbarfarm kochte gegen Lohn, und die Männer saßen zu den Mahlzeiten schweigend um den Tisch herum, während die Messer auf den Tellern klapperten. In diesem Haus war noch viel mehr verschlossen als die Abstellkammer. Die Herzen waren verschlossen; die Langfords pflegten Kummer nur durch ihr Schweigen zu äußern.

Lange, bernsteingelbe Säulen aus Sonnenlicht wuchsen bis zu den Dachsparren der Scheune; der Geruch nach Spreu und Maschinenöl, der mich einst erregt hatte, war da, und ich wußte, daß wir uns von der Kindheit verabschiedeten. Die beiden großen Clydesdale-Pferde fraßen in ihren Boxen und schnaubten durch die Nüstern, und Mike tätschelte Princes braune Flanke, während er erzählte.

 Ken war auf der Straße nach Hobart mit dem Motorrad tödlich

verunglückt, um neun Uhr morgens. Das Motorrad gehörte Cliff; Ken hatte es sich ausgeliehen, um in die Stadt zu fahren. Er steuerte in der Nähe von Bridgewater in eine unübersichtliche Kurve, als er ein Auto auf sich zukommen sah, das gerade einen Lkw überholt hatte und sich noch auf der falschen Straßenseite befand. Er wich ihm aus und fuhr die Böschung hinunter, wobei er über den Lenker flog und sich das Genick brach.

Am Abend davor, erzählte mir Mike, hatte Kens frühere Freundin Peggy Stanton aus Hobart angerufen. Sie hatte sich von ihrem Mann, der sie schlecht behandelt hatte, getrennt, und wollte sich mit Ken treffen. Die ganze Familie hatte das Gespräch mitgehört – das alte Wandtelefon hing im Flur vor der Küche, so daß es keine wirklich privaten Telefongespräche gab.

An Kens Stimme merkte ich, daß er sich echt freute, sagte Mike. Er hatte Peggys Verlust nie verwunden. Er verabredete sich mit ihr für den nächsten Tag und bat sich beim Alten einen freien Tag und den Dodge aus. Doch Dad sagte, sie hätten zuviel zu tun, um ihn entbehren zu können, er sollte ein paar Tage warten. Dann gab es einen Streit. Ken rastete aus und nannte Dad einen alten Geizkragen. Sagte ihm, er könne sich sein Auto sonstwohin stecken, er würde sich Cliffs Motorrad leihen.

Als Ken am nächsten Morgen aufbrach, saß ich mit Mum beim Frühstück in der Küche, sagte Mike. Ken kam in einer Lederjacke und mit Cliffs Motorradhelm herein; unter der Jacke trug er ein sauberes Hemd mit Schlips, und er sah anders aus als sonst, wie verwandelt. Sein Gesicht war eingefallen, und seine Augen blickten starr – als wäre er drauf und dran, in den Abgrund zu springen. Und ich hatte das Gefühl, daß etwas Furchtbares passierte, wenn er sprang. Ich weiß noch, daß Mum hochsah und ihn ermahnte, vorsichtig zu fahren. Ken zwinkerte ihr zu und versprach es; er hatte Mutter immer sehr gern gehabt. Doch dann bekam er wieder einen echt finsteren Ausdruck und sagte: »Er wird mein Leben nicht mehr verpfuschen. Er kann meinen Scheißanteil an der Farm behalten, wenn er will. Er kann mich enterben.« Und Mum sagte: »Dazu wird es nicht kommen, Ken. Geh nur zu ihr.«

Kurz darauf hörten wir ihn im Hof starten, sagte Mike, und dann fuhr er die Auffahrt hinunter. Mutter und ich lauschten schweigend, wie sich das Motorrad auf der Straße nach Norfolk entfernte und immer leiser wurde, wie eine wegfliegende Biene. Wenn ich glaubte, ich könne nichts mehr hören, vernahm ich das Geräusch wieder.

Seine leise Stimme brach ab. Er hörte auf, Prince zu tätscheln, kam und setzte sich auf einen Heuballen, ohne mich anzusehen. Prince stampfte in der Stille der Scheune.

Wenn Dad ihm das Auto gegeben hätte, wäre es nicht passiert, sagte Mike. Sein starrer, abwesender Blick ruhte auf den Pferden. Der Alte hat ihn umgebracht, sagte er leise. Und das brachte Mum um. Man behauptete, sie sei an einem Herzanfall gestorben – doch ich glaube, es hat ihr das Herz gebrochen. Danach hat sie kaum noch ein Wort mit Dad gesprochen. Sie wollte mit niemandem über Ken reden; aber einmal hat sie zu mir von ihm gesprochen, am Tag seiner Beerdigung. Ich bin in die Küche gekommen, und sie hat da allein am Tisch gesessen und auf Dad und die anderen gewartet; bald würden wir alle mit dem Auto nach New Norfolk zur Trauerfeier in der Kirche Saint Matthew fahren. Sie hatte ein schwarzes Kostüm an, das ich noch nie gesehen hatte, und eine weiße Bluse. Sie musterte mich und sagte mir, ich sähe gut aus für Kens Begräbnis.

Mike machte eine Pause; dann fuhr er fort. Ich wünschte, er würde es nicht tun, doch es war anscheinend wie ein Zwang.

Ich hatte Mum nie weinen sehen, sagte er. Sie war hart im Nehmen. Aber an diesem Tag weinte sie in der Küche. Sie hatte den Ellbogen auf den Tisch gestützt, und mit einer Hand langte sie hoch, als wäre sie blind und wollte etwas in der Luft packen. Ich dachte, wie rot und rauh doch ihre Hand war, von all der Arbeit, und ich ergriff sie. Sie umklammerte meine Hand mit ziemlich festem Griff; Mum konnte wirklich zupacken. Eine Weile brachte sie offenbar kein Wort heraus; sie saß bloß da und sog die Luft ein und blinzelte die Tränen fort. Als sie dann sprach, sah sie an mir vorbei, als redete sie mit einem anderen – mit einem, der Schuld an Kens Tod hatte. Ihre Augen wurden richtig wild, und sie sagte: »Ken war von euch Jungs der beste. Er hat den Krieg überlebt, um dann mit dem verdammten Motorrad zu verunglücken. Das ist ungerecht, Chick. Das ist ungerecht.«

Er brach ab und stocherte mit einem Stock im Lehmboden. Seine Augen waren trocken.

 Sie ist einen Monat danach gestorben. Gefunden habe ich sie. Sie starb, als sie die Hühner fütterte. Es war um die Teezeit, und sie kam nicht vom Hof zurück; der Alte sagte, ich sollte nach ihr sehen. Es war dunkel; ich bog hier um die Ecke der Scheune, und zuerst sah ich den umgeschütteten Futtertopf und daneben ihre Hand. Nur ihre Hand – das Licht vom Haus fiel darauf.

Wieder schwieg er einen Moment. Dann sagte er: Der Alte kam und trug sie hinein. Er legte sie auf den Küchentisch, während er den Arzt anrief. Kannst du dir das vorstellen? Auf den verdammten Küchentisch.

Er sah mich jetzt an, sein Gesicht war ein blasses Oval, und die blauen Augen waren ganz hell geworden durch eine Wut, die mich beunruhigte. Dann gewann er seine Fassung zurück und schlenderte die Hände in den Taschen, zur Scheunentür. Ich folgte ihm.

Von drüben, aus der abendlichen Küche, klang Radiomusik herüber, wie immer war der Country-und-Western-Sender eingestellt. Hank Locklin sang gerade »Schick mir das Kissen, auf dem du träumst«.

Ken hat dieses Lied immer gemocht, sagte Mike. Seine Stimme war sanft. Er pfiff es ständig, sagte er.

Später gingen wir in der Dämmerung bergauf an den Hütten der Pflücker vorbei und kamen zu der Stelle inmitten der Felsbrocken, wo Ken uns die Gewehre weggenommen hatte. Der Himmel war klar und dunkel. Noch war es hell genug, um das Haus zu erkennen, ein umgepflügtes Feld und das Weiß der Straße; doch das Tal wurde schon von Sternen gekühlt. Wir hielten Ausschau und sagten nichts, und ich dachte an Ken, wie er dort unten gepflügt hatte.

Samstagmorgens, wenn Mike und ich länger als sonst in unserer Kammer lagen, lauschten wir den Lauten der erwachenden Farm: Die Rufe der Elstern stiegen wie zerplatzende Blasen durch das Blau hinauf, und Kens Stimme drang von den Weiden jenseits der Straße herüber.

Prince! Rüber mit dir! Rüber!

Seine Schreie erfüllten das ganze Tal, und ihr Echo kam von den dunkelgrün bewaldeten Bergen zurück. Er pflügte mit den Clydesdale-Pferden, und sie gerieten immer aus den Furchen. Die Stimme rutschte in höhere Lagen – durch die Entfernung gedämpft und komisch im Zorn, weil sie dem gutmütigen Ken gehörte.

Duke! Duke! Bleib in der Scheiß-Furche! Duke – du – Mistvieh!

Wir kicherten entzückt. Dieser Ken, sagte Mike dann. Der kann wirklich brüllen.

Nun waren die Felder, über die Kens Stimme gerufen hatte, verstummt. Doch ich sagte mir, daß diese verborgene, reiche Landschaft alle Freuden und Späße und allen Kummer der Langfords aufgesaugt hatte und für immer bewahrte, und daß Ken immer dort unten sein und auf dem Feld bei den Hopfenhainen pflügen würde.

Mit sechzehn konnte ich mir diesen Glauben suggerieren.

Ich war Mikes erster guter Freund; und Freunde sollten für ihn sein ganzes Leben lang sehr wichtig sein. Das würde ich in Asien viele Male zu hören bekommen. Doch unsere Freundschaft überlebte die Kindheit nicht. Als junge Männer verloren wir uns völlig aus den Augen.

Das lag hauptsächlich daran, daß Mike nach dem Schulabschluß zur Arbeit auf der Farm zurückkehrte und ich nach Hobart ging, um Jura zu studieren. Jahrelang hörte ich nichts von ihm, und wenn ich an ihn dachte, stellte ich ihn mir als Farmer vor, genau wie seine Brüder. Vermutlich hätte ich in Clare anrufen können. Ich weiß nicht so recht, warum ich es all die Jahre lang nicht tat; doch ich hatte erfahren, daß es meist eine Enttäuschung bedeutet, wenn man die Freunde der Kindheit wiedertrifft, ja sogar ein Ärgernis. Jeder ist ein anderer geworden, und keiner findet das sehr reizvoll.

Aber als wir beide einundzwanzig waren, traf ich ihn in Hobart ganz zufällig und unerwartet auf der Straße, und wir blieben stehen und unterhielten uns. Ich hatte gerade als Anwalt bei einer Rechtsanwaltspraxis in Hobart angefangen und erzählte ihm, daß ich am nächsten Tag nach Launceston hoch führe, um dort irgendwelche Habseligkeiten zu holen.

Dann überraschte er mich. Er habe die Farm vor einiger Zeit verlassen, erzählte er mir, und hoffe, beim *Launceston Courier* eine Volontärsstelle als Fotoreporter zu bekommen. Er müsse selbst in ein paar Tagen zu einem Bewerbungsgespräch nach Norden fahren.

Am Ende unseres Gesprächs stand fest, daß er in meinem Auto mitfahren würde.

Wir brachen am späten Nachmittag auf. Ich fuhr einen ramponierten Volkswagen, der mich durch meine Studentenzeit begleitet hatte; Langford wirkte neben mir auf seinem Schalensitz ein wenig zu groß für das Fahrzeug. Er war inzwischen so groß wie Ken und hatte den muskulösen Körper eines Sportlers, und ich erfuhr, daß er bei einem Klub in Hobart Rugby spielte. Er redete über seinen Sport, als müsse der mich interessieren, was nicht der Fall war, und so verfielen wir in Schweigen. Er ist noch weniger redegewandt als früher, dachte ich; ich fand seine langen Pausen frustrierend, und ich sagte mir, daß er recht langweilig geworden sei.

Der Käfer brummte in seiner moderaten Höchstgeschwindigkeit den Midlands-Highway entlang, der auf der Postkutschstraße aus dem neunzehnten Jahrhundert gebaut worden war. Bald erreichten wir das idyllische Mitteltasmanien – den Boden eines uralten, ausgetrockneten Sees, dessen vereinzelte goldgrasbedeckte Hügel rund und spärlich bewaldet sind. Offenes Weideland erstreckte sich bis zu den fernen blauen Bergen, und immer noch schwieg Langford beharrlich. Doch schließlich wandte er sich zu mir und erkundigte sich nach meiner neuen Arbeit.

Ich merkte, daß er nur aus Höflichkeit fragte, daß er sich kaum vorzustellen vermochte, warum jemand Rechtsanwalt sein wollte, und ich gab eine kurze Antwort. Dann fragte ich ihn nach der Arbeit eines Fotoreporters. Warum wollte er das machen?

Er dachte nach und blickte in bäurischer Manier mit zusammengekniffenen Augen bedächtig durch die Windschutzscheibe. Dann sagte er: »Ich fotografiere gern; es liegt mir. Und ich möchte über die Unruhegebiete im Ausland berichten.«

Mehr sagte er nicht über das Thema, und sein Schweigen umfing uns wieder. Doch während er sprach, erinnerte mich etwas an seinen Gesichtsausdruck, mit dem er in der Kammer die Nachrichten gehört oder »Terry und die Piraten« betrachtet hatte – ein schnelles, leidenschaftliches Aufleuchten. Vielleicht war er doch nicht langweilig geworden. Sein Gesicht war kantig wie das eines Erwachsenen, und gleichzeitig noch sehr kindlich – es hatte die träumerische, fast einfältige Ruhe, die für Blonde typisch ist. Mit leichtem Lächeln schien er in die Weiten eines mythischen Ozeans zu blicken, wohin ich ihm nicht zu folgen vermochte.

Als wir über die alte Steinbrücke fuhren, die in das Dorf Ross führte, wurde es gerade dunkel; und wieder brach ich das Schweigen und fragte ihn, warum er der Farm den Rücken gekehrt hatte.

Doch sein Ausdruck wurde verschlossen; er blickte hinaus auf die vorbeigleitende steinerne Hotelfassade des »Man o' Ross« und gab einfach keine Antwort. Wir hatten den Ort schon ein gutes Stück hinter uns gelassen, als er zu reden begann.

»Es ist etwas Schlimmes passiert, mein Freund.« Seine Stimme war kaum zu verstehen, und er zündete sich eine Zigarette an, bevor er weitersprach. »Ich hatte einen Streit mit dem Alten und bin weg von der Farm. Inzwischen habe ich alle möglichen Jobs gemacht.«

»Tut mir leid«, sagte ich. »Kann es keine Versöhnung geben?«

Er schüttelte den Kopf. »Nein, niemals. Ich will keine Versöhnung. Er hat mich aus seinem Testament gestrichen. Das wollte er schon mit Ken tun. Der alte Schurke könnte im Sterben liegen, und ich würde mich nicht mit ihm versöhnen. Ich gehe nie mehr zurück.«

Ich fragte ihn, ob er mir davon erzählen wolle, doch er schüttelte erneut den Kopf. »Das ist jetzt Geschichte, Ray. Ich wollte sowieso nie Farmer werden.«

Ich drängte ihn nicht, und das nächste Schweigen mußte eine halbe Stunde gedauert haben. Dann, irgendwo auf der langen geraden Strecke durch den Epping-Wald, sprach er wieder, und seine Stimme war über dem lärmenden kleinen Motor mit Mühe zu verstehen.

»Es ging um Maureen Maguire«, sagte er.

Und jetzt fing er an zu reden. Sein Gesicht, immer im Profil, zeigte kaum eine Regung, wenn ich es ansah. Doch es wurde nur vorübergehend von vorbeihuschenden Scheinwerfern erhellt, und vielleicht habe ich nicht alles mitbekommen, was darin zu sehen war.

Der stumme Schmerz in seiner Stimme war eine andere Sache. Er schien den Wagen auszufüllen und mit dem Dröhnen des Motors zu verschmelzen.

Er habe sie heiraten wollen, sagte er. Während seiner ganzen Teenagerzeit hatte er jeden Sommer, wenn die Pflücker kamen, auf sie gewartet. Er hatte ihr einen Heiratsantrag gemacht, als er neunzehn war, und sie hatte eingewilligt.

»Doch nichts konnte den Alten zu einer Zustimmung bewegen«, sagte er. »Er war verdammt hochmütig; er sagte, die Pflücker seien

Abschaum, und keine Pflückerstochter sei zum Heiraten gut genug. Das stimmte nicht, es waren gute Leute. Aber Maureen war Katholikin, und er hatte für Katholiken nichts übrig. Dafür habe ich den Alten gehaßt. Er konnte mich in keiner Weise davon abbringen, sie zu heiraten – doch wir beschlossen zu warten, bis ich alt genug war, um von der Farm wegzugehen.«

Er hielt inne; dann fing er wieder an, und nun gab es keine Pausen mehr. Er sprach von Luke Goddard.

Es ist jetzt lange her, und ich kann seine Worte nicht in allen Einzelheiten wiedergeben. Die Dinge, die sich mir am lebhaftesten eingeprägt haben, sind vielleicht nicht immer diejenigen, auf die er selbst den größten Wert legte; und es scheint mir jetzt so, daß er immer wieder auf die Brennesseln im Abwassergraben zurückkam. Die Brennesseln und Luke Goddard schienen in seinen Gedanken eine seltsame Verbindung einzugehen – und fast glaubte ich, das zu verstehen. Wie bei stockfleckigem Tuch war schon der Geruch unangenehm; das dunkelgrüne Unkraut erinnerte an etwas Schreckliches – an etwas in einem früheren Leben, für das bezahlt werden mußte.

In jungen Jahren sei er Luke Goddard nachgeschlichen, sagte Mike. Das war mit elf und zwölf, bevor er sich mit Maureen anfreundete. Danach kehrte sich die Sache um, und es war Goddard, der ihnen nachschlich. Da man Goddard für verrückt hielt, war er eine Abwechslung; und mit zwölf glaubte Mike, daß ein verrückter Erwachsener Geheimnisse verraten könnte, die ein normaler vor Kindern verbarg. Doch der Einsiedler sprach selten, außer wenn er sich manchmal umdrehte und ihn beschimpfte, mit seinem Gebrabbel, das kaum zu verstehen war. Vielleicht waren die Worte auch zu kompliziert; sein Vater hatte einmal gesagt, daß Goddard ein »gebildeter Mann« gewesen war – er sprach in der Vergangenheitsform von ihm wie von einem Toten.

Mike erzählte mir, wie er einmal durch die Tür von Goddards grauer Bretterhütte gespäht hatte, als der Einsiedler weggegangen war. Er hatte schmutziges Bettzeug gesehen und einen Haufen Ramsch; es roch wie in einer Tierhöhle, und er traute sich nicht hinein.

Der Alte hatte ihn über jene Grasflächen geführt, die so grün waren wie Wales, und weiter in das Buschgras, an das ich mich erinnerte – Gebiete, so farblos wie Papier. Und dann war Goddard in den Abflußgraben hinuntergestiegen – einen Ort des Schreckens und der Düsternis. Dort wucherten die Brennesseln – bösartiges, beflecktes Unkraut aus einem früheren, befleckten Jahrhundert, einem früheren Land –, die Mike sagten, daß er zu weit gegangen war. Irgendwie vermittelte er mir den Eindruck, er wäre mit seinem Betreten des Abflußgrabens in das neunzehnte Jahrhundert, als die Farm gegründet worden war, eingedrungen. Und Goddard war für ihn inzwischen auch einer aus jenem Jahrhundert. Ich glaube kaum, daß diese Vorstellung von ihm bis ins Letzte durchdacht war, aber für ihn schien sie real zu sein.

Eines Tages war der Einsiedler abrupt stehengeblieben und hatte Mike einen schnellen Blick über die Achsel zugeworfen. Sein weißes Gesicht war boshaft, drohend und anzüglich gewesen. Man merkte ihm an, daß er von schmutzigen Dingen wußte, die weit zurücklagen; in seinen Mundwinkeln klebte geronnener Speichel, und Mike hatte sich umgedreht und war die Böschung des Grabens hinaufgelaufen. Doch der Alte hatte hinter ihm her gebrüllt, und diesmal waren seine Worte deutlich zu verstehen gewesen.

Du! Du bist weiter nichts als ein blöder Bauernlümmel! Weißt du, wer ich bin? Ein Prinz! Ich bin ein Prinz!

Als Goddard nicht Obacht gegeben hatte, war er von Michael fotografiert worden. Und auf den entwickelten Fotos tauchte eine Gestalt auf, die viel bemerkenswerter war als die, auf die er seine Kamera gerichtet hatte. Luke Goddard erschien auf diesen Bildern nicht als menschliches Wesen, sondern als schwarzer Geist in der Landschaft, der mit gesenktem Kopf vorüberzog.

In dieser Gestalt tauchte er mit seiner dunklen Jacke in Mikes Träumen auf. Er kam durch das Fenster der Schlafkammer, zerrte an der Bettdecke und versuchte, Mike in die Nacht vor hundert Jahren hinauszuziehen. Und jetzt hatte sich sein düsteres Gesicht verändert – es war jung, edel und vornehm – ein dunkler Prinz der Lüfte.

Über die Jahre hin bekamen Mike und Maureen auf ihren abendlichen Spaziergängen im Busch und am Bach Goddard, der ihnen in einem gewissen Abstand folgte, immer wieder flüchtig zu sehen. Oder er stand wie zufällig unter einem Baum. Einige Zeit lang hatten sie kaum Notiz von ihm genommen, erzählte mir Langford.

 Doch eines Abends tauchte er hinter einem Baum vor ihnen auf und hielt vor seinem schwarzen Mantel etwas, das wie eine in die Höhe gereckte weiße Kerze aussah. Da ging Mike auf ihn los.

Hau ab! Hörst du, du dreckiger alter Halunke? Hau ab!

Doch Goddard schrie hinter ihnen her, und seine Worte waren plötzlich deutlich zu verstehen.

Ich geh zu deinem Vater! Ich erzähl ihm, was ihr treibt! Ich erzähl's ihm!

Mike ging mit erhobener Faust auf ihn los, und der Alte floh in den Wald. Doch im Gehen schrie er wieder. *Ich weiß Bescheid! Ich weiß, was du treibst! Kriechst in ihre Schlüpfer!* Der Einsiedler kletterte in einen Graben und brüllte aus seinem Versteck unflätiges Zeug – einzelne Wörter, ohne Sinn und Verstand, die im Busch widerhallten wie bösartige Eruptionen aus der Erde selbst. Mike sagte, daß er und Maureen sich danach nachts in der Hopfendarre getroffen hätten.

Ich sah sie vor mir, wie sie auf dem mit Sackleinen bespannten Boden des Trockenraums lagen und sich mit einer Inbrunst aneinander klammerten, die wie Furcht war, umgeben vom Hopfengeruch. Manchmal vernahmen sie unten ein Knarren oder Schlurfen, sagte Mike – sogar ein Knarren auf der Treppe. Das ist er, sagte dann Maureen. Er ist da unten. Geh nachsehen, Mike. Ich fürchte mich vor ihm.

Doch Mike hatte Goddard dort nie entdeckt und aufgehört, ihn ernst zu nehmen. Nichts war wichtig außer ihrer Liebe. Er nahm es nicht einmal ernst, als sie ihm erzählte, daß Goddard sich wieder vor ihr entblößt hatte, als er sie allein bei den Hütten getroffen hatte. Langford sah in dem Einsiedler nichts weiter als einen ordinären Clown.

Ein jämmerlicher alter Kerl, der seinen Schwanz raushängen läßt, sagte er. So hab ich ihn gesehen. Ich war so verdammt blöd. Jetzt träume ich immer noch davon, sagte er – immer denselben Traum: Maureen und ich stehen hinten im Trockenraum und halten uns in den Armen wie damals. Im Traum stinkt es nach vorjährigem Hopfen, und der Gestank ist Teil der Angst. Das Gebäude ist wie ein Gefängnis – du kennst es ja, Ray. Die alten Ziegelmauern, kleine Fenster, Halbdunkel. Maureen sagte immer, es sei unheimlich dort, und auf gewisse Art stimmte das. Mir kam es immer so vor, als wäre dort drinnen noch jemand anwesend, einer, den man nicht sehen konnte.

Und im Traum weiß ich immer, daß da wirklich noch jemand ist – außer uns ist noch ein anderer im Gebäude, auch wenn ich niemanden sehe.

Im Traum bitte ich Maureen immer, aus der Hopfendarre herauszukommen; doch sie klammert sich an mich und bittet mich zu bleiben. Bleib, sagt sie. Schick mich nicht weg. Ich will nur bei dir sein.

Je stärker der Gestank wird, desto mehr zieht es mich hinaus, sagte er. Doch sie will nicht mit, sie weint und klammert sich an mich. Dann wache ich auf, und ich weiß, daß es zu spät ist, sie zu retten.

Er zündete sich noch eine Zigarette an und verstummte, versuchte, die Beine auszustrecken. Ich wartete, und nach einer Weile fuhr er fort.

Es geschah, als ich für drei Tage in Melbourne war, sagte er. Cliff und ich machten einen Ausflug dorthin – eines der wenigen Male, daß der Alte uns Urlaub von der Farm gab. Goddard muß stärker gewesen sein, als er wirkte. Und Maureen war ein zierliches Mädchen. Er hatte sie nicht nur vergewaltigt, sondern auch geschlagen, erzählte man mir – ich weiß nicht, wie schlimm. Und ich habe sie seitdem nie wiedergesehen. Als ich es bei meiner Rückkehr erfuhr, hatten die Maguires schon zusammengepackt und waren fortgezogen. Das war alles in den paar Tagen passiert; die Familie war verschwunden, und Goddard war auch fort. Ich habe nie herausgefunden, wo er geblieben ist, und er wurde nicht einmal verhaftet oder verhört.

Dann redete mein Vater mit mir. Er sagte, daß Goddard verrückt sei und für seine Taten nicht verantwortlich. Er hatte ihn mit dem Auto von unserem Land weggebracht. Doch er stellte es so hin, als habe Maureen ihn wahrscheinlich provoziert.

Dafür hätte ich ihn umbringen können, sagte Langford. Ehe ich weggegangen bin, habe ich Dinge gesagt, die er nie verzeihen wird. Am selben Abend habe ich die Farm verlassen und bin per Anhalter nach Hobart gefahren; ich bin nie wieder dort gewesen.

Er wandte sich zu mir. Im weißen Scheinwerferlicht der entgegenkommenden Autos wirkte sein Gesicht plötzlich älter; ich fand, er glich einem hageren Mann mittleren Alters. Sie hat nicht auf mich gewartet, sagte er. Ich habe sie überall gesucht, aber sie ist mit ihrer

Familie einfach verschwunden. Sie hat nicht auf meine Rückkehr gewartet. Das werde ich nie verstehen, Ray.

Ich versuchte, Erklärungen anzubieten, und nahm meine kurze juristische Erfahrung zu Hilfe. Schüchterne Mädchen wie Maureen, denen niemand den Rücken stärkt, seien immer sehr zurückhaltend, wenn es um eine Aussage ging, daß sie vergewaltigt worden seien. Mit gutem Grund befürchteten sie, daß die Polizei und die Verteidiger sie demütigen und andeuten würden, sie hätten es sich selbst zuzuschreiben – genau, wie es der alte Langford getan hatte. Und vielleicht hatte sein Vater ja sogar den Maguires gegenüber diesen Verdacht geäußerst; und sein Wort hätte bei der Polizei mehr gegolten als das ihre. Maureens Familie habe somit John Langford gefürchtet, und auch die Polizei – sahen Pflücker die Polizei nicht als ihren natürlichen Feind an? Also war Flucht die einzige Antwort für sie gewesen.

Doch nichts davon befriedigte Mike. Er schüttelte den Kopf, starrte stumpf durch die Windschutzscheibe und verfiel wieder in Schweigen.

Ich drückte ihm gegenüber meine Empörung aus; doch ich merkte, daß ich eigentlich nicht überrascht war. Goddard hatte immer etwas Böses im Schilde geführt. Es mußte halb drei an einem heißen Nachmittag gewesen sein, als er es tat, dachte ich. Ja, da mußte es geschehen sein – in der Zeit der Langeweile und des Wahns, wenn das Licht wie geronnenes Fett war, wenn Mord sich im Holzstoß regte.

»Nett von euch, daß ihr mir diese Sachen geben wollt«, sagte ich.

»Mike wollte es so«, sagte Marcus. »Er hat's uns im letzten Brief, den er an uns geschrieben hat, mitgeteilt.« Seine dunklen Augen ruhten einen Augenblick lang auf mir, dann glitten sie weg.

In dem Abstellraum hatte sich nichts verändert. Die Gegenstände dort befanden sich offenbar alle an ihrem alten Platz; ein Dreirad war dazugekommen, zweifellos gehörte es einem von Cliffs Kindern. Und auch die stille Moderluft hatte sich nicht verändert. Der einzige wirkliche Unterschied bestand darin, daß das nachmittägliche Licht, das durch das Leinwandrollo drang (dessen Ränder nun zerschlissen und bröcklig waren), weniger intensiv wirkte. Vielleicht schwächte der Herbst das Leuchten ab.

Wir standen in der Mitte des Raumes am Tisch. Auf dem Tischende, das uns am nächsten war, lagen in einem Schuhkarton Briefe, die Mike an seine Brüder geschrieben hatte. Daneben ein kleiner Stoß Schwarzweißfotos im Stile der Bildberichterstattung von Mike und anderen Kameraleuten und Journalisten in verschiedenen Gegenden Asiens aufgenommen. Einige waren Kopien von denen, die ich schon besaß; andere waren neu für mich.

»Die habe ich für dich zusammengestellt«, sagte Marcus. »Mike hat Cliff und mir die ganzen Jahre über mindestens einmal aller vierzehn Tage geschrieben. Er war ein sehr guter Briefeschreiber. Er hat uns alles über sein Leben dort drüben erzählt, und über die politische Situation in den Ländern, in denen er gearbeitet hat. Wir haben eine Menge gelernt. Ich dachte, du würdest sie dir vielleicht ausborgen wollen.«

Ich lauschte der gedämpften, bedächtigen Stimme, die ich so selten vernommen hatte. Es war, als höre man einen Mann sprechen, der des Sprechens gänzlich ungewohnt war, den man stets für stumm gehalten hatte. Marcus, den stillen Bruder, hatte ich nie richtig gekannt. Wenn er mit seinem Stab und seinem Kontrollbuch durch die Hopfenfelder lief, bewegte er sich in einer anderen Dimension, wie einer, den man sich nur vorstellt und nicht sieht; nun stand er höflich hier, seine braunen, verarbeiteten Hände hängen mit gekrümmten Fingern herab. Er war noch immer Junggeselle; und er war wirklich ein schlichter Mann vom Lande, dem das Reden schwerfiel und der den Zaun des Junggesellendaseins um sich herum zusammengenagelt hatte, wie das solche Männer oft tun, und sich immer in seinen privaten Gräben des Schweigens bewegt hatte. Er war nun in den Fünfzigern und hatte sich wenig verändert, nur sein dicht anliegendes, ordentlich gebürstetes Haar war nicht mehr schwarz, sondern grau, und die Höhlen seiner tiefliegenden Augen wirkten noch tiefer. Er trug, zu Ehren meines Besuchs, ein sauberes blaues Hemd und einen gestreiften Schlips.

»Wir haben nicht gewußt, wie sehr alle Mike geschätzt haben«, sagte er. »Anrufe kamen aus Städten wie New York und Hongkong.« Er schüttelte den Kopf. »Aber Cliff und ich hatten diesen Leuten nicht viel zu erzählen. Viele von ihnen haben sich nach seinen Papieren und Tonbandaufzeichnungen erkundigt. Ich bin froh, daß er sie an dich geschickt hat, Ray – du kannst mit diesen Dingen besser umgehen als unsereins. Vielleicht sollte man sie veröffentlichen – meinst du nicht?«

»Vielleicht«, sagte ich. »Ich werde tun, was ich kann.« Es entstand eine kurze Pause; dann stellte ich die Frage, die ich aufgespart hatte. »Was glaubst du, warum er es getan hat?«

Marcus sah mich von der Seite an. »Warum er dieses Risiko eingegangen ist, meinst du? Ich glaube nicht, daß wir das jemals erfahren werden.« Sein Gesicht drückte Bedauern aus, doch nicht die Gefühlstiefe, die ich erwartet hatte – nicht den offenen Kummer und den Schmerz, den Cliff und seine Frau Helen bei meiner Ankunft gezeigt hatten. Vielleicht hatte Marcus nicht das Gesicht, das wirklichen Kummer auszudrücken vermochte; oder vielleicht gab es in Marcus' stiller Welt keine so starken Gefühle.

»Glaubst du, es besteht noch Hoffnung, daß er am Leben ist?« fragte ich.

Marcus verstummte und starrte in Richtung des Rollos am Ende des Raumes; dann schüttelte er den Kopf. »Nach dem, was man uns gesagt hat, nicht, Ray – nein. Ich habe mit diesen Leuten von der Regierung in Canberra am Telefon darüber gesprochen, und ich glaube, er lebt nicht mehr.« Das sagte er in einem klagenden, fast singendem Tonfall, der typisch für die ländlichen Gebiete ist; und er wiederholte es, wie das Leute vom Land tun, wenn die Stimmung traurig ist. »Nein, ich glaube, er lebt nicht mehr.«

Jetzt war ich an der Reihe, zu schweigen und mich im Raum umzusehen. Ich merkte, wie ich das Porträt anstarrte, das immer noch auf dem Zederntischchen stand. Das Schreibpult ohne Beine war auch noch dort. Eine schöne Handwerksarbeit; ich ertappte mich dabei, daß ich hoffte, es sei Teil von Mikes Vermächtnis an mich.

»Ich sehe, daß du Mr. Devereux anschaust«, sagte Marcus. »Nun, der gehört jetzt dir. Das ist das Bild, das Mike dir vermachen wollte.«

»Heißt er so? Ich nahm an, er hieße Langford.«

»Nein; er war ein Verwandter mütterlicherseits, glaube ich. Das liegt so weit zurück, daß nicht mehr viel bekannt ist. Ich habe nie von irgendwelchen anderen Devereux-Angehörigen gehört. Die Familie muß ausgestorben oder aufs Festland gezogen sein.«

»Ein schönes Gemälde«, sagte ich.

Das stimmte; und ich war insgeheim ganz aufgeregt, weil ich ein so ausgezeichnetes Porträt aus der Kolonialzeit in Besitz nahm – was ich schlau zu verbergen suchte, falls Marcus es sich anders überlegen sollte.

Das Gemälde war noch meisterhafter, als ich es in Erinnerung hatte und das Bild hatte die Kraft, auf das Wesen des Dargestellten hinzuweisen. Ich bückte mich und schaute verstohlen nach der Signatur, was mir als Fünfzehnjährigem nicht eingefallen war. *N. Howard* – von einem Maler dieses Namens aus der Kolonialzeit hatte ich nie gehört; zweifellos war er vergessen, oder er war nur kurz in Van Diemen's Land gewesen. Ich müßte es vom Museum begutachten lassen. Der von Howard Porträtierte, der hier die ganze Zeit versteckt gewesen war, sah noch immer mit ironischem Blick auf etwas, was sich rechts vom Bilderrahmen, also links von mir, befand. Sicher war er ein schöner Mann – mein Gedächtnis hatte mich nicht getäuscht. Doch er wirkte jetzt mit seiner braunen Haarmähne jugendlicher als vor fünfundzwanzig Jahren. Schließlich war er nun so etwa zehn Jahre jünger als ich, statt ungefähr fünfzehn Jahre älter wie damals. Und die Gefühlstiefe und das Spiel der Gegensätze in seinen Zügen hatte sich mein junges Ich nicht nur eingebildet. Ich erkannte jetzt auch das, was mir mit Fünfzehn verborgen geblieben war: Humor, Sensibilität, Hochmut, und darunter eine rätselhafte Aggressivität. Die Ähnlichkeit mit Mike – und entfernter, mit Ken – fiel mir wieder auf.

»Das Bild gehört genau genommen uns allen dreien«, sagte Marcus. »Doch Mike wußte, daß Cliff und ich an alten Bildern nicht interessiert sind. Auch nicht besonders an Vorfahren. Cliff und ich wissen kaum etwas über diesen Burschen. Deshalb wollte Mike, daß du es als Geschenk erhältst, da du dich so für Geschichte interessierst. Das und die alten Tagebücher, die dieser Ururgroßvater Devereux führte, an denen Cliff und ich auch nicht interessiert sind. Hab sie nie gelesen, um ehrlich zu sein, und weiß deshalb auch nicht, was drin steht. Dad hat sie gelesen, aber er hat nicht viel darüber erzählt, er hat nur gesagt, es sei eine Menge Politik und Schmutz darin. So ist alles ein letztes Geschenk von Mike für dich, kann man sagen. Falls er wieder auftaucht, kannst du ihm natürlich alles wiedergeben. So.«

Er drehte den Schlüssel des Schreibpults um, klappte den Deckel zurück und holte die beiden in Kalbsleder gebundenen Notizbücher heraus. Er übergab sie mir etwas verlegen und beobachtete meine Miene. Ich blätterte hastig in den ersten Seiten des obenauf liegenden Buches – Seiten, die zu lesen ich mit Fünfzehn keine Zeit mehr gehabt hatte.

Tagebuch, 1848 – 1850
Begonnen an Bord des Schiffs »Medway« bei den Bermuda-Inseln. Fortgeführt an Bord des Deportationsschiffes »Sir Stamford Raffles« und in Van Diemen's Land.

Robert Devereux

21. Juni 1848. An Bord des Schiffs »Medway«. Sie sprechen über mich, durch die Wand …

Ich schloß das Buch wieder, tat, als sei mein Interesse nur oberflächlich; mein Herz raste bei der Aussicht, ein solches Zeitdokument zu besitzen, und ich war besorgt, daß Marcus es sich anders überlegen und die Tagebücher nicht herausrücken würde. »Ja, interessant«, sagte ich. »Ich werde sie zu Hause studieren. Ich betrachte es als Ehre, daß Mike mir diese Sachen vermacht hat.«

Er lächelte; und ich sah den schlauen Zug an ihm. »Nicht viel Ehre«, sagte er. »Hast du dich nicht gewundert, warum der Alte seinen Ururgroßvater hier versteckt hielt, statt ihn über den Kamin zu hängen?«

Er hatte ein Geheimnis mitzuteilen, sah ich, und es machte ihm Spaß. Ja, erwiderte ich, ich habe mich gewundert.

»Aus dem Grund, aus dem die Leute in Tasmanien immer schon ihre Vorfahren versteckt haben, Ray. Er war ein Sträfling.«

»Aha.« Verblüfft starrte ich das Bild an. Der Anfang des Tagebuches war erklärt – wenigstens teilweise. Ich hatte angenommen, Devereux sei ein Kolonialbeamter oder Militär gewesen – ein Aufseher, jedenfalls kein Gefangener. Ehe ich mich's versah, entfuhr mir jetzt das alte Klischeewort des neunzehnten Jahrhunderts. »Der Makel«, sagte ich.

Marcus' belustigtes Grinsen wurde breiter, und er nickte. »Der Makel«, bestätigte er. »Und dieser Devereux muß ein schlimmer Bursche gewesen sein. Der Alte hat sich deswegen schrecklich geschämt. Ich für mein Teil geb gar nichts drauf – ich bin nicht so eingebildet wie der Alte. Aber du weißt ja, wie es war – es galt immer als eine große Schande, wenn man Sträflinge in der Familie hatte, nicht wahr? Die Leute wollten nie was von ihren Urgroßeltern wissen, aus Angst, einen zu entdecken.«

Ja, sagte ich, ich weiß.

In der Generation des alten John Langford wäre so eine Entdeckung viel ärgerlicher gewesen als heutzutage; und die Wahrheit war, daß sie immer noch gemischte Gefühle hervorrief, trotz unserer üblichen Beteuerungen, daß man stolz sein könne, wenn man Sträflinge unter seinen Vorfahren entdecke. Für John Langford wäre das die größte denkbare Schande gewesen. *Von Sträflingen abstammend* – jetzt begriff ich seinen Zorn. Die Bedrohung, die alle Tasmanier insgeheim fürchteten – aus den Tiefen der Jahre war sie aufgetaucht, um ihm zu schaden, ihn zu entehren und zu demütigen, um ihn für immer in ihren elenden und düsteren Reihen festzuhalten. Und er hatte es einfach nicht wahrhaben wollen, hatte es weggeschlossen und versteckt, wie es sein Vater und Großvater getan hatten. Aber vor sich selbst konnte er es nicht verbergen. Es war immer präsent, wie die Symptome einer erblichen Krankheit.

»Ein Wunder, daß er diese Tagebücher nicht verbrannt hat«, sagte ich.

»Dazu war er zu verdammt geizig«, sagte Marcus. »Er dachte, sie könnten wertvoll sein – selbst wenn Devereux ein Sträfling war. Offenbar war der Bursche ein ganzes Stück über dem Durchschnitt. Gute Familie, und all das.«

»Er sieht nicht wie ein Verbrecher aus«, sagte ich. »Was hat er getan?«

»Dad sagte, es sei etwas Politisches gewesen. Er war Ire. Die haben immer Unruhe gestiftet, die Iren, wie? Du wirst das vielleicht in den Tagebüchern entdecken, wenn du dich durcharbeiten kannst. Vielleicht wirst du sie veröffentlichen, Ray.«

Er betastete das Schreibpult, dann grinste er mich mit einem Anflug von Bauernschläue von der Seite an. »Aber diesen Setzkasten kriegst du nicht. Der Alte hat immer geglaubt, daß er Devereux gehört hat, also muß er ziemlich alt sein. Saubere Handwerksarbeit – Mahagoni und Messing. Der ist was wert, meinst du nicht auch?«

 »Ja. Ein hübsches Erbstück«, sagte ich. »Ich wundere mich, wie es einem Sträfling gelingen konnte, so etwas mit sich zu führen. Darf ich es mir mal näher ansehen?«

Er nickte ein wenig zögernd, und ich machte mich daran, das Innere zu untersuchen. »Diese Schreibpulte haben gewöhnlich Geheimfächer«, sagte ich. »Sie sind nicht schwer zu finden.«

Ich sollte recht behalten; es ließ sich in der üblichen Weise mit einer Feder betätigen, und Marcus sah mich scharf an. »Na aber«, sagte er. »Wir wußten gar nichts davon.« Er rückte näher, als befürchte er, ich könne den Inhalt stehlen, und lugte in das Fach. »Irgendwas Wertvolles da drin?«

Da waren nur ein paar private Briefe. Ich faltete einen davon auseinander; er stammte offensichtlich aus der gleichen Zeit wie die Tagebücher und war mit *Catherine* unterzeichnet. Mein Herz raste wieder; diese Briefe waren seit hundert Jahren nicht angerührt und gelesen worden, und ich ich war ganz begierig darauf. »Sie scheinen von seiner Frau zu stammen«, sagte ich. »Darf ich sie zu den Tagebüchern legen?«

»Nimm sie nur«, sagte Marcus. »Mich interessieren sie nicht.«

Seine Miene war mürrisch; er hatte vielleicht Geld zu finden gehofft, und er blickte sich jetzt in der Abstellkammer um, als frage er sich, warum er hier sei. Für seine Verhältnisse war Marcus richtig gesprächig gewesen. Das durch das Rollo dringende Licht war am Erlöschen, und seine Züge waren undeutlich, die Augen in ihren tiefen Höhlen verborgen. Als er wieder sprach, schien er mir die dunkle Autorität anzunehmen, die er in seiner Jugend besessen hatte, wenn er mit seinem Stab und dem Kontrollbuch durch die Hopfenfelder gegangen war.

»Manche tragen ihre Vergangenheit wie einen Sattel auf dem Rücken«, sagte er. »So war's bei meinem Vater. Sie rieb ihn wund. Ich schätze, dieses Zeug hat ihn beeinflußt, wie es hier drin hockte. Wir wollen es zusammenpacken, Ray.«

Ich steckte die Tagebücher und Briefe vorsichtig in meine Aktentasche; dann hob ich den Stapel Zeitungsfotos hoch, und das oberste bannte für einen Moment meinen Blick.

Mike ging mit südvietnamesischen Soldaten im Gänsemarsch durch ein Reisfeld im Mekongdelta. Sie marschierten über dem seichten Wasserbecken des Reisfeldes auf einem Deich entlang; man sah junge Sprossen. Eine kleine Filmkamera hing an einem

Riemen an Mikes Handgelenk; er trug eine Drillichuniform und Dschungelstiefel wie die Soldaten. Doch im Gegensatz zu den Soldaten hatte er keinen Helm, und sein blondes Haar leuchtete vor dem Hintergrund des Wassers und der Bäume. Er wirkte sehr groß inmitten der kleineren vietnamesischen Männer, doch ihre Gesichter waren gezeichnet von dem, was sie erlebt hatten, und im Vergleich dazu wirkte sein Gesicht kindlich. Er war jung; es waren die sechziger Jahre; er besaß eine Schönheit, die ihn ein wenig unwirklich machte. Der Krieg würde immer weitergehen, und er würde nie sterben. Er lächelte kühl-belustigt, mit vorgeschobener Unterlippe.

Das Foto war tot – tot wie dieses Jahrzehnt, wie der Krieg, wie das Porträt aus dem neunzehnten Jahrhundert – und verströmte den schwachen Geruch aller toten Gegenstände. Und ich rief mir noch einmal ins Gedächtnis, daß Mike selbst mit großer Wahrscheinlichkeit tot war. Doch er und der Mann auf dem Gemälde erwachten zum Leben, als ich sie betrachtete, ihr Lächeln war das gleiche Lächeln, das sich auf zwei verschiedenen Gesichtern wiederholte.

5.

Ich schaltete die Schreibtischlampe aus und saß im Dunkeln.

Vierzig, sagte ich. Vielleicht hast du es nur bis Vierzig geschafft. Weiter geht es nun nicht mehr. Vier Monate jünger als ich. Novemberkind und Julikind. Du der Pfeil in der Luft; ich der Krebs unterm Stein. Jetzt habe ich deinen Schatz, unter meinem Stein. Was werde ich damit anfangen?

Während der letzten vierzehn Tage hatten sich die meisten von uns daran geklammert, daß Langford noch am Leben sein mußte. Aber in dieser Woche war etwas geschehen, was unsere Hoffnungen schmälerte. Das war auch der Grund für meinen Entschluß, Diana Lockharts Vorschlag zu folgen: Ich würde nach Bangkok fliegen, um zu sehen, was ich auf eigene Faust herausfinden konnte. Ich hatte an Jim Feng geschrieben, um ein Treffen mit ihm zu vereinbaren, und mir einen Platz in einem Flugzeug reservieren lassen, das in zehn Tagen von Melbourne abflog.

Eine Reihe englischsprachiger Zeitungen in der ganzen Welt hatte in dieser Woche Beiträge veröffentlicht, die auf Nachrufe hinausliefen, obwohl sie sich nicht festlegten, was Langfords Schicksal betraf. Seine Leistungen, und was die Presse nun die »Langford-Legende« nannte, wurden abschließend gewürdigt. Das alles wegen eines unbestätigten Berichts, der von der thailändisch-kambodschanischen Grenze gekommen war.

Sogar die *New York Times* hatte eine dreispaltige Story gebracht, und Würdigungen von Journalisten aus Nordamerika, Europa und Asien trafen zahlreich ein. Die Auslandskorrespondenten schienen übereinstimmend der Meinung zu sein, daß er einer der besten Kriegsfotografen gewesen war, den der Vietnamkonflikt hervorgebracht hatte; er besaß sogar Verehrer, die ihn zum besten aller Zeiten erklärten. Mich hatte die Woge des Gefühls überrascht; fast jeder, mit dem er je zusammengearbeitet hatte, schien Mike gemocht – ja sogar geliebt – zu haben. Er war in die Brüderschaft der internationalen Journalisten stärker integriert als in ein Land; doch die australische Presse beanspruchte ihn für sich und zog in Features alle Register sentimentalen Stolzes. Gleichzeitig konnte sie im Geheimnis schwelgen und andeuten, daß Langford immer noch wiederauftauchen könne.

Wie Lockhart hatte ich nie ernsthaft mit einer solchen Möglichkeit gerechnet, wenn man den Charakter des Khmer-Rouge-Regimes in Betracht zog. Doch bis jetzt waren unsere Hoffnungen durch Langfords Kollegen von der Presse in Asien am Leben erhalten worden.

»Langford kann es nicht erwischt haben«, sagte einer von ihnen, ein lustiger australischer Radioreporter mittleren Alters, der in Bangkok arbeitete – einer von Mikes Trinkkumpanen, den man im Fernsehen interviewte. »Nicht Snow«, sagte er. »Er taucht wieder auf und gibt uns allen in der Foxhole-Bar einen aus.«

Doch dann kam der Bericht von Mikes Tod.

Er stammte von einer neuen Khmer-Flüchtlingsgruppe, der die Flucht über die Grenze gelungen war, und war vage, was die Einzelheiten anging. Die genauen Umstände, unter denen Langford angeblich zu Tode gekommen war, blieben ungewiß, da die Flüchtlinge keine Augenzeugen des Geschehens waren, sondern nur davon gehört hatten. In einem stimmten jedoch alle überein: Ein westlicher Korrespondent, auf den seine Beschreibung zutraf, war von den Roten Khmer gefangen genommen – und Berichten zu Folge – hingerichtet worden.

– Manchmal denke ich daran, nach ihnen meine Memoiren zu schreiben, jetzt, wo der Krieg vorbei ist. Ich hoffe natürlich, es kommt nie dazu, daß du sie dir anhörst – keiner kennt sie bisher – aber wenn doch, sind sie vielleicht von Interesse. Du hast dich immer für Geschichte interessiert ...

Wieder schaltete ich den Tonbandbrief aus. Wollte er wirklich, daß ich diese Memoiren für ihn schrieb? Direkt sagte er das nicht; so ein schlauer Fuchs war er immer. Doch ich nahm an, daß er es tatsächlich wünschte; und wenn es sich herausstellte, daß er endgültig verloren war, würde ich es tun – soviel wußte ich bereits. Auch er wußte es, hinter meiner Schulter stehend.

Die auf Tonband gesprochenen Tagebücher, die ich mir nun fast alle angehört hatte, hatten mich sehr überrascht. Weil Mike so schweigsam war, hatte ich immer gedacht, er könne sich nicht ausdrücken, ja sei sogar phantasielos. Für seine Tonbandaufzeichnungen traf das jedenfalls nicht zu, wie sich nun herausstellte – es traf nicht zu, wenn er allein war und in sein Gerät sprach. Waren es die Prügel des alten John Langford, die ihn äußerlich hatten erstarren lassen? Der frühe Tod seiner Mutter? Es existierte ein inneres Leben, was ich zwar geahnt hatte, auf das mir aber selten ein kurzer Blick vergönnt gewesen war; jetzt befand sich alles in meinen Händen, komplexer und intensiver, als ich es je für möglich gehalten hatte – und ich konnte damit machen, was ich wollte.

Es würde eine Menge durchzusehen geben, wenn ich das ordentlich tun wollte. Als erstes müßte ich das gesamte Material nach Kategorien sortieren – Tonbänder, Fotos, Arbeitstagebücher, Notizbücher, Berichte und die Briefe, die Marcus mir gegeben hatte. Es gab einen kleinen Berg an Material; möglicherweise müßte ich eine Verweiskartei anlegen. Ich dachte an einen Text, der mit seinen Fotos bebildert war – eine Denkschrift.

Die Arbeit würde umfangreich, doch nicht schwierig sein. Seine Notizbücher und Papiere waren gut geordnet und wiesen kaum Spuren vom Herumreisen auf – wie die Habseligkeiten eines peniblen Junggesellen, dessen Existenz, dessen Dasein völlig gleichförmig, ja sogar langweilig verlief. Ja, es befand sich alles in erstaunlich gutem Zustand für einen Kriegsfotografen, der ständig von Land zu Land unterwegs war und von einem Kampfgebiet zum andern, dessen Existenz als äußerst bewegt, wurzellos und gefährlich galt – besonders bei gewissen Typen abgesicherter, melancholischer Männer, die ihn offen beneideten und die mich mit einem weit verbreiteten Ausdruck unverhohlener Sehnsucht auf dem Gesicht über ihn ausfragten; Männer, die Mikes Leben nur in ihrer Phantasie teilten und die sein wirkliches Leben, und sei es nur für einen Tag, unerträglich gefunden hätten.

Die Arbeitstagebücher interessierten mich am wenigsten, da sie nur nüchterne dienstliche Berichte über ausgeführte Aufträge enthielten, über Kosten von Filmmaterial und geltend gemachte Ausgaben. Aber sie alle hatten ein gemeinsames Merkmal, was mich doch interessierte. Jedes hatte dasselbe Motto auf dem Deckblatt, in Langfords kleiner, sorgfältiger Handschrift:

Du hast nie gelebt,
Bis du fast gestorben bist;
Und für die, die darum kämpfen,
Haben Leben und Freiheit einen Geschmack,
Den die Behüteten nie kennen werden.

Ein Autor war nicht genannt. Wo hatte er das entdeckt? Als ich es zum erstenmal las, war ich bewegt und verlegen, als hätte ich etwas entdeckt, das keiner sehen sollte; und ich dachte darüber nach, wenn ein Mann der Tat die Geheimnisse seines Geistes offenbarte, dann konnte er langweilig wirken. Es sah fast einem Schuljungen ähnlich, jene Inschrift so treuherzig jedes Jahr wieder in das Arbeitstagebuch zu schreiben. Als ich sie mir jetzt noch einmal ansah, hatte ich gar nicht mehr dieses herablassende Gefühl. Das war sein Credo, nach dem er gelebt hatte und für das er vielleicht gestorben war. Er hatte sich das Recht verdient, das in seine Arbeitstagebücher zu schreiben – auch wenn er mir dadurch unheilbar jung erschien. Mit Dreißig und mit Vierzig war er der gleiche junge Mann geblieben, der sich tagtäglich mit dem Elixier der Gefahr anspornte und jedes Jahr in das Buch die gleiche beschwörende Formel schrieb, die allem einen Sinn gab. Warum auch nicht? Er hatte vermutlich in jeder beliebigen Woche intensiver gelebt als ich in meinem ganzen Leben.

Die Notizbücher schienen zunächst persönliche Tagebücher zu sein, waren es aber bei näherer Betrachtung nicht. Jedes war mit »Kontaktnotizen« betitelt, und diese Kontaktnotizbücher handelten ausschließlich von anderen Leuten – meist Führungspersönlichkeiten im politischen, militärischen und geschäftlichen Bereich in Indochina. Sie hatten die Form fortlaufender Tagebücher und verzeichneten Einzelheiten über Langfords Begegnungen mit den Personen, die Gegenstand seiner Eintragungen waren. Bevor ich mir die Tonbänder angehört hatte, war es für mich schwer zu begreifen gewesen, warum ein Kriegsfotograf so detailliertes Hintergrundmaterial benötigte oder diese Begegnungen so sorgfältig dokumentierte.

Das Anhören von dem, was ich sein Tonbandtagebuch nennen will, hatte viele Abende in Anspruch genommen. Jede Kassette hatte er säuberlich beschriftet, und sie reichten vom Februar 1965 bis zur Woche vor dem Fall von Saigon – vor nun über einem Jahr.

Es war klar, daß er bei vielen dieser Tagebuchbeiträge auf Tonband seine geplanten Memoiren im Sinn hatte. Ausführliche Betrachtungen über den Verlauf des Vietnamkriegs waren da zu finden, Berichte über miterlebte Kämpfe und Eindrücke von militärischen und politischen Führern. Solche Abschnitte dokumentierten ein Leben, das sich in Verbindung mit gewaltigen gesellschaftlichen Ereignissen vollzog – Leben als Geschichte. Er dokumentierte es ganz gewiß gut. Mir kam der Verdacht, daß er sich als jemanden sah, der in seiner von ihm selbst ersonnenen Story lebte, seit er zum erstenmal nach Singapur gekommen war. Doch viele andere Abschnitte waren höchst privat. Das waren eindeutig Aufnahmen, die er nur für sich gemacht hatte, wie er in seinem Tonbandbrief angedeutet hatte. Tonbandaufzeichnungen haben das verhängnisvoll einfach werden lassen – es war viel einfacher, als sich einem Tagebuch anzuvertrauen. Doch selbst bei diesen Abschnitten, so intim sie auch waren, fand ich, daß Langford, wie im Leben, immer noch ein wenig reserviert blieb; und ich fragte mich, ob es einst freimütigere Abschnitte gegeben haben mochte, die er nachträglich eliminiert hatte.

 Die Erzählung, an die ich mich nun wagen wollte, würde nicht ganz dem Buch entsprechen, das er selbst geplant hatte. Ich würde mir gestatten, die Aussagen des Tonbandtagebuchs dort zu erweitern, wo ich meiner Ansicht nach das nötige Wissen oder den nötigen Einblick hatte – und wo seine Freunde etwas ergänzen konnten, wenn ich nach Bangkok kam. Ich könnte mir sogar einige der Freiheiten eines Romanschreibers nehmen – einige, aber nicht allzuviele. Wenn das Ergebnis mehr enthüllte, als er geahnt haben mochte, konnte ich nur hoffen, daß er mir verzeihen würde; doch es war schließlich die innere Geschichte, die am erzählenswertesten war.

Beim Skizzieren der äußeren Geschichte würden mir seine Fotografien helfen – die zwei in New York und London erschienenen Fotobände über Indochina und die unveröffentlichen Fotos, Negative und Diapositive, die er mir überlassen hatte.

Ich holte jetzt einige von ihnen hervor: Schwarzweißfotos aus einem Paket, beschriftet mit *Das Delta*. Bilder aus dem Vietnamkrieg häuften sich auf dem Schreibtisch und entfalteten im Lichtkreis der Lampe ihre Wirkung – die meisten von Langford aufgenommen, einige von Kollegen oder Freunden, da Mike selbst darauf zu sehen war. Südvietnamesische Soldaten mit Stahlhelmen auf Patrouille arbeiteten sich mühsam durch das hüfttiefe Wasser eines Reisfeldes – kleine, drahtige Männer, deren Gesichter von Erschöpfung gezeichnet waren. Sie rasteten auf einer Uferböschung, die Schnellfeuergewehre neben sich zusammengestellt. Sie lagen auf dem Bauch, unter Feuer. Ich holte noch mehr hervor, und der Schreibtisch war bedeckt mit schwarzweißen Eindrücken von diesem langen, sinnlosen Konflikt, der vor einem Jahr Geschichte geworden war, zusammen mit all den anderen Kriegen. Langfords Krieg – der Mittelpunkt seines Lebens.

Ich sortierte und prüfte weiter.

Auf einer irrationalen Ebene glaubte er nicht daran, daß er sterben könnte; ich wußte jetzt genug, daß ich mir dessen sicher war. Wie anders war seine Gewohnheit zu erklären, unter Feuer zum Filmen aufzustehen, wenn die Soldaten um ihn herum auf dem Bauch lagen? Oder seine Praxis, in der vordersten Linie oder sogar noch vor der Frontlinie zu filmen? Er schien nie älter zu werden; nun war er vielleicht vor dem Alter sicher und gefesselt in der erstarrten Jugend des Soldaten.

Er wartete, in der Dunkelheit hinter meinem Stuhl. Die ruhige Stimme wartete auf den Tonbändern, und mein Kummer war mehrdeutig. Die Vernunft sagte, er ist wahrscheinlich tot, doch das Gefühl sagte, er könnte noch leben; es war einfach eine Möglichkeit, und das Gefühl – eine Mischung aus Zuneigung und Verwirrung –, das er als Kind in mir geweckt hatte, war wieder da. Es kam zu mir von weither, aus jenem tropischen Königreich Dis hinter der thailändischen Grenze, in dem er vermißt war.

ZWEITES KAPITEL

DER BAUCH DES KARPFEN

1.

TONBANDTAGEBUCH: LANGFORD

TONBAND 1: SINGAPUR, 22. FEBRUAR 1965

– Um meine Finanzen zu schonen, habe ich beschlossen, äußerst sparsam zu leben. Ich habe ein Zimmer in einem der schmalen chinesischen Wohnhäuser mit offener Ladenfront gemietet; Mir gefällt der Gedanke, Singapur von unten kennenzulernen. Ich habe eine Reisetasche mit Sachen, dieses neue Tonbandgerät und die Leica, die mein Glück machen soll.

– Bin hierhergekommen, um freiberuflich zu arbeiten. Habe das vor meiner Abreise mit Age vereinbart: Bilder für eine Artikelserie über das unabhängige Singapur, die sie bringen wollen. Ich habe auch ein Empfehlungsschreiben, das ich den Leuten von der Straits Times zeigen kann.

– Ich wollte irgendwann weiter nach London. Aber jetzt weiß ich nicht so recht, ob daraus etwas wird.

In den ersten Augenblicken des Erwachens schaut er verwundert auf den betagten Deckenventilator, der sich über seinem Bett dreht. Das ist für ihn eine merkwürdige Vorrichtung und macht ein Geräusch wie ein Motorboot. Dann sagt es *Singapur*, und ihm fällt wieder ein, wo er sich befindet. Seine Armbanduhr zeigt zehn nach sieben.

Ich sehe ihn vor mir in Wu Tak Sengs Haus; er beschreibt es mit liebevoller Detailtreue. Mit neunundzwanzig hat er noch die hervorragende körperliche Kondition eines Sportlers; jeden Tag joggt er mit religiöser Inbrunst fünf Meilen und wacht zweifellos mit dem Gefühl auf, daß sein Körper gleichmäßig läuft – in bester Verfassung und bereit, ihm zu dienen. Das einfache Laken auf dem Bett ist in der Nacht heruntergestoßen worden; er findet sich nackt in der intensiven, feuchten Wärme Asiens wieder.

Ein kräftiger Sonnenstrahl fällt durch eine Türöffnung, die ein Stück Himmel einrahmt. Er betrachtet das einen Augenblick lang, reckt sich, und schon dringen verschiedene neuartige Laute an sein Ohr. Ein Trillern und Pfeifen von vielen kleinen Vögeln, als befände er sich in einem Vogelhaus. Halb singende chinesische Stimmen, die immer mit einem fragenden Ton abzubrechen scheinen, und jemand räuspert sich ausgiebig und spuckt aus. Von irgendwo unten kommen ein seltsames mechanisches Hupen und ein hartnäckiges hohles Klopfen. Gestern abend ist er mit einer Qantas 707 aus Sydney gekommen und auf dem Flughafen Paya Lebar gelandet, und während er nun hier liegt, rollt die Straße vom Flughafen in die Stadt noch einmal vor seinem inneren Auge ab.

Sein Taxi war ein klappriger Morris Oxford, von einem Sikh gefahren, und im Scheinwerferlicht wurde ihm Asien zum erstenmal gezeigt wie in einer Videoshow, die man zu seiner Unterhaltung veranstaltete. Die alte Straße von Paya Lebar, düster und voller Schatten, war ganz anders als die Autobahn, die den Reisenden heutzutage von Changi nach Singapur bringt; sie war ein leuchtender und menschenwimmelnder Tunnel des Lebens, von düsteren Palmwedeln und riesigen, schlangengliedrigen Banyanbäumen und Regenbäumen gesäumt und überdacht. Dort verwandelte sich die Dämmerung in blauschattige Dunkelheit: *malam*, die große malaiische Nacht, in der die kleinen Geheimnisse der Petroleum- und Öllampen flackerten und glommen. Sie erleuchteten das bescheidene Palmblatt- und Bambusgeflecht der Kampongs; es war eine ländliche Straße, sagt Langford, und das gefiel ihm gleich. Auf ihr zogen in endlosen, fröhlichen Scharen die Vertreter dreier Rassen dahin – Malaier, Inder und Chinesen. Langsame, knarrende Ochsenkarren behinderten das Taxi des Sikh, und der Mann mit Turban am Steuerrad fluchte vor sich hin, als seien sie alltäglich. Spielzeugkleine Buden am Straßenrand mit farblosen Markisen erinnerten an eine andere Existenz, an ein Leben von mittelalterlicher Einfachheit, von dem man immer gewußt hatte, doch das bis zu diesem Augenblick in Vergessenheit geraten war. Mit dem warmen Luftstrom drangen verschiedene Gemüsegerüche durch das offene Fenster des

Taxis. Inder in Dhotis zogen Handwagen; Chinesen in Unterhemden und weiten kurzen Hosen fuhren auf Fahrrädern. Damals gab es wenig Autos.

Manchmal wird der Lebenslauf von einem Erlebnis bestimmt, das unspektakulär und unerwartet zugleich ist. Eine einfache Fahrt vom Flughafen hatte offenbar für Langford diesen Prozeß in Gang gesetzt, und die Stimme auf dem Tonband klingt sanft, fast inbrünstig.

– Das ist der Ort, nach dem ich mich immer gesehnt habe. Wenn es eine Möglichkeit gibt, hier zu bleiben, dann tue ich es.

Er setzt sich auf die Bettkante und schaut sich nach seinen Sachen um.

Das Zimmer, für das er nur zehn malaiische Dollar pro Tag zahlt, befindet sich in der dritten und obersten Etage eines schmalen chinesischen Wohnhauses mit offener Ladenfront auf dem Boat Quay; der Eigentümer ist ein Kaufmann namens Wu Tak Seng. Die beiden Zimmer nebenan sind in Kabinen unterteilt, die ganze chinesische Familien beherbergen – sechs oder acht Leute wohnen in jeder. Das Etablissement ist so beschaffen, daß sehr wenige Europäer in Singapur, von ganz hoffnungslosen Fällen abgesehen, jemals erwägen würden, sich hier einzumieten, und sei es auch nur für einige Nächte. Das Mobiliar ist wie aus einem Obdachlosenasyl: zwei Stahlstühle, ein Tisch mit Kunststoffplatte, eine nackte Glühbirne. Als Kleiderschrank dient eine Hängevorrichtung hinter einem geblümten Lumpenvorhang in einer Ecke. Doch Langford will einen Monat hier bleiben. Welche Vorrichtungen es in Wu Tak Sengs Haus gab, die als Duschen und Toiletten dienten, berichtet er nicht; doch wahrscheinlich waren sie für ihn nicht so abschreckend wie für einen Stadtmenschen. Schließlich hatte er sein Leben zumeist in trautem Umgang mit dem Plumpsklo auf der Farm und seinem alten, beißenden Gestank verbracht; und er hatte abwechselnd mit den anderen den Kanister vorgeholt und die Familienscheiße begraben. Die Umstände, unter denen er aufgewachsen war, hatten ihn in vieler Beziehung gleichgültig gegenüber dem Komfort und dem Luxus dieses Jahrhunderts gemacht; das kam ihm in Asien sehr zustatten.

Die einzige Licht- und Luftquelle ist die Türöffnung am Bettende, die auf einen winzigen Balkon führt. Die Lamellentür, in verblaßtem und nun abblätterndem Himmelblau, steht stets offen; der eine Flügel hängt schief in den Angeln. Er beschreibt einen Balkon mit einer bröckelnden Stuckbalustrade, auf der eine um ihr Leben ringende Jadepflanze in einem Tontopf hockt. Eine kahle Wäschestange aus Bambus ragt schräg wie der Bugspriet einer Yacht über die Straße. Angekleidet geht er dort hinaus in die Hitze, die wie dicke, kochendheiße Suppe über ihn strömt.

Das Pfeifen und Trillern, das er beim Erwachen vernommen hat, wird jetzt erklärlich: Überall auf den Balkonen hängen Bambuskäfige mit Vögeln in der prallen Sonne. Mit den Vogellauten vermischen sich chinesische Musik aus einem Radio, laute kantonesische Stimmen, puffende Schiffsmotoren, das Tuten von Flußbooten, dröhnende Laster, bimmelnde Fahrradklingeln und das Getrappel vieler Füße – das Klicken von Schuhen, das Klappern von Sandalen und das leise Tappen von Barfüßigen. Da ist auch ein trocken-rasselnder Laut, so unaufdringlich wie das Tappen der bloßen Füße: In den Bäumen, die den Kai säumen, schüttelt eine schwache Brise große schwarze Hülsen; ein Laut, der hier in sein Leben eingewoben werden soll.

Das Radio ist ziemlich nahe, und eine chinesische Frauenstimme singt hoch und klagend-traurig wie ein Kind, doch verführerisch-lockend, zwischen Disharmonie und Süße schwebend – eine Melodie, in der chinesische und westliche Elemente verschmelzen. Er hat noch nie ein kantonesisches Liebeslied gehört, und es erblüht für ihn wie die eindrucksvollste aller Kreuzungen, die von Schönheit mit Fremdheit. Mit diesen Lauten steigt eine Wolke von Gerüchen zu ihm herauf: kochender Reis mit Schweinefleisch, verfaulender Kohl, Gummi, der süße Geruch von Sandelholz und ein durchdringender Gestank von der schmalen, den Gezeiten unterworfenen Bucht. Er legt beide Hände auf den warmen Stuck der Balustrade und atmet Singapur ein.

Er steht hoch über dem Flußbecken, wo es am breitesten ist, in dem braunen Wasser wimmelt es von pantoffelförmigen Sampans. Die Biegung des Boat Quay folgt der Biegung des Singapur-Flusses, und häßliche schindelgedeckte Speicher und Häuser mit Läden wie das von Wu Tak Seng reihen sich dort bis weit in die Ferne und lehnen sich wie Betrunkene aneinander. Seinem Balkon gegenüber ist der gußeiserne Bogen der britischen Elgin-Brücke; die Cavanagh-Brücke ist flußabwärts sichtbar. Noch ein Stück weiter, weiß er, ist der Hafen von Singapur, der unsichtbar, doch spürbar ist, erregend wie ein Wind nach der Hitze.

Genau unter ihm, gegenüber von Wu Tak Sengs Tür, entladen indische Kulis in kurzen Hosen und Unterhemden Gummiballen aus einem tiefliegenden, flachen Bumboot im Fluß, auf dessen Bug ein Auge gemalt ist. Wieder dringt das hohle, hölzerne Pochen zu ihm hoch – ein kleiner Chinesenjunge in Unterhemd und übergroßen blauen Shorts bahnt sich seinen Weg durch die Menge und trägt ein poliertes Bambusstück und einen kleinen Holzstab. Er hat ein breites Grinsen und einen Silberblick; mit seinem Stab gibt er verschiedene Klopfsignale und wird von Chinesen gerufen, die in den Ladentüren stehen und ihn in ein Gespräch verwickeln.

Das ist rätselhaft; doch heute, sagt sich Langford, gefällt ihm das Rätselhafte. Auf einigen alten Steinstufen, die zur Fähre ins Wasser hinunterführen, liegen von der Flut angespülte Trümmer und Unrat, und sogar das betrachtet er mit Vergnügen – die geheimnisvollen Abfälle Asiens.

Er verweilt ziemlich lange bei diesem Moment, der bestätigt, was er bei der Fahrt vom Flughafen in die Stadt erfahren hat: Hier bekommt sein Leben eine neue Richtung.

2.

»Leider kann ich wirklich nichts für Sie tun.«

Mr. Chand blickte Langford über seinen Schreibtisch hinweg mit einem Ausdruck an, der leichte Überraschung verriet. Er tat einen tiefen Zug an einer Zigarette und drückte sie später in einem von Kippen überquellenden Aschenbecher aus.

Er war der Personalchef der *Straits Times* – ein dünner, asketisch aussehender Inder von ungefähr vierzig Jahren, den Langford nie wiedersehen sollte; doch er ist in dem Tonbandtagebuch sorgfältig beschrieben. Ich verstehe, warum: Damals, als alles noch vor ihm lag, war Mr. Chand der Wächter am Tor zu einem sagenhaften Land. So wurde er für immer verwandelt durch die Linse der jugendlichen Hoffnung, mit seiner kehligen Stimme, dem dicken schwarzen, allmählich grau werdenden Haar und den tiefgefurchten Wangen. Sein ernstes, müdes Gebaren glich dem vieler älterer Journalisten, sagt Langford – als hätten die Spannungen und die Korruptheit auf der Welt ihm nur zynische Verzweiflung gelassen, doch ihn zugleich in seiner Entschlossenheit bestärkt, weiterzumachen.

Trotz der Hitze trug Mr. Chand ein frisches weißes Hemd und eine schmale, gestreifte Krawatte und schwitzte nicht. Langford kam sich bei seinem Anblick verschwitzt und nachlässig gekleidet vor. Einige metallene Briefbeschwerer hielten Notizen, Druckvorlagen und Korrekturfahnen auf dem Schreibtisch fest; Papierecken flatterten wie gefangene Vögel im Luftzug eines Deckenventilators, dessen leises Pfeifen nach dem geräuschvollen Rucken des Ventilators im chinesischen Ladenhaus eine Wohltat war. Auf einer der Korrekturfahnen stand geschrieben: HINTERHALT IN SARAWAK. *Malaiische und britische Sicherheitskräfte stellen indonesische Plünderer.*

Dieses Büro gefiel Langford. Die müden Rattanstühle erinnerten ihn an alte Hollywoodfilme über Asien, sagt er. Ihn erfüllte ein jähes Verlangen nach diesem Büro und danach, daß Mr. Chand ihn aufnahm, ihn bleiben ließ. Durch die offene Tür drang Schreibmaschinengeklapper und der vertraute und willkommenheißende Geruch von Druckerschwärze. Er war ohne Voranmeldung in dieses weiße Kolonialgebäude spaziert und zu Mr. Chand vorgedrungen, nachdem er sich lediglich unten beim Pförtner gemeldet und ein Vorstellungsgespräch verlangt hatte. Er legte ein allgemein gehaltenes Empfehlungsschreiben vom Melbourner *Age* vor, das mit *Beurteilung* überschrieben war. Doch Mr. Chand warf kaum einen Blick darauf.

»Im Augenblick haben wir keine freien Fotografenstellen«, sagte Mr. Chand. »Und selbst wenn wir welche hätten …« Er breitete die Hände aus und faltete sie dann. »Verzeihen Sie, Mr. Langford, wenn ich Sie darauf hinweise, doch seit der Unabhängigkeit stellen wir lieber Bürger von Singapur ein – Leute, die dieses Land verstehen. Die Tage, wo britische und australische Zeitungsleute hier hereingeschneit kommen und Jobs ergattern konnten, sind vorbei, fürchte ich.«

Das könne er verstehen, sagte Langford. Doch er wolle in Singapur bleiben; er habe die Stadt ins Herz geschlossen.

Mr. Chands nüchterne Züge wurden eine Spur freundlicher. »Im Moment ist es hier gerade nicht so angenehm«, sagte er, »wegen dieser verdammten indonesischen Konfrontationspolitik. Schwierige Zeiten.« Er nahm eine neue Schachtel Players zur Hand und bot eine Zigarette an. Langford nahm sie, und seine Hoffnungen begannen zu steigen.

»Sind Sie vorher noch nie im Ausland gewesen?« fragte Mr. Chand. »Sie sind einfach auf gut Glück hier gelandet? Ein wenig voreilig, wie? Aber vielleicht haben Sie ja private Einkünfte.«

Er habe genug, um ungefähr einen Monat davon leben zu können, sagte Langford. Er zündete Mr. Chands Zigarette an und dann seine eigene.

Mr. Chand blickte mit zusammengekniffenen Augen durch den frischen Rauch. »Sie laufen nicht etwa in Australien vor etwas davon? Nein? Dann rate ich Ihnen, junger Mann, fliegen Sie zurück. Oder vielleicht weiter nach Großbritannien. Dort ist es viel einfacher für Sie.«

Er streckte seine dünne, matte Hand aus. »Auf Wiedersehen, Mr. Langford.«

Ein Schwarzweißfoto von Wu Tak Sengs Ladenhaus ist erhalten geblieben. Es zeigt auch einen Abschnitt vom Boat Quay, mit dem eisernen Bogen der Elgin-Brücke im Hintergrund. Wu Tak Seng selbst sitzt auf einem lackierten Holzstuhl in seiner Tür, in Unterhemd und bauschigen kurzen Hosen, umgeben von den drohenden Umrissen hängender Haifischflossen.

Das ist eins von vielen Fotos, die Langford damals in den Straßen von Singapur machte – manche für seine Reportagen für *Age*, andere rein zum Vergnügen. Sie bekommen jetzt allmählich historischen Wert.

Das alte Singapur, das alte koloniale Asien hatte sich hier gerade noch lang genug gehalten, daß er es in Schwarzweiß festhalten konnte. Bald sollte es zu einer sterilen Metropole des späten zwanzigsten Jahrhunderts werden, in der wenig von Asien erhalten bliebe. Gläserne Einkaufspaläste würden japanische Transistorgeräte und Designer-Jeans anbieten, und die letzten baufälligen alten Speicher würden am Ufer hocken und auf den Bulldozer warten. Doch 1965, in der frühen Johnson-Ära, gab es das alles noch:

das Singapur vom Hotel Raffles, von Somerset Maugham und Rex Lockhart. Es war vor kurzem unabhängig geworden, doch noch bis August gehörte es zu Malaysia, und es blieb noch etwas länger die Stadt, die Rex und Diana aus ihren Tagen im »Cockpit« vertraut war – dem alten Hotel der Piloten am Oxley Rise, das vor dem Krieg von den Flugkapitänen der Qantas Empire Airways bevorzugt wurde und nun bei den von Spesen lebenden Korrespondenten beliebt war. Ins »Cockpit« wollte Langford umziehen, sobald sich sein Los zum Besseren wendete.

Und auch der militärische Einfluß des sterbenden Britischen Empire blieb in diesem Jahr noch erhalten. Singapur war immer noch ein bedeutender See- und Luftstützpunkt Großbritanniens in Südostasien, und von hier, vom Hauptquartier der Fernöstlichen Landstreitkräfte im Phoenix Park aus, wurde die Region immer noch polizeilich überwacht. Noch eine ganze Weile hörte man in der Long Bar im »Raffles« und im Tanglin Club die gedehnten, selbstbewußten Stimmen der Engländer, und der Schatten der britischen Herrschaft lag weiter über dieser chinesischen Stadt am Äquator – wie er lange über Tasmanien gelegen hatte.

Er habe sich hier wie zu Hause gefühlt, sagt Langford.

Er hätte nicht weiter von zu Hause weg sein können; doch ich glaube ihn zu verstehen. Rex Lockharts Geschichten von seiner großen Zeit in Singapur hatten einen Traum mit Leben erfüllt, der in der Schlafkammer begonnen hatte, so daß Singapur, noch ehe er es überhaupt zu Gesicht bekam, eine ganz eigene und geheime Bedeutung hatte. Das geht aus einigen Stellen des Tonbandtagebuches hervor.

Die ersten Tagebuchaufnahmen waren ohne Zweifel spontan entstanden, auf seinem Zimmer im Ladenhaus, wenn sich dazu Gelegenheit bot. Sich dem Kassettenrecorder anzuvertrauen, muß in einer Zeit, als er ziemlich oft allein war, ein Trost gewesen sein – und daraus wurde dann Gewohnheit. Seine erste, gesprochene Betrachtung über Singapur braucht nicht zitiert zu werden. Für mich ist klar, daß die wahre Bedeutung der Stadt für ihn in Bereichen lag, zu subtil, als daß er sich hätte verständlich machen können. Seine Versuche dazu sind ungeschickt und ein wenig peinlich. Worte waren nicht Langfords Medium; seine Liebe zu Singapur ist in seinen Bildern, und die Bilder sind wunderbar.

Nach dem ersten Monat wäre er fast verhungert. Zum Schluß wurde er ernsthaft krank; doch er weigerte sich immer noch, nach London weiterzufliegen. Das Tonbandtagebuch zeugt von seiner mißlichen Lage; doch in seinen Briefen an Marcus und Cliff daheim schreibt er nichts von seinen Schwierigkeiten. Nicht einmal um ein Darlehen hat er sie je gebeten.

Doch Jim Feng erinnerte sich an Langfords Situation, als wir uns in Bangkok unterhielten.

Mike sah jede Woche dünner aus, wenn er in die Bar vom »York« kam, erzählte er mir. Ja, sagte er, jedesmal ein bißchen dünner, ein bißchen hungriger. Heute schaffen das nicht viele, wie? Richtig zu hungern, meine ich. Jedenfalls keine aus deinem Land. Doch Mike tat es. Mein Gott, war er dünn. Er lachte – ein leises chinesisches Lachen, das bitter oder zärtlich sein mochte – oder beides.

Das alte York-Hotel (jetzt ist es abgerissen) war bei Journalisten als Quartier und ebenso als inoffizieller Presseklub beliebt und hatte auch australische Jockeys und Trainer als Stammpublikum, die nach Asien kamen, um auf den Rennbahnen von Singapur, Kuala Lumpur und Hongkong Vermögen zu verdienen. Irgendwie fand Langford dorthin, als er die dritte Woche in der Stadt war.

Obwohl er keinen kannte, hatte er erfahren, daß das »York« ein Journalistentreff war. Es befand sich in der Scott's Road, gleich neben dem viel vornehmeren und teureren »Goodwood Park«. Sein Foto von dem Gebäude liegt vor mir; wie beim »Goodwood« kam man zu ihm durch ein Tor, und eine Auffahrt führte zum Eingang. Doch während das »Goodwood« – fern und arrogant auf seiner Anhöhe – eine lange und beeindruckende Auffahrt hatte, war die des »York« bescheiden kurz und überquerte einen offenen, gefährlichen Monsun-Graben. Es war ein weitläufiges, ziegelgedecktes altes chinesisches Haus, das bessere Tage gesehen hatte, und besaß noch Würde; zweistöckig, mit schwarzen Schimmelflecken auf seiner düsteren Stuckfassade, wie Blutflecken auf durchweichten Verbänden. Hohe alte Palmen standen zerzaust neben den chinesisch-griechischen Säulen des Eingangs, raschelten und seufzten. Schwingtüren aus einem Wildwestsaloon führten in die Hauptbar, die mit wunderbar geschnitztem siamesischen Teakholz getäfelt war.

Der langgestreckte Raum war höhlenähnlich und kühl; die Gäste saßen an runden Tischchen, auch aus Teakholz. Ventilatoren drehten sich geräuschvoll in schummriger, unglaublicher Höhe unter der Decke. Hinter der Bar hingen riesige goldgerahmte Spiegel, mit chinesischen Vögeln und Blumen bemalt, und in den Ecken standen irdene Spucknäpfe, voller schlimm-schwarzer Flüssigkeit und Kippen. Ein betagter Barkellner aus Hainan in sackartigen blauen Hosen und Holzsandalen mit Plateausohle schlurfte mit Getränken zwischen den Tischen hindurch oder hackte hinter der Bar geräuschvoll Eis. Er hatte ein weises, geduldiges Lächeln, glatt nach hinten gekämmtes graues Haar und den für Bewohner der Hainan-Insel typischen flachen Hinterkopf; er produzierte unablässig laute Schneuzgeräusche, für die er berühmt war, und die Presseleute kannten ihn als Old Charlie. In Erinnerung an im »York« verbrachte Nachmittage schilderte Jim Feng nostalgisch das Schlurfen von Old Charlies Sandalen auf den Fliesen und das Geräusch des Eishackens.

Zunächst schloß sich Mike eher den Jockeys als den Korrespondenten an. Vielleicht weil er sich seiner Notlage schämte. Einer von ihnen, Les Lonergan, stammte aus Hobart; Mike wurde also herzlich begrüßt. Es gibt ja wohl nicht allzu viele Tasmanier auf der Welt. Es waren lärmende, freundliche kleine Kerle, diese Jockeys – sie liebten Späße, wie Mike. Einer der Partyscherze von Les Lonergan bestand darin, daß er sich in einer der Shanghaivasen im Foyer versteckte und schreckliche Geräusche produzierte; ein anderer Scherz war, schnell durch die Saloontüren hereinzukommen und gleich wieder rückwärts hinauszugehen, ehe sie zuschlugen, wie an einem Gummiband. Diese Jockeys machten alle eine Menge Geld. Einige ritten für die Trainer, die sie hierhergebracht hatten, andere ritten für Ställe in Singapur und für die malaiischen Sultane. Les Lonergan ritt für den Sultan von Dschohor.

Sie boten Mike an, ihm Geld zu borgen, doch er lehnte ab; statt dessen bekam er von ihnen gute Tips, wenn er sie ausfragte, wie ihre Pferde laufen würden. Du weißt ja, daß er immer gern wettete. Damals half ihm das Wetten zu überleben.

Ich habe Mike nicht sofort kennengelernt; doch man konnte ihn nicht übersehen. Sehr groß, unter all den kleinen Jockeys – sie nannten ihn wegen seiner Haare »Schnee«, und so kam er zu seinem Spitznamen. Sie schienen ein Maskottchen aus ihm zu machen –

vielleicht gefiel ihnen sein Country-Look. Er wirkte immer sauber, doch er kleidete sich mit schrecklich schlechtem Geschmack: Cowboyhemden, schreiende Farben, die Taschen gepaspelt. Solche Sachen trug er doch immer, stimmt's? Ich fragte mich, was er hier tat. Ich glaubte, er wäre vielleicht ein Pferdetrainer. Sah immer glücklich aus, immer zufrieden. Mit der Zeit war er sehr dünn geworden und schien nicht sehr gesund – doch er war immer noch vergnügt, amüsierte sich offenbar immer noch. Ich glaube, er hatte damals kein besonderes Wettglück. Er erzählte mir, daß er einen Batzen Geld durch ein Pferd verloren hatte, das Les Lonergan in Singapur ritt; er hatte auf dieses Pferd gesetzt, doch Les kam als Zweiter ins Ziel.

Damals begann sich Donald Mills für Mike zu interessieren. Donald war Stellvertretender Botschaftsrat bei der australischen Botschaft. Er trank ziemlich oft im »York«. Einer der Jockeys erzählte Donald, daß Mike Australier sei, und er ging zu ihm und fing eine Unterhaltung an. Und so habe ich selbst Mike kennengelernt.

Freitag: die lange Mittagsstunde im »York«. Langford stand an der Bar und spürte plötzlich eine Berührung am Ellbogen.

Als er sich umwandte, sah er einen Mann in den Dreißigern, dessen etwas streitsüchtiges Gesicht mit vorspringendem Unterkiefer jetzt heiter war und von guter Absicht sprach. Mills hatte eine rosige Gesichtsfarbe, schmale blaue Augen und einen widerborstigen rotblonden Haarschopf; er trug einen elfenbeinfarbenen Safarianzug mit perfekten, messerscharfen Bügelfalten. Er hatte einen Begleiter, einen Chinesen, auch in den Dreißigern, der ein kurzärmliges, völlig verblichenes Khakibuschhemd trug, und braune Knöchelstiefel, die wie beim Militär auf Hochglanz poliert waren. Jim Fengs Lächeln strahlte Wärme aus, die man bei Mills vermißte.

Mills streckte die Hand aus. »Wie ich höre, kommen Sie frisch aus der Heimat. Darauf müssen wir einen trinken, meinen Sie nicht auch?«

Er führte sie zu einem Tisch und bewegte sich dabei mit angewinkelten Ellbogen so forsch, daß es nach Langfords Beschreibung beängstigend anzuschauen war. Jim Feng machte Old Charlie ein Zeichen, und er kam herbeigeschlurft.

»Viel zu tun, Mr. Jim?«

»Immer auf Trab, Charlie. Geht's der Familie gut?« Feng bestellte Gin Tonics und beugte sich dann zu Langford.

»Ich glaube, Sie sind Kameramann«, sagte er. »Ich auch. Vielleicht kann ich helfen, wenn Sie hier noch nicht Fuß gefaßt haben.« Seine Stimme war leise, aber deutlich. Er war groß und vierschrötig, mit der elfenbeinfarbenen Haut, den gut geschnittenen Zügen und dem langen Kopf der Nordchinesen – ein Typ, den Langford, wie er sagt, noch nie gesehen hatte, da er nur die gedrungenen Kantonchinesen von Singapur und Australien kannte. Fengs Haare waren aus der hohen, breiten Stirn glatt nach hinten gekämmt in einer Fasson, die vage an die Filmschauspieler der dreißiger Jahre erinnerte.

Langford fragte ihn, bei welcher Zeitung er sei.

»Bei keiner. Ich bin Bildberichterstatter für British Telenews – hier stationiert.«

»Man nennt ihn den Verrückten Jim Feng«, sagte Mills. »Er arbeitet gern in Kriegsgebieten. Läßt gern auf sich schießen. Es zieht ihn immer wieder nach Saigon und an die Borneo-Grenze.«

Fengs Lächeln wurde breiter. »Letzte Nacht gab es ein ordentliches Feuergefecht zwischen Malaien und Indonesiern im Bau-Distrikt. Aber es bleibt dort stecken. Vietnam ist jetzt angesagt.« Er bot amerikanische Zigaretten an, und Langford bediente sich.

Mills hielt ihm sofort ein Feuerzeug hin, doch er selbst nahm keine Zigarette. Dann fragte er: »Haben Sie hier oben irgend etwas laufen?«

Langford erzählte ihm, daß er für die Melbourner *Age* Auftragsarbeiten erledige und Hoffnung habe, für einige der Londoner Tageszeitungen arbeiten zu können. Während er sprach, war er sich bewußt, sagte er, daß Mills und Feng ihn musterten; er beschreibt, daß sich in ihren Mienen die Besorgnis von Leuten spiegelte, die gerade entdeckt haben, daß ein Mensch ernstlich krank ist.

Jim Feng sprach zuerst. »Nicht leicht. Nicht leicht, Mike, den Briten von einem solchen Ort aus Bilder zu verkaufen. Die schicken ihre eigenen Leute, wenn die Sache heiß ist. Sie müssen wirklich selbst bei einer Organisation sein. Und Filmarbeit ist besser als Pressefotografie.«

Er habe noch nie als Kameramann gearbeitet, sagte Langford.

»Sie könnten es lernen«, sagte Feng.

Nun sprach Mills. »Haben Sie eine Arbeitserlaubnis?«

Nein, sagte Langford, er habe nur ein Touristenvisum.

»Ich könnte Ihnen vielleicht helfen«, sagte Mills.

Langford fragte Mills, was er hier mache.

»Ich arbeite bei der australischen Botschaft.«

Jim Feng nickte und grinste aufmunternd. »Den Typ zu kennen, kann nützlich sein«, sagte er.

Mills blickte auf seine Uhr. »Ich muß wieder los«, sagte er. Er erhob sich und leerte sein Glas. »Es gibt jemanden, der Ihnen mehr helfen kann als ich, glaube ich«, sagte er zu Langford. »Auch ein Diplomat, aber in viel höherer Position als ich. Ich spreche mit ihm, wenn Sie möchten. Er heißt Aubrey Hardwick. Er hat viele Beziehungen.« Plötzlich lächelte er, als verrate er ein Geheimnis. »Ja – Sie müssen Onkel Aubrey kennenlernen. Er wird Sie unterbringen.«

TONBANDTAGEBUCH: LANGFORD

TONBAND 1: 17. MÄRZ, 1965

– Jeden Morgen gehe ich zeitig aus dem Ladenhaus und mache mich auf den Weg zu einem Schwimmbecken in der Stadt. Bis vor kurzem bin ich regelmäßig zwanzig Bahnen geschwommen. Jetzt macht mich die Hungerkur allmählich langsamer. Aber ich fotografiere noch.

Er liebte diese Tageszeit, sagt er, wenn die Sonne gewaltig und schnell aufging und er durch die warme Luft am Boat Quay spazierte und feststellte, daß der Fluß und die Stadt schon vor ihm erwacht waren. Seine Leica hing immer um seinen Hals, die Kameratasche über der Schulter. Die mit Stuck verzierten Ladenhäuser waren in der Morgendämmerung rot angehaucht, und in den dunklen, würzig duftenden Höhleneingängen zu ebener Erde herrschte schon geschäftiges Treiben.

Chinesische Kaufleute tranken ihre ersten Tassen Tee. Motorisierte Lastkähne, Sampans und Prahme bewegten sich auf dem Wasser. Die Lebensmittelstände waren geöffnet und verkauften Nudeln, Satay-Fleischspieße und das Omelett, das Foo Yung hieß und gewöhnlich Langfords Frühstück war, zusammen mit so bitterem Kaffee, wie er ihn vorher nicht gekannt hatte.

Bei den Stufen, die zum Fluß hinunterführten, arbeitete im

Schatten eines Banyanbaumes ein kleiner chinesischer Schuhputzer, und Langford blieb immer stehen, um seine Schuhe putzen zu lassen, und bezahlte jedesmal zu viel. Das Foto, das er von dem Jungen machte, ist eins der besten aus seiner Singapur-Serie. Der kleine Schuhputzer hatte borstiges Haar, ein breites Grinsen und einen Silberblick – es war derselbe Junge, den Langford am ersten Tag gesehen hatte, wie er am Quay entlang gewandert war und mit seinem Stock auf das Bambusstück geklopft hatte. Er arbeitete in Teilzeit für einen Händler auf dem Boat Quay und nahm Aufträge von Kunden entgegen. Die Anzahl und die Art der Klopfsignale verkündeten angebotene Waren: Eßstäbchen, Wokpfannen, Reis, Radios. Langford versuchte, diese Klopfsprache zu erlernen, und jeden Morgen beugte er sich hinunter und pochte in verschiedener Abfolge auf die Kiste.

»Hör zu, Poch-Poch-Junge. Was ist das?«

»Eßstäbchen! Eßstäbchen!«

»Und das?«

»Nichts, Mr. Mike. Das ist nichts!«

Sie lachten beide. Der Poch-Poch-Junge freute sich auf dieses Spiel; er war der erste von Langfords vielen Schülern unter den Straßenkindern.

– Ich glaube, ich könnte ein Leben damit zubringen, den Boat Quay und die Menschen und den Fluß auf meinen Film zu bannen. Daheim war das Leben immer hinter Vorhängen und Türen verborgen. Aber hier spielt sich das ganze Leben auf den Straßen ab.

– Die Fotos für Age habe ich alle schon gemacht; die Aufnahmen, die ich jetzt mache, sind nur auf Verdacht. Weiß nicht, wieviel Rollen Tri-X ich schon verbraucht habe; ich gebe fast mein gesamtes Geld für Filme aus. Aber nicht immer bekomme ich die Dinge genau so aufs Foto, wie sie gewirkt haben – wie ich sie damals gesehen habe. Das treibt mich an, trotz der Hitze. Es gibt immer eine noch perfektere Aufnahme, und sie wartet gleich um die Ecke oder ein paar Stufen weiter unten. Nur hin und wieder gelingt eine Aufnahme so richtig, und dann hat sich alles gelohnt. Ich lerne noch.

– Das Licht ist der entscheidende Faktor, stelle ich immer mehr fest. Was das Licht mit den Dingen macht – mit Oberflächen, kleinen Objekten, Entfernungen. Licht ist alles. Licht ist mein wichtigstes Instrument. Was ist eine Kamera anderes als ein Lichtkasten?

Er bewegte sich durch Singapur wie in einem langen Wachtraum und schoß Fotos, die er nie verkaufen würde, gepackt von jener schicksalhaften Besessenheit, die nicht loslassen kann. Er wollte nicht zulassen, daß die Dinge sich auflösten, wollte sie nicht sterben lassen, wollte sich nie damit abfinden, sie im Fluß wegtreiben zu sehen. Er bestand darauf, sie alle in seinem Lichtkasten einzufangen.

Er streifte umher, unablässig.

Hinter dem Boat Quay begann Chinatown, das sich bis zum Collyer Quay und zum Hafen erstreckte. Nankin Street, Market Street, Fish Street, Pekin Street, Pagoda Street, Sago Lane – er verirrte sich in drückend heißen Labyrinthen, der erschreckende Gestank Südchinas sprang ihn an und die Geräusche Südchinas: das Geheul der Kinder und der Shanghai-Oper, kantonesische Popmusik, metallisches Gedröhn, gurgelnde Schreie. Er ließ sich durch ein Singapur treiben, das es nicht mehr gibt, das aber jetzt in seinen Fotos vor mir liegt. Der Tunnel der Marktbuden in der Old Change Alley, die Kaufleute in ihren Türen, wie sie die Leute anzischten und in englisch, arabisch, tamilisch und kantonesisch auf sie einschwatzten, die weißen Bungalows im Kolonialstil in der Orchard Road mit ihren tiefen Veranden und Gärten, dicht wie Dschungel, die warmen, palmblattgedeckten Nester der Kampongs, die sich in den Außenbezirken aneinanderreihten. Alles verschwunden; alles für immer von Langfords Lichtkasten eingefangen.

Es war das Ende der Regenzeit, und er suchte in Hauseingängen Zuflucht vor den kurzen Stürmen des Nordostmonsuns.

Hochaufragende tintenblaue Wolkenwände jagten am Himmel mit außergewöhnlicher Geschwindigkeit aufeinander zu; er beobachtete, wie sie hinter der Reede am Collyer Quay und über der unermeßlich großen Hafenfläche zusammentrafen. Dann wurde der Tag schwarz, bis auf einen matten Lichtstreifen am Horizont. Die Ladenhäuser, Reismühlen und baufälligen Speicher duckten sich; die Hunderte von Schiffen im Hafen, nah und fern, schrumpften zu Spielzeugen; Donner krachte wie aus Kanonen; die Rinnsteine und Alleen wurden zu brüllenden Silberfluten, und die Lamellentüren der oberen Stockwerke in Chinatown schlugen zu: karminrot, grün, himmelblau.

Aber alles war im Handumdrehen vorbei. Die Sonne brach nach letzten schweren Tropfen wieder hervor, und die Farben kehrten leuchtend zurück. Ein tropfender, himmelblauer Fensterladen oder die roten Blüten eines Flammenbaums waren Bilder, die auf der Netzhaut wie nach einer Phase der Blindheit explodierten. Er wanderte weiter, durch dampfende Stille.

Alte Kinderfrauen in weiten schwarzen Hosen zündeten in Tempeln am Straßenrand Räucherstäbchen an und beteten für Wohlergehen. Junge indische Kuppler mit Gesichtern wie durchtriebene Lehrer schlichen sich an und raunten ihm etwas von Jungfrauen und netten, sauberen englischen Ladys ins Ohr. Und Langford sprach mit allen – eine Gewohnheit der tasmanischen Landbevölkerung, von der er nie lassen wollte.

Man kannte ihn allmählich. Chinesische Händler begrüßten ihn mit Namen und schwatzten mit ihm. Malaiische Ladeninhaber und ihre Verkäuferscharen, die oft gar kein Englisch verstanden, umringten ihn in den Gassen, wo er seine Bilder machte. Sie brachten oft einen Stuhl für ihn heraus, damit er sich setzen konnte. Auf diese Weise inthronisiert, pflegte er Zigaretten herumzureichen. Dort, inmitten der breiten, lächelnden braunen Gesichter, sehe ich ihn vor mir, wie er in der ihm eigenen Art, wenn er sich verständlich zu machen versuchte, mit den Händen fuchtelt – ein exotischer Gast in seinem altmodischen Cowboyhemd, vollkommen glücklich.

Zunehmend verweilen das Tonbandtagebuch und die Fotos ausgiebig bei den auf der Straße angebotenen Speisen.

Kettenrauchende, spuckende Köche mit nackter Brust rühren in zischenden Kesseln über offenem Feuer, und ringsum riecht es penetrant nach Urin und Sandelholz, altem Kohl und Gewürzen. Gebratene Enten mit Honigkruste hängen in Hauseingängen neben seltsamen Seegurken und getrockneten Fischen. Es gibt Fotos von Riesenkrabben und Garnelen, von gewaltigen Tellern mit klein geschnittenem Gemüse, von bunten chinesischen Kuchen hinter Glas – eine kindliche Vision vom Überfluß. Und ganz sicher war sein Blick vom Hunger geschärft – denn obwohl alles so billig war, konnte er sich das meiste inzwischen nicht mehr leisten.

Im ersten Monat hier hatte er gut gegessen, in den Restaurants an der Orchard Road; er hatte sogar im Tiffin-Zimmer vom »Raffles« Currygerichte gespeist. Doch nun, wo ihm das Geld ausging, hatte er sich angewöhnt, in den bescheidenen Freiluftlokalen um den Boat Quay herum zu essen, wo arme Kulis ihren Hunger stillten.

Beschallt von einem lauten Radio, das quäkende Arien aus der Shanghaier Oper sendete, über ein Holztischchen wie für Kinder gebeugt – wie ein Junge, den man in eine kleinere Klasse strafversetzt hatte, war er von Kulis in zerlumpten Hemden und kurzen Hosen umgeben, die ihr Essen schnell in den Mund schaufelten, tief über ihre Schüsseln gebeugt, und ihn neugierig anstarrten, da Europäer nie hierher kamen. Hungrig, noch ungeschickt im Umgang mit den Stäbchen, verzehrte er seine Bohnen mit Reis und wenigen Bissen Schweinefleisch und trank den billigen schwarzen chinesischen Tee.

Als der März zu Ende ging, konnte er sich nur noch den *makan*-Karren leisten.

TONBANDTAGEBUCH: LANGFORD

TONBAND 2: 25. MÄRZ, 1965

– Jetzt, wo ich fast mein ganzes Geld ausgegeben habe, stehe ich jeden Abend auf dem Balkon und warte auf die Frau mit dem *makan*-Karren. Er fährt auf Fahrrad-Rädern; am Boat Quay gibt es eine Menge dieser kleinen fahrbaren Imbißstände, die in regelmäßigen Abständen ihre Runden machen. Jeder von ihnen ist auf ein bestimmtes billiges Gericht spezialisiert. Bei ihr ist das Nudelsuppe mit Hühnerfleisch und Garnelen – das macht satt. Ich habe beschlossen, mich davon zu ernähren, bis der Scheck von *Age* kommt – eine Mahlzeit pro Tag.

– Ich warte sehnlich auf die *makan*-Frau, und das nicht nur wegen des Essens. Sie muntert mich auf. Sie ist eine sehr kleine, stämmige junge Chinesin mit einem Stupsnasengesicht, das ein wenig dem eines Pekinesen ähnelt; doch es ist ein sympathisches Gesicht mit viel Humor. Sie trägt eine verblichene blaue Jacke, weite schwarze Hosen, einen altmodischen Kulihut und schlurft in Holzpantinen mit Plateausohlen durch die Straße. Um den Quay herum scheint es eine Menge dieser chinesischen Straßenhändlerinnen zu geben, die alle gleich gekleidet sind. Hinter ihr her trottet ein kleines Mädchen mit zwei Eimern, um die Schüsseln zu waschen; ich spitze die Ohren, um die Eimer und die Pantinen und die Stimme der *makan*-Frau, die ihre Ware in Chinesisch ausruft, zu hören. Sie findet es sehr lustig, daß ich mir meine Schüssel von ihr füllen lasse, wie die anderen Leute hier; sie lacht und macht Scherze, die ich nicht verstehe.

Langford wartete damals auf einen zweiten Scheck von *Age*; er hoffte wieder normal leben zu können, wenn er eintraf. Er spricht von Telefonaten mit einem Korrespondenten der Londoner *Daily Mail* in Kuala Lumpur, der ihm Gelegenheitsarbeiten versprach; aber ob je etwas daraus wurde, sagt er nicht. In solchen Zeiten sind wir abhängig von vertrauten Personen, die beruhigend wirken – und es zeigt bestimmt, wie einsam er und wie verzweifelt seine Lage war, daß er so auf die *makan*-Frau wartete.

Wu Tak Seng war nicht entgangen, daß er oft zum Nudelsuppengefährt hinunterging. Für ein paar Dollars verkaufte er ihm eine Vorrichtung, die von einigen der anderen Mieter benutzt wurde: ein Rattantablett an einem Seil, das Langford mit seiner Schüssel und dem Geld vom Balkon herablassen konnte. Und das Tablett bewährte sich, sagte Langford, weil er kurz nach seinem Kauf krank wurde und zu schwach war, um die Treppen hinunterzusteigen.

Er hatte einen robusten Magen und bis jetzt keine der Verdauungsprobleme gehabt, unter denen die meisten Europäer nach ihrer Ankunft hier leiden. Doch seine Besuche bei den billigen Eßbuden am Boat Quay zeigten nun ihre Wirkung. Was er sich eingehandelt hatte, schien keine normale Gastritis zu sein, sondern eine Form der asiatischen Grippe. Es begann in der Woche nach seinem Zusammentreffen mit Donald Mills und Jim Feng im »York«.

Durchfall und Erbrechen hielten ihn in seinem Zimmer fest; sein Zustand wurde schlimmer, und bald war er zu schwach, um noch viel aufzustehen. Er lag auf seinem schmalen Eisenbett, dessen billiger Baumwollbezug mit immer wiederkehrenden Donald-Duck-Figuren dekoriert war. Die gelben Gipswände hatten riesige feuchte Stellen; und diese begannen sich in furchterregende Gestalten zu verwandeln, sagt er – er fing an zu halluzinieren. Schwarzer Tee, den er in einer großen Thermosflasche neben seinem Bett stehen hatte, und seine Schüssel Nudelsuppe am Abend waren alles, was er bei sich behalten konnte; und nach drei Tagen schaffte er auch die Suppe nicht mehr.

Es kam eine Zeit, wo er teilnahmslos dalag und das Verstreichen der Stunden nicht wahrnahm, nur noch Tag und Nacht. Sein Zimmer hatte keinen Wasseranschluß, so daß seine Lage nun unangenehm gewesen sein muß. Er erwähnt einen Eimer mit Deckel, den er in Abständen hinunterschaffen und ausleeren mußte, wenn er sich stark genug fühlte.

Und die Abschnitte im Tonbandtagebuch werden jetzt immer zusammenhangloser. Mit einer Stimme gesprochen, die immer langsamer und schwächer wird – manchmal am Rand des Deliriums –, werden die Aufnahmen zum Schluß ziemlich seltsam. Es wundert mich, daß er sie nicht gelöscht hat.

AUDIOTAGEBUCH: LANGFORD

TONBAND 2: 27. MÄRZ

– Der Scheck von *Age* ist immer noch nicht da. Wenn er nicht bald kommt, bin ich wirklich in Schwierigkeiten.

– Fühle mich benommen und befürchte, daß das mehr als eine Magenverstimmung ist. Gerade hat mich Wu Tak Seng hier oben besucht. Das hat er noch nie getan, aber er kam, um mir zu sagen, daß keine Post für mich gekommen sei. Vielleicht macht er sich Sorgen wegen der Miete. Wahrscheinlich beunruhigt ihn noch mehr, daß ich schwer krank werden und irgendwelche Scherereien machen könnte. Er deutete so etwas an; stand O-beinig in seinen weiten marineblauen Shorts da. Komisch, ihn hier zu sehen statt unten im Lebensmittelladen, wo er den ganzen Tag lang mit seinem Rechenbrett an der Kasse sitzt. Er hat einen großen quadratischen Schädel, fast kahl geschoren; eine Menge Goldzähne. Er fragte mich, ob ich Hilfe wünsche.

– Ich soll Doktr holn?

– Die Kantonchinesen haben einen Akzent, der wie Cockney klingt – sie verschlucken die Endsilben. Ich habe ihm gesagt, daß ich in Ordnung bin, doch er blieb stehen. Er blickte auf Dianas Foto, das auf meinem Nachttisch steht. Nach einer Weile sagte er: Sie nett jung Gen'leman. Falsch hier. Brauchn bessr Ort.

– Gentleman! Ich lachte und sagte, es gefiele mir hier, und es würde mir bald besser gehen. Doch er schüttelte nur den Kopf, saugte sein Gebiß an und schlurfte hinaus. Armer Mr. Wu – er war immer freundlich zu mir. Hoffentlich bittet er mich nicht auszuziehen.

28. MÄRZ

– Sehr schwach. Sollte ich Mr. Wu einen Arzt holen lassen? Kann mir keinen leisten.

– Manchmal sind Stimmen in meinem Kopf; Stimmen draußen. Wenn ich das Tonband bespreche, hilft mir das, klaren Kopf zu behalten, mich nicht in Phantastereien zu verlieren.

– Riesige rote Schaben kriechen die Wände hoch und sogar auf meinem Tisch. Das sind verdammte Monster – hab noch nie so große gesehen. Im Traum war ich in einem noch schlimmeren Zimmer eingeschlossen, und die Mistviecher krochen überall rum und fraßen mich auf. Entsetzlich – ich bin schreiend aufgewacht, wie Ken früher.

– Die Geräusche unten auf dem Boat Quay sind überdeutlich – besonders die raschelnden Hülsen an den Bäumen. Da geht mein Kumpel, der Poch-Poch-Junge, vorbei und pocht auf seinen Bambuszylinder. Wokpfannen, Radios. Dieses Zimmer ist wie ein Sarg, doch die meisten Laute hier sind gute Laute, und ich konzentriere mich darauf, mich besser zu fühlen. Das Singapur dort draußen ist wie ein guter Geschmack in meinem Mund. Ich denke an die weiten Flächen des Hafens und der Malakkastraße, und das verschafft mir Kühlung. Manchmal denke ich an die Hopfenfelder zu Hause; doch das ist keine so gute Idee.

29. MÄRZ

– Schwach. Mir ist es sehr schlecht gegangen, und ich kann kaum nach unten gehen, um den Eimer zu leeren und Tee zu holen. Muß Flüssigkeit zu mir nehmen. Seit Tagen nichts gegessen – seit wievielen? Ich phantasiere. Von Luke Goddard geträumt. Habe ihn aufgespürt und ihn mit einer .303 in die Brust geschossen, doch er wollte einfach nicht sterben; er rannte immer weiter in seinem schwarzen Mantel durch den Busch und lachte mich aus.

– Die *makan*-Frau ging mitten durchs Zimmer und schob ihren Karren, dessen Räder kreischten. Ihr Lächeln. Wollte, daß sie bleibt.

– Tigerbalsam: das Schild lockte draußen vor der Tür. Würde das helfen? Was ist das? Trinkt man es? Oder reibt es ein?

– Diana ist hiergewesen.

30. MÄRZ

– Besser; der Kopf klar, kann aber nicht viel essen. Wu Tak Seng brachte mir Tee und etwas Reis. Drängt mich immer noch, einen Arzt holen zu lassen.

– Hab wieder von Diana geträumt. Ob sie noch nachmittags um vier zu Quigleys geht und Kaffee trinkt? Ich hab sie dort in ihrem grünen Schottenkleid sitzen sehen. Und an der Ecke Tamar Street habe ich sie gesehen, ihr Gesicht weiß unter der dunklen Baskenmütze beim Abschied. Die Augen groß vor Kummer, Tränen verschmierten die Wimperntusche.

– Auf Wiedersehen. Hinter uns im Dunkeln war das zweistöckige, rote Backsteingebäude mit Erkerfenstern, das ich sonst nie groß beachtet hatte, wo der Zahnarzt Harwood seine Praxis hat. Jetzt kann ich mich an jede verdammte Einzelheit erinnern.

– Für ein Weilchen war Mum auch hier. Sie saß still auf dem Stahlstuhl und wirkte traurig. Sie sprach nur einmal.

– Paß gut auf dich auf, Chick. Ich habe Ken verloren – ich will dich nicht auch noch verlieren.

3.

Ich konnte nicht glauben, wie er lebte, sagte Jim. Wie ein armer Chinese. Ließ einen Korb für sein Essen vom *makan*-Karren hinunter. Verrückt! Damals wußte ich nicht, daß er hätte nach Hause schreiben und um Geld bitten können – daß er zu stolz dazu war. Ja, das einzige, was Mike jemals geschnorrt hat, waren Zigaretten.

Ein kleiner Chinese brachte uns zu ihm – ein Straßenjunge. Mike war für solche Kinder stets wie ein Rattenfänger.

Die Sonne war hinter Sumatra untergegangen. Orange und weiß war das stille, zitternde Licht von Hunderten Schiffslaternen plötzlich in den Straßen und der Meerenge von Singapur aufgeflammt – in dem Raum jenseits der erhitzten Labyrinthe der Stadt, der in Langfords Kopf Kühle spendete. Seine Tür umrahmte aromatische Dunkelheit und eine Nacht, in die er sich nicht begeben konnte; ein Neontiger sprang und sprang über einem Speicher am Quay, und darunter leuchtete in Intervallen eine Schrift auf und erlosch: *Tigerbalsam.*

Das beschäftigte ihn sehr; es schien ihn hypnotisiert zu haben, während er darum kämpfte, daß ihm die Wirklichkeit nicht entglitt.

»Mr. Mike? Es sind Freunde da.«

Er öffnete die Augen. Der Poch-Poch-Junge mit dem Silberblick stand in der offenen Tür und grinste wie gewöhnlich. Hinter ihm Jim Feng und Donald Mills. Langford versuchte mühevoll, sich aufzusetzen, aber es gelang ihm nicht.

Eine Unterhaltung schien im Gange; er hatte den Anfang nicht mitbekommen, sagt er.

»Hier können Sie nicht bleiben«, sagte Jim Feng. Sein langes elfenbeinfarbenes Gesicht war beherrscht, doch besorgt.

Der Junge war gegangen, und Donald Mills sah sich im Zimmer um – was Jim Feng die Höflichkeit verbot. Jemand hatte die schwache Glühbirne eingeschaltet, und Mills musterte mit scharfen Blicken die schäbige Einrichtung, und seine Miene war neugierig und angewidert zugleich; er rümpfte die Nase über den Eimer mit dem Deckel, seine tadellose Safarijacke leuchtete in der Düsternis wie phosphoreszierend. Schließlich wanderte sein Blick wieder zurück zu Langford, der unter einem Laken auf der schmalen Matratze mit dem schmuddeligen Donald-Duck-Bezug lag.

»O Gott«, sagte Mills leise. »Wir müssen Sie hier rausholen, mein Freund.«

Sie seien nicht für ihn verantwortlich, sagte Langford. Er würde bald wieder in Ordnung sein; es gehe ihm schon besser. Er fragte, wie sie ihn gefunden hatten.

»Mr. Wu hat uns heraufgelassen«, sagte Jim Feng. »Einer der Jockeys hat mir erzählt, daß Sie am Boat Quay wohnen, da habe ich herumgefragt. Als Sie nicht mehr im ›York‹ auftauchten, haben wir uns etwas Sorgen gemacht.«

»Schwer war es nicht, Sie zu finden«, warf Mills ein. »Sie scheinen ja hier in der Gegend ziemlich beliebt zu sein. Der Junge wußte sofort, wen wir meinten.«

»Entschuldigen Sie, daß wir hier so hereinplatzen«, sagte Jim Feng. »Sie haben doch nichts dagegen?«

Nein, sagte Langford, doch er könne ihnen nicht viel bieten.

Mills nahm sich einen der Stahlstühle, drehte ihn um, stellte ihn dicht ans Bett und setzte sich rittlings darauf. »Hören Sie, Mike. Vielleicht glauben Sie, das sei nur der Delhi-Magen, aber offensichtlich stimmt das nicht. Wenn Sie noch schwächer werden, drohen noch unangenehmere Krankheiten.«

Langford sagte, er habe keine Angst, er hätte sich impfen lassen.

»Gegen alles? Hepatitis? Meningitis? Nein. Seien Sie also vernünftig«, sagte Mills. »Ich möchte meine Nase nicht in Ihre Angelegenheiten stecken, doch ich nehme an, Sie sind ziemlich pleite.«

Er erwarte einen Scheck, sagte Langford.

»Und dann?«

Langford sagte nichts. Das Reden wurde ihm allmählich zur Qual, und er dämmerte wieder weg.

»Okay, es geht mich nichts an«, sagte Mills. »Wenn Sie möchten, gehen Jim und ich wieder. Aber wenn Sie völlig pleite sind oder schwer krank werden, geht es uns, in der Botschaft, womöglich etwas an. Wir müssen Sie nach Hause schaffen.«

Nein, sagte Langford. Das käme gar nicht in Frage. Er hätte genug Geld zum Überleben, und er werde nicht heimfliegen.

»Nun gut«, sagte Mills. »Aber die Vernunft gebietet, daß Ihre Botschaft Ihnen hier durchhilft. Später können Sie uns alles zurückzahlen. Inzwischen habe ich Ihnen Erfreuliches mitzuteilen.« Er verschränkte die Arme auf der Rückenlehne des Stuhls. »Mein Freund Aubrey Hardwick glaubt, daß er Ihnen helfen kann. Aber zuerst müssen wir Sie wieder auf die Beine bringen.« Er betrachtete Dianas Foto im Plastikrahmen, das gegen die Teekanne gelehnt war. »Ihr Mädchen?«

Nur eine Freundin, sagte Langford.

»Eine sehr schöne Frau. Sie muß Ihnen fehlen.« Mills erhob sich. »Ich kann Sie in der nächsten Stunde mit einem Botschaftswagen abholen. Jim wird Ihnen packen helfen. Wir bringen Sie ins ›Cockpit‹ und quartieren Sie dort ein. Morgen werde ich unseren Arzt zu Ihnen schicken.«

Feng blickte Langford über Mills Schulter hinweg an, nickte und schien ihm zuzublinzeln.

Langford legte sich auf sein Kissen zurück und starrte sie beide an. Er war immer noch benommen.

– Ich fragte mich, ob sie überhaupt wirklich im Zimmer waren.

Er wachte auf und fand sich im Singapur der dreißiger Jahre wieder.

Er lag auf Kissen, die angenehm nach gebügelter Wäsche rochen – das war die Bettwäsche des Cockpit-Hotels, durch dessen Tore er auf seinen Streifzügen sehnsüchtig geblickt hatte. Irgendwo arbeitete leise eine Klimaanlage, die für eine angenehme Temperatur sorgte. Gestern abend hatte ihm Mills eine ganze Batterie von Tabletten gegeben, die offenbar gewirkt hatten – er war noch schwach, sagt er, aber das Fieber und die bohrenden Schmerzen in den Eingeweiden waren nicht mehr da.

Hinter roten Vorhängen, die am Fußende des Bettes geöffnet waren, bildeten Jalousiefenster den Rahmen für einen tropischen Garten von großer Schönheit. Purpurfarbene Bougainvillea loderte und ließ ihn blinzeln; Banyanbäume, Fächerpalmen und Jakarandabäume warfen Schatten auf einen grünen Rasen, und ein alter indischer Gärtner mit einem orangefarbenen Turban und einer schwarzen Weste harkte Blütenblätter vom Gras. Er schien sich aus dem Jahr 1935 auf den Rasen verirrt zu haben und eher an einem Ort der Erinnerung als in der Gegenwart zu wohnen, und Langford beobachtete ihn gebannt.

Dieser Garten (nun Vergangenheit wie das alte »Cockpit« selbst) lag hinter dem Hauptgebäude. Dort stand eine kleine Reihe schindelgedeckter Bungalows mit chinarot gestrichenen Eingangstüren, und man hatte Langford in einer Suite in einem dieser Bungalows untergebracht. Abgesehen von der Klimaanlage entsprach die Ausstattung völlig dem britischen Singapur der Epoche vor dem Zweiten Weltkrieg. Es gab noch viel mehr Chinarot im Zimmer: einen rotlackierten Schreibtisch, eine leuchtend rote Badezimmertür; schwarzlackierte chinesische Stühle mit rotem Polster. An den Wänden hingen Drucke mit Fuchsjagdszenen, und es gab englische Sessel mit Chintzbezügen und -kissen.

Auf einem roten Lacktischchen neben seinem Bett klingelte ein Telefon.

Er fuhr hoch; er war weggedämmert. Die forsche, laute Stimme, die aus dem Apparat drang, klang wie die eines britischen Offiziers und machte ihn ganz munter.

»Guten Morgen. Spreche ich mit Michael Langford? Ausgezeichnet. Ich heiße Hardwick – Aubrey Hardwick. Donald wird meinen Namen erwähnt haben. Wie geht es Ihnen heute morgen?«

 Langford sagte, es ginge ihm besser. Seinen Grips zusammennehmend, hielt er eine kleine Rede und dankte der australischen Botschaft für ihre Großzügigkeit. Er entschuldigte sich für die Umstände, die er gemacht hatte.

»Ach, Sie werden uns dafür entschädigen«, sagte die Stimme. »Machen Sie sich deswegen keine Sorgen.« Es folgte ein kehliges Lachen. »Inzwischen ruhen Sie sich einfach aus und werden Sie wieder gesund. Sie hören sich schon so an, als wären Sie gesund, muß ich sagen – Sie müssen ja eine eiserne Kondition haben, um so schnell wieder auf die Beine zu kommen. Darf ich Ihnen einen Rat geben? Wenn Sie aufgelegt haben, rufen Sie den Zimmerservice an und bestellen Sie schwarzen Tee und trockenen Toast. Das ›Cockpit‹ wird Sie damit versorgen. Unser Arzt müßte gegen Mittag bei Ihnen sein. Befolgen Sie seine Anweisungen.«

Langford sagte ihm, er sei dankbar für alles, was für ihn getan werde, doch er könne hier nicht bleiben. Die Unterkunft übersteige seine finanziellen Möglichkeiten.

»Tun Sie bitte, was man Ihnen sagt, bis Sie wieder hergestellt sind«, sagte Hardwick. »Machen Sie sich keine Gedanken um die Rechnung – Sie werden bald in der Lage sein, sie zu bezahlen. Das ist es, was wir beide besprechen müssen. Ich lade Sie für den Freitagabend zum Essen in das Goodwood Park Hotel ein – sind Sie frei? Gut. Wir treffen uns im Gordon-Grill-Raum – um halb acht.«

Langford wollte Hardwick fragen, was er vorhabe. Doch die militärische Stimme schnitt ihm das Wort ab. »Geduld. Sie werden alles erfahren, alter Junge, sobald Sie ins Goodwood kommen.«

Dann legte er unvermittelt auf.

»Wie ist das schottische Filet?« fragte Hardwick. »Ganz nach Wunsch?«

– Ich sagte ihm, es sei hervorragend. Mein erstes Steak seit Monaten war ein echtes Erlebnis.

Danach folgt eine ausführliche begeisterte Beschreibung des Gordon-Grill-Raums: Tartan-Tapete, mildes Licht von den Tischlampen mit Tartan-Schirmen, gestärkte weiße Tischtücher, und ein Aufgebot chinesischer Kellnerinnen in marineblauen Jacken, jede von ihnen hübsch anzusehen. Mehrere britische und australische

Korrespondenten speisten an anderen Tischen, und Hardwick wies ihn auf einige bekannte Persönlichkeiten hin.

Der Tagebuchabschnitt beschreibt auch Hardwick selbst recht ausführlich. Er hatte Langford sofort aufgefordert, ihn Aubrey zu nennen, und von da an ist immer nur von Aubrey die Rede. Er trug einen einreihigen, leichten Khakianzug und eine gestreifte Krawatte, die Langford für regimentseigen hielt, da Hardwicks Stil und Aussehen eine militärische Vergangenheit vermuten ließ. Doch Langford revidierte diese Auffassung, als jener eine beinahe theatralische Lebhaftigkeit an den Tag legte; er sah Aubrey nicht mehr nur als Soldat, trotz der martialisch geraden Haltung und dem brutal kurz geschorenen weißblonden Haar – seiner Beschreibung nach dem Fell eines kurzhaarigen Hundes ähnelnd. Er erwähnt auch Aubreys helle, starre Augen und nennt sie »wachsam«. Das Wort paßt, nach dem, was andere mir erzählt haben. Ein Foto von Aubrey existiert nicht.

– Zuerst dachte ich, daß er ein Großmaul ist. Kein Wunder, daß ihn Mills Onkel Aubrey nennt. Doch ich ging auf ihn ein – und ich war dann verdammt froh darüber. In ihm steckt viel mehr.

»Trinken Sie noch ein wenig Bordeaux«, sagte Aubrey. »Das muß man den Franzosen lassen, von Wein verstehen sie wirklich etwas. Wir brüsten uns mit unseren Barossa- und Hunterfluß-Rotweinen, aber mal ernsthaft! Nein. Meiner Meinung halten sie keinem Vergleich stand. Doch ich bin frankophil; ich habe einen großen Teil meiner Jugend dort verbracht.«

Diese Rede verwunderte Langford; er hatte angenommen, Aubrey sei Brite, kein Australier, und er fragte, in welchen Jahren Hardwick in Frankreich gewesen sei.

»Soso, Michael, Sie wollen also herausbekommen, wieviel Jahre ich auf dem Buckel habe. Nun, die Antwort lautet – *sehr* viele. Vor dem Krieg, als ich ungefähr in Ihrem Alter war, habe ich ein Forschungsstudium an der Sorbonne absolviert.«

Das war wieder eine Überraschung, sagt Langford. Er hatte Aubrey auf um die Vierzig geschätzt; doch anscheinend war er über fünfzig.

»Dann flog alles in die Luft«, sagte Aubrey gerade und sägte geschickt an seinem Steak herum. »Die *Krauts* machten ihren Blitzangriff mit Panzern auf Paris, und die wunderschöne Zeit war vorbei. Ein Zeitalter war vorbei, wie Ihnen vielleicht dunkel erinnerlich ist. Da begannen für mich, wie für ziemlich viele, interessante Zeiten. Doch genug von meiner Jugend. Hier sind Sie mitten in *Ihrer* Jugend, und wir müssen etwas für Sie tun.«

Kauend legte er Messer und Gabel hin und blickte Langford ungefähr fünfzehn Sekunden lang direkt an, ehe er fortfuhr. »Ich höre, daß Sie hier als Filmreporter arbeiten wollen und schlage vor, daß wir Sie bei British Telenews als Partner von Jim Feng unterbringen. Sie suchen gerade einen weiteren Mann, da im Moment zwei große Geschichten gleichzeitig eskalieren: die Konfrontation zwischen Indonesien und Malaysia und der Konflikt in Vietnam. Das heißt, Sie würden an der Front filmen.«

Er betrachtete Langford mit fragendem Blick und machte wieder eine Pause, wie um ihm Gelegenheit zu Einwänden zu geben. Als Langford lediglich abwartete, nahm er Messer und Gabel wieder zur Hand und fuhr fort.

»Jetzt, wo Präsident Johnson diese Bombardierungskampagne gegen die Nordvietnamesen begonnen hat und amerikanische Streitkräfte in beträchtlicher Stärke in den Süden kommen, wird der Bedarf an Berichterstattung steigen. Der Vietnamkrieg ist in ein neues Stadium getreten – in ein sehr interessantes. Reizt Sie das?«

Zunächst schien Langford ungläubig gewesen zu sein. Ja, sagte er, es reize ihn sehr. Aber es gäbe doch Dutzende ausgebildeter Filmreporter, die sich um einen solchen Job rissen, wenn er ausgeschrieben würde; warum sollte Telenews gerade ihn nehmen?

»Ah, aber vielleicht muß er gar nicht ausgeschrieben werden.« Aubrey lächelte und beugte sich vor. »Wissen Sie viel über Telenews? Es ist eine Dokumentarfilmgesellschaft mit Sitz in London. Sie bietet den Fernsehsendern Material an, das sich von der amerikanischen Sicht der Dinge unterscheidet. Die BBC sind Teilhaber – und der Australian Broadcasting Service ebenfalls. Und hier in Singapur ist Telenews im ABS-Büro untergebracht, das vom Chef der ABS für Südostasien geleitet wird. Arthur Noonan hat die Macht, jemanden einzustellen und zu entlassen; und Arthur ist zufällig ein guter Freund von mir.«

Er lehnte sich zurück und lächelte unschuldig, zog die Augenbrauen hoch und beobachtete Langfords Miene; und Langford sah allmählich, daß er dicht vor dem Ziel seiner Wünsche war, daß er nur durch die Tür treten mußte.

»Jim Feng wird Sie ausbilden«, sagte Aubrey. »Toller Kerl, der Jim – Sohn eines Mandarins. Die Familie ist kurz nach dem Krieg, als die Kommunisten an die Macht kamen, nach Hongkong geflohen. Und das war gut so – sonst hätte man sie liquidiert. Unser Jim gehört also einer verschwundenen Menschenklasse an. Traurig, was? Doch er kann was – und er wird Ihnen alles zeigen, was Sie für die Frontberichterstattung wissen müssen.«

Er lächelte und erhob sein Glas. »Auf Ihre Zukunft als Frontkameramann!«

Die meisten Korrespondenten waren inzwischen gegangen; der Raum war halb leer. Als Hintergrundmusik erklang jetzt leise Gertrude Lawrence' Gesang »Someday I'll Find You«. Aubrey schlürfte seinen Brandy, wobei er das bauchige Glas mit beiden Händen umfaßte und Langford ganz offen musterte. Er war nun ein wenig betrunken, und Langford auch.

»Sie sehen irisch aus. Haben Sie irische Vorfahren? Entschuldigen Sie bitte, wenn ich so persönliche Fragen stelle, aber diese Dinge interessieren mich. Ich bilde mir was drauf ein, daß ich die Abstammung der Leute erraten kann.«

Langford erzählte ihm, daß er englische und norwegische Vorfahren habe. Ein Ururgroßvater sei protestantischer Ire gewesen.

»Aha! Die Protestantische Vorherrschaft«, sagte Aubrey. »Ja, jetzt sehe ich es – das längliche Gesicht und der Charme, der weniger auffallend ist als der, den die Paddies besitzen. Jetzt werde ich wirklich persönlich. Eine seltsame Sippschaft, die Anglo-Iren; ein bißchen versponnen und dekadent. Aber schaut an, wen sie uns geschenkt haben: Swift, Wilde, Shaw, Yeats. Doch ich bezweifle, daß Sie sich für Literatur interessieren. Sie sind eher ein Mann der Tat, nicht wahr?« Er wartete keine Antwort ab, sondern sprach weiter. »Wenn ich Sie reden höre, Michael, höre ich mich selbst in Ihrem Alter. Zu meiner Zeit sprangen wir, sobald wir volljährig waren, auf ein Schiff nach Europa, um Geschichte unmittelbar zu erleben. Statt dessen sind Sie nach Asien gekommen; Sie haben gespürt, daß das turbulente Geschehen sich hier abspielt. Sie haben recht, und ich bewundere Sie deswegen – besonders weil Sie offenbar ohne Rückversicherung gekommen sind. Geschichte ist ein Spiel, das man ernsthaft betreibt, bei meiner Arbeit – und bei Ihrer wird das auch so sein. Doch für die meisten Australier, nicht wahr, ist es eine Dimension der Wirklichkeit, die nur im Fernsehen vorkommt. Der Grund, weshalb Australien so verschlafen ist, besteht darin, daß es sich *außerhalb* der Geschichte befindet. Die Japaner haben uns beinahe aufgeweckt, doch ganz haben sie es nicht geschafft. Deshalb haben wir weiter geschlafen. Ich frage mich, wer wird uns denn nun aufwecken? Was glauben Sie? Sukarno? Die Kommunisten in Asien? Ist die Dominotheorie richtig oder falsch?«

Langford berichtet nichts von seinen Antworten. Hardwicks Worte will er offensichtlich dokumentieren, nicht seine eigenen, und die Ausführlichkeit, mit der er es tut, zeugt von der Wirkung Aubreys auf ihn. Obwohl er sich über die altmodische Redeweise und die theatralische Art des Älteren amüsierte, fand er ihn offenbar faszinierend – wenn er auch kein deutliches Urteil über ihn festhielt. Sein einziger direkter Kommentar zu Aubrey ist, daß er den Eindruck erweckte, dem Ursprung der Ereignisse nahe zu sein – und dadurch vielleicht in der Lage, ihren Ablauf zu beeinflussen. Doch als er Aubrey nach seiner Arbeit fragte, waren die Antworten, die er erhielt, sehr allgemein.

»Ich war Diplomat – bin es aber nicht mehr, leider. Ich arbeite jetzt für unser Verteidigungsministerium, das seinen Sitz in Melbourne hat. Ich bin an das Auswärtige Amt abkommandiert und der Botschaft hier in einer zeitlich befristeten Funktion zugeordnet worden. Ich soll die Auswirkungen des militärischen Rückzugs der Briten aus Singapur studieren, Verbindungen zu Außenministern herstellen, politische Entscheidungen besprechen – Angelegenheiten dieser Art.« Er holte eine Schachtel Zigaretten hervor und bot Langford eine an. »Doch zurück zur Geschichte.«

Als er seine Zigarette angezündet hatte, tat er einen tiefen Zug; dann gestikulierte er mit ihr in Richtung des Fensters, durch das man die schlanken Palmen am Eingang des »Goodwood« sah. »Denken Sie doch mal drüber nach, Michael. Wenn sich Britannien wirklich hier zurückzieht – wenn ›Phoenix Park‹ geschlossen wird – dann bedeutet das das Ende des Empire. Seltsam: Ich glaube, ein Australier meiner Generation findet das verdammt bitterer als die Briten selbst; *die* haben das Interesse schon verloren oder sich betäubt. Doch die Fakten sprechen für sich selbst. Das erfolgreichste Imperium seit dem römischen – aus und vorbei. Und Australien ist ungeschützt – unser Schild in Asien ist fort. Es sind wirklich nur die Briten, die Sukarno zurückhalten. Ohne die Düsenjäger von Canberra, die auf Kuching in Bereitschaft stehen, ohne die britische Marineinfanterie und die Gurkhas in Borneo wäre er schon längst in Malaysia eingefallen. Britannien stützt diesen Teil der Welt noch immer – nicht Amerika. Doch es ist fast vorbei – das ist der letzte Akt. Ich möchte wissen, was der Geist von Stamford Raffles denkt – jener wunderbare Mann, der diese Stadt aus einem Sumpf geschaffen hat und den Meeren des Ostens britische Freiheit und britisches Recht gebracht hat.«

Er leerte seinen Brandy bis zum letzten Tropfen und forderte mit Handzeichen zwei weitere an. Beide hatten sie inzwischen einige Gläser intus, sagt Langford; Aubreys Stimme war in ein rhetorisches Dröhnen verfallen und verschliff die Silben ein ganz klein wenig. »Schaun wir mal«, sagte er. »Sie sind neunundzwanzig, haben Sie gesagt?«

Langford hatte es nicht gesagt, doch er nickte.

»Dann sind Sie alt genug, um sich an die Karten zu erinnern, auf denen der größte Teil der Welt die rote Farbe des britischen Weltreiches trug. Ja? Sie gehören zur letzten Generation von Kindern des britischen Weltreiches. Kennen Sie Ihren Kipling?

»*Ergreife die Schwingen der Morgenröte*
Und flieg um die Erde, bis du tot umfällst;
Doch entfliehst du nicht der Melodie, die sie spielen,
Für den verdammten alten Fetzen dort oben.«

Er lachte, nahm seinen Brandy und erhob das Glas. »Das stimmt nicht mehr, leider. Auf das Empire, wo die Sonne schließlich doch untergeht. Wie sollen die Briten wissen, was wir empfinden, wir Kinder der alten Dominions? Es war immer wie unerwiderte Liebe; und nun geht die Geliebte fort!«

Unmöglich zu sagen, ob das Spott oder echtes Gefühl war, sagt Langford; aber er trank darauf. Über seine eigenen Gefühle sagt er an dieser Stelle nichts und auch nichts darüber, was er erwiderte. Doch er meldet keinen Einwand gegen das »wir« an; und ich glaube, der Einfluß der Bücher in der Schlafkammer ist ein wenig spürbar.

 Hardwick schaute auf seine Uhr. »Wir reden noch miteinander,

Michael.« Er erhob sich schwankend. »Mein Gott, bin ich beduselt. Hab nicht das Stehvermögen von euch jungen Kerls. Ach, hätte ich nur eine Prise Ihrer herrlichen Jugend, die noch so viele verdammt wundervolle Dinge für Sie bereit hält.« Eine Hand auf Langfords Schulter gelegt, begann er ihnen beiden einen Weg zur Tür zu bahnen.

Onkel Aubrey war der Bote der Zukunft, der lächelnd am Tor zur Welt stand. Er riß das Tor weit auf, und Langford ging schnell hindurch, ohne einen Moment zu überlegen.

4.

Das gemeinsame Büro von Telenews und ABS befand sich in einem Gebäude aus Stahlbeton, das nach Langfords Beschreibung nach Tinte und Latrinen stank und auf einer Anhöhe in der Peck Hay Road stand.

Aubreys Freund Arthur Noonan, der Bürochef von ABS, war ein älterer, ständig betrunkener Australier mit gewaltigem Bauchumfang und hochroter Gesichtsfarbe. Er zeigte die nationale Identität, indem er stets Buschstiefel mit elastischen Seiteneinsätzen trug, und zu finden war er öfter in den Bars oder im Tanglin Club als im Büro. Ein tüchtiger chinesischer Buchhalter und seine Belegschaft kümmerten sich um die Verwaltung. Noonan nahm Langford mit ins »York« zu einem langen, alkoholischen Lunch und gab ihm eine heisere Lektion über die Arbeitsbedingungen; danach hatte der Chef nur noch wenig mit ihm zu tun, sagt Langford.

Australische und britische Rundfunkkorrespondenten, die vorübergehend in Sydney weilten, waren hier die Aristokraten, fand Langford heraus – einem Kameramann wurde günstigenfalls ein Platz an einem Tisch in der Ecke gewährt. Doch er saß dort in euphorischem Zustand und genoß sein Glück. Er war auf Probe als freier Korrespondent angestellt, mit der Freiheit, in jedes Land der Region zu reisen.

– Ich wäre mit einem Tisch in der Toilette zufrieden gewesen, wenn sie das verlangt hätten. Es scheint alles viel zu schön, um wahr zu sein.

– Jim Feng unterweist mich in der Handhabung von zwei unterschiedlichen Filmkameras – der schweren Auricon, die man mit einem Tontechniker bedient, und der kleinen Bell & Howell mit Federwerksantrieb. Ich mag die Bell & Howell; mit ihr kann man sich leichter bewegen, ohne Tontechniker.

– Jim ist sehr zuvorkommend und widmet mir viel Zeit. Er hat eine britische Schule besucht, nachdem er mit vierzehn nach Hongkong gekommen war; er spricht gut englisch, nur ein bißchen zu korrekt, und er benutzt sowohl amerikanische als auch britische umgangssprachliche Wendungen. »No sweat«, sagt er oft mit dem Hongkong-britischen Akzent – das amüsiert mich. Sein richtiger Name ist Feng Ming Chi; den Namen Jim hat er angenommen, um sich zu anglisieren. Weil ich daran denken muß, was Aubrey mir über seine Herkunft erzählt hat, tut er mir manchmal ein wenig leid – doch er scheint immer guter Dinge zu sein.

– Singapur ist für Korrespondenten hauptsächlich ein Platz zum Ausruhen – ein Ort zum Auftanken, keine Nachrichtenzentrale. Der Brennpunkt liegt weiter östlich: Saigon, Vientiane, Phnom Penh. In Saigon gibt es ein Büro von Telenews, und Jim ist die meiste Zeit dort, wenn er nicht in Borneo ist. Letzte Woche hat er mich nach Sarawak mitgenommen, und wir filmten, wie einige indonesische Gefangene hereingebracht wurden. Aber keine Kämpfe; dort ist es ziemlich ruhig.

– Ich werde froh sein, wenn Jim meint, daß ich zu Aufnahmen in Vietnam eingesetzt werden kann – ich möchte möglichst bald dorthin. Ich habe Sorge, daß der Krieg nicht mehr lange dauert.

»Man behauptet, daß Südost-Asien eine Revolution braucht – daß nur eine marxistische Diktatur die Menschen aus ihrem Elendskreislauf befreien wird«, sagte Aubrey. »Das ist höchst bedauerlicher Unfug, Michael. Die Lehren der französischen Revolution scheinen vergessen zu sein.«

Er ging mit Langford in der Gegend des Boat Quay spazieren, und sie folgten der Flußbiegung, die von den Chinesen der Bauch des Karpfens genannt wird. Ich höre, wie Aubrey seine Stimme anstrengt, um das Durcheinander von Geräuschen zu übertönen: Motorenlärm, Hupen, Fahrradklingeln. Sie trafen sich oft zu diesen Spaziergängen, sagt Langford, am frühen Morgen vor der Arbeit; und wieder gibt er Aubreys Bemerkungen mit erstaunlicher Genauigkeit wieder. Doch den Zweck ihrer Zusammenkünfte erläutert er nicht – oder ob sie überhaupt einem Zweck dienten. Und er bewertet oder kommentiert Aubreys Ausführungen überhaupt nicht – obwohl sie wie die Ausführungen eines Mentors wirken.

»Die Revolution entspringt *nicht* aus dem Volk, sondern wird gesteuert von machtbesessenen und verbohrten Intellektuellen, die das Volk verachten«, sagte Aubrey. »Solche Kreaturen tun sofort alles, um die Freiheit einzuschränken. Doch aus der Unfreiheit kann man keine Freiheit erschaffen, oder? Die Unbeweglichen im Geist scheinen das nie zu begreifen.«

Langford beschreibt Hardwick, wie er im Schatten eines Banyanbaumes stehenbleibt und sich mit der Hand über die weißblonden Stoppeln auf seinem Kopf streicht. Wie er da den Fluß und den Verkehr darauf betrachtet, mit seinem gutgebügelten, verblichenen Khakibuschhemd, das wie ein Überbleibsel aus dem kolonialen Malaya anmutet, schien Hardwick hierher zu gehören, sagt Langford, ganz anders als die meisten nur vorübergehend hier weilenden Europäer.

»Sie sollten die französische und die russische Revolution studieren«, sagte Aubrey, »wenn Sie darüber berichten wollen, was in diesem Teil der Welt vor sich geht. Revolution – Europas giftigstes Abschiedsgeschenk hier in Asien anzusiedeln! Die Ironie ist, daß es weitgehend den Amerikanern überlassen bleibt, mit den Auswirkungen des Gifts fertigzuwerden. Aber die militärische Intervention in Vietnam ist nur, was man *sieht* – unter der Oberfläche geschieht viel. Und der Einsatz lohnt wirklich.«

Jetzt waren sie nach Chinatown abgebogen und gingen seine engen, menschenwimmelnden Straßenschluchten unter Papierblumengirlanden entlang. Die kehlige Stimme wurde vertraulich und konkurrierte mit dem Geheul der kantonesischen Sänger aus den Radios, und Aubrey nahm Langfords Arm und führte ihn um Haufen verrottenden Gemüses herum.

– Er sprach von einem versteckten Krieg in Indochina, der in der Öffentlichkeit nicht bekannt war. Operationen über Grenzen hinweg; ein geheimer amerikanischer Luftkrieg in Laos. Und er sagte, daß dieser geheime Krieg den Ausgang des offenen Krieges entscheiden würde.

»In diesem Teil der Welt stehen große Veränderungen bevor«, sagte Aubrey. »Und sie werden nicht alle in unserem Sinne sein. Ich spreche von Australien, Michael. Wir müssen lernen, wann wir uns anpassen und wann wir widerstehen müssen, oder wir werden verschlungen. Dabei könnten Sie eine Rolle spielen – Sie könnten sehr nützlich sein, wenn Sie wollten. Sie werden bald begreifen, was ich meine, wenn Sie nach Vietnam kommen. Jetzt, wo unsere Truppen zur Unterstützung der Amerikaner da eintreffen, geht die Sache los; und ich kann Ihnen im Vertrauen sagen, wir werden zehnmal mehr in diesen Krieg hineingezogen werden, als die meisten Leute glauben. Sie gehen bald nach Saigon? Gut. Ich kann Ihnen dort ein paar Kontaktadressen geben. Donald Mills ebenfalls – er geht nächsten Monat als Stellvertretender Botschaftsrat dorthin. Er wird Canberra über die jetzige Situation in Vietnam, und die weitere Entwicklung dort, unterrichten. Sie begreifen nun die Wichtigkeit.«

Er verstummte und ließ Langfords Arm los – was Langford, wie er berichtet, als eine gewisse Erleichterung empfand; er war diese altmodischen Vertraulichkeiten nicht gewohnt. Aubrey holte ein Notizbuch hervor und schrieb eine Adresse auf.

»Es ist sehr wichtig, daß Sie diese Dame aufsuchen«, sagte er. »Eine französisch-vietnamesische Freundin aus meiner Pariser Zeit und eine großartige Frau, die ich sehr schätze. Claudine kennt in Saigon jedermann. Ihr Mann leitet eine Handelsgesellschaft und hat Verbindungen auf beiden Seiten; es ist etwas unklar, wo er im Augenblick steckt. Was Sie auch tun, suchen Sie diese Dame sofort auf; sie wird das erwarten. Und halten Sie Verbindung zu Mills – er wird Ihnen eine Menge Hinweise geben. Sie werden ihm auch helfen können, wenn Sie mögen. Unterrichten Sie ihn hin und wieder darüber, wie Sie die Entwicklung im Land einschätzen; ein Kameramann ist dafür bestens geeignet. Berichten Sie ihm nur über die Lage und Ihre Eindrücke – ich weiß, daß er unendlich dankbar sein wird.«

– Ich sagte, daß ich versuchen würde zu helfen, wo ich konnte, und daß ich dankbar sei für alles, was er für mich getan habe.

»Sie werden Ihre Dankbarkeit schon noch unter Beweis stellen können, lieber Junge, daran zweifle ich nicht«, sagte Aubrey. »In diesem Leben gibt es ein *quid pro quo* für alles – haben Sie das noch nicht bemerkt?«

DRITTES KAPITEL

DAS DELTA

1.

Vor mir liegt ein Bild von Langford und Jim Feng, 1965 irgendwo in Vietnam aufgenommen. Auf der Rückseite sind keine Details vermerkt. Sie sitzen im offenen Jeep, den sie Big Budgie, Großer Wellensittich, nannten, am Rand einer Landstraße.

Beide Männer tragen Drillichuniformen. Jim Feng lacht – seine langen Hände liegen auf dem Lenkrad, der lange Kopf ist zurückgeworfen, die langen Pferdezähne blitzen, das nach hinten gekämmte Haar glänzt tadellos – ein chinesischer Armeeoffizier in einer alten Wochenschau. Langford zeigt auf ihn, sein Gesicht im Profil drückt gespieltes Entsetzen aus – ein vergessener Scherz.

Das Bild ist – wie die meisten anderen, die Mike mir vermacht hat – ein Schwarzweiß-Pressefoto, fünfzehn mal zwanzig Zentimeter. Die schreienden Blau- und Gelbtöne vom Budgie sind also nicht zu sehen, und das sagenhafte Gefährt sieht aus wie jeder andere verkommene Jeep mit abgeschnittenem Oberteil. Das Foto ist typisch für eine ganze Reihe anderer zu der Zeit aufgenommener Fotos – Bilder, die Langford und Jim Feng und ihr Konkurrent vom CBS Dmitri Wolkow zum Spaß im Feld voneinander gemacht hatten, in Wartezeiten. Auf fast allen dieser Bilder lachen sie.

Vietnam in den sechziger Jahren fiel mit der Blüte ihrer Jugend zusammen. Die Mannesjahre und der Krieg in Kambodscha lagen noch in weiter Ferne, und Lachen war so selbstverständlich wie Atmen. Doch Vietnam war auch der Ort, wo ihre Jugend unmerklich entschwand. Sie entschwand, während sie das Kampfgeschehen filmten; sie schwand, während sie scherzten. Scherze waren ihr täglich Brot – nötiger als Whisky oder die vielen anderen Stimulanzien, die das Gebiet und die Zeit zu bieten hatten. Alles versetzte sie in jenen Jahren in Hochstimmung, doch das größte Rauschmittel war die Gefahr – jener Spurt am Abgrund des Todes entlang, dessen sie nicht müde wurden.

Die mit Langford befreundeten Frontkameraleute, die überlebt haben, jagen weiter Geschichten hinterher, nun im reifen Alter – doch die große Geschichte ist für sie vorbei. Sie hängen in Hongkong herum, in Bangkok, in Singapur. Jedes Jahr ist die lästige Ausrüstung etwas schwerer für die Bildberichterstatter geworden, und die Pressefotografen merken, daß ihnen die Puste ausgeht und ihr Reaktionsvermögen nachläßt. Sie gleichen jenen alternden Flintenmännern in den Western, die Mike und ich uns Samstag nachmittags in dem kleinen Kino in New Norfolk anschauten. Es ist Zeit für sie, die Schießeisen an den Nagel zu hängen.

Aber wie sollen sie das tun? Das größte Rauschmittel wird ihnen dann entzogen – das, worüber Dis bestimmt, der Herrscher der Toten, dessen anderer Name Sinn des Lebens ist.

Er kam im Mai des »Rollenden Donners« in Vietnam an und landete, wie jeder, in Tan Son Nhut.

Die Pan American Boeing 707 begab sich beim Landeanflug in eine Schräglage, die für Passagierflugzeuge sonst nicht üblich ist – eine Vorsichtsmaßnahme wegen Heckenschützen der Vietcong am Boden. Die Landschaft kippte zur Seite, füllte das ganze Bullauge, und Langford blickte auf flaches, sackbraunes Land, dünne Baumreihen und lange silberne Kanäle, die auf ihn zu flogen. Das Flugzeug senkte sich tiefer, kehrte in die Horizontale zurück, und der Flughafen kam in Sicht.

In diesem Jahr hatte das Kommando der US-Militärhilfe in Vietnam einen verschlafenen Zivilflughafen in einen der verkehrsreichsten Flughäfen der Welt verwandelt, auf dem es nur so wimmelte und glitzerte vor Flugzeugen. Tan Son Nhut war zu einer Art militärischen Festung geworden, mit Rollbahnen, Schnellstraßenausfahrten, den Gebäuden der Einsatzzentrale, Kasinos und Kasernen, seinen klimatisierten PX-Läden und Verpflegungsmagazinen, die alles führten, was für das amerikanische Leben wichtig war, von Ice Cream bis zu Stereoanlagen. Unablässig landeten und starteten Flugzeuge, so daß selten weniger als ein Dutzend gleichzeitig in der Luft waren. Betonrollfelder erstreckten sich bis zum Horizont.

Zwischen militärisch-grünen Schutzwänden, wo perforierte Stahlplatten in der Sonne blitzten, rollte die 707 hindurch. Heerscharen von amerikanischen Wartungsleuten in olivgrünen Drillichmützen und T-Shirts kümmerten sich um Phantoms, Thunderchiefs und Super Sabres – Jagdbomber, die so hervorragend für Höchstgeschwindigkeiten ausgelegt waren, daß sie nicht Tod, sondern Heiterkeit auszustrahlen schienen – schöne Pfeile, geschaffen, um die Grenze der Realität zu durchbrechen und darüber hinaus zu fliegen. Neben ihnen standen Hercules-Transporter wie Scheunen mit Flügeln, und die Transport- und Kampfhubschrauber des neuen Zeitalters – die Shawnees, Hueys und Chinooks, die den Kriegsstil veränderten.

Tan Son Nhut war der Befehlsstand, von dem aus der Krieg geleitet wurde. Von hier hatten die Vereinigten Staaten gerade die Operation »Rolling Thunder« gestartet – die massive Bombardierung des Nordens, die den Kampf beenden sollte. Aber sie würde den Kampf nicht beenden; der Krieg fing gerade erst an.

Die Gangway herunterkommend und in die blendende Hitze blinzelnd, die ihm vom Asphalt entgegenschlug, begrüßt von Flugbenzingeruch und dem Gebrüll der Nachbrenner, die Leica um den Hals, die Kameratasche über der Schulter, betrat Langford seine Zukunft – diesen Krieg, dessen gnadenloser Verlauf den Rest seines Lebens verschlingen würde.

Die blaugelbe Bemalung vom Big Budgie sollte zeigen, daß es sich hier nicht mehr um ein Militärfahrzeug handelte. Laut Jim Feng hielt das die Vietcong-Guerillas in der Stadt davon ab, den Jeep in die Luft zu jagen. Oder er hoffte das – man konnte nie wissen. Er parkte den Budgie immer in der Garage vom Continental Palace Hotel in der Tu-Do-Straße, wo er sich mit Langford ein Zimmer teilte.

Jim saß jetzt am Steuer des Budgie und fuhr, Langford neben sich, mit haarsträubendem Geschick, kurvte und fädelte sich durch den abendlichen Verkehr auf der To-Do-Straße. Beide Männer trugen Blumenketten aus wildem Jasmin, die ihnen kindliche Straßenhändler vor dem Continental verkauft hatten. Vier dieser Straßenkinder fuhren hinten im Jeep mit – drei Jungen und ein halbwüchsiges Mädchen mit langen Haaren, das verkrüppelt war. Eine

Krücke lag neben ihr auf dem Sitz, sie saß stolz aufgerichtet da, um den Hals einen Bauchladen mit Waren: Zigaretten und Blumen.

Kleine Renault-Taxis, die wie der Budgie blau und cremefarben lackiert waren – in die Jahre gekommene Überbleibsel aus französischer Zeit –, wuselten herum und brummten und hupten zwischen den US-Armeelastern und den Chevrolets und Fords aus den fünfzigern mit ihren großen Heckflossen. Der Verkehrsstau war permanent, total und brutal laut. Auf dreirädrigen Fahrradrikschas, von den Franzosen Cyclos genannt, strampelten drahtige Männer mit Strohhüten und Tropenhelmen des 19. Jahrhunderts durch den Höllenlärm, ihre Klingeln schrillten wie Alarmglocken. Diese und Insektenschwärme von Fahrrädern, Mopedrikschas, italienischen und japanischen Motorrollern bewegten sich zu Hunderten über die enge Fahrbahn der Tu-Do-Straße. An ihrem oberen Ende befanden sich die rote Backsteinkathedrale Mariafried und die weißen, barocken Amtsgebäude der Franzosen mit ihren orangefarbenen Ziegeldächern. An ihrem unteren Ende, in der Nähe des Saigonflusses, wohin der Budgie jetzt fuhr, war das seit kurzem wachsende Barviertel, das die Bedürfnisse der amerikanischen Soldaten befriedigte.

Saigon erinnerte in diesem Jahr noch von fern an eine verschlafene Stadt in der Provence, obwohl »Rolling Thunder« dem ein Ende zu machen begann. Stuckverzierte Kolonialgebäude mit Lamellentüren und vorspringenden Balkons waren in Pastelltönen getüncht; stumpf werdende emaillierte Reklameschilder an den schimmelnden Wänden waren noch französisch: *Michelin, Pernod, Le Journal D'Extrême-Orient*. Doch über dunklen Hauseingängen tauchten neue Schilder und Neonreklamen auf: *Chicago Bar, Saigon Express, Massage, The Bunny*. Bougainvillea glühte und rankte sich an den Stacheldrahtrollen entlang, die von den Amerikanern angebracht worden waren, um die Klubs und Hotels vor Bombenanschlägen der Vietcong zu schützen. Ausladende Tamarindenbäume mit hellgrünen gefiederten Blättern und dunklen Stämmen, die unten weiß gekalkt waren, hatten wie Bilder aus der Kolonialzeit der Straße überlebt, als sie noch Rue Catinat hieß.

Der Jeep näherte sich jetzt dem Fluß, und nun schien jede zweite Tür in eine Bar zu führen. Die Tu-Do-Straße wurde hier zur Jahrmarktsgasse, und die stärksten Gerüche waren die nach Bier, Urin und Parfüm. GIs streiften in khakifarbenen Baumwollsachen oder Hawaiihemden durch die feuchte Hitze – ungeschlachte und fremde Riesen, weiß und schwarz, belästigt und verfolgt von einer Rasse raffinierter, elfenbeinhäutiger Zwerge, die ihnen mit verstümmelten Gliedern winkten oder ihnen Exemplare von *Time* und *Stars and Stripes* zu verkaufen suchten.

Eins der Straßenkinder im Jeep war ein Neunjähriger mit Bürstenschnitt, dem Gesicht eines alten Mannes und Batman-T-Shirt. Jetzt beugte er sich hinaus und riß einem jungen GI am Straßenrand, der gerade fotografierte, die Kamera aus den Händen. Dann ließ er sich, flink wie eine Möwe, aus dem Jeep fallen und verschwand in der Menschenmenge. Der Soldat schrie hinter ihm her, sein rosiges, erbostes Gesicht war kindlicher als das seines Angreifers. Doch Jim Feng fuhr weiter und sah Langford unbewegt mit hochgezogenen Augenbrauen an.

»Der Bursche ist schnell wie der Blitz«, sagte er. Dann schrie er die restlichen mitfahrenden Kinder streng an. »Verschwindet, alle miteinander! Ich hab euch gesagt, keine Diebstähle mehr, wenn ihr im Budgie mitfahrt!«

Vor einer Neonreklame, die *Texas Happy Bar* anzeigte, nahm er das Gas weg, und die Kinder sprangen eins nach dem anderen ab. Während sie in die Menschenmenge hineinliefen, riefen die Jungen zum Abschied fröhlich: *»Sorry, Mr. Jim!« »Goodbye, goodbye!« »You Number One Saigon man!«*

Die junge Bauchladenhändlerin hüpfte mit ihrer Krücke hinter ihnen her, flink und sicher im Verkehr, und Langford starrte ihr nach. Ihr Gesicht war bezaubernd, sagt er, es wurde von schimmerndem schwarzen Haar eingerahmt – sie war eine Blume. Er hatte noch nie ein so schönes Gesicht erblickt. Doch der eine Fuß war verkrüppelt und zu einem bloßen Hautlappen geschrumpft. Der Anblick war schwer zu ertragen.

»Willkommen, Bruder, in der Perle des Orients.«

Harvey Drummond hatte eine freundliche, förmliche Art, und seine wohlklingende Stimme war die eines professionellen Rundfunksprechers. Er drehte sich auf seinem Barhocker um und streckte Langford eine Riesenpranke entgegen. Er war fünfunddreißig – Korrespondent für den australischen Rundfunk, der seine Zeit zwischen Saigon und Singapur aufteilte und oft Nachrichtenbeiträge fürs Fernsehen schrieb, für die Jim Feng die Filmaufnahmen lieferte. Hinter starken Brillengläsern forderten große graue Augen Langford auf, sich auf Späße gefaßt zu machen. Er trug die Art Safarianzug, die bei Korrespondenten in Asien gerade populär war und dazu verdammt, in den nächsten Jahren zum Modeklischee zu werden – olivgrün, mit riesigen aufgesetzten Taschen und Schulterstücken.

Langford und Feng nahmen die Barhocker links und rechts von ihm ein, und Harvey winkte einem der beiden vietnamesischen Barkeeper in weißen Hemden. Sein großer Finger wurde sofort bemerkt; mit seinen fast zwei Metern war er im Sitzen so groß wie einige der stehenden Männer. Auf den ersten Blick ähnelte er einem Lkw-Fahrer oder vielleicht einem Söldner. Doch seine Schultern waren krumm von jahrelanger sitzender Arbeit an der Schreibmaschine; sein monumentaler Kopf mit der hohen, kahl werdenden Stirn, den braunen Locken und dem viktorianischen Backenbart ähnelte dem eines anglikanischen Geistlichen alten Stils, und auch seine Stimme hatte etwas klerikales, Salbungsvolles.

Er reichte Langford einen Scotch. »Freut mich, daß Jim Ihnen den Weg hierher gezeigt hat, Mike«, sagte er. »In der Texas Happy Bar ist was los, doch man treibt's nicht zu toll – was, Jim? Und bis jetzt hat noch kein mutwilliger Vietcong hier eine Bombe reingeworfen.«

»Richtig«, sagte Jim. »Die Happy Bar scheint okay zu sein. Das merkt man schon.«

»Das merkt man schon«, echote Harvey und nickte Langford zu. »Ich bin ein vorsichtiger Journalist, Mike – ich bin kein verrückter Kameramann. In dieser Stadt lauern überall schießwütige Typen, und ich passe gut auf – ich will nicht sterben. Ich verlasse Bars, in denen man ein ungutes Gefühl hat. Wenn einer mit einer Tasche neben mir steht, gehe ich weg. Ich mag es nicht, wenn der Barkeeper zu forsch ist; solche Bars verlasse ich. Ich mag einfältige Kellner und anständige Gäste um mich herum. Klugscheißer sind am Ende tot; sie zahlen dem Vietcong vielleicht nicht genug Schutzgeld.« Er trank die Hälfte seines Whiskys auf einen Zug und zeigte auf Langfords Brust, während seine monotone Stimme in einen Predigtton verfiel. »In der Tu-Do-Straße haben wir alle Sorten Bars, Bruder. Laute Bars, Bars, wo man Sex haben und Bars, wo man Prügel beziehen kann; und es gibt Bars am Ende von Gassen, wo die Gentlemen von den Special Forces ihre M-16 und Uzi auf die Theke legen. Aber in der Happy Bar ist man gern. Hier kann ein vernünftiger Korrespondent sich vernünftig *betrinken.*«

Das Lokal war eng und voller Menschen; es herrschte Halbdunkel, das Licht kam von Schirmlampen auf der polierten Holztheke der Bar. Ein Paar Büffelhörner und ein Cowboyhut waren über Regalen mit bunten, indirekt beleuchteten Flaschen angebracht. Da hing ein großes gerahmtes Bild von John Wayne, mit gezogenen sechsschüssigen Revolvern; im Hintergrund spielte Country- und Westernmusik. Abgesehen von einigen wenigen Korrespondenten waren die meisten Gäste amerikanische Offiziere, einige in gestärkter Khakiuniform, andere in Zivil, zwischen ihnen ein paar GIs. Das Aroma ihrer Zigarren vermischte sich mit einem ganz schwachen Fischsaucengeruch. Einige saßen auf Hockern an der Bar; andere auf Bänken mit leuchtend grünen Vinylpolstern entlang der Wand. Die meisten dieser Soldaten waren weiß; Langford sollte noch herausfinden, daß die schwarzen GIs ihre eigenen Bars hatten, wo Weiße nicht willkommen waren und wo Soul-Musik, Bo Diddleys Gitarre und lautes Gelächter nach draußen drang.

Während er sich umsah, spürte er eine ständige gespannte Wachsamkeit, sagt er. Jeder neue Gast wurde von den beiden Barkeepern diskret und von den Offizieren und GIs weniger diskret gemustert. Wenn der Neuankömmling als harmlos eingestuft worden war, entspannte man sich und wandte sich wieder den Drinks zu. Fast alle Gäste waren Männer; doch etliche vietnamesische Mädchen hockten in einer Reihe an der Bar oder saßen auf den Knien der Soldaten auf den Wandbänken.

Draußen auf der Tu-Do-Straße hatte die Schönheit der jungen Vietnamesinnen Langford gefangen genommen – so ging es allen männlichen Neuankömmlingen in Saigon. Mädchen saßen seitwärts auf Rücksitzen von Motorrollern, wie auf Zauberrössern aus annamitischen Sagen, alle in ihrem Nationalgewand – dem sich anschmiegenden, halb durchsichtigen *ao dai* mit seinem Überkleid und passenden weiten Hosen – lila, grün, rot, weiß. Mit geradem Rücken, würdevoll und ätherisch, das schwarze Haar wehend, die Seidengewänder flatternd, glitten sie mit abgewandtem Blick vorüber, mit der Sittsamkeit einer anderen Zeit, ihre kleinen, schmalen Gesichter waren zart und unnahbar. Doch ihre Schwestern hier in der Happy Bar waren anders. Die meisten hatten soviel Wimperntusche und Lippenstift aufgetragen, daß ihre Gesichter denen von Clowns glichen; und statt des *ao dai* trugen sie grotesk kurze Miniröcke, Blusen mit tiefen Ausschnitten und bunte Mieder; ihre kleinen Brüste hatten sie mit gepolsterten BHs vergrößert, um den Amerikanern zu gefallen.

An Langfords Reaktion auf eins dieser Mädchen an jenem Abend erinnerte sich Harvey Drummond, als ich mich mit ihm unterhielt. Daran und an den Vorfall mit der Bombe.

HARVEY DRUMMOND

Altmodisch ist eigentlich kein treffender Ausdruck für meinen ersten Eindruck von Langford; aber etwas Ähnliches war es. Ich glaube, es hatte etwas damit zu tun, wie er das Barmädchen behandelte.

Für das, was man Saigon-Tee nannte – das bunte Wasser in winzigen Tassen, das man ihnen für je einen Dollar fünfzig spendierte –, gaben dir jene Barmädchen nichts außer dem Vergnügen ihrer Gesellschaft. Jim Feng und ich hielten das für überflüssiges Brimborium und ermunterten sie nicht. Jim als Single war hinter mehr versprechenden vietnamesischen Frauen her, doch ich war ein erstaunlicher Anachronismus unter den Korrespondenten – ein glücklich verheirateter Mann. Und obwohl meine Frau in Singapur war, schaute ich mich nicht nach Abwechslung in den Fleischtöpfen der Tu-Do-Straße um, wie viele meiner Kollegen. Für mich waren die Barmädchen ein Fries im Hintergrund, und sein Kolorit würde sich mit dem Fortschreiten des Krieges von kläglich zu tragisch ändern. Wenige von ihnen sahen sich als Prostituierte, und einige waren es wirklich nicht – obwohl man viele von ihnen nach Barschluß mieten konnte, wenn die Summe, die man zu zahlen bereit war, groß genug war. Sie waren auf ihren Amateurstatus stolz; es machte sie, in ihren Augen, zu einer Art Elite unter den Horden in der Stadt, die jetzt von den Amerikanern lebten. Die meisten Mädchen kamen aus bäuerlichen Familien vom Land; ihre Dörfer waren vielleicht zerbombt oder niedergebrannt worden, und ihre Familienangehörigen waren entweder tot oder lebten in den Elendsvierteln am Rand von Saigon. Doch einige von ihnen stammten aus einst wohlhabenden vietnamesischen Familien, die der Krieg ausgelöscht hatte.

Eine aus ihrem Kreis rutschte von ihrem Hocker und kam zu Langford herüber; vielleicht hatte sie bemerkt, daß er neu hier war. Für ein Barmädchen war sie ein Muster an Eleganz: smaragdgrüne Bluse, schwarzer Minirock aus Kunstleder.

»Wenn du mir Saigon-Tee spendierst, kann ich bleiben und mit dir plaudern«, sagte sie und schenkte ihm ihr verführerisches Lächeln.

»Heute abend nicht, danke«, sagte Langford zu ihr. »Vielleicht ein andermal.« Er war freundlich und bedauerte höflich, seine Stimme war sanft.

Wie auf Knopfdruck verschwand ihr Lächeln und wich einem Schmollmund. »Schäbiger Scheißkerl!« sagte sie und schlenderte ihr Täschchen schlenkernd zu ihren Freundinnen zurück.

Jim und ich lachten; das war eine der wenigen Floskeln, die die Mädchen beherrschten. Langford sah ihr nach und lachte nicht. Seine Miene war immer gelassen, und sie blieb es auch jetzt; doch ich beobachtete, wie etwas über sein Gesicht huschte, das ich interessant und gleichzeitig verwunderlich fand. Ich konnte es nicht richtig deuten; doch als ich ihn näher kennenlernte, verstand ich ihn im nachhinein. Ich bin sicher, für ihn waren die Barmädchen Jungfrauen in Not, denen er irgendwie helfen mußte – wie er auch beschließen würde, den Straßenkindern, die um das Continental Palace herumlungerten, und dem verkrüppelten Mädchen, das Blumen verkaufte, zu helfen. Es begann in dieser allerersten Nacht.

Doch dann vergaß ich es, als Jim und ich ihn in das Geschäft hier einweihten.

Bald mußte Dmitri Wolkow erscheinen, und auf Wolkow wollten wir ihn ein wenig vorbereiten – besonders weil er Konkurrenz war. Er arbeitete für das amerikanische CBS, und er und Jim stachen einander gnadenlos mit Exklusivberichten aus, wo immer sie konnten; doch außer Dienst waren sie die besten Freunde. So war das bei den meisten Kameraleuten.

Für Jim jedoch – und auch für mich, wenn ich die Fernsehberichte betextete, die wir zusammen für das australische Fernsehen machten – war es ein recht ungleicher Wettbewerb mit den Amerikanern. Die amerikanischen Sender hatten ihren Kameraleuten

Vorteile in Saigon verschafft, denen Telenews und ABS einfach nichts entgegenzusetzen hatten. CBS und NBC hatten Zentralen mit großzügigen Einrichtungen in der Stadt, die Telenews dagegen primitiv aussehen ließen. CBS hatte eine halbe Etage des Caravelle okkupiert, des modernen Hotelhochhauses gegenüber dem alten Continental – und sie hatten auch schon mal jedes Flugzeug in Saigon gechartert, um die Konkurrenz mit ihrem Filmmaterial auszustechen. Sie hatten sogar die Unterstützung der US-Militärs und durften ihre Filme mit Verwundetentransporten per Hubschrauber nach Tokio und Bangkok ausfliegen. Wir hatten uns jetzt damit abgefunden; es war ebensowenig zu ändern wie die Steuer oder das Wetter, und wir erklärten es Mike.

»Die Amis können uns also jederzeit ausstechen«, sagte er, mit nachdenklichem Blick.

»Mach dir keine Sorgen«, sagte Jim zu ihm. »Die gute Nachricht ist, daß wir gewinnen, wenn wir die Krumen bekommen, die den Amis entgehen.«

Ungefähr an dieser Stelle kam Wolkow herein.

Er hatte noch seine dreckige Uniform an und sah völlig fertig aus; offensichtlich kam er geradewegs von Tan Son Nhut und hatte auf dem Weg hierher nur kurz im CBS-Büro vorbeigeschaut, um seinen Film und seine Ausrüstung dortzulassen. Er nahm einen Hocker zwischen Mike und Jim Feng, und beim Händeschütteln mußte er etwas zu Langford hochblicken, da er kleiner war. Das, und die Tatsache, daß Mike ein Konkurrent war, schien Dmitri nervös zu machen – sein Gesicht versteinerte.

Als er erfuhr, wo Mike herkam, sagte er: »Tasmanien? Mein Gott, gibt es dort *Menschen*?«

Langford erwiderte nichts. Er lächelte nur liebenswürdig und sah Wolkow mit jenem schläfrig-starren Blick an, den er manchmal hatte, als warte er auf etwas; und Wolkow starrte zurück. Sie beschnüffelten sich ausgiebig wie Hunde, die beiden.

»Komm schon, Graf«, sagte Jim. »Gieß einen hinter die Binde und sei nett zur Konkurrenz.« Und er winkte dem Barkeeper.

Wolkow mochte es nicht besonders, wenn man ihn mit »Graf« betitelte. Doch es war ihm einmal entschlüpft, daß sein Großvater, der die Familie nach der bolschewistischen Revolution aus Rußland heraus und nach Paris gebracht hatte, ein Graf Wolkow gewesen war, und wir nahmen an, daß Dmitris Vater den Titel wohl geerbt haben würde, wenn das die Geschichte nicht verhindert hätte. Wir kamen also zu dem Schluß, daß Dmitri letzten Endes auch Titelerbe gewesen wäre. Grafen gab es im zaristischen Rußland wie Sand am Meer, nehme ich an, und ich weiß nicht genau, ob das dort tatsächlich ein erblicher Titel war; doch uns gefiel der Gedanke und daß wir Dmitri damit in Rage bringen konnten, und so blieb der Spitzname an ihm hängen. Und er sah ja auch wirklich so aus, wie wir uns einen russischen Aristokraten vorstellten: hager, blond und ziemlich schmächtig, mit hellblauen Tatarenaugen und militärischem Schnurrbärtchen. Trotz seines Körperbaus war er ziemlich stark, wie das bei der mörderisch schweren Ausrüstung, mit der Frontkameraleute damals arbeiteten, sein mußte. Aber Sie werden Fotos von ihm gesehen haben.

Er hatte jetzt seinen Whisky bekommen und einen Ellbogen auf die Theke gestützt; dann begann er, Langford mit Fragen zu bombardieren, als wolle er ihn examinieren. Welche Erfahrung hatte er als Bildreporter? Für welche Zeitungen hatte er gearbeitet? Was halte er von der gegenwärtigen Kriegsberichterstattung im Fernsehen? Dmitris Englisch – das er als Heranwachsender im Paris der Nachkriegszeit gelernt hatte – war gut, doch eigenwillig. Der bestimmte Artikel neigte dazu, an seltsamen Stellen aufzutauchen und an Stellen zu fehlen, wo er hingehört hatte. Er besaß einen französischen Paß, doch man hielt ihn manchmal wegen seines Akzents für einen Amerikaner. Er hatte sich die amerikanische Komponente während seiner Zeit bei einer New Yorker Zeitung angeeignet.

Langford antwortete gutmütig auf alle seine Fragen. Doch Dmitris tatarisch-starrer Blick blieb unbeeindruckt.

»Na, dann viel Glück, Bruder«, sagte er. »Du wirst es in der Tat brauchen, da du für die Briten mit ihrem lausigen Budget arbeitest. Meinem Verein ist es egal, was es kostet, Material als erster herauszubringen.«

Langford neigte den Kopf zur Seite. Er musterte den Grafen jetzt von Kopf bis Fuß und setzte eine einfältig respektvolle Miene auf. »Herrgott noch mal, ich sollte mir wohl allmählich Sorgen machen«, sagte er. »Und wie kann ich jemals einen Kerl, der wie Errol Flynn aussieht, ausstechen?«

Er warf Jim und mir einen schnellen Blick zu und zwinkerte. Das war eine Abfuhr im Stil des ländlichen Australien und ohne jede Bösartigkeit; doch ich sah, daß Wolkow nicht wußte, wie er darauf reagieren sollte, und ich beschloß, seine Aufmerksamkeit abzulenken. Dmitris Launen waren stets sehr wechselhaft – das berühmte russische Temperament –, doch normalerweise überwog die gute Laune, und ich merkte allmählich, daß heute abend etwas nicht in Ordnung war. Ich wußte, daß er in den letzten Tagen im Zentralen Hochland gewesen war, und fragte ihn also, wie es dort zugegangen war.

Er schüttelte den Kopf, zündete sich eine Zigarette an und schnitt Grimassen, um den Rauch zwischen den Zähnen auszustoßen. »Nicht sehr lustig, Harvey«, sagte er.

Ich fragte ihn, wo er gewesen war.

»Route 19«, sagte Wolkow. »Im Mang-Yang-Pass hat ein Überfall aus dem Hinterhalt stattgefunden, zwischen Qui Nhon und Pleiku. Die Vietcong haben es geschafft, dort einen ganzen Konvoi der Special Forces zu vernichten.«

»Du bist *dortgewesen*, Graf?« Jim Feng hatte sich zur Seite gewandt, plötzlich hellwach; sogar im Halbdunkel konnte ich seinen gierigen Blick sehen.

»Nicht als es passierte, sonst wäre ich jetzt nicht hier«, sagte Wolkow. »Ich war weiter oben an der Küste in Qui Nhon. Hab mich von einer Huey mitnehmen lassen zum neuen A-Team-Fort in An Khe, in der Nähe des Passes. Sie hatten die Nachricht gerade hereinbekommen. Ich bin also mit einem Jeep zum Schauplatz der Katastrophe gefahren.« Er zog an der Zigarette und starrte mit blinden Augen auf die Barmädchen. »Eine richtige Schlächterei, James. Zwei Amerikaner tot und viele Montagnards. Der Charlie hat sich während unserer ganzen Rückfahrt damit vergnügt, uns aus dem Hinterhalt zu beschießen.«

Nachschub an Whisky kam, und Wolkow drückte einen Langford in die Hand, ohne ihn anzusehen. Eine Geste, die weder freundlich noch unfreundlich war.

»Glück gehabt. Du hast immer Glück gehabt, Graf«, sagte Jim Feng. »Was stimmt denn nicht? Hast du den Film nicht gedreht?«

»Ich habe gutes Filmmaterial, James. Doch es macht mir keinen Spaß, tote Gentlemen von den Green Berets zu betrachten, denen man ihre Eier in den Mund gestopft hat.«

Es trat eine kurze Stille ein, in der ich feststellte, daß ein britischer Korrespondent, der an uns herangerückt war, Wolkow zuhörte – ein Mann vom *Manchester Guardian*, dem ich vorher schon ein paarmal begegnet war, den aber die anderen nicht kannten. Trevor Griffith war Waliser, und sein Äußeres war wie sein Temperament düster keltisch. Er hatte die Figur eines früheren Rugbyspielers, und sein totenbleicher, ungesund wirkender Teint stand in seltsamem Kontrast zu seiner kräftigen Erscheinung; Trevor machte deshalb den Eindruck, als litte er an einer mysteriösen Krankheit, und er hatte auch einen nachmittäglichen Anflug von Bartstoppeln wie Richard Nixon – eine Ähnlichkeit, auf die ich ihn mit Vergnügen hinwies, da er ein Mann mit ausgeprägt linken Ansichten war.

»Hört sich an, als sei das ein scheußlicher Ort für unsere Freunde von den Special Forces gewesen«, sagte er. Er hatte eine ausgewogene kräftige Stimme und einen leichten BBC-Akzent – sehr wenig Walisisches darin.

Wolkow sah ihn an. »Scheußlich ist der richtige Ausdruck dafür, Bruder.«

»Aber irgendwie angemessen, sollte ich meinen«, sagte Griffiths.

»Was?« fragte Wolkow.

»Angemessen«, wiederholte Griffiths. Er schwankte; er war beschwipst, und seine Stimme tönte lauter. »Genau das Schicksal, um diesen Cowboys verständlich zu machen, wo sie sich da eingemischt haben.«

»Und was genau ist das?« fragte Wolkow.

»Ein Befreiungskrieg, der sie nichts angeht«, sagte Griffiths. »Einer, den John Wayne nicht gewinnen kann.«

Wolkow lächelte. Manchmal hatte er ein seltsames Lächeln – offener Mund, krampfhaft breitgezogen; die hellen Augen leer. »Weißt du, was mit dir nicht stimmt, Tommy?«

»Nein, Ami. Was stimmt mit mir nicht?«

»Ihr habt euer verdammtes Weltreich verloren. Deshalb haßt ihr die Amerikaner, die euch verdrängt haben. Doch das geht mich nichts an; deine Scheißpolitik interessiert mich nicht. Was mich interessiert ist, daß du kein Mitleid mit Männern hast, deren Körper verstümmelt wurde. Vielleicht sollte man dir *deine* Eier in den Mund stopfen.«

Er glitt vom Hocker, die Arme vorgestreckt, die Hände geöffnet.

Griffiths machte einen Schritt rückwärts und sah ihn ungläubig mit gerunzelter Stirn an, und einige GIs in der Nähe drehten sich um, weil sie eine Schlägerei witterten. Doch Jim Feng legte Wolkow eine Hand auf die Schulter.

»Komm, Graf, hier drin kannst du ihn nicht umnieten. Hier ist nicht genug Platz.« Er beugte sich zu Griffiths und sagte leise: »An deiner Stelle würde ich verschwinden. Er ist etwas ausgeflippt.«

Griffiths stellte sein Glas auf die Theke, mit zusammengepreßten Lippen und noch bleicher. »Ich merke es«, sagte er. »Ich überlasse ihn eurer Obhut. Ich trinke nicht mit Psychopathen.«

Während Wolkow seinen Abgang beobachtete, fing er an zu lachen. Er kletterte wieder auf seinen Hocker und wischte sich mit dem Handrücken übers Auge. »Gib mir einen Whisky aus«, befahl er Jim. »Das ist das mindeste, was du tun kannst, wo du mich jetzt um eine Schlägerei gebracht hast, James.«

Inzwischen waren wir alle ziemlich betrunken, und aus irgendeinem Grund wurde mir die Bar allmählich unheimlich. Saigon konnte so wirken.

Ein Barkeeper starrte uns an. Er hatte eins jener undurchdringlichen sino-vietnamesischen Gesichter und schaute immerzu auf seine Armbanduhr, während er sich in den Zähnen stocherte. Das machte mich verrückt; ich kam zu dem Schluß, daß er etwas wußte und daß wir ihm, wenn er plötzlich hinausginge, folgen mußten.

Ich sollte vielleicht erklären, daß wir alle in jenem Monat schreckhafter als sonst waren. Überall in der Stadt steckten Agenten des Vietcong; man konnte sie unmöglich erkennen, vielleicht stand einer direkt neben dir. An diesem Ende der Tu-Do-Straße, weiter unten beim Fluß, waren etliche Restaurants vor kurzem durch Paketbomben verwüstet worden. Vor ungefähr einem Monat hatte es auch die große Explosion in der amerikanischen Botschaft gegeben, bei der mehr als zweihundert Menschen getötet und verwundet worden waren. Das hatte gezeigt, daß die Amerikaner nicht einmal in der Lage waren, ihre eigene Botschaft zu schützen, geschweige denn die Stadt Saigon. Man fing an, sich Sorgen zu machen.

Als dann der dünne Vietnamese mit dem Päckchen hereinkam, reagierten wir sofort. Wolkow sah ihn als erster.

 »Da ist ein Typ mit einem Päckchen«, sagte er.

Er wandte ruckhaft den Kopf, und mir wurde urplötzlich eiskalt. Der Mann war einer der kleinen gerissenen Geschäftemacher, die man überall auf den Straßen sah und die aus den amerikanischen PX-Läden gestohlene Waren verhökerten oder verschiedene Arten von traurigem käuflichen Sex an den Mann brachten; dürr wie eine Bohnenstange, mit langen Haaren, verschlagenem Gesicht und einem fadendünnen Schnurrbart, auf dem Kopf eine Baseballkappe. Er glitt auf eine der Bänke am anderen Ende der Bar, bei der Tür zur Straße. Dort saßen schon zwei Barmädchen; die drei lächelten einander zu und begrüßten sich, und er legte das Päckchen vorsichtig zwischen sie auf den Tisch. Es hatte ungefähr die Größe einer Pralinenschachtel und war in braunes Papier eingewickelt. Keiner sonst in der Bar schien es bemerkt zu haben, obwohl Päckchen normalerweise verdächtig waren. Eine Situation wie im Traum, wenn man nicht weglaufen kann, obwohl man es nur zu gern möchte.

Doch dann bemerkte ich, wie Wolkow sich entspannte. »Alles klar«, sagte er. »Er geht nicht hinter zum Lokus, und die Mädchen sehen unbekümmert aus. Es ist einfach ein Päckchen.«

Wir begriffen. Die übliche Taktik, wenn ein Vietcong eine Bar in die Luft gehen ließ, war die, schnurstracks zu den Toiletten durchzugehen, ehe das Paket hochging, und hinten hinaus zu entkommen. Wir griffen also wieder zu unseren Gläsern und entspannten uns.

Doch dann tippte mich Jim Feng auf die Schulter. »Wir haben uns zu früh gefreut«, sagte er.

Der Mann mit der Baseballkappe kam durch die Menschenmenge auf uns zu. Er ging vorbei und verschwand durch eine Tür mit Perlenvorhang, die zu den unsäglich schmutzigen Toiletten der Happy Bar führte. Das Päckchen lag noch auf dem Tisch, und beide Mädchen waren aufgestanden.

Ich stand ebenfalls auf. Der Schweiß strömte an mir herab, und im Kopf drehte sich alles. Das war nicht der Whisky – ich wußte, daß ich sterben würde. Die Bombe lag zwischen uns und dem Ausgang; vielleicht ging sie gleich hoch und demolierte die ganze Bar. Ich hatte das nie miterlebt, doch es war mir oft genug erzählt worden. Noch immer hatte keiner außer uns das Päckchen entdeckt; es waren erst Sekunden vergangen, und jetzt hörte ich Wolkow schreien und sah, wie er auf die Bank zeigte.

»Bombe! Alle raus!«

Alle um uns, Soldaten und Zivilisten, warfen sich zu Boden. Hinten in der Ecke um den fatalen Tisch herum begannen sie zur Tür hinauszuschleichen und schrien dabei Warnungen. Barmädchen kreischten und versuchten, sich an uns vorbeizudrängen. Während ich selbst wegzulaufen versuchte, sah ich, daß Langford uns drei überholt hatte und auf die Tür zueilte.

Er drängte sich sehr schnell durch die Menge, die Leute mit Schultern und Ellbogen beiseite stoßend, wie ein Profi-Rugbyspieler – der er, glaube ich, einst gewesen war. Und in diesem Augenblick, obwohl selbst voller Angst, durchzuckte mich Enttäuschung, als ich ihn so losrennen sah – aus Angst, wie ich meinte. Dann kam er bei der Bank an, und ohne zu zögern hob er das Päckchen mit der Rechten auf und rannte weiter. Das und seine nächste Bewegung erinnerten mich auch an Rugby. Er sprang durch die offene Tür und schleuderte das Päckchen über die Köpfe der Menschenmenge hinweg auf die Mitte der Straße. Doch es gab keine Explosion.

Draußen in der warmen Dunkelheit auf dem Bürgersteig, umringt von amerikanischen Soldaten und einer Schar neugieriger Vietnamesen, fanden wir Langford, der den Verkehr anstarrte: Cyclos, Motorroller und ein alter klappriger Bus vom Lande, knallbunt bemalt. Die GIs machten Bemerkungen wie: »*Scheißbombe.*« »*Ein Kerl hat sie geworfen.*« »*He, Mann, wo ist die Scheißbombe?*« Dann war der alte Bus vorbeigefahren, und wir alle sahen das aufgeplatzte Päckchen in der Mitte der Straße liegen. Das Einwickelpapier hatte sich gelöst – es war ein zerborstenes Transistorradio.

Dmitri und Jim und ich fingen an zu lachen, und einige der amerikanischen Soldaten fielen ein. Wolkow stolzierte auf dem Bürgersteig herum, zeigte mit dem Finger, bog sich vor Lachen, während Langford lächelte und sich den Kopf kratzte. Dann tauchte eins der Barmädchen von der betreffenden Bank auf, klein und zornig und knallbunt in einem purpurroten Mieder und knappen schwarzen Shorts, finster zu Langford hinaufblickend.

»GI-Arschloch«, schrie sie. »Du mein Radio kaputt machen. Warum?«

Wolkow drückte ihr einen Packen Geldscheine in die Hand. »Kauf dir ein neues, Darling.« Während sie das Geld zählte, drehte er sich um und schlug Langford auf den Rücken, und seine blassen Augen leuchteten vor Vergnügen. »Was hattest du denn vor,

Aussie? Wolltest wohl die ganze verdammte Straße in die Luft jagen?«

Langford bat ihn um eine Zigarette. Als er sie nahm und sich über Wolkows Feuerzeug beugte, sagte er: »Weniger Menschen auf der Straße als in der Bar.« Sein Blick war entschuldigend, doch ungerührt.

Wolkow wandte sich an Jim und mich. »Dieser Mann wird allmählich interessant«, sagte er. »Er ist echt verrückt. Ich möchte mal sehen, was für Kunststücke er mit Handgranaten drauf hat.« Eine slawische Kehrtwendung hatte stattgefunden – er hatte beschlossen, Mike uneingeschränkt zu mögen.

Ja, Langford war interessant geworden; doch auch ein bißchen unheimlich, dachte ich. Ich wollte gern wissen, ob er in selbstmörderischer Absicht oder nur töricht gehandelt hatte, und als Wolkow und Feng quer über den Bürgersteig zum Budgie gingen, blieb ich zurück und packte ihn beim Arm.

Ich fragte ihn, was er vorgehabt habe. Hatte er wirklich sterben wollen, noch ehe er im Feld gewesen war?

Er sah mich von der Seite an und sagte eine Weile nichts. Dann erwiderte er: »Es mußte ein Radio sein. Dieser kleine Kerl war doch eine halbe Stunde vorher in der Bar gewesen und hatte sie verkauft. Ihr anderen habt ihn nicht bemerkt.« Er zwinkerte mir in seiner bäurischen Art zu. »Sag Wolkow nichts«, bat er.

Wir beendeten den Abend auf dem Dach des Hotels Caravelle.

Gegessen hatten wir in einem französisch-vietnamesischen Restaurant am Fluß und hatten eine Unmenge französischen Wein getrunken. Als wir gingen, zeigten der Alkohol und die Erschöpfung ihre Wirkung, Wolkow schwankte, aber er war immer noch blendender Laune.

Um Mitternacht begann die Ausgangssperre für vietnamesische Zivilisten und US-Militärpersonal, was wir die Aschenputtelzeit nannten, wenn die Barmädchen verschwanden. Der Dachgarten des Caravelle war eine der wenigen Lokale, wo man noch etwas zu trinken bekam. Und von dort konnte man den Krieg beobachten.

An diesem Abend war es dunkel, still und halb leer. Wenige Lampen tauchten das Laub der eingetopften Büsche und Bäume in ein Aquariumlicht; leichter Jasmingeruch lag in der Luft. Hier hielt sich eine kleine Schar Europäer und Amerikaner auf, die mit dem Glas in der Hand aus der Cocktailbar herausschlenderten – Personal der verschiedenen Botschaften, Diplomatengattinnen, Hotelgäste, Offiziere der US-Army, Korrespondenten. Die Dunkelheit und die Weite ließen uns alle mit gedämpfter Stimme reden. Saigon hat viele niedrige Gebäude, und mit seinen zehn Stockwerken war das Caravelle das höchste Bauwerk – von hier konnte man einen Großteil der Stadt überblicken. In der einen Richtung lagen die verwahrlosten Betonwohnblöcke des modernen Südostasien mit ihren zahllosen Balkons. In der anderen befand sich die mit Fahrzeugen verstopfte Fahrbahn der Tu-Do-Straße, deren reich verzierte öffentlichen Gebäude aus dem neunzehnten Jahrhundert immer wie verloren auf mich wirkten. Der weiße Uhrturm des Rathauses sollte sich eigentlich in einem französischen Provinzstädtchen hinter Regenschleiern verbergen, dachte ich – und nicht hier, in dieser drückenden asiatischen Hitze, gefangen sein.

Wir wanderten auf die Seite mit Blick auf den Fluß hinüber und standen nebeneinander am Geländer. Von hier sah man in südöstlicher Richtung periodisch zuckende Blitze in der Dunkelheit. Das war südvietnamesisches Artilleriefeuer in der Sonderzone von Rung Sat – einem Mangrovensumpfgebiet an der Mündung des Saigonflusses, wo die südvietnamesische Regierung militärische Vorposten hatte. Auch der Vietcong hatte dort Stützpunkte und versuchte, die Schiffe zu versenken, die durch die Kanäle hereinkamen. Vielleicht griffen sie jetzt einen südvietnamesischen Posten an, und aus dieser Entfernung wirkten die Blitze nicht bedrohlich, sondern heiter. Vermutlich klingt das verrückt.

»Da, Mike.« Wolkows Stimme war wie die aller anderen hier gedämpft. »Da ist dein Krieg«, sagte er.

»So nah«, sagte Langford.

»So nah, stimmt. Und er kommt immer näher.«

Plötzlich erblühten über dem Horizont im Südosten Fallschirmleuchtbomben und machten die Landschaft taghell. Sie wurden von alten DC-3-Flugzeugen abgeworfen, um Vietcong-Stellungen zu beleuchten, und aus dem Nichts traten urplötzlich Felder und Baumreihen hervor – olivbraune Wandteppiche in einem schwarzen Rahmen. Auf dem Dach begann ein allgemeines Raunen – manche Laute klangen wie Freudenrufe von Kindern bei einem

Feuerwerk. Ein Ausruf war deutlich zu hören, der einer jungen Amerikanerin. »He, wow! Ist das nicht richtig schön?«

Jim Feng murmelte vor sich hin: »Schön für einige, Lady. Nicht so schön für andere.«

Wir standen am Geländer wie auf der Brücke eines Schiffs. Wir konnten gerade noch unsere Gesichter erkennen, und jetzt verstummten wir und starrten in die Dunkelheit hinaus. Dann sagte Mike: »Ich dachte, die Amis würden dieses Jahr die Wende bringen. Das sieht aber nicht danach aus.«

»Gib ihnen Zeit«, sagte Wolkow. »Erst jetzt verstärken sie ihre Truppen ernsthaft.«

Jim Fengs Stimme kam aus der Dunkelheit. »Richtig, Graf. Aber es gibt Leute hier, die meinen, daß der Krieg schon verloren ist.«

»Quatsch«, sagte Wolkow. »Linker Quatsch, James. Du wirst schon sehen, was passiert, wenn die Marineinfanterie eingreift.«

»Möglich«, sagte Jim. »Aber die GIs haben recht – die Nacht gehört Charlie.« Er wandte sich Mike zu und wies mit dem Finger in die Ferne. »Dort draußen im Delta hat Victor Charles nachts das Sagen. Wenn man mit dem Jeep auf den Highways aus der Stadt hinaus will, geht das nur tagsüber; und Offiziere aus Saigon brauchen bewaffnetes Geleit. Manchmal überlegen wir, ob es bloß eine Frage der Zeit ist, bis nur noch die Stadt übriggeblieben ist – wie eine Insel im Meer.«

»Feng, du klingst heute nacht sehr pessimistisch, Michael kriegt noch Depressionen«, sagte Wolkow. »Die Amis werden durch ihre Luftüberlegenheit schließlich siegen, wie könnte das anders sein?«

»Die Regenzeit kommt«, sagte Jim. »Die Flugbedingungen werden schwieriger. Bald wird der Vietcong wieder hart zuschlagen.«

Doch Wolkow sprach jetzt zu Langford gewandt. »Das ist ein Helikopterkrieg. Meiner Meinung nach wird er von den hübschen kleinen Kampfhubschraubern entschieden werden.« Er wandte sich vom Geländer weg, um uns alle anzublicken, dabei schwankte er leicht und sprach noch undeutlicher als zuvor. Seine Augen, fast weiß in der Dunkelheit und rotgerändert, blickten ins Leere, und sein Gesicht hatte einen zärtlichen, begeisterten Ausdruck bekommen; er hatte offensichtlich einen Grad der Erschöpfung erreicht, der sowohl Euphorie als auch leichten Wahnsinn erzeugte. Das war nur beängstigend für die, die nicht an ihn gewöhnt waren.

»Erstaunliche Maschinen«, sagte er. »Mir ist klar, daß es Instrumente der Zerstörung sind, und in heiklen moralischen Momenten heiße ich sie nicht gut – doch ich sag euch, ich liebe sie auch, die Chinooks und die kleinen Hueys. Sie sind schön. Ich glaube, das kann man von ihnen sagen. Jawohl: eine Huey ist schön. Mit den Kampfhubschraubern läßt sich nichts bisher Dagewesenes vergleichen. Du wirst vielleicht genauso denken, Michael, wenn du mit einer Huey ins Kampfgebiet fliegst. Aber es ist natürlich möglich, daß du nicht so ein verdammter Kriegsfreak bist wie wir.«

»Sprich für dich selbst, Graf«, sagte Jim. Doch seine Stimme war leise und tolerant.

Wolkow grinste. »Du bist kein Kriegsfreak, James? Warum nennen sie dich dann den Verrückten Jim Feng? Ha?«

Jim lächelte ohne zu antworten; dann sahen beide Langford an. Sie hatten jetzt beide den gleichen Gesichtsausdruck – den Ausdruck von Menschen, die einen anderen auf ein Gebiet vordringen sehen, das ihr Leben geprägt hat, was nicht vorhersehbare Konsequenzen für ihn haben kann.

»Natürlich sind wir keine verdammten Kriegsfreaks«, sagte Jim. »Ich weiß, daß ich's nicht bin. Ich drehe nur gern die Bumm-Bumm-Geschichten.«

Wolkow brach in lautes Gelächter aus. »Richtig«, sagte er. »Egal wer gewinnt oder verliert; schließlich ist das nicht unser Problem. James hat es auf den Punkt gebracht. Wir drehen gern die Bumm-Bumm-Geschichten.«

2.

TONBAND-TAGEBUCH: LANGFORD

TONBAND 4: 12. MAI 1965

– Jim Feng und ich wären heute nachmittag beinah umgekommen. Ich habe nicht erwartet, an meinem zweiten Tag hier in eine solche Situation zu geraten.

Um vier Uhr nachmittags auf der Rückfahrt nach Saigon brummte der Budgie über die gerade Schotterpiste des Highway 1 –

der Straße, die Südvietnam mit Kambodscha verbindet. Jim Feng fuhr; Langford saß neben ihm. Sie befanden sich fünfundzwanzig Kilometer nördlich der Stadt, kurvten durch Fahrräder, Autos und Militärfahrzeuge, und gelegentlich überholten sie hohe hölzerne Ochsenkarren, gesteuert von alten Männern mit Strohhüten – Fahrzeuge, die sich mit der unmerklichen Geschwindigkeit von Uhrzeigern zu bewegen schienen, ohne das Jahrhundert und den Krieg zu beachten. Die Zeit des Südostmonsuns fing gerade an, und zu beiden Seiten der Straße pflanzten Bauern Reisstecklinge auf die Felder um.

Langford betrachtete die Szene mit den Augen eines Menschen vom Lande. Sie war noch neu für ihn, sagt er, und die Baumreihe am Horizont dieses flachen, hitzeversunkenen Landes enthielt keine ihm bekannte Art außer Kokospalmen. Kreuz und quer von einem Kanal- und Deichnetz durchzogen, glichen die frisch unter Wasser gesetzten, die Wolken spiegelnden Reisfelder einem flachen, vom Land eingeschlossenen Meer, und die kleinen, zähen grünen Lebenssprosse, die aus der Wasserfläche ragten, wirkten auf ihn trügerisch zart, wie Dinge, die bei einem Kinderspiel zufällig liegengeblieben waren – ohne große Überlebenschancen. Weit draußen auf diesen Wasserflächen bückten sich zwischen den langen grünen Horizontalen der Deiche Gestalten in schwarzen Baumwollanzügen und Strohhüten, richteten sich auf und bückten sich erneut, wie in Trance. Ein Wasserbüffel stand bewegungslos.

– Wir waren auf dem Rückweg von Cu Chi, auf dem Highway 1 nur dreißig Kilometer von Saigon entfernt. Jim hatte mich mitgenommen, damit ich mir den großen Stützpunkt für die Fünfundzwanzigste Infanteriedivision der Amerikaner dort anschauen konnte. Wir hatten eine Magnettonkamera und eine Bell & Howell hinten in den Jeep gepackt, falls wir zufällig in Kampfhandlungen gerieten – was laut Jim immer möglich war. Der Vietcong sei im Gebiet von Cu Chi aktiv, sagte er mir, und die Gegend nicht ganz sicher – obwohl sie zum Einzugsgebiet von Saigon gehört und von den Amerikanern und der Regierung ziemlich streng kontrolliert wird.

– Heute vormittag hatte mich Jim zu den Behörden begleitet, damit ich meine Akkreditierung bekam; zwei Presseausweise, einen amerikanischen und einen vietnamesischen, mußte man haben, wenn man auch nur in ein Militärflugzeug hier kommen wollte. Ich bin also jetzt ein *bao chi*, ein Angehöriger des Saigoner Pressekorps.

Er war mit mir zum Khu-Dan-Schwarzmarkt in der Stadt gefahren und hatte mir geholfen, die Ausrüstung zu kaufen, die ich für den Fronteinsatz brauche: Drillichuniform, Feldflasche, Dschungelstiefel. Nach dem Essen waren wir dann auf dem Highway losgefahren.

– Nur eine kleine Spritztour, sagte Jim, mal schauen, was sich so tut. Vor dem Abend sind wir wieder in Saigon – kein Problem.

– Wir hatten Freizeitkleidung an, wie bei einem Stadtbummel – ich trug ein leuchtend rotes Hemd, was ich nie wieder tun werde. Für Korrespondenten ist die Lage im Moment verrückt, und Jim sagt, lange wird das nicht so bleiben. Die Amerikaner werden bald strengere Maßnahmen einführen, sagt er, und dann wird die einzige Möglichkeit, an die Front zu kommen, die sein, daß man uns einer amerikanischen oder südvietnamesischen Einheit angliedert und unsere Namen auf einer Liste registriert. Aber soweit ist es jetzt noch nicht. Man braucht nur in ein Fahrzeug zu steigen und den Highway hinunterzufahren.

– Die Straße führte zwischen hohem grünen Bambus durch, es war, als führe man durch einen Tunnel. Vor uns befand sich eine Kolonne langsam fahrender Armeelaster mit südvietnamesischen Soldaten, kleinen Männern mit überdimensionalen runden Stahlhelmen. Jim fuhr schneller. Er wollte den Konvoi überholen, sagte er. Wenn man mit ihnen fuhr, konnte man in Schwierigkeiten kommen, besonders so spät am Tag – sie zogen die Aufmerksamkeit des Vietcong auf sich.

– Wir überholten die Laster und ließen den übrigen Verkehr hinter uns. Als wir dann vorbei waren, fuhr der Jeep aus dem Bambustunnel heraus, und die weiten offenen Reisfelder lagen wieder zu beiden Seiten der Straße. Dann hörten wir eine Explosion.

– Wir sahen uns um und bemerkten, daß der vorderste Laster des Konvois in die Luft gesprengt worden war. Er saß fest, das Fahrerhaus war zertrümmert, und eine schwarze Rauchsäule stieg von ihm auf. Hinten quollen vietnamesische Soldaten aus dem getroffenen Laster und aus den hinter ihm festsitzenden Fahrzeugen auf die Straße. Gewehrfeuer prasselte los.

– Jim beschleunigte. Ferngezündete Mine, sagte er. Das bedeutet, hier gibt's Vietcong.

– Ich nahm hastig meine Bell & Howell und versuchte zu filmen; aber wir fuhren zu schnell dafür. Die Straße vor uns war plötzlich leer; außer uns war niemand zu sehen, und das beunruhigte Jim.

– Kein Gegenverkehr, sagte er. Weiter vorn muß noch was los sein.

– Wir fuhren um eine Kurve und stellten bald fest, weshalb der Gegenverkehr zum Erliegen gekommen war. Es war noch ein südvietnamesischer Armeelaster in die Luft gesprengt worden. Er stand quer in der Mitte der Straße, die Kabine war zerstört und verrußt, schwarzer Qualm stieg daraus auf, der Fahrer und sein Kumpel waren tot. Ungefähr fünfzehn tote und verwundete südvietnamesische Soldaten lagen auf der Straße, neben ihnen die Schnellfeuergewehre, Blutflecken auf ihren Uniformen und dem Asphalt. Einer oder zwei bewegten sich und schrien laut; ein paar kauerten im Straßengraben; die meisten waren still. Draußen im wasserbedeckten Reisfeld stand bei einem Deich eine etwa zwölfköpfige Gruppe von Bauern in schwarzen Baumwollanzügen, die zum Laster hinüber starrten. Sie hatten etwas in der Hand, doch ich konnte nicht erkennen, was es war.

– Wir hielten fast an und blickten auf einen südvietnamesischen Offizier mit Schirmmütze, der am Straßenrand am Stamm eines Bananenbaums lehnte. Er hielt sich den Bauch und erwiderte unseren Blick. Sein kleiner Schnurrbart stach wie künstlich von der totenbleichen Farbe seines Gesichts ab. Blut färbte sein Hemd dunkel und rann zwischen seinen Fingern hervor; er rief uns an und bat um Hilfe, und ich sah, wie seine Eingeweide herausquollen. Mir war hundeelend zumute, weil wir ihm nicht helfen konnten.

– Ich wollte aus dem Jeep steigen, doch Jim hielt mich zurück. Nein! schrie er. Duck dich, Snow!

– Als ich ihn nach dem Grund fragte, zeigte er auf die Bauern im Reisfeld. Wegen diesen Leuten da, sagte er.

– Er ließ den Motor aufheulen und steuerte den Budgie mit Vollgas am Laster vorbei. Dann hörte ich ein scharfes, schnell aufeinanderfolgendes Krachen und blickte zum Reisfeld hinüber. Die schwarzgekleideten Gestalten, die ich für Bauern gehalten hatte, bewegten sich durch das fast knietiefe Wasser auf uns zu und gaben mit Schnellfeuergewehren eine Salve nach der anderen ab. Sie schossen auf uns – die Farben des Budgies schützten uns nicht.

– Mir war, als hätte ich sie schon einmal gesehen, in einer anderen Situation, an die ich mich nicht so recht erinnern konnte; aber jetzt hatte ich nicht viel Zeit, darüber nachzudenken. Jim hatte das Gaspedal voll durchgetreten, wich Schlaglöchern aus und fuhr wie ein Verrückter. Wir waren ganz allein auf der Straße, völlig ohne Deckung, die einzigen Geräusche hier waren der Motorenlärm vom Budgie und das leiser werdende Gewehrfeuer. Jetzt feuerten die wenigen überlebenden vietnamesischen Soldaten irgendwo beim Laster zurück.

– Wir hielten beide den Kopf so tief unten wie möglich. Kugeln pfiffen ziemlich dicht über uns hinweg, und eine prallte vorn vom Kotflügel ab. Das hörte sich wie in alten Western an, und fast war mir zum Lachen zumute. Ich schwitzte mörderisch, und mein Herz hämmerte, aber ich packte wieder meine Bell & Howell aus, drehte mich auf meinem Sitz um und versuchte, die Vietcong hinten heraus mit Teleobjektiv zu filmen. Einen Augenblick lang hatte ich sie im Sucher, und ich empfand überhaupt keine Angst mehr; ich wollte sie nur einfangen. Nur das war Realität – was auf dem Bild war.

– Doch Jim schrie mir zu, ich solle das seinlassen. Vergiß den Scheißfilm, brüllte er. Sie zielen auf dein verdammtes rotes Hemd!

– Am Straßenrand tauchte wieder hohes Bambusgehölz auf und eine Siedlung mit flachen Holzläden und palmblattgedeckten Hütten, die wie Heuhaufen aussahen. Die offenen Reisfelder und die Vietcong waren verschwunden.

– Ein heftiger Monsunregen setzte ein, der uns durchnäßte, und wir fingen beide an zu lachen.

– Ich glaube nicht, daß es mir gelingen würde, jene kleine Garküche wiederzufinden. Ich weiß nur, es war irgendwo in einer Nebenstraße, wo der Highway 1 Saigon erreicht. Wir hielten dort an, um schnell einen Kaffee zu trinken, bevor wir in die Stadt weiterfuhren, doch wir merkten, daß wir nicht fort wollten. Zu guter Letzt aßen wir dort zu Abend und betranken uns ziemlich.

– Ich war noch immer leicht benommen, als wir da einkehrten; schon die ganze Zeit, seit wir entkommen waren, war ich leicht benommen, und ich zitterte immer noch. Sie hatten versucht uns zu töten, aber wir waren noch am Leben, und ich wollte immerzu lachen.

– Der Regen hatte aufgehört. Den Budgie hatten wir so geparkt, daß wir ihn im Auge behielten in dieser schlammigen Nebenstraße, in der sich langgestreckte schuppenähnliche Holzläden mit rostigen Blechdächern aneinanderreihten. Kinder und Hühner liefen herum, und von der roten Leinwandmarkise des Cafés rankte sich purpurne Bougainvillea. Der Kaffee wurde in Tassen mit Aluminiumfiltern serviert; nie hatte mir ein Kaffee so gut geschmeckt, und das sagte ich zu Jim.

– Er sah mich mit humorvollem Lächeln an. Nach dem Gefecht schmeckt alles besser, sagte er. Das Essen, das Bier, der Stoff, die Liebe. Diese Erfahrung hast du jetzt gemacht, Snow.

– Dann wurde er ernst. Du hast auch erfahren, was es mit dem Vietcong auf sich hat, sagte er. Man weiß nie, sind sie da oder nicht – sie kleiden sich genauso wie die Bauern; sie verstecken sich in den Dörfern. Du kannst neben ihnen stehen und weißt es nicht – merk dir das. Die Bauern nennen sie die Schwarzen Geister. Sie nennen sie auch die Leute auf der anderen Seite.

– Ich fragte ihn, warum sie die Lastwagen angegriffen hatten,

– Vielleicht wollten sie weiter oben im Norden mit einer großen Einheit die Straße überqueren, sagte er. Nachdem der Konvoi in den Hinterhalt geraten war, konnte sie gesperrt werden. Der Vietcong hat geheime Straßen durch die Reisfelder.

– Dann zeigte er auf mich. Ich hätte früher merken müssen, was los war, sagte er. Mein Fehler. Weißt du, was du falsch gemacht hast, Snow? Erstens: Du wolltest dem ARVN-Offizier helfen. Ein Kameramann darf das nicht, du darfst dich nicht einmischen. Zweitens: Du bist in den Wachtraum des Kameramanns verfallen. So nennt das der Graf. Bei deinem Versuch, den Vietcong zu filmen, hast du deine Lage vergessen. Was du im Sucher gesehen hast, war für dich nicht ganz wirklich, als würdest du deinen eigenen Film anschauen. Als könnte es dich nicht treffen. Stimmt's?

– Stimmt, sagte ich, und Jim nickte.

– Dagegen müssen wir alle ankämpfen, sagte er. Laß dich nie davon beherrschen. Sonst schießen sie dir den Arsch weg. Und zieh bitte nie mehr dieses Hemd an. Dann lachte er, und ich fiel ein. Wir lachten immer noch viel; wir wußten, welches Glück wir gehabt hatten.

– In der Garküche waren außer uns keine Ausländer – hier gab es nichts für sie. Nur drei oder vier Cyclo-Boys, junge Männer in den Zwanzigern, müde vom Vorwärtstreiben ihrer Gefährte, rauchten und tranken Bier. Vielleicht waren sie Vietcong, doch ich glaube es nicht – wir schienen sie nicht zu stören. Der runde Holztisch, an dem wir saßen, war sehr niedrig, wie ein Tisch für Kinder, und die Stühle waren alte Korbstühle, wie sie zu Hause auf der Veranda standen. Wir kamen uns vor wie in einem Privathaus; in einem Geschirrschrank war Kinderspielzeug gestapelt; ein kleiner Junge spielte auf den Fliesen mit einem Kipper; auf einem Stuhl schlummerte eine weiße Katze. Hinter der Theke konnte man das Wohnzimmer sehen, wo eine alte Frau im schwarzen Baumwollanzug auf einem Bett schlief und ein Mann mit einem Soldatenhut aus Baumwolle ein Fahrrad reparierte. In einem kleinen Schrein brannten rote Kerzen und Räucherstäbchen.

– Durch die Tür sahen wir den Nachmittag verblassen, und wir fingen an, Ba Muòi Ba zu trinken – das gleiche vietnamesische Bier, das die Cyclo-Boys tranken. Es wurde mit viel Eiswürfeln serviert – Bier on the rocks, sagte Jim, wie die Vietnamesen es mögen. Der letzte Regenschauer war vorüber, und ein orangeroter, dunstiger Sonnenuntergang begann. Und ich war wie hypnotisiert – von dem intensiven Licht dort draußen, von dem Kampferrauch und dem Geruch nach *nuoc mam*, der Fischsauce, die sie über alles gießen, von der vietnamesischen Musik aus dem Radio, das auf der roten Theke hinten im Zimmer stand. Eine Frau sang mit hoher Stimme wie ein sehr junges Mädchen – die vietnamesischen Sängerinnen klingen immer so –, und ihre Lieder in sehr langsamem, wiegendem Rhythmus tönten fort und fort, flossen dahin wie ein Strom, wie ein fortwährendes Lied, das nicht enden wollte – langsam, langsam, mit sinnlichen, durchdringend-hohen, klagenden Tönen, die mich zusammenzucken ließen. Jetzt senkte sich die Dunkelheit herab, und in dieser Dunkelheit gab es Menschen, die einen töten konnten. Diese Vororte wurden nachts von den Vietcong kontrolliert. Doch ich war zuversichtlich, daß wir heute nicht sterben würden – das hatte sich schon bestätigt.

– Nachdem wir ein billiges, aber gutes vietnamesisches Gericht gegessen hatten, das in Tontöpfen serviert wurde, tranken wir weiter Bier. Hier gefiel es uns wirklich, und wir hatten kein Verlangen, weiterzuziehen.

– Ich glaube, du wirst bei deinem ersten Bumm-Bumm klarkommen, Snow, sagte Jim. Kein Problem. Ich hab dir alles beigebracht, was ich kann. Vergiß bloß nicht, den Deckel vom Objektiv zu nehmen.

– Er lachte und boxte mich gegen die Schulter. Wir hatten uns beide ziemlich vollaufen lassen, und zum erstenmal erlebte ich, daß Jim wirklich betrunken wirkte – mit den halb geschlossenen Augen und hochgezogenen Brauen. Er winkte zwei weitere Flaschen Ba Muòi Ba herbei. Die junge Frau, die sie brachte, hatte ein warmes Lächeln auf dem Gesicht, und Jim versuchte, mit ihr zu flirten, wie er das bei hübschen Frauen immer tat. Als sie gegangen war, wandte er sich mit einer Frage an mich.

– Hast du zu Hause ein Mädchen, Snow?

– Nein, sagte ich. Im Moment nicht.

– Ich hatte ein Mädchen in Hongkong, sagte Jim. Eine sehr attraktive und intelligente junge Frau. Wir waren verlobt; doch voriges Jahr hat sie die Verlobung gelöst. Ihre Eltern wollten nicht, daß sie einen Mann heiratet, der jederzeit getötet werden kann. In chinesischen Familien haben die Eltern einen starken Einfluß. Und ich denke, sie hatten recht. Ein Mann, der Kampfhandlungen filmt, ist keine gute Partie. Die meisten Leute sagen, das Glück verläßt dich nach drei Jahren – drei Jahre nur Kriegsberichterstatter sind genug. Und ich habe fünf hinter mir, an verschiedenen Schauplätzen.

– Er schenkte vorsichtig noch mehr Bier ein und verschüttete dabei ein wenig; dann blickte er mich plötzlich an, schüttelte den Kopf und runzelte die Stirn. Ich bin zweiunddreißig, und ich habe einige Frauen geliebt, sagte er. Eine Zeitlang. Manchmal befürchte ich, daß ich die Frau, bei der ich bleiben kann, nie finden werde. Ich langweile mich, Mike – viele Menschen langweilen mich, viele Situationen. Deshalb laufe ich vor ihnen davon. Ich mache mich aus dem Staube.

– Ich sagte ihm, daß ich ihn verstünde. Ich sei selbst davongelaufen, als ich nach Asien kam.

– Als er das hörte, redete er nicht gleich weiter, sondern starrte mich mit einem chinesischen Blick an, den ich nicht deuten konnte. Als er wieder sprach, war seine Stimme weicher und freundlicher als sonst. Sie hatte immer einen singenden Tonfall, der angenehm zu hören war; jetzt hatte sie, vielleicht wegen des Biers, eine Art zusätzlichen Rhythmus.

– Das habe ich mir fast schon gedacht, sagte er. Er beugte sich über den Tisch und streckte den Zeigefinger aus. Ich langweile mich, sagte er, und ich laufe vor dieser schrecklichen Langeweile, die das Gegenteil von Leben ist, davon. Doch der Kampf wird mir nie langweilig. Nie. Versteh mich bitte recht, Snow, ich finde diesen Krieg, oder irgendeinen anderen, nicht gut. Es freut mich nicht, mit anzusehen, wie Männer verstümmelt werden. Doch ich muß dir trotzdem sagen: Es zieht mich einfach zum Kampf.

– Ich fragte ihn, warum.

– Weil bei einem Kampf alles wichtig ist, sagte er. Jede Kleinigkeit ist deutlich, als ob man sie zum erstenmal sieht, als wäre man ein Kind. Und im Kampf gibt es ein besonderes Zusammengehörigkeitsgefühl. Du bist denen, die um dich sind, auf besondere Weise nahe – in jedem siehst du nur das Beste. Danach wirkt das normale Leben unwichtig: Geschäfte, Politik – all die Dinge, über die sich die Leute erregen – unwichtig.

– Er zündete sich eine Zigarette an und schaute zur Tür hinaus. Alles verschmolz harmonisch miteinander: die langsame vietnamesische Musik, die immer noch spielte, die gedämpften Stimmen der

Cyclo-Boys am Nachbartisch, die Katze auf dem Stuhl, die glühende Dunkelheit draußen vor der Tür.

– Ich erzähle dir das, weil ich glaube, daß du vielleicht so werden kannst wie ich, sagte Jim. Du bist der Typ dafür. Du könntest schließlich am Krieg zu sehr Gefallen finden und für nichts anderes mehr zu gebrauchen sein. Schau dir Dmitri an – der ist so einer. Er hat eine gescheiterte Ehe hinter sich, und keine Frau hält es lange bei ihm aus. Eines Tages wirst du, und werde auch ich, eine Frau und Kinder haben wollen. Mach die Arbeit also gut, Snow, aber mach sie nicht zu lange – das ist mein Rat.

– Ich geb sie auf, wenn du es tust, sagte ich ihm, und daraufhin lachte er. Außerdem ist dieser Krieg doch wohl zu interessant, als daß man ihn verpassen dürfte, sagte ich.

– Er schüttelte den Kopf, blickte zu den Cyclo-Boys hinüber und senkte die Stimme. Toll für die Berichterstattung, aber ein schlechter Krieg, sagte er. In Saigon verdienen die Südvietnamesen daran, während die Amerikaner sie zu retten versuchen. Statt zu kämpfen bereichern sich ihre Generäle durch Gaunereien und verheizen sinnlos ihre Männer. Und die Vietnamesen wollen die Amerikaner eigentlich nicht hier haben, war dir das klar? Sie finden sie ungehobelt. Sie hassen ihre Rock'n'Roll-Musik, und sie sagen, die Amerikaner sind Sexprotze, und ihre Schwänze seien zu groß für vietnamesische Frauen. Sie hätten dann schon lieber die Franzosen wieder, sagen sie. Die Franzosen hatten wenigstens Stil und gute Manieren – und angenehmere Musik. Die Menschen von Saigon leben in der Vergangenheit, Mike, und das ist ein gefährlicher Ort. Darin kenne ich mich aus; die gesellschaftliche Schicht meines Vaters in China tat das, vor Maos Zeit. Und nun ist sie verschwunden, und das alte China ist verschwunden.

– Er drückte seine Zigarette aus und schwieg wieder, starrte an meiner Schulter vorbei, und ich wußte, er hing Erinnerungen nach, die für mich zu fremd waren, um sie mit ihm zu teilen – vielleicht Erinnerungen an Peking und seine Kindheit. Er sah chinesischer aus als sonst, und sehr ernst und würdevoll, obwohl er betrunken war. Ich hatte ihn jetzt sehr gern; seit der Vietcong uns beschossen hatte, wußte ich, daß Jim und ich wahrscheinlich Freunde fürs Leben sein würden.

– Er beugte sich vor, sprach noch leiser und hielt sein Bierglas in beiden Händen. Mein Vater war nie sehr praktisch veranlagt, sagte er. Er ist ein Gelehrter. Früher war er einmal ein wichtiger Beamter und hatte ein kleines Landgut; jetzt unterrichtet er an einer chinesischen Schule in Hongkong. Er lehrte uns klassische Dichtkunst, mich und meine Brüder. Er ließ uns eine Menge Gedichte auswendig lernen, doch die meisten habe ich vergessen – ich bin nie der gelehrte Typ gewesen, was ihn enttäuschte. Meine beiden Brüder waren intelligenter als ich. Ich mag meinen Vater sehr, und ich weiß, daß er ein ehrlicher Mann ist. Für die Kommunisten hat er nichts übrig; einmal hat er mir erzählt, wie Mao Tse-tung sich gebrüstet hat, sechsundvierzigtausend Gelehrte hingerichtet zu haben. Die Kommunisten haben also, außer habgierigen Grundbesitzern, auch unsere besten Köpfe vernichtet. Nicht viele Menschen wollen das hören – oder sie wollen es nicht glauben. Doch sogar mein Vater sagt, daß seine Klasse nicht mehr in der Lage war zu regieren. Sie hatte das Volk im Stich gelassen; sie hatte zu wenig getan, um seinem Leiden ein Ende zu bereiten. Sie hatte verloren, was die Kaiser verloren hatten – das Mandat des Himmels.

– Und jetzt geschieht das alles hier in Vietnam, sagte ich.

– Ja; und weil ich weiß, wie es in China gewesen ist, verstehe ich die Machthaber hier in Südvietnam, sagte Jim. Ich fürchte, sie werden hier möglicherweise aus den gleichen Gründen verlieren.

– Ich fragte ihn, ob er schon einmal mit der Südvietnamesischen Armee ins Feld gegangen wäre.

– Mit der ARVN? Nein, sagte er. Keiner von der Presse will das. Einige von denen kämpfen gut, aber ihre schlechte Führung bedeutet eine zu große Gefahr. Und wenn der Charlie die ARVN in Kampfhandlungen verwickelt, kämpft sich die ARVN entweder den Weg frei oder kommt um – und das bedeutet, daß du auch umkommst, wenn sie verlieren.

– Da ist es also mit den Amis leichter, sagte ich.

– Natürlich. Sie organisieren alles für uns, sagte er. Hin- und Rückflug am gleichen Tag garantiert. Aufbereitetes Wasser. Frische Nah rungsmittel und Eiskrem werden an die Front geflogen – sogar Pizzas. Und am Abend des gleichen Tages bist du wieder im Continental.

– Über die Südvietnamesische Armee berichtet also keiner, sagte ich.

– Hast du vor, es zu tun? Im Ernst? fragte er.

– Warum nicht? sagte ich. Du hast doch gesagt, man sticht uns sonst überall aus.

– Doch Jim schüttelte den Kopf. Herrgott noch mal, sagte er. Mach eine Patrouille mit, Mike. Ich glaube kaum, daß du eine zweite machen wirst. Doch wenn du's tun mußt, such dir einen guten Kompanieführer.

– Er erhob sich. Er schwankte jetzt und war ziemlich voll. Wir sollten wohl besser zurück ins Continental, sagte er. Hier draußen gibt's Vietcong, und ich habe keine Lust, mir wieder Kugeln um die Ohren pfeifen zu lassen.

– Als wir ins Freie traten, war es finster und unheimlich. Die meisten Kinder waren verschwunden, und ein Hund fraß Abfall von einem Haufen neben einer Bude. Unter Markisen waren jetzt Petroleumlampen angezündet worden, die das typische, sirupartige Licht verbreiteten und die Gesichter einiger Passanten beleuchteten. Sie schauten uns nicht an. Wir untersuchten den Budgie, um zu kontrollieren, daß kein Vietcong ihn für eine Explosion präpariert hatte. Jims Methode war, einen Stein auf das Gaspedal zu werfen. Er verfehlte es ein paarmal, so betrunken war er, und wir fingen an zu lachen und konnten nicht aufhören und stolperten im Dreck herum. Doch alles war in Ordnung, und wir fuhren ohne Probleme fort.

– Ich würde wirklich gern die Garküche noch einmal besuchen, aber ich glaube nicht, daß ich sie finden könnte. Ich vermute, es gibt Orte, an denen man nur einmal sein soll.

3.

TONBAND-TAGEBUCH: LANGFORD

TONBAND 5: 20. MAI 1965

– Gestern habe ich bei Madame Claudine Phan zu Abend gegessen. Als ich mit ihr telefonierte, wurde mir klar, daß sie meinen Anruf schon erwartet hatte. Donald Mills hatte sich mit ihr in Verbindung gesetzt und ihr meine Anwesenheit in Saigon mitgeteilt. Er verliert nicht viel Zeit.

Die Phan-Villa befand sich in einer schmalen Straße, die oben neben der Kathedrale von der Tu-Do-Straße abzweigt, mit Wohnhäusern hinter hohen Steinmauern und ausladenden Tamarinden. Langford kam dort nach Einbruch der Dunkelheit in einem Cyclo an.

Der Cyclo-Boy wußte sofort, wo das Haus war, man brauchte ihm die Adresse nicht erst zu nennen. Es war ein junger Mann mit langen Haaren und einem hageren Fuchsgesicht unter einer amerikanischen Drillichmütze mit langem Schirm. Er hatte Langford schon nach seinem Namen und Beruf gefragt, und Langford hatte ihm vorsichtig geantwortet; Jim Feng hatte ihm erzählt, daß viele Rikschafahrer Vietcong waren. Während der junge Mann sich vorbeugte, um in die Pedale zu treten, näherte sich sein Mund Langfords Ohr, da sich der Fahrgastsitz vorn in der Rikscha befand.

»Sie sind Freund von Madame Phan, Mr. Mike?« sagte die Stimme hinter ihm leise und vertraulich.

Nein, sagte Langford, er sollte sie ja gerade erst kennenlernen.

»Jeder kennen Madame Phan«, murmelte die Stimme. »Sie ist eine Drachenfrau. Überall wichtige Geschäfte. Ihr Mann Mr. Phan Le Dang auch wichtig – aber ich glaube, er ist jetzt nie in Saigon. Einige sagen, Phan Le Dang von Kommunisten getötet. Warum besuchen Sie Madame Phan, Mr. Mike?«

Rein geschäftlich, sagte Langford.

Darauf Schweigen, in dem das Kreischen der Pedale wie ein Protest gegen Langfords kurzangebundene Antworten klang. Dann hielt das Gefährt neben einem hohen Eisentor mit schmutzigweißen Säulen. Der Cyclo-Boy wollte warten, doch Langford bezahlte ihn und schickte ihn weg. Der junge Mann radelte langsam unter den Straßenlaternen fort, wobei er sich immer wieder mit vorwurfsvollem Blick umschaute.

Als Langford auf das Tor zuging, tauchte aus der Dunkelheit auf der anderen Seite eine kleine, phantastisch schmale Gestalt auf, die hinter einem Apfelsinenbaum hervortrat. Zuerst habe er gedacht, es sei ein Kind, sagt er. Doch es war eine junge Vietnamesin, nicht größer als einen Meter fünfzig. Sie trug einen weißen *ao dai*, die seidene Tunika und die weiten Hosen zeichneten die Konturen ihres Körpers vom Hals bis zur Hüfte nach, und ihr Gesicht war ein auf dem Kopf stehendes Dreieck, das durch die Gitterstäbe zu ihm hochblickte.

– Wie eine Elfe, die aus einer Höhle schaut.

Sie schloß das Tor auf und öffnete einen Flügel, um ihn einzulassen. »*Bonsoir, monsieur.*« Ihr flötendes Stimmchen war gerade noch vernehmbar. Er kratzte sein Schulfranzösisch zusammen, um ihren Gruß zu erwidern, und sie führte ihn eine kurze Steintreppe hinauf zum Haupteingang, stieß eine hohe, schwere Flügeltür auf, die er als »historisch wirkend« beschrieb und deren mit Schnitzereien verziertes Holz die Farbe toter Blätter hatte. Es war eine Villa im französischen Kolonialstil, sie hatte ein Souterrain unter der Treppe und zwei Stockwerke darüber und viele Fenster mit verblichenen blauen Fensterläden. Das Mädchen geleitete ihn hinein und verschwand dann wie in einer Mauerspalte.

Er befand sich im Halbdunkel einer Art Vorzimmer. Zahlreiche Kerzen auf Regalen und niedrigen Tischen erzeugten ein flackerndes Licht, das das ganze Interieur in goldenem Glanz tanzen ließ. Es roch nach Sandelholz und Gewürzen, und Klaviermusik überraschte ihn; ein europäisches Musikstück, das er nur als »klassisch« bezeichnet. Er trat ein paar Schritte vor, während sich seine Augen an das Licht gewöhnten.

Das Klavier, ein altes Instrument, stand an der gegenüberliegenden Seite des Raums; eine Frau spielte darauf und wandte ihm dabei den Rücken zu. Ihr schwarzes Haar war im Nacken zu einem Knoten geschlungen; sie trug eine mitternachtsblaue chinesische Bluse mit Stehkragen und einen schwarzen geschlitzten Rock. Zunächst glaubte er, sie hätte ihn nicht bemerkt, doch dann wandte sie sich um und lächelte über die Schulter – als würden sie sich schon kennen und genössen einen intimen Scherz. Sie spielte weiter, und einer ihrer markanten Wangenknochen wurde vom Kerzenlicht rosig angehaucht.

Eine solche Szene hätte er zuallerletzt in Südostasien erwartet – eine Kamee aus dem Europa des vorigen Jahrhunderts – oder eher eine kitschige Vorstellung vom Europa des vorigen Jahrhunderts, ein Bild auf einer Pralinenschachtel. Er fand es übertrieben theatralisch und war halb verlegen, halb amüsiert. Doch er war auch beeindruckt – vielleicht weil das so gekonnt in Szene gesetzt war. Er wartete geduldig zwischen vergoldeten chinesischen Schränkchen und geschnitzten Tischen, alle wie Altäre mit brennenden Kerzen versehen, alle reich geschmückt mit schemenhaften Büsten, Statuetten und Vasen. »Mit Trödel vollgestopft« – so beschreibt er die Wohnung, weil er nicht wußte (was er später erst erfahren sollte), daß er jahrhundertealte Khmer-, Cham- und chinesische Kunstgegenstände vor sich hatte, manche darunter von großem Wert. Ihm kam alles verstaubt vor wie im Museum, und die Schwüle hier drinnen machte die drückende Saigoner Hitze noch unerträglicher. Schweiß rann ihm übers Gesicht, und er wischte ihn mit dem Taschentuch ab. Es schien keine Ventilatoren zu geben – als hielte man sie in diesem Europa aus Pappmaché für überflüssig.

Die Frau beendete das Stück und erhob sich. Er schätzte sie auf Ende Dreißig. Sie war schlank, doch viel stattlicher als die Hausgehilfin, ihre Proportionen waren eher europäisch als vietnamesisch. Als sie mit ausgestreckter Hand auf ihn zukam, umgab sie eine Aura von Vitalität und Wohlbefinden. Die mit roten Peonien verzierte Seidenbluse schimmerte wie Porzellan; eine schwere Goldkette mit Rubinen um den Hals glänzte damit um die Wette. Die Kette beschreibt er voller Respekt.

»Mögen Sie Chopin, Mr. Langford? Ja? Entschuldigen Sie das romantische Kerzenlicht, wir haben Stromausfall.« Sie sprach schnell, ihre Stimme hatte eine etwas tiefe Lage und einen französischen Akzent. Ihr Händedruck war fest.

Unter Langfords Habseligkeiten fand sich noch ein einzelnes Farbfoto von ihr – ein Porträt mit der Anschrift eines Saigoner Fotoateliers auf der Rückseite. Möglicherweise war es um diese Zeit herum aufgenommen worden, als sie noch im Besitz ihrer Jugend war, und es ist unverkennbar, daß sie so attraktiv war, wie Langford behauptet. Aber es ist eine ungewöhnliche Attraktivität, die von ihm nicht sehr plastisch beschrieben wird. Das Gesicht wird von den Augen beherrscht, die herausfordernd direkt in die Linse blicken. Sie haben die vietnamesische Mandelform, doch die französische Seite ihrer Vorfahren hatte ihnen ein überraschendes Graugrün vermacht.

»Es gibt auch keine Ventilatoren«, sagte sie jetzt. »Wir zerfließen also. So ist das im schrecklichen Saigon. Wir zerfließen.« Sie nahm Langfords Arm. »Kommen Sie. Meine Mädchen haben doch noch eine Möglichkeit gefunden, Essen zu kochen – unter meiner Anleitung, natürlich. Ich möchte Sie nicht enttäuschen. Bestimmt hat Ihnen Aubrey Hardwick von unserer Küche erzählt. Vielleicht hat er sie deswegen hergeschickt – wegen einer guten Mahlzeit. Ja? Doch Aubrey hat nie nur *einen* Grund für das, was er tut. Haben Sie das mitbekommen?«

Langford sagte ihr, daß er Aubrey nicht gut genug kenne, um das beurteilen zu können.

Sie lachte, als habe er etwas Witziges gesagt. Ihr Lachen war wie ein fröhlicher, ausgelassener Schrei, und ihre tiefe Stimme ließ ihn fast männlich klingen. Das brachte ihn auch zum Lachen, und sie schaute ihn mit plötzlicher Wärme an. »Ja«, sagte sie. »Gut. Sie haben begriffen, daß man Aubrey gründlich studieren muß. Das stimmt. So ist es.«

Sie zog einen schweren roten Samtvorhang beiseite, der eine Tür neben dem Klavier verbarg, und führte ihn hindurch.

Sie saßen an einem runden Tisch, auf dem ein Spitzentischtuch lag. Das Zimmer war groß und weniger stickig als das andere, aber die Hitze war immer noch drückend. Neben ihren Tellern lagen Bambusfächer, die sie beide benutzten. Hier gab es sogar noch mehr Kerzen als im Vorzimmer und die gleichen goldenen Flammen und schattigen Winkel. Das Zimmer war beeindruckend – doch es war nicht wie das Speisezimmer eines reichen Haushalts, wie er es sich vorstellte.

Quadratisch und hoch und düster, die weißen Wände grau und angeschmutzt, glich es eher dem schäbig-vornehmen Salon gebildeter Leute, deren Land besetzt und ausgeplündert worden war, vielleicht irgendwo in Mitteleuropa. Die Ventilatoren hingen reglos über ihnen wie die Räder einer urtümlichen Maschine. Eines Tages würde er herausfinden, daß dieses Haus Madame Phans verstorbenem Vater gehört hatte, einem französischen Kolonialbeamten. Es gehörte Asien und Europa gleichzeitig, und die Wirkung war seltsam und beunruhigend. Dort standen riesige Polstersessel aus den dreißiger Jahren, deren Rückenlehnen mit Schondeckchen versehen waren, dunkle französische Kommoden, eine Bibliothek mit französischen, vietnamesischen und englischen Büchern. In Regalen standen noch mehr asiatische Kunstgegenstände, von denen Madame Phan ihm einige erklärte – steinerne Buddhaköpfe, eine bronzene Shiva-Statue, ein Steinrelief der nackten kambodschanischen Nymphen, *apsarases* genannt, die mit heiterem Lächeln tanzten.

Doch Langford wußte über die Kochkunst mehr zu berichten als über die Werke der bildenden Kunst. Aubrey hatte recht behalten – es war ganz einfach die beste Mahlzeit, die er je genossen hatte. Es gab kleine Frühlingsrollen und herzhafte Hühnchenflügel, kräftige französische Zwiebelsuppe, dann einen Hühnertopf mit Reis, zu dem ein köstlicher Beaujolais serviert wurde. Der Hühnertopf war französisch, doch mit einer Indochina-Note, der Geschmack geheimnisvoll und ungewohnt. Das Gericht war in separaten Tonschüsseln aus der Küche hereingetragen worden von zwei jungen Frauen, in denen Langford Bedienstete vermutete, die aber nicht wie solche aussahen – er beschreibt sie als »vornehm«. Beide waren festlich und elegant im traditionellen *ao dai* gekleidet; eine davon war das Mädchen, das das Tor geöffnet hatte.

Er machte Madame Phan Komplimente über das Essen, und zwar so überschwenglich, daß sie lächeln mußte, und sie schüttelte den Kopf.

»Nein, es ist leider recht gewöhnlich«, sagte sie. »Verzeihen Sie, aber heutzutage muß alles schnell gehen; seitdem ich die Handelsgesellschaft meines Mannes übernehmen mußte, habe ich für wichtige Dinge wie die Kochkunst zu wenig Zeit. Aubrey hat ihnen sicher erzählt, daß mein Mann verschwunden ist? Ja. Vor sechs Monaten wurde er bei Tay Ninh, an der kambodschanischen Grenze, von den Kommunisten gefangen genommen. Er hat eine unserer Niederlassungen dort besucht und ist nicht zurückgekommen. Wir treiben Handel bis nach Kambodscha – mit Uhren, Elektroerzeugnissen, Nahrungsmitteln, mit allem möglichen. Einer unserer Vertreter dort sagt, daß der Vietcong zuviel Schutzgeld herauszuschlagen versucht hat und mein Mann sich geweigert hat. Lange Zeit habe ich darauf gewartet, daß man wegen eines Lösegelds an mich herantritt, aber es geschah nichts. Deshalb haben wir jetzt kaum noch Hoffnung. Und ich weiß nicht genau, ob ich Witwe bin oder nicht.« Sie lächelte schwach.

Langford drückte sein Bedauern aus.

Achselzuckend, mit plötzlich ausdrucksloser Miene, schlürfte sie ihren Wein. Dann sagte sie: »Dieses Land ist auf Bestechung gegründet, mein Freund – haben Sie das schon gemerkt? Unsere edelgesinnten Kommunisten sind auch nicht anders; sie wollen ihren Anteil Schmiergeld – natürlich alles für die Partei. Meine Vertreter in jedem Lager auf dem Mekong müssen ständig mit Bestechungsgeldern versorgt werden – um den Vietcong auszuzahlen und um die Kriminellen auszuzahlen, die unsere Warenhäuser anzünden und unsere Schiffe überfallen. Jeder glaubt, die Phans haben einen unerschöpflichen Geldsack. Doch das stimmt nicht. Wie alle anderen Geschäftsleute sind wir auf Kredit angewiesen, wir gehen Risiken ein, nichts ist sicher.«

Sie sah komisch verzweifelt aus, dann lächelte sie. Sie war nie lange ernst, sagt er.

Bei einer zweiten Flasche Beaujolais floß ihr Gespräch dann leichter. Schon war sie Claudine, und er war Michael – aber nicht Mike. Sie besaß die Gabe, eine Atmosphäre leichter Vertrautheit zu schaffen, ohne eine letzte Förmlichkeit und Privatsphäre aufzugeben; und er hatte schon begriffen, daß es ein Fehler wäre, diese Grenzen nicht zu beachten. Sie fragte ihn über sein Leben und seine Herkunft aus, und er beschreibt, wie sie völlig konzentriert zuhörte, einen Ellbogen auf dem Tisch, um das Kinn mit der Hand zu stützen, mit der anderen Hand langsam den Bambusfächer hin und her bewegend.

»Warum bist du nun hier, Michael?«

Einen Moment lang glaubte er, sein Besuch bei ihr sei gemeint, und er starrte sie verwirrt an. Doch er hatte sie falsch verstanden, und sie lachte.

»Entschuldigung: Ich meine natürlich, warum bist du nach Vietnam gekommen? In meinem Haus bist du wirklich ein gern gesehener Gast.«

Er sagte ihr, er sei hier im Auftrag von Telenews.

»Das weiß ich natürlich«, sagte sie. »Doch warum bist du überhaupt erst einmal nach Indochina gekommen? Das interessiert mich.«

Anscheinend gab er absichtlich eine Allerweltsantwort. Weil es zur Zeit für jeden Berichterstatter oder Bildreporter der beste Ort sei, sagte er, wo die beste Story zu holen sei.

Doch sie schob die Lippen vor, während er sprach, und schüttelte langsam mit gespielter Entrüstung den Kopf, simultan zur Bewegung des Fächers. »Du drückst dich sehr vorsichtig aus«, sagte sie. »Ich glaube, du bist ein interessanter Mann, der die Tatsache, daß er interessant ist, verbergen will. Du vergißt, daß ich von Aubrey ein wenig über dich erfahren habe. Als er dich in Singapur entdeckte, warst du am Verhungern. Warum wohl sollte ein gesunder, attraktiver junger Bursche wie du in Singapur verhungern wollen? Um sich selbst zu bestrafen?« Sie schüttelte den Kopf. »Nein, du siehst nicht so aus, als seist du dieser Typ. Auf der Flucht vor etwas? Mag sein. Ich glaube schon. Ja?«

Sie neigte den Kopf zur Seite, klappte plötzlich den Fächer zu und richtete ihn auf Michael. Dann lachte sie – der gleiche offenherzige Schrei, den er zuerst im Vorzimmer gehört hatte. Er verlockte ihn mitzulachen, und er tat es. Er sah, sie wollte ihn kennenlernen und sich mit ihm anfreunden – aber nicht mit ihm flirten. Ihre sexuelle Ausstrahlung war stark und von einer Art, die eher bedrohlich als verführerisch war. Das wirkte auf ihn fremd und verwirrend.

»Bin ich zu neugierig? Ja, ich bin neugierig«, sagte sie. »So bin ich eben, so ist Claudine Phan. Alle wissen das. Wenn ich etwas herausfinden will, dann frage ich; wenn ich denke, das ist so und so, dann sage ich es. Die gutbürgerlichen Leute in Saigon finden mich unmöglich. Ich sei ein ungeschliffener, verdammter Froschfresser, sagen sie.« Sie lachte wieder kurz auf – eine zweisilbige Äußerung. »Du kannst mich dazu bringen, mit diesen Fragen aufzuhören, wenn du willst, *mon cher*. Doch weil Aubrey dich zu mir geschickt hat, bin ich ganz offen zu dir, und ich möchte, daß wir Freunde werden. Wir müssen also ehrlich zueinander sein – keine Geheimnisse. Geheimnisse müssen wir vor anderen Leuten haben – verstehst du? Aubrey und ich vertrauen einander, und ich möchte, daß auch wir uns vertrauen, Michael. Aber ich kann mit niemandem befreundet sein, den ich nicht kenne.«

Er sagte, daß er ihre Freundschaft zu schätzen wissen werde, und auch ihre Hilfe. Und er muß ihr sein Lächeln geschenkt haben, weil sie nickte und sagte: »Ja. Du weißt deinen Charme einzusetzen, Michael; gut. Doch ich würde immer noch gern erfahren, was die Veränderung in deinem Leben verursacht hat. Warum bist du nach Asien gekommen?«

– Ich habe es ihr erzählt. Ich habe ihr alles erzählt – Dinge, über die ich mit keinem anderen Menschen gesprochen habe. Gestern nacht habe ich geglaubt, es sei der Wein gewesen; jetzt glaube ich, es war nur Claudine. Es ist die Art, wie sie zuhört – zuhört, ohne zu reden. Mir war, als verstünde sie alles und verurteile mich nicht.

Er führt nicht weiter aus, was er erzählt hat. Aber es wird deutlich, daß er nicht nur von seinen Hoffnungen und Ambitionen gesprochen hat, sondern auch von seiner Beziehung zu Diana Lockhart. Nicht einmal in seinem Tonbandtagebuch tut er das – er blickt nie zurück. Und bei jemandem, der so verschwiegen ist wie Langford, finde ich die bloße Tatsache dieses Geständnisses bemerkenswert. Nichts konnte deutlicher machen, wie Madame Phan sein Vertrauen gewonnen hatte. Und während sein Teil des Gesprächs fehlt, wird alles, was sie gesagt hat, ausführlich wiedergegeben.

»Ich denke, du wirst als Frontfotograf großen Erfolg haben. Du bist der Typ, der sich dafür eignet – du bist ein kühler Kopf, was? Doch ich glaube, du mußt deinen Schmerz zurücklassen. Nicht nur den wegen dieser Frau, sondern auch das Schuldgefühl deinem Freund gegenüber. Denn es ist nicht zu ändern, oder? Du hast etwas Schlechtes getan – es dir und auch ihm angetan –, doch das alles ist vorbei. Vorbei. Und jetzt tust du, was du wirklich tun willst, und du bist, wo du sein sollst.« Plötzlich klang ihre Stimme seltsam hart, fast rauh. »Mach dir also keine Sorgen.«

Sie lachte über seine offenbar verstörte Miene.

»Mach dir keine Sorgen, Baby – mach dir keine Sorgen. In Asien sagt das jeder; hier in Vietnam sagen wir *không xâu*, und wo du gerade hergekommen bist, sagt man *t'id-apa*, nicht wahr? ›Keine Sorge, kein Grund zur Unruhe.‹ Das gleiche gibt es in vietnamesisch und malaiisch und in allen asiatischen Sprachen. Wenn man nichts machen kann, sagen wir *không xâu* und gehen weg. Das mußt du auch lernen, Michael. Ich glaube, du hast dich verhalten wie Rip Van Winkle. Du hast geschlafen, du hast von dieser Frau geträumt, und die Zeit ging ins Land. Vielleicht wirkst du deshalb so jung – aber eigentlich bist du gar nicht so jung, was? Fast dreißig; das ist in diesem Land schon ziemlich alt. Ja, deine Jugend ist beinahe vorbei. Doch dann bist du eines Tages in Singapur aufgewacht. Und nun führst du das Leben, für das du geschaffen bist.«

Sie fing wieder an zu lachen. Das Lachen, sah er, war eine Entladung der außergewöhnlichen elektrischen Energie, die in dieser Frau steckte.

Das Mädchen, das ihm das Tor geöffnet hatte, betrat lautlos wieder das Zimmer und trug ein Tablett mit Kaffee und Cognac herein. Sie ging um Madame Phans Stuhl herum und setzte das Tablett ab; Claudine legte den Arm um ihre schmale Taille und hielt sie so zurück. Gleichzeitig schaute sie mit einem vertraulichen Lächeln zu Langford hinüber.

»Du solltest dir ein nettes vietnamesisches Mädchen suchen«, sagte sie. »Sie sind sehr schön, findest du nicht? Besonders sie hier.«

Das Mädchen stand still, wartete ab und lächelte – in der schimmernden weißen Seide war sie klein wie ein Kind. Ihr Kopf blieb gesenkt, ihre Augen abgewandt, und Claudine hielt immer noch ihre Taille umfangen.

»Keine Angst«, sagte Claudine. »Sie spricht kein Englisch. Sie heißt Khanh Ha.« Sie sprach französisch mit dem Mädchen, für Langford zu schnell, um folgen zu können; doch er vernahm seinen Namen.

Er grüßte das Mädchen wieder in seinem mangelhaften Französisch und sagte ihr, wie gut das Essen gewesen sei.

»*Merci bien, monsieur.*« Ihre Stimme war gerade noch vernehmbar. Als man sie losließ, schwebte sie wieder davon.

»Khanh Ha stammt aus einer Stadt im Delta«, sagte Claudine. »Ihre Eltern und Geschwister sind alle tot – bei einem amerikanischen Luftangriff umgekommen. Ich mag sie sehr. Ich habe mehrere solcher Mädchen im Haus, viele aus Familien der Mittelschicht. Sie sind nicht einfach Bedienstete, sie sind wie meine Familie – ich nenne sie meine Waisen. Sie wollen keine Barmädchen oder Prostituierte werden, wozu so viele gezwungen sind.« Sie schaute ihn mit zusammengekniffenen Augen an. »Doch vielleicht bedauerst du das. Vielleicht willst du lieber deine Freizeit damit verbringen, Barmädchen aufs Kreuz zu legen – wie andere Korrespondenten.«

Er besaß noch genügend ländlichen Konservatismus, um diese Direktheit schockierend zu finden. Nein, sagte er; das läge ihm nicht.

»Freut mich, das zu hören«, sagte sie. »Sag mir nun, wie ich dir helfen kann. Aubrey hat mich darum gebeten; und wenn Aubrey um etwas bittet, stellen wir keine Fragen.«

Er erzählte ihr, daß er mit der südvietnamesischen Armee auf Patrouille gehen wolle. Für ihre Unterstützung dabei würde er dankbar sein.

»Wirklich? Mit der ARVN? Glaub mir, *mon cher*, mit den Amerikanern ist es viel sicherer – und bequemer.«

Er brachte Erklärungen vor, wie schon gegenüber Jim Feng. Über ihren Kampf sollte doch berichtet werden, sagte er.

»*Mon Dieu*, ich glaube, er ist ein Idealist«, sagte sie.

– Ich hoffe einer zu sein, sagte ich. Der Süden müsse einfach gewinnen, oder?

Sie ignorierte seine Frage. »Es sollte doch nicht schwer für dich sein, dich der ARVN anzuschließen. Du hast doch eine Akkreditierung? Wieso brauchst du dann meine Hilfe?«

Er müsse eine gute Kompanie mit einem guten Offizier finden, sagte er.

»Aha. Ja, das ist wichtig«, sagte sie. »Ein Offizier, der nicht zuläßt, daß du umkommst, willst du sagen. Ja – das kann ich regeln. Ich habe einen Cousin, der Kompaniechef im Delta ist – ein guter Mann. Eine Seltenheit. Ich werde mich darum kümmern.«

Sie schwenkte den Brandy in ihrem Glas und stellte es dann hin. Einen Augenblick lang waren ihr Überschwang und ihre Lebhaftigkeit verschwunden. Als sie sprach, war es, um die Frage zu beantworten, die sie vorher ignoriert hatte. »›Sie müssen einfach gewinnen‹, hast du gesagt. O ja, sie müssen – doch ohne die Amerikaner schaffen sie es nicht. Und vielleicht nicht einmal mit ihnen.«

Das kannst du doch nicht glauben, sagte er. Du würdest alles verlieren.

»Ja, das stimmt. Aber wir sind an den Gedanken gewöhnt. Heute haben wir; morgen haben wir nicht. So leben wir in Saigon.« Sie leerte ihr Glas. »Es freut mich, daß du ein Idealist bist«, sagte sie. »Du und mein Cousin Trung, ihr werdet gut miteinander auskommen. Er ist auch einer, der Arme.«

Ihr tiefklingendes Lachen brach wieder los, und er lachte unversehens mit.

4.

Unten im Mekongdelta, diesem Land des Wassers, wurde Michael Langford zum zweiten Mal geboren.

Es scheint keinen einzelnen Augenblick der Offenbarung gegeben zu haben. Es war ein allmählicher Prozeß, während er Stunde um Stunde und Tag für Tag durch das Sumpfland und die wasserbedeckten Reisfelder watete und stolperte, naß von den Monsunregengüssen und seinem strömenden Schweiß; selten nur trocken und selten Pausen einlegend, abgesehen von den kurzen Stunden des

Schlafs. Der Mensch, der er einmal werden würde, hatte seinen Ursprung hier in diesen Feldpatrouillen der frühen Tage mit Hauptmann Le Tan Trung, dessen Einheit unablässig vom Tod verfolgt wurde. Der Tod war da, Woche für Woche und Monat für Monat, er wartete mit einer Kalaschnikow im Anschlag hinter jedem Deich im Reisfeld. In der Gegend, die man »Wiege« nannte, umschlich er sie ständig, hinter ihnen oder vor ihnen, und Trung und seine Männer waren aus diesem Grund, was sie waren.

Hier unten in der »Wiege« fing ein Leben an, das Langford als sein wahres betrachtete. Es war ein Leben, das ein Jahrzehnt dauern und mit dem Krieg enden würde.

TONBANDTAGEBUCH LANGFORD

TONBAND 6: 28. MAI 1965

– Um sechs Uhr früh flog ich mit der Air Vietnam von Tan Son Nhut nach My Tho, der Provinzhauptstadt des nördlichen Deltas. Dort hatte die Siebente Division der ARVN ihr Hauptquartier in einer alten französischen Kaserne. Dort hatte ich um acht eine Verabredung mit Hauptmann Le Tan Trung, Madame Phans Cousin.

Die Amtsstube war groß und träg-warm; es befanden sich mehrere grüne Stahlschreibtische darin und Landkarten an den Wänden. Junge ARVN-Offiziere in maßgeschneiderten grünen Uniformen kamen und gingen, Ordner mit sich führend. Langford saß vor Hauptmann Trungs Schreibtisch, und der Hauptmann, in einem Drehstuhl zurückgelehnt, musterte ihn ohne zu lächeln. Er hatte auch nicht gelächelt, als sie sich die Hand gaben.

»Wir brechen in einer halben Stunde auf«, sagte er. »Ich führe eine Kompanie runter in die Provinz Kien Hoa. Amerikanische Helikopter werden uns an unserem Stützpunkt in vorderster Linie absetzen, um andere, die jetzt dort sind, abzulösen.«

Sein Englisch war steif und gebildet, und seine Stimme leise und höflich, doch ohne wahrnehmbare Wärme. Er trug Kampfanzug und Dschungelstiefel für den Einsatz, hatte einen Bürstenschnitt wie ein Amerikaner und war größer als der durchschnittliche Vietnamese. Er war relativ jung, etwa in Langfords Alter, wirkte jedoch älter. Seine vermutlich schlimmen Erlebnisse hatten Trungs Züge vorzeitig verhärtet und die Wangenknochen schärfer hervortreten lassen. An der Wand hinter dem Schreibtisch hing eine gerahmte Landkarte des Deltagebietes, in der kleine Fähnchen steckten. Er drehte seinen Sessel herum und erhob sich, um darauf zu zeigen.

»Unser Einsatzgebiet heißt ›die Wiege‹«, sagte er. Er sah Langford mit festem Blick über die Schulter an. »Man nennt es ›die Wiege‹, weil es der Geburtsort des Vietcong ist. Fast das ganze Gebiet befindet sich in seiner Hand. Dort kämpfen keine amerikanischen Truppen. Nur wir. Unsere Kompanie macht Ausfälle vom Stützpunkt aus und bleibt vier oder fünf Tage lang im Feld. Sie wären die ganze Zeit bei uns – nicht nur einen Tag, wie Ihre Leute bei den Amerikanern.«

Er kam zurück und beugte sich, die Hände auf den Schreibtisch gestützt, zu Langford vor.

»Dieser ganze Landstrich ist voller Tretminen. Verstehen Sie, Mr. Langford? Es ist schon gefährlich, wenn man dort durchgeht. Auf diese Weise verliere ich ständig Männer. Im Feld gibt es keinen Nachschub wie bei den Amerikanern. Oft auch keine Artillerie oder Unterstützung aus der Luft, selbst wenn wir überrannt werden. Wir können per Funk um Hilfe bitten, aber das heißt nicht, daß tatsächlich welche kommt; oft sind wir zu weit draußen. Noch nie hat uns ein ausländischer Journalist dort hinaus begleitet.« Er machte eine Pause, als erwarte er eine Entgegnung von Langford, doch als diese nicht kam, sprach er weiter. »Madame Phan hat mich gebeten, Sie zu unterstützen, und ich tue das gern. Aber ich übernehme keine Verantwortung, wenn Sie getötet werden.«

Langford sagte ihm, er verstünde das. Die Verantwortung läge ganz bei ihm selbst, sagte er. Die Risiken, welche Hauptmann Trung und seine Männer eingingen, nehme auch er gern in Kauf.

Der Hauptmann preßte die Lippen zusammen und runzelte die Stirn; dann nickte er mit resigniertem Blick. »Okay«, sagte er. Er bedeutete Langford mit einer Kopfbewegung, ihm zu folgen, und ging vor ihm aus dem Raum.

Der Boden, auf dem Langford saß, bestand aus Aluminium mit Rautenmuster; Kameratasche und Tornister hatte er zwischen den Beinen. Die vietnamesischen Soldaten links und rechts von ihm sahen ihn neugierig an; in ihren für sie zu großen amerikanischen Helmen und ausgebeulten Kampfanzügen wirkten sie wie Kinder, die Soldaten spielen. Das Brüllen der Motoren und der Lärm der Rotoren waren schrecklich – seine Zähne vibrierten. Es roch beißend nach heißem Metall und JP-4-Benzin – ein Gestank, der ihm als der allgegenwärtige Geruch des Krieges vertraut werden sollte.

Er stieg mit einer Bell UH-1 auf – dem Transport- und Kampfhubschrauber, über den sich Dmitri Wolkow so poetisch ausgelassen hatte. Zehn dieser kleinen Hubschrauber waren zusammen vom Flugplatz in My Tho gestartet, gesteuert von Amerikanern, mit jeweils acht ARVN-Soldaten an Bord – die gesamte frische Kompanie von Hauptmann Trung. Einige der Soldaten hockten auf ihren Helmen, und Langford saß auf einem dicken Taschenbuch, das er in den Tornister gesteckt hatte. Hauptmann Trung hatte ihm mitgeteilt, daß Scharfschützen der Vietcong oft vom Boden aus ihr Glück versuchten, und das lenkte seine volle Aufmerksamkeit auf sein Hinterteil, sagt er; er stellte sich vor, wie eine Kugel den Boden durchschlug und geradewegs ins Ziel traf. Doch nach einigen Minuten dachte er nicht mehr daran.

Die Türen der Huey standen offen, und der sausende Luftzug war belebend. Am äußersten Rand der Türöffnung gleich neben ihm kauerte ein angegurteter amerikanischer MG-Schütze über einem M-60-Maschinengewehr. An ihm vorbei sah Langford durch die Hitzeschleier am Himmel vier weitere schnurgerade und unaufhaltsam hintereinanderfliegende Hueys. Wie eine neugeschaffene Kreatur – leicht, flüchtig, frivol und absolut raubtierhaft.

– Ich fühlte mich auf neue Art frei. Ich war so glücklich, daß ich wie betrunken war.

Er schildert seine Lage wie eine herausragende Kindheitserinnerung. Ein schöner Tag, trotz der beginnenden Monsunzeit, und unter ihm Vietnam – dieses bitter umkämpfte Land, das selten breiter als hundert Meilen war, doch das sich jetzt in illusionäre Weiten zu erstrecken schien, dunkelgrün und rauchblau, und das Schachbrett seiner Mangrovensümpfe, Kokospalmenhaine und Reisfelder wurde unsichtbar von den Schwarzen Geistern kontrolliert. Die glitzernden, wasserbedeckten Reisfelder ließen das Land hier wie eine Inselkette erscheinen; lange, fadenähnliche Kanäle zogen sich zwischen den Palmenhainen hin, und die weiten silbernen Biegungen des Mekong blitzten in der Sonne, gesprenkelt von Sampans und den stumpfen brutalen Umrissen von Kanonenbooten. Die hoch aufgetürmten, oben flachen Gewitterwolken spiegelten sich im Fluß.

Das war ›die Wiege‹ – das Land gewaltsamer Geburt und gewaltsamen Todes. Doch selbst die verborgene Gefahr dort unten gehörte für ihn zur Schönheit des Landes.

– Der große amerikanische MG-Schütze an der Tür fing meinen Blick auf. Er tätschelte sein nach unten geneigtes M-60 und grinste, als erriete er meine Gedanken. Sein Gesicht gefiel mir, es erinnerte mich an Ken. Ob er wohl seinen Einsatz übersteht?

Er watete fast bis zum Knie im Wasser, im Zeitlupentempo wie ein Mann, der durch einen Traum watet. Der Schlamm unter der Oberfläche zerrte an seinen Stiefeln, die bleischwer schienen.

Zu dieser Jahreszeit war das meiste Land hier überflutet, und heftige Regengüsse gingen immer wieder nieder. Endloses graues Wasser unter einem hohen Dom des Schweigens. Langford war noch nie in seinem Leben so müde gewesen. Er wollte nur zu Boden sinken und still liegenbleiben, wußte aber, daß er sich keine Hoffnung darauf machen konnte, bis Hauptmann Trung Halt gebot.

Das war der dritte Tag des Einsatzes. Zwei ARVN-Kompanien, in großem Abstand voneinander marschierend, durchquerten eine wasserbedeckte Ebene voll Sumpfgewächsen. Langford marschierte in der von Hauptmann Trung geführten Kompanie. Die kleinen vietnamesischen Soldaten waren mit Waffen und Patronengürteln beladen, und Langford war behangen mit den Gerätschaften seines Berufes: einer Bell & Howell-Filmkamera, die mit einem Riemen an seinem Handgelenk befestigt war, einem kleinen Kassettentonbandgerät, das an seinem Gurt hing; eine Kameratasche mit ihrer kostbaren Fracht an Filmvorräten, Objektivpinseln und Filtern hatte er an einem Riemen über der Schulter. Ein Weston-Belichtungsmesser in einem Lederfutteral baumelte wie ein Amulett um seinen Hals, wie auch seine Leica, die er mitgenommen hatte, obwohl er nur den Auftrag hatte zu filmen.

Seine auf dem Schwarzmarkt in Saigon zusammengestellte Ausstattung, Sachen, die gestohlen waren oder von Toten stammten, hatte bereits ihre zweifelhafte Neuheit verloren. Das durchweichte grüne Armeehemd dampfte vom letzten Regenguß und würde nie richtig trocken werden; Schweiß tränkte es, wenn es nicht der Regen tat, und weiße Salzflecken zeichneten sich unter den Achseln ab. Er würde diese multinationale Armeekluft viele Jahre lang im Feld tragen, und viele Fotos dokumentieren sie: amerikanische Drillichuniform, Gurt, Tornister und Wasserflaschen; französische Kampfstiefel mit seitlichen Leinwandeinsätzen; australischer Soldatenhut aus Baumwolle. Er sieht aus wie ein unpassend ausgerüsteter australischer Soldat, der lange nicht beim Friseur war. Er würde an der Front nie den amerikanischen Helm oder die schwere kugelsichere Weste tragen, wie andere Berichterstatter; er zog es vor, die Hitzebelastung zu mindern, indem er sich ohne diesen Schutz hinauswagte, wie es auch die australische Infanterie tat.

Beim Durchqueren der Reisfelder fand die Patrouille trockenen Grund auf den Deichkronen. Sonst war das Wasser allgegenwärtig, ein Element, dem sie nicht entfliehen konnten. Sie atmeten es ein, wateten hindurch, schwitzten es aus. Die gesamte Beinmuskulatur schmerzte Langford so, wie das kein Rugbyspiel je verursacht hatte, und die Anstrengung, sich in der enormen Waschküchenhitze durch den Schlamm zu kämpfen, raubte ihm die Kraft. Doch sein jahrelanges Training kam ihm jetzt zugute. In den letzten zwei Tagen hatte es Momente gegeben, in denen er geglaubt hatte, keine zehn Minuten mehr marschieren zu können, doch er war immer weitermarschiert, hatte immer wieder neue Reserven zum Durchhalten mobilisiert. Er war entschlossen, Hauptmann Trung, dessen dünne Gestalt gnadenlos an der Spitze des führenden Zuges marschierte, nichts von seiner Erschöpfung merken zu lassen. Wenn dann doch einmal Halt gemacht wurde, blickte Trung stets mit forschendem Blick zu Langford hinüber und nickte. Doch er sprach ihn kaum an, statt dessen sprach er vietnamesisch mit seinen Männern. Und mit jedem Tag wuchs Langfords Bewunderung für die kleinen ARVN-Soldaten mit ihren viel zu großen Helmen.

– Ich hatte geglaubt, sie seien körperlich wie Kinder. Doch mit jedem Tag merkte ich mehr, wie drahtig und zäh sie waren. Sie marschierten weiter, ohne Zeichen der Ermüdung, beladen mit ihrer Nachschubmunition und einem verrückten Sammelsurium von Gewehren, die meist zu groß für sie waren: M-1-Karabiner aus dem Zweiten Weltkrieg, Thompson-Maschinenpistolen, Browning-Schnellfeuergewehre und die neuen amerikanischen M-16, mit denen sie jetzt ausgerüstet wurden. Wenn wir kleine Flüsse durchquerten, reichte mir das Wasser bis zur Brust, ihnen jedoch manchmal sogar bis über den Kopf, aber sie hielten Tornister und Waffen hoch und kamen lachend wieder heraus.

– Es waren Bauernjungen wie ich, und wir kamen gut miteinander aus. Sie sprachen gar kein oder wenig englisch, und französisch auch nicht viel – das beherrschen nur die Offiziere. Ich bediente mich also der Zeichensprache und brachte sie dazu, mir Anfangsgründe des Vietnamesischen beizubringen. Sie hatten vorher nie viel mit Europäern zu tun gehabt, daher war ich etwas Exotisches für sie – ein komischer weißer Riese, nehme ich an. Sie lachen gern.

Trung hatte Langford angewiesen, stets den baumwollenen Buschhut aufzubehalten. (»Der Vietcong wird das blonde Haar anvisieren.«) Er hatte ihm auch eingeschärft, sich dicht an den Vordermann zu halten, in die Fußstapfen des Soldaten zu treten und jede Bewegung von ihm nachzuvollziehen. Auf diese Weise hätte Langford, wie Trung sagte, eine Chance, die Fallen zu vermeiden, die im Vietcong-Land allgegenwärtig waren – manchmal Minen, manchmal Granaten, doch am häufigsten *punji*-Bambusstöcke mit feuergehärteten Widerhaken, die in den Reisfeldern und im Gras versteckt waren und deren Enden man mit menschlichem Kot beschmiert hatte. Wenn man hineintrat, bedeutete das fast sicher, daß man sich eine Infektion zuzog, und es wurde berichtet, daß sie sogar Sohlen von Dschungelstiefeln durchbohrt hatten.

Die Patrouille bewegte sich also immer mit großer Vorsicht, nicht nur von Schlamm und Wasser gebremst, sondern auch von dem Gedanken an den unsichtbaren Widerhaken, und Langford konzentrierte sich voll auf den Soldaten vor ihm, einen jungen Mann, der Tho hieß und ungefähr zweiundzwanzig Jahre alt war. Sie sprachen bei jeder Rast miteinander.

Tho sprach mehr Englisch als die anderen. Er erzählte Langford, daß er in einer Saigoner Bar englisch gelernt hatte, wo er als Bursche für alles gearbeitet hatte. Als er eines Tages unterwegs gewesen war, um Eis zu beschaffen, war er von einer ARVN-Straßenpatrouille angehalten und für die Armee zwangsrekrutiert worden; sie praktizierten das offenbar, wenn junge Männer keine ordentlichen Papiere hatten. Tho schien deswegen nicht verbittert, er war immer heiter.

– Obwohl er ein typisch vietnamesisches Gesicht hatte, erinnerte er mich an einen Freund in meiner Kindheit in New Norfolk, der immer zu Späßen aufgelegt war – er hatte die gleiche ausgeprägte Kinnpartie und ebensolche weit auseinanderstehenden braunen Augen. Tho gab gern mit seinen französischen Brocken an; wenn ich ihn fragte, wo der Vietcong stecke, wies er auf den Horizont und sagte: *»Beaucoup Vietcong!«* Das wurde unser privater Scherz. Ich behauptete, es wären keine Vietcong da, und er schüttelte den Kopf. *»Beaucoup Vietcong!«* Er half mir durchzuhalten.

Nach fast drei Tagen mühsamen Marsches waren sie noch immer nicht auf den Vietcong gestoßen. Morgen würden sie sich auf den Rückmarsch zum Stützpunkt machen und sich dort mit dem Rest der Brigade vereinigen, und Langford zweifelte allmählich daran, daß sie überhaupt Feindberührung haben würden. Die Kompanie legte ungefähr vierundzwanzig Kilometer am Tag zurück – dreimal so viel wie die schwerer beladenen amerikanischen Patrouillen schafften. Ihr Frühstück bestand aus etwas Trockenobst und Dörrfisch oder -fleisch. Den Tag über aßen sie nichts. Am Abend nahmen sie eine dünne Gemüsesuppe, kleine Stücke Fisch und Reis zu sich. Sie tranken nur Wasser. Die meisten Leute aus westlichen Ländern hätten das entbehrungsreich gefunden; Langford schien es nichts ausgemacht zu haben.

Am ersten Tag, so berichtete er, marschierten sie den ganzen Nachmittag und den größten Teil der Nacht, kämpften sich durch Kokospalmenhaine, über feuchte Ebenen voller Sumpfgewächse und Elefantengras, und machten nur Halt für eine Mütze voll Schlaf auf trockenen Stellen oder Deichen. Am nächsten Tag machten sie neben einem Reisfeld, unter den smaragdgrünen Fächern einiger Wasserpalmen, Mittagsrast. Als Langford dankbar auf seinen Umhang gesunken war, hatte sich ein Grüppchen Soldaten um ihn gesammelt.

Sie lächelten breit und sahen zu, wie er sich die Stiefel aufschnürte, und ihre Blicke waren voll offener Neugier. Er entfernte mit einer brennenden Zigarette blutgefüllte Egel von seinen Beinen, und sie lachten; doch ihr Lachen war leise, höflich. Hauptmann Trung beobachtete sie aus einiger Entfernung. Sie fragten ihn in vietnamesisch, ob er müde sei. »*Mat, khong?*« Er bejahte es durch Zeichen und bat sie, ihn zu lehren, wie er es sagen müsse.

»*Co, mat qua.*« Ja, sehr müde, sagten sie und lachten.

Er verteilte amerikanische Zigaretten, und sie nahmen sie dankbar an, schlanke braune Finger langten vorsichtig in die Packung, und plötzlich spürte er, wie zwei von ihnen neugierig an den blonden Härchen auf seinem Unterarm zupften und in vietnamesisch darüber sprachen.

– Ich kam mir wie ein bescheuerter Gulliver vor.

Er machte ein paar Aufnahmen mit seiner Leica von ihnen, und sie gruppierten sich sofort und forderten ihn auf, mehr Aufnahmen zu machen. Diese Bilder existieren noch, und die Gesichter unter den Helmen leuchten vor jugendlicher Lebensfreude, ihr Lächeln ist unbekümmert, als seien sie auf einem Vergnügungstrip. Einige holten Fotos von Frauen und Kindern aus ihren Brieftaschen und zeigten sie Langford. Er saß da und redete mit seinen ersten vietnamesischen Worten mit ihnen – glücklich.

Tho war an den Rand des Reisfeldes getreten und hatte mit seinem Helm etwas Wasser geschöpft, er kam mit dem randvollen Helm zurück und ließ einige Chlortabletten hineinfallen. Nur wenige der Soldaten dieses Zugs führten Wasserflaschen mit sich, die Flüsse und Reisfelder waren ihre Hauptwasserquelle, und bei den regelmäßigen Regengüssen sammelten sie manchmal Regenwasser in ihren Helmen. Tho trank und hielt dann lächelnd und nickend Langford den Helm hin.

Langford hatte noch Wasser in seinen Flaschen, doch er nahm aus Höflichkeit an, sagt er, aber mit Bedenken. Reisfeldwasser war ohne die Tabletten tödlich, und auch mit ihnen für seinesgleichen gefährlich.

»Ich möchte Sie fotografieren.«

Hauptmann Trung war herangekommen, den Helm in einer Hand, mit der anderen über sein Stoppelhaar streichend. Zum erstenmal lächelte er Langford an. Er nahm die Leica, mit der er vertraut schien, und fotografierte Langford beim Trinken.

Auch dieses Bild existiert noch und wurde in Langfords ersten

Fotobildband aufgenommen. Tho lächelt und hält den Helm etwas schräg, als helfe er einem Kind, während Langford trinkt. Man sieht, warum. Den zerbeulten baumwollenen Soldatenhut in einer Hand, die Nase im Helm, mit dem langen blonden Haar, das die Soldaten so ungewöhnlich finden und das beim Trinken nach vorn fällt, sieht Langford wie Anfang zwanzig aus und nicht wie ein Mann von nahezu dreißig.

– Auf dieser ersten Patrouille behandelten sie mich ein bißchen wie ein Kind, wie einen, der bei den einfachsten Dingen Hilfe braucht. Sie erinnerten mich an die Landbevölkerung in Tasmanien, die Fremde auf dieselbe Art behandeln. Ich fühlte mich heimisch bei ihnen.

Am zweiten Tag war die Kompanie schon vor Sonnenaufgang auf den Beinen und bis zum Sonnenuntergang marschiert, hin und wieder an Dörfern vorbei, deren schwarz gekleidete Bewohner sie düster anstarrten. Das waren Vietcong-Sympathisanten, erklärten die Männer Langford – entweder aus Überzeugung oder weil sie dazu gezwungen wurden. Nach Einbruch der Dunkelheit machten sie Halt und entfachten ein kleines Feuer zum Kochen, schwatzten und lachten laut. Doch kaum hatten sie das Feuer entfacht, gab Trung ein leises Kommando, die Tornister wurden aufgenommen, die Gewehre wieder geschultert, und sie marschierten weiter, das Feuer brennend zurücklassend. Erschöpft, hungrig und verwundert folgte ihnen Langford. Eine Stunde später machten sie wieder Rast, diesmal lautlos.

Trung tauchte aus der dichten, feuchten Dunkelheit auf und sah, die Hände in die Hüften gestützt, Langford mit amüsierter Miene an.

»Sie fragen sich, was wir machen. Wir haben dort hinten ein falsches Lager aufgeschlagen. Jetzt machen wir ein heimliches Lager. Der Vietcong wird das andere Lagerfeuer sehen und dort angreifen. O ja, sie sind hier – ganz nah. Sie greifen immer nachts an.«

Doch in dieser Nacht gab es keinen Angriff.

Jetzt, am dritten Tag bei Sonnenuntergang, marschierten sie weiter über ein Reisfeld, das wie jedes andere Reisfeld war. Sie gingen auf eine Baumreihe zu, die wie jede andere Baumreihe war.

Dort, ungefähr dreihundert Meter entfernt, gab es einen langen

Bewässerungskanal, eingefaßt von einem hohen Erddeich, auf dessen Krone sich ein Obstbaumhain befand: Guaven- und Papayabäume, Kokospalmen, die großen grünen Wedel von Bananenbäumen. Dahinter sah man ein mit Palmblättern gedecktes Dach und eine dünne Rauchsäule – Anzeichen für ein kleines Dorf. Hinter den Bäumen und der Rauchsäule ein Himmel, dessen Färbung warnend den Sonnenuntergang ankündigte. Unter der gewaltigen grauen Himmelswölbung und den aufgetürmten Gewitterwolken, die über ihren Spiegelbildern dahinwanderten, wirkten die Männer von Hauptmann Trungs Patrouille klein und verloren, wie sie sich vergeblich abmühten. Vögel, deren Namen Langford nicht kannte, kreisten schreiend über ihnen. Die andere Kompanie war nicht zu sehen, doch Langford hatte eben erfahren, daß sie per Funk die Ergreifung zweier Guerillas, die aus dem Gebiet zu fliehen versucht hatten, gemeldet hatte. Der Vietcong war also hier irgendwo in der Gegend, doch Langford war zu erschöpft, um Besorgnis oder auch nur Interesse zu zeigen.

Die Patrouille erreichte einen Deich, kletterte hinauf und marschierte auf den Obstbaumhain und das kleine Dorf zu. Froh darüber, endlich halbtrockenen Boden unter den Füßen zu haben, stapfte Langford in seinen mit Wasser vollgesogenen Stiefeln hinter Tho her.

Die Gewehrsalven, die dann krachten, blieben in diesem weiten, flachen Land, unter diesem Himmel, ohne Echo. Es war ein dumpfstotterndes Geräusch, das hinter der Baumgruppe auf dem Deich hervorkam – ein eher fabrikmäßiger als bedrohlicher Laut – von der Kalaschnikow AK-47, dem Standard-Sturmgewehr des Vietcong, herrührend. Zum zweitenmal erlebte Langford, wie Kugeln über seinen Kopf weg heulten und krachten. Aber diesmal war es anders.

– Ich dachte: Ich bin nicht vorbereitet. Gott, nicht jetzt, ich bin zu müde. Warum nicht am Morgen?

Aber es geschah jetzt. Auf dem gesamten Deichstück vor ihm sprangen die ARVN-Soldaten mit großen Sätzen ins Wasser des Reisfelds und rissen gleichzeitig ihre Gewehre von der Schulter. Langford folgte ihnen mit hoch erhobener Bell & Howell, um sie trocken zu halten.

Er preßte sich neben Tho gegen den glitschigen Schlamm des Deichs, bis zu den Hüften im Wasser, und wollte am liebsten untertauchen, als die Kugeln weiter heulten. Die Patrouille war hier fast ganz ohne Deckung, da der Deich im rechten Winkel zum Bewässerungsgraben verlief, doch bisher hatte der Vietcong zu hoch gezielt. Nun gesellte sich zum Gewehrfeuer noch Donnergrollen wie ein gewaltiges Echo, und es fing zu regnen an, was die Sicht trübte. Luft und Wasser verschmolzen zu einem Element, in dem Hauptmann Trung gestikulierte, während ihm Wasser das Gesicht hinabrann, und seiner Truppe in vietnamesisch zurief: »*Di di mau! Di di mau!*«

Er zeigte auf den nächsten Deich, der parallel zu dem Bewässerungsgraben verlief, eine Position, die Deckung bot. Die Männer wateten eilig hinter ihm durchs Wasser, sich niederhockend, kurze Salven in Richtung der Bäume abgebend. Langford, der sich neben Tho hielt, fand das Geräusch nervtötend und beruhigend zugleich.

Er lag am schützenden Wall des neuen Deiches halb auf dem Bauch im Wasser und begann sich auf seine technischen Probleme zu konzentrieren, während die Truppe sich auf ihre konzentrierte. Der Wolkenbruch ließ schon nach, und statt wegen der besseren Sichtbedingungen für den Vietcong besorgt zu sein, war er dankbar – jetzt würde er gutes Filmmaterial bekommen. Er benutzte seinen Belichtungsmesser, schaltete sein Kassettentonbandgerät ein, um Kampfgeräusche einzufangen, und stellte an der Bell & Howell die Blende ein. Seine Hände zitterten leicht, doch sonst war er ruhig.

– Der Sonnenuntergang rückte schnell heran, und das bereitete mir nun mehr Kopfzerbrechen als die Kugeln; ich mußte die richtige Blende wählen. Außerdem mußte ich mir gut überlegen, was ich filmte, denn ich hatte nur zwei Minuten und vierzig Sekunden pro Filmrolle, und vielleicht böten sich nicht viele Gelegenheiten, einen neuen Film einzulegen.

– Wir sahen den Vietcong immer noch nicht und wußten nicht, wie stark er war. Sie hatten sich hinter dem Deich zwischen den Bäumen eingegraben, sie waren also immer noch unsichtbar, immer noch Geister – nur ihre Kugeln waren nicht geisterhaft. Ich bewegte mich entlang des Deiches und filmte im Laufen.

– Meine Müdigkeit war verschwunden; es zählte nur, was ich im Sucher sah. Im Geist hörte ich Jim Feng reden, der mir alles beibrachte, was er über Filmen von Gefechten wußte. Achte immer auf Bewegung, achte auf Kampfhandlungen. Laß dich mitreißen. Bewege dich. Diesmal würde ich nicht dem Wachtraum des Kameramannes verfallen; ich wußte, wenn ich aus diesem Reisfeld lebend herauskäme, hätte ich Glück. Aber ich vertraute Trung, und mein Hauptziel war, zu dokumentieren, wie die ARVN-Truppen kämpften; ich wollte zeigen, wie sie sich in extremen Situationen verhielten. Als sie den Deich beobachteten und Salven abgaben, hatten ihre Gesichter denselben konzentrierten Ausdruck, den man auf den Gesichtern von Sportlern sieht, wenn sie ihr Letztes geben; oder auch auf den Gesichtern von Leuten, die eine schwierige und hochqualifizierte Arbeit verrichten. Ich glaube, das habe ich im Kasten.

– Das Filmen ging also gut. Doch eins merkte ich – ich wollte das Bild anhalten, wollte einzelne Bilder einfangen, die alles zusammenfaßten. Ich wollte meine Leica vorholen, aber es war einfach keine Zeit dazu. Beides geht nicht. Vermutlich bin ich im Grunde meines Herzens ein Fotoreporter.

Das Gewehrfeuer vom Bewässerungsgraben schien aufgehört zu haben. Hauptmann Trung befahl den Soldaten vorzurücken, und sie gingen im Reisfeld vorwärts, belegten die Baumgruppe mit schwerem Feuer und strebten dem letzten Deich zu, der zwischen ihnen und dem Graben lag, Langford war neben Tho und filmte ihn beim Laufen; einmal grinste ihn Tho zwischen Feuersalven aus seiner überdimensionalen M-1 von der Seite her an.

»*Beaucoup VC*«, rief er, und Langford empfand plötzlich tiefe Zuneigung für ihn, als ob sie sich schon jahrelang gekannt hätten, sagt er, oder blutsverwandt wären.

Das Feuer wurde nicht erwidert, bis die Kompanie fast die Deckung des neuen Deichs erreicht hatte; dann gab es zwei Salven, und eine Kugel flog dicht an Langford vorbei. Als er sich hinter den niedrigen Schlammwall kauerte, sah er in seinem Sucher zwei schwarz gekleidete Gestalten mit Sturmgewehren zwischen den Bäumen, halb von breiten Bananenblättern verborgen.

– Schwarze Geister! Wo hatte ich sie schon einmal gesehen?

Während er sie filmte, stürzte der eine zu Boden und der andere verschwand. Um ihn herum hämmerten ohne Unterlaß die MGs und Gewehre. Dann war Stille, und Hauptmann Trung brüllte ein

Kommando. Langford senkte die Kamera und drehte sich zu Tho um.

Doch Tho lag auf dem Rücken im Wasser, sein Gewehr krampfhaft festhaltend, die Arme weit ausgebreitet. Aus einer tiefen Höhle, die sich plötzlich in seiner Brust auftat, krochen lange rote Fäden durch das Grau des Wassers.

Zwei Soldaten beugten sich über ihn und hoben ihn vorsichtig hoch, wobei sie in vietnamesisch murmelten; und der Schlamm und das Wasser zerrten an ihm und wollten ihn nicht freigeben. Langford sah das Starren seiner weit auseinanderstehenden, blicklosen braunen Augen, aus denen jeder Funken von Humor gewichen war.

– Ich filmte, wie sie Tho wegtrugen. In einer Beziehung war es mir zuwider, doch es war genau die Aufnahme, die ich unbedingt machen mußte. Deshalb mußte ich meine Gefühle verdrängen. Darum geht es hauptsächlich bei diesem Beruf – das habe ich schon begriffen.

Das kleine Dorf war fast verlassen, abgesehen von zwei alten Frauen und ein paar kleinen Kindern. Die übrigen Leute waren fort. Es war ein Vietcong-Dorf gewesen, sagte Trung. Er ging neben Langford und wies auf eine blaurote Fahne der Befreiungsfront an einer Bambusstange über einem der Häuser; zwei Soldaten kletterten aufs Dach, um sie herunterzuholen.

– Ich drehte einen guten Film darüber. Filmte auch vier tote Vietcong, die in Schützenlöchern auf dem Deich lagen. Große Schmeißfliegen umschwirrten schon ihre Wunden; hier war es sehr still, und das war der einzige Laut. Es erinnerte mich an den Schlachttag auf der Farm, wenn wir Schweine schlachteten; doch das hier waren Menschen. Einem von ihnen, mit eckigem, zuverlässig wirkendem Gesicht, war die Bauchdecke zerfetzt worden – kein schöner Anblick. Von ihm ging ein Gestank aus, der auch nicht schön war, und nachdem ich gefilmt hatte, mußte ich mich übergeben. Ich ertappte mich dabei, wie ich wieder an Ken dachte und daran, daß er dasselbe getan hatte, als er den Japs erschießen mußte.

– Als ich diese toten Vietcong in Nahaufnahme filmte, überraschten mich ihre Gesichter. Ich glaube, ich hatte sie mir irgendwie dämonisch vorgestellt. Statt dessen lagen sie dort in ihren schwarzen Baumwollanzügen und jenen primitiven Gummisandalen, die sie aus Autoreifen herstellen, und hatten Gesichter wie die der ARVN-Soldaten. Sehr jung – Bauernsöhne.

Langford und Hauptmann Trung saßen mit gekreuzten Beinen auf ihren Regenumhängen unter einem Bananenbaum, am Rand der schmalen unbefestigten Straße, die durch die Mitte des Dorfes führte. Trung war herübergekommen und hatte sich zu ihm gesetzt, was er vorher noch nie getan hatte. Das Dorf war klein und bescheiden; an seinem westlichen Ende befand sich ein Mangrovensumpf. Dort war der Sonnenuntergang in der letzten Phase, intensiv rosarot und bronzefarben, und die miteinander verwachsenen Mangroven und einige hohe Kokospalmen standen als schwarze Silhouetten davor. Die Häuser an der kleinen Straße waren Bambushütten mit schrägen Dächern aus Wasserpalmwedeln, die sie wie Heuschober aussehen ließen. Magere schwarze Schweine und Hühner wühlten und scharrten in den Höfen.

Viele der Soldaten lagen ausgestreckt auf ihren Regenumhängen und dösten mit den Gewehren neben sich. Zum erstenmal sah Langford an ihnen Zeichen äußerster Erschöpfung. Hauptmann Trung und er rauchten, entspannten ihre schmerzenden Glieder, schlugen nach den Moskitos und redeten zunächst nicht viel.

»Heute abend werden wir gut essen«, sagte Trung. Er streckte den Finger aus: In den Höfen der Häuser hatten Soldatengrüppchen Feuer in Herden aus ungebranntem Ton gemacht, auf denen sie in erbeuteten Woktöpfen und Pfannen kochten. Sie hatten einige Schweine und Hühner geschlachtet. Der Holzkohlerauch von den Herden vermischte sich angenehm mit dem beißenden Rauch vietnamesischer Zigaretten. Dazu kam leichter Kloakengestank.

Langford sagte zu Trung, daß er traurig sei wegen Tho. Er habe ihn gern gehabt, sagte er.

»Ich bin auch traurig. Er war ein guter Soldat. Wir werden seine Leiche mit zum Stützpunkt nehmen, damit er begraben werden kann.« Trung schaute noch immer zu den Soldaten, die sich um die Herde scharten; ihr Gelächter schallte herüber, zusammen mit dem leisen Gegacker der Hühner und den Vogelrufen aus dem Sumpf. Er deutete zu ihnen hinüber.

»Das sind meist Bauernsöhne«, sagte er. »Sie bekommen wenig Sold und keinen Ausgang und Heimaturlaub wie die Amerikaner. Wenn sie fallen, kriegen ihre Familien keine Renten. Sie müssen mitansehen, wie ihre Schwestern und Freundinnen Huren für die GIs werden. Es ist nicht leicht, ihnen zu erklären, wofür sie kämpfen und sterben.«

Langford bot ihm noch eine Zigarette an. Als Trung den Kopf zu Langfords Feuerzeug hinunterbeugte, schaute er mit unverhohlener Wißbegier zu ihm hoch. »Sie müssen nicht bei uns sein«, sagte er. »Meine Männer fragen sich, warum Sie das tun. Warum ziehen Sie nicht mit den Amerikanern in den Krieg und essen Eis und fliegen abends nach Saigon zurück, um sich zu duschen und umzuziehen. Ich kann es ihnen wirklich nicht sagen.« Er stieß den Rauch aus, ohne den Blick von Langford zu wenden. »Die Männer mögen Sie. Sie sind sehr gut marschiert in den vergangenen drei Tagen; ich hatte befürchtet, Sie würden schlapp machen. Claudine hat behauptet, Sie seien anders, doch ich habe ihr nicht geglaubt. Bei keinem anderen Berichterstatter habe ich so etwas erlebt. Einer hat es letztes Jahr versucht, habe ich gehört, doch er wurde nach einem Tag krank und mußte mit dem Helikopter ausgeflogen werden. Sind Sie früher Soldat gewesen? Ich habe gehört, daß die Australier gute Dschungelkämpfer sind.«

Nein, sagte Langford. Er sei nur Kameramann.

Trung lehnte sich an den Stamm des Bananenbaumes und blickte Langford jetzt spöttisch an. »Das nächste Mal werden Sie mit den Amerikanern rausgehen, nehme ich an.«

Ja, sagte Langford. Er müsse über den Krieg aus jedem Blickwinkel berichten. Doch er hoffe, daß er wieder einmal mit Hauptmann Trungs Kompanie marschieren könne.

»Sie haben mir noch nicht den Grund dafür verraten.«

Langford sagte ihm, daß die westlichen Nachrichtenagenturen offenbar nur über die Amerikaner berichteten. Er habe gedacht, die Fernsehzuschauer sollten sehen, was die Armee von Südvietnam tue. Es ist euer Krieg, sagte er. Euer Land. Habe ich recht, Hauptmann?

Trung nickte bedächtig. »Ja – es ist unser Krieg. Und die Amerikaner behaupten, wir würden nicht kämpfen. Sie sagen, unsere Befehlshaber hätten keine Ehre. Ich muß leider zugeben, daß das in vielen Fällen zutrifft. Es gibt Befehlshaber, die von Bestechung leben und den Sold ihrer Soldaten stehlen. Der Soldaten Saigons. Aber wir sind nicht alle so.« Plötzlich lächelte er, und das Lächeln verwandelte sein hageres Gesicht. »Kommen Sie bald wieder mit uns hinaus, da Sie verrückt genug dafür sind. Sie sind gern gesehen. Und nennen Sie mich bitte Trung.« Er streckte sich, schnupperte den Bratengeruch und nahm seinen Helm. »Jetzt wollen wir was essen – und heute nacht schlafen wir unter einem Dach. Doch wir werden nicht lange schlafen können, glaube ich.«

Langford starrte ihn an. Wollte er damit sagen, daß sie zurückkommen würden?

»Sie kommen immer zurück, Mike. Zieh also die Stiefel nicht aus, wenn du dich schlafen legst.«

VIERTES KAPITEL

SAIGON-TEE

1.

1965 – Wie lange ist das her! Allmählich kommt es einem vor, als sei es so lange her wie 1848. Doch keins der beiden Jahre ist so fern, wie wir glauben: Von beiden führen unvollendete Straßen bis dahin, wo wir uns heute befinden.

Langfords maschinegeschriebenen Aufzeichnungen aus den sechziger Jahren liegen vor mir: alte Aufnahmeverzeichnisse für seine Fernsehreportagen; Berichte über vietnamesische Politiker, die vielleicht zum eigenen Gebrauch gedacht, vermutlich aber für Aubrey Hardwick geschrieben waren; einige kurze Bemerkungen zu seinen Bildern als Begleittext für internationale Zeitschriften. Die Seiten sind vergilbt und an den Rändern zerbröckelt, wie das Leinwandrollo in der Abstellkammer; sogar die Büroklammern, die sie zusammenhalten, rosten allmählich. Das stimmt mich traurig. Es ist absurd – ich will diese Papiere nicht so alt werden sehen. Ich habe das abergläubische Gefühl, je älter sie werden, desto mehr entfernt sich Mike, um schließlich ganz zu verschwinden. Schon verbreiten sie denselben Geruch des Alters wie die Tagebücher von Robert Devereux.

Aber dieser traurige Geruch, der aus dem tiefen Schacht der Zeit heraufdringt, sollte nicht mein Thema sein, wenn wir uns in das Saigon des Jahres 1965 begeben wollen. Von Traurigkeit war keine Rede, damals.

Harvey Drummond hat mir ein Farbfoto gegeben, das er vor der Villa Wolkow gemacht hat.

Bald nach Mikes Ankunft in Saigon zogen er und Jim Feng zu Dmitri in dieses Haus und teilten sich die Miete mit ihm. Auch

Harvey wohnte immer dort, wenn er in Saigon war. Es steht in einer Reihe mit anderen zweistöckigen französischen Kolonialvillen, schmutzig-weiß, mit einem langgestreckten, orangefarbenen Dach. Der Eingang ist von einem Eisengitter mit einer schmalen Tür gesichert und von einem großen ausladenden Tamarindenbaum beschattet, der am Bordstein wächst. Unter der Tamarinde stehen auf diesem Bild Langford, Feng und Wolkow mit Monsieur Chen, dem sino-vietnamesischen Verwalter, der Hauptlieferant von Marihuana für den Grafen ist und (laut Harvey) Mädchen für Dmitri auftreibt, manchmal innerhalb einer halben Stunde. Die Haare auf seinem länglichen Schädel sind brutal kurzgeschoren, und zwischen die Zähne mit Goldkronen hat er eine krumme, selbstgedrehte Zigarette geklemmt. Kein Mann, der mit sich spaßen läßt, sagte Harvey. Die drei Kameramänner, die für ihr Bild in die Kamera lächeln, tragen die gleichen grünen Safarianzüge.

Soll das ein Scherz sein? Das auch, doch sie mögen diese Art Bekleidung. Das sind ihre Fernsehanzüge, wie sie selber sagen, kreiert von Mr. Minh aus der To-Do-Straße, dem Schneider der Berichterstatter. Die Kameraleute trugen sie nicht im Feld, sondern wenn sie in Saigon filmten oder Spritztouren machten. Die Ärmel hatten besondere Schlitze und Taschen für Stifte, Notizbücher und Zigaretten, und diese Anzüge waren bei Fernsehjournalisten, die ihre Kommentare in die Kamera sprachen, heiß begehrt. Harvey besaß so einen. Bald sollten sie in ganz Asien und von Modedesignern im Westen nachgemacht werden – doch das war noch Zukunftsmusik.

Das Bild hat etwas vom Pulsschlag der sechziger – für dieses Trio das letzte Jahrzehnt ihrer Jugend und voll modischer Verrücktheiten. Die nun neu entdeckten illegalen Drogen sind in Vietnam so leicht zu haben wie anderswo Kaffee oder Tee; die neue Musik dröhnt aufmüpfig und prophetisch aus den großen Lautsprecherboxen des Grafen, und die Gestalten in ihren Fernsehanzügen sind umgeben von der Aura eines Lebens voll Action, Gelächter und Exzessen, das nun Vergangenheit ist – und ich bin anscheinend dazu ausersehen, die Erinnerung an dieses Leben zu bewahren.

2.

HARVEY DRUMMOND

Wenn ich Saigon vermisse, vermisse ich die Villa Wolkow.

Sie befand sich auf dem Cong-Ly-Boulevard, einer Parallelstraße der To-Do-Straße; eine gute Adresse und sehr zentral gelegen – im Big Budgie fünf Minuten vom Stadtzentrum. Wolkow hatte die Villa zu einer Art Vereinshaus für *bao chi* gemacht, und sie war bei Journalisten und Fotografen berühmt für die Güte des hier erhältlichen Stoffs, erstklassige Qualitätsware, kambodschanischer Roter genannt, zuverlässig von Monsieur Cheng geliefert.

In der Villa Wolkow fanden wir unsere Ruhe wieder, wenn wir vom Filmen an der Front zurückkamen; dort tankten wir alle auf, rissen Witze, die nur wir verstanden, und suchten nach der Bedeutung von Vietnam, immer nur Vietnam, ehe wir fortgetrieben wurden und unser Interesse daran erlosch, weil unser Verstand in Drogen ersoffen war und wir von den donnernden Wogen aus der Stereoanlage des Grafen mitgerissen wurden – die Beatles, Del Shannon, Jerry Lee Lewis, die frühen Stones.

Durchreisende Korrespondenten waren oft hier untergebracht. Am Morgen stolperte man im Wohnzimmer über sie; sie lagen auf Feldbetten im Hausflur. Es war, als lebte man mit einer Zirkustruppe – ein Eindruck, der noch verstärkt wurde durch Dmitris Tiere. Er besaß drei Katzen, einen Papagei und einen Affen namens Vizemarschall – benannt nach dem Vizemarschall der Luftstreitkräfte Ky, dem Premierminister. Dmitri behauptete, er sähe ihm ähnlich, aber ich konnte das nicht feststellen. Ich nannte das Tier Onan, den Mönch – er masturbierte ständig auf dem Bücherregal und runzelte mißbilligend die Stirn ob seines Tuns. Ich glaube, er war permanent auf dem Trip, weil er die Luft dort atmen mußte.

Ich war zahlender Gast, ich kam und ging, da ich mit meiner Frau eine Wohnung in Singapur hatte. Wenn ich mich länger in Saigon aufhielt und Lisa vermißte, war die Szene in der Villa eine Entschädigung. Diese Szene existierte bis 1970, dann verlegten Dmitri, Mike und Jim ihren Standort nach Phnom Penh. Die Villa war von alter kolonialer Größe: ein riesiges Wohnzimmer, mit Messingklinken an den Lamellentüren, viele große Schlafzimmer und ein Bad von den Ausmaßen eines Flurs mit einer Badewanne wie ein Walfangschiff, einer französischen Schlauchdusche und einem Bidet, mit Messinghähnen, die Pariser Antiquitäten waren, und einem blauen, kindshohen Vorratskrug aus Tausendundeiner Nacht, der geheimnisvoll in der Ecke stand. Die Miete war hoch, doch wir konnten sie uns gut und gern leisten.

Wie die meisten ausländischen Presseleute tauschten wir unsere Dollars auf dem schwarzen Markt in Piaster um, bei einer Institution, die als die »Bank of India« bekannt war. Sie bestand aus zwei äußerst nervösen Indern in einem winzigen Büro im Eden-Gebäude auf dem Nguyen-Hue-Boulevard. Bequemerweise waren sie auf derselben Etage zu finden wie das Büro von Telenews, das Mike, Jim und ich uns teilten. Wenn die Inder von der falschen Behörde ertappt würden, drohte ihnen Gefängnis, doch ihr Netz reichte sowohl nach Peking als auch zum CIA, und die ständige Inflation der Ortswährung machte sie reich – und trug auch sehr zu unserer Zufriedenheit bei. Der Graf, der auf seinem riesigen Doppelbett lag, in einen schwarzen Seidenkimono gehüllt, den er in Tokio erworben hatte, rief jeden Morgen durch seine offene Tür und erinnerte uns an unser Glück.

»Stellt euch das mal vor, Gentlemen! Jedesmal, wenn wir aufwachen, haben wir Geld gemacht!«

Das Telefon befand sich in Dmitris Schlafzimmer, doch wir hatten alle freien Zugang, seine Schlafzimmertür stand immer in königlicher Manier offen, außer wenn er ein Mädchen bei sich hatte. Der Mietvertrag lief auf seinen Namen, er verhandelte mit Monsieur Chen. Das Haus gehörte einer Pariser Handelsgesellschaft, und Chen und seine Frau waren die Verwalter und gleichzeitig die Hausangestellten, die unten wohnten. Wenn Monsieur Chen mit einer frischen Lieferung des kambodschanischen Roten (oder wenn der nicht zu beschaffen war, mit dem Delta-Grünen) heraufkam, trug er ihn in einer mit *Air Vietnam* beschrifteten Schultertasche aus Plastik und zeigte das breite Lächeln eines Wohltäters. Er hatte viele Interessen, brummte auf einem Vespa-Motorroller durch Saigon, und man sah ihn manchmal unten an der Tür die Weißen Mäuse auszahlen, die unbeliebten, korrupten kleinen vietnamesischen Polizisten, die in weißen Uniformen durch die Stadt patrouillierten, mit 38er Revolvern an der Hüfte und viel zu großen Koppeln.

Feng, Wolkow und Langford waren damals immer zusammen.

Manchmal gingen sie auch zusammen an die Front, wenn Mike und Jim nicht gerade versuchten, Wolkow auszustechen, oder umgekehrt. Dann gab es keine Gnade. Doch sie arbeiteten zusammen, um sich die Sache leichter zu machen, wenn die Stories nicht zu wichtig waren – sie gaben sich sogar Tips, wo militärische Aktivitäten bevorstanden. »Das ist nur eine kleine Sache, Graf«, rief Langford dann, wenn er und Jim mit ihren Kameras an Wolkows Tür vorbeikamen. »Du brauchst dich nicht erst aufs Fahrrad zu schwingen.«

Sie waren versessen auf Streiche, die einem manchmal auf die Nerven gehen konnten. Speziell Langford hatte eine kindische Vorliebe dafür. Einmal erwischte er bekifft eine amerikanische Nebelgranate und schleuderte sie auf die Markise über der Haustür und hüllte so den Cong-Ly-Boulevard in orangefarbenen Nebel. Die Weißen Mäuse kamen, doch Monsieur Chen besänftigte sie mit Geld. Ein andermal wachte ich in meinem Bett auf und sah, daß man mit Feuerzeugbenzin auf der Bettdecke eine feuchte Bahn zu meinem Gesicht gemacht hatte; Langford, angetrieben von Wolkow, kauerte mit brennendem Zigarettenanzünder neben mir und war drauf und dran, die Bahn in Brand zu stecken.

Trevor Griffiths war es, der sie als erster die Drei Musketiere genannt hatte, was aber nicht gerade liebevoll gemeint war; bei Griffiths schwang stets etwas Sarkasmus mit, und die Anspielung auf Kipling war beabsichtigt. Für ihn waren sie zu draufgängerisch; sie behandelten den Krieg wie ein Abenteuer und hatten kein politisches Bewußtsein – was bei Kameramännern weit verbreitet war. Doch den Drei Musketieren ging es damals zu gut, als daß sie Griffiths Meinung kümmerte, und die Sache mit dem Spitznamen ging nach hinten los – er wurde zunehmend eher bewundernd als spöttisch gebraucht. Das mußte Griffiths geärgert haben, doch er brachte es fertig, sich ebenfalls einen Jux daraus zu machen. Nach dem kleinen Vorfall in der Happy Bar hatten er und Dmitri die Sache wieder eingerenkt, und jetzt war für Griffiths die Güte des Hasch-Nachschubs, den der Graf garantierte, zu wichtig, als daß er persona non grata in der Villa sein wollte.

Mein Schlafzimmer lag nach hinten hinaus, über der Garage, in der der Budgie stand. Ich blickte auf eine Gasse mit Nudelverkäufern und Textilständen und einer Art Klempnerei. Die alten blauen

Fensterläden standen immer offen, und wenn ich morgens aufwachte, hörte ich die Rufe der Straßenhändler und das Hämmern auf Metall, untermalt von leiser französisch-vietnamesischer Popmusik aus Madame Chens Küche unten, wo sie uns das Frühstück zubereitete, bestehend aus Eiern, heißen Brötchen und Kaffee. Ich hörte Dmitri irgend jemand bei CBS erregt durchs Telefon anschreien und nahm den scharfen Geruch des kambodschanischen Roten wahr, der vom vergangenen Abend noch in der Wohnung hing, und wußte, daß ich wieder in Saigon war.

Manchmal war im Radio des Wohnzimmers der Sender American Armed Forces eingestellt, und Madame Chens zarte Balladen ein Stockwerk tiefer wurden übertönt vom rasanten Geschwafel des DJs und dem Dröhnen des Rock 'n' Roll. Der DJ widmete den GIs die Musik mit einer immer wiederkehrenden Floskel: *»Für euch Typen da draußen, die ihr auf Gefahr steht.«* Wir fanden das alle saukomisch. »Hallo«, sagte Wolkow und schaute einen frisch eingetroffenen Berichterstatter mit unbewegter Miene an, »stehst du auf Gefahr, Kumpel?«

Villa Wolkow – das Wohnzimmer. Ich sehe noch, wie sich die Wände bogen, von der Luftfeuchtigkeit und einer großen süßlichen Cannabiswolke ausgebeult, die Grenze zum Schattenland war längst überschritten. Jim Feng, Trevor Griffiths und ich waren von Wolkow in einer einzigen Elvis-Presley-Ballade eingesperrt – »Can't Help Falling in Love« – die er hartnäckig wieder und wieder abspielte.

Er thronte in einem massiven Ledersessel des Jahrgangs 1930. Von hier aus kontrollierte er den Plattenteller auf dem Tisch neben sich. Der Vizemarschall saß mit gerunzelter Stirn auf der Sessellehne und streckte ab und zu eine kleine schwarze Hand aus, um das Gesicht seines Herrchens zu streicheln. Wolkow führte die Nadel immer wieder zum Anfang der Platte zurück und lächelte wie einer, der ein vollkommenes Omelette fabriziert. Der Rest von uns lag auf Kissen ausgestreckt, die über die Bastmatten auf dem Boden verstreut waren. Auf dem Couchtisch in der Nähe lag Zigarettenpapier und daneben unser gemeinsamer Besitz – eine Sandelholzkiste, gefüllt mit Monsieur Chens kostbarem Kraut. An der Seite der Kiste klebte die Schlagzeile aus einer Zeitschrift: *Wovor hast du Angst?*
 Das Zimmer versank im Zwielicht, doch keiner schaltete die Lampe

an. Durch die offenen Läden eines Fensters zur Straßenseite sah ich grünen Himmel, die Krone des Tamarindenbaumes und auf der anderen Seite des Cong-Ly-Boulevards einen mit Topfpflanzen überwucherten Betonbalkon, auf dem sich kleine vietnamesische Gestalten hin und her bewegten und ein nützliches Familienleben führten.

Dmitri war heute im Zentralen Bergland gewesen und hatte schwere Kampfhandlungen gefilmt. Jetzt hatte er sich umgezogen und trug seinen schwarzen Kimono – darin wirkte er mit seinem blondgelockten Haar und seinem tatarischen Gesicht wie ein Bojar aus dem Mittelalter. Wo der Kimono seine Brust freigab, sah man sein Amulett: eine Kette mit einem Medaillon des Heiligen Nikolas, das seine Großmutter aus Rußland mitgebracht hatte. Alle Kameraleute waren abergläubisch, alle besaßen irgendeinen Talisman, ohne den sie sofort umkommen würden, wie sie glaubten. Jim hatte eine kambodschanische Tigerklaue und Mike eine Messinggürtelschnalle mit dem kommunistischen Stern – die wurden nordvietnamesischen Gefangenen von den Amerikanern abgenommen und waren allseits heißbegehrt.

Elvis lief mit geringer Lautstärke – oder das Rauschgift machte mich allmählich taub. Die Beatles hatten »Eight Days a Week« gesungen, Del Shannon »Keep Searchin«, die Stones »Little Red Rooster«, und mir war es geglückt, einen meiner gregorianischen Gesänge dazwischenzuschieben. Wir trugen alle zur LP-Sammlung bei, indem wir Platten aus Singapur und Hongkong mitbrachten. Die anderen fuhren auf meine Gesänge ab, wenn sie high waren, doch es war mir nicht gelungen, sie zu meinen Schubert-Impromptus von Artur Schnabel zu bekehren. Und im Moment hatten wir uns bei Elvis festgefahren, den ich mochte, doch nicht so sehr, daß ich ihn zehnmal hintereinander hören wollte. Dmitris Lippen bewegten sich hingebungsvoll, als er leise mitsang, zwischen den erhobenen Fingern einen Joint.

»*Wise men say*
Only fools rush in …«

Jim Feng reichte mir noch einen Joint, der von Hand zu Hand ging; ich tat einen Zug, hielt den Rauch in der empfohlenen Weise in der Lunge, und als ich ihn hinausließ, hatten sich die Dinge noch mehr verwandelt. Die allgemeine Wertschätzung von Gras in der

Villa Wolkow teilte ich nicht ganz, es machte mich paranoid; doch nicht mitzurauchen erschien wie ein unfreundlicher Akt. Ich merkte, daß der Graf mich jetzt beobachtete, mit offenem, lächelndem Mund und blaßblau-starrem Zarenblick, die Pupillen so verengt, daß er den Ausdruck eines Fanatikers bekam.

»Schaut euch den Harvey an. Er billigt diese illegalen Drogen nicht ganz. Nein, nein, Mann, sagt er, nehmt das weg, zwingt es mir nicht auf. Aber dann dröhnt er sich doch das Gehirn zu. Du bist ein Scheißpuritaner, Harvey.«

Jim Feng lachte leise, ein monotones Kichern. Doch Trevor Griffiths stimmte nicht ein. Er saß mit den Händen flach auf dem Boden und schaute Wolkow an, das bläulich schimmernde Kinn auf die Brust gepreßt, das wirre schwarze Haar über die Stirn bis zu den dichten Augenbrauen fallend. Im Dämmerlicht, das im Zimmer herrschte, wirkte sein Gesicht noch leichenblasser als gewöhnlich. Die ganze letzte Woche war er im Zentralen Küstengebiet gewesen, um eine Story über die amerikanischen Luftangriffe dort zu schreiben. Er hatte das mir gegenüber erwähnt, ehe wir mit dem Rauchen angefangen hatten, und sein finster-starrender, vielsagender Blick und die zusammengepreßten Lippen hatten mich gewarnt, daß er eine Flut gerechten Zorns zurückhielt. Trevors Zorn saß wie sein Humor dicht unter der Oberfläche.

Jetzt sprach er zu Dmitri mit gespielter Höflichkeit, und seine sonore walisische Stimme kam tief aus seiner Brust. »Hältst du es für möglich, Graf, daß dieser trübselige und primitive Gesang von Elvis bald abgelöst werden könnte? Vielleicht von der subtilen Kunst eines Bob Dylan?«

Wolkow sah starren Blicks auf ihn hinab und lehnte sich in seinem ledernen Thron zurück, er spielte mit seinem Medaillon. »Das Größte, was der King jemals aufgenommen hat«, sagte er und streckte die Hand wieder nach der Nadel aus.

»Ich bitte dich, die Platte runterzunehmen«, sagte Griffiths, »ehe ich sie zerschmettere.«

Wolkow hob die Brauen. »Der Tag muß ganz schön hart gewesen sein, Trevor; du wirkst verspannt. Du hast den Bericht über das Attentat eingesandt, sehe ich das richtig?«

»Attentat?« Griffiths riß erschreckt die Augen auf, die Hände, die noch immer flach auf der Matte lagen, drückten ihn jetzt vom

Boden hoch. Dann sah er, wie Wolkow zu lachen anfing, und ließ sich wieder fallen. »Du Schurke, Graf.«

Es war ein uralter Journalistenwitz, aber er funktionierte immer noch. Wir alle in Saigon hatten jetzt panische Angst davor, ausgestochen zu werden, weil jeden Tag so viel Neues passierte. Griffiths war eine Woche lang nicht in der Stadt gewesen, und in Premierminister Kys neuer Militärregierung schien alles möglich – besonders sah das Trevor so, der dem eleganten Vizemarschall der Luftstreitkräfte einen hervorgehobenen Platz in seinem Pantheon der Schurken zugedacht hatte, gleich neben Lyndon Johnson.

Inzwischen mochte ich Griffiths trotz seines unausgeglichenen Temperaments. Wenn er auftauchte, mit glänzenden großen braunen Augen, drohend gerunzelten Brauen, vor Wut kochend über eine neue Torheit des Kommandos der US-Militärhilfe hier oder über die Niedertracht der Saigoner Regierung, war ich irgendwie froh, ihn zu sehen, ob ich seine Meinung nun teilte oder nicht. Trevor nahm alles leidenschaftlich ernst – seine Anschauungen, seine Vergnügungen, seine Liebesaffären. Sein Sinn für Humor bewahrte ihn davor, die ganze Zeit über ernst zu sein, und er war bei der Weitergabe von Informationen großzügig. Seine Liebe zu Dylan Thomas hatte ihn veranlaßt, viele seiner Gedichte auswendig zu lernen, und er rezitierte sie wundervoll, wenn er betrunken war. Dafür verzieh ich ihm alles.

Doch heute abend hatte ihn das Gras aggressiv gestimmt; er sah den Grafen immer noch finster an und begann, ihn mit barschen Fragen zu behelligen.

»Warum mußt du uns immer kommandieren, Wolkow? Oder um es anders auszudrücken, warum bist du so ein Faschist?«

Dmitri tat einen Zug an seinem Joint, dann hob er die Nadel von der Platte. Es war still, und er sprach gedehnt und nuschelnd, wie es seine Art war.

»Warum läßt du die Muskeln spielen, Trevor? Warum beschimpfst du mich?«

»Habe nur eine Bemerkung gemacht. Du bist doch Faschist, oder? Du unterstützt sogar die Ky-Junta.«

»Jeder, der dir nicht gefällt, ist ein Faschist, Griffiths. Ky ist nicht der Schlimmste. Er hat wenigstens Mumm und ist besser als Diem.«

»Großer Gott, er ist wahnsinnig. Das ist ein Mann, der Hanoi bombardieren will, damit er seine verlorene Familie ins Jenseits bomben kann.«

»Die Yankees müssen mit allen, die sich anbieten, zusammenarbeiten. Meinetwegen kann Ky machen, was er will, wenn er nur die Roten stoppt. Weißt du, was deine geliebten Roten machen werden, wenn sie an die Macht kommen, Griffiths? Sie bauen ein Gefängnis und stecken die Leute hinein. Dann leben die Kommissare in Luxus wie die verdammten Bischöfe im Mittelalter und geben vor, den Frieden und das Volk, das sie ausquetschen, zu lieben.«

»Und wer quetscht denn wen aus in Südvietnam? Die Yankees machen aus diesem Land eine Kolonie. Für sich selbst haben sie Kalifornien hierher verpflanzt, während sie die Bauern arm machen und bombardieren. Und trotzdem können sie diese Bauern in Gummisandalen nicht besiegen, he? Charlie kommt immer noch auf dem Highway bis hier runter.«

Trevors Brust hob und senkte sich, die geballten Fäuste lagen auf der Bastmatte, er war noch bleicher in seinem heiligen Zorn. Der Vizemarschall, den das offenbar erschreckte, sprang plötzlich vom Sessel seines Herrn auf eine Kommode und blickte von dort mit gerunzelter Stirn auf Griffiths herab. Doch Wolkow, in seinen Thron gelümmelt, lächelte weiter unverschämt auf den anderen herab.

»Ach wirklich? Die US First Cavalry hat sich gerade im Ia Drang Tal bewährt. Das war ihre erste Konfrontation mit der nordvietnamesischen Armee, und sie haben gesiegt, das steht fest. Am Ende verpißten sich die Kommunisten über die kambodschanische Grenze. Ich hab das gefilmt. Mike auch.«

»Und du glaubst wirklich, das wird so weitergehen? Daß die Yankees am Ende gewinnen werden? Gegen die Nordvietnamesen? Gegen die Leute, die schwere Artillerie fünfzig Meilen durch Gebirge und Dschungel geschleppt haben, Zentimeter für Zentimeter, eine halbe Meile pro Tag, drei Monate lang, und dann die Franzosen bei Dien Bien Phu fertiggemacht haben. Das sind die Spartaner von Asien, Wolkow. Und Disziplin und Opfermut werden immer über Dekadenz siegen – hast du das noch nicht begriffen?«

»Blödsinn! Ihre Artillerie war ein Geschenk der verdammten Sowjetunion. Willst du das, Griffo? Sowjetische Kontrolle über Südostasien?«

Der Joint war zu Trevor gewandert, er tat einen tiefen Zug und ging wieder zum Angriff über.

»Ich war gerade in der Binh-Dinh-Provinz. Die Amis haben sie zur ›Feuer-frei-Zone‹ erklärt. Weißt du, was das bedeutet? Hast du gesehen, was das zur Folge hat, verdammt noch mal?«

»Ich habe es gesehen. Das sind Vietcong-Gebiete, das weißt du doch. Amerikanische Jungs sterben auch, ebenfalls die von der ARVN. Und der Vietcong kennt keine Gnade. Sie lassen Granaten Kinogänge hinunterrollen und sprengen Frauen und Kinder in die Luft – blutet dir deswegen das Herz, Trevor? Glaubst du, sie würden Mitleid zeigen, wenn sie siegen? *Mon Dieu*. Ich kenne die Roten.«

»Natürlich. Und das alles nur, weil dein Großvater zu guter Letzt in Paris Taxi fahren mußte und keine Leibeigenen zum Auspeitschen mehr hatte.«

Ich erwartete fast, daß Wolkow sich auf Griffiths stürzen würde, doch seine Reaktion war immer noch verbal, seine Sprache übertrieben gedehnt. »Wir alle wissen, warum du ein verdammter Linker bist, Griffiths. Du bist ein Opfer der englischen Klassengesellschaft.« Er wandte sich an Jim und mich. »Ein armer walisischer Junge, den man in die englische Snob-Schule geschickt hat, die Eltern haben Opfer gebracht. Da fühlt er sich benachteiligt und wird deswegen zum Radikalen. Und deswegen nimmt er die Liquidierung von zwanzig Millionen Menschen in der Sowjetunion nicht zur Kenntnis. Er zieht das der Demokratie und dem schmutzigen Kapitalismus vor.«

Die Droge hatte beide Männer zu wütenden Kindern gemacht; und jetzt war ich darauf gefaßt, daß Griffiths Wolkow niederschlagen würde. Doch statt dessen saß er reglos da, immer noch mit geballten Fäusten und starrem Blick. Ich bezweifle, daß Trevor trotz all seiner Intelligenz und seinen Idealen viel *nachdachte*; und ich bezweifle das auch bei Dmitri. Eigentlich waren sie sich sehr ähnlich. Beide konnten sehr leidenschaftlich sein, und ich glaube, daß ihre Positionen Reaktionen auf alte seelische Verletzungen waren. Nach meiner Erfahrung haben politische Argumente am Ende gar nichts mit Politik zu tun. Diese abstrakten Leidenschaften entspringen alle einer bescheideneren Quelle, die gewöhnlich in der Kindheit oder Jugend zu finden ist, wo eine kleine Demütigung uns für immer verändert. Es war also nicht das verlorene Rußland oder das zerrissene Vietnam, was meine beiden Brüder in solch rasende Wut versetzt hatte. Keine Verletzung ist so tief, wie die frühe Verletzung unserer Selbstachtung – oder vielleicht der Achtung vor Vater oder Mutter. Geachtet zu werden – das ist doch wohl unser sehnlichster Wunsch. Daneben verblaßt alles andere.

Ich glaube, es hätte noch zu einer Prügelei kommen können, obwohl beide eigentlich zu bekifft dazu waren. Aber dann kam Mike Langford herein.

Plötzlich tauchte er in unserer Mitte auf, stand da in seinem dreckigen Kampfanzug mit einem dicken weißen Verband an der Stirn. Er wirkte blaß und müde, aber gutgelaunt. Er ließ seine Kamera und die Kameratasche auf den Couchtisch fallen, stützte die Hände in die Hüften und lächelte uns der Reihe nach an.

Wir starrten zurück und gewöhnten uns an seine Existenz. Jim Feng sprach als erster. »Großer Gott, was ist mit deinem Kopf passiert, Snow?«

Mike antwortete nicht, statt dessen zeigte er auf Jim, und dann auf uns andere. »Du bist bekifft, James. Ihr seid alle bekifft. Gut, wo ist mein Fix? Und was ist mit der Musik los?«

Seine Anwesenheit löste alle Feindschaft auf; seine hellblonde Freundlichkeit hatte etwas Beruhigendes. Er ging zum Plattenspieler, stöberte in dem Stapel der LPs und legte Bob Dylan auf. »It's All Over Now, Baby Blue« füllte das Zimmer, und Wolkow und Griffiths wandten den Blick voneinander ab. Trevor legte sich auf sein Kissen zurück, und ein kleines Lächeln kehrte zurück.

»Der Mann ist ein Genie. Natürlich hat er den Namen vom großen Dylan Thomas. Aus Verehrung.«

Mike ließ sich neben Jim sinken, der ihm einen frisch gedrehten Joint reichte. »Was zum Teufel hast du abbekommen?« fragte Jim. »Granatsplitter?«

»Noch besser, James. Ich war mit der ARVN-Patrouille draußen bei Soc Trang, und der Charlie hat unsere Stellung überrannt. Ich sah einen von denen über den Deich kommen und versuchte, ihn zu filmen. Es wäre ein verdammt tolles Bild geworden, aber er hat mir im Vorbeirennen den Kolben seiner AK über den Schädel gehauen.«

Wolkow schüttelte den Kopf. »Wachtraum des Kameramanns, Langford. Gott. Du kannst von Glück sagen, daß er nicht geschossen hat.«

»Du hast ja recht, so recht.« Mike schüttelte mit gespieltem Bedauern den Kopf; als unsere Blicke sich trafen, zwinkerte er mir wie gewohnt zu.

Griffiths fragte ihn: »Gehst du immer noch mit der ARVN raus, Snow? Du bist verrückt. Einmal wird dich das Glück verlassen – und wofür das Ganze? Sie stehen auf verlorenem Posten.«

Wir alle wußten, daß Mike allmählich eine Loyalität der ARVN gegenüber entwickelt hatte und immer wieder mit seinem Freund Hauptmann Trung ins Feld zog. Er filmte auch recht häufig bei den Amerikanern; aber der südvietnamesischen Armee galt seine erste Liebe. Die meisten von uns waren beeindruckt von den Risiken, die er auf sich nahm, und den damit verbundenen Entbehrungen – Risiken und Entbehrungen, die sogar Feng und Wolkow nicht teilen mochten. Vor allem war die ARVN einfach nicht die Hauptstory. Doch wir erkannten alle an, daß die Filmaufnahmen vom Kampf, die er bei den Südvietnamesen machte, bemerkenswert waren; und bei Telenews, die sein Filmmaterial erfolgreich in viele Länder verkaufte, genoß er hohes Ansehen. Für westliche Fernsehzuschauer, denen man immer nur die Amerikaner gezeigt hatte, war es damals etwas ganz Neues, asiatische Soldaten im Kampf zu erleben. Und Langford war beim Filmen dem Kampfgeschehen näher als jeder andere in der Branche. Leute, die beim Essen die Nachrichten verfolgten, sahen, wie diese vietnamesischen Soldaten starben, sahen deren Gesichtsausdruck, wenn sie ihre verwundeten Kameraden versorgten. Um solche Bilder zu bekommen, mußte man an vorderster Front sein, statt mit Teleobjektiv aus der zweiten oder dritten Reihe zu filmen, wie die meisten Fotografen. Man hörte schon gelegentlich den Spitznamen Kamikaze-Langford; doch das war entweder Neid oder dumme Sensationsgier. Er wog die Risiken für sich genau ab; er hatte einen außergewöhnlichen Instinkt fürs Überleben.

Er zog jetzt an seinem Joint und betrachtete Griffiths mit mildem Blick. »Ach, ich weiß nicht«, sagte er. »Ich schätze mal, die ARVN werden noch kämpfen, wenn die Amis längst weg sind. Und der Graf sticht mich sowieso aus, wenn ich bei den Amerikanern filme – da kann ich ja gleich bei der ARVN sein.«

Wolkow lächelte. »Deine Angeberei wird dich auch nicht weiterbringen, Snow. Paß aber gut auf, sonst wirst du mit deinem Hauptmann Trung draufgehen.«

Griffiths blickte schnell hoch.

»Wird er nicht; halt den Mund, Graf. Ich möchte mich auch bei dir entschuldigen. Ich hätte über deine Familie nicht so sprechen sollen.«

Wolkow winkte gemächlich ab.

»Angenommen. Ich habe auch persönliche Bemerkungen gemacht, die ich zurücknehme.«

Solche Animositäten hielten nie lange an. Wir waren alle abergläubisch in der Villa Wolkow.

3.

HARVEY DRUMMOND

Um ehrlich zu sein, hielt ich Langford zuerst für einen ganz gewöhnlichen Menschen – das heißt, abgesehen von seinem Wagemut. Und in vieler Hinsicht war er in der Tat gewöhnlich – gewöhnlich als Persönlichkeit, meine ich.

Doch bald fielen mir zwei Dinge auf, die an ihm nicht so ganz gewöhnlich waren: Seine stets gleichbleibende Ruhe und Freundlichkeit und daß er immer den Eindruck machte, als habe er ein geheimes Leben. Ich bin mir sicher, daß die Aura des Geheimnisvollen nicht beabsichtigt war; er war kein Wichtigtuer. Es war einfach so eine Atmosphäre, die er um sich schuf, vielleicht unbewußt.

Ja, es gab ein geheimes Leben, wir wissen es jetzt. Doch damals habe ich manches, was Leute wie Trevor Griffiths über Mikes Verbindung zu Donald Mills von der australischen Botschaft äußerten, nicht ernst genommen. Mills war der hiesige Spion für ASIS, den australischen Geheimdienst, mit der für einen Spion üblichen Tarnung als Stellvertretender Botschaftsrat – doch ich habe nie geglaubt, daß er Mike als Agenten führte. Hin und wieder sah man sie zusammen auf der Terrasse des Continental einen trinken, und manchmal war Aubrey Hardwick dabei, wenn er in Saigon auftauchte; es kann also sein, daß Mike ihm ein paar persönliche Eindrücke lieferte, wie seiner Meinung nach der Krieg am Boden sich entwickelte, und Eindrücke von einigen vietnamesischen Führern, von denen er Interviews für ABS filmte – Interviews, die ich gewöhnlich führte. Ein Kameramann konnte damit keinen großen Schaden anrichten, das glaubte ich jedenfalls damals.

Ich nehme an, sein wahres geheimes Leben war unschuldiger und zugleich subtiler. Ich glaube, es drehte sich um Claudine Phan. Ob die beiden jemals ein Liebespaar waren, weiß ich auch nicht, und ich glaube nicht, daß es jemand weiß, da keiner ihn zu fragen wagte. Für einen so unkomplizierten Menschen konnte er ziemlich einschüchternd sein, wenn er sich vor einem verschloß. Ich persönlich bezweifle, daß er und Madame Phan je ein Verhältnis miteinander hatten. Sie war einige Jahre älter als er, und ich sehe sie als Freunde, wirkliche Freunde. Sie blieben die nächsten zehn Jahre hindurch befreundet, und das finde ich sehr viel interessanter als eine simple Affäre. Mike wollte sich nie über sie äußern, höchstens ganz unverbindlich. Seine Beziehung zu ihr war etwas Besonderes in seinem Leben, sie existierte in einer privaten Luftblase. Ich habe keine Ahnung, worauf ihr intimes Verhältnis basierte. Sicher war sie so etwas wie eine Leitfigur und Vertraute in Saigon – doch ich weiß nicht genau, was sie wirklich verband. Ich weiß nur, daß sie wichtig für ihn war.

Ein anderer Charakterzug Langfords, den ich in Zusammenhang mit seinem geheimen Leben sehe, war sein Engagement für die Außenseiter, die Verwundbaren und die für eine verlorene Sache Kämpfenden. Einige meiner zynischeren Kollegen drückten es einfacher aus: er versuchte stets, den Verlierern zu helfen.

Das bezog sich hauptsächlich auf seine wachsende Sympathie für die südvietnamesische Armee. Anders als Griffiths und Wolkow erregte sich Langford nie bei Streitgesprächen; seine Stimme blieb leise. Doch in unseren betrunkenen oder bekifften Diskussionen in der Villa Wolkow und der Happy Bar behauptete er immer wieder: Wenn sich auch einige ARVN-Kompanien vor dem Kampf drückten, so würden doch andere heroisch kämpfen – und die Amerikaner zollten ihnen dafür keine Anerkennung. Er fluchte nicht, war immer ausgeglichen; doch das wurde bei ihm fast zur fixen Idee. Die ARVN hätte viel höhere Verluste als die Amerikaner, sagte er – eine Tatsache, die kaum einer wahrhaben wollte. Sie bekämpften den

Vietcong zu den Bedingungen des Vietcong, und keiner versorgte sie im Feld mit Pizzas.

»Die Amis nennen sie Schlitzaugen«, sagte er. »Für die sind das keine Menschen. Sie behaupten, sie seien alle Feiglinge und ihre Weiber Huren. Das ist verdammt noch mal nicht wahr. Klugscheißer von Journalisten helfen solchen Unsinn zu verbreiten – die Typen, die immer in der Tu-Do-Straße an der Bar hocken und nie ins Feld gehen.«

Natürlich war daran etwas Wahres; doch die meisten von uns fühlten sich nach wie vor abgestoßen von dem korrupten Saigoner Regime und den ARVN-Obersten und -Generälen, die eifrig damit beschäftigt waren, Millionen auf dem schwarzen Markt zu machen statt zu kämpfen. Als ich hörte, wie Langford sich für die wenigen anständigen Kommandanten und die einfachen Bodentruppen ins Zeug legte, begann ich zu begreifen, daß sich hinter seiner Gelassenheit ein besonderer Dissidenten- und Nonkonformistentyp verbarg – einer, den ich bald als idealistisch, aber naiv einschätzte. Sein Denken und seine Positionen waren nie wirklich politisch; sie hatten eine andere Wellenlänge, und er paßte in keine gängige Schublade. Unter Journalisten vom Schlage Trevor Griffiths war es modern, sowohl die Saigoner Regierung als auch die amerikanische Einmischung zu verachten und die Nordvietnamesen als Befreier zu sehen; doch Langford teilte diese Ansicht nicht. Er nahm anscheinend als gegeben hin, daß der Kampf der Südvietnamesen gerecht war – doch gleichzeitig wuchs seine Desillusionierung im Hinblick auf ihre amerikanischen Verbündeten. Er konnte die Amerikaner gut leiden, kam mit ihnen gut aus, wenn er eine ihrer Einheiten begleitete, doch er verurteilte ihre Luftangriffe auf vom Vietcong besetzte Dörfer. Er drehte Filme über die Auswirkungen dieser Angriffe, die ABS nicht zeigen wollte – Mütter, die über den Leichen ihrer Kinder weinten, alte Menschen im Schock herumirrend. In dieser Beziehung stimmte er mit Griffiths überein und nicht mit Wolkow. Der Krieg konnte nur auf dem Boden ausgetragen werden, sagte er, wie das die ARVN tat – und nicht durch die Vernichtung der bäuerlichen Bevölkerung aus der Luft.

Einige Besucher der Happy Bar amüsierten sich über seine Hartnäckigkeit in dieser Frage, andere waren wider Willen beeindruckt.

Sogar Griffiths stritt nicht sehr viel, er schüttelte nur den Kopf und lächelte mit hochgezogenen Brauen. Weil Langford die Vietnamesen offensichtlich schätzte und die Gefahren, denen sie ausgesetzt waren, teilte – wozu keiner von uns bereit war –, wurde seine Meinung respektiert. Um die Wahrheit zu sagen, hatten überhaupt nur wenige von uns Berichterstattern sehr viel mit den Vietnamesen zu tun, und noch wenigere lernten ihre Sprache, wie Langford es tat. Er hatte sich schon viel mehr auf das Land eingelassen als wir; er schien geneigt, eine Verbindung mit ihm einzugehen, und ich frage mich jetzt, ob das einer der Gründe für seine Affäre mit Kim Anh gewesen sein könnte.

Natürlich gehörte sie zunächst einmal zu den Außenseitern der Gesellschaft. Ich bin nicht zynisch – das war sehr wichtig für ihn, und ich bin sicher, daß er es vollkommen ernst meinte.

Von seiner Beziehung zu ihr erfuhr ich zum erstenmal an einem Abend, an dem wir uns zu einem Drink auf der Terrasse des Continental trafen. Es war ziemlich spät im Jahr, ungefähr Oktober, glaube ich.

In diesen frühen Kriegstagen war das Continental Palace Hotel noch in kolonialen Träumereien versunken. Seine gelben Bögen, seine Säulen und Gitter, der kleine Hofgarten mit den Keramikelefanten und den fallenden Blütenblättern des Roten Jasminbaums schienen sich nie zu verändern. Die betagten, schlurfenden chinesischen Kellner, die schon vor dem Zweiten Weltkrieg hier gewesen waren, würden immer hier sein; und neben der großen Treppe in der Hotelhalle würde sich der rundliche Monsieur Loi in seinem weißen Anzug immer vor ankommenden Gästen verbeugen. Der Krieg war ein Lärm im Hintergrund, der einmal verstummen mußte. Er fand immer einen Platz für mich. Was mag wohl aus Monsieur Loi geworden sein?

Ich saß bei einem eisgekühlten Aperitif in meinem tiefen Korbsessel, dicht an der niedrigen Steinmauer, der Grenze zur Tu-Do-Straße, und wartete auf Langford. Die Terrasse – oder das *Continental Shelf*, der Kontinentalsockel, wie es bei der Presse hieß – war die Achse von Saigon; unser Treffpunkt und unsere Zuflucht nach einem harten Tag im Feld, genauso wie für Generationen von Schreibern und Diplomaten vor uns, und noch davor für die französischen Machthaber und Pflanzer. Sie befand sich ein paar Stufen über dem Bürgersteig, ihre privilegierten schwarz-weißen Fliesen waren normalerweise verbotene Zone für Bettler, kindliche Diebe und Straßenhändler von jenseits der Mauer. Doch sie drangen immer wieder ein, und jetzt hing eine Reihe Jungen über die Mauer, sie riefen und schnitten mir mit makabrer Ausdauer Grimassen und streckten die Hände aus, als wollten sie mich packen.

»He du! Nummer eins! Geld wechseln? Du wollen Bumsfoto? Du wollen Nummer-eins-Fick? Du Nummer zehn!«

Es war um sieben. Die Dämmerung brach schnell herein und verdichtete die Ausdünstungen über der Erde: Abgase, Fischsaucengeruch, Kampferrauch. Alles hatte die papierne Farbe der Hitze, nichts war natürlich. Das Chaos regierte in der To-Do-Straße und auf dem Platz hinter der Mauer; die Ohren dröhnten mir von der Kakophonie, erzeugt von Armeelastern, bewaffneten Jeeps und Motorrollern. Die Saigoner Cowboys knatterten auf ihren Hondas vorbei, mit schwarzen Sonnenbrillen getarnt, lauerten sie auf Gelegenheiten, Uhren zu stehlen.

Jetzt erblickte ich Langford, der die To-Do-Straße heraufkam und sich mir näherte. Es ist eine Erinnerung von der unerklärlichen Dauerhaftigkeit, die manchmal kleine Dinge haben, während größere Ereignisse verblassen.

Sauber und schmuck in seinem grünen Fernsehanzug, das Haar mit Frisiercreme gebändigt, die er immer benutzte (in Sachen Brillantine blieb er in den fünzigern), ging er am alten französischen Opernhaus vorbei, begleitet von einer hüpfenden Meute von Straßengören – seinem Stamm der Ausgestoßenen. Zwei von ihnen hielt er an der Hand, und diese beiden hatte ich schon früher gesehen, beide hatten ihr Revier vor dem Continental. Das eine war ein kleiner Junge von etwa zehn Jahren, der ein Bündel Zeitungen trug. Das andere ein verkrüppeltes Mädchen, was ich auf ungefähr vierzehn schätzte; sie hüpfte an einer einzelnen Krücke daher, um den Hals einen Bauchladen mit Zigaretten und Blumen. Aus Rücksicht auf sie ging Langford langsam und lächelte wie ein zärtlicher junger Vater zu ihr herunter.

Er gab sich ziemlich viel mit den kindlichen Dieben und Straßenhändlern auf der To-Do-Straße ab. Die meisten von ihnen waren Kriegswaisen; einige waren von Bomben und Granatsplittern verwundet worden, und wir alle bedauerten sie. Doch am Ende eines anstrengenden Tages konnte ihre insektenähnliche Aufdringlichkeit einen verrückt machen; kein Ausländer konnte sich bewegen, ohne von ihnen und ihrem Geschrei verfolgt zu werden. Doch Langford ermutigte sie mit Geld und Geschenken, die viel reichlicher ausfielen als die widerwilligen Almosen, die wir anderen gaben; er kaufte ihnen sogar Sachen auf dem Markt. Ich höre noch, wie sie ihm nachriefen: »*Mr. Mike! Mr. Mike!*« Sie pflegten vor der Tür unseres Telenews-Büros im Eden-Gebäude zu sitzen, das sich auf dem Nguyen-Hue-Boulevard befand, beim Continental gleich um die Ecke; sie warteten darauf, daß er von seinen Ausflügen ins Deltagebiet zurückkam. Unser vietnamesischer Sekretär jagte sie immer fort, doch sie tauchten einfach wieder auf. Einige von ihnen lungerten tagelang dort herum – und es schien mir, als könne nicht allein die Gier nach Geschenken der Grund sein. Offenbar hingen sie wirklich an ihm.

Als er die Stufen zur Terrasse hochkam, hatten sich die meisten Kinder aus der ihm folgenden Schar abgesetzt. Doch der Junge mit den Zeitungen und das Mädchen mit dem Bauchladen waren noch bei ihm. Irgendwann würden die chinesischen Kellner sie wegjagen, doch für ein Weilchen duldete man sie wahrscheinlich, neben den anderen Eindringlingen vom Platz: dem alten chinesischen Wahrsager mit seinem dünnen grauen Bart, dem beinlosen Soldaten, der sentimentale Landschaftsgemälde verkaufte, den kleinen Schuhputzern. Als Mike auf meinen Tisch zukam, lösten sich die beiden Kinder von ihm und gingen in verschiedenen Richtungen über die Terrasse.

Der Junge war einfach ein Bettler – sein Zeitungsbündel war nur ein Vorwand, und wir nannten ihn den Zeitungsjungen. Er ging von Tisch zu Tisch, bot seine zerfledderte Ware an und hielt die Hand auf; er hatte eine jammernde, mißtönende Stimme, und die Leute schüttelten den Kopf. Doch das Mädchen war wirklich eine Händlerin, ihre Blumen waren immer frisch und ansprechend und ihre amerikanischen Zigaretten – zweifellos aus einem PX-Laden entwendet – billig. Sie hüpfte auf ihrer Krücke und schwang sich zwischen den Tischen hindurch, bot eine Gardenienblüte an und lächelte alle an – vietnamesische Geschäftsleute in pastellfarbenen Anzügen, ihre Frauen und Geliebten in langen Pariser Kleidern,

Beamte und Berichterstatter der westlichen Botschaften, Offiziere der US-Army in ihren Khakifeldanzügen mit goldenen und silbernen Abzeichen. Die meisten dieser Leute beachteten sie nicht oder wehrten ab; doch die amerikanischen Offiziere suchten in ihren Taschen, und ihre Gesichter waren freundlich und beklommen.

Als ich sie mir jetzt zum erstenmal genauer ansah, bemerkte ich, daß sie an ihrem gesunden linken Fuß eine Gummisandale trug; ihr rechtes Bein war krumm und seitwärts verdreht, und der verkrüppelte bloße Fuß, der aus ihren schmutzig-weißen Hosen hing, war nur ein Fleischklumpen. Und nicht zum erstenmal überwältigte mich die Schönheit ihres Gesichts, das von schulterlangem Haar eingerahmt wurde. Es war herzförmig, strahlte Klugheit und Lebendigkeit aus und war einfach vollkommen – von einer so zerbrechlichen Schönheit, die einen lächeln und weinen läßt. Zerbrechlich! Dieses kleine Wesen muß einen Lebenswillen besessen haben, den wir nur ahnen können. Viele der Berichterstatter nahmen sie wahr, viele von uns fanden ihren Anblick schwer zu ertragen und erregten sich unsinnig über den Krieg. Ich kannte ihren Namen nicht, man nannte sie allgemein das Mädchen mit dem verkrüppelten Fuß.

Mike setzte sich mir gegenüber und winkte einem chinesischen Kellner, der neben einem der gelben Pfeiler stand. Sein Haar leuchtete wie ein großer Messinghelm, und als er sich nun in seinem Rohrsessel zurücklehnte, war die Ruhe, die er ausstrahlte, anders als sonst. An diesem Abend bemerkte ich an ihm eine feine Veränderung. Das war nicht mehr ganz derselbe Mann wie vor sechs Monaten, nicht der Mann, den ich in der Happy Bar kennengelernt hatte.

Doch jeder Mensch, der solch einen Erfolg hat wie er jetzt, gewinnt vermutlich eine andere Ausstrahlung – zumindest in den Augen der anderen.

Er hatte gerade bei Telenews gekündigt, wollte freiberuflich arbeiten, um sich auf Pressefotografie zu spezialisieren.

Ich zweifelte nicht daran, daß er damit seinen Unterhalt verdienen würde; er war schon auf dem besten Wege, einen Ruf zu erwerben. Es war ihm gelungen, neben seinen Filmreportagen in den vergangenen Monaten für Telenews, auf eigenes Risiko an die Front zu gehen und Fotos zu machen, die er über Magnum, die große Bildagentur hier, verkaufte; die Zeitschriften *Paris Match* und *Life* hatten einige davon erworben. Es waren großartige Fotos. Er war der geborene Fotograf; er wollte immer den Augenblick einfrieren. Jetzt veröffentlichen sie seine fotografischen Augenblicke in Bildbänden über den Krieg.

Damals bot sich einem in Vietnam sehr schnell eine Chance. Die internationalen Agenturen und Zeitschriften suchten verzweifelt nach Bildern, und sie bezahlten jeden, der verrückt genug war, sich von einem Helikopter mitnehmen und im Kampfgebiet absetzen zu lassen. Viele Halbamateure machten das, und etliche von ihnen kamen dabei um. In der Stadt trieben sich ziemlich verrückte freie Korrespondenten herum, manche von ihnen führten außer der Kamera auch Waffen mit sich. Die meisten hielten sich nicht lange. Mike wurde sehr schnell zum Profi; er blieb immer cool. Und er bekam immer größere Aufträge.

Der groß aufgemachte Bildbericht in der Zeitschrift *Life* trug am meisten dazu bei, ihn im internationalen Maßstab bekannt zu machen. Nachdem er eine Bildserie an *Paris Match* verkauft hatte, kam ein Vertreter von *Life* zum Flughafen, um ihn sich zu schnappen, als er aus einer amerikanischen Transportmaschine stieg; er hatte gerade eine große Schlacht im Zentralen Hochland gefilmt. Die 101. Amerikanische Luftlandebrigade war im Begriff, dort Einheiten der nordvietnamesischen Armee in Kampfhandlungen zu verwickeln, und Mike erzählte mir, daß *Life* ihm 500 Dollar geboten hatte, sich vor der Konkurrenz sein Material anschauen zu können. Das war damals eine Menge Geld. Sie standen ihm vier Seiten und den Titel zu – großartige Aktionsfotos, in Situationen extremer Gefahr aufgenommen, als der Zug, bei dem er war, zum größten Teil aufgerieben wurde. Er fing amerikanische GIs am Rande des Todes ein, wie er das bei den ARVN-Truppen getan hatte, und bannte den Ausdruck ihrer Gesichter aufs Bild. Das waren Fotos, die man nicht vergaß; das hatte etwas mit der magischen Art, wie er mit Kontrasten arbeitete, zu tun und damit, wie die Gesichter verklärt wurden. Das Titelbild zeigte einen GI in der großen Schlacht vom Ia-Drang-Tal neben einem tödlich verwundeten Kameraden knien, sein Gesicht blicklos und von Verzweiflung gezeichnet. Können Sie sich daran erinnern? Eins der großen Kriegsbilder.

Mike war gerade aus dem Deltagebiet zurückgekommen; er sei

nur kurz in der Villa Wolkow gewesen, um sich zu duschen und umzuziehen, sagte er mir. Jetzt stürzte er sein Bier in wenigen Zügen hinunter; dann streckte er die Beine aus und schaute sich auf der Terrasse um, betrachtete die lachende abendliche Menschenmenge in gut gebügelten Sachen, umgeben von einem Geruch nach Aftershave, Zigarren und Parfüm.

»Das ist alles ein wenig unwirklich«, sagte er. »Was meinst du, Harvey?«

Ich bin kein tapferer Journalist; ich vermeide es, als Augenzeuge über Kämpfe zu berichten, wenn es nicht unbedingt nötig ist, und wenn man Kugeln ausweichen muß, kommt meiner Meinung nach meist eine schlechte Story dabei heraus. Ich überlasse das den Kameraleuten. Doch ich bin häufig genug im Feld gewesen, um zu wissen, wovon er sprach. Vor ein paar Stunden hatte er noch im verschwitzten Kampfanzug gesteckt, wahrscheinlich bis zu den Knien im Schlamm, und hatte die Südvietnamesen gefilmt, wie sie im Schilf des Deltas starben, im Ohr das Hämmern der Schnellfeuerwaffen. Nun saß er hier auf dem *Continental Shelf*, rasiert und geduscht und in Erwartung eines guten Essens. Und nur wenige der Leute an den Tischen ringsum, die nicht Berichterstatter waren wie wir, hätten erraten, wo er eben noch gewesen war. Ja, es war unwirklich. Obwohl der Krieg nur eine halbe Stunde entfernt war, nahmen viele dieser Leute an, daß Kriegsberichterstatter sich kaum aus den Bars und Restaurants der To-Do-Straße bewegten, außer um etwas abzuliefern. Und tatsächlich arbeitete ein gerissener New Yorker Journalist genau so und erlebte während seiner Dienstzeit nie, daß ein Schuß abgefeuert wurde, außer von den Weißen Mäusen in der Stadt. Doch er war untypisch.

Jetzt war es schon richtig finster. Die Händler auf dem Bürgersteig unten auf der Tu-Do-Straße, die unter den Tamarinden neben ihren kleinen Vitrinen mit Waren saßen, hatten Petroleumlampen angezündet, die in der Dunkelheit leuchteten und flackerten, und das verkrüppelte Mädchen hatte die meisten ihrer Blumen und Zigaretten verkauft. Sie bewegte sich jetzt zu einem Tisch, der ein paar Schritt entfernt von unserem war, und bot ihre Gardenienblüte zwei Herren mittleren Alters in Schlips und Kragen und Tropenanzügen an, die ich für Beamte der französischen Botschaft hielt. Einer von ihnen wehrte ab, ohne sie anzusehen.

Vielleicht bekam sie das nicht mit, oder vielleicht wollte sie es nicht sehen. Sie blieb stehen und lächelte, hielt ihre Blume hin, und der Beamte blickte zu ihr hoch. Es war ein dicker Mann mit Brille und voller Falten, die jahrelange Behördenarbeit ihm ins gelbliche Gesicht gezeichnet und gekerbt hatten. Er tadelte das Mädchen jetzt in schnellem Französisch und schloß mit: »*Allez! Allez!*«

Sie wich, ihre Krücke schwingend, langsam zurück, doch der Beamte winkte einen der alten chinesischen Kellner herbei. Als der herangeschlurft kam, erhob der Beamte die Stimme und begann, noch schneller zu sprechen, und zeigte dabei auf das Mädchen. Plötzlich erhob sich Langford und ging zu dem Tisch hinüber. Er packte den Mann bei der Schulter unter hellblauem Leinenstoff und beugte sich über ihn. Seine Miene war freundlich, aber sein Griff muß schmerzhaft gewesen sein, weil der Mann das Gesicht verzog, die Stirn runzelte und die Augen aufriß. Der chinesische Kellner stand abwartend da, betrachtete die beiden und zeigte das leere Lächeln, hinter dem manche Chinesen Verlegenheit oder Ratlosigkeit verbergen.

»Nicht doch, alter Freund«, sagte Langford. »Sie will Ihnen nur ein paar Blumen verkaufen. Sie sind sehr billig. Warum kaufen Sie keine?«

Er hielt den Mann immer noch an der Schulter fest, sein Gesicht war jetzt fast auf gleicher Höhe mit dem seinen, und die Leute an den Nachbartischen drehten sich nach ihnen um. Der Beamte sah das, dann blickte er hoch zu Langford und versuchte, Mikes Hand zu entfernen, wobei er leise und heftig etwas auf französisch sagte, das ich nicht mitbekam. Auf seinem Gesicht spiegelten sich Wut, Empörung und wachsende Furcht, die mich überraschte – eine Furcht, die vermutlich von dem, was er in Langfords Miene entdeckte, ausgelöst wurde. Ich erwartete, daß er nach der Hotelleitung rief, doch er tat es nicht. Der zweite französische Beamte murmelte etwas, das ich nicht verstehen konnte, und sah sich hilfesuchend um.

Doch jetzt suchte der erste Beamte in seinem Jackett, zog seine Brieftasche heraus und warf einige Banknoten quer über den Tisch in Richtung des Mädchens. Sie strahlte und legte einen großen Blumenstrauß neben ihn. Dann erwachte der chinesische Kellner aus seiner Erstarrung und scheuchte das Mädchen mit lauten Worten weg, und sie hüpfte davon.

»Vielen Dank, Monsieur, sehr großzügig von Ihnen«, sagte Mike. Er ließ die Schulter des Beamten los und richtete sich auf, seine Miene war immer noch freundlich.

»Verlassen Sie uns, Monsieur.« Der Beamte hatte englisch gesprochen. Er hielt sich die Schulter, und sein Gesicht war bleich. Vor den Zuschauern an den anderen Tischen hatte er nicht als zu geizig, um einem verkrüppelten Mädchen Blumen abzukaufen, erscheinen wollen. Doch mir war klar, daß ihm Langford Angst eingejagt, daß er ein Gewaltpotential gespürt hatte, das er nicht herausfordern wollte.

Langford kam zurück und setzte sich; er zwinkerte mir zu und sagte nichts. Ein lächerlicher, komischer Vorfall; doch er hatte mir gezeigt, daß sich unter der ruhigen Oberfläche etwas verbarg, das ich nicht erwartet hätte: eine Art unterschwelliger Zorn.

Du solltest den Manager für das Mädchen spielen, sagte ich zu ihm.

»Das werde ich auch, mein Freund.« Er schlürfte sein Bier, ohne das näher zu erläutern, und beobachtete sie, wie sie auf die Stufen zu hüpfte und ihr Bein schlenkerte. Als spürte sie seinen Blick, drehte sie sich um und winkte ihm zu. Aus ihren Augen leuchtete Zuneigung, und ihr Lächeln war ein kleiner Lichtstrahl.

»Ich habe vor, ihr Bein richten zu lassen«, sagte er. Er platzte damit heraus, als lege er ein Geständnis ab. »Ich führe Verhandlungen, um sie nach Sydney zu schicken. Dort habe ich einen erstklassigen Orthopäden ausfindig gemacht.«

Das wird aber teuer, sagte ich. Woher soll das Geld kommen?

»Ich habe ein bißchen zusammengespart«, sagte er. »Und ich rede mit einer australischen Wohltätigkeitsorganisation hier. Sie haben mir eine ungefähre Vorstellung davon verschafft, was das kosten wird. Noch einige Fotos für *Life*, und ich habe das Geld fast zusammen. Und dieser Spezialist kann wirklich eine Menge für sie tun. Ich habe mit Sydney telefoniert.« Er beugte sich vor, die eine Hand erhoben, um auf sich aufmerksam zu machen; in jeder anderen Beziehung war er zurückhaltend, doch er gestikulierte gern. »Die können das geschrumpfte Bein tatsächlich durch mehrere Operationen neu beleben. Es wird nicht wieder ganz normal, doch viel kräftiger. Sie strecken es in Gips. Dann bekommt sie einen Spezialschuh, der es ihr ermöglicht, ohne Krücken zu laufen. Wie findest du das, Harvey?«

Wenn das stimmt, ist das großartig, sagte ich. Ich geb mein Scherflein dazu. Und wir lassen in der Villa den Hut rumgehen.

»Phantastisch, Junge.« Er lächelte, lehnte sich wieder zurück und goß uns Bier nach. Dann fügte er beiläufig hinzu: »Ich habe auch vor, sie zu heiraten.«

Ich fand keine Worte, um darauf zu antworten – ich saß bloß da und starrte ihn an.

Währenddessen schlich sich der Zeitungsjunge an unseren Tisch heran. Er hielt in beiden Händen sein Zeitungsbündel und starrte Langford mit vorgeschobener Unterlippe vorwurfsvoll an. Ich konnte ihn nicht leiden; sein ständiges Schmollen und sein Rattengesicht mit den schwarzen Haarfransen, die bis zu den Augen reichten, waren Schuld daran. Andere kindliche Bettler dachten, sie müßten nett sein oder wenigstens unterhaltsam aggressiv; nicht so der Zeitungsjunge. Lediglich Mitleid empfand ich beim Anblick seines schmutzigen Hemdes, seiner schmutzigen Hosen und der mit verkrusteten Wunden bedeckten Beine.

»Mr. Mike? Ich gehe jetzt. Aber ich brauche Geld für Pantalons«, sagte er.

Mike und ich lachten, amüsiert von diesem archaischen Wort, das in Vietnam über sein Jahrhundert hinaus existierte. »Pantalons? Aber ich habe dir doch letzte Woche Sachen gekauft«, sagte Mike.

»Ja, aber jetzt brauche ich Pantalons«, sagte der Zeitungsjunge. Er schmunzelte nicht, als wir lachten, statt dessen steigerte sich seine unangenehme Stimme zu einem Geheul. »Ich brauche sie *jetzt*, Mr. Mike. Ich brauche *Pantalons*!«

Mike suchte in seiner Tasche und holte einige Piaster hervor, die er in die graue, ausgestreckte Hand schob. »Okay, okay«, sagte er. »Daß du sie aber auch kaufst.«

Der Zeitungsjunge trat unter dem strengen Blick eines chinesischen Kellners den Rückzug an.

»Er wird sie natürlich nicht kaufen«, sagte Mike zu mir. »Man hat ihm vielleicht befohlen, Geld für Drogen zu beschaffen, armer kleiner Teufel.«

Inzwischen hatte ich Mut gefaßt, um ihn wegen des Mädchens zu befragen.

Hatte ich ihn recht verstanden? Wollte er wirklich ein Kind heiraten?

»Sie ist kein Kind mehr«, sagte er. »Sie ist achtzehn, wenn sie auch nicht so aussieht.«

Trotzdem, sagte ich. War das sein Ernst?

Er zündete sich eine Zigarette an und antwortete zunächst nicht. Sein Blick war über meine Schulter hinweg auf die Menschenmengen gerichtet, die hinter der Mauer vorüberströmten. »Sie heißt Kim Anh«, sagte er. »Vor Jahren haben die Vietcong ihr Dorf bombardiert, weil sie keine Unterstützung vom Dorfältesten bekamen. Sie war damals noch ein Kind. Ihre ganze Familie bis auf eine Schwester kam dabei um, und ihr Bein wurde so zugerichtet. Jetzt lebt sie mit einigen Leuten am Rand von Cholon, in einer dieser Hütten aus Blechpaletten. Ich besuche sie dort draußen. Da ist ein Mann, der behauptet, ihr Onkel zu sein; er scheint die Verantwortung für sie zu haben. Ich traue ihm nicht, glaube, daß er nur ihre Einnahmen absahnt. Ich schätze, wenn ihr Bein nicht wäre, würde er sie als Barmädchen laufen lassen. Ich muß sie dort wegholen.«

Konnte er sich denn mit ihr unterhalten? fragte ich. Verstand sie gut Englisch?

Er wurde etwas verlegen. »Nein – sie spricht fast kein Englisch. Wir müssen mit meinem geringen Französisch und Vietnamesisch auskommen.«

Aber hör mal, Bruder, sagte ich. Glaubst du wirklich, sie zu lieben, wenn du dich gerade mal so mit ihr unterhalten kannst?

Mein Ton war taktvoll geblieben, glaube ich; doch seine Miene wurde verschlossen und stur, und er sah mich finster von unten her an, während er an seiner Zigarette zog. »Ich *kenne* sie, Harvey«, sagte er. »Reden ist nicht die einzige Art, einen Menschen kennenzulernen.« Dann richtete er den Blick wieder auf die von Petroleumlampen angestrahlten, vorübergleitenden vietnamesischen Gesichter und das surrende und brüllende Verkehrschaos hinter der Mauer. »Ich möchte für sie sorgen«, sagte er.

An diesem Punkt gab ich zögernde Laute der Zustimmung von mir – was blieb mir weiter übrig. Sie sei gewiß bezaubernd, sagte ich; ich könne verstehen, daß man sich in sie verliebte. Und ich fragte ihn, wann sie zu heiraten gedächten. Doch selbst als ich das fragte, erschien mir die Frage irgendwie phantastisch und unwirklich.

»Es hat keine Eile«, sagte er. »Zuerst muß sie die Operationen hinter sich bringen. Und ich werde ungefähr ein Jahr warten – soll sie noch ein wenig wachsen. Meine Freundin Madame Phan hat sich bereit erklärt, sie aufzunehmen. In ihrer Villa arbeiten einige vietnamesische Mädchen, Waisen wie Kim Anh. Dort kann sie arbeiten und versorgt werden, bis wir heiraten. Sie ist katholisch; sie wird eine ordentliche Heirat haben wollen.«

Ich sah ihn im dunkelblauen Anzug vor mir, wie er ihn in Tasmanien getragen hätte. Ich sah Kim Anh im Hochzeitskleid und die steif arrangierten Fotografien. Doch ich konnte nicht daran glauben.

Eine Weile saßen wir schweigend da, und Horden betrunkener GIs gingen an der Mauer entlang, herumalbernd und torkelnd zogen sie die Tu-Do-Straße hinunter zu den Bars beim Fluß, wo Leuchtschriften *Chicago* und *Fifth Avenue A Go-Go* buchstabierten. Einer der Soldaten rief: »Muschi! Die will ich heute nacht, Kumpel – Muschi!« – und ich fragte mich, ob Langford Kim Anh tatsächlich vor solch einer Zukunft bewahren konnte.

Als hätte er meine Gedanken erraten, wiederholte er, was er eben schon gesagt hatte, die Zigarette zwischen den Lippen, mit leiser Stimme voller Leidenschaft. Ich muß sie aus diesem Slum in Cholon herausholen, Harvey. Jedesmal wenn ich dort rausfahre oder sie hier auf der Tu-Do-Straße suche, frage ich mich, ob ich sie finden werde. Ob sie wiederauftauchen wird.«

Ich fragte ihn, wieso er auf diesen Gedanken käme. Warum sollte sie denn nicht wiederauftauchen?

»Ach, ich weiß nicht«, sagte er. »Was man wirklich liebt, verschwindet gewöhnlich, oder?«

Eine seltsame Äußerung, dachte ich. Er hielt Kim Anh für ein ätherisches Wesen, vielleicht nicht ganz von dieser Welt. Seither habe ich darüber nachgedacht, ob er die anderen Frauen, die er geliebt hatte, wohl genauso sah.

4.

HARVEY DRUMMOND

Im Helikopter war es kalt, der Wind pfiff durch die offenen Türen. Wir näherten uns einem heißen Landegebiet, und deshalb war mir noch kälter. Ich kauerte zwischen amerikanischen Soldaten auf dem

Boden des Helikopters, in den Armen den schweren Helm, den ich auf ihre Anweisung im Kampf tragen mußte, und gehüllt in eine ihrer kugelsicheren Westen.

Durch die Tür sah man ein dunkelgrünes Walddach, das sich in Richtung Kambodscha erstreckte – zum Grenzland hin, bekannt als der Papageienschnabel. Dort durch führte der Ho-Chi-Minh-Pfad, über den nordvietnamesische Guerillas in den Süden eindrangen, um sich mit den Vietcong zu vereinen. Die Spitze des Schnabels war nur zirka fünfundfünfzig Kilometer von Saigon entfernt, und daß ich diese Region überblickte, verstärkte meine bösen Vorahnungen. Wie Trevor Griffiths gern betonte, drang die nordvietnamesische Armee ständig auf diesem Pfad vor, der aus vielen Pfaden bestand – Männer und Frauen auf Fahrrädern, in Lkws und zu Fuß, auf dem Kopf diese komischen kolonialen Sonnenschutzhelme. Nichts schien sie aufzuhalten. Die Amerikaner bombardierten den Pfad jeden Tag, doch das verlangsamte nicht einmal ihr Vordringen.

Daß mir noch nie der Sinn danach gestanden hatte, in ein Kampfgebiet zu gehen, habe ich wohl schon deutlich gemacht. Im letzten Jahr hatte ich eine Reihe amerikanischer Stützpunkte besucht und hatte, weil das die Berufsehre verlangt, etwas Feindbeschuß erlebt; aber das hier war anders. Bis jetzt war ich noch nie von einem ernsthaften Feuergefecht bedroht gewesen. Die Drei Musketiere hatten mich dazu überredet, und ich verfluchte sie. Ich wollte, sie wären hier, damit ich mich bei ihnen beklagen könnte; aber sie flogen in anderen Helikoptern der Formation.

Vielleicht sollte ich erklären, wie man mich in diese Situation gelockt hatte.

Jetzt war November, und seit Juni hatten die Kommunisten ihre Offensive im Eisernen Dreieck aufgebaut. Das Dreieck war ihr wichtigster Zufluchtsort und das Hauptquartier einer der Vietcong-Militärgebiete – stark untertunnelt, total vermint. Es war ein Buschland- und Sumpfgebiet, weniger als fünfundsechzig Kilometer nördlich von Saigon. Die Vietcong waren unverkennbar drauf und dran, von hier einen Großangriff auf die Hauptstadt zu starten; daher hatte General Westmoreland die 173. Luftlandeeinheit eingesetzt, um sie von dort zu vertreiben. Eine Sache von entscheidender Bedeutung, und schon seit geraumer Zeit hatten Langford und Feng mich zu überreden versucht, einen Augenzeugenbericht darüber zu machen. Jetzt hatten sie mich schließlich bei der Ehre gepackt und mich herumgekriegt. Sie hatten Wind von einer Großoffensive der Luftlandetruppen in dieser Woche bekommen, und Jim Feng und ich hofften, ein aufsehenerregendes Fernsehfeature für ABS und Telenews produzieren zu können. Wolkow, der sich nicht so leicht ausstechen ließ, war auch mit von der Partie.

Der Motorenlärm der Huey ließ keine Gespräche aufkommen, und das halbe Dutzend amerikanischer Soldaten in der Kabine war sowieso wenig daran interessiert. Sie starrten vor sich hin, und wenn ihr Blick auf mich fiel, dann war er gleichgültig; oder vielleicht sahen sie mich gar nicht. Es waren zähe, durchtrainierte Freiwillige der Luftlandetruppen, doch einige schienen noch sehr jung. Einer, ein rothaariger Junge, litt an einer schlimmen jugendlichen Akne. Er war unterwegs, um möglicherweise innerhalb der nächsten fünf Minuten den Tod zu finden, daher war er mit seinen eigenen Gedanken beschäftigt, und ich mit meinen.

»Ich hab gesagt: Du bist bestimmt eine verdammt große Zielscheibe, Aussie.«

Mein Kaugummi kauender Nachbar schrie, um den Motorenlärm zu übertönen, beugte sich vor, um mich von der Seite zu betrachten. Es war Sergeant Tom Breen, mit einem harten, hakennasigen irischen Gesicht. Er war mir als eine Art inoffizieller Beschützer zugeteilt worden, und trotz der Belastung, die das bedeuten mußte, war er sehr freundlich und höflich.

»Es wird heiß werden«, schrie er. »Und der gottverdammte Charlie ist dort unten überall. Also hör zu, Aussie. Wenn wir runterkommen, spring ab und lauf los und halte dich dicht bei mir, okay? Sonst trittst du noch auf eine Mine.« Er nickte mir munter zu und setzte seinen Helm auf.

Die Huey verlor jetzt an Höhe, setzte zu der spiralförmigen Landung unter Feuer an, von der mir übel wurde. Als wäre mir nicht schon übel genug. Als die Maschine sich wieder in der Horizontale befand, standen die GIs und schulterten ihre Tornister und Waffen; der Helikopter schwebte wenige Meter über dem Boden, da begannen sie, zu den Türöffnungen hinauszuspringen.

Ich tat es ihnen nach, rannte und stolperte und folgte Sergeant Breen mit großer Anhänglichkeit, plötzlich sehr froh über meinen Helm und meine kugelsichere Weste. Aus einer Baumreihe weiter vorn kam Gewehrfeuer, und ich bemerkte ein widerwärtiges Zischen und Krachen in der Luft. Der Sergeant warf sich auf den Bauch und brüllte einen Befehl, den ich nicht verstand; die Soldaten warfen sich auch hin, und ich folgte ihnen. Einige gruben mit Schanzwerkzeugen wie besessene Gärtner. Jetzt war Trockenzeit, und der Boden war rot und pulverig.

Ich grub mich hinein und empfand tiefe Liebe für ihn, und ich hoffte, daß die kleine Furche, die ich gefunden hatte, mich schützen würde. Mir wurde schwindlig von dem Staubgeruch und dem Lärm des Gewehrfeuers, und ich betete, nicht ohnmächtig zu werden. Die GIs hatten das Feuer mit ihren M-16 eröffnet, und die Maschinengewehre in den über uns schwebenden Kampfhubschraubern belegten die Baumreihe mit Feuer. Das machten sie, bis keine Reaktion mehr kam.

Sergeant Breen befahl den Soldaten brüllend, das Feuer einzustellen. Der furchtbare Lärm hörte auf. Die Vietcong waren entweder alle tot oder verschwunden; es schien sehr schnell gegangen zu sein. Der Sergeant drehte sich um und grinste mich an, immer noch seinen Kaugummi kauend. »Ein LZ gesichert«, sagte er und meinte damit ein Landegebiet.

Ich spürte jetzt, wie mein Herz klopfte; ich war in Schweiß gebadet und prüfte, ob ich nicht vielleicht blutete. Jetzt war es still, und ich hörte in der Ferne ein Krachen und Dröhnen: Artilleriefeuer von den amerikanischen Stützpunkten in Bien Hoa und Ben Cat, mit dem man das Dreieck von den Vietcong zu säubern versuchte.

In dieser Nacht kampierten wir mit der Luftlandeeinheit, einer ungefähr hundert Mann starken Kompanie. Wir legten uns auf den trockenen Boden hinter einem kleinen Hügel auf unsere Regenumhänge, die Soldaten rings um uns in Schlafgruppen. Die Drei Musketiere schliefen sofort ein, aber ich nicht; ich lag und schlug nach Moskitos und dachte an den nächsten Tag, an dem wir die Kompanie auf einer Such- und Vernichtungsoperation begleiten würden.

Mitten am Vormittag. Wir waren eine Stunde ohne weitere Vorkommnisse marschiert, durch alte Kautschukplantagen und aufgelockertes Buschgelände, nicht weit vom Saigonfluß. Es gab hier lange, dünne Bäume mit weißen Stämmen und Bambusgehölz.

Blätter zeichneten Schattenmuster auf den rötlichen Staubboden, spendeten aber nicht genügend Schatten. Es war heiß, sehr heiß.

Wolkow, Feng, Langford und ich waren in einem Zug der Nachhut, geführt von Sergeant Breen. Jim und Dmitri trugen die schweren Magnettonkameras – eine Auricon und eine Eclair – auf der Schulter und schwitzten mächtig unter ihren amerikanischen Helmen. Sie schienen gutgelaunt, doch ich bedauerte sie, wie sie diese schweren Geräte zusammen mit der anderen Ausrüstung durch die Hitze schleppten; sie mußten eigentlich trainierte Sportler sein, um das zu bewältigen. Neben ihnen marschierten wie Kettensträflinge zwei junge vietnamesische Tontechniker, die durch Kabel mit den Kameras verbunden waren. Dieser Last hatte Langford sich entledigt, da er zur Fotografie übergewechselt war – er reiste mit leichtem Gepäck. Außer seiner Leica, die er für Weitwinkelaufnahmen benutzte, hatte er für den Bedarfsfall eine Nikon mit Teleobjektiv um den Hals hängen und seine Kameratasche, das war alles. Er trug keine kugelsichere Weste und auch keinen Helm – bloß einen australischen Soldatenhut aus Baumwolle, von dem er behauptete, er bringe Glück.

Mein schwerer Helm machte mir Kopfschmerzen, und die Hitze kam mir allmählich bösartig vor, wie eine Geheimwaffe des Vietcong. Menschenleer war es hier, keine Vogelrufe, und mir gefiel die Stille nicht. An diesem Ort befanden sich alte Vietcong-Bunker, offenbar gesäubert. Die GIs sprachen leise miteinander und scherzten, während sie sich schwer beladen mit Sturmgepäck und ihren Waffen vorwärtskämpften.

»He Mann, bist du bereit, Charlie in den Arsch zu treten?«

»Zuerst mußt du'n Arsch finden.«

Als das Geschieße losging, war das wie ein ausuferndes Feuerwerk. Landminen gingen hoch, und gleichzeitig hämmerten versteckte Schnellfeuergewehre los. Nach einigen Augenblicken begriff ich, daß der führende Zug weiter vorn in einen Vietcong-Hinterhalt geraten war.

Ein Höllenlärm. Der führende Zug wurde in Stücke gerissen, schien es; olivgrün gekleidete Gestalten mit Helmen fielen und schrien und heulten und schwangen ihre Schnellfeuergewehre auf einer deckungslosen, besonnten Lichtung zwischen den Bäumen, spielzeugklein in der Entfernung. Um mich herum Gebrüll – Befehle und Rufe, die keinen Sinn ergaben. Ich stand still da – ein müßiger Gaffer bei einem schrecklichen Unglücksfall. Die Soldaten warfen sich zu Boden und gruben sich ein, und schließlich nahm ich meinen Verstand zusammen und tat dasselbe, während sich Angst wie ein Eispanzer um mich legte.

Ich schaute mich um und sah Feng und Wolkow und ihre Tontechniker ebenfalls auf dem Bauch liegen, aber nicht Langford. Die Nikon im Anschlag, das Fernobjektiv wie eine raffinierte Waffe erhoben, rannte er dorthin, wo der Hinterhalt war, zusammen mit einer kleinen Schar GIs, die von einem Lieutenant angeführt wurde. Er duckte sich und drehte sich wie ein Rugbyspieler, der den Ball trägt; als eine neue Maschinengewehrsalve die GIs zum Stehen brachte, sie sich zu Boden warfen und das Feuer mit ihren M-16 erwiderten, ließ er sich ein paar Meter seitlich vor ihnen fallen, die ganze Zeit auf den Auslöser der Nikon drückend. Dann, als sie sich wieder vorwärts bewegten, war er auch wieder in Bewegung, er duckte und schlängelte sich, ließ sich zu Boden fallen und rollte weg, überall Deckung suchend, sogar hinter den Körpern der Gefallenen. Es war richtig unheimlich – sehr geschickt und beherrscht, schien er immer zu wissen, aus welcher Richtung das Feuer kam. Ich hatte den Verdacht, daß er sich durch einen Zauber für unverwundbar hielt; und weil ich die größte Angst meines Lebens ausstand, erfaßte mich ein unwürdiges Gefühl. Ich verabscheute ihn fast, und ich weiß noch, daß ich dachte: *Er ist kein Fotograf, er ist ein verdammter Soldat; er steht darauf.*

Neben mir lagen Feng und Wolkow und filmten und beobachteten gleichzeitig Mikes Vordringen.

»Der gottverdammte Irre«, sagte Wolkow. »Der versteht seinen Job als Frontfotograf.«

Jim Feng erhob sich. »Sie rücken vor«, sagte er und hievte seine Kamera auf die Schulter.

Er hatte recht. Die Kompanie rückte wieder langsam vor, und wir folgten ihr und näherten uns der sonnigen Zone des Chaos da vorn. Ich wünschte mir sehnlich, daß ich das nicht tun müßte; aber zurückgelassen zu werden wäre noch schlimmer gewesen.

Dann kam eine Zeit, als ich rannte und nicht wußte, wohin ich rannte. Der Vietcong hatte das Feuer wieder eröffnet, Kugeln heulten und krachten, erneut gingen Minen hoch und regnete Erde herab; die Amerikaner schrien und fluchten. Körper von Verwundeten und Sterbenden lagen vor uns auf der Lichtung. Ich war nicht mehr Harvey Drummond, ich war ein anonymer Träumer, in dessen Traum die Landschaft immer wieder bösartig auseinanderbrach, während er versuchte, den Weg zu dem Ort zu finden, wo er sein wahres Leben zurückgelassen hatte. Steine und rötlicher Staub und smaragdgrüne Blätter flogen zerstückelt, in losen Fetzen, hell und deutlich sichtbar, an mir vorbei. Ich hatte die Drei Musketiere verloren und wollte sie unbedingt wiederfinden.

Kampfhubschrauber waren nun über den Bäumen aufgetaucht, heimtückisch dröhnend, auf der Suche wie intelligente Insekten, den unsichtbaren Vietcong mit Geschoßgarben eindeckend. Andere Helikopter warfen Nebelgranaten, um die Position des Vietcong zu markieren, und grelle orangefarbene und gelbe Wolken begannen die Lichtung zu füllen und in einen ungeheuerlichen Rummelplatz zu verwandeln. Ich vernahm Schreie und hörte einen Mann rufen: »Doktor! Doktor! Jesus, hilf mir!« Ein anderer GI saß an einen Baum gelehnt, es hatte ihm ein Bein abgerissen; bei vollem Bewußtsein starrte er auf den roten Stumpf und die leuchtend weißen Knochensplitter; er hatte ein langes Kinn und helle, erstaunte Augen, ich werde den Anblick nie vergessen.

Jetzt lag ich hinter dem Stamm eines umgestürzten Baumes und fand dort Langford und Feng und Jims Tontechniker in Deckung. Von Wolkow oder seinem Tontechniker war nichts zu sehen.

»Komm rein, Harvey«, sagte Mike.

Er lächelte, als ob wir uns auf der Straße begegneten, und legte mir eine Hand beruhigend auf die Schulter. Die Luft um mich wurde fast wieder normal, und der Staub, in dem ich lag, war wirklicher Staub. Ich drängte mich unkontrollierbar zitternd wie bei Schüttelfrost dicht neben ihn. Nie bin ich froher gewesen, jemanden zu treffen, doch ich brachte kein Wort heraus, teils aus Atemnot, teils weil es mir den Hals zuschnürte. Langford sah mich an und erkannte meinen Zustand. Doch in seiner Miene war nichts von Verachtung und Verurteilung zu lesen, nur ernsthafte Anteilnahme. Er selbst schien keine Furcht zu kennen, und doch betrachtete er meine Furcht als ein verständliches Phänomen. Das war eine Höflichkeit, die in den kommenden Jahren noch viele andere kennenlernen sollten.

Super Sabres waren eingetroffen und kamen lärmend bis zu den

Wipfeln herunter, um Napalm abzuwerfen, und die amerikanische Artillerie fing jetzt an, die Vietcong-Stellungen unter gezielten Beschuß zu nehmen. Wir duckten uns tiefer, als der Boden erbebte; Langford übertönte den Lärm, indem er mir ins Ohr sprach, seine Hand lag immer noch auf meiner Schulter, als wolle er ein Pferd beruhigen, und ich merkte, daß er seine ganze Aufmerksamkeit darauf verwandte, mir zu helfen, die Fassung wiederzufinden. »Jetzt ist alles okay, Junge«, sagte er. »Das Spiel ist fast vorbei. Die Amis haben Unterstützung angefordert, und die Vietcong werden sich nicht mehr lange hier rumtreiben. Wir brauchen nur still zu sitzen und auf den Abpfiff zu warten.« Er drückte noch einmal meine Schulter und ließ sie dann los.

Ich hatte die Sprache wiedergefunden und fragte, wo Dmitri sei; ich befürchtete, daß es ihn erwischt hätte.

Mike wies mit dem Finger über den Baumstamm, und ich sah den Grafen wie eine Vision – eine, die immer wieder vor meinem inneren Auge auftaucht. Er kam aus einer großen orangeroten Feuerwand heraus auf uns zu gelaufen, wie ein Mann, der der Hölle entflieht, neben ihm, durch die silberne Nabelschnur mit ihm verbunden, sein kleiner Tontechniker. Aber als sie näherkamen, begriff ich, daß das gar kein Feuer war, durch das sie liefen, sondern wieder eine Wolke von einer Nebelgranate.

Sie kamen in unsere Deckung, und Dmitri legte seine Kamera ab. Ich hörte, wie schwer sein Atem ging, und sah, wie seine Brust sich hob und senkte. Er riß den Helm herunter, und sein flachsgelbes Haar war naß vom Schweiß.

Mike hielt ihm und dem Tontechniker Zigaretten hin. »Bist du okay, Graf?«

Wolkow zeigte mit dem Finger auf ihn. »Ich gehe nie wieder mit dir raus, Langford. Du ziehst das Feuer an.«

Jim fing an zu lachen, dann fielen Langford und Wolkow ein. Als die drei sich ansahen, erkannte ich, daß sie etwas verband, das über den Späßen und über der Konkurrenz stand – etwas Unausgesprochenes, das nur ins Feld gehörte, jenen Schwingen nahe, die sie gestreift hatten und denen sie wieder einmal entkommen waren und die sie wieder einmal auf ihre Filmrollen gebannt hatten. Ich freute mich wie ein Kind, daß wir alle hier waren, doch das sollte nicht lange anhalten.

Langford erhob sich. Ich sah, wie Jims Lippen sich bewegten und er etwas fragte, doch ein Kampfhubschrauber war tief heruntergekommen, und ich konnte nichts verstehen. Dann hörte ich Langford sagen: »Brauche noch ein paar Aufnahmen.«

»Warte lieber, Snow«, sagte Wolkow. »Es sind noch Vietcong da.« Doch Mike war schon fort.

Bald kam kein Feuer mehr aus den Bäumen, wo die Vietcong waren. Man hörte deutlich amerikanische Stimmen auf der Lichtung, sie unterhielten sich und riefen, und die Sanitätshubschrauber mit ihren roten Kreuzen schwebten über den Wipfeln heran, um die Verwundeten zu holen. Aber Langford kehrte nicht zurück, und Jim und Dmitri machten besorgte Gesichter und murmelten etwas. Sie sprangen auf die Füße und berieten sich, dann verschwanden sie.

Kurz darauf kamen sie zurück und trugen Langford zwischen sich. Dmitri hatte ihn unter den Armen gepackt und Jim Feng trug ihn an den Beinen und hatte auch seine Kameras bei sich. Neben ihnen lief Sergeant Breen und sprach in ein Funkgerät, und der Rotorenlärm der Sanitätshubschrauber war das einzig laute Geräusch, das noch zu hören war.

Mein erster Eindruck war, daß Mike tot sei. Sein Körper war schlaff, und sein ganzes Gesicht war von einem leuchtend roten Blutfilm bedeckt, der hervorsickerte, sich bewegte und nur die weiße Nase freiließ. Sein Hut war fort, und auch im Haar hatte er Blutklumpen.

»Granatsplitter«, sagte Wolkow zu mir. Seine blassen Augen, die mich kurz anblickten, wirkten feindselig, sein Gesicht war eingefallen.

Sie legten Langford vorsichtig neben dem umgestürzten Baum auf den Boden. Sergeant Breen sagte etwas von einem Sanitätshubschrauber, doch ich kann mich kaum noch genau erinnern, was gesprochen wurde; ich war anscheinend halb taub. Dann waren wir drei mit Mike allein, der still dalag. Seine Augen waren offen und starrten blau aus der roten Maske; hinter seinem linken Ohr war eine dunkle feuchte Stelle. Wolkow kniete sich nieder, nahm sein Halstuch ab und begann das Blut in Mikes Gesicht abzutupfen. Die zwei vietnamesischen Tontechniker standen nebeneinander und schauten mit ernsten Gesichtern zu.

Jim Fengs vorstehende Schneidezähne waren entblößt, so daß es aussah, als grinste er, seine Augen waren unnatürlich weit aufgerissen. »Ich schau mal, wo der Hubschrauber bleibt«, sagte er. »Wir müssen ihn sofort hier rausbringen.«

Langford bewegte die Lippen. Ich ließ mich neben Wolkow auf die Knie fallen, und wir beugten uns dicht über ihn und lauschten angestrengt.

»Man soll meinen Glückshut suchen«, sagte er.

Er sollte im Laufe der Zeit noch viele Male verwundet werden, doch nie so schwer wie dieses erste Mal. Ein Granatsplitter war ihm ins Gehirn gedrungen.

Die Amerikaner handelten schnell und großzügig. Er wurde mit einem Sanitätshubschrauber in ihr Feldlazarett nach Long Binh gebracht, und Jim, Dmitri und ich durften mit ihm fliegen, eingepfercht zwischen verwundeten GIs. Die vietnamesischen Tontechniker bekamen einen Rückflug nach Saigon, um den Film abzuliefern.

Die Sanitäter hatten Mike eine Injektion gegeben, und er war den ganzen Flug über bewußtlos. Die Armeechirurgen in Long Binh operierten sofort, obwohl sie die vielen schwer verwundeten Soldaten versorgen mußten. Wir warteten in einer der Bars des Stützpunktes, weil wir nicht nach Saigon zurück wollten, bevor wir wußten, ob er durchkommt.

Doch obwohl der amerikanische Chirurg, mit dem wir an diesem Abend sprachen, uns Mut machte, konnte er uns keine endgültigen Antworten geben. Langfords Stirnverletzungen, von denen all das Blut auf seinem Gesicht stammte, seien nur oberflächlich, sagte er. Doch die Wunde über dem Ohr sei gefährlicher gewesen. Hier war ein kleiner Granatsplitter in den Schläfenlappen des Gehirns eingedrungen. Der Schläfenlappen könne eine Menge verkraften, sagte er; sie hätten den Splitter entfernt, und seiner Meinung nach sei bei der Stelle, wo er eingedrungen war, kein schwerwiegender Schaden zu erwarten. Aber das wüßten sie erst mit Sicherheit, wenn im Verlauf der nächsten Tage Mikes Reaktionen geprüft worden seien. Sie würden ihn hierbehalten, solange es nötig sei, mindestens eine Woche. Dann würde man ihn in ihr Krankenhaus in Saigon zur Rekonvaleszenz bringen.

Wir konnten nichts weiter tun; Mike war immer noch nicht bei Bewußtsein. Zunächst waren wir voller Hoffnung. Doch als wir in jener Nacht wieder in der Villa Wolkow waren, versanken wir allmählich in düstere Stimmung.

Vielleicht machte uns die Erschöpfung zu schaffen, aber wir kamen zu dem Schluß, daß der Arzt uns falschen Trost gespendet hatte. Insgeheim hatte ich kaum noch Hoffnung. Ein Granatsplitter im Gehirn! Er bedrohte den Sitz der Vernunft, des Gedächtnisses und der Träume.

Dmitri saß in seinem Ledersessel und streichelte den Marschall mit einem Gesicht, das so ernst wie das des Affen war. »Snow ist einmal zu viel draußen gewesen«, sagte er. »Mein Gott. Gerade als er mit seiner Arbeit ganz groß rauskam. Ich habe ihn ja gewarnt. Du hast es gehört, Jim.«

»Wir können nur hoffen«, sagte Jim. »Hat keinen Sinn, heute nacht darüber nachzudenken.« Sein Gesicht war ausdruckslos, die Stimme tonlos. Er saß ganz still da und rauchte eine Zigarette nach der anderen.

»Hoffen?« sagte Dmitri. »Unser Bruder wird höchstwahrscheinlich als Scheißkrüppel dahinvegetieren. Was gibt es da zu hoffen?«

»Nein«, sagte Jim. Seine Stimme klang fest. »Erinnerst du dich, daß er nach seinem Glückshut gefragt hat, ehe er weggetreten ist? Das Gehirn hat *funktioniert*, Graf.«

Wolkow hob den Blick und sagte etwas lebhafter: »Das stimmt. Ja, stimmt. Du hast es gehört, Harvey – er hat wirklich nach dem Hut gefragt.«

Sie diskutierten ausführlich darüber, und Dmitri sprang im Überschwang von Optimismus aus seinem Sessel hoch, so daß Marschall einen Satz auf den Couchtisch machte. »Du hast recht: Snow hat einfach immer Glück«, sagte er. »Ja, meine Herren! Der Hut hat ihn sicher gerettet; ich spüre das.«

Die meisten Frontkameraleute empfinden sich als Brüder, da sie sich den gleichen Gefahren aussetzen. In Vietnam haben sie sich oft so genannt.

Anders als wir Korrespondenten, die wir unsere Risiken selbst wählen und bestimmen konnten, hatten sie keine Wahl. Jede Woche konnte ihre letzte sein, und das machte sie sowohl sentimental als auch abergläubisch; es schuf eine Bindung, selbst wenn sie sich ge-

genseitig Konkurrenz machten. Dessen ungeachtet schien mir die Art, wie Feng und Wolkow auf Mikes Verwundung reagierten, noch mehr auszudrücken; und ich spürte, daß ich selbst ähnlich betroffen war. Weil ich tatsächlich glaubte, sein Gehirn wäre irreparabel geschädigt, teilte ich mit ihnen eine sehnsüchtige Traurigkeit, die mehr war als Traurigkeit. Der Gedanke, daß Langford sterben oder sein Geist ausgelöscht sein könnte, war für uns einfach unerträglich.

Bis jetzt hatte mich die Anziehung, die Langford auf die Menschen ausübte, auf Männer und Frauen gleichermaßen, nur leicht amüsiert. Das sei seinem ungewöhnlichen Wagemut, seinem schnellen Erfolg, seinem ländlich-sympathischen Aussehen und den blonden Haaren zuzuschreiben, glaubte ich – und nichts anderem. Wie ich schon sagte, hielt ich ihn für recht durchschnittlich. Aber jetzt, nachdem ich mit ihm an der Front gewesen war, wußte ich, da war noch mehr.

Das läßt sich schwer erklären. Es hatte etwas mit der leisen, verblüffenden Freundlichkeit zu tun, die mir hinter dem Baumstamm oben im Dreieck ein Gefühl der Sicherheit gegeben hatte. Es war etwas, das er für alle parat hatte: eine Art unaufdringlicher, doch ernsthafter Zuneigung; eine ruhige Anteilnahme. Aber das war noch nicht alles. Was ich an ihm wahrnahm, konzentrierte sich nun in meiner Erinnerung zum größten Teil auf sein Gesicht, als er im Sanitätshubschrauber bewußtlos auf der Trage lag, unterwegs nach Long Binh. Totenbleich, vom Blut gesäubert, die schweren Lider unter den gewölbten Brauen geschlossen, war es zu einem anderen Gesicht geworden. Es sah aus wie das Gesicht einer Statue aus dem neunzehnten Jahrhundert, dachte ich – eines jener Stücke, die von der klassischen Antike geprägt sind. Es war ein sehr wandelbares Gesicht; haben Sie das auch bemerkt? Er konnte unscheinbar oder schön aussehen, hart oder sensibel, fast weiblich sensibel. Ich möchte nichts Bestimmtes damit andeuten. Doch es gibt gewisse anscheinend gewöhnliche Gesichter, die beim näheren Betrachten ungewöhnlich werden – und Mike hatte solch ein Gesicht.

Wer weiß, warum das so ist? Ich glaube, daß ihre tatsächliche Durchschnittlichkeit etwas damit zu tun hat – und darunter mischt sich ein anderes Element, das uns überrascht. Ich kann das schlecht auf den Punkt bringen, und vielleicht gibt es dafür keine Worte – jedenfalls nicht für einen Journalisten. Doch ich will es versuchen. Ich glaube, es hat letztendlich alles mit der Sterblichkeit zu tun – mit der Sterblichkeit und ihrem Gegenteil. Ich spreche von dem seltsamen Eindruck, den man manchmal hat, daß besondere Männer und Frauen – wie soll ich es ausdrücken – sehr menschlich sind, und doch irgendwie etwas haben, was darüber hinausgeht. Sie sprechen ganz normal, diese Leute, sie essen, lachen, spazieren auf den Straßen, sitzen im Café auf einem sonnigen Platz oder im künstlichen Licht einer Bar; doch nichts kann die zarte Aura der Fremdheit auslöschen, die sie umgibt. Das hat nichts mit konventioneller Schönheit zu tun; diese Menschen beschäftigen uns in einer Art, die über die Wirkung von Schönheit hinausgeht. Das ist für mich das Wunder des Menschseins. Wir werden alt, wir schrumpfen zusammen, wir sterben – wir sind letzten Endes allesamt traurige Kreaturen; und doch können uns gewisse Menschengesichter daran zweifeln – oder es uns zumindest für eine Weile vergessen lassen. Inwiefern sind sie anders? Wie soll ich das erklären? Sie wirken gewissermaßen wie befreit. Sie verwandeln unser Leben, wie es Musik tut; sie setzen Zeit und Enttäuschungen außer Kraft; sie lassen uns sogar die letzte traurige Realität und unseren elenden körperlichen Verfall vergessen. Man weiß nie, wann oder wo man ihnen begegnet – den Gesichtern, die uns faszinieren, ohne daß wir wissen, warum. Uns fesselt ein besonderer Schnitt der Augen, ein Lächeln, die Form eines Mundes – vor allem der Geist, der sich dahinter verbirgt, ein gewisser unbekümmerter Wagemut, eine unbeschwerte Leichtigkeit des Lebens, die wunderbar ist und die anscheinend von einer Verbindung zu – ja wozu eigentlich? – spricht.

Ich bin versucht zu sagen: zu einem anderen Leben, auf einer angenehmeren Ebene. Es ist ein Gesicht, das – in vielen Variationen wiederkehrend, männlich und weiblich – in der Jugend nie entwürdigt, nie ausgelöscht werden kann. Wenn es altert und verschwindet, wird es immer durch ein anderes Gesicht ersetzt. Man kann nicht voraussagen, wo es wieder auftauchen wird, bei den Berühmten oder den Unbekannten. Letztendlich kann man es nicht ergründen. Das ist es, was uns unsterblich macht.

Ich will damit sagen: Wenn du Mike verstehen willst, mußt du das verstehen. Und wenn du verstehen willst, wie er sich nach seiner Verwundung veränderte, mußt du die Sache mit dem verkrüppelten Mädchen, Kim Anh verstehen.

Nach seiner Verlegung nach Saigon, in das große amerikanische Feldlazarett in Tan Son Nhut, sollte er eigentlich einige Zeit dort bleiben. Man hatte ihm gesagt, er würde wieder völlig hergestellt, verordnete ihm jedoch strenge Bettruhe, da er immer noch sehr schwach war.

Doch schon nach wenigen Tagen meldete er sich dort ab und zog in Madame Phans Villa um. Sie schickte offenbar ihren Wagen, um ihn abzuholen, und sie ließ ihn sogar von ihrem eigenen vietnamesischen Arzt betreuen.

Aber nun erwies sich die Befürchtung, die Langford mir gegenüber auf der Terrasse des Continental geäußert hatte, als prophetisch. Kim Anh, nach erfolgreicher Operation in Sydney mit ihrem orthopädischen Schuh versehen, seit geraumer Zeit in Madame Phans Haus, hätte ihn dort begrüßen sollen. Aber sie war verschwunden.

5.

TONBANDTAGEBUCH: LANGFORD

TONBAND 12: 16. NOVEMBER 1965

– Dieses Zimmer liegt im ersten Stock, und die Fensterläden über dem Hof stehen immer offen. Es ist so groß wie ein Zimmer im Continental und ähnelt ihm auch ein bißchen. Doch die einzigen französischen Möbel hier sind der schwere alte Kleiderschrank und das Bett. Der Rest ist chinesisch oder indochinesisch: eine schwarze Vitrine mit Goldkanten, eine geschnitzte Truhe aus dem Holz des Kampferbaums, ein seidenes Rollbild mit einer Kiefer und einem Vogel.

– Die einzigen Geräusche sind das Vogelgezwitscher draußen im Litschibaum, die gedämpften Stimmen der Mädchen unten in der Küche, und das Radio, das leise vietnamesische Popmusik spielt. Manchmal stelle ich mir vor, Kim Anh sei dort unten, daß eine der Stimmen ihr gehört. Doch sie ist immer noch fort – auf Verwandtenbesuch.

– Einmal habe ich zu Claudine gesagt, daß ihr Haus schläfrig sei. Seitdem hat sie es im Scherz ihr »schläfriges Haus« genannt. Die Schläfrigkeit hat eine heilsame Wirkung auf mich. Selbst die roten

Fliesen des Zimmers, lauwarm unter meinen Füßen, wenn ich ins Badezimmer gehe – auch sie scheinen mich zu heilen. Frieden – in diesem Raum ist immer Frieden.

– Immer Frieden seit der Operation in Long Binh, als sie mir den Schädel geöffnet haben. Ständig sehe ich die große kreisrunde Lampe über meinem Kopf, ehe ich in der Narkose versank, und das Gesicht des Chirurgen, das wie eine rosa Untertasse über mir schwebt. Daneben sah ich ein anderes Licht – milder, doch mit stärkerem Glanz. Ich möchte mich deutlich ausdrücken, aber vielleicht wird es mir nie gelingen. Das Licht besaß menschliche Gestalt, mit großen Schwingen. Ein Engel? Noch nie habe ich über Engel nachgedacht, habe sie nie ernst genommen. In der Bibel zu Hause gab es Abbildungen von ihnen, aber ich kann mich nicht erinnern, daß der alte Pfarrer in der St. Matthäikirche viel über sie gesagt hätte. Diese Gestalt glich nicht den Bildern in der Bibel oder auf Weihnachtskarten. Nur eine Gestalt, kein Gesicht. Und doch wußte ich, daß sie mich anblickte. Das gab mir ein Gefühl der Sicherheit. Des Geliebtseins, vermute ich.

22. NOVEMBER

– *Elle est morte.*

– Der Brief liegt vor mir auf dem Bett – mein Brief, ungeöffnet. Meine Schrift vorn auf dem Umschlag. Hinten mit Kugelschreiber: *Elle est morte*. Kleine, akkurate Handschrift, wie die eines langweiligen Oberschülers. Der Onkel. Es muß der Onkel gewesen sein.

– Heute hat Claudine für mich einen Diener mit dem Brief nach Cholon geschickt. Ich war allmählich beunruhigt, und Claudine ebenfalls; Kim Anh war eine Woche lang fort. Der Diener, ein alter Mann, sagte, er würde den Ort finden, wo sie gewohnt hat. Er hat meinen Brief mitgenommen und mit einem Mann dort gesprochen, der sie kannte, hat er gesagt; den Namen des Mannes wußte er nicht. Er hat versucht, den Mann dazu zu bewegen, den Brief zu überbringen – doch statt dessen hat der Mann eine Nachricht auf die Rückseite geschrieben und ihn zurückgegeben.

– *Elle est morte.*

– Ich will es nicht glauben. Sie kann nicht tot sein.

– Kann heute keine Aufnahme mehr machen.

– Ich muß raus und Kim Anh suchen. Doch ich habe noch nicht die Kraft dazu. Oft ist mir schwindlig, ich kann nicht sehr weit gehen. Die Wunde juckt und pocht unter dem Verband. Der vietnamesische Arzt will nicht, daß ich dieses Zimmer in der nächsten Woche verlasse.

– *Elle est morte*.

– Ich sehe noch die Hütte vor mir, wo sie früher gewohnt hat, im Elendsviertel von Cholon; die großen öden Flächen wie eine Müllhalde, stinkend nach Abfall und *nuoc mam*, mit einem Gewirr von Gassen zwischen den Blechhütten, die den Stempel amerikanischer Brauereien tragen. Nachts hängen dort draußen schwache Glühbirnen an wirren, schwarz verlegten Leitungen, und zerlumpte Gestalten bewegen sich in ihrem Lichtkreis wie Geister. Es wimmelt dort von Flüchtlingen aus den zerbombten Dörfern und auch von Drogendealern, Prostituierten und Schwarzmarktbossen mit ihren gehorteten Luxusgütern – Diebesware aus den PX-Läden. Warum mußte sie nur dahin zurück? Warum?

– Letzte Nacht habe ich von dem Ort geträumt. Habe gesehen, wie der Onkel sie bei der Hand nahm und wegführte, sie betraten die schwachen Lichtkreise in den Gassen und verließen sie wieder. Sie benutzte wieder ihre Krücke, als wäre sie nie operiert worden, sah aber schöner aus denn je. Ich bin ihnen hinterhergelaufen, doch ich habe sie verloren und bin aufgewacht.

– Claudine hat mir erzählt, daß ein paar Tage vor Kim Anhs Verschwinden ein Mann vor der Villa herumgelungert hat. Zwei der Angestellten haben ihn und Kim Anh miteinander reden sehen – doch Kim Anh habe das bestritten. Sie hat es bestritten – das macht mir am meisten Sorgen.

– Der Onkel: ein Mann in den Vierzigern, mit schiefen Zähnen und bösem Gesicht. Ob er überhaupt ihr Onkel ist? Sie hat das behauptet, hat mir erzählt, daß er sich um sie gekümmert hat, als es sonst keiner tat. Er trug immer modische Sporthemden und eine Sonnenbrille – ein kleiner Gauner wie so viele andere dort draußen in Cholon, mit ihren Höhlen voll gestohlener Waren und den Nutten, die sie an die Amerikaner verkaufen. Einmal war er da, als ich einen Besuch in der Hütte machte, aber er huschte davon, ohne mit mir zu sprechen.

– Ich glaube nicht, daß sie tot ist. Ich glaube, daß ihr Onkel jetzt, wo sie ihren orthopädischen Schuh bekommen hat und ohne

Krücken laufen kann, eine Verwendung für sie gefunden hat. Er wird aus ihr ein Barmädchen machen, das Saigon-Tee verkauft.

– Warum mußte sie nur mit ihm gehen? Warum?

27. NOVEMBER

– Jeden Abend, nachdem eins der Mädchen mir ein Tablett mit Essen gebracht hat und ich gegessen habe, kommt Claudine zu mir.

– Sie sitzt in einem Bambussessel neben meinem Bett und lächelt mich immer auf die gleiche Weise an, seltsame grünliche Augen blicken mich aus ihrem vietnamesischen Gesicht an. Manchmal trägt sie ein schickes Kleid im westlichen Stil, ein andermal nur eine Bluse und Jeans. Ihr Haar ist immer zu einem Knoten geschlungen. Dann wirkt sie sehr französisch. Aber letzten Abend trug sie den *ao dai*, eine malvenfarbene Seidentunika und Hosen, und wirkte ganz und gar vietnamesisch.

– Sie hat mir letzten Abend mehr über sich erzählt als je zuvor – ich glaube, um mich abzulenken. Dann hat sie mir noch etwas gesagt.

– Sie hatte ein Buch bei sich und hielt es in ihrem Schoß. Du bist noch immer unglücklich und machst dir Sorgen, Michael, sagte sie. Das darfst du nicht. Und wenn du jetzt aufzustehen versuchst, wirst du dir schaden. Sei geduldig. *Không xâu*, weißt du noch?

– Ich muß sie suchen, sagte ich. Du glaubst doch auch nicht, daß sie tot ist.

– Vielleicht nicht, sagte sie. Aber wenn sie nicht tot ist, ist sie gegangen, weil sie das wollte. Du hast etwas Wundervolles für sie getan, Michael: Dir hat sie es zu verdanken, daß sie wieder auf zwei Füßen gehen kann. Jetzt geht sie fort in die Welt. Sie war nur ein Kind, du hättest sie nicht wirklich geheiratet. Du glaubst das, aber du hättest es nicht getan. Und du hast ja nicht einmal mit ihr geschlafen, oder? Sie war ein Traum. Die Liebe ist meist ein Traum, aus dem wir erwachen.

– Sie klappte das Buch auf. Ich habe dir das zum Vorlesen mitgebracht, sagte sie. Ein chinesischer Dichter, ins Englische übersetzt. Ein Dichter aus der Ming-Zeit. Männer wie du machen sich wohl nicht viel aus Poesie. Aber für uns in Vietnam ist Poesie noch wichtig; Männer wie du lesen sie hier noch. Ich werde dich zum Zuhören bringen, Snow. Dieses Gedicht könnte dir etwas beibringen – oder dich schläfrig machen, in meinem schläfrigen Haus.

– Vor kurzem hatte sie angefangen, mich zum Spaß »Snow« zu

nennen, als sie hörte, daß alle *bao chi* mich so nennen; es scheint sie zu amüsieren. *Snow*, sagt sie mit ihrer tiefen Stimme und schaut mich mit ernster Miene an, bevor das Lachen herausplatzt.

– Sie las mir jetzt das Gedicht vor; es war kurz. Hinterher ließ sie mir das Buch mit der angestrichenen Stelle da. Es stimmt, ich lese normalerweise keine Gedichte, doch das gefiel mir, und ich schrieb es mir ab.

Ein kleiner Fischteich, nicht viel größer als einen halben Quadratmeter,
und nicht schrecklich tief.
Ein Goldfischpaar schwimmt darin
so frei wie in einem See.
Wie Berggerippe inmitten eisiger Herbstwolken
durchbrechen winzige Stalagmiten die gekräuselte Oberfläche.
Für die Fische ist wichtig, daß sie leben –
die Tiefe des Wassers kümmert sie nicht.

– Nachdem sie mir das vorgelesen hatte, saß Claudine eine Weile schweigend da. Das Zimmer war halb dunkel, nur die kleine Tischlampe mit ihrem orangegelben Pergamentschirm brannte neben dem Bett. Dann fing sie an zu reden.

– Je älter ich werde, desto mehr verblaßt die europäische Hälfte von mir, sagte sie. Früher habe ich französische und englische Romane gelesen, jetzt lese ich nur noch die chinesischen und vietnamesischen Dichter. Ich würde das jetzt viel lieber tun, als das Geschäft führen.

– Und sie fing an, mir von ihrer Jugend zu erzählen, als sie in Paris studierte. Ihr Vater hatte geglaubt, sie würde einen Franzosen heiraten. Vier Jahre nach Kriegsende wurde sie von ihm nach Paris geschickt, um an der Sorbonne zu studieren – und auch um einen Gatten zu finden. Zuerst gefiel ihr der Gedanke, und Europa begeisterte sie; sogar die Kälte, sagte sie, und der graue Winterhimmel, der eine orangerote Sonne durchschimmern ließ. Sie machte alles, was man eben in Paris so macht – sie unterhielt sich mit Freunden in Cafés über Filme und Bücher und hatte eine Affäre mit einem interessanten Franzosen, den sie mochte, aber nicht liebte. Damals kam die französische Hälfte ihres Geistes zum Vorschein, sagte sie. Doch dann starb ihr Vater, und sie kehrte hierher nach Saigon zurück.

– Ach Snow, sagte sie, wo wir unsere Kindheit verbringen, das zählt! Und sie schilderte mir, wie sie die Verwandten ihrer Mutter vermißt hatte, und die Tamarindenbäume auf den Straßen, die

Hitze, die Geräusche und die Gerüche. Sie hatte den Monsun vermißt, wenn der Regen wie aus Eimern herabstürzt und im Delta alles zum Leben erwacht. Sie hatte sogar die Gerüche der Monsunabwässer vermißt.

– Sie fand nun heraus, daß sie ganz und gar Vietnamesin war; sie wurde sogar nationalistisch. Sie wollte, daß die Franzosen davongejagt wurden, was ihren Vater, wäre er noch am Leben gewesen, sehr betrübt hätte. Ihr Mann, Phan Le Dang, war jung und ebenfalls idealistisch gesinnt, als sie ihn kennenlernte. Er war aus Hanoi hierhergekommen, und er war sehr nördlich geprägt und ernst, sagte sie. Sie besuchten beide denselben politischen Klub. Sie wollten die Franzosen vertreiben, aber sie mochten die Kommunisten nicht.

– Wir haben mit genügend Marxisten diskutiert, um zu wissen, daß sie Fanatiker sind, sagte sie. Für Leute, die uns vorzuschreiben versuchten, wie wir denken und leben sollten, hatten wir nichts übrig. Ganz sicher wollten wir die französische Herrschaft nicht gegen eine andere verdammte Diktatur unter den Kommunisten eintauschen. Wir wollten wahre Freiheit; statt dessen bekamen wir jedoch diesen schmutzigen Krieg.

– In diesen frühen Jahren liebte sie Phan Le Dang wirklich. Während sie ihm das Geschäft aufzubauen half, entdeckte sie ihr Talent dafür. Es verband sie mit ihm, und es verband sie mit dem Leben hier. Für einen Vietnamesen besteht das Leben aus Geschäftemachen, sagte sie. Ja, sagte sie, Bestechung und Korruption gehören dazu – doch das durchdringt hier alle Bereiche des Lebens; die edel gesinnten Intellektuellen machen auch mit. Die meisten Geschäftsleute sind zwar schlichte Gemüter, aber gerissen, habe ich festgestellt. Ein wenig wie die Politiker – komplexe Zusammenhänge machen ihnen Angst.

– Aus diesen Gründen könne sie seit einiger Zeit das Geschäftemachen und die Geschäftsleute nicht mehr so auf die leichte Schulter nehmen – auch die Politiker nicht. Und sie habe ihre Gefühle für ihren Mann verloren. Geld machen war inzwischen das einzige, was er wollte, und er begann, Dinge zu tun, mit denen sie nicht einverstanden sein konnte und von denen sie nichts wissen wollte.

– Ich will dir was sagen, Snow. Phan Le Dang hat nicht nur Uhren und Lebensmittel über die kambodschanische Grenze verkauft. Er hat Schnellfeuergewehre verkauft – ich glaube, er hat sie an die nordvietnamesische Armee verkauft. Er hatte noch Angehörige im Norden, und vielleicht haben ihn die NVA-Leute unter Druck gesetzt. Ich glaube, das ist der Grund für sein Verschwinden; irgend etwas ist schief gegangen. Vielleicht erzählst du das jetzt Aubrey Hardwick? Doch Aubrey weiß es bestimmt schon.

– Ich sagte ihr, nein, ich würde Aubrey nichts erzählen. Was wir miteinander redeten sei privat. Wir seien Freunde, und ich stünde nicht auf Hardwicks Gehaltsliste.

– Es gab eine Zeit, da hätte ich dir das nicht erzählt. Jetzt ist es mir egal, für mich hat sich das alles erledigt. Verstehst du, was ich sagen will? Laß dich nicht auf diese Spiele für Aubrey ein, Snow. Traue ihm nicht, sonst wirst du es eines Tages bereuen.

– Das Licht der kleinen orangegelben Lampe ließ ihr Gesicht wie eine schöne Maske erscheinen – wie eine von ihren Schnitzereien unten. Sie saß mit gefalteten Händen aufrecht da und blickte mich mit gerunzelter Stirn an. Diesen Ausdruck hatte ich bei ihr vorher noch nie gesehen.

– Aubrey hat von Phan Le Dang und mir jahrelang gute Informationen bekommen, sagte sie, besonders darüber, was den Ho-Chi-Minh-Pfad herunterkam. Doch jetzt muß sich unser Onkel Sorgen machen – er mußte sich fragen, ob Dang ihm nicht falsche Informationen geliefert und die ganze Zeit über Verbindungen zum Norden gehabt hat oder ob sie ihn vielleicht umgedreht haben. Das ist doch der Alptraum jedes Spionagechefs. Du kannst Aubrey sagen, daß ich es nicht weiß. Ich weiß es nicht, weil ich meinen Mann schon seit Jahren nicht mehr gekannt habe. Und ich sage dir noch etwas. Nach allem, was ich weiß, haben Aubrey und seine Freunde dafür gesorgt, daß mein Mann verschwunden ist. Das würde doch einen Sinn ergeben, oder? Schau nicht so entsetzt drein. Für mich haben sich die geheimen Spielchen erledigt. Sie sind vorbei für mich.

– Dann seufzte sie und lehnte sich zurück; sie wirkte müde.

– Geschäfte und Politik und der Krieg umgeben mich wie ein verfluchtes Netz, sagte sie. Ich bin gezwungen, in seiner Mitte zu sitzen, wenn auch nur zum Wohl meiner Söhne, die noch zur Schule gehen. Sie können sich nur noch auf mich stützen. Doch ich bin es leid, Michael. Ich würde lieber Gedichte lesen. Ich würde lieber ein Restaurant führen, mit meiner kleinen Khanh Ha. Ja, vielleicht verkaufe ich das Geschäft und mache aus diesem Haus ein Restaurant! Meine Waisen werden mir helfen. Was meinst du?

– Sie warf den Kopf zurück und ließ ihr lautes Lachen hören; doch heute abend klang es nicht sehr lustig.

– Es wird Zeit, daß du schläfst, Snow, sagte sie. Dann beugte sie sich vor und küßte mich auf den Mund. Das hat sie vorher noch nie getan; ihre Lippen fühlten sich sehr weich und müde an.

29. NOVEMBER

– Als ich heute morgen aufwachte, war mein Geist wie ein sauberes Bettuch, das man zum Trocknen in die Sonne gehängt hat.

– Das ist nicht das Glück, aber auch kein Kummer. An diesen Ort hat mich Claudine geführt. Ich möchte es im Gedächtnis behalten, und alles, was sie zu mir gesagt hat.

– Gestern abend haben wir uns wieder unterhalten, und sie hat neben mir auf dem Bett gelegen.

– Wir lagen einfach nebeneinander, Kopf an Kopf und Fuß an Fuß und hielten einander umfaßt. Sie war wieder im *ao dai* gekommen; dann war sie nackt, und ihr Haar hing wie ein schwarzes Zelt um uns. Und selbst noch als wir uns liebten und ich alles vergaß, wußte ich, daß sie mir nie gehören konnte, mochte ich auch noch so viel für sie empfinden.

– Hinterher flüsterte sie mir ins Ohr, während ihre Hände über mich glitten. Sie schien jeden Muskel und jeden Nerv zu erkunden und zu heilen; und schließlich entspannte sich jeder Muskel und Nerv, und ich schwebte befreit von meinem Körper im Raum. Nichts und niemand hatte mir je zuvor dieses Gefühl verschafft. Für kurze Zeit nahm sie die Traurigkeit von mir – nicht nur die wegen Kim Anh, auch alle andere.

– Sie lag im Schein der Lampe auf den Ellbogen gestützt, streichelte meine Stirn und sah auf mein Gesicht herunter. Sie berührte dort die Wunde, und die andere, hinter dem Ohr, dann erkundete sie mit dem Finger den Abdruck, den der Kalaschnikow-Gewehrkolben des Vietcong im Delta auf meiner Stirn hinterlassen hatte.

– Snow, sagte sie mit ihrer tiefen Stimme; doch diesmal lachte sie nicht. Schon so viele Wunden. Sie schüttelte den Kopf, die Lippen waren vorgeschoben. Du bist fast umgekommen, und das nächste Mal hast du vielleicht nicht so viel Glück. Du könntest mit meinem Cousin Trung dort unten, in einem verfluchten Reisfeld im Delta, sterben. Doch du wirst nicht aufhören, ins Feld zu ziehen, stimmt's? Das bedeutet, daß du in einem Traum lebst. Deshalb darf ich dich nicht lieben, weil du jederzeit verschwinden kannst.

– Ich sagte ihr, daß ich nicht die Absicht hätte zu verschwinden. Doch sie antwortete nicht und sah mich nur an.

– Dann sagte sie: Denke nicht, daß ich dir schmeicheln will, Michael. Ganz im Gegenteil. Ein Kämpfer zu sein ist ein trauriges Los – und natürlich bist du einer. Das heißt, du wirst immer allein sein. Du bist ein Kämpfer, weil der Kampf und die Kameradschaft der Männer dir mehr als alles andere bedeuten. Leugne es nicht. Du machst es doch wirklich nicht um des Geldes willen? Viele Leute sagen, Geld interessiere sie nicht, doch gewöhnlich lügen sie; besonders die, die es zu nicht viel bringen. Aber du bist wirklich nicht daran interessiert, das merke ich – ich kenne mich da aus. Und du bist der Kämpfer, den andere Männer lieben, weil du das bist, was sie sein möchten. Du würdest einen guten Vater abgeben. Doch wenn du Kinder hättest, würden sie wohl bald Waisen sein. Es ist also besser, wenn deine Kinder schon Waisen sind – wie Kim Anh.

– Du hast ein bißchen von einer Frau in dir, sagte sie. Sei nicht beleidigt, Snow, ich weiß, daß es stimmt – es ist in deinem Gesicht. Und vielleicht lieben dich deshalb die Männer noch mehr, ohne zu wissen, warum. Was die Frauen angeht, so werden sie dich immer retten und ändern wollen. Doch sie werden dich nicht ändern und nicht besitzen. Und das verstehe ich deshalb so gut, weil ich genauso bin. Mich kann man auch nicht besitzen, und ich will dich nicht besitzen. Doch wir werden hier immer füreinander dasein, ja?

– Mach dir nicht so viel Gedanken, weil du deine Kim Anh verloren hast, sagte sie. Vietnamesen verschwenden keine Zeit mit Gefühlen des Bedauerns, das ist eine törichte Verschwendung von Leben; das solltest du lernen. Du wärst nicht bei ihr geblieben, sagte sie, obwohl du es gewollt hast. Ja, ich weiß, wie sehr du sie geliebt hast. Ich habe mich selbst ein wenig in sie verliebt, sie war so schön. Sieh mich nicht so an – manchmal liebe ich Frauen, hast du das nicht gewußt? Ich habe noch nie einen Mann getroffen, für den ich so viel empfinde wie für dich, aber ich werde nicht sagen, daß ich dich liebe. Und ich weiß, daß ich dich nicht verlieren werde, weil ich weiß, daß du Asien nie verlassen wirst.

– Ich fragte sie, woher sie das wisse.

– Vielleicht bin ich so etwas wie eine Hexe, sagte sie. Ich weiß auch, daß du nicht hier in Vietnam sterben wirst. Du wirst anderswo in Asien sterben. Keine Sorge, es wird noch lange nicht sein. Und denke immer dran: »Für die Fische ist wichtig, daß sie leben – die Tiefe des Wassers kümmert sie nicht.«

– Das alles aufzunehmen ist vielleicht keine sehr gute Idee. Mag sein, man sollte es lieber vergessen – obwohl ich das nicht möchte. Vielleicht lösche ich das Band irgendwann.

6.

HARVEY DRUMMOND

Über Kim Anh hatte ich fast nichts gewußt. Jetzt war sie verschwunden, und ich bezweifle, daß Langford sie wirklich viel besser gekannt hatte als ich.

Einige denken, das Verschwinden des verkrüppelten Mädchens (und möglicherweise sein Tod, wir werden es wohl nie erfahren) war ein schwerer Schlag für ihn und der Grund, weshalb er nie geheiratet hat. Ich meinerseits bin da nicht so sicher – aber bestimmt hat er sich seit dieser Zeit geändert. Äußerlich war das nicht zu merken – er war unbekümmert und gutgelaunt wie immer, und seine Lebensfreude schien zurückgekehrt, sobald er wieder als Fotoreporter an der Front arbeitete. Doch dann, wieder in Saigon in der Villa Wolkow, verfiel er zeitweise in grüblerisches Schweigen, und er trank in den Bars der To-Do-Straße viel mehr als früher. Meist war er in Gesellschaft von Wolkow und Feng, auch ich begleitete ihn, wenn ich in der Stadt war. Doch manchmal sah ich ihn auch allein dort sitzen.

Er mußte in jeder Bar und jedem Bordell im Zentrum von Saigon viele Male getrunken haben. Überall suchte er Kim Anh. Er sprach selten von ihr, beharrte uns gegenüber jedoch auf seiner Meinung, daß sie noch am Leben sei und auf irgendeine Weise von dem Mann gefangengehalten wurde, der sich als ihr Onkel ausgab. Er war überzeugt, daß der Onkel sie als Barmädchen arbeiten ließ und von ihren Einkünften lebte. Er suchte auch nach dem Onkel, indem er oft die Elendsquartiere bei Cholon durchstreifte; doch auch ihn fand er nicht.

Wie wir wissen, hatte Langford viele Jahre danach nur wenige und flüchtige Beziehungen zu Frauen. Das einzige, was diesbezüglich in seinem Leben Bestand hatte, war die Freundschaft mit Madame Phan – und wie ich schon sagte, hielt ich sie für platonisch. In Vietnam hatte er keine anderen ernsthaften Verbindungen; und soweit ich weiß, hatte er nie wieder eine Beziehung zu einer weißen Frau. Seine gelegentlichen Affären hatte er – wenn überhaupt – immer mit vietnamesischen und kambodschanischen Barmädchen. Vor Kim Anhs Verschwinden war er nie zu Barmädchen gegangen. Wenn er jetzt in Begleitung eines dieser Mädchen erschien, war sein

Verhalten ihnen gegenüber von ausgesuchter Höflichkeit und voller Respekt. Es klingt vielleicht albern, aber er behandelte die Barmädchen wirklich wie Damen.

Einige machten zynische Bemerkungen darüber und betrachteten es als eine Strategie der Verführung, die er anwandte; aber das glaube ich nicht. In einer anderen Zeit hätte man ihn wohl als Romantiker bezeichnet. Das mag paradox erscheinen, da wir wahrscheinlich von einem sehr zufälligen Sexleben sprechen, das dem vieler anderer Korrespondenten und Kameraleute gleicht, Männern wie Wolkow. Doch Langford war zu diesen jungen vietnamesischen Frauen immer sehr großzügig; genauso hatte er es ja mit seinen Bettelkindern gehalten. Ich habe auch gehört, daß er einigen ihrer Familien geholfen hat – wenn sie noch Familien hatten. Er führte jetzt dort in dem Elendsviertel bei Cholon eine Art geheimes Leben; nachdem er die Suche nach Kim Anh und ihrem Onkel aufgegeben hatte, schien er sich dafür zu engagieren, den vor den Bombenangriffen geflohenen Menschen zu helfen. Darüber sprach er nicht; man erfuhr indirekt davon. Wenn ich also behaupte, daß er ein romantisches Verhältnis zu seinen Barmädchen hatte, will ich damit sagen, daß ein gewisser Idealismus im Spiel war, der wahrscheinlich auf Mitleid basierte. Und Mitleid kann romantisch sein, findest du nicht auch? Mitleid kann eine Art Aphrodisiakum sein. Und vielleicht waren diese Mädchen alle Schatten von Kim Anh.

Nachdem ich das alles gesagt habe – und alles sind nur Vermutungen –, kann ich den Verlust dieses Mädchens nicht so recht als tiefe Tragödie sehen. Vielleicht bist du anderer Meinung. Doch die Episode war so kurz, so unwirklich gewesen. Und die Sprachbarriere hatte eine tiefgründige Kommunikation verhindert. Er konnte nur wenig französisch, und das Vietnamesische beherrschte er damals erst unzulänglich. Seine Bekanntschaft mit Kim Anh war, ungeachtet dessen, was er für sie getan hatte, so kurz wie seine Bekanntschaft mit Vietnam damals. Verzeih mir also, wenn ich seine Liebe zu ihr, obwohl sie so ergreifend schön und traurig war, als Illusion betrachte. Ich möchte nicht gefühllos klingen, doch ich hatte auch den Eindruck, daß er hoffte, Kim Anh würde die Antwort auf etwas sein – und jetzt war ihm die Antwort abhanden gekommen.

 Ich habe keine Ahnung, was das gewesen sein kann.

Wenige Monate später, im Februar 1966, teilte mir ABS meine Versetzung nach London mit. Es sollte sieben Jahre dauern, bis man mich wieder nach Indochina schickte. Ich verlor also Langford aus den Augen, abgesehen davon, daß wir in diesen Jahren ein paar Briefe wechselten und daß ich seine Fotos in verschiedenen Zeitungen und Zeitschriften sah, bis ich Anfang 1973 als Berichterstatter über den Krieg in Kambodscha zurückkehrte.

Ich erinnere mich noch gut an mein letztes Zusammentreffen mit ihm in Saigon. Es war am Tag vor meiner endgültigen Abreise – und es war jener Nachmittag, an dem er während der Fünf-Uhr-Show seinen ungewöhnlichen Ausbruch hatte.

Sicher hast du von der Fünf-Uhr-Show gehört. So nannten wir die Pressekonferenz, die das US-Militärkommando jeden Nachmittag im Rex über die Bühne gehen ließ. Das Rex war ein großes Hotel auf dem Nguyen-Hue-Boulevard, das dem Eden-Gebäude, wo Telenews und andere Nachrichtenagenturen untergebracht waren, bequem gegenüberlag. Das Rex war ganz vom Kommando der Militärhilfe in Vietnam (oder vom »Macvee«, wie wir »Military Assistance Command, Vietnam« kurz nannten) in Beschlag genommen worden, und im Erdgeschoß war eine der vielen amerikanischen Organisationen untergebracht, die unter einer Abkürzung liefen: JUSPAO, das »Joint U.S. Public Affairs Office« – US-Verbindungsbüro für Öffentlichkeitsarbeit.

Hier betraten wir eine ganz und gar nordamerikanische Zone. Sie war mit Klimaanlage versehen und von fleißigen Public-Relations-Leuten bevölkert, die auf der Schreibmaschine schrieben oder telefonierten, umgeben von jener geschäftigen Atmosphäre, mit der die Amerikaner so beeindrucken oder beunruhigen können, ganz nach den persönlichen Vorurteilen. Der Ausstoß an Papier in diesem Ameisenhaufen war furchterregend. Er umfaßte nicht nur die wichtigen täglichen Informationen, auf die wir alle angewiesen waren, sondern auch eine fortlaufende Geschichte vom Krieg, wie ihn sich das MACV wünschte – eine Art Fortsetzungsroman, dessen Ton realistisch, doch stets positiv war und der mit einem Sieg enden mußte. Die Ausgaben der Morgen- und Abendzeitungen blähten die Zeitungsständer; wir wurden sogar mit Telefonen versorgt, um das Material sofort durchgeben zu können. Als Journalist konnte man fast ausschließlich in den Mauern dieses papierenen Reichs leben, wenn man wollte, und über den Krieg aus dem JUSPAO und aus dem Blickwinkel von JUSPAO berichten.

Manche taten das, doch andere *bao chi* fingen an, bei der »Show« immer mehr skeptische Fragen zu stellen, und sie deuteten an, daß die Geschichte auf dem Papier sich nicht immer mit dem deckte, was sie draußen erlebt hatten. Und das machte Langfords Auftritt an dem Abend für seine Kollegen ziemlich interessant.

Die Konferenz fand in einem komplett ausgerüsteten Vortragssaal statt. Wenn ich aus dem Lärm und der abgasgeschwängerten Hitze des Nguyen-Hue-Boulevards dort hineinkam, war ich immer froh über die eiskalten Finger der importierten Klimaanlage und nicht geneigt, über den amerikanischen Luxus zu spotten. Ungefähr hundert von unseren Leuten saßen, Notizbücher und Pressematerialien auf dem Schoß, wie alternde Studenten zusammengedrängt auf Stahlrohrstühlen – apathisch oder übermütig, je nachdem. Ich saß am Gang, Trevor Griffiths gegenüber; Langford war irgendwo hinten. Er war spät gekommen, wie gewöhnlich, da er auch zur Pressekonferenz der südvietnamesischen Armee um 16.30 Uhr im ARVN-Hauptquartier, weiter oben auf dem Boulevard, zu gehen pflegte. Kaum einer ging dorthin, und ich gestehe, ich auch nicht – die Sitzgelegenheiten waren schäbig, es gab keine Klimaanlage, keine Mikrofone, keine Karten, und die Journalisten sahen sowieso keinen Sinn darin. Die ARVN hatte keinen Nachrichtenwert; die Amerikaner führten den Krieg.

Scherze und Gelächter waren jetzt zu hören, und es wurde ausgiebig gehustet, während wir auf den Beginn des Briefings warteten. Ein Army-Major in gestärkten Khakihosen mit messerscharfen Bügelfalten stieg aufs Podium; den Zeigestock in der Hand, trat er ans Pult vor den Karten und Lageskizzen. Er war groß und hatte eine vorzeitige Glatze mit fuchsrotem Haarkranz; der eindringliche Blick seiner braunen Augen war ehrlich. Ein älterer Colonel mit stahlgrauem Bürstenschnitt stand neben ihm bereit, um sich einzuschalten, wenn die Fragen schwierig wurden.

Der Major spulte sein Briefing ziemlich rasch ab und bediente sich dazu der Vietnam-Militärsprache, die wir alle beherrschen mußten, um überhaupt etwas zu verstehen. Unter anderem erwähnte er die fortgesetzte US-Militärhilfe für die südvietnamesischen Streitkräfte durch strategische Bombardierungen. Er behauptete wie gewöhnlich, daß die Luftangriffe das Vordringen des Vietcong erfolgreich stoppten. Das war alles so ziemlich Routine, und ich sah an diesem Abend keine Story.

Als die Zeit für Fragen gekommen war und der mit seinem Tonbandgerät unter dem Podium sitzende Soldat ein Mikrofon auf die Zuhörer zu richten begann, war ich überrascht, als ich Langford von den hinteren Reihen aus seinen Namen nennen hörte. Fotografen stellten selten Fragen, und Mike hatte das nie getan. Als ich mich umdrehte, sah ich, daß er sich erhoben hatte und noch seinen Kampfanzug trug – er mußte geradewegs aus dem Feld hierher gekommen sein. Seine Kameras hatte er nicht dabei; vielleicht hatte er sie gegenüber im Telenews-Büro gelassen. Er sah verdreckt und extrem erschöpft aus, und seine Stimme war sehr leise – ich mußte mich anstrengen, um ihn zu verstehen. Doch er hatte, besonders durch seine Bilder für *Newsweek* und *Paris Match*, schon einen guten Ruf, und die Berichterstatter hörten ihm aufmerksam zu.

»Major, Sie haben, glaube ich, gesagt, daß das Gebiet südlich von Soc Trang durch Luftangriffe befriedet worden ist«, sagte er. »Sie haben auch gesagt, daß der Vietcong dort keine ernsthaften Probleme bereite. Ich komme gerade von dort unten zurück, wo ich eine Woche mit einem ARVN-Bataillon im Feld war. Das sind die einzigen Bodenstreitkräfte, die in diesem Gebiet den Vietcong bekämpfen. Kein anderer Berichterstatter war dort. Ich möchte Ihnen sagen, daß ich keine Anzeichen dafür gesehen habe, daß die Luftangriffe den Vietcong schwächen. Es gibt nur große Verluste unter der ländlichen Bevölkerung ohne jeden militärischen Gewinn.«

Er machte eine Pause, und es herrschte Schweigen. Man verdrehte sich den Hals, um ihn anzusehen, ich auch. Offen gesagt, war ich überrascht und auch verlegen. Statt eine Frage zu stellen, hielt Mike eine Rede, wie ein Korrespondenten-Neuling, der eine Antikriegshaltung propagieren will. Das war völlig untypisch für ihn, wie auch sein Auftreten. Er hatte die Fäuste geballt, und seine Augen traten leicht hervor, als sei er betrunken. Aber er war ganz offensichtlich nicht betrunken; er schien, obwohl er leise sprach, sogar einen gewissen Zorn zu unterdrücken – ich glaube nicht, daß das ein zu starkes Wort ist. Bei einem so ruhigen Typ wirkte das unheimlich.

Der Major runzelte die rötlichen Brauen und starrte Langford an, als habe er große Mühe zu verstehen, was er hier suche. Vielleicht störte ihn der dreckige Kampfanzug. Doch als er antwortete, blieb sein Ton höflich. »Nun, das ist die Einschätzung eines Beobachters in bezug auf ein bestimmtes Gebiet. Unsere Aufklärung zeigt aber, daß die von uns zur Unterstützung der südvietnamesischen Regierungsstreitkräfte geplanten Luftangriffe im allgemeinen ihren Zweck erfüllen. Indem wir dem Feind seinen dörflichen Rückzugsraum nehmen, beeinträchtigen wir seine Wirkungsmöglichkeiten. Hatten Sie wirklich eine Frage, Mr. Langford?«

Langfords Gesicht verfärbte sich, es wurde dunkelrot. Das habe ich bei einem Erwachsenen selten erlebt, und es war sowohl grotesk als auch beunruhigend. Doch die Röte verflog wieder genauso schnell, wie sie gekommen war, und mit kreidebleichem Gesicht und fester Stimme antwortete er.

»Ja, Major, ich habe tatsächlich eine Frage. Können Sie bestätigen, daß heute vormittag eine offene Feldschlacht zwischen den Streitkräften des Vietcong und der ARVN direkt südlich von Soc Trang mit amerikanischer Luftunterstützung stattgefunden hat? Und können Sie bestätigen, daß diese Schlacht mit schweren Verlusten für das ARVN-Bataillon und der Auslöschung einer ganzen Kompanie geendet hat?«

Es waren einige leise Ausrufe zu hören, und der Major zögerte. Ehe er antworten konnte, fuhr Langford fort. »Ich war während des gesamten Kampfes bei dieser Kompanie – und ich möchte eine weitere Frage stellen. Können Sie bestätigen, daß der Kompanieführer, Hauptmann Le Tan Trung, durch amerikanisches Feuer getötet wurde, weil ein US-Helikopter falsche Koordinaten hatte? Und können Sie ebenfalls bestätigen, daß zwei US-Kampfhubschrauber von den Vietcong abgeschossen wurden, wobei sechs Amerikaner umkamen?«

Er setzte sich, und es begann eine laute Diskussion. Ich sollte klarstellen, daß die Aufregung wirklich nicht wegen des Schicksals der ARVN-Kompanie entstand – eine Niederlage der ARVN im Delta war, selbst bei diesem Ausmaß und trotz amerikanischer Verluste, keine aufsehenerregende Nachricht. Die gegenwärtigen amerikanischen Gefechte im Hochland waren von vorrangiger Bedeutung. Interessant war der Umstand, daß wir nicht darüber informiert worden waren.

Der Major warf dem Colonel einen schnellen Blick zu. Der Colonel schritt rasch zum Mikrofon, verschränkte die Hände ordentlich über der Lendengegend und räusperte sich.

»Jawohl, wir können bestätigen, daß die Schlacht stattgefunden hat«, sagte er. »Ich weiß nicht, unter welchen Umständen ein Kompanieführer durch freundliches Feuer getötet worden ist, aber wenn es sich bestätigt, bedaure ich das aufrichtig. Und den Abschuß zweier UH-1 Iroquois-Kampfhubschrauber, bei dem sechs Amerikaner ums Leben kamen, kann ich ebenfalls bestätigen.«

Er trat unvermittelt zurück, als sei die Sache damit erledigt.

Das war sie aber natürlich nicht. Die Presseoffiziere waren gezwungen worden, Verluste zuzugeben, die sie uns nicht mitgeteilt hatten – und das würde die Story werden für Journalisten wie Griffiths, der erfreut lächelte und wie wild in sein Notizbuch kritzelte. Die Niederlage selbst und der Tod von Mikes Freund Hauptmann Trung interessierten kaum.

Ein Korrespondent der *New York Times* hatte sich erhoben. Ein wuchtiger Mann namens Kramer, mit dunkler, aus der Stirn zurückweichender Bürste und einer jener tiefen amerikanischen Stimmen, die Aufmerksamkeit fordern. Von seinen Kollegen wurde er hochgeschätzt, und die MACV verfolgten seine Storys mit besonderem Interesse.

»Ich habe folgende Frage, Colonel. Da Ihre Informanten diese Schlacht unterschlagen haben, frage ich mich, was Sie sonst noch unterschlagen haben? Und welche Glaubwürdigkeit diese offiziellen Briefings nun noch für uns haben?«

Der Colonel preßte die Lippen zusammen; er zögerte, ehe er antwortete, und ich drehte mich erneut nach Langford um. Doch ich stellte fest, daß er den Raum bereits verlassen hatte; sein Stuhl war leer.

Ich trat unter dem mit Teakholz eingefaßten Vordach des Rex ins Freie. Ich war gegangen, sobald ich gesehen hatte, daß Mike fort war; ich wollte ihn einholen. Ich wußte, in wenigen Augenblicken würden vielleicht andere Korrespondenten folgen, um seine Story zu erfahren.

Die mit gelblichen Ziegeln gedeckten Türme des alten Rathauses oben auf dem Nguyen-Hue-Boulevard warfen barocke Schatten, und die Flut der Fahrräder und Motorroller bewegte sich jetzt, da der Abend nahte, schneller. Gegenüber blinkte am Eden-Gebäude aus Stahlbeton direkt über unserem Bürofenster die Neonschrift Sanyo, und mir war plötzlich klar, daß ich mich von Saigon verabschiedete; bis eben hatte ich es noch nicht so richtig begriffen. Ich sah mich in dem Gewühl nach Langford um.

Bald erblickte ich seinen blonden Kopf, doch er war schon ein Stück weg und lief auf dem Bürgersteig nach Süden in Richtung des Flusses. Er ging schnellen Schrittes, trotz seiner Kampfstiefel, und ich beeilte mich und versuchte, ihn einzuholen.

Doch es gelang mir nicht. Plötzlich bog er rechts in die Le-Loi-Avenue und überquerte dann die verkehrsreiche Straße, einem kleinen Pulk Fahrrädern und Motorrollern ausweichend. Ein vorbeifahrender Konvoi von Militärlastern und Jeeps verbarg ihn vor mir, und als der vorüber war, war er verschwunden.

Ich nahm eine Fahrradrikscha, die mich die Tu-Do-Straße hinunter zur Happy Bar brachte, in der Hoffnung, daß er auch dahin käme. Er war nicht da, doch ich bestellte ein Bier und ließ mich auf einem Barhocker nieder. Dmitri Wolkow hatte einen Auftrag, der ihn nach Kambodscha führte, doch Jim Feng und Trevor Griffiths würden bald kommen – wir hatten uns hier verabredet.

Als sie eintrafen, wollten sie wissen, wo Langford steckte, sie hatten geglaubt, daß er an meinem letzten Abend hier zu uns stoßen würde. Das hatte ich auch geglaubt; doch jetzt war ich mir dessen nicht mehr so sicher.

Griffiths erinnerte sich voller Schadenfreude an Mikes Auftritt; im Lampenlicht glitzerten seine Augen so, wie immer, wenn er zutiefst befriedigt oder erbost war. Er hatte seine Story schon an den *Guardian* geschickt, und jetzt saß er schräg auf seinem Barhocker, um mich mit der Miene eines Sportlers, der ein gutes Rennen gelaufen ist, anzusehen.

»Großartig, der Auftritt von Langford«, verkündete er. »Eine deutliche Bloßstellung der Schönfärberei und Ausflüchte des Macvee. Ich habe nicht gewußt, daß Snow das drauf hat. Im Innern ist dieser Mann ein Rebell, trotz seiner exzentrischen Ergebenheit für die Sache der Südvietnamesen.« Er zog heftig an seiner Zigarette und genoß die Verwirrung der Amerikaner. »Der Vietcong wird bald das ganze Delta einnehmen und als nächstes Saigon. Aber du wirst es nicht miterleben, was, Harvey? Sag, was du trinken willst, Junge; heute abend trinken wir auf deine Abreise nach England und spendieren dir ein gutes italienisches Essen.«

Jim Feng blickte mich nüchtern an und reichte mir einen Scotch. »Das ist traurig für Mike«, sagte er. »Hauptmann Trung und er waren Freunde; deshalb ist er so explodiert. Wir sollten ihn suchen.«

Ich hatte schon im Telenews-Büro und in der Villa angerufen, an beiden Orten sei er nicht, teilte ich ihnen mit. Später verließen wir die Happy Bar und machten uns auf, andere Bars nach ihm abzusuchen. Aber wir fanden ihn nicht und gingen ohne ihn ins La Dolce Vita essen.

Danach, etwa um halb zwölf, die Sperrstunde rückte heran, ging Griffiths in sein Hotel, und Jim fuhr im Budgie nach Hause in die Villa Wolkow. Er dachte, daß ich mitkäme, doch ich beschloß, noch eine halbe Stunde auf der Tu-Do-Straße zu bleiben. Ich wollte mich immer noch von Langford verabschieden.

Ich konnte nicht sicher sein, daß er in dieser Nacht überhaupt in der Villa auftauchen würde; sein Kommen und Gehen war in letzter Zeit immer weniger voraussehbar gewesen. Und ich wollte mich auch von dem ausgelassenen Treiben auf der nächtlichen Tu-Do-Straße verabschieden, das jetzt, eine Stunde vor der Ausgangssperre, seinem Höhepunkt zustrebte. Ich wollte mich von Saigon verabschieden – einer Stadt, die sehr wohl fallen konnte, ehe ich sie wiedersah.

Saigon, die Perle! Jetzt war sie ausgelaugt – verderbt, dem Untergang geweiht, bedrohlich. Meist verabscheute ich sie, doch jetzt, wo ich Abschied nahm, wußte ich, daß ich sie verrückterweise vermissen würde. Ganz bestimmt würde ich die Drei Musketiere und die Villa Wolkow vermissen; ich argwöhnte, daß ich sogar den Krieg vermissen könnte und das ewige dumpfe Schlagen der Rotorblätter und das Donnern der F-4 Phantoms und Super Sabres hoch oben am Himmel – die Musik des Krieges. Ich suchte also mit betrunkener Besessenheit weiter. Ich hatte ziemlich viel Wein intus, und die Zeit war in einem Trichter verschwunden.

Popmusik aus Verstärkern drang durch die Bartüren und hämmerte in meinem Kopf, als spielten zehn Radios gleichzeitig in einem Zimmer. Über einer Bar an zwei Bambusstöcken ein primitives Plakat aus Segeltuch, das ich nicht vergessen kann: ein vietnamesisches Mädchen als Playboy-Bunny zurechtgemacht. Sie trug die erforderliche Corsage und Kaninchenohren und -schwänzchen, aber ihr Gesicht schien voller Schmerz – ein mehrdeutiger Köder für die amerikanischen Soldaten, die torkelnd meinen Weg kreuzten. Für sie das alles, diese Parodien amerikanischer Vergnügungen, auf dem Grab der Rue Catinat! Auf dem Gehweg krochen Bettler mit Arm- und Beinstümpfen, diese Kinder des Krieges, und versuchten mich wie gewöhnlich aufzuhalten, reckten mir ihre Schalen entgegen; kleine Jungen in T-Shirts und Shorts machten uralte obszöne Gesten und schrien zum letzten Mal ihre Angebote. *»Du wollen bum-bum meine Schwester?«*

Ich war immer noch überzeugt, daß Langford hier irgendwo sein mußte. Ich ließ mich weitertreiben, in Richtung Fluß, und watete zum letzten Mal durch die sumpf-trübe Luft am unteren Ende der Tu-Do-Straße. Mittlerweile erhellte über der dunkelbraunen Luft da oben, über dem leuchtenden Grün der Tamarindenbaumkronen, hin und wieder eine Fallschirmleuchtbombe den fernen Himmel – der Krieg ging weiter, unbeachtet. Fenster und Türrahmen, die mit Schutzgittern gegen Bomben versehen waren, umrahmten Gestalten, die in Käfigen eingesperrt schienen. Eine Reihe GIs saßen auf Hockern mit winzigen vietnamesischen Mädchen auf den Knien. Die Mädchen trugen die sittsamen weißen Teekleider aus der Kolonialzeit; sie wirkten wie Kinder auf einer Party, und sie streichelten die Amerikaner zaghaft, als tätschelten sie unberechenbare Tiere. Ich ging an La Pagode und der Melody Bar und der Sporting Bar vorbei und konnte Langford immer noch nicht entdecken.

Dann sah ich ihn. Ungefähr zwanzig Meter vor mir war er unter einer Markise stehengeblieben, wo ein sehr alter Mann mit einem Kulihut neben einer kleinen Glasvitrine mit Zigaretten saß; Mike kaufte gerade eine Packung. Er hatte seine Schar Bettelkinder bei sich, und er war immer noch im Kampfanzug.

Ein paar Türen weiter war die Leuchtschrift der Bar La Bohème, die den Ruf hatte, auch Bordell zu sein. Während ich ihn noch beobachtete, ging Langford langsam in diese Richtung, und ich sah, daß er sehr betrunken war, viel betrunkener als ich. Er torkelte, als könne er sich kaum auf den Beinen halten, und stützte sich mit einer

 Hand auf die Schulter eines kräftigen Jungen in zerlumptem grünen

T-Shirt, während der Zeitungsjunge mit seinem üblichen Bündel unterm Arm, ihn auf der anderen Seite stützte. Selbst aus dieser Entfernung sah ich, daß die Kinder besorgte Gesichter machten. Sie schrien erregt zu ihm hinauf, als versuchten sie ihn zu überreden, etwas zu tun – oder vielleicht nicht zu tun.

Bevor ich ihn einholte, ging Langford auf die Tür von La Bohème zu. Da begannen die Kinder lautstark zu protestieren; der Junge in dem grünen T-Shirt und der Zeitungsjunge zerrten ihn an den Armen, um ihn zurückzuhalten, während ein kleines Mädchen in einer zerlumpten weißen Bluse und in Shorts ihn beim Hemd packte. Mike blieb stehen und sah auf sie hinunter; dann machte er sich behutsam los und hockte sich hin, um sein Gesicht in ihre Augenhöhe zu bringen. Seine Miene war ernst, die Augen fielen ihm fast zu. Sie starrten ihn alle gebannt an, als versuchten sie, etwas zu verstehen. Er sprach kurz mit ihnen, dann richtete er sich wieder auf, hob die Hand zum Abschiedsgruß und stolperte ins La Bohème.

Ich folgte ihm nicht; wie die Straßenkinder ging ich auch fort. Ich sah mich nach einer Fahrradrikscha um.

Ich sollte ihn erst in Phnom Penh wiedersehen, wo wir alle wieder beisammen sein würden, und da würde er ein anderer sein. Wir würden alle ein gutes Stück älter sein – Männer, die ins mittlere Alter kamen. Seine Jugend und sein Schmerz würden im Delta und auf der Tu-Do-Straße zurückbleiben.

II. DIE LEUTE AUF DER ANDEREN SEITE

Im Wohlergehen war ich ein riesiger Greif,
Der die Schwingen erhebt und bis an das blaue Gewölk streift,
In der Not war ich ein Zaunkönig,
Dem ein Zweig genügte – er läßt sichs gefallen.
Wer sich auf diesen Weg versteht, er mag
Am Leibe Not leiden, sein Herz hat keine Not.

Po Chü-I, *Ich*
(Übersetzt von Günter Eich)

Neun auf zweitem Platz bedeutet:
Im Tiegel ist Nahrung.
Meine Genossen haben Neid,
aber sie können mir nichts anhaben.
Heil!

Ding: Der Tiegel
Aus *I Ging* oder *Buch der Wandlungen*
(Übersetzt von Richard Wilhelm)

ERSTES KAPITEL

ÜBERLEBENDE

1.

Das »Foxhole« ist lang, dunkel und voll. Alle Bars und Massagesalons auf der Patpong-Gasse wimmeln von Lichtern und Leuchtreklamen, und das »Foxhole« macht da keine Ausnahme – seine Decke ist ein Firmament farbiger Lämpchen, die blinken – an, aus. Das erzeugt auf den Gesichtern von Jim Feng und Harvey Drummond, die lächelnd vor mir sitzen, erstaunliche Regenbogeneffekte.

»Die leben immer noch im Krieg, manche von diesen Burschen«, sagt Harvey. Er deutet mit einem Rucken des Kopfes auf eine Reihe Männer, die mit krummen Rücken an der Bar hocken. Fast alle haben das mittlere Alter erreicht, die meisten tragen eine bunte Mischung alter Armeesachen und Kampfstiefel.

»Stimmt«, sagt Jim. »Manche glauben nicht, daß es vorbei ist. Nicht mal nach einem Jahr. Manchmal geht's mir genauso, Ray.«

Als ich sie zum erstenmal traf, waren Feng und Drummond wie Romangestalten, die plötzlich in die Wirklichkeit hineinmarschiert kamen. Sie waren anders, als ich sie mir während der letzten zwei Monate vorgestellt hatte. Die Männer auf Mikes Fotos – Bilder, meist in den sechzigern aufgenommen – waren jung, ihre Gesichter leuchteten stets erwartungsvoll. Die Jugend dieser Männer ist vorbei. Harvey Drummonds spärliches Kräuselhaar ist angegraut, und oben auf dem Kopf ist er fast kahl. Seine Körpergröße ist so überraschend, wie ich es nach allem, was ich gehört hatte, erwarten durfte, aber sein krummer Rücken ist nicht zu übersehen. Dagegen bleibt Jim Fengs Haar dick und schwarz, und sein langes vornehmes Gesicht ist offenbar alterslos, wie so viele chinesische Gesichter. Wie schon auf den Fotos zu sehen gewesen war, sind sein weißes Hemd und die Khakihose so gut gebügelt, daß man ihn für einen Offizier halten könnte. Doch genau wie bei Harvey ist ein besonderer Geist aus diesem Gesicht verschwunden. Der Geist der Jugend fehlt, und das unterscheidet ihn auf feine Weise von der Person in meinem Archiv. Und da ist noch etwas.

Als er am Abend meiner Ankunft zum erstenmal auftauchte und im Foyer meines Hotels auf mich zukam, um mich zu begrüßen, sah ich, daß er stark hinkte. Als ich dann beobachtete, wie mechanisch-steif er ging und dabei das rechte Bein nach vorn schleuderte, wurde mir klar, daß dieses Bein eine Prothese war.

Es war mir nicht bekannt, daß Jim Feng ein Bein verloren hatte, und das schockierte mich so und erregte mein Mitleid, als beträfe die Verstümmelung einen mir nahen Menschen. Er erzählte mir, daß es vor elf Monaten passiert war. Er hatte einen Angriff der Roten Khmer auf ein Thaidorf an einer Stelle der Grenze, wo kambodschanische Flüchtlinge herüberkamen, gefilmt und war dort auf eine Landmine der Roten Khmer getreten. Er hatte also den ganzen Krieg überlebt, nur um durch einen Unfall zum Krüppel zu werden.

Jetzt stehen wir in der Bar an der Wand, neben uns auf einem Holzbord Gläser mit Gin Tonic. Das »Foxhole« ist nicht die übliche Bar mit nackten Mädchen; den Geschmack der Touristen bedient es beiläufig mit seinen blinkenden Lämpchen und einem Laufsteg für Tänzerinnen in der Mitte, doch im Moment ist der Laufsteg leer, und die Hintergrundmusik spielt so leise, daß ein Gespräch möglich ist. Ein Plakat an der Wand wirbt für ein Preisschießen der Söldner. Ein Schild darüber behauptet: *Im Fuchsbau gibt es keine Atheisten.* Es gibt eine Wettafel, auf der Gewinnquoten für Pferderennen angezeigt sind, und eine Liste mit Vorschlägen, worauf man wetten kann. *(Teddy Kennedy wird Präsidentschaftskandidat.)* Ein Anschlagbrett daneben zeigt Fotos von Boxern und anderen Leuten, die ich nicht kenne – vielleicht Journalisten, da das »Foxhole« ein inoffizieller Klub für Berichterstatter, Frontfotografen, Söldner und Veteranen des Vietnamkrieges ist.

Harvey folgt meinem Blick.

»Das war Mikes Heimat fern von der Heimat«, sagt er. »Deshalb habe ich mir gedacht, du solltest es besuchen, Ray. Hier hatte er eine Menge Freunde – wie du siehst.«

 Er stellt sein Glas ab und zeigt zur Wand neben dem Anschlagbrett, und ich sehe mich nun einem gerahmten Schwarzweiß-Porträtfoto von Langford gegenüber. Es versetzt mir einen Schock, der sich von bloßer Überraschung unterscheidet.

Das Bild scheint idealisiert und wirkt wie eine Ikone. Vielleicht ist es eine. Langford, der zu mir herüberstarrt, sieht übernatürlich jung aus und gleichzeitig wie ein Mann aus einer viel früheren Zeit. Darunter eine von professioneller Hand geschriebene Unterschrift: *Michael (Snow) Langford, 1935 – 1976. Der Glückspilz.*

»Hier ist man sich also einig, daß er tot ist«, sage ich.

»Nein – es gibt viele, die weiter hoffen«, sagt Harvey. »Und einige Leute im Presseklub von Bangkok hatten starke Einwände gegen diese Daten unter dem Bild – aber keiner hat sich die Mühe gemacht, sie zu entfernen. Offiziell geht man jedoch davon aus, daß er tot ist – wie du wahrscheinlich festgestellt hast.«

Jim stellt mir noch einen Gin Tonic hin. »Weißt du, Ray, jetzt, wo du hier bist, habe ich das Gefühl, daß wir ihn finden werden«, sagt er. Er lächelt, und sein Gesicht ist heiter.

Ich will gerade antworten, als eine mächtige Woge Rock 'n' Roll-Musik aus dem Verstärker alles überschwemmt und einige Thai-Girls hintereinander auf den Laufsteg kommen, alle in schwarzen Trikots, die ihre goldbraunen Hintern freilassen. Sie halten sich an Stahlstangen fest, die die Decke stützen, und beginnen mechanisch zuckend mit Tanzbewegungen. Rundum in der Bar blicken die schwitzenden roten und weißen Gesichter der männlichen Touristen in geiler Bewunderung hinauf. Doch die Berichterstatter und Söldner werfen nicht einmal einen beiläufigen Blick auf sie; sie führen ihre Unterhaltung schreiend weiter.

Da kommen zwei Männer zu uns, die Jim und Harvey begrüßen und dann neben uns stehen bleiben und den Tänzerinnen zuschauen. Sie heißen Carr und Kennedy; Harvey stellt uns, den Lärm überschreiend, vor und erklärt kurz meine Verbindung zu Langford und den Grund meiner Reise. Die zwei nicken und schauen mich an – mitfühlend oder unsicher, man weiß es nicht genau.

Schließlich verstummt die Musik. Die Girls gehen nacheinander hinaus, und Carr, der mir am nächsten stehende Neuankömmling, spricht mich unvermittelt an.

»Ich fürchte, Sie haben sich auf ein aussichtsloses Unterfangen eingelassen, Ray. Tut mir leid, daß ich das sagen muß.«

Er ist Korrespondent einer Londoner Tageszeitung – untersetzt, bleich, in den Fünfzigern, mit dichtanliegendem rotbraunen Haar, das wie eine Perücke wirkt. Er spricht exakt mit leichtem mittelenglischen Akzent, und es hat etwas Endgültiges, wie sich der kleine, verkniffene Mund nach seinen Äußerungen schließt. »Mike Langford wurde hingerichtet«, sagt er, »nach Art der Roten Khmer. Das steht zu neunzig Prozent fest, und man möchte gar nicht daran denken.«

»Wenn es wahr ist«, sage ich. »Offenbar gibt es keine Augenzeugen.«

Jim Feng hat Carr nicht aus den Augen gelassen; Harvey schaut nachdenklich in sein Glas. Kennedy, der andere Neuankömmling, schweigt, und seine Augen unter den halbgesenkten Lidern scheinen sich über irgend etwas still zu amüsieren. Er ist ein großer, mächtiger Mann, der ein wenig Fett angesetzt hat, mit schütterem blonden Haar und Schnurrbart; er hat ein hartes, hübsches Gesicht, wie ich es ähnlich bei Schwerverbrechern gesehen habe, und er verbreitet um sich die gleiche Atmosphäre der Gefahr. Er sieht wie ein Söldner aus – was er mehr oder weniger auch zu sein scheint. Harvey hat mir ins Ohr geflüstert, daß Kennedy ein ehemaliger amerikanischer Pilot ist, der Waffen für die CIA transportiert hat.

Carr spricht immer noch mit mir. »Bei den Presseleuten hier hält sich hartnäckig die Vorstellung, daß Langford noch am Leben ist«, sagt er. »Sie schnappen Gerüchte von Flüchtlingen aus Kambodscha auf – von jedem, der eine Geschichte erfindet und behauptet, ihn gesehen zu haben. Etliche von denen sind bereit, alles zu sagen – besonders wenn man ihnen Geld zeigt. Und viele von den Journalisten, die mit Langford befreundet waren, glauben ihnen, weil sie daran glauben wollen. Es ist wirklich verdammt traurig.«

»Aber das ist doch natürlich, Paul«, sagt Harvey Drummond. Seine Stimme ist besänftigend, fast beschwichtigend – dieser Ton ist ihm, wie ich feststellen werde, zur Gewohnheit geworden. »In einer Situation, wo der Tod nie bestätigt wurde und ein Mann einfach verschwunden ist, ist es natürlich zu hoffen, ganz gleich wie schlimm es aussieht.«

Jim Feng schaut Carr immer noch an. »*Ich* werde nicht aufhören zu hoffen«, sagt er.

Carr weicht Fengs starrem Blick aus, der nun offen feindselig ist. »Hm, Jim, das ist dein gutes Recht; doch du weißt, daß ich anderer Meinung bin«, sagt er.

»Ich will nicht glauben, daß er tot ist«, sagt Feng. Seine Stimme ist gedämpft, doch stark. »Ich glaube es so lange nicht, bis ich jemand treffe, der es mit eigenen Augen gesehen hat – jemand, dem ich trauen kann«, sagt er.

»Wenn du Bestätigung willst«, sagt Carr, »dann begib dich zu den Flüchtlingslagern an der Grenze und sprich mit den Leuten, mit denen ich gesprochen habe.«

»Habe ich schon«, sagt Feng. »Sie erzählen Geschichten, die sie von anderen gehört haben. Gerüchte. Ein Europäer, der hinter der Grenze von den Roten Khmer ergriffen und zur Exekution abgeführt wurde. *Ja.* Das kennen wir alle.« Er schlägt mit der Handfläche auf das Wandbord – nicht sehr heftig, doch es macht den Eindruck zurückgehaltener Gewalt. »Nichts aus erster Hand! Keine Augenzeugen, wie Ray sagt. Bist du so ein lausiger Journalist, daß du dir auf dieser Grundlage eine Meinung bildest?«

Harvey Drummond legt Jim eine Hand auf den Arm. »Laß gut sein, Jim.« Ein Flüstern, das gerade noch hörbar ist.

Carr reibt sich die Nase. »Kein Grund, aggressiv zu werden. Es sind Indizienbeweise«, sagt er. »Ich bin davon überzeugt, daß diese Flüchtlinge die Wahrheit gesagt haben. Die Geschichte stimmt mit der Zeit überein, als er hinübergegangen ist; und wie viele Europäer mögen wohl im ländlichen Kambodscha herumgewandert sein? Keiner sonst; keiner wäre verrückt genug. Es kommt noch hinzu, daß er seit zwei Monaten ohne ein Lebenszeichen verschwunden ist.« Er wendet sich an mich. »Wenn die Roten Khmer ihn oder irgendeinen anderen Ausländer im Land entdeckten, hätte das so ziemlich automatisch seinen Tod zur Folge; das wissen wir alle. Wenn sie ihn nicht auf der Stelle getötet haben, hätten sie ihm als Spion den Prozeß gemacht und ihn dann hingerichtet – und wir müssen hoffen, daß sie ihn nicht vorher verhört haben. Tut mir leid. Man muß es einfach hinnehmen.«

Harvey ergreift schnell das Wort, ehe Jim antworten kann. »Wenn er nicht noch Gefangener ist, Paul. Das ist immerhin möglich.«

»Es ist möglich, wenn die Geschichte, die jene Leute mitgebracht haben, nicht wahr ist«, sagt Carr. »Doch ich glaube, daß sie wahr ist.«

»Deine Meinung macht sie nicht wahr«, sagt Feng.

Carr trinkt sein Bier aus und stellt das Glas auf das Wandbord. »Ich weiß, daß ihr beide alte Freunde gewesen seid, Jim, aber sieh es doch mal von dieser Seite. Vielleicht ist Mike zur rechten Zeit gestorben.«

Jim war gerade dabei gewesen, sich eine Zigarette anzuzünden, jetzt unterbricht er das. »Was soll das heißen?« fragt er.

Carr spricht zur Wand, nicht zu Feng. »Langford war ein großer Frontfotograf«, sagt er. »Versteh mich nicht falsch. Die Bilder werden immer dasein, um es zu beweisen. Doch auf eine Art war Mike wie viele dieser freien Journalisten und Kameramänner, die in Vietnam ihre große Zeit hatten – einige von denen wurden schließlich zu alten Kriegern, und es ist jetzt schwer für sie, von der Droge loszukommen und was anderes zu machen. Schwer zu glauben, daß sie nie wieder mit einer Huey an die Front fliegen werden.« Er blickt mich jetzt an, sein Ausdruck ist vielsagend vertraulich: Du verstehst doch, sagt der Blick, auch wenn es Feng nicht kapiert. »Hier drinnen sieht man sie ständig«, sagt er und deutet auf die Gestalten an der Bar. »Reden immer nur vom Krieg«, sagt er. »Immer in ihren Macho-Kampfstiefeln. Knöchelhoch. Den Reißverschluß bis oben zu. Bei dieser Hitze.« Er lächelt, und in den Mundwinkeln sitzt ein Anflug von Boshaftigkeit.

»Beziehst du das alles auf Mike? Nennst du Mike einen *alten Krieger*? Ich will dir was sagen, Carr, er war nie ein alter Krieger«, sagt Jim. »Und ich auch nicht. Wir haben das den Verrückten überlassen, den Amateuren. Und Amateure kamen um.«

»Ich behaupte nicht, daß er verrückt war«, sagt Carr. »Doch bei seinem Ruf hätte er überall auf der Welt arbeiten können – weshalb blieb er dann hier in Bangkok hängen? Da Vietnam und Kambodscha verschlossen sind und der Krieg vorbei ist, gibt es hier für einen Fotoreporter seines Kalibers einfach nichts zu tun. In der Region passiert augenblicklich nichts Wichtiges – das weißt du doch. Für dich ist es etwas anderes, Jim. Du bist Bürochef, ein Mann mit Familie; du lebst hier.«

Feng klatscht auf die Khakihosen mit den messerscharfen Bügelfalten und die Beinprothese darunter, seine Augen leuchten immer noch zornig. »Wenn das da nicht wäre, würde ich immer noch als Bildreporter arbeiten. Dann würde ich für Telenews nicht an einem Schreibtisch festsitzen, verdammt noch mal.«

Carr schüttelt den Kopf. »Vielleicht ist es dann ganz gut für deine reizende Frau, daß du das Bein verloren hast – sonst hätte sie unter Umständen *dich* verloren.« Ehe Jim antworten kann, wendet er sich an Harvey. »Vielleicht verstehst du, Harvey, was ich sagen will. Mike war vierzig, und es gab für ihn keinen Krieg mehr, über den er berichten konnte. Was lag vor ihm, wenn er in Bangkok blieb? Die meiste Zeit hat er hier, wie so viele andere, an der Bar im ›Foxhole‹ rumgehangen – oder sonst war er an der Grenze in diesem Lager der Khmer Serei und trieb Gott weiß was mit diesen zwielichtigen Guerillagruppen und diesem Militärkommandeur, mit dem er so verdammt dick befreundet war, diesem Oberst Chandara.«

Feng fällt ihm ins Wort. »Stimmt etwas nicht mit Chandara? Ich kenne ihn – ein tapferer Mann.«

Carr schüttelt wieder den Kopf. »Leider nicht mein Fall. Ich habe ein paar ziemlich böse Geschichten über ihn gehört.« Er wendet sich wieder an mich. »Wissen Sie, wie man Mike im Presseklub genannt hat? ›Den inoffiziellen Sprecher für die Freien Khmer‹.«

Harvey Drummond lächelt, der schweigsame Kennedy ebenfalls. Doch nun wird Carrs Ton ernst und etwas geschwollen. »Mike hat im Zusammenhang mit dieser Bewegung seine Objektivität verloren – was ihm vorher noch nie passiert war. Es ist eine verlorene Sache, doch er konnte das nicht erkennen. Er vergaß die Pflicht eines Journalisten, unparteiisch zu sein. Zuerst habe ich das nicht bemerkt. Er machte mich neugierig und fütterte mich mit Nachrichten von seinen Freien Khmer. Ich schrieb sie auf, und meine Zeitung brachte sie – Nachrichten, die wirklich die Politik von Regierungen beeinflußten. Und dann entdeckte ich, daß er maßlos übertrieben hat. Mit anderen Berichterstattern hat er es auch so gemacht. Das war nicht fein.«

»Vielleicht hat er es als Sache gesehen, für die er sich einsetzen kann«, sagt Harvey.

»In diesem Fall hat er aufgehört, Journalist zu sein«, sagt Carr. »Kamikaze-Langford war ein guter Name für ihn; vielleicht war er wirklich todessüchtig.« Er schaut mich wieder an; seine Miene ist verstohlen spöttisch, und für mich ist jetzt klar, daß das einer ist, der Mike überhaupt nicht gemocht hat. »Doch letzten Endes glaube ich nicht, daß ich Mike Langford richtig gekannt habe«, sagt er. »Vielleicht hat ihn keiner von uns gekannt.«

Er schaut auf seine Uhr.

»Ich muß zu einem Interview. Nett, Sie kennengelernt zu haben, Ray.«

»Ist auch besser, wenn du gehst«, sagt Feng.

Carrs Miene erstarrt. Er wendet sich ab, ohne noch etwas zu sagen, drängt sich durch die Menge und schaut nicht zurück.

»Ein bißchen hart, Jim«, sagt Harvey.

»Er ist ein Arsch«, sagt Jim. »Niemand darf so über Mike reden.« Er wendet sich an Kennedy. »Es wäre schade, wenn Ray auf einen wie Carr hören würde«, sagt er. »Er ist hier, um Mike aufzuspüren, und ich glaube, er wird es schaffen.«

Kennedy schaut mich an. »Viel Glück«, sagt er. »Ich vermisse Mike hier. Es waren schöne Zeiten mit Mike, früher, zum Beispiel in Laos.«

»Ja, in der Weißen Rose«, sagt Jim. »Das war vielleicht ein Lokal, die alte Weiße Rose. Verrückt.« Er grinst Kennedy an, dann wendet er sich zu mir. »Dort waren sie alle zu finden – sogar die Russen.«

»Das ist jetzt alles verschwunden«, sagt Kennedy. »Mike auch.« Sein Ton bleibt völlig neutral.

»Hoffentlich nicht«, sage ich.

»Ach, ich weiß nicht«, sagt Kennedy. »Er hat seinen Spaß gehabt.«

Seine nette, kühle Miene hat sich nicht verändert, und zuerst bin ich etwas schockiert. Doch dann merke ich, daß das Gesagte eine Art Nachruf gewesen ist – vielleicht der beste, den ein Mann seiner Art kennt.

2.

In Bangkok stationierte Journalisten nennen dieses Lokal »Newsroom«, erzählt mir Harvey. Sein Thai-Name bleibt ein Geheimnis. Es sieht aus wie ein amerikanischer Speisewagen, und man serviert dort preiswerte thailändische Gerichte. Es ist an einem Platz unweit der Ratchadamri-Straße gelegen und blickt auf einen Kanal, der Klong Mahanak heißt.

In diesem Viertel gibt es exklusive Basare und große neue Kaufhäuser, und hier befinden sich auch die britische und die amerikanische Botschaft. Rings um den Platz parken neuere Automodelle und japanische Motorroller. Eine Reihe internationaler Presseagenturen haben in diesem Bezirk ihr Büro, und der »Newsroom« ist zum Klub geworden, wo sich die Auslandskorrespondenten zum Essen treffen.

Das Büro von British Telenews, von Jim Feng geleitet, ist in einem modernen Glasgebäude hier am Platz untergebracht, gleich neben einer Reihe von asiatischen Wohnhäusern mit offener Ladenfront, wo die Wäsche auf den Balkons hängt. Und offenbar hat sich Mike Langford in diesem Bezirk ein Haus gekauft, das ich noch aufsuchen muß. Es liegt etwas weiter oben am Kanal, teilt mir Harvey mit; die einzige Immobilie, die Mike je gehört hat.

Harvey und ich sitzen uns auf Hockern an einem der weißen kunststoffbeschichteten Tische gegenüber. Wir sind fertig mit dem Essen und trinken Kaffee; Jim Feng ist über den Platz in das Telenews-Büro zurückgegangen. Doch Harvey ist zum Bleiben bereit – er sagt zu mir, daß er den größten Teil des Nachmittags frei hat.

Im wohlhabenden Bangkok gibt es immer noch deftige asiatische Gerüche, und direkt hinter dem Eingang zum »Newsroom« befindet sich eine etwas stinkende Toilette; aber wenn man dann in der Gaststätte ist, vergißt man das. Das Essen ist gut und der Kaffee, der uns von jungen thailändischen Kellnern in weißen Hemden und Hosen serviert wird, ist hervorragend. Der lange schmale Raum mit seinen zwei Tischreihen ist sauber und hell, und die Musik kommt in angenehmer Lautstärke aus dem Radio. Die drückende Hitze wird von Tischventilatoren gemildert, die man an die Decke montiert hat, und ein schwacher Anflug des Toilettengestanks wird durch den Duft frischer Blumen, die von den Lampen hängen, verdrängt. Auf einer Theke am anderen Ende – der Barriere vor der Küche – klingelt in Abständen das Telefon.

Die Anrufe sind meist für die hier anwesenden Korrespondenten und Bildreporter – London, New York, Sydney und andere Städte rund um die Welt rufen sie, so daß sie den Gang zwischen den Tischen hinauf müssen. Hinter der Theke sitzt die chinesische Eigentümerin und ruft ihre Namen aus, den Hörer hochhaltend; wenn keiner sich meldet, schreibt sie Mitteilungen auf. Sie ist eine korpulente, lächelnde Matrone mit einer purpurroten Bluse und einer Schmetterlingsbrille, und Harvey erzählt mir, daß sie eine millionenschwere Immobilienspekulantin ist. Ihr Mercedes parkt auf dem Platz.

Nun richte ich an Harvey Drummond die direkte Frage, die ich ihm nicht stellen konnte, solange Jim Feng hier war. Was hält er persönlich von Langfords Verschwinden? Ist er Jims Meinung, daß Mike noch lebt?

Harvey nimmt die Brille ab und poliert sie mit seinem Taschentuch. Ungeschützt wirken seine großen grauen Fischaugen bekümmert und beunruhigt; sein sommersprossiger Kahlkopf ist wie eine Festung und doch verletzlich. »Wahrscheinlich nicht«, sagt er, so leise, daß ich es gerade noch verstehe. »Er könnte noch leben, aber seit kurzem bin ich nicht mehr sehr optimistisch.«

Ich frage ihn nach dem Grund.

»Es ist nur ein Gefühl, Ray. Leider hat unser Freund Paul Carr recht: Die Chancen sind gering.«

Wir sitzen eine Weile schweigend da. Dann sagt Harvey: »Du willst wissen, warum er es getan hat, warum er über die Grenze gegangen ist. Keiner weiß das so genau, doch ich sage dir meine Meinung. Er ist gegangen, um in die Vergangenheit zurückzukehren.«

Ich warte darauf, daß er das erklärt.

»Mike hat Kambodscha adoptiert«, sagt er. »Er hat sich in dieses Land verliebt; vielen Berichterstattern ging es so. Mike in stärkerem Maße als anderen; und er wollte dieses Leben wiederhaben. Dort war so ungefähr alles, was ihm wichtig war, einschließlich der Frau, die er liebte – ich denke, du weißt das. Und nun wurde er beim Sieg der Kommunisten aus den beiden Ländern ausgesperrt, die er zu seinem Lebensmittelpunkt gemacht hatte. Thailand konnte ihm niemals Kambodscha und Vietnam ersetzen, er machte sich nicht das mindeste aus Thailand. Warum ist er also hiergeblieben, wie schon Carr fragte? Weil er hier seinem Wunschort am nächsten war: Thailand war das Fenster mit Ausblick auf Kambodscha. Und er konnte auch mit seinen Freien Khmer im Lager 008 an der Grenze in Verbindung bleiben.«

»Paul Carr schien nicht allzu begeistert über dieses Engagement«, sage ich.

Harvey mustert mich mit verschränkten Armen. »Die meisten Presseleute haben einen Helden aus Mike gemacht, doch nicht jeder war ein Fan von ihm«, sagt er. »Bestimmt nicht Freund Carr – der ein guter Journalist ist, aber ein etwas griesgrämiger kleiner Scheißer. Es gibt eine ganze Reihe ähnlicher Typen, die Langford kritisch sehen; hauptsächlich solche, die es gar nicht mögen, wenn man auf sie schießt. Sie sagen, daß er zu draufgängerisch war, abgebrüht, kriegsgeil – dieses Zeug. Und es gab noch eine Seite von Mike, die den einen oder anderen beunruhigte.« Er fährt mit seinem großen Finger langsam um den Rand seiner Kaffeetasse. »Die Zeit, als du ihn richtig gekannt hast, ist doch schon lange her, oder?«

»Über zehn Jahre«, sage ich. »Abgesehen davon, daß wir uns immer geschrieben haben.«

Harvey nickt. »Mike neigte ein wenig zur Heimlichtuerei«, sagt er und beobachtet mich dabei.

»Er war als Kind schon so«, sage ich und warte darauf, daß er es näher erklärt.

Das tut er aber nicht, statt dessen stellt er mir eine andere Frage. »Du weißt von der Verbindung zu Aubrey Hardwick? Und Donald Mills? Steht darüber etwas in seinen Papieren? Also gut – Donald Mills ist hier in Bangkok stationiert«, sagt er. »Ich glaube, es ist wichtig, daß du mit ihm sprichst. Ich kann dir die Anschrift seines Büros geben. Aubrey und er haben den diplomatischen Dienst verlassen und hier eine PR-Agentur aufgemacht, mit einem Ableger in Melbourne. Mills sitzt hier in Bangkok, Aubrey ist offensichtlich für Melbourne zuständig. Das Ganze nennt sich ›Pacific Consultants‹. Ich glaube, sie vertreten asiatische Firmen, die in Australien Geschäfte machen. Hüte dich vor ihrem Firmenimage, wie man in der Branche sagt.« Sein Lächeln wird höhnisch, und immer noch beobachtet er mich genau. »Mills trinkt immer im ›Foxhole‹«, sagt er. »Ich glaube, er bringt jetzt mehr Zeit mit Trinken zu als mit PR. Er könnte dir ein paar Dinge über Mike zu erzählen haben – er könnte sogar Theorien haben, was passiert ist. Besonders wenn du ihn in ziemlich vollem Zustand erwischst.«

Er lehnt sich zurück und reckt sich, seine Riesenpfoten zur Decke streckend. »Ich muß gehen«, sagt er. »Ich mach lieber noch ein paar Zeilen für ABS. Wenn du willst, treffen wir uns morgen wieder hier, Ray.« Dann stellt er mir schnell noch eine Frage. »Wirst du wirklich Mikes Memoiren herausgeben, wenn er nicht wiederkommt? Von den Memoiren hat er immer gesprochen.«

Wahrscheinlich tue ich's, antworte ich.

»Gut«, sagt Harvey. »Bestimmt machst du das gut. Mike fasziniert die Leute immer noch, und ich weiß auch, warum, glaube ich – mal abgesehen von dem offensichtlichen Grund seiner Verdienste als Kriegsfotograf. Wenn einer, der so attraktiv oder so wagemutig oder beides ist, in der Blüte seiner Jahre dahingerafft wird, neigt man immer dazu, das nicht zu akzeptieren – und in diesem Fall müssen die Leute es auch nicht. Er ist einfach verschwunden; vielleicht ist er gar nicht tot; wir können uns also alle weismachen, daß er zurückkommen wird – wie Baldur.«

Lächelnd erhebt er sich, und ich frage mich einen Augenblick lang, ob er sich über Mikes Schicksal lustig macht. Doch als ich Harvey näher kennenlerne, merke ich, daß der Humor sein ständiger Begleiter ist, selbst bei Angelegenheiten, die ihm viel bedeuten. Es ist eine seiner Methoden, Kummer zu dämpfen und beruhigend zu wirken. Er scheint auf der Suche nach Wegen, das Leben erträglicher zu machen.

Harvey und ich sitzen immer, wenn wir hierherkommen, an einem Tisch, von dem aus wir über die Straße hinweg auf den Kanal blikken können. Entlang des Ufers stehen dort kleine Verkaufsbuden unter tropischen Baumriesen, für die ich keinen Namen habe.

Der »Newsroom« hat auf beiden Seiten die ganze Front entlang Fenster in Tischhöhe, mit weiß gestrichenen Eisengittern statt Glasscheiben. Rouleaus mit orangefarbenen Streifen sind vor diesen Gittern halb herabgezogen und schützen uns vor der Sonne, und draußen vor den Rouleaus liegt Bangkok im grellen Sonnenlicht – eine Stadt, die an den Abgasen ihrer Autogeschwader erstickt, eine Stadt, vom Krieg nie berührt. Doch hier drinnen versinken für Harvey und mich Bangkok und Thailand; im Geiste sind wir nun Einwohner jener beiden abgeriegelten Länder jenseits der Grenze.

Wir haben uns diese Woche jeden Tag hier getroffen und Harveys Erinnerungen mit dem verglichen, was ich ihm mit gutem Gewissen aus Langfords Tonbandtagebuch mitteilen kann. Manchmal stößt Jim Feng zu uns, doch selten kann er lange bleiben – die Leitung des Telenews-Büros läßt ihm weniger freie Zeit, als der ABS-Korrespondent Harvey zu haben scheint. Wenn Harvey keine Verabredungen hat, hocken wir hier den größten Teil des Nachmittags bei Bier und vielen Tassen Kaffee. Wir sind beide koffeinsüchtig – und das ist nicht die einzige Gemeinsamkeit.

Ich liebe ein gutes Gespräch und einen guten Erzähler, und Harvey hat mehr als ein journalistisches Gespür für eine gute Geschichte; er hat ein fürs neunzehnte Jahrhundert typisches Vergnügen an Worten und an der Geschichte in der Geschichte. Meist redet er, doch ohne meine Stichworte und Vermutungen würde er es nicht in solcher Breite tun; er ist auf keinen Fall ein Langweiler. Und Langfords Leben und Verschwinden ist ein Gesprächsthema, das unerschöpflich scheint. Vermutlich ist das so, weil es so viele Stämme und Zweige hat – und am Ende auch zu Harveys Geschichte wird, und zu Jim Fengs, Dmitri Wolkows und zur Geschichte des Krieges selbst.

Heute hat mir Harvey seine Notizen und Dokumente mitgebracht, die er in einer Umhängetasche verstaut hat.

»Bitte, Ray – für einen Ghostwriter und Historiker. Die Andenken eines Journalisten an Indochina, plus Teile meiner Vietnamromanfehlgeburt.«

Als er das Papierbündel über die weiße Kunststoffplatte schiebt, bedenkt er mich mit einem Lächeln, das heiter zu sein versucht, es aber nicht ganz schafft. Es sind zwei dicke Mappen voll maschinen- und handgeschriebener Notizen und ein prall gefüllter Umschlag im Quartformat, der Presseveröffentlichungen, Zeitungsausschnitte und Fotos enthält – Erinnerungsstücke eines Journalisten und Teile seines unvollendeten Buches.

»Du siehst, Bruder, ich leide an einer Journalistenblockade«, sagt er. »Es ist ein Zustand, der erklärt, warum so viele von uns unvollendete Romane in der Schublade haben. Wir erleben die Dinge wie den Vietnamkrieg *von innen*, die Romanciers im allgemeinen nicht – sie haben meist nicht die Nerven dafür. Und wir wissen schließlich, es ist unmöglich, alles so zu schildern, wie es wirklich war. Deshalb geben wir es auf, es lähmt uns, die Seiten liegen hinten im Schreibtischfach und vergilben, und wir gehen lieber aus dem Haus und besaufen uns. Nimm es mit in dein Hotel, behalt es, so lange du es brauchst. Das eine oder andere könnte Licht auf Mike werfen und darauf, wie wir damals alle waren.« Mit erhobener Hand zieht er die Aufmerksamkeit des thailändischen Kellners auf sich. »Trinken wir jetzt mal ein Bier.«

Und nun fängt er an, von Kambodscha zu erzählen.

Kambodscha war ganz anders, sagte Harvey. Das mußt du zunächst einmal begreifen. Nicht nur Mike Langford liebte es, alle Berichterstatter liebten es. Während der gesamten sechziger Jahre wurde Kambodscha kaum vom Krieg berührt – und Phnom Penh überhaupt nicht. Wie soll ich dir Phnom Penh in den sechzigern schildern?

Ein kurzer Flug mit Royal Air Cambodge brachte uns von Saigon dorthin, und wir ließen eine besetzte Stadt hinter uns, deren Tugend verloren war – eine Stadt, verheddert in Stacheldraht, erfüllt vom Gedröhn des Verkehrs und der Militärkolonnen, in ständiger Angst vor Bomben des Vietcong, vollgestopft mit amerikanischen Truppen und den sie begleitenden Heerscharen von Bettlern, Schleppern und Prostituierten. Dem entflohen, fand man sich in einer Stadt zauberhaften Friedens wieder, in einem Königreich, das sich einst bis nach Malaya erstreckte. Das alte Phnom Penh, das es nicht mehr gibt, das es nie wieder geben wird, war eine französische Stadt am Mekong, deren Farben mediterranes Rosa und Cremeweiß waren. Nur von bescheidener Größe, obwohl Hauptstadt. Keine große Einwohnerzahl, sehr wenig Verkehr. Tamarinden und Flammenbäume säumten seine großartigen, halbleeren Boulevards, und seine hübschen alten französischen Villen hatten Gärten, die von Mauern umgeben waren. Die Küche war immer noch französisch, die Restaurants waren ausgezeichnet, und Kaffee, Gebäck und Brot ein Genuß. So mußte Saigon vor dem Krieg gewesen sein. In intimen kleinen Nachtklubs traten kambodschanische Sängerinnen auf, die Liebeslieder im französischen Stil boten. Die Telefone funktionierten. Die Journalisten waren begeistert.

Und wir waren in ein Land gekommen, das unsere kollektiven Erinnerungen ansprach – ein fremdes und doch halb vertrautes Land mit alphabetischer Schrift und bekannten, würzigen Speisen, die nicht nur an Frankreich erinnerten, sondern auch an Regionen, die nicht auf der Landkarte zu finden sind – Regionen, die den Geist locken, an die man sich fast zu erinnern meint, wie an ein ganzes verlorenes Leben. Auch die Menschen waren merkwürdig vertraut.

Anstelle der zierlichen, schwer arbeitenden, weltoffenen Vietnamesen fanden wir hier braune, kräftige, lockige, lebenslustige Menschen vor, die stets bereit waren, über unsere Scherze zu lachen, und deren Gesichter auf das alte Indien und den malaiischen Archipel hinwiesen. Die Männer sahen auf schlichte Art gut aus und wirkten manchmal eher westlich als asiatisch, und die Frauen waren schön – Gestalten aus indischen Fresken. Und niemand belästigte oder verfolgte uns, sagte Harvey, wie es die Straßenmeuten, die der Krieg freigesetzt hatte, in Saigon stets taten. In der herrschenden Klasse Kambodschas und in den Palastkreisen um Prinz Sihanouk gab es Korruption und Habsucht, doch bei den einfachen Leuten schien es nur sehr wenig Gier zu geben. Es waren Bauern, die nur wenig oder nichts von Geschäften verstanden; das überließen sie den Enklaven der Chinesen und Vietnamesen. Sogar die Khmer-Barmädchen waren schüchtern und amateurhaft – Mädchen vom Lande, die noch den herkömmlichen Sarong trugen und die nur freundlich sein wollten.

Was sich unter der Oberfläche verbarg, wußten wir einfach nicht und wollten es nicht wissen. Die Kambodschaner schienen zu begreifen, daß man das Leben genießen muß, sagten wir uns, und sie wollten, daß auch wir es genossen. Sie versuchten nicht, uns hinters Licht zu führen oder uns etwas einzureden oder vorzumachen. Sie wollten Freunde sein, und sie lebten in einem friedlichen Land.

Frieden auf den Boulevards, sagte Harvey, mit so wenig Verkehr, daß manchmal Minuten zu vergehen schienen, ehe ein Auto vorbeikam. Frieden auf den schmalen Plätzen und den engen Gassen, wo Hibiskus und Bougainvillea über verschlafene Mauern kletterten. Frieden im sattgrünen Land jenseits der Stadtränder, wo sich die großen Ströme vereinigten – der Mekong, der Bassac und jener andere merkwürdige Wasserlauf, genannt Tonle Sap, der im Frühling rückwärts fließt. Eine Flußstadt. Heiße Stille; und Phnom Penhs Geräusche waren die gedämpften, magischen Laute, die einen im Schlummer heimsuchen, während eines Nachmittagsschläfchens, wenn man gute Träume hat.

Ja, es war ein Traum, sagte Harvey – ein guter Traum mit einem bösen dahinter auf der Lauer. Weißt du, wovon ich spreche? Sogar im Schlaf weiß man, das Andere wartet; man fühlt, daß etwas an der Peripherie ist, etwas, das man nicht genau erkennen kann. Man weiß, wenn es hereinbricht, kommt das Entsetzliche. In Kambodscha war es schließlich Ende der sechziger Jahre da.

Er leerte sein Bier und sah durch das Gitter hinaus. Drüben beim Kanal hockte ein Junge in leuchtend orangefarbenen Hosen und einem blauen Hemd neben einer Bude in der Sonne und sortierte Bündel langer grüner Gemüsestauden.

Wir behaupteten immer, Kambodscha wäre nicht ernst zu nehmen, sagte Harvey. Wir hielten es für ein Phantasieland – für unser Urlaubsland. Das war natürlich grober Unsinn, und mehr oder weniger wußten wir das auch – doch wir kümmerten uns in den sechzigern nicht darum. Phnom Penh war für uns der Ort, wohin wir aus Saigon und dem Krieg flüchteten – unsere Hauptstadt der Vergnügungen und des Opiumrauschs in Madame Delphines Etablissement. Und Mike Langford glaubte mehr als jeder andere an den guten Traum von Kambodscha. Er wußte von dem bösen, dahinter lauernden Traum, doch er wollte glauben, daß der gute Traum andauern würde. Für mich war er wie einer, der aus dem Schlaf erwacht und es nicht ertragen kann, daß der Traum zu Ende ist. Deshalb schläft er weiter und versucht, wieder hineinzugelangen. Das gelingt uns nie – nicht wahr, Bruder? Doch er wollte das nicht hinnehmen.

Der böse Traum hatte natürlich die ganze Zeit existiert, da oben an der östlichen Grenze im Dschungel. Dort nämlich hatte Prinz Sihanouk der nordvietnamesischen Armee und dem Vietcong Zufluchtsstätten in seinem Land erlaubt, Basen für ihren Sturm auf Südvietnam. Sihanouk war ein kleiner Prinz, der sein Vergnügen suchte, dessen Hauptinteressen waren, Filme zu produzieren, fünfstündige Reden an sein Volk aufzunehmen und in seiner Jazzband zu spielen. Man behauptete auch, daß seine Familie und sein Hof einige von Phnom Penhs Bordellen unterhielten und das Glücksspiel kontrollierten. Doch er hatte sich zum sozialistischen Prinzen und zum neutralen Politiker proklamiert; er hatte sich gegen die Amerikaner gewandt und Kambodscha aus dem amerikanischen Lager herausgelöst. Er war ein schlauer Politiker und sah die nordvietnamesischen Kommunisten schon als Sieger. Vielleicht versuchte er zu vergessen, daß es die Zufluchtsstätten dort oben im Dschungel gab, und sie aus seinen Gedanken zu verdrängen.

Inzwischen waren wir Zeitungsfritzen auf der Jagd nach Beweisen für ihre Existenz; sie waren der große legendäre Knüller der sechziger für Indochina-Korrespondenten. Doch keiner hat sie je gesehen, obschon ich glaube, daß Mike Langford und Dmitri Wolkow einmal ziemlich nahe dran waren. Und das US-Kommando in Saigon verrannte sich immer mehr in diese Idee. Es behauptete, daß auch das Hauptquartier der nordvietnamesischen Organisation, bekannt als COSVN, sich dort in jenen Dschungelgebieten an der Grenze befand – das Zentralbüro für Südvietnam, von wo aus (so sagte man) die gesamte kommunistische Kriegsführung geleitet wurde. Die B-52-Bomber der Amerikaner begannen heimlich ihre Bomben innerhalb Kambodschas abzuwerfen und verfolgten damit das Ziel, die Stützpunkte zu vernichten, und vielleicht auch das COSVN zu vernichten – das supergeheime Nervenzentrum des Krieges. Aber es gelang ihnen nicht, und das COSVN wurde nie gefunden.

Ob es überhaupt existiert hat? Das frage ich mich immer noch. Wie so vieles andere an Kambodscha und dem Krieg selbst, war das COSVN ein Geheimnis im Geheimnis. Die Zufluchtsstätten und die inoffiziellen Bombardierungen existierten beide als Gerüchte, und das Zentralbüro im Dschungel lag im Bereich der Legende – ein letztes Geheimnis im Zentrum der Dinge, das die Amerikaner quälte. Wenn man es fände und ausradierte, könnten vielleicht die qualvollen Probleme des Vietnamkrieges auf einen Schlag endlich gelöst und der Sieg errungen werden. Das rumorte in den Köpfen der Männer von den Sonderkommandos, der obersten Militärs und CIA-Agenten – genauso wie in den Köpfen von bescheidenen Zeitungsschreibern wie mir.

Doch leider mußten die Träume der sechziger Jahre ein Ende haben, sagte Harvey, und alles änderte sich mit dem neuen Jahrzehnt. Doch bis dahin hatte man mich aus Asien herausgeholt – ABS hatte mich nach London versetzt. Der verschlagene kleine Prinz war gestürzt worden und ging zu seinen Schutzpatronen nach Peking ins Exil; das Königreich wurde zur Republik; man bemühte sich um die Amerikaner und die südvietnamesische Armee als Verbündete, die kurzfristig einmarschierten, um die Zufluchtsstätten auszuräumen. Das gelang nicht, doch als man sich über die Grenze zurückzog, hatte der Krieg in Kambodscha richtig begonnen, und die Pressekarawanen rückten in Phnom Penh ein wie vorher in Saigon.

Ich war nicht dabei – dieser Krieg stand mir noch bevor. Ich las darüber in der Zeitung, wie jeder andere, oder in Mikes Briefen; er war immer ein fleißiger Briefeschreiber. Erst 1973, in der letzten Januarwoche, schickte mich ABS erneut nach Asien. Sie stationierten mich wieder in Singapur, doch man erwartete von mir, daß ich mich sooft wie nötig in Phnom Penh aufhielt. Lisa, die inzwischen in London einen Job als Forschungsassistentin bei der BBC hatte, war nicht sehr glücklich darüber; doch sie versprach, zu mir nach Singapur zu kommen, wenn die Krise länger andauerte. So kam es dann auch, ich mußte die nächsten beiden Jahre aus Indochina berichten.

Als ich ankam, gab es eine trügerische Hoffnung auf Frieden in Kambodscha. Man hoffte auf einen Waffenstillstand, der zwischen Hanoi und den Amerikanern als Teil des Pariser Friedensabkommens ausgehandelt wurde. Doch er kam nicht zustande. Draußen auf dem Land hatte eine neue kommunistische Gruppierung die Macht von den Nordvietnamesen und den Vietcong übernommen – und das waren einheimische Khmer.

Sihanouk hatte sie *les Khmers Rouge* genannt; doch die meisten Kambodschaner nannten sie einfach *les autres* – die anderen. Niemand wußte etwas über sie. Sie trugen schwarze Kleidung wie der Vietcong, und wenn wir Gefechte mit ihnen filmten, kamen wir selten nahe genug heran, um ihre Gesichter zu erkennen. Sie gehörten auch zu dem Traum, der am Rand lauerte; doch jetzt rückten sie ins Zentrum vor.

Ich war fast sieben Jahre außerhalb Indochinas gewesen, sagte Harvey. Als ich zurückkehrte, führten alle Straßen zum Krieg.

3.

HARVEY DRUMMOND

Nimm jede beliebige Straße, sagte man mir – alle führen zum Krieg. Zuerst dachte ich, es wäre ein Scherz.

Aber was meine Kollegen mir sagten, entsprach der Wahrheit: Jeder der Highways, die strahlenförmig von Phnom Penh ausgingen, würde einen an die Front bringen. Der Kampf beschränkte sich inzwischen darauf, sie offen zu halten, damit die Stadt nicht starb. Das war ein Krieg, der um Straßen geführt wurde.

Wird es jemals wieder so einen Krieg geben? Einen, in den man mit dem Taxi fahren konnte? An meinem ersten Tag hier wurde ich von einem Mercedes mit Klimaanlage hingefahren.

Der Mercedes gehörte Mike Langford. Das Auto war schwarz, ein älteres Modell, aber immer noch schön; er hatte es Black Bessie getauft, nach einem längst dahingegangenen Schwein auf der Familienfarm. Er hatte den Wagen preiswert erstanden von einem chinesischen Geschäftsmann, der kürzlich Phnom Penh verlassen hatte – einer von vielen Geschäftsleuten, die jetzt aus dem Land flohen. Doch ich konnte nicht anders, als in dem Mercedes ein Zeichen für Mikes Erfolg zu sehen; eins von den wenigen Dingen, die er sich offenkundig gönnte.

Am Abend meiner Ankunft war er mit Black Bessie zum Pochentong-Flughafen herausgefahren, um mich vom Flugzeug abzuholen. Er war allein gekommen, weil Jim Feng und Dmitri Wolkow beide nicht in der Stadt waren, und ich war gerührt.

Aus Mikes Briefen wußte ich, daß sowohl Feng als auch Wolkow fast die ganze Zeit über in Indochina gearbeitet hatten; aber für Dmitri hatte es eine fast zweijährige Unterbrechung gegeben. Er hatte eine Amerikanerin geheiratet, eine in Saigon stationierte Angestellte des State Department der USA; als sie nach Hause zurückbeordert wurde, war er mit ihr nach Washington gegangen und hatte die Kriegsberichterstattung aufgegeben. Doch die Ehe war gescheitert, und seit sechs Monaten arbeitete er wieder als Berichterstatter für CBS in Kambodscha. Auch Trevor Griffiths sei hier, sagte Mike, nachdem er einige Jahre in Europa gearbeitet hatte; Griffiths war ebenfalls verheiratet gewesen und nun geschieden. Mike hatte natürlich nie geheiratet. Korrespondenten sind keine guten Heiratskandidaten; der Lebensstil spricht nicht dafür, und ich scheine eine Ausnahme zu sein. Ich hoffte, daß Jim Feng mehr Glück haben würde; laut Mike hatte er sich gerade mit einer jungen Chinesin in Singapur verlobt.

Soldaten bemannten mit Sandsäcken gesicherte Geschützstände rings um das Flughafengebäude, und die Caravelle, die mich von Saigon hierhergebracht hatte, ließ die Motoren laufen, um sofort wieder starten zu können. Inzwischen blieb kein ziviles Flugzeug mehr über Nacht in Phnom Penh, da Raketenangriffe der Roten Khmer auf den Flughafen häufig waren. Das sorgte bei mir für ein gewisses Frösteln; doch noch immer freute ich mich auf ein Wiedersehen mit meinen Saigoner Brüdern. Als ich über die Rollbahn ging, versuchte ich mir vorzustellen, wie die Jahre Langford verändert haben würden. Doch die Gestalt, die hinter dem Zoll auf mich wartete, sah genau wie früher aus.

Er stand mitten in einer kleinen Schar besorgt blickender Kambodschaner, die Tickets für den Rückflug mit der Caravelle umklammerten. Man sah ihm nicht an, daß er jetzt bald das mittlere Alter erreicht hatte; ich sah mit sofort aufkommendem Neid, daß die blonde Haarmähne noch so dicht wie die eines Zwanzigjährigen war. Seit kurzem machte ich mir viel Gedanken um Haare; in einer Zeit, die es zur Mode gemacht hatte, sie so lang wie ein Höfling im Mittelalter zu tragen, gingen meine schnell aus. Langfords Haar war nach heutigem Maßstab immer noch kurz geschnitten, stellte ich fest, und nur die Koteletten waren als Zugeständnis an die siebziger länger.

»Harvey«, sagte er und streckte die Hand aus. »Warum hast du mit der Rückkehr so lange gewartet?«

Er grinste und zwinkerte mir zu, – das übertriebene bäurische Zwinkern, das immer eine Botschaft übermittelte. Diese lautete: *Du hast die ganzen Jahre lang deine Zeit vergeudet; es gibt keine andere Story, keinen anderen Ort, wo sich zu sein lohnt.* Und für ihn stimmte das natürlich.

Ich hatte seine Karriere in den vergangenen sieben Jahren mit Hilfe seiner Briefe und seines veröffentlichten Werks verfolgt. Er wurde immer berühmter, und man hatte ihn für kurze Zeit aus Indochina herausgelockt, damit er für führende Zeitschriften über andere Konflikte berichtete: über den chinesisch-indischen Zusammenstoß 1967 an der Grenze von Tibet, über die Straßenkämpfe 1969 in Belfast, über den Bürgerkrieg 1970 in Jordanien. Doch das tat er nur des Geldes wegen, sagten mir seine Briefe; es waren interessante Zwischenspiele gewesen, mehr nicht. Es gab nur einen Krieg, der wichtig war.

Vor drei Jahren hatte ein New Yorker Verleger ein Buch mit seinen Vietnamfotos herausgebracht, mit einem Text von einem berühmten amerikanischen Korrespondenten. Darin waren nicht nur Schlachtszenen, sondern auch andere Bilder, die die Not der Bauern auf dem Land zeigten und die Heerscharen von Vertriebenen in den Slums und Straßen von Saigon. In den meisten großen Zeitungen hatte es viel Anerkennung gefunden – und Lob gab es auch von seiten der Antikriegsbewegung, die schließlich einige seiner Bilder für ihre Propaganda nutzte. Letztes Jahr war ein Buch über den Krieg in Kambodscha mit Bildern gleicher Aussagekraft gefolgt. In einigen Rezensionen wurden seine Fotobände als Dokumentar- und als Kunstwerke gewürdigt – und dieses Urteil kann man bei erneuter Betrachtung nur bestätigen. Eine führende New Yorker Zeitschrift hatte vor kurzem ein Interview mit ihm und eine Story über ihn gebracht, und war dabei ausgiebig auf seinen Ruf für ungewöhnliche Risikobereitschaft eingegangen und hatte ihn fast auf die Ebene gehoben, die von Berühmtheiten bevölkert wird.

Doch offenbar hatte er nicht den Wunsch, dort zu bleiben. Ein anderer Fotograf hätte die Früchte eines solchen Erfolges genossen und sich in New York oder London niedergelassen. Langford hatte in beiden Hauptstädten einige Zeit zugebracht, als seine Bücher herauskamen; doch dann war er zum Krieg zurückgekehrt und hatte sich jetzt in Phnom Penh niedergelassen. Er hatte hier einen Kontrakt mit einer großen amerikanischen Wochenzeitschrift, und seine Bilder waren oft auf der Titelseite.

Kambodscha sei sein Zuhause, sagte er.

Am nächsten Morgen fuhr der Mercedes um sieben Uhr den Highway 5 hinunter.

Die Luft im Wagen war angenehm gekühlt, im Tapedeck lief »Tupelo Honey«, und auf dem Rücksitz stand eine Kühlbox mit Orangensaft. So also zogen meine Kollegen in Kambodscha in den Krieg. Das brachte mich zum Lachen, und ich muß zugeben, daß mein Gelächter euphorisch war.

Ich möchte nicht mißverstanden werden – das Geräusch dieses Krieges, der angeblich mehr Korrespondenten tötete als jeder andere in der Geschichte, liebte ich nicht. Doch ich war gerade aus einem Londoner Winter gekommen, mein dankbarer Körper war wieder in leichte Baumwollsachen gekleidet, und die große Wärme Asiens umgab mich; ich war zurück, und das brachte mich an diesem Morgen in Hochstimmung. Wenn ich ehrlich sein will, trug dazu auch bei, daß ich in Langfords Mercedes einen Highway hinunter zum Ort des Geschehens brauste und aus den Lautsprechern »Tupelo Honey« kam.

Für Van Morrison schwärmten die Brüder, erzählte mir Mike; seine Musik war besonders geeignet, wenn man unterwegs zu einem Feuergefecht war. Auch Creedence Clearwater Revival und Rod Stewart waren geeignet. Ich genoß diese Information, die für mich die gleiche Bedeutung hatte, als erführe ich von einer wichtigen Nachrichtenquelle; sie ließ mich wieder an ihrem Leben teilhaben, und nach sieben Jahren der Abwesenheit sehnte ich mich danach. Wir Journalisten lieben das Kurzlebige, und kein Hunger ist so heftig wie der Hunger nach dem Kurzlebigen; nun gehört Van Morrison für immer zum Kambodschakrieg und zum klaren Licht der Trockenzeit. In ungefähr einer Stunde würde ich nicht mehr in dieser Hochstimmung sein, doch der Augenblick lebt weiter, seine zerbrechliche Struktur schwebt in der Luft, wie das immer bei unseren besten Augenblicken der Fall ist.

Wir waren unterwegs zu einem Gefecht. Mikes Quellen hatten ihn über ein mögliches Zusammentreffen von kambodschanischen Regierungstruppen mit den Roten Khmer ungefähr sechzig Kilometer nordwestlich der Stadt informiert. Unser Fahrer war ein dünner Kambodschaner mittleren Alters mit braunem Gesicht, der Lay Vora hieß. Sein frisches weißes Hemd und die marineblauen Hosen wirkten fast wie eine Dienstuniform. Er hatte dichtes, lang herabhängendes Lockenhaar und vom unablässigen Hochziehen der Augenbrauen viele Falten auf der Stirn; er lächelte oft wehmütig und freundlich und benahm sich wie ein ständig besorgter guter Familienvater. Vora war Langfords Fahrer und Dolmetscher – und auch sein Hauswirt, wie ich noch erfahren sollte. Er lebte mit seiner Familie in einem dreistöckigen Haus in der Nähe des alten Marktes, und sie hatten die oberste Etage an Langford vermietet. Mike und ich saßen auf der altmodischen Sitzbank neben ihm, auf dem Rücksitz waren noch zwei Korrespondenten, die ich nicht kannte.

Der Amerikaner Bill Wall war hier Bürochef der US-Zeitschrift, für die Mike fotografierte, und Wall schrieb die Begleittexte zu den Bildern. Der andere war ein BBC-Korrespondent namens Godfrey Wardlaw. Er war wie ich gestern abend angekommen und hatte mit Langford und mir in der Bar des Hotel le Royal, dem inoffiziellen Klub der Korrespondenten, wo ich ein Zimmer genommen hatte, eine Unterhaltung angefangen. Langford bot großzügig Mitfahrt und Informationen an; oft half er Neuankömmlingen wie Wardlaw mit einer Story aus, und er hatte ihn eingeladen, sich uns heute anzuschließen.

»Haste mal ne Zigarette für nen ollen Aussie?« wandte sich Mike mit ausgestreckter Bettlerhand an Bill Wall.

Wall schüttelte eine Zigarette aus seiner Packung und reichte sie nach vorn. Er war ein dünner drahtiger Mann um die vierzig, sein rotblondes Haar war kurz geschoren wie das eines Marineinfanteristen. In seinen großen braunen, leicht vortretenden Augen war ein lustiges Leuchten, als warte er ständig auf die Pointe eines Witzes. Er beugte sich vor und sprach mir ins Ohr.

»Dieser Landsmann von dir hat das Rauchen gerade aufgegeben«, sagte er. Er stammte aus Kentucky und zog seine Worte in der musikalischen südlichen Art in die Länge. »Würdest du ihn bitte um Himmels willen überreden, wieder rückfällig zu werden, Harvey? Ihn mit Zigaretten zu versorgen, treibt mich in den Ruin.«

»Ich konnte nicht anders, Bill«, sagte Langford. »Vora sind sie ausgegangen.«

Vora nahm die eine Hand vom Lenker, um ein Feuerzeug an Mikes Zigarette zu halten, und seine Miene war gefaßt und tolerant wie die eines weisen Vaters. »Er hat meine letzte genommen«, sagte er. »Ich wollte extra für ihn eine Bettelpackung kaufen und sie im Handschuhfach deponieren. Doch das gestattet er nicht; er sagt, dann würde er noch mehr rauchen.«

Nur Godfrey Wardlaw lachte nicht. Er war groß und dürr, blaß und ernst, hatte dunkle, buschige Koteletten und einen hübschen Che-Guevara-Schnurrbart. Er war vorher noch nie in Südostasien gewesen, und er machte einen ungewöhnlich ruhigen Eindruck und starrte aus dem Fenster; ich nahm an, daß er die Dinge einfach in sich aufnahm.

Der Highway 5 führte nach Thailand, durch ein weites, flaches Land – weit hinten im Westen eine blaue Bergkette und aufgetürmte weiße Wolken im Osten. Man nannte den Highway die Reisstraße, da ein Großteil des Reises für Phnom Penh über ihn aus der westlichen Provinz Battambang herangeschafft wurde. Offenbar versuchten jetzt die Roten Khmer dauernd, die Verbindung zu unterbrechen, und die Straße war fast jeden Tag umkämpft. Doch es war schwer, an den Krieg zu glauben; er zeigte sich nirgends. Der Januar ist in Kambodscha ein angenehmer Monat; es ist trocken, und noch nicht zu schwül – die Zeit der Reisernte, wenn die Landschaft noch nicht ausgedörrt ist. Es wehte ein sanftes Lüftchen, und die hohen, zackigen Wipfel der Zuckerpalmen schwankten und glitzerten über den Reisfelddeichen. Wenn man die Zuckerpalmen sieht, weiß man, daß man in Kambodscha ist, wird behauptet. Schwarzgekleidete junge Frauen mit karierten Turbanen bewegten sich Sicheln schwingend über die Reisfelder; am Straßenrand hielten Großmütter mit braunen Gesichtern Kinder auf dem Arm und Körbe in der Hand und lächelten, als wäre alles in Ordnung.

Und natürlich war nichts in Ordnung. Wir befanden uns jetzt ungefähr fünfzig Kilometer außerhalb von Phnom Penh – kurz hinter der alten Ruinenstadt Oudong – und ab hier, so erzählte uns Mike, war der Highway 5 laut amtlichen Angaben nicht mehr sicher. Daß ich das wußte, tat meiner morgendlichen Hochstimmung jedoch keinen Abbruch.

Highways! Wie sie uns weiterlocken, uns, für die die Gegenwart alles ist, doch nie genug! An Highways habe ich immer meine Freude gehabt – Highways, auf denen wir dahinrasen und die sich übers flache Land erstrecken bis zu einer Grenze, wo nichts mehr möglich ist, wie das bei dieser Straße der Fall war. Dort sah man vor dem Himmel eine Reihe ferner Wipfel und den zusammengesetzten Kegel eines alten buddhistischen Stupas, der still auf einer Anhöhe saß, wie ein Kraftwerk einer fremden Zivilisation. Nur dort draußen, an dieser Grenze, auf die wir zurasten, sollte ich der Verheißung nach alle Antworten erhalten, die ich sonst nie finden konnte – dort draußen, wo sich die Welt schließlich ändern würde. Das ist eine Grenze, die ich oft im Traum sehe, und nur im Traum erreichen wir sie jemals. Langford ist in einigen dieser Träume aufgetaucht, seit er verschwunden ist. Da erstreckt sich der Highway in die Nacht, und an seiner äußersten Grenze sind winzige Lämpchen aufgefädelt. Ich sehe Mike zu Fuß dorthin gehen, auf einen letzten stürmischen Rand zu – dort ist er zu Hause. Im Traum weiß ich, daß er dort hingehört – er ist einer von diesen Menschen. Dann verschwindet er.

 »Wann kommt Wolkow aus Saigon zurück?«

Bill Wall saß noch immer nach vorn gebeugt und sprach mit Mike. »Dann kannst du *seine* Zigaretten schnorren«, sagte er.

»Er kommt nächste Woche wieder«, sagte Mike. »Dann muß Jim Feng wieder fürchten, ausgestochen zu werden.«

»Der Graf ist in letzter Zeit richtig überdreht – mehr noch als sonst. Die gescheiterte Ehe, vermute ich; ich glaube, es hat ihn hart getroffen. Er leistet immer noch hervorragende Arbeit, doch ich sehe mit Sorge, wie viele Pfeifen er bei Madame Delphine raucht.« Er wandte sich an mich. »Vor kurzem hat der Graf an einem Abend dreißig Pfeifen geraucht. *Dreißig* – das ist die Wahrheit, schwöre ich. Trevor Griffiths und ich mußten ihn in sein Zimmer im Royal tragen, und er tauchte zwei Tage lang nicht wieder auf. Es hatte ihn umgehauen, Mann.« Er fing an zu lachen. »Am zweiten Tag wurden wir unruhig, und ich ging hoch und rief durch die Tür. Ich fragte ihn, ob er benachrichtigt werden wolle, wenn sich was Großes zusammenbraute. Man soll nicht sagen können, ich liebe meinen Nächsten nicht.« Wall lag lachend in seinem Sitz und rang nach Fassung; schließlich fuhr er fort. »Und dieses ersterbende Stimmchen drang durch die Tür: ›*Geh weg. Ich habe keine schmutzige Wäsche.*‹ Dmitri hat mich für den verdammten *Zimmerboy* gehalten.« Er lachte sich halbtot, wischte sich die Tränen ab. Doch Godfrey Wardlaw lachte immer noch nicht; er runzelte leicht die Stirn, als mißbillige er unseren Leichtsinn.

Die Straße vor uns war jetzt völlig leer. Sie lag höher als die ausgetrockneten Reisfelder und führte schnurgerade durch das flache gelbe Land ringsum, und plötzlich fiel mir auf, wie ungeschützt wir waren. Die Felder waren hier abgeerntet, welk und leer; meilenweit waren nur Grüppchen zerzauster Palmen und Bananenbäume und ein paar palmblattgedeckte Hütten zu sehen. Hinter uns wirbelten Fahrzeuge ockerfarbenen Staub vom Straßenrand auf – ein kambodschanischer Armeelaster und eine Mopedrikscha, in der zwei Regierungssoldaten mit Helm und voller Bewaffnung nebeneinander saßen, es sah aus wie ein ulkiges Kriegsspielzeug. Sogar einige der kambodschanischen Soldaten fuhren anscheinend mit dem Taxi in den Krieg; eine solch verrückte Armee war das. Dicht hinter uns kam ein uraltes Peugeot-Taxi, das uns seit Phnom Penh gefolgt war und etliche Kollegen an Bord hatte. Sie schienen sich oft an Langfords Mercedes zu hängen; da sie wußten, wie gute Beziehungen er hatte, rechneten sie damit, daß er sie dahin führte, wo etwas los war.

Plötzlich sprach Vora. »Umkämpftes Gebiet«, sagte er. Seine Miene war ernst geworden, und er hielt die Augen auf die Straße gerichtet.

Wardlaws Stirnrunzeln verstärkte sich, und er beugte sich zu Mike vor. »Was meint er damit?«

»Die Straße vor uns«, sagte Mike. »Sie ist leer. Und sehen Sie diese Dorfhäuser? Man hat sie dichtgemacht, und sogar die Hunde sind fort. Die Roten Khmer sind hier. Sie werden solche Zeichen zu deuten wissen, mein Freund, wenn Sie oft herauskommen.«

»Wie weit wollen Sie denn noch fahren? Ich bin nicht besonders erpicht darauf, als statistische Zahl erfaßt zu werden«, sagte Wardlaw.

Das von der Zeit in Vietnam her vertraute flaue Gefühl im Magen stellte sich ein – Wardlaws Nervosität steckte an. Langford hatte sich umgedreht, um ihm ins Gesicht zu schauen.

»Sie haben gesagt, daß Sie dicht ans Geschehen heran wollen«, sagte er. Seine Stimme war neutral, und einen Augenblick lang wurde sein Blick leer und fast kalt. Seine Augen schienen von einem blasseren Blau, als ich im Gedächtnis hatte, und ich bemerkte auch, daß das jungenhafte Aussehen, das ich gestern abend zu erkennen geglaubt hatte, ein oberflächlicher Eindruck gewesen war – sein Gesicht war älter und härter geworden, besonders um den Mund herum.

»Natürlich«, sagte Wardlaw. »Doch es kommt darauf an, wie dicht, nicht wahr? Ob wir vernünftigen Schutz haben.«

Langford hob die Augenbrauen. »Schutz? Es gibt keinen«, sagte er. »Die Front wechselt hier ständig, und die Regierungstruppen sind nicht besonders erfolgreich bei ihrer eigenen Verteidigung. Sie operieren oft noch so, als befänden wir uns im Mittelalter; seitdem haben sie keinen ernsthaften Krieg mehr gehabt. Die Soldaten sind tapfer – sie kämpfen bis zum letzten Mann. Aber sie sind nicht richtig ausgebildet oder ausgerüstet, und die Nordvietnamesen und die Vietcong haben sie abgeschlachtet. Jetzt tun die Roten Khmer dasselbe. Und die Amis haben sie zappeln lassen, wie ihr wißt. Sie geben ihnen nur Unterstützung aus der Luft, und das ist nicht genug.«

 Er hatte wieder den abwesenden, fast leidenschaftlich ernsten

Ausdruck, den ich aus der Vietnamzeit von ihm kannte, und ich fragte mich, ob die Armee der Khmer-Republik die Armee von Südvietnam in der Rolle als Benachteiligte, deren Sache er vertrat, abgelöst hatte. Doch dann verflüchtigte sich sein Ernst. Er grinste und streckte eine Hand über den Sitz, um Wardlaw bei der Schulter zu packen, und seine Stimme wurde beruhigend – die Stimme des mitfühlenden Langford aus jüngeren Tagen. »Entspannen Sie sich, alter Knabe«, sagte er. »Man hat mich informiert, daß der Kommandeur hier draußen die Roten Khmer festgenagelt hat. Er ist ein Freund von mir. Und er ist nicht der Typ, der seine Leute aus Dummheit in den Tod führt.«

»Nicht wie einige andere«, warf Bill Wall ein. »Teufel nochmal, manchmal wissen wir mehr als die *Soldaten*. Einmal sind wir vor ihnen die Straße entlanggefahren und haben ein Dorf eingenommen. Sie sind uns gefolgt. Kein Schuß wurde abgegeben.«

Wir lachten alle wieder; doch Wardlaw wirkte immer noch angespannt. Er fürchtete um seine Würde, und um sie zu wahren, versuchte er nicht zu zeigen, wie ihm zumute war. Er holte ein Taschentuch hervor und wischte sich das Gesicht ab. Er hatte mir am vergangenen Abend erzählt, daß er noch nie in einem Kriegsgebiet gewesen war, und er tat mir allmählich leid; mit der jetzigen Situation hatte er ganz offensichtlich nicht gerechnet.

Ich hatte damit auch nicht gerechnet, und mit jedem Kilometer, den der Wagen zurücklegte, wurde es schlimmer.

Noch war kein Gewehrfeuer zu hören, kein Anzeichen für einen Kampf zu sehen, doch die Leere der erhöhten, ungeschützten Straße war unheimlich. Die Fahrt machte nun angst, und kalte Schauer überliefen mich.

Das war ganz und gar nicht wie in Vietnam. Hier gab es keine US-Army, mit den Annehmlichkeiten für Korrespondenten und den sorgfältig definierten Grenzen, innerhalb derer wir uns bewegen konnten. Ich hatte zu verstehen begonnen, daß hier keiner verantwortlich war. Der Kambodschakrieg hatte eine alptraumhafte Unbestimmtheit, und diese riesige, leere, trockene, gelbgrüne Tieflandsbucht unter den turmhohen Wolken war das Zentrum dieser Unbestimmtheit und verbarg die schwarz gekleideten Anderen. Ich hatte natürlich meine Hausaufgaben gemacht, und Mike hatte mich gestern abend eingeweiht. Ich wußte, daß viele Journalisten auf den Landstraßen starben und daß die in Gefangenschaft geratenen nicht wieder auftauchten, weil die Roten Khmer offenbar jeden, den sie in ihre Gewalt bekamen, hinrichteten. Doch die Realität hatte mich bis eben jetzt noch nicht erreicht gehabt. Ich blicke der Realität immer zu spät ins Auge – eine Tatsache, auf die Lisa mich vor meiner Abreise aus London hingewiesen hat. Der Gedanke an sie in diesem Augenblick trug nur zu meiner Niedergeschlagenheit bei, deshalb verdrängte ich ihn.

Die anderen Insassen des Wagens waren verstummt, und ich hatte den Verdacht, daß Wardlaw und ich mit unserer Furcht nicht allein waren. Und doch wäre es absurd gewesen, irgend etwas zu sagen, da absolut nichts passierte. Diese Art Krieg war nur Langford vertraut, dachte ich; er hatte sich praktisch durch seine Patrouillen mit der ARVN im Delta darauf vorbereitet. Kein Wunder, daß er sich hier wohl fühlte, und kein Wunder, daß er so gute Bilder machte – Kambodscha war für ihn wie geschaffen. Bill Wall suchte mit den Blicken häufig die Gegend ab – Blicke, die beiläufig aussehen sollten. »Kopf hoch, Kumpel«, sagte er zu Wardlaw. »Das wird ein guter Bum-Bum. Wahrscheinlich kriegen Sie eine tolle Story. Snow wird uns hineinführen und wieder heraus. Darauf ist er spezialisiert.«

Auf dem Band sang jetzt Jerry Lee »Shake, Rattle and Roll«; Mike war ein Fan vom alten Jerry Lee, und plötzlich drehte er voll auf und grinste, als hätte er uns ein Geschenk gemacht. Wir wiegten uns alle vor und zurück und fühlten uns bald besser, das heißt, alle außer Wardlaw. Der Krach war gewaltig. Vora lächelte und nickte beim Fahren, und er, Bill Wall und ich fingen an mitzusingen. Doch Wardlaw saß steif da, und Schweiß stand ihm auf der Stirn. »Das ist verrückt«, sagte er.

Wir kamen an einen Kontrollpunkt, und Mike schaltete die Musik aus. Vier Regierungssoldaten in Khakikäppis und ausgebeulten Drillichanzügen standen mit M-2-Karabinern neben einer Bambushütte am Straßenrand. Weitere Soldaten hockten im Schatten eines Flammenbaumes; bei ihnen waren Frauen in den dunklen Baumwollsarongs und -blusen der Landbevölkerung, einige hatten Kinder auf dem Arm – Frauen, die ihren Männern an die Front folgten. Ein chinesischer Nudelverkäufer mit Strohhut trieb an seinem Dreirad-Laden Handel mit den Soldaten und einer kleinen Gruppe

Bauern, und eine Reihe Mopedrikschas waren in der Nähe abgestellt – alle hier im Dienst der Presse. Als der Peugeot hinter uns hielt und seine Korrespondentenfracht ausspie, begannen die Rikschaboys sofort zu verhandeln.

»Mein Gott«, murmelte Wardlaw. »Verdammt, es ist wie bei Waterloo. Gibt es bei diesen Kämpfen *Zuschauer*?«

»Die Mopedrikschas fahren die Presseleute für entsprechendes Geld den restlichen Weg«, sagte Langford. »Das Taxi fährt nicht weiter.«

»Aber wir?«

Langford blickte ihn wieder an. »Deshalb sind wir ja hergekommen«, sagte er. »Ich will Bilder. Doch Sie können hier warten, wenn Sie möchten.« Seine Stimme war höflich und mehr oder weniger neutral.

Wardlaw preßte die Lippen aufeinander. »Ich komme mit.«

Vora hatte sich in Khmer mit den Straßenposten unterhalten. Jetzt kam er herüber und sagte uns, daß sich die Kommandozentrale zwei Kilometer weiter befände. »Man rechnet jeden Augenblick mit einem Angriff«, erzählte er Mike. »Hauptmann Samphan ist dort. Wir können hin.«

Die zeitweilige Kommandozentrale stellte sich als palmblattgedeckte Bauernhütte heraus, auf der die kambodschanische Fahne wehte. Dahinter erstreckte sich ein kleiner Kokospalmenhain, ein paar Hühner pickten zwischen weggeworfenen Wasserkannen. Es waren keine Dorfbewohner da außer einem einzigen kleinen Jungen in schwarzen kurzen Hosen, der auf einem Büffel am Straßenrand saß; er kaute auf einem Grashalm und beobachtete das Geschehen. Mehrere Jeeps standen auf der Straße, die hier immer noch schnurgerade und erhöht war und von Gräben flankiert wurde. Auf einem Feld neben dem Highway standen Schützenpanzerwagen, und Soldatengrüppchen mit Granatwerfern hoben dort in der braunen Erde Schützenlöcher aus. Das Land war auch hier offen und ohne Schutz, aber ungefähr zweihundert Meter weiter stieg die Straße leicht an und führte in ein Wäldchen. Diese Bäume gefielen mir nicht. Die tückisch schönen blauen Berge befanden sich noch zu unserer Linken, waren aber jetzt nähergerückt.

Wir stiegen alle aus dem Auto außer Vora. Es war erst ungefähr halb neun und noch nicht heiß. Die Stille wurde vom Gemurmel der

Soldaten hier unterbrochen und von den atmosphärischen Störungen im Funkgerät in einem der Jeeps; daraus drangen Khmer-Stimmen, die plötzlich losschnatterten. Zwei Mopedrikschas kamen und brachten unsere Kollegen von der Presse. Nur drei von ihnen hatten die Fahrt unternommen: zwei amerikanische Pressefotografen in einer Mopedrikscha und ein sehr fetter englischer Berichterstatter mit blondem Bart und einem verbeulten Panamahut in einer anderen. Sie schrien und lachten wie Touristen und begrüßten Langford und Wall laut.

Die kambodschanischen Soldaten hockten im Schatten, wo sie ihn finden konnten, die meisten beim Kokospalmenhain. Es waren an die hundert – Kompaniestärke. Die Offiziere standen neben den Jeeps und den festungsähnlichen Schützenpanzern. Noch nie hatte ich eine derartige Armee gesehen – unter anderen Umständen hätte ich vielleicht gelacht. Sie waren alle grundsätzlich heiter, sie lächelten und lachten, wie das bei Kambodschanern üblich ist. Ihre zusammengewürfelten Uniformen waren phantastisch, und ich sah, was Langford in bezug auf ihre Ausrüstung gemeint hatte. Nur wenige besaßen Helme und Militärstiefel; die meisten trugen Barette oder baumwollene Buschhüte und an den Füßen Badesandalen aus Gummi oder zerfledderte Turnschuhe, einige waren barfuß. Sie hatten amerikanische Drillichanzüge an, die viele Nummern zu groß waren, alte französische Uniformen, sogar Jeans. Einige trugen eine Kombination aus Drillichhemd und schwarzen Baumwollhosen, die bis zu den Knien aufgerollt waren. Alle hatten das *krama*, den karierten Schal der kambodschanischen Bauern, der auch als Turban dienen kann, umgebunden, und alle hatten heilige Buddha-Amulette in Beuteln um den Hals hängen. Die würden sie im Kampf unverwundbar machen, wenn ihre Gedanken rein waren, sollte ich irgendwann erfahren. Sie würden sie brauchen. Bewaffnet waren sie in gleicher phantastischer Vielfalt: mit M-2-Karabinern, M-16-Gewehren und AK-47-Schnellfeuergewehren, mit französischen Flinten aus dem Zweiten Weltkrieg, Pistolen und Maschinenpistolen. Zur kämpfenden Truppe gehörten auch Frauen – Teenager. Und es gab auch Kindersoldaten.

Ich hatte gehört, daß jetzt, wo sich die Lage verschlimmerte, Jungen rekrutiert wurden, doch ich hatte angenommen, daß damit

Teenager gemeint waren; ich konnte nicht glauben, daß man die Kinder, die ich vor mir hatte, ins Gefecht schicken würde. Viele von ihnen waren nicht älter als zehn, und ihre alten französischen Flinten waren größer als sie selbst. Sie trugen viel zu weite olivfarbene Drillichanzüge und grüne Barette, und bei allen leuchteten die großen dunklen Augen vor Erwartung, wie bei einer Knabenmannschaft, die auf den Anpfiff eines Fußballspiels wartet. Einige von ihnen spielten, kletterten auf Palmen, schrien und warfen Kokosnüsse herab; doch die meisten drängten sich um einen untersetzten alten Feldwebel mit einem baumwollenen Buschhut, einem ausgeblichenen grünen Drillichhemd, Baumwollhosen und Sandalen, der für sie verantwortlich zu sein schien. Das wettergegerbte Gesicht dunkelbraun und felsähnlich, Goldzähne über einem der hiesigen Stumpen mit handgerolltem Tabak zusammengepreßt, so lächelte er mit väterlicher Zuneigung auf seine Truppe hinab.

Ein Offizier mit grünem Barett und Sonnenbrille kam jetzt aus dem Haus und ging langsam zum Mercedes hinüber, die Augen auf Langford gerichtet. Das war Hauptmann Samphan, der Kompanieführer. Er war jung, groß und elegant in einem gut sitzenden amerikanischen Drillichanzug und mit einem gelben Tuch um den Hals. Wie seine Männer war auch er durch ein magisches buddhistisches Amulett geschützt, das in den Schal geknotet war. An seiner Hüfte hing eine Pistole, die ich als 38er Magnum identifizierte; man mußte sehr gute Beziehungen haben, um an so etwas heranzukommen. Hauptmann Samphan war eine Art Dandy, dachte ich – einer von den Offizieren, die es sowohl hier als auch in Vietnam gab, die sich wie Filmstars benahmen, für die Presse posierten und ihre Männer nur in den Kampf führten, wenn die Kameras liefen. Die anderen Korrespondenten beeilten sich, ihn abzufangen, der bärtige Mann mit dem ramponierten Panamahut vornweg, doch er winkte sie fort und kam mit ausgestreckter Hand auf Langford zu, wobei er Englisch mit französischem Akzent sprach.

»Hallo, Mike. Du kommst genau richtig«, sagte er. »Wir erwarten sehr bald ein kleines Gefecht. Beim Morgengrauen hatten wir Probleme mit den Roten Khmer. Wir glauben, daß sie jetzt in diesem Wäldchen sind.«

Er zeigte auf die Anhöhe weiter vorn, und ich hatte wieder so ein flaues Gefühl im Magen.

Wardlaw fragte mit gezücktem Notizbuch den Hauptmann unvermittelt, warum er solche kleinen Jungen in den Kampf mitnahm. In seiner Stimme schwang ein tadelnder Ton, doch Hauptmann Samphan antwortete ihm höflich.

»Wir haben nicht genug Männer, wie Sie vielleicht wissen«, sagte er. »Und diese Jungen sind so begeistert. Wenn wir sie nicht mitnehmen, heulen sie bloß.«

Wardlaw starrte ihn wortlos an. Die drei anderen Korrespondenten waren herangekommen, standen hinter uns und hörten zu, und der Bärtige mit dem Panamahut kritzelte in sein Notizbuch und schnaufte. Ihm mußte die Hitze bei all dem Gewicht, das er herumzuschleppen hatte, besonders zu schaffen machen, doch er wirkte recht vergnügt und locker. Als sich unsere Blicke kreuzten, zwinkerte er.

»Hat es schon Verluste gegeben?« fragte Langford.

»Zum Glück nicht«, sagte Hauptmann Samphan. »Wir waren außer Reichweite, als sie uns beschossen. Jetzt wollen wir vorrükken. Ich rate Ihnen, sich im Hintergrund zu halten und, wenn nötig, in Deckung zu gehen.« Er wandte sich ab und rief einer Gruppe junger Offiziere, die bei einem Jeep standen, einen Befehl zu.

Jetzt war die warme Luft voller Rufe und Bewegung. Die Offiziere ließen einen Teil der Truppe auf der Straße antreten und sich zum Abmarsch bereitmachen. Alles wurde in einer Weise überdeutlich, die mir nur zu bekannt vorkam. Langford, Wall, Wardlaw und ich standen noch beim Mercedes, und Vora blieb hinter dem Steuer. Hauptmann Samphan ging im Mittelfeld schnell über die Straße und befahl einigen Soldaten, in das Reisfeld vorzurücken. Die Kindersoldaten schulterten ihre riesigen französischen Gewehre und formierten sich am Ende des Zuges, ihren Feldwebel neben sich. Doch einer von ihnen, der aussah, als wäre er etwa zwölf, stand an der Spitze der ganzen Truppe und hielt die kambodschanische Fahne. Sie zeigte die Türme von Angkor Wat – das Emblem für Kambodschas ruhmreiche alte Zeit – und flatterte im leichten Lüftchen. Sein Barett saß ihm flott auf dem Ohr, und er blickte keck drein: Lehrers Liebling, der die ehrenvollste Aufgabe übertragen bekommen hatte. Wieder erscholl ein Kommando, und die Soldaten marschierten hinter dem Jungen mit der Fahne geradewegs die Straße hinauf.

Es herrschte eine große Stille, wenn man vom Geräusch der marschierenden Füße und den atmosphärischen Störungen im Funkgerät absah. Ich war jetzt in Schweiß gebadet, als wäre ich gerade aus einem Schwimmbecken gestiegen. Ich sah mich nach Langford um, der eben noch dicht neben mir gewesen war, doch jetzt war er fort. Dann sah ich ihn. Wie er es gewohnt war, rückte er mit den Soldaten vor, statt in Deckung zu gehen, und lief schnell am Straßengraben entlang. Er trug ein dunkles Hemd und olivgrüne Drillichhosen, war jedoch ohne Kopfbedeckung; wie gewöhnlich hatte er eine Leica und als Reserve eine Nikon. Die beiden amerikanischen Fotografen waren nicht allzu weit hinter ihm und machten einige schnelle Aufnahmen. Während ich sie beobachtete, suchten sie hinter einem der Schützenpanzer im Reisfeld Deckung; und in diesem Moment begann der Schußwechsel.

Der Lärm war entsetzlich: Die im Hinterhalt liegenden Roten Khmer feuerten mit Granatwerfern aus dem Wäldchen, und die kambodschanischen Granatwerfer-Züge im Reisfeld feuerten zurück. Bill Wall und ich sahen uns an; es war zu laut zum Sprechen. Er zeigte auf den Graben, und ich nickte und tippte Wardlaw auf die Schulter. Sein Gesicht war weiß und fettig; er wirkte benommen. Ich bedeutete ihm, daß er uns folgen sollte, und rannte auf den Graben zu.

Beim Graben angekommen, ließen wir uns hineinrollen und fanden dort schon den Bärtigen vor, der auf der Seite lag. Er grinste mich mit immer noch bemerkenswert zuversichtlicher Miene an, und ich fragte mich, ob er wohl ahnte, daß ein Teil seines massigen Körpers wie ein Walbuckel über den Graben ragte. Hinter mir hörte ich eine gepreßte Stimme »Großer Gott« sagen und wußte, das war Wardlaw. Ich betrachtete den kleinen Schnitt an meinem Daumen und erinnerte mich daran, daß ich ihn mir vor zwei Tagen in unserer Küche in South Kensington beim Öffnen einer Büchse zugezogen hatte – eine harmlose Wunde aus Friedenstagen in einem inzwischen unwirklichen Land erfüllte mich mit Sehnsucht. Nach einer Weile hob ich den Kopf, obwohl der Lärm andauerte, ein wenig über den Grabenrand, um zu sehen, was vor sich ging.

In den Tropen betrachten wir die Realität sehr unmittelbar. Die Farben leuchten so intensiv, daß jeglicher Abstand verlorenzugehen scheint. Die Welt wird zweidimensional – ein Gobelin, hinter dem etwas anderes lauert und sich zeigen will. Das geschah jetzt, ich kämpfte gegen Schwindel und wußte, daß ich unter Umständen hier nie mehr wegkam. Auf der Straße marschierten die Soldaten in einem blauen Schleier von Geschützrauch mit selbstmörderischer Geradlinigkeit weiter und feuerten im Gehen in die Baumreihe. Es schien ihnen nicht in den Sinn zu kommen, Deckung im Reisfeld zu suchen; Langford hatte recht, sie führten eine mittelalterliche Schlacht. Nicht weit von mir kroch ein Mann auf den Graben zu und zog ein zerschmettertes Bein nach. Schon war die braune Straße mit Körpern übersät; doch der Junge mit der Fahne marschierte noch voran – ein tapferer kleiner Page, der gegen alles gefeit schien.

Doch dann fiel er, und es wäre wie das Schulhofspiel eines Kindes gewesen, das vorgab, getroffen zu sein, hätte er nicht so reglos still gelegen und hätte sich keine Blutlache unter ihm ausgebreitet. Die Soldaten marschierten um ihn herum und feuerten aus ihren Gewehren. Sein grünes Barett war in den Staub gefallen, und irgendwie erwartete ich, daß seine Mutter auftauchten und ihn aufheben würde. Auf der Stelle lief ein anderer kleiner Page nach vorn, um die Fahne aufzunehmen, hob sie hoch empor und marschierte stolz, wie es der andere getan hatte – ein sich wiederholendes Bild. Ich ertappte mich dabei, wie ich leise und töricht vor mich hin fluchte.

Man hörte wildes Kommandogeschrei. Ich sah, wie Hauptmann Samphan mit seiner Pistole fuchtelte, und endlich wandten sich die Soldaten dem Reisfeld zu und begannen hinter den Deichen Schutz zu suchen. Der Granatbeschuß ging erbarmungslos weiter, Erdfontänen spritzten empor. Dann vernahm ich Langfords Stimme, blickte hoch und sah ihn am Grabenrand hocken.

»Schnell zum Auto«, sagte er. »Wir stecken etwas in der Klemme.«

Nun waren wir alle wieder in der Black Bessie, wo Vora offenbar die ganze Zeit gesessen hatte. Das Wageninnere war erfüllt von Keuchen, und es stank nach unserem Schweiß. Die anderen Korrespondenten waren unserem Beispiel gefolgt und machten sich schon mit ihren Mopedrikschas davon, doch der Junge auf dem Büffel war immer noch am Straßenrand und glotzte, als gäbe es einen durchreisenden Zirkus zu sehen.

Vora drehte den Schlüssel im Zündschloß, aber der Motor sprang nicht an. Wir warteten mit furchtbarer Geduld, und er machte einen zweiten Versuch. Der Motor sprang an, doch Vora legte keinen Gang ein; er sah Langford fragend an, offenbar auf Anweisungen wartend. Ich saß zwischen ihnen; Langford hatte auf seiner Seite noch die Tür offen. »Noch nicht«, sagte er. Er beobachtete mit zusammengekniffenen Augen, wie die beiden Mopedrikschas verschwanden.

»Fahren wir, Mann«, sagte Bill Wall zu ihm. »Das ist kein gesunder Ort. Sie werden überrannt.« Seine Stimme war ruhig, doch dringlich.

»Worauf *warten* wir noch?« brüllte Wardlaw. Seine Stimme klang fast hysterisch. »Um Gottes willen, fahrt endlich los, verflucht noch mal!«

Langford ignorierte ihn. »Okay, fahr los«, sagte er zu Vora. »Warte auf mich am Kontrollpunkt. So etwa eine Stunde.« Er glitt aus dem Wagen und schlug die Tür zu, und Vora fuhr los und beschleunigte.

Bill Wall beugte sich zu Vora vor. »Er bleibt *hier*?«

Vora lächelte. »Guter Trick. Die anderen Fotografen glauben, er geht – da gehen sie. Dann kriegt Mister Mike sein Exklusivfoto.«

»Mein Gott«, sagte Wall. »Ein guter Trick? Beherrscht er auch den Trick, hier rauszukommen? Diese Leute sind verloren.«

Als wir wegfuhren, drehte ich mich um und sah, daß die übriggebliebenen Soldaten sich im Reisfeld hinter den Schützenpanzern neu formiert hatten. Hauptmann Samphan stand dort neben einem der Panzerwagen, und ich beobachtete, wie Langford zu ihm ging. Obwohl die Explosionen im Reisfeld weitergingen, begannen sie eine Unterhaltung, als befänden sie sich auf einer ruhigen Straße.

Ich war überzeugt davon, daß die beiden Männer dort sterben würden.

Als wir wieder zum Kontrollpunkt kamen, war es wie die Rückkehr zu einem sicheren Hafen, den man lange nicht gesehen hat.

Die vier Posten, der Flammenbaum, die Bambushütte, der chinesische Nudelverkäufer – alles war an Ort und Stelle, in einem flirrenden, stärker werdenden Sonnenlicht, das von Artilleriefeuer nichts wußte. Doch die Mopedrikschas waren fort und auch die beiden Peugeot-Taxis – ohne Zweifel brachten sie unsere Kollegen zurück nach Phnom Penh.

Wir liefen zu einem mit Palmblättern gedeckten Bauernhaus ein

Stück weiter unten an der Straße. Es war auf Pfählen errichtet, wie die meisten kambodschanischen Bauernhäuser, und wir gingen ein paar Stufen hoch zu einer einfachen Veranda vorn. Die Bauern hatten sich entweder versteckt oder waren geflohen, und wir ließen uns hier nieder, um auf Langford zu warten. Vora, der Fahrer, schien sich keine Sorgen um ihn zu machen; er vertraute fest auf Langfords Fähigkeiten, als seien sie übernatürlich. Vora klärte mich leise murmelnd auf, wobei sein vertrauensvolles Lächeln und die besorgten Falten auf der Stirn sanft beruhigend wirkten. Die Soldaten hatten Langford einen Spitznamen gegeben, ob ich das wisse? Man nannte ihn *Mean Samnang*, Glückspilz, weil er unbeschadet aus den schlimmsten Feuergefechten herauskam; er überlebte immer, und auch heute würde er überleben. Er war nicht wie andere Fotografen, er war *Mean Samnang*. Und Vora nickte mir glücklich zu, als wäre damit alles gesagt. Doch obwohl ich es nicht äußerte, teilte ich seine Zuversicht nicht.

Auf der Veranda lagen Schilfmatten, und in einem Winkel schaukelte eine Hängematte aus Sackleinen; ich warf mit Bill Wall eine Münze um sie und gewann. Darin zu liegen war eine Wohltat; ich war unnatürlich müde. Es roch nach heißem Stroh, und die Stimmen der anderen kamen wie von weit her. Als ich die Augen schloß, sah ich wieder den kleinen Jungen mit der Fahne, sein Tod wurde von neuem abgespult wie ein Filmausschnitt. Ich würde selbstverständlich darüber schreiben, für den Direktbericht, den ich diesen Nachmittag über Funktelefon an ABS übermitteln würde; doch als ich daran dachte, wie ich es in Worte fassen sollte, empfand ich Widerwillen.

Ungefähr eine Stunde später war auf der Straße das Brummen eines Jeeps zu vernehmen, und ich hörte die anderen sagen, das sei Langford. Voller Erleichterung erhob ich mich aus der Hängematte, um ihn zu begrüßen.

Der Jeep, von dem alten Feldwebel mit dem Buschhut gefahren, hielt gerade lange genug, daß Mike aussteigen konnte, und wendete dann, um auf dem Highway wieder davonzubrausen. Mike kam wortlos die Stufen herauf und legte seine Kameras und die Kameratasche auf einer Matte ab. Vora lächelte ihm strahlend zu, und Mike legte ihm eine Hand auf die Schulter und ließ sie dort, während er uns andere begrüßte und dabei zu Godfrey Wardlaw genauso freundlich war wie zu allen anderen. Dann blickte er Bill Wall an und streckte die Hand in Erwartung einer Zigarette aus.

Bill seufzte, schüttelte eine Zigarette aus der Packung und gab ihm Feuer. »Mein Gott, Snow«, sagte er. »Du mußt wirklich Glück haben.«

»Sie haben ungefähr die halbe Kompanie verloren«, sagte Langford. »Doch die Roten Khmer sind schließlich abgehauen. Samphan ist ein guter Kompaniechef.«

Auf seinem Gesicht lag eine nachdenkliche Ruhe, die ich nur als träumerisch beschreiben kann. Er sagte nichts weiter, und keiner versuchte, ihn dazu aufzufordern. Er lag in der Hängematte und rauchte, und ich zweifelte nicht daran, daß er aus einer gewaltigen Höhe herabgestiegen war – aus der Steilwand in Todesnähe, wo er sich mit Hauptmann Samphan aufgehalten hatte.

Bei mir bildete sich auch langsam der Verdacht, daß er an diesem Ort sein mußte.

4.

HARVEY DRUMMOND

Kuskus-Nacht in der Jade-Pagode.

Eine gemeinsame Therapiesitzung für emotional entwurzelte Korrespondenten. Ein Platz, um seelische Wunden zu verbinden. Eine Falltür zur Trance.

Nur das besondere Elend des Kambodscha-Kriegs konnte die Kuskus-Nacht hervorbringen. In Vietnam gab es so etwas nicht.

Die Pagode befand sich am Monivong-Boulevard, der Hauptstraße der Stadt. Man mußte klopfen, wenn man Einlaß begehrte, wie das bei den meisten Restaurants in Phnom Penh üblich war, und dann wurde man von einem Regierungssoldaten nach Waffen durchsucht. Langford, Feng, Wolkow und eine Reihe anderer Korrespondenten und Fotografen versammelten sich dort jeden Sonnabend, um einen separaten Raum zu mieten.

Der Raum ist eigenartig, als gehöre er in ein anderes Jahrhundert. Wir sitzen im Halbdunkel um einen sehr großen runden Tisch, der fast das ganze Abteil ausfüllt. Hinzu kommen dunkle, holzgetäfelte Wände und schwache Wandleuchten. Das alles verschafft dem Ort eine Atmosphäre, die klaustrophobisch, privilegiert und ungesetzlich wirkt – die Kreuzung eines Londoner Klubs mit einem Hauptquartier der Triade. Chinesische Kellner in weißen Hemden und schwarzen Hosen stehen ohne zu lächeln wie Wachen an den Wänden und beobachten uns. Später, wenn mein Gehirn umgekrempelt wird, erscheinen mir ihre Mienen verächtlich, ja feindselig.

Um den Tisch herum ist alles noch ruhig. Alle sind mehr oder weniger nüchtern, und der Kuskus-Eintopf ist noch nicht aufgetragen worden. Der Hobbygärtner ist für den Kuskus verantwortlich, sagt man mir, doch er ist noch in der Küche und überwacht die Zubereitung. Wer der Hobbygärtner ist und warum er fürs Kochen gebraucht wird, verrät man mir nicht; meine Kollegen haben ein kindisches Vergnügen daran, geheimnisvoll zu sein.

Mir gegenüber trinken Mike Langford, Jim Feng und Dmitri Wolkow Cognac und Soda und spielen das Streichholzspiel. Zu meiner Linken sind Trevor Griffiths und Bill Wall tief in ein Gespräch über das Pariser Friedensabkommen und die Gerissenheit von Henry Kissinger verstrickt. Zu meiner Rechten ist Roger Clayton, ein junger australischer Korrespondent, den ich heute abend in der Bar des Royal kennengelernt habe und der mir leidtat; eine Zeitung in Sydney hat ihn hierher zu seinem ersten Auslandsauftrag geschickt, und er hat das dringende Bedürfnis des jugendlichen Anfängers, mit dem inneren Kreis der Presseleute hier in Verbindung zu kommen. Er behandelt mich mit erfreulichem Respekt; er schwärmt noch davon, den Veteranen zu begegnen, was mich an meine eigene Zeit als Anfänger erinnert und mich sentimental stimmt. Hoffentlich wird es mit ihm nicht so peinlich wie mit Wardlaw; doch sein kantiges Gesicht macht einen sowohl zuverlässigen als auch gutmütigen Eindruck, es wird eingerahmt von mausbraunem Haar, getragen in der neuen Länge bis fast zu den Schultern und ordentlich frisiert, so daß er wie ein geschniegelter Hippie wirkt.

Besonders hat ihn die Entdeckung beeindruckt, daß ich mit Langford befreundet bin, den er außerordentlich schätzt. In dieser Woche hat Langford erneut für sein internationales Nachrichtenmagazin das Titelbild geliefert: ein Bild des kleinen Jungen mit der Fahne, aufgenommen wenige Sekunden, nachdem er gefallen war, und man sieht darauf, wie der andere kleine Junge sich bückt, um die Fahne aufzuheben. Es hat auf der ganzen Welt Zorn und Mitleid ausgelöst, und die Presse hat es breit kommentiert; das bestärkt Clayton in seiner fachlichen Wertschätzung Langfords. Als wir vom Royal hierher unterwegs waren, hat er mich über ihn ausgefragt. Wie oft ist er verwundet worden? Was ist das Geheimnis seines Überlebens? Sind seine Bilder wirklich als Verurteilung des Krieges gemeint?

Jetzt will er Michael diese Fragen stellen und seine Meinung über die amerikanischen Bombardements und den gegenwärtigen Stand des Konflikts auf dem Land hören – doch bei einem Versuch zu einem derartigen Interview hat er sich von allen drei Bildreportern eine Abfuhr geholt. Das Streichholzspiel, wird ihm bedeutet, ist wichtiger – es hat tatsächlich höchste Priorität. Ich sehe, daß Clayton das verwirrt; wie viele der jüngeren Journalisten jetzt ist er ein moralischer Kreuzritter und hat erwartet, daß die Bildreporter sofort über die großen Fragen sprechen wollen. Er ist auch der Typ, der auf der Suche nach Helden ist, und das Verhalten der drei entspricht nicht seinen Erwartungen.

Schmuddelige kambodschanische Banknoten liegen auf dem Tisch, es wird um Geld gespielt, wie bei allen ihren Glücksspielen.

»Acht«, sagt Wolkow. »Ich sage acht.«

Er und Feng und Langford heben die Fäuste, in denen sie die von ihnen gewählte Anzahl von Streichhölzern verborgen haben, und starren sich wie Pokerspieler an. Beim Streichholzspiel, das ich langweilig finde und das für sie die Ernsthaftigkeit eines Rituals hat, beginnen alle Spieler mit der gleichen Anzahl Streichhölzer, und in jeder Runde weist jeder von ihnen eine gewisse Zahl davon vor; das Ziel ist, die Gesamtzahl der noch im Spiel befindlichen Streichhölzer zu erraten.

»Sieben«, sagt Langford.

Er und Wolkow schauen sich an, ohne eine Miene zu verziehen, und mir fällt ganz plötzlich eine vage, doch erkennbare Ähnlichkeit auf, die sie in ihren reifen Jahren entwickelt haben und die in ihrer Jugend nicht dagewesen ist. Nicht etwa, weil beide blond sind; etwas so Offensichtliches ist es nicht. Es ist wie eine Familienähnlichkeit, und ich überlege, ob ihr gemeinsamer Beruf das über die Jahre hinweg bewirkt haben könnte.

»Zehn«, sagt Jim Feng, und dann werden die Streichhölzer gezählt. Lärmendes Lachen; Jim sammelt die Geldscheine ein.

»Er gewinnt jedes Mal. Er ist gut beim Denksport, der Verrückte Jim«, sagt Wolkow. Er grinst – das gedehnte Grinsen, an das ich mich erinnere. Wie Langford hat er nicht zugenommen und wirkt noch fit; doch er ist schmächtiger als in meiner Erinnerung und im Gegensatz zu Mike ein wenig gealtert. Um den Mund sind Linien, vom Schnurrbart nur halb verdeckt, die nach Überanstrengung aussehen, und unter den blauen Tatarenaugen sind leichte Schatten wie Druckstellen. Mir fällt Bill Walls Anekdote ein, und ich frage mich, ob Dmitri ein Opiumproblem hat. Demgegenüber wirkt Jim Feng fast unverändert. Vielleicht hat sein Gesicht eine neue Ernsthaftigkeit; vielleicht sind seine Mandelaugen etwas schmaler; doch das ist alles. Ich habe mich am meisten geändert in der Bequemlichkeit Europas – sie machen alle Scherze über meine Kahlheit.

Da sind sie also wieder: die Drei Musketiere. Ich möchte wissen, ob dieser einfältige Spitzname noch in Gebrauch ist, oder ob man ihn vergessen hat. Als ich sie so über den Tisch hinweg anschaue, kann ich mir vorstellen, welchen Eindruck sie auf den jungen Clayton machen, und seine Ehrfurcht ihnen gegenüber verstehen. Sie sind schon so lange Kriegsberichterstatter und haben überlebt. Wolkow hat während seiner Ehe zwei Jahre ausgesetzt, doch abgesehen davon hat er seit den frühen sechziger Jahren an der Front gefilmt; und Langford und Feng haben sieben Jahre ununterbrochene Arbeit in Indochina hinter sich. Das bedeutet mehr Kampfgeschehen, als die meisten Soldaten erleben. Die amerikanischen Soldaten in Vietnam waren nur für ein Jahr rekrutiert, und die meisten Frontfotografen versuchten das Schicksal nicht viel länger; sie zogen sich zurück, weil sie ausgebrannt waren oder am Rande des Nervenzusammenbruchs oder weil sie glaubten, sie würden bald umkommen. Oder sie kamen wirklich um. Wenn man abergläubisch sein wollte, könnte man sagen, daß ihre Chancen schon lange schlecht standen. Natürlich sind sie – nach gewöhnlichen Maßstäben – immer noch recht jung; doch wie Sportler sind sie von ihren Reflexen abhängig, und ihr Alter wird, wie bei Sportlern, mit einem erbarmungsloseren Maß gemessen, als das bei uns anderen der Fall ist.

Sie haben noch immer ihre Talismane, stelle ich fest. Hier drinnen ist es trotz des Ventilators an der Decke stickig, und Wolkow hat sein Hemd bis zur Brust geöffnet – ich sehe, daß er noch sein St.Nikolas-Medaillon trägt, und das berührt mich und macht mich irgendwie traurig.

Sie haben sich schließlich Claytons erbarmt und fachsimpeln jetzt mit ihm.

»Wissen Sie, was einige dieser Freien jetzt für ein Foto kriegen? Fünfzehn US-Dollar«, erzählt ihm Jim Feng. Er lächelt und schüttelt den Kopf.

»Stimmt«, sagt Wolkow. »An einem schlechten Tag ist das vielleicht alles, was sie verdienen. Für fünfzehn Dollar riskieren sie ihren Arsch. Die sind einfach kriegsgeil. Das ist nicht professionell. Bei *der* Bezahlung muß man wirklich verrückt nach Bum-Bum sein.«

»Kommen viele um?« fragt Clayton.

Wolkow starrt ihn an. »Jede zweite Woche einer«, sagt er. »Haben Sie das nicht gehört?«

»Aber *Sie* machen weiter«, sagt Clayton.

»Zeig mir einen besseren Krieg«, sagt Wolkow, und die anderen lachen.

»Man fährt im Taxi hin«, sagt Wolkow, »und nachmittags ist man wieder am Pool vom Hotel Royal, ißt Krabbensalat und trinkt französischen Wein. Das ist meine Art Krieg. Das einzige Problem dabei ist, einige kommen nicht bis Sonnenuntergang durchs Tor.« Er verstummt und starrt vor sich hin. »Wir sitzen am netten Pool und schauen«, sagt er. »Wenn die Schatten lang werden, verstummen die Leute. Jeder, der bis dahin nicht die Auffahrt zum Royal hochkommt, ist gewöhnlich tot. Die Zugehörigkeit zur Presse hilft hier nichts. Die Roten Khmer halten sich an keine Regeln.«

Mike schenkt uns allen Cognac nach. »Wir haben viele Kameraden verloren«, sagt er. »Vor zwei Monaten haben wir eine großartige Frau verloren – eine Korrespondentin vom Londoner *Telegraph*. Helen fuhr auf allen Straßen, wohin sie auch führten, und sie war im Gebiet der Roten Khmer. Seitdem hat man sie und ihren kambodschanischen Fahrer nicht mehr gesehen.«

Wolkow grinst mich an. »He, Harvey«, sagt er. »Toll, daß du wieder bei uns bist, Kahlkopf.«

»Da fällt mir etwas ein«, sagt Jim Feng plötzlich. »Heute hat es Pheng draußen auf dem Highway 4 erwischt. Mörsergranate.«

»*Mon Dieu*«, sagt Wolkow und blickt in seinen Cognac.

Langford runzelt die Stirn. »Pheng? Der kambodschanische Freie? Scheiße. Nicht Pheng. Er war so ein netter Kerl.«

»Sie sind alle nette Kerle«, sagt Wolkow.

»Ich hatte Pheng gern«, sagt Jim. »Er ruhe in Frieden.«

Die drei sitzen einen Augenblick still da, die Hände mit der gleichen Gebärde gefaltet, und starren den Tisch an.

In diesem Moment kommt der Hobbygärtner herein, gefolgt von chinesischen Kellnern, die zugedeckte Schüsseln hereintragen, und es wird laut. Inmitten des Tumults flüstert mir Trevor Griffiths wie ein Verschwörer ins Ohr – er verrät mir endlich das Geheimnis des Kuskus, dieses gar nicht chinesischen Gerichts aus gekochtem Fleisch und Weizengrieß, das den Mittelpunkt des Abends bildet. Der Hobbygärtner würzt es mit Marihuana, sagt er – Gras der besten Sorte, gezüchtet auf dem Balkon seiner Wohnung. Deshalb sein Spitzname.

Kambodscha ist immer ein Paradies für Potköpfe gewesen, da der Gebrauch von Marihuana hier legal ist; Leute aus der kambodschanischen Mittelschicht verwenden es oft beim Kochen, und man sagt, sie seien meistens leicht bekifft. Doch das wird das erste Mal sein, daß ich es mit der Nahrung aufnehme, und ich habe Bedenken; ich habe das Zeug nicht mehr geraucht, seit ich Indochina verlassen habe. Die Kellner arrangieren die Schüsseln auf der Drehscheibe in der Mitte des Tisches, während der Hobbygärtner gestikuliert und die Angelegenheit überwacht. Er heißt Hubert Whatley und entpuppt sich als der bärtige englische Korrespondent, mit dem ich vor drei Tagen einen Straßengraben am Highway 5 teilte. In unserem engen Zimmer wirkt er überlebensgroß, besonders im Stehen. Sein rotblondes Haar und sein Bart wuchern wild; er ist groß, und sein gewölbter Bauch ist beeindruckend – er muß fast hundertdreißig Kilo wiegen. Er spricht mit schöner, mächtiger Baßstimme, sein Akzent ist eine Kreuzung von Yorkshire-Dialekt mit BBC-Englisch.

»Kuskus!« schreit er. »Meine Herren! Ihr Traumgericht ist da! *Bon appetit!*«

Er schüttelt mir und dem jungen Clayton die Hand und beugt sich zu uns, während Gespräche und Gelächter in einer plötzlichen

Woge anschwellen und Löffel klappern. »Wir sind uns begegnet, als es enger zuging, Harvey – hoffentlich habe ich Sie in diesem Graben nicht zu sehr bedrängt. Doch ich will Sie beide aufklären, da das Ihre Taufe in der Pagode ist. Nur *eins* dieser Gerichte ist mit meinem lieblichen Kraut gewürzt. Sie müssen deshalb von *jedem* Gericht kosten, ehe die Fee Sie besucht. Kapiert? Prima.« Er richtet sich auf und streckt eine Hand segnend über den Tisch, sein Baß erfüllt den Raum. »Langt zu, meine Herren, und mögen alle eure Träume verrückt sein.«

Wir schaufeln den Eintopf in unsere Schüsseln, die Scheibe dreht sich und bietet neue Gerichte an, unser Gelächter und Gespräch wird explosionsartig lauter, und die chinesischen Kellner beobachten uns von ihren Plätzen an den Wänden.

Griffiths deutet mit einem Kopfrucken auf sie und flüstert. »Das sind Spione der verdammten Lon-Nol-Regierung – ich habe das aus verläßlicher Quelle. Paß also auf, was du sagst, mein Freund.« Er schiebt sich eine riesige Portion Kuskus in den Mund. Während er kaut und auf seinen Kick wartet, scheint er auf einen fernen Laut zu lauschen. Trevor wird wie ich langsam kahl, aber er hat das dadurch kompensiert, daß er sich einen lockig-schwarzen walisischen Bart hat wachsen lassen, der mich am linken Ohr kitzelt, wenn er seine vertraulichen Mitteilungen macht. »Alles, was wir sagen, wird der Regierung gemeldet«, sagt er. »Zweifle nicht daran. Und unser geliebter Präsident Lon Nol wäre froh über eine Ausrede, mit der er mich ausweisen könnte, Harvey, da meine Berichte seine Unfähigkeit und Korruption aufdecken.«

»Wie ich sehe, hegst du noch immer deine Verschwörungstheorien, Trevor.«

Er runzelt die Stirn, und der Bart verleiht ihm die finstere, sorgenvolle Autorität eines biblischen Propheten. »Du wirst sie teilen, wenn du ein paar Wochen hiergewesen bist, Drummond. Ich will dir ein Beispiel nennen. Der Regierungssprecher bei den militärischen Briefings ist ein glücklicher Einfaltspinsel, ohne Beziehung zur Realität. Jedes Gebiet, das er uns als sicher meldet, stellt sich als tödliche Falle heraus. Der Mann ist direkt verantwortlich für den Tod von Journalisten.« Sein Bart öffnet sich zu einem bitteren schwarz-weißen Lächeln. »Sein Name ist Oberst Am Rong.«

Ich fange an zu lachen und kann nicht aufhören. Ganz offensichtlich habe ich jetzt von der Zauberspeise gegessen, und ich trete in einen leeren Raum ein. Der leere Raum ist schummrig, nur von Lampen an den Wänden schwach erhellt, und dort drinnen ist das Gespräch, das ich höre, manchmal gedämpft und manchmal mächtig, bedeutungsschwer tönend.

Der junge Clayton kichert hilflos, »Was ist da drin?« Er stiert in seine Schüssel, lehnt sich zurück und kichert wieder.

»Kambodscha ist schon verloren«, sagt Griffiths. »Verloren, und wir alle wissen es. Wir sind hier, um das Ende zu beobachten. Deswegen haben sie dich doch hergeschickt, Kamerad. Damit du deinen Platz mit uns am Leichnam einnimmst. Such nicht nach dem Kambodscha, das du von früher kennst, Harvey – es ist nicht mehr da. Die Kriegsverbrecher Nixon und Kissinger haben es vernichtet. Um es vor dem Kommunismus zu schützen, haben die B-52 letztes Jahr diesem Land das Herz aus dem Leib gebombt und dabei jede Menge unschuldiger Dorfbewohner getötet. Siebenunddreißigtausend Tonnen Bomben. Saubere Arbeit, aus großer Höhe abgeworfen; dann sind sie zu ihren Basen in Thailand und Guam zurückgeflogen.«

Die Jahre haben Trevors Feuer nicht gelöscht, sehe ich – seine schwarzen Augen glühen und drängen, wie früher, und in seinem kalkweißen Gesicht arbeitet der alte Zorn. Doch während ich ihn beobachte, verwandelt sich sein Gesicht zu einer assyrischen Maske mit einem glänzenden schwarzen Bart und Ringellocken, die mein ganzes Gesichtsfeld ausfüllt. Ich habe etwas gegen diese Wirkung des Kuskus, die das Potential zum Fürchterlichen hat; und ich versuche, Widerstand zu leisten. Doch der erbarmungslose assyrische König, der Griffiths ist, sitzt weiter in der Dunkelheit vor mir, und seine Augen sprühen Wut und Tod und Plünderung; er scheint eine hohe, kegelförmige Mütze zu tragen. Und der König greift zu einem Glas und prostet damit der ganzen Tischrunde zu.

»Meine Herren! Ich trinke auf die Stratosphärenfestung, die majestätische B-52!« Seine Stimme schmettert wie eine Trompete, und er spricht rhythmisch wie ein Barde. »Die Antwort des souveränen Amerika auf Nelsons Schlachtschiffe! Das erhabenste Gefährt des Todes! Fliegt in fünzehntausend Meter Höhe, hat eine Reichweite von zwölftausend Meilen. Bomben im Laderaum, Bomben unter den Flügeln. Schön wie ein Adler. In dieser Höhe kann man es nicht einmal sehen; man weiß nichts von ihm, bis die Bomben da sind. Die Besatzung einer B-52 ist unschuldig: Sie sieht nicht, was sie tut. Aber hier unten verschwinden Dörfer in Abgründen, Bäume fallen wie Gras, und der Lärm kann dich in den Wahnsinn treiben. Schreckliche Schönheit, Brüder!«

Er trinkt, wendet sich dann zu mir und lehnt sich auf dem Stuhl zurück. Er scheint wieder zu Trevor geworden zu sein: Die hohe Mütze ist verschwunden, und seine Stimme klingt leiser, traurig. »Sie haben hier ihr Werk erfolgreich verrichtet, mein Freund – sie haben das Land zerstört. Daher haben wir jetzt eine Million Flüchtlinge in Phnom Penh.«

»Doch das sind auch Flüchtlinge vor der NVA und den Roten Khmer. Und die Bombardements haben die Stadt gerettet. Das weißt du auch, Griffiths.«

Da spricht sein alter Widersacher Wolkow. Dmitris Stimme scheint aus großer Entfernung zu kommen, und sein Gesicht ist – wie das der anderen um den Tisch – nur eine Scheibe. »Auch ich habe die Bombardierungen gehaßt«, sagt er. »Ja, gehaßt. Doch sie haben den Mekong frei gehalten, stimmt das nicht? Sie haben Kambodscha davor bewahrt, von Nordvietnam überrannt zu werden. Sie haben verhindert, daß man die Menschen kollektiviert, die Religion zerstört und die Mönche abschlachtet – was die Roten Khmer angedroht haben. In den von ihnen beherrschten Gebieten besetzen sie schon die Tempel und brennen die Dörfer nieder.«

Doch Griffiths beachtet ihn nicht; er läßt sich nicht davon abbringen, mir mein Briefing zu geben. »Das ist die Nixon-Doktrin in Aktion, Harvey. Sie heißt: Laß sie in der Scheiße sitzen. Zuerst dringt man ins Land ein – um die geheimen Zufluchtsorte auszuräuchern, sagt man. Die Nordvietnamesen werden also von den Grenzregionen ins Landesinnere gedrängt. Dann ziehen sich die Amis wieder zurück und sagen den Kambodschanern: Macht weiter, Leute, das ist jetzt euer Krieg. Wir werden nur Bomben abwerfen. Und das Ergebnis? Übriggeblieben sind nur noch Phnom Penh und die großen Städte – die Kommunisten beherrschen die ländlichen Gebiete. Doch Lon Nol und seine Generäle werden immer noch reich durch *bonjour*, wie man hier Bestechung nennt – deshalb möchte man den Mekong und die Highways gern offen halten. Der Nachschub an Autos und Brandy muß klappen – was, Jungs?«

Aus seinem Redefluß, und auch aus Wolkows, höre ich etwas heraus, das ich in Saigon nicht gehört habe – es klingt nach echtem Schmerz. Er wendet sich an Bill Wall und bemerkt nebenbei: »Tut mir leid, Bill; tut mir leid, daß ich schlecht von deiner Nation und deinem Präsidenten gesprochen habe, aber du weißt ja, daß es stimmt.«

Bill Wall seufzt und spielt mit einem Glas Cognac, den wir in großen Mengen zum Kuskus trinken. »Sing dein Lied, Trevor, kümmere dich nicht um mich. Du weißt doch, daß ich für Tricky Dick nichts übrig habe. Und an dem, was du sagst, ist etwas Wahres. Doch wenn es um den Frieden geht – diese Roten Khmer wollen nicht einmal verhandeln. Wer ist also hier kriegslüstern?«

Langford spricht, und seine leise Stimme erreicht mich kaum. »Die Kambodschaner brauchen Hilfe am Boden, Harvey, und die bekommen sie nicht. Sicher sind einige ihrer Generäle bestechlich und führen ein Luxusleben in Phnom Penh. Doch es gibt einige gute Kommandeure.«

»Genau wie in Vietnam«, sage ich.

»Genau wie in Vietnam«, sagt er. »Und die ARVN bewährt sich seit kurzem dort. Jetzt, wo die amerikanischen Truppen sich zurückziehen, wird die ARVN die Stellung halten, glaube ich – und hier könnte es auch so sein. Diese Soldaten kämpfen um ihr Leben; wenn sie verlieren, gibt es keine Gnade. Das wissen sie. Aber viele von ihnen sind verzweifelt.« Er spricht jetzt Griffiths an und zeigt mit dem Finger auf ihn. »Ihr Vertrauen ist im ersten Kriegsjahr enttäuscht worden, als die Amerikaner sich zurückgezogen haben. Es sind einfache Menschen, die keine Tricks kennen. Sie hatten geglaubt, die Amerikaner würden sie bis zuletzt unterstützen; sie hatten geglaubt, sie würden bleiben, und sie verstehen nicht, warum sie es nicht getan haben. Ich verstehe es auch nicht. Aber es gibt hier noch richtige Patrioten.«

»Ach, Scheiße«, sagt Griffiths. »Patrioten. Diese Offiziere der Lon-Nol-Armee etwa? Meinst du die, Snow?«

»Nein«, antwortet Langford. »Nicht die Offiziere. Die einfachen Soldaten, die Männer und Frauen. Auf die kommt es an. Auf die kommt es immer an.«

Er sagt nichts mehr, und es tritt Stille ein. Was er gesagt hat, liegt auf der Hand, ist sogar harmlos, doch irgend etwas zwingt alle um den Tisch Herumsitzenden, ihn anzuschauen. War da etwas in seiner Stimme? Der Projektionsapparat der Zeit klemmt, wir sind alle eingefroren. Ich blicke auf meine Hand, die auf dem Tisch liegt, und kann sie nicht bewegen und schaue wieder Langford an. Sein Gesicht erscheint plötzlich angestrahlt von einer der Wandlampen wie das eines Fanatikers – versteinert und engelhaft. Oder ist das eine Auswirkung des Kuskus?

Das Schweigen, das sich um uns gelegt hat, wird schließlich von Jim Feng gebrochen. »Wie sich die Dinge auch entwickeln werden, die einfachen Leute müssen immer zahlen.«

Der Hobbygärtner nickt zustimmend und legt sein großes Gesicht in Sorgenfalten. »Du sprichst die Wahrheit, edler Herr. Du sprichst die Wahrheit. Die einfachen Leute zahlen. Und wir müssen zuschauen und unsere kleinen Geschichten liefern.«

Wieder Schweigen, dessen Dauer unermeßlich scheint; rings um den Tisch nicken und nicken die Köpfe, und der junge Clayton ist weggetreten, sein Kopf liegt auf den verschränkten Armen. Dann spricht Wolkow.

»Ja, Hubert, wir müssen zuschauen. Heute nachmittag habe ich auf dem Highway 1 in einem Dorf südlich von Neak Luong gedreht. Dort greifen die Roten Khmer Regierungstruppen an. Ich habe Aufnahmen von einem Vater mit seiner kleinen Tochter auf dem Schoß gemacht, die von einer verirrten Kugel tödlich getroffen war. Ich habe mit ihm gesprochen, mein Fahrer hat übersetzt. Das ist das letzte Kind des Mannes gewesen. Zwei Söhne und eine Tochter waren schon getötet worden, und auch seine Frau. Jetzt ist er ganz allein, und er sagt ein ums andere Mal: »Was soll ich machen? Was soll ich machen? Jetzt habe ich niemanden mehr.«

Dmitri schnüffelt. Er hebt die Hand zu den Augen, und ich sehe, daß er weint. Schweigen kehrt wieder ein am Tisch, aber es ist kein verlegenes Schweigen, es ist das Schweigen der Gemeinschaft. Die Kellner sind wie Geister verschwunden, und alle Gestalten am Tisch erscheinen mir deutlich, jede für sich. Auf den Wangen des Hobbygärtners glitzern Tränen, er schneuzt sich in ein weißes Taschentuch. Er hat gestern vormittag den kleinen Jungen mit der Fahne sterben sehen; weint er seinetwegen?

Um diese Geschichte weiterzuverfolgen, war ich den Lastern mit den verwundeten Kindersoldaten zum Russischen Hospital der

Stadt hinterhergefahren – kleinen Jungen mit roten Stümpfen, wo Beine gewesen waren, Jungen mit Granatsplittern im Körper, Jungen mit Kopfverletzungen. Sie wurden auf den Korridoren abgelegt, weil alle Betten belegt waren, und es gab nur zwei Ärzte dort – einen kambodschanischen und einen französischen –, die wie besessen arbeiteten, um die vielen Verwundeten von den Schlachtfeldern rings um die Stadt zusammenzuflicken. Eltern saßen mit den verwundeten Jungen in Korridoren, wo Blut- und Urinpfützen standen, und fütterten sie mit Haferschleim – eine grausige Kinderparty. Und während ich daran denke, fühle ich, daß auch ich weine, und weiß nicht, wann das angefangen hat.

Die rosige Maske des Hobbygärtners schwimmt dicht vor mir und spricht zu mir.

»Laß nur, mein Freund«, sagt er. »Wir vergießen alle ein paar Tränen in der Kuskus-Nacht.«

Es war erst um neun – die Ausgangssperre begann in einer Stunde – als wir alle auf den Monivong-Boulevard hinaustraten. Allmählich kam ich vom Kuskus auf den Boden der Tatsachen zurück, und die Straße sah fast normal aus. Lachende Khmer-Prostituierte in bunten Sarongs umringten uns; doch der Hobbygärtner winkte sie fort.

»Heute nacht nicht, meine Damen. Wir sind unterwegs zu Madame Delphines Etablissement, zu der Frau, die ich am meisten liebe.«

Cyclo-Boys kamen in einer Meute auf uns zu geradelt, und die Gesellschaft kletterte mit Rufen und Gelächter in die Gefährte mit dem schwarzen Verdeck – auch der junge Clayton war dabei, der jetzt ein permanent benommenes Lächeln zeigte und gar nichts mehr sagte. Ich bezweifle, daß er wußte, wo er war. Langford und Wolkow blieben zurück; Mike versuchte mich zu überreden, mit ihnen Madame Delphines Opiumhöhle zu besuchen – die nächste Phase der Kuskus-Nacht.

»Komm mit und rauch ein oder zwei Pfeifen, Harvey. Das wird dein Gehirn nicht zerstören. Und bei Madame Delphine trifft sich alle Welt. Jeder geht hin.«

Nein, sagte ich zu ihm, tausendmal nein. Bis jetzt hatte ich das Opium gemieden, und ich hatte nicht die Absicht, zusätzlich zum Kuskus auch noch mit ihm bekannt gemacht zu werden.

Dmitri nahm meinen Arm und sagte zu Mike: »Immer noch ein vernünftiger Mann, der Harvey. Maßvoll, immer maßvoll, der Kahlkopf! Wir beide gehen einen Kaffee trinken und lüften unser Gehirn.«

Langford sah ihn überrascht an. »Du rauchst auch nicht, Graf?«

»Seit kurzem rauche ich zuviel«, sagte Wolkow. »Heute nacht bin ich tatsächlich mal vernünftig. Vernünftig zusammen mit Harvey.«

Mike hob resigniert die Hand zum Abschied und wandte sich einem erwartungsvollen Cyclo-Boy zu.

Ich war müde und wollte mich vom Kuskus erholen; ich sagte jetzt zu Wolkow, daß ich den Kaffee lieber ausfallen lassen und mich auf mein Hotelzimmer zurückziehen würde. Doch die Finger, die noch immer meinen Arm gepackt hielten, verstärkten ihren Griff.

»Harvey, Harvey! Wir haben uns sieben Jahre lang nicht gesehen! Spiel hier nicht den alten Mann; tu mir einen Gefallen, Mann, komm *mit*! Ich muß mit dir reden.«

Das Rauschgift machte sein Gesicht für mich auf eine Weise durchsichtig, die typisch für Marihuana ist, und ich entdeckte dort einen dringenden Appell. Bei einem Bruder aus Saigoner Tagen konnte der nicht zurückgewiesen werden. Wir winkten zwei Cyclo-Boys herbei, und sie fuhren uns in Richtung des Flusses.

Unter dem kleinen Verdeck der Fahrradrikscha entspannte ich mich, besänftigt vom Zischen der Reifen und dem Kreischen der Pedale in der stillen Nacht. Als ich Wolkows Gefährt vor mir sah und einen kurzen Blick auf seinen flachsgelben Kopf und sein dunkelblaues Hemd erhaschte, als das Cyclo abbog, war ich es plötzlich zufrieden, daß er bestimmte, wohin wir fuhren. Die magische Kraft des vom Hobbygärtner gewürzten Gerichts machte die Stadt zu einem Theater, und die Ladenschilder in Chinesisch, Khmer und Französisch waren verlockend, kryptisch und tiefsinnig, die Balkongitter im ersten Stock schienen luftige und verführerische Geheimnisse zu verbergen. Mein Cyclo-Boy radelte, mein Cyclo rollte, und ich segnete das Ganze, dieses Theater von Phnom Penh, dessen Geräusche allmählich mit dem Näherrücken der Ausgangssperre verstummten. Hier waren die Schauspieler, genauso wie ich sie im Gedächtnis hatte: ambulante Affenhändler, Straßendentisten, Wahrsager, Zigarettenmacher, Khmer-Straßenhändler mit dunklen Gesichtern, die neben Kohlenpfannen hockten, bleichgesichtige chinesische Ladenbesitzer in ihren Türen und die schönen, kurvenreichen Frauen mit ihren warmen, sino-indischen Gesichtern. Aus erleuchteten Höhlen am Bürgersteig tönten Radios; Familien ruhten dort in Rohrsesseln und schauten in die Nacht hinaus. Der Krieg hatte Phnom Penh nicht verändert, sagte ich; alles war, wie es immer gewesen war, und was sich draußen auf dem Land zusammenbraute, konnte vielleicht einfach ignoriert werden.

Doch als wir uns dem Fluß näherten, verblaßte diese Illusion zusammen mit der Wirkung des Kuskus. Die Sandsäcke vor den öffentlichen Gebäuden konnte ich nicht übersehen, oder die Plakate mit der Regierungspropaganda, die kommunistische Soldaten beim Enthaupten und Vergewaltigen von Zivilisten zeigten, oder die Flüchtlingsscharen auf den Bürgersteigen und in den Hauseingängen. Sie kauerten neben den Hütten, die aus Pappkartons und Palmblättern an Mauern angebaut waren, trugen die dunklen, trauerfarbenen Baumwollanzüge und Sarongs der Landbewohner, und sie bettelten die Vorübergehenden an, hier, wo Betteln einst eine Seltenheit gewesen war. Ihre braunen, halbnackten Kinder sprangen mit fliegenden schwarzen Haaren unter den Straßenlaternen umher, und ich glaubte, sie spielten.

Dann sah ich, daß sie Insekten fingen, die in dem Licht schwärmten, und sie als Nahrungsvorrat in Gläser steckten.

»Kein richtiges Wasserfest dieses Jahr, Harvey. Kein Prinz Sihanouk, um den Strick durchzuschneiden«, sagte Wolkow.

Seine Stimme klang aus Achtung vor der großen dunklen Stille leise, heiser und schleppend. Sein Akzent wirkte jetzt weniger amerikanisch und mehr russisch. Er saß da, seine Kaffeetasse mit beiden Händen umfaßt, und schaute auf den Mekong hinaus.

In der Monsunregenzeit, wenn der Mekong übers Ufer tritt, vollzieht sein Nebenfluß Tonle Sap sein jährliches Wunder: Er kehrt um und fließt rückwärts. Der Fluß trägt die Wassermassen des Mekong zu dem See, nach dem er benannt ist, und vergrößert ihn von tausend auf viertausend Quadratmeilen. Ganze Wälder tauchen im Herzen des Landes unter; in den Bäumen schwimmen Fische. Dann, wenn die Trockenzeit anfängt, fließt der Tonle Sap zum Mekong zurück. Er saugt das Wasser aus dem Großen See und dem überfluteten Kernland, er läßt die Unterwasserwälder auftauchen und die Fische dort zu Tausenden in der Falle sitzen; er entblößt schlammig-fruchtbare Flächen für den Reisanbau. Der Fluß ist der Erzeuger von Kambodschas Reichtum, Lieferant von Fisch und Reis für die Menschen; und früher in den glücklichen sechziger Jahren pflegte der kleine Prinz jeden November den Tonle Sap zu ehren, umgeben von Drachenbooten und Feuerwerk und Xylophonmusik für die Flußgötter, und den Zauberstrick zu durchschneiden, der den Fluß veranlaßte, zum Mekong zurückzufließen.

Doch heute abend erschien das wie die Erinnerung an ein Spiel, an eine Zeit der kindlichen Unschuld Kambodschas, die nie wiederkommen würde. Die Wirklichkeit sah jetzt so aus, daß die Kinder Insekten fingen, um sie zu essen, und unter einem hoch am Himmel stehenden Vollmond die Stille des Krieges herrschte.

Wolkow hatte mich zum Kaffeetrinken auf ein schwimmendes Restaurant gebracht – ein Hausboot mit Giebel nicht weit vom Zusammenfluß der beiden Flüsse. Seine Veranda säumten Topfgewächse, und mit dem Ufer war es durch eine Gangway verbunden. Der lange Raum lag im Halbdunkel und war halbleer. An Tischen im Hintergrund saßen noch ein paar Europäer – vielleicht Botschaftspersonal – und einige Kambodschaner aus der Mittelschicht: Regierungsbeamte und ihre Geliebten. Wir saßen an einem Jalousiefenster; durch die geöffneten Schlitze sah man das braune Wasser des Mekong im Mondlicht glänzen. An dieser Stelle war der Fluß so breit, daß wir das gegenüberliegende Ufer gerade noch erkennen konnten, mit den winzigen schwarzen Wipfeln von Palmen, die sich in meilenweiter Entfernung vor dem silbernen Himmel abzeichneten. Leuchtspurgeschosse malten dort lautlos grüne Bögen in die Dunkelheit, verschwanden dann wieder.

»Rote Khmer«, sagte Wolkow. »Die vertreiben die Geister von ihrem Lager. Sogar diese Hundesöhne glauben an Geister.«

Am Tag liefen die Schiffskonvois, die von Saigon aus Nachschub der Amerikaner den Mekong hoch und in den Tonle Sap hinein brachten, Spießruten durch Feuer der Roten Khmer, die von den Ufern aus schossen. Doch heute nacht wirkte alles friedlich, sogar die Leuchtspurgeschosse hatten friedlich ausgesehen. Auf dem Wasser sah man in der Nähe den Umriß eines Fischer-Sampans, sein riesiges Netz hing wie ein Libellenflügel von einer Bambusstange.

Weiter draußen waren die Lichter von kleinen, dort ankernden Schiffen, die die Stadt am Leben hielten – zerbeulte Frachter und südvietnamesische Patrouillenboote, die auf die Möglichkeit zum Einlaufen warteten.

»Eine schöne Nacht«, sagte Wolkow. »Trotz des Krieges. Sogar jetzt noch ist Kambodscha so ein schönes Land.« Er setzte seine Tasse ab und schaute aus dem Fenster. »Aber warum ist Schönheit immer mit Schmerz verbunden?«

Er wandte sich abrupt zu mir, als erwarte er eine Antwort, und ich sah, daß er trotz seiner äußeren Ruhe wieder einmal in wilder Verfassung war. In dem trüben Licht hatten seine Augen einen Ausdruck, den ich bei mir als irren Blick bezeichnete, und ich fragte mich, wie high er noch vom Kuskus war. »Vielleicht ist das bei dir nicht so«, sagte er. »Wie ist das? Du bist immer so *stabil*, Harvey.«

Plötzlich lehnte er sich über den Tisch und packte mein Handgelenk. Seine Miene war streng prüfend, und seine Augen suchten in meinem Gesicht; doch seine Worte waren im Kontrast dazu freundlich.

»Gut, dich wiederzusehen, Bruder. Wenn du irgendwie Hilfe brauchst, mußt du es nur sagen. Wenn irgendwo eine Story zu holen ist, ich sag's dir. Verstehst du? Kann ich jetzt irgendwas für dich tun?«

Ich dankte ihm und sagte, daß ich nichts brauche, und er nickte. Er hielt immer noch mein Handgelenk gepackt, lehnte über dem Tisch und musterte mein Gesicht, als suche er nach Hinweisen auf etwas Bestimmtes, und obwohl der Kuskus eine Leere in meinem Kopf hinterlassen hatte, begann ich mich unwohl zu fühlen. Wir saßen erstarrt zu einem melodramatischen Bild: Fänger und Gefangener.

»*Heute nacht muß ich mit dir reden*«, sagte er. »Verstehst du das, Harvey?«

Ich nickte und wartete, und er ließ schließlich mein Handgelenk los; doch seine Augen waren immer noch auf mein Gesicht gerichtet. »Du denkst, daß ich einfach bekifft bin«, sagte er. »Doch das stimmt nicht; Gras schafft das bei mir nicht mehr, um ehrlich zu sein. Nur Opium. Erzähl mir, was du all die Jahre gemacht hast, Harvey. Erzähl mir, wie es jetzt in Europa ist. Ich bin schon lange nicht mehr in Paris gewesen.«

Ich erzählte ihm von meinem Leben und meiner Tätigkeit als Berichterstatter in Großbritannien und auf dem Kontinent; ich habe den Verdacht, daß der Kuskus mich weitschweifig machte, doch er hörte mir ganz konzentriert zu und unterbrach mich nur, um Fragen zu stellen. Mit der gleichen Intensität, mit der er sprach, hörte er auch zu, und er schien meine Angelegenheiten spannender zu finden als ich selbst – als ob sie eine andere Bedeutung hätten, als ich selbst ahnte. So war er schon immer gewesen. Als ich verstummte, saß er da und nickte, wie ein Arzt, der eine Diagnose zu stellen hat. Dann sagte er: »Ich möchte dir Dinge erzählen, Harvey. Heute nacht ist die Zeit, so zu reden, und vielleicht nie wieder. Über diese Dinge kann ich nicht mit den anderen reden – nicht einmal mit Mike. Und ich weiß, daß du eine kluge Meinung äußern wirst – oder zumindest wirst du mich mit Verständnis anhören. Du bist ein mitfühlender und intelligenter Mann, und ich schätze dich sehr. Ja! Streite es nicht ab. Du windest dich vor angelsächsischer Verlegenheit, doch es stimmt.«

Er lachte leise, seine blaßblau-starren Augen wurden größer, seine Pupillen waren hektische Punkte. »Du bist immer vernünftig gewesen, Harvey«, sagte er. »In der Saigoner Zeit war mir das bewußt. Wir anderen sind es wahrlich nicht. Nur du bist vernünftig, mit einer soliden Ehe. Du bist ein guter Mann, ich weiß das.« Er beugte sich wieder zu mir vor und wischte mögliche Einwände mit einer Handbewegung fort. »Heute nacht in der Pagode hast du *geweint*! Du hast um das kambodschanische Volk geweint. Und du wirst noch viel mehr weinen, ehe alles vorbei ist.«

Seine Stimme tönte immer voller; im Gegensatz zu uns anderen brauchte er kein Aufputschmittel, um diesen exaltierten Zustand zu erreichen, und vielleicht hatte er ja die Wahrheit gesagt, als er behauptet hatte, daß der Kuskus nicht dafür verantwortlich war. Doch die Erregung, die ich jetzt an ihm wahrnahm, schien sogar für Dmitri ungewöhnlich; ich konnte ihn fast zittern spüren. Den Grund für diese Erregung erkannte ich nicht, ich konnte nicht einmal feststellen, ob sie aus einer Hochstimmung oder aus einer Notlage erwuchs. Ich wußte nur, daß er meine Gesellschaft brauchte.

»Wir haben von der Schönheit gesprochen«, sagte er und schwenkte die Hand in Richtung des Fensters. »Heimlich wünschen wir uns doch alle Schönheit, stimmst du mir zu? Schönheit bringt uns weiter, Harvey, und für einige von uns bringt sie vermutlich Befriedigung, Frieden. Doch für andere, wie mich ...« Er brach ab, lehnte sich zurück und starrte mich stumm an, seinen auseinandergezogenen Mund zu einem Lächeln geöffnet, in dem sich kalte Belustigung und Wut mischten; dann redete er ruhiger weiter. »In Wirklichkeit quält uns Schönheit meist. Schönheit ist ein winziger Lichtpunkt am Horizont, den wir nie erreichen können; Schönheit ist der Klang, den wir nie hören können. Und doch sehnen wir uns weiter danach und können damit nicht aufhören. Ja, Harvey – Schönheit! Ein jetzt aus der Mode gekommener Begriff. Sogar das *Wort* ist bei den heutigen intellektuellen Klugscheißern aus der Mode gekommen. Doch nur auf die Schönheit kommt es an, bei allem. In der Schönheit offenbart sich uns jene Welt, die wir nie sehen können, doch von der wir wissen, daß es sie gibt – immer ganz in der Nähe, wie hinter einer Folie –, wenn wir eine Seele haben. Doch wie viele Menschen haben Seelen? Weißt du, daß es Leute *ohne* Seelen gibt, Harvey? Oder mit Seelen, die vertrocknet sind wie Insektenleichen?«

Es schien für mich eine Nacht zu sein, in der ich leidenschaftliche Vorträge zu hören bekam. Es gab so vieles, was meine Freunde mir mitteilen wollten, nun da ich wieder aufgetaucht war; vielleicht lag die Ursache dafür im besonderen Wesen dieses Krieges hier und ihrer Existenz in einer belagerten Stadt. Sie brauchten eine frische Tafel, um darauf zu schreiben, um sich selbst die Dinge klarzumachen – und jetzt war eben ich die Tafel. Es war schmeichelhaft, doch in meinem gegenwärtigen gestörten Zustand etwas anstrengend; auch wenn Wolkows Zorn mehr ein Zorn des Geistes war, wirkte er doch intensiver als die Emotionen anderer – sogar als die von Trevor Griffiths. Und doch mochte ich ihn, selbst wenn er mich halb zur Verzweiflung trieb.

Er blickte jetzt auf den Tisch hinunter und hatte die Stimme plötzlich gesenkt, die flach und nüchtern wurde. »Doch es gibt auch jene, die die Schönheit zu sehr lieben«, sagte er. »Ein schlimmer Fehler.«

Nur, wenn die Schönheit eine Illusion ist, warf ich ein.

Er schaute hoch, eine Hand auf dem Tisch ballte sich zur Faust und öffnete sich. »Glaubst du? Vielleicht hast du recht. Für diese Illusion wäre ich jedenfalls bereit gewesen, alles zu tun. Alles. Ich spreche von meiner verflossenen Ehe.«

Es war jetzt nicht mehr lange bis zur Ausgangssperre. Man hatte mir gesagt, danach könne es vorkommen, daß unberechenbare Regierungssoldaten in der Stadt auf einen schießen würden, doch ich wagte nicht, den Vorschlag zu machen, aufzubrechen. »Ich habe von deiner Ehe gehört, Graf«, sagte ich. »Das tut mir leid.«

Er zündete eine seiner Gauloises an, lehnte sich zurück und starrte schweigend auf den Fluß hinaus. Als er wieder sprach, blickte er weiter durch das Fenster, den Ellbogen auf den Tisch gestützt, die Zigarette erhoben. Seine Stimme bekam jetzt den kehligen, schleppenden Klang, den ich für russisch hielt.

»Ich bin immer der Schönheit hinterhergejagt. Der Schönheit von Frauen; der Schönheit der Tat. Doch ich sehe mich nicht als edle und vergeistigte Person, Harvey. Ich bin ein Mann der Sinne. Ich lebe und sterbe durch die Sinne. Mein ganzes Leben lang bin ich ein Arschloch, Schürzenjäger, Maulheld gewesen. Na, du weißt das ja aus der Saigoner Zeit – du kennst meine Frauengeschichten und die Schlägereien. In meiner Jugend habe ich meine Eltern enttäuscht, weil ich von der Sorbonne abgegangen bin. Sie hatten mich als Wissenschaftler und Intellektuellen gesehen – eine Zierde für die Familie. Das war eine schlechte Investition.« Er zog an der Zigarette. »Meine erste Ehe, in meiner Jugend, habe ich auch verpatzt. Ein gutes französisches Mädchen, doch ich habe sie nicht wirklich geliebt – sie hat mich auch nicht richtig gemocht, wie sich herausstellte. Es dauerte ein Jahr – dann ging ich in die Vereinigten Staaten. Ich bin darauf nicht stolz. Doch nichts und niemand befriedigte mich.« Er zog den Mund breit, ließ Rauch heraus und sah mich mit zusammengekniffenen Augen an. »Kommt er von Gott, der Hunger nach Schönheit – oder von einem verfluchten Dämon? Ich bin russisch-orthodox – tatsächlich immer noch gläubiger Christ, obwohl ich nicht zur Kirche gehe. Als ich jung war, wußte ich, daß Gott existiert. Ich hielt immer nach Tugend Ausschau – weil ich sie bei mir selbst kaum entdecken konnte. Und *ich wollte fliegen* – doch nicht in irgendeiner Dimension der Wirklichkeit – kannst du das verstehen? Unter mir würde ich einen Lichterteppich sehen, und ein Wind würde an meinen Ohren vorbeibrausen. Ich würde mich an das Gedicht von Alexander Blok erinnern – ein revolutionärer, doch trotzdem großer russischer Dichter:

Wind und Wind!
Keiner, der sich aufrecht hält.
Wind und Wind
Über Gottes weite Welt!

Was ich sagen will, ist: *So habe ich mir das Leben immer gewünscht.* Ich wollte die Tür einschlagen, durch den Luftraum tauchen, der uns von jenem anderen Leben trennt. Jetzt bin ich vierzig, und ich empfinde immer noch so – das ist mein Problem. Scheißblöder Kerl, wirst du sagen. Ja: blöder Kerl. Doch manchmal fühle ich mich noch so, wenn ich an der Front filme. Und Musik schenkt mir immer dieses Gefühl: Beethoven, Rimsky-Korsakow, die Beatles – egal; es gibt nur zwei Arten von Musik, gute und schlechte, wie der große Duke Ellington gesagt hat. In beidem, in der Musik und in der Tat, ist etwas Ewiges, Harvey – und wir wünschen uns das, was ewig ist.«

Er goß den letzten Kaffee aus der Kanne langsam in unsere Tassen.

»Eine gewisse Zeit lang«, sagte er, »mit dieser Frau, die ich geheiratet habe, deren Namen ich immer noch nicht aussprechen kann und die auf eine seltene Art schön war – eine gewisse Zeit lang gab mir die Liebe dieses Gefühl. Es war das erste Mal in meinem Leben, daß ich wirklich liebte. Die Liebe kam mit Verspätung zu mir – als ich achtunddreißig war.« Er sah mich von der Seite an, weil er vielleicht vermutete, daß ich mich über ihn amüsierte; beruhigt, daß dem nicht so war, fuhr er fort. »Schließlich hatte ich die Frau gefunden, nach der ich immer gesucht hatte, ohne es zu wissen – das glaubte ich jedenfalls. Alles an ihr war vollkommen – sogar ihre Hände und Füße. Das habe ich in Gedichten gelesen und es nicht verstanden – wer kümmert sich um Hände und Füße? Wenn man so liebt, versteht man das. Doch ich hatte auch etwas anderes gefunden: Eis – die Schönheit von Eis.«

Er zog wieder an seiner Zigarette, schwieg und schloß die Augen; dann beugte er sich vor. »Hör zu, Harvey. Hier in Kambodscha zu sterben, ist jetzt sehr einfach; kann jederzeit passieren. Vielleicht geschieht es bald mit mir, vielleicht auch nicht. Das ist einfach eine Tatsache und keine große Angelegenheit – ich denke, du weißt das. Und weil das eine Tatsache ist, mit der wir leben, will ich dir heute nacht das alles erzählen.« Er machte eine Pause und blickte in seinen Kaffee. »Ihr Kerle nehmt mich auf die Schippe und nennt mich Graf. Ich bin natürlich keiner, doch mein Großvater Alexis war wirklich einer. In zaristischer Zeit niederer Adel – selbst damals bedeutete das nicht viel. Die Familie war nicht reich, sie hatte keine großen Güter; der Großvater war Regierungsbeamter. Als er mit seiner Familie vor der Revolution nach Paris floh, war mein Vater Peter fünfzehn – alt genug, um zu wissen, was er verlor, und sich für den Rest seines Lebens daran zu erinnern. Er sorgte dafür, daß auch ich mich erinnerte – deshalb habe ich immer mit einer Erinnerung an das Heilige Rußland gelebt. Eine Erinnerung, die nicht meine eigene ist – ein Traum. Das ist unheilbar, Harvey – es ist angeboren! Die Weißrussen nähren sich von Träumen, neben dem verfluchten Borschtsch und den Piroggen. Bürger Frankreichs, doch keine Franzosen, warteten sie immer darauf, daß sie zurückkehren konnten – warteten darauf, daß die Kommunisten gestürzt wurden. Kannst du dir das vorstellen? Stell dir das vor! Die russische Kirche am Sonntag in Paris: orthodoxer Gottesdienst, und der Männerchor singt himmlische Musik. Und gegenüber eine russische Teestube, wo wir danach hingehen, um Pasteten zu essen, wir alle in unseren besten Sachen. Die Frauen sind schön. Da waren sie alle – die russischen Gesichter. Der arme, verlorene, verfluchte Adel, und die, die sich dafür ausgaben.«

Er spülte den letzten Kaffee hinunter.

»Das Heilige Rußland selbst ist ein Traum, ja. Es hat nie existiert«, sagte er. »Und dieser Traum hat es meinem Vater unmöglich gemacht, glücklich zu sein. Er war ein niederer Beamter im französischen Staatsdienst; die verfluchten Froschesser beförderten ihn einfach nicht. Für sie waren wir nie Franzosen. Seine Freizeit widmete er der Politik – traurige Märchen-Politik von weißrussischen Gruppen, die geheime Treffen für etwas abhielten, das nie geschehen konnte – für den Sturz des verfluchten Sowjetsystems! *Mon Dieu*. Es wird hundert Jahre bleiben, dieses verdammte System. Er war kein kräftiger Mann; er ist jung gestorben – verhungert an seinen Träumen. Ich bin wütend auf meinen Vater. Versteh mich nicht falsch: Ich hasse alle Tyranneien – nicht bloß die sowjetische. Die Nazis waren in Paris, als ich Kind war, und ich habe sie gehaßt. Aber die Nazis sind jetzt fort, sie sind fort, seit Hitler im Bunker gestorben ist. Warum also hassen so viele verdammte westliche Intellektuelle diese andere Tyrannei, die fortfährt, Millionen Menschen zu liquidieren, nicht genauso? Warum weinen sie nicht um die, die genau jetzt in den arktischen Lagern der Sowjetunion verrotten? Ich will es dir sagen: Weil sie nur so tun, als würden sie die Tyrannei hassen. In ihrem Herzen lieben sie Tyranneien, die ihnen passen. Die Hunde lieben die Macht und möchten ein Stück davon abhaben.«

Er drückte seine Zigarette aus und blickte durch das Fenster.

»Trotz alledem würde ich keine politischen Traumspiele betreiben wie mein Vater. Keine Politik. Als ich mit einer Kamera umzugehen gelernt hatte, hatte ich einen Weg gefunden, um mich am Rande dieser Dinge entlang zu bewegen – am Rande des Geschehens auf der Welt, und nicht hineinzugeraten. Ich hielt nur die *Folgen* der Politik auf Film fest; ein Kameramann ist unbeteiligt, oder? Doch er ist ein unbequemer Zeuge.«

Es dauerte eine Weile, ehe er wieder sprach. Als er es tat, geschah es so leise, daß ich es gerade noch hören konnte.

»Linda hat mir gesagt, ich wäre für nichts anderes zu gebrauchen – unnütz für alles andere. Ich hätte eine Möglichkeit gefunden, mich dafür bezahlen zu lassen, daß ich das Leben eines Irren führe, sagte sie. Das hat sie doch reizend gesagt, meinst du nicht auch, Harvey?«

»Das war also ihr Name«, sagte ich. »Linda.«

Er antwortete nicht, sondern sah weiter hinaus auf den Fluß unter dem Mond. Das Netz am Sampan schaukelte ein wenig in einer Brise. Es war jetzt fünf Minuten nach dem Inkrafttreten der Ausgangssperre, und die anderen Tische hatten sich geleert; nur ein weißbefrackter kambodschanischer Kellner war noch hier und blickte uns aus der Dunkelheit bei der Kasse nervös an, ohne Zweifel hoffend, daß wir gingen. Doch Dmitri hatte wieder angefangen zu sprechen, er hatte eine weitere Gauloise angezündet und blickte mich immer noch an.

»Eine schöne Amerikanerin«, sagte er; und jetzt konnte ich ihn nur mit Mühe verstehen. »Eine Schwedin aus Minnesota. Arbeitete bei der Botschaft in Saigon, als wir uns kennenlernten. Tadellos gepflegt, tadellose Kleidung – sogar ihre Wohnung war tadellos. Fünfunddreißig, geschieden, keine Kinder, ehrgeizig und sehr anspruchsvoll. Klar? Unordnung sollte es in ihrem Leben nicht geben.

 Ja, ich weiß, ganz verkehrt für mich. Jim Feng hat es gewußt, Mike hat es gewußt, *ich* habe es gewußt. Warum sucht die Liebe die falsche Person für uns aus? Wie sollen wir das jemals wissen? Vielleicht ist die Person, die wir lieben, der Geist von einer anderen, die wir in einer anderen Existenz geliebt haben, im Körper des falschen Mannes, der falschen Frau. Hast du daran schon einmal gedacht?«

Ich wartete, und er betrachtete die Glut seiner Zigarette. »Keine habe ich so geliebt wie sie«, sagte er. »Ich habe sogar ihre Kleider geliebt, die über einem Stuhl hingen.«

Und du hast sie geheiratet, sagte ich.

»Wir haben geheiratet, wir sind nach Washington gegangen, weil sie das so wollte. Sie hatte da eine gehobene Stellung im State Department bekommen. Sie bat mich mitzukommen und mir einen netten Fernsehjob in Washington zu besorgen; sie wollte nicht mit einem Mann verheiratet sein, der jeden Morgen und jeden Nachmittag sterben konnte. Das war verständlich. Auch ich wollte jetzt ein sicheres Leben, mit ihr. Wollte alles: Sicherheit, ein Kind. Da machte ich alles, was sie wollte, gab meine Arbeit als Kriegsberichterstatter auf, gab Vietnam auf.« Er lachte leise vor sich hin. »Nichts hat funktioniert, Harvey – und ich war überhaupt nicht sicher, um ehrlich zu sein. Mein Leben war nun viel gefährlicher und zerstörerischer als vorher, und in weniger als zwei Jahren habe ich es fast geschafft, das zu zerstören, was mir an grauen Zellen geblieben war.«

Er brach ab und lehnte sich zurück, schaute mit zusammengekniffenen Augen auf das gegenüberliegende Ufer vom Tonle Sap. Wieder stieg ein grüner Bogen von Leuchtspurmunition in den Himmel, doch keiner von uns kommentierte es. Als Dmitri wieder sprach, war seine Stimme sachlich und tonlos.

»Man kann eine Frau besitzen und doch nicht besitzen«, sagte er. »Das hatte ich vorher noch nicht erlebt. Nur ihr Körper ist da – und auch den hat man nicht wirklich besessen. Ich habe mich gefragt: Warum hat sie mich geheiratet? Ich weiß es immer noch nicht genau; doch vielleicht hat sie aus irgendeinem Grund in mir einen gesehen, den sie ändern und in ihr Leben integrieren konnte, damit ich da wäre, wenn es ihr paßte – und nur, wenn es ihr paßte. Wir wollten ein Kind, wenn es *paßte* – aber dazu kam es nicht. An vielen Abenden kam ich in die Wohnung, und sie war auf einer Versammlung oder im Dienst, und dann begab ich mich ins Scheiß-Washington und betrank mich. Ich wurde ein großer Säufer, Harvey. Meine

Auftritte in Saigon waren nichts dagegen. Einige dieser Auftritte geschahen bei offiziellen Essen, zu denen sie mich mitnahm, auf beschissenen diplomatischen Empfängen. Ich paßte nicht ins Bild, habe einige schlimme Szenen gemacht, fürchte ich. Sie sagte immer, ich hätte ein unmögliches Temperament, ich übertriebe alles, sei *schwer zu verkraften*. Bin ich schwer zu verkraften, Harvey?« Er sah mich an und lächelte sein Lächeln mit offenem Mund.

»Deine Freunde würden das nicht sagen, Dmitri.«

»Eine diplomatische Antwort, Kahlkopf«, sagte er. »Ich frage mich, warum hat sie mich überhaupt geheiratet? Die Antwort: Als wir uns kennenlernten, war ich Frontkameramann für CBS, meine Beiträge waren jede Woche in den amerikanischen Nachrichten zur Hauptsendezeit – und das hatte für sie Reiz. Sie liebte das glanzvolle Leben. Doch nun war ich bloß ein lausiger Bildberichterstatter in Washington, der Feuersbrünste und Drogenrazzien der Polizei filmte – nicht besonders beeindruckend.«

Ihr gefiel der Mann nicht, zu dem sie dich gemacht hatte, vermutete ich.

Doch er starrte an mir vorbei, seine Miene ausdruckslos, und schien mich nicht zu hören. »Wir hatten eine kleine Perserkatze«, sagte er. »Unsere Streitereien machten ihr angst, und sie lief weg. Als sie fortlief, wußte ich, daß die Liebe fort war. Und deshalb bin ich zurück nach Indochina gekommen, um das zu tun, was ich gut kann: Kriegsberichterstattung.« Er schaute mich an. »*Warum*, Harvey? Warum streiten Männer und Frauen? Wo es doch das Größte im Leben ist, sich zu lieben? Ich habe es herausgefunden; ich kläre dich gratis auf. Weil jeder den anderen zu einem *anderen Menschen* machen will.«

Er erhob sich ganz plötzlich und lächelte dabei, als hätte er eben ein erfolgreiches Meeting beendet; dann legte er mir die Hand auf die Schulter. »Entschuldige, Bruder – du bist sehr geduldig, doch du bist bekifft dank dem Hobbygärtner, und ich habe dich egoistischerweise vom Schlaf abgehalten und setze dich der Gefahr von Militärpatrouillen aus. Du schaust auf die Uhr – ja, die Ausgangssperre ist in Kraft, ich weiß. Mach dir keine Sorgen. Wir laufen in der Mitte der Straße zum Royal zurück und unterhalten uns laut; da wissen die Soldaten, daß wir von der Presse sind.«

 Wir gingen auf dem Weg am Fluß entlang – wegen der Ausgangssperre war er menschenleer. Die Wedel einer Reihe von Kokospalmen zischten über unseren Köpfen in einer leichten Brise; an den Ufern sah man trübe Lichter in den kleinen Holzhäusern auf ihren Stelzen. Irgendwo kam aus einem Radio kambodschanische Popmusik und drang über die weite Wasserfläche.

Wolkow breitete seine Arme aus, als ob er die Dunkelheit und die Gerüche des Flusses – süß und sauer – umarmen wollte. »Bist du nicht froh, Mann, daß du wach geblieben bist, selbst wenn man auf uns schießt? Schau dir diese alte Khmer-Nacht an: voller Blumenduft, voller Sex, voller Gefahren!«

Sein Stimmungsbarometer stieg jetzt wieder und stand auf Freude. Freude war für Dmitri leicht zu haben, dachte ich – doch Frieden nicht.

ZWEITES KAPITEL

DIE MITTAGSSTILLE

1.

Jim Feng räumt eine Flasche mit Sojasoße beiseite und schiebt ein Schwarzweißfoto über den Tisch. Es ist das übliche Pressefoto, fünfzehn mal zwanzig Zentimeter.

»Das habe ich gestern abend ganz unten in einem Karton gefunden«, erzählt er mir. »Aufgenommen habe ich das an einem Februarmorgen 1973 im Pressezentrum von Phnom Penh. Das ist vielleicht das letzte Bild von Mike und Dmitri gemeinsam. Und bestimmt das einzige von den beiden mit Ly Keang. Das habe ich dir noch nicht erzählt, Ray, aber ich glaube, daß sie der eigentliche Grund ist, weshalb Mike über die Grenze gegangen ist.«

Er blickt Harvey an, der neben ihm sitzt. Doch Harveys Miene verrät nichts, er spielt mit der Sojasoßenflasche und untersucht sie, als hätte sie einen Makel.

Auf dem Foto stehen Langford und Wolkow rechts und links neben einer jungen kambodschanischen Frau. Ich weiß natürlich durch das Tonbandtagebuch von ihr, doch bis jetzt hatte ich noch kein Bild von ihr gesehen – unter Mikes Habseligkeiten befand sich keins. Ich betrachte das Foto mit Interesse. Die drei sind vor traditionellen steinernen Torpfeilern postiert, zwischen denen man eine französische Kolonialvilla aus dem 19. Jahrhundert erblickt. Ly Keang sieht wirklich so attraktiv aus, wie ich sie mir vorgestellt habe. Sie trägt landesübliche Kleidung: eine weiße Bluse mit Stehkragen und einen dunklen knöchellangen Sarong mit einem bestickten Band am Saum. Ihr dichtes, leicht welliges Haar ist aus Stirn und Schläfen gekämmt, so daß die Ohren zu sehen sind; es wird oben von einem Kamm gehalten und fällt bis über die Schultern, was im

 Verein mit ihrer schlanken Sanduhr-Figur den Eindruck erweckt, sie sei eine *apsaras* aus einem Tempelfries. Die Männer, in gut gebügelten Sporthemden und langen Hosen, sind beide im Halbprofil zu sehen, weil sie den Kopf gewendet haben und ihr zulächeln, als hätte einer gerade einen guten Witz erzählt. Doch sie lacht nicht über den Witz; statt dessen blickt sie direkt in die Kamera, und ihr Gesichtsausdruck ist rätselhaft ernst – ja traurig.

Während ich das Bild betrachte, beobachten mich Jim und Harvey, die mir gegenüber sitzen. Obwohl Jim nicht so oft wie Harvey hierherkommt, um mit mir zu reden, sind mir beide Gesichter durch die langen Nachmittage im Newsroom sehr vertraut geworden; ich bin erst seit einer Woche in Bangkok, doch mir ist, als würde ich sie schon viel länger kennen.

»Ihr denkt also, daß sie noch am Leben ist«, sage ich. »Irgendwo dort in Kambodscha.«

Jim nickt langsam einige Male hintereinander. »Mike und sie waren erst zwei Jahre zusammen«, sagt er. »Mike hat nie geglaubt, daß sie verloren ist, er hat nie aufgegeben. Ja: Ich bin sicher, daß er deswegen dort ist, Ray – obwohl ich es mit nichts beweisen kann.«

Daß Jim immer die Gegenwart benutzt, wenn er von Mike spricht, ist für mich beklemmend. Ich weiß nicht, ob er es aus Überzeugung tut, oder weil er die sture, irrationale Vorstellung hat, wenn er auch nur die Möglichkeit einräumen würde, daß Mike tot sein könnte, wäre alle Hoffnung verloren.

Der Andrang zur Mittagszeit ist vorbei. Es ist etwa drei Uhr und still, abgesehen vom Summen des Verkehrs hinter den Markisen, draußen auf der Straße beim Kanal. Die kleinen Ventilatoren an der Decke surren jetzt lauter, da die meisten Stimmen verstummt sind. Harvey schaut das Foto an und streicht es mit einem großen, behutsamen Daumen auf dem weißen Kunststofftisch glatt.

»Wieviel Verluste Mike in seinem Leben zu verkraften gehabt hat«, sagt er. »Und schließlich hat er auch Ly Keang verloren. Verschlungen vom Jahr Null.«

»Ja«, sage ich. »Doch was ich wissen möchte, ist, hat der Verlust sich ihn ausgesucht oder hat er sich den Verlust ausgesucht?«

Meine Frage ist halb rhetorisch – gewohnheitsmäßig gestellt. Harvey und ich sind in unseren Sitzungen hier allein beim Analysieren von Langford und seinem Schicksal beide in diese Redeweise verfallen. Doch jetzt bemerke ich, wie Jim uns prüfend ansieht – erst

Harvey, dann mich –, mit einer chinesischen Ausdauer, die mich ein wenig irritiert. Alles, das sich nach Kritik an Mike anhört, macht ihn unruhig; seine Loyalität ist absolut. Er besitzt jenen Anstand und jene altmodische Ergebenheit, bei denen man sich vor Klatsch hüten und aufpassen muß, was man sagt. Doch Harvey und ich lieben Geschichten und sind deshalb beide geneigt, uns auf das Gebiet des Klatsches zu begeben. Trotz unserer jeweiligen Berufe – oder ist es vielleicht ihretwegen? – hängen wir beide der Auffassung an, daß Lüge und Wahrheit, Belanglosigkeit und Tragödie ihre Wurzeln hier haben.

»Ich glaube, daß sich der Verlust *ihn* ausgesucht hat«, sagt Harvey. »Er hatte also vielleicht recht, wenn er davor floh.«

»Verdammter Quatsch«, sagt Jim und runzelt die Stirn. »Mike hat die richtige Frau spät im Leben getroffen, und dann hat er sie verloren. Das ist alles. Auch ich habe die richtige Frau spät gefunden – doch ich habe Lu Ying geheiratet und nicht verloren. Ich habe mehr Glück gehabt.«

Harvey und ich sitzen einen Moment still da, gerügt, und schauen in unser Bier. Wir trauern noch um Langford, doch unsere Suche nach ihm ist eine andere geworden. Da wir die Wahrscheinlichkeit, daß er tot ist, für sehr groß halten, wollen wir nun sein Geheimnis lüften. Doch Jims Entschlossenheit, ihn nicht dem Tod zu überlassen, hat das ungehörig erscheinen lassen, voreilig.

Das Telefon klingelt auf dem Tisch bei der Kasse, und die chinesische Restaurantbesitzerin nimmt den Hörer ab.

»Du hast natürlich recht, Jim«, sagt Harvey. Seine Stimme hat jetzt ihren beschwichtigenden Ton angenommen. »Ly Keang könnte noch am Leben sein, und Mike auch. Keiner hofft das mehr als ich.«

Die Restaurantbesitzerin hält den Hörer hoch und ruft zu unserem Tisch herüber. Ihre Schmetterlingsbrille funkelt. »Für Sie, Mr. Feng. Es ist London.«

Jim Feng ist fort; der Anruf war der Grund, weswegen er über den Platz ins Büro von Telenews zurückgehinkt ist. Doch Harvey und ich bleiben sitzen.

Vermutlich waren wir im »Newsroom« ein wenig einsiedlerisch geworden, nachdem wir die Nachmittage einer Woche mit Gesprächen gefüllt hatten, ein wenig besessen. Beschützt von den leuchtend orangeroten Markisen, die das grelle Licht von draußen für uns filtern und mildern, wie die Zeit die Erinnerung mildert, nimmt uns eine Art Theater ganz und gar gefangen, und Langford spielt darin die Hauptrolle – er ist ein Spieler, dessen körperliche Existenz wir für immer unwahrscheinlicher halten. Deswegen hat unser Gespräch etwas von einer Leichenschau, einem Nachruf.

»Mike hat immer versucht, *Ersatz* für alles zu schaffen«, sagt Harvey. »Ich begreife, warum, du auch? Der Verlust hatte sich an seine Fersen geheftet. Der Lieblingsbruder und die Mutter starben früh; das Mädchen, das er in seiner Jugend heiraten wollte, verschwand. Und dann verlor er Kim Anh, als er das erste Mal nach Vietnam kam. Danach hat er vielleicht beschlossen, keine Risiken mehr einzugehen – keine ernsthaften Beziehungen mehr, das bedeutet keine Verluste mehr. Barmädchen waren sicher, sie waren nur vorübergehend, nicht ernstzunehmen. Sein einziger richtiger Anker war die Freundschaft mit Madame Phan. Er hat sie noch bis zum Schluß in Saigon besucht. Eine Art mütterliche Freundin, vermute ich.«

Wir haben noch zwei Bier bestellt, und er tut einen langen Zug.

»Ich glaubte früher, daß Mike nur bei anderen Männern wußte, woran er war«, sagte er. »Bei Kriegskameraden. Und mit asiatischen Kindern konnte er immer gut umgehen – mit seinen Waisen und Straßenkindern. Beteiligt und doch unbeteiligt. Als ich in Phnom Penh ankam, war er immer noch so. Und auch dort führte er ein geheimes Leben, das dem, was er in Saigon gehabt hatte, ziemlich ähnlich war. Jedenfalls dachte ich, daß es ein Geheimnis sei. Aber es gab nichts besonders Heimliches daran – er redete nur nicht viel darüber. Es war einfach so, daß er in seiner freien Zeit ein Leben führte, das von seinem beruflichen getrennt war – und auch getrennt von den Zechtouren mit uns. Ein Leben, das ihn den Einheimischen nahe brachte und sich um die Wohnung drehte, die er von seinem Fahrer Lay Vora im Haus beim Alten Markt gemietet hatte.

Wenn man ihn dort besuchte – was ich manchmal tat – war er ganz umgänglich; er war nicht etwa unfreundlich oder abweisend. Doch irgendwie fühlte man sich nicht ermutigt, ihn dort aufzusuchen, obwohl es nur fünf Minuten vom Hotel le Royal entfernt war. Nicht viele seiner Kollegen konnten verstehen, daß er an einem solchen Ort leben wollte, da er sich doch etwas viel Besseres hätte leisten können. Die sanitären Anlagen waren in diesen alten chinesischen Häusern ziemlich primitiv; wir zogen den Komfort von Häusern wie dem Royal vor.

Das Haus war ein Reihenhaus, wie üblich mit Balkonen und Lamellentüren im Obergeschoß. Vora und seine Frau Bopha führten im Erdgeschoß einen kleinen Fotoladen, der zur Straße hin offen war; ich kann mich an Portraitaufnahmen auf einem Wandbrett und Korbstühle für Kunden erinnern. Irgendwann bekam ich heraus, daß Langford ihnen das Kapital für die Gründung des Geschäfts gegeben hatte. Sie hatten zwei Söhne im Teenageralter und eine kleine Tochter, und Langford finanzierte für die Jungen auch den Besuch des besten Lyzeums in Phnom Penh. Das alles hat mir Vora erzählt, als ich ihn kennenlernte; Mike erwähnte es nie. Natürlich schwärmte Vora für ihn; und er war mit Bopha und den Kindern Mikes Ersatzfamilie geworden. Langford aß meistens mit ihnen, und ich vermute, daß er genausoviel Zeit in ihrer Wohnung verbrachte wie in seiner.

Und ich stellte nun fest, daß seine Menschenliebe nicht länger zufällig war, sondern beständig und systematisch. Er kümmerte sich um eine große Schar Straßenkinder – Nachfolger seines Stammes auf der Tu-Do-Straße. Das waren die Kinder der Flüchtlinge, die vom Land in die Stadt hineinströmten, und er bezahlte einige buddhistische Mönche, damit sie ihnen Zuflucht in einer Pagode gewährten. Mit seinen Bildern machte er damals viel Geld, doch ich glaube nicht, daß er jemals etwas sparte. Dafür gab es gewiß keine Anzeichen, abgesehen von Black Bessie.

Diese Wohnung war das einzige Zuhause, das Langford je besaß. Das Haus hier in Bangkok zählt nicht; hier ist er kaum gewesen. In gewisser Weise kann ich verstehen, daß er sich zu Voras Haus so hingezogen fühlte – der Alte Markt war ein reizvoller Ort. Er lag zwischen dem Norodom-Boulevard und dem Postplatz in einem Viertel, das eine Art Zentrum darstellte. Wenn man auf den Norodom-Boulevard kam, konnte man an seinem anderen Ende den kleinen grünen Kegel sehen, von dem die Stadt ihren Namen hatte: der Phnom von Penh, oder Madame Panhs Hügel, mit dem verwitterten alten buddhistischen Stupa obendrauf, wie eine Erinnerung an eine ferne Zeit. Der Norodom- und der Monivong-Boulevard verliefen parallel zueinander und erstreckten sich in unvorstellbare Fernen, bis hin zu den Flüssen. Städtische Boulevards in einer Provinzstadt! Von ihrer Dimension her pariserisch, doch stets halbleer. In regelmäßigen Abständen wuchsen dort Flammenbäume, und am Straßenrand fuhren Cyclos. So warteten Norodom und Monivong darauf, daß Pracht einzöge. Doch was sie am Ende bekommen sollten, würde Terror sein.

Der Alte Markt selbst war von einem Geländer eingefaßt, eine Ansammlung von Gebäuden mit Blechdächern und von kleinen grünen Kiosken, und dort wurde von Blumen und Obst bis zu Notizbüchern, Bleistiften und Bekleidung alles verkauft. Chinesische Geschäfte handelten mit Tee, Dörrfleisch und Gebäck. Die vermischten Gerüche berauschten einen; die bunten Berge von Erzeugnissen reizten die Augen. Zwillingspflaumen, Zibetfrüchte, Mangos, Orangen, Bündel von Lotosknospen – Kambodschas Füllhorn, noch nicht versiegt. Marktbeamte sammelten die Miete ein, und die meisten Stände gehörten Chinesen oder Sino-Khmer. Sie saßen und schauten aus ihren Kiosken mit Gesichtern, weiß von Sonnenschutzcreme; Langford behauptete immer, damit wollten sie sich von den dunkelbraunen Khmer-Bauern unterscheiden, die außerhalb der Absperrungen Handel trieben. Die Khmer handelten dort ohne Erlaubnis und bauten ihre winzigen Stände auf dem Bürgersteig auf, wo sie Obst und Fisch feilboten; ihre Lampen brannten abends dort wie vor unbekannten Schreinen. Wenn die Militärpolizei auftauchte, rafften sie ihre Waren zusammen und rannten davon, und Langford sah sich diese Komödie gern von seinem Balkon aus an.

Er pflegte dort stundenlang zu sitzen und das gesamte Leben des Wohnbezirks zu überblicken. Es war klar, daß er die Wohnung und sein Leben mit Voras Familie liebte. Und wenn die Leute ihn darauf aufmerksam machten, daß er alles jederzeit verlieren könnte, wollte er nichts davon hören. Kambodscha würde nicht fallen, sagte er immer; und selbst wenn es fiele, würde er nicht fortgehen. Er war wie einer, der liebt – nicht in der Lage zu akzeptieren, daß eine endgültige Katastrophe eintreten und ihm die Geliebte rauben könnte.

Die Wohnung war eine Erklärung, eine Bestätigung. Er hatte sie selbst eingerichtet, und viele seiner persönlichen Dinge waren von Saigon per Schiff auf dem Mekong herangeschafft worden – darunter auch eine Sammlung von Holzschnitzereien, Bronzen und Gemälden, die er mit Unterstützung von Madame Phan ausgewählt hatte. Ich sehe ihn dort in seiner Freizeit ziemlich einsiedlerisch, fast häuslich. Das ist natürlich das letzte, was die Leute bei einem Kriegsberichterstatter wie Langford vermuten, doch es war so. Die Wohnung war unglaublich ordentlich. Vogelkäfige draußen auf dem Balkon, seine vietnamesischen und kambodschanischen Kunstgegenstände ins rechte Licht gerückt. Sogar eine burmesische Katze, die Sary hieß. Seine Papiere, Fotografien, Zollerklärungen und Arbeitstagebücher – alles war wie von einer gewissenhaften Sekretärin geordnet. Nun, Ly Keang hat alles verändert.«

Harvey schaut wieder auf das Foto, das immer noch zwischen uns liegt, auf die lachenden, schwarzweißen Gesichter von Langford und Wolkow, auf das ernste Gesicht der jungen Frau.

»Die Freie aus Battambang«, sagt er und läßt ein mildes Lachen hören, liebevoll und bedauernd. »Sie war etwas ganz Besonderes. Ich kann verstehen, was Mike für sie empfunden hat.« Er zeigt mit seinem dicken Finger. »Schau dir das Gesicht an«, sagt er. »Darin steht alles geschrieben.«

Es ist ein pfiffiges, unwiderstehliches Gesicht, und es ist auch attraktiv – stark und doch zart, mit einem breiten, humorvollen Mund. Ihre freien, wohlgeformten Ohren verleihen ihr etwas Schulmädchenhaftes; ich hätte sie für eine Siebzehn- oder Achtzehnjährige gehalten statt für eine junge Frau von vierundzwanzig. Sie ist eine typische Sino-Khmer, werde ich feststellen, es ist meine Unkenntnis der kambodschanischen Merkmale, die mich eine Inderin in ihr sehen ließ. Vielleicht tragen die großen eindrucksvollen Augen, die mich direkt anblicken, am meisten dazu bei, den Eindruck indischer Abstammung zu erzeugen, trotz ihrer chinesischen Mandelform. Sie hat die Lider ein wenig gesenkt und schaut darunter mit einem Anflug von Spott und auch von Traurigkeit hervor; unter der Iris erscheinen weiße Halbmonde. Ihre lange Oberlippe ist straff nach unten gezogen. Ein merkwürdiger Gesichtsausdruck – ist sie wirklich traurig oder nur ernst?

»Sie wirkt nicht glücklich«, sage ich.

»Schau noch mal hin«, sagt Harvey. »Das Bild ist mit einem Scherz verknüpft, hat Jim mir erzählt. Ly Keang war kaum jemals ernst. Mike sagte, weil sie so viel lachte und herumscherzte, würde sie es nicht fertigbringen, bei diesem Foto nicht zu lachen. Er wettete mit ihr, daß sie es nicht schaffen würde. Das ist also ihr Versuch eines Armesünderblicks; doch man sieht noch, daß sie mit dem Lachen kämpft.«

Er stellt sein Bierglas hin und starrt durch das Eisengitter.

»Zuerst war sie eine Freundin von Wolkow. Aber nur eine Freundin. Ich glaube, Langford und er hatten beide die Idee, daß sie durch Ly Keang zu Kambodscha ein ganz besonderes Verhältnis bekommen könnten. Und wahrscheinlich hat sie die Vorstellung unterstützt – es war wie ein Spiel. Vieles war ein Spiel für die Freie aus Battambang.«

2.

HARVEY DRUMMOND

Nach meiner Ankunft in Phnom Penh war sie für mich etliche Wochen lang nur der Spitzname, den ich im Pressezentrum hörte: die Freie aus Battambang.

Es war ein Spitzname, der aus einem Scherz entstand, und so stellte ich sie mir zuerst vor – als eine Ulknudel und freche Göre. Doch das war so, weil ich sie noch nicht kannte. Im Februar war die Berichterstattung ziemlich aufreibend geworden; die Bombardements durch die B-52 der Siebenten Luftflotte der US, die von Thailand aus starteten, hatten in großem Maßstab begonnen, und kaum einer von uns fand Zeit für ein geselliges Leben.

Sie war eine junge einheimische Journalistin, die für eine Zeitung in kambodschanischer Sprache arbeitete – doch sie hatte den Ehrgeiz, Auslandskorrespondentin zu werden. Sie stammte aus der kambodschanischen Mittelklasse, ihr Vater war Armeeoffizier oben in Battambang gewesen. Ich bekam mit, daß er gefallen war und daß sie jetzt bei Verwandten in Phnom Penh lebte. Sie hatte hier ihren Schulabschluß auf einem guten Lyzeum gemacht, und sie sprach sowohl fließend französisch als auch englisch. Sie hielt sich an die westlichen Korrespondenten und Fotografen im Pressezentrum; ich glaube kaum, daß sie viel Zeit im Büro ihrer Zeitung verbrachte. Die Bezeichnungen, die unter meinen Kollegen am häufigsten für sie gebraucht wurden, waren »verrückt« und »irre komisch« – doch viele kambodschanische Mädchen hatten diesen Sinn für Humor, und ich sollte schließlich merken, daß sie damit nicht ausreichend beschrieben war.

Sie war zwar Wortjournalistin, doch aus irgendeinem Grund – hauptsächlich zum Spaß, glaube ich – hatte sie es sich in den Kopf gesetzt, daß sie lernen wollte, mit Kameras umzugehen, sogar mit Filmkameras. Und Wolkow war derjenige, der das für sie möglich machte.

Bis dahin war ihr Spitzname einfach »Battambang« gewesen. Die Truppe im Pressezentrum hatte sie so genannt, weil sie so stolz auf ihre Heimatprovinz war, die sich im westlichen Zipfel von Kambodscha befindet, im grenznahen Bereich zu Thailand, und das reichste Reisanbaugebiet war. Der Highway 5, die Reisstraße, wurde nun so oft von den Roten Khmer abgeriegelt, daß sie kaum ihre Mutter und ihre Heimat besuchen konnte, und das machte sie noch sehnsüchtiger. Sie erzählte ständig, wie schön Battambang sei und wieviel besser als Phnom Penh; und wir pflegten sie damit aufzuziehen. Erst als Wolkow beschloß, sie ein paarmal mit ins Feld zu nehmen – und sie bei einer denkwürdigen Gelegenheit wirklich hinausschickte und selbst filmen ließ –, kam die Komponente »Freie« zu ihrem Spitznamen dazu.

Wolkow hatte damit etwas recht Ungewöhnliches getan. Er brachte sie natürlich in Lebensgefahr, doch er berief sich darauf, daß sie ihm keine Ruhe gelassen habe, bis er ihr eine Kamera gegeben hätte, und daß sie sehr überzeugungsstark sei. CBS hatte ihn nach Saigon geschickt, zu einer Zeit, als die Angriffe der Roten Khmer immer näher an Phnom Penh heranrückten; große Geschichten waren hier zu erwarten, und er würde sie verpassen. Da bat er also Ly Keang, den Versuch zu machen, ihm während seiner Abwesenheit Filmmaterial zu liefern. Er erwartete nicht, daß sie seine große Tonkamera an die Front schleppte; er hatte ihr den Umgang mit der kleinen Bell & Howell gezeigt. Nun, wir hatten damals oft kambodschanische Fotografen als freie Mitarbeiter angeheuert, doch nie Frauen; daß er Ly Keang hinausschickte, erschien deshalb außergewöhnlich oder empörend, je nach Standpunkt.

Doch sie zog es durch. Auf dem Highway 1 gab es Kämpfe, und sie fuhr in einem Taxi hinaus und drehte einen guten Film, den CBS sendete. Der Graf forderte Honorar für sie als Freie, und das machte aus ihr im Umkreis des Pressezentrums eine Berühmtheit.

Dort habe ich sie zum erstenmal gesehen.

Das Pressezentrum von Phnom Penh befand sich im Hof einer alten französischen Villa in einer Nebenstraße mitten in der Stadt. Auf Jims Foto kann man die Villa sehen; dort war das Militärische Informationsbüro der kambodschanischen Regierung, und das Pressezentrum selbst war eine lange Baracke aus geflochtenem Bambus, in der sich vor allem ein Schwarzes Brett für militärische Kommuniqués befand. Auf dem Bild ist es hinter den Bäumen versteckt. Dort versammelten wir uns vormittags und gingen abends manchmal wieder hin, um Oberst Am Rong eins seiner berüchtigten Briefings abhalten zu hören.

Ich kann mich nicht mehr an alle Scherze, die wir über diesen Namen machten, erinnern. Am Rongs feistes Gesicht lächelte immer vollkommen unangebracht; er war ehemaliger Filmdirektor von Prinz Sihanouk, und die Gefechte, von denen er auf französisch berichtete, entsprangen eher seiner Phantasie, als daß sie wirklich stattgefunden hätten. Bei ihm waren das mittelalterliche Schlachten, wie die in seinen Filmen über die Könige des alten Angkor, und in diesen Berichten war die Armee der Republik immer siegreich. Da gleichzeitig eine der mächtigsten Guerillaarmeen der Geschichte den Belagerungsring um die Hauptstadt jeden Monat enger zog, wäre das komisch gewesen, wenn es nicht so schrecklich gewesen wäre – und wenn nicht Journalisten auf Grund von Am Rongs selbstsicheren Beteuerungen, daß die Regierung Territorium hielt, das schon verloren war, umgekommen wären. Die Übersetzungen der Briefings ins Englische wurden von einem vernünftig wirkenden jungen Kambodschaner mit lockigem Haar geliefert, der, wie wir herausfanden, ein bekannter Dichter war; er trug stille Verzweiflung zur Schau, und seine Blicke forderten uns auf, nichts von dem zu glauben, was er sagen mußte.

Das Pressezentrum bot Frühstück gegen Bezahlung, und wir saßen an rohen Holztischen, gesprenkelt vom Schatten der Blätter, über *croque monsieur* und Schinken mit Eiern und Kaffee. Nun, da die Roten Khmer die Pariser Friedensangebote abgelehnt hatten und die B-52-Bombardements wieder angefangen hatten, strömte eine neue Woge internationaler Presseleute nach Phnom Penh, und beim Frühstück konnte man hier viele Leute mit berühmten Namen sehen – Größen von den New Yorker und Londoner Tageszeitungen und den Fernsehsendern. Einige von diesen Neuankömmlingen waren etwas ungeduldig und wichtigtuerisch, und mein erster Eindruck von Ly Keang ist mit einem dieser Leute verbunden.

Ich saß neben Bill Wall, der plötzlich seine Kaffeetasse absetzte und mit dem Kopf deutete.

»Da ist die Freie aus Battambang. Mein Gott, ist das Mädchen attraktiv. Wenn der Graf nicht so interessiert an ihr wäre und ich nicht verheiratet, würde ich ihn auszustechen versuchen.«

Sie war gerade die Auffahrt heraufgekommen und ging zwischen den Tischen durch, hier und da einen Bekannten begrüßend. Alle Journalisten, mit denen sie sprach, ob männlich oder weiblich, lachten, wenn sie weiterging. Sie hatte einen grünen Drillichanzug und Dschungelstiefel an; sie hätte wie eine kambodschanische Soldatin ausgesehen, wenn der Anzug nicht etwas zu gut geschnitten gewesen wäre. Sie trug keinen Hut, und das lang herabfallende Haar glänzte blauschwarz in der Sonne und flog, wenn sie den Kopf hin und her wandte und ohne Zweifel Ausschau nach Wolkow hielt. Alle ihre Bewegungen waren schnell und energisch.

Dann kam ein Schrei von der Auffahrt. Dmitri war aufgetaucht und winkte ihr eindringlich; er schien es eilig zu haben, und ich vermutete, daß ein Taxi oder ein Auto auf ihn wartete und daß er Ly Keang mit ins Kampfgebiet nehmen wollte. Sie winkte und ging zwischen den Tischen hindurch auf ihn zu, immer noch Leute ansprechend, die sie kannte. Am letzten Tisch saß ein Korrespondent der *New York Times*, der recht neu hier war und den ich etwas aufgeblasen fand – Broinowski war sein Name. Er hatte einen braunen Vandyke-Bart und das Gehabe eines berühmten Intellektuellen, der gezwungen ist, Tragödien zu analysieren, deren Bedeutung kaum von weit unter ihm stehenden Sterblichen, womit die meisten von uns gemeint waren, erfaßt werden konnte. Er trug einen Panamahut. Im Kontrast zu dem ramponierten Exemplar, das Hubert Whatley aufhatte, war sein Panamahut ganz neu, saß auf fesche Art ein wenig schräg, und er erregte die Aufmerksamkeit der Freien aus Battambang. Sie riß ihn Broinowski vom Kopf, setzte ihn auf, stellte sich für ihn in Positur und lächelte. Er stand ihr ausgezeichnet.

Er brachte ein gequältes Lächeln zustande und schaute zu ihr hoch. Wir waren zu weit weg, um etwas hören zu können, aber aus ihren Gesten war zu schließen, daß sie ihn bat, den Hut behalten zu dürfen. Er schüttelte den Kopf und richtete sich halb vom Stuhl auf, langte nach ihm, und seine Miene wurde unruhig. Doch auch Ly Keang schüttelte den Kopf, drehte sich um und rannte den Weg hinunter, den Panamahut mit einer Hand festhaltend.

Von den Tischen kam Beifall und Gelächter; die Leute amüsierten sich über Broinowskis offensichtliche Verärgerung. Der wartende Wolkow fand das auch lustig, und es war klar, daß Broinowskis Panamahut die Gefahr drohte, an die Front mitgenommen zu werden.

Der Mann verstand keinen Spaß. Sein Verlangen, den Hut zurückzuholen, war bei weitem größer als sein Gefühl für Würde, und er schrie und rannte der Freien aus Battambang hinterher. Das wurde von aufmunternden Rufen und noch mehr Gelächter begleitet. Ich glaubte, Ly Keang würde nachgeben, da sie über die Schulter blickte, doch statt dessen lief sie schneller. Bei Wolkow angekommen, packte sie ihn bei der Hand und zog ihn mit sich. Sie liefen beide durchs Tor, und Broinowski verschwand hinter ihnen herlaufend. Einige Minuten später sah man ihn zurückkommen, rot im Gesicht und ohne Hut, und er wurde mit Applaus empfangen. Später hörte ich, daß sein Hut am nächsten Tag in seinem Zimmer im Royal wieder auftauchte, begleitet von einem Blumenstrauß.

Bei dieser Gelegenheit habe ich Ly Keang zum ersten Mal gesehen. Ohne Zweifel war sie etwas Besonderes.

»Ihretwegen habe ich noch Hoffnung für Kambodscha«, sagte Wolkow. »Sogar jetzt noch, wo die Roten Khmer die Stadt eingekreist haben. Wenn es mehr vom Schlag Ly Keangs gäbe, würden sie nie gewinnen. Eine verrückte Optimistin – und eine wirkliche Patriotin. Das ist ein erstaunliches Mädchen, Harvey. Intelligent. Ohne Furcht. Energiegeladen. Und sie bringt mich zum Lachen.«

Wir frühstückten zusammen im Bistro des Hotels le Royal. Das Bistro war ein Ruhe atmender Ort, wo es nach Croissants und Kaffee duftete und weißbefrackte Kellner bedienten. Sie sprachen nur französisch, waren aber freundlich und aufmerksam und schufen für mich jeden Morgen die Illusion, ich sei wieder in den sechzigern oder noch davor, und der Krieg existiere nicht wirklich. Das Bistro öffnete sich zu einer Terrasse hin, von der aus man einen Blick auf den Garten und den Swimmingpool hatte und die mit ihren Liegestühlen, Tischen und Sonnenschirmen einst das unbestrittene Reich der französischen Bevölkerung von Phnom Penh gewesen war. Nun waren die meisten Stühle und der Pool von den einfallenden Korrespondentenhorden requiriert worden, und die wenigen noch verbliebenen Franzosen hatten sich in einen Winkel zurückgezogen, wo sie die Barbaren demonstrativ ignorierten.

Ich stellte Dmitri die Frage, die sich aufdrängte. Ob er romantische Gefühle für Ly Keang habe?

Er sah mich an, kaute, seine Augen waren stumpf geworden. »Nein. Dieses Konto ist ausgeschöpft«, sagte er. Sein Ton riet mir, das Thema fallenzulassen, und wir aßen beide schweigend weiter.

Als er mit seinem Croissant fertig war, wischte er die Krümel mit seiner Serviette weg, nahm die Kaffeetasse zur Hand und sprach mich wieder an.

»Sie ist sowieso zu jung. Und sie ist ein anständiges Mädchen, Harvey. Du weißt doch, wie die kambodschanische Mittelklasse ist: Wenn eine Frau vor der Ehe mit Männern schläft – besonders mit solchen aus westlichen Ländern –, ist sie ruiniert. Hier herrscht noch das neunzehnte Jahrhundert. Man beobachtet sie. Sie lebt bei Onkel und Tante und steht mit Freunden ihres Vaters in oberen Armeekreisen in Verbindung, die offenbar ein väterliches Interesse an ihr haben. Ly Keang ist eine temperamentvolle junge Frau, die alles mögliche tut – doch ich würde sagen, sie ist mit großer Wahrscheinlichkeit Jungfrau.« Sein starrer Blick verbot mir eine gegensätzliche Meinung. »Das ist die erste Frau, deren Freund ich bin – nicht Liebhaber. Für mich ist sie einfach eine Kameradin, eine Tochter, eine Kampfgefährtin.«

»*Kampf*gefährtin? Mein Gott, Bruder, sei vorsichtig mit ihr«, sagte ich.

Er zuckte mit den Schultern. »Was sie tun will, tut sie. Versuch mal, sie davon abzuhalten.«

 Er blickte über den Pool, wo man den Hobbygärtner auf dem

Rücken schwimmen sah, den Bauch majestätisch dem Himmel entgegengewölbt.

»Sie fragt mich ständig über Mike Langford aus«, sagt er. »Interessiert sich für seine Arbeit, seine Ansichten, für alles. Im Pressezentrum hält sie immer nach ihm Ausschau. Bewundert ihn. Sie meint, daß seine Bilder eine große Wirkung haben und helfen, die Welt darauf aufmerksam machen, was hier geschieht, und die Amerikaner zu bewegen, wieder Truppen herzuschicken. Sie meint das ernst. Nun, sie ist eine junge Idealistin. Sie hat ihn schon besucht, in seiner Wohnung in dem chinesischen Ladenhaus. Sie hat ein berufliches Interesse an ihm, ich weiß – doch hoffentlich bleibt es dabei. Diese Wohnung ist ein verdammtes Liebesnest, oder? Langford hat dort ein ganzes heimliches Leben. Ly Keang ist etwas Besonderes, und Snow bleibt bei keiner Frau. Ich möchte nicht, daß man ihr wehtut.«

3.

Ein Farbfoto von Langford auf dem Balkon seiner Wohnung. Von einem unbekannten Fotografen aufgenommen, vielleicht von Vora. Das Balkongitter und die Wedel einer Palme, die von der Straße bis hier hoch reichen, werfen ein Traumnetz aus Schatten. Die Kalligraphie der ewigen Ferien, des alten Kambodscha.

Mike thront auf einem übergroßen Schaukelstuhl aus Rattan, dessen Rücken wie ein Fächer ist – ein Manila-Stuhl, wie man sie früher nannte. Er trägt ein schreiend rotes Hemd und blaue Baumwollhosen, er blickt lächelnd auf etwas, das sich außerhalb des Bildes befindet, sein Ausdruck ist schläfrig und zufrieden.

Die Stimme auf den Tonbändern wirkt ein wenig gealtert, wie das so ist, wenn die erste Jugend vorbei ist. Sie ist tiefer, langsamer, ein bißchen weniger lebhaft, doch die erwartungsvollen Töne sind noch da. Er würde immer erwartungsvoll bleiben.

TONBANDTAGEBUCH: LANGFORD

TONBAND 42: 19. MÄRZ 1973

– Gestern abend ist Ly Keang hiergewesen, ungefähr um sieben.

– Ich saß im Schaukelstuhl direkt vor der offenen Balkontür. Dämmerung. Die Khmer-Händler drüben bei den Geländern des Alten Marktes zündeten ihre Petroleumlampen an. Da ich nicht um den hohen Rücken des Stuhls herumsehen kann, habe ich sie nicht hinter mir ins Zimmer kommen sehen.

– Ich habe geklopft, aber du hast es nicht gehört, sagte sie. Entschuldigung.

– Zuerst habe ich die Stimme gehört. Es ist eine Stimme, die nicht zu verkennen ist: langgezogen, und vielleicht könnte man sie flach nennen. Doch attraktiv – eine besondere Energie schwingt darin.

– Sie stand unmittelbar hinter der Balkontür. Ich erhob mich und kam ins Zimmer, und wir standen einander gegenüber.

– Dmitri hat mir deine Adresse gegeben. Und Lay Vora hat gesagt, ich könne hinaufgehen, sagte sie. Deine Wohnungstür war offen.

– Sie ist meist offen, sagte ich.

– Im Zimmer herrschte Halbdunkel, und in dieser Beleuchtung war die Iris ihrer Augen sehr schwarz, das Weiße sehr weiß. Sie lächelte halb, mit einem kleinen ironischen Zug um den Mund.

Sie trug eine weiße Bluse und einen dieser maßgeschneiderten kambodschanischen Sarongs, die die Hüften betonen: indigoblau und von einem schweren Silbergürtel gehalten. Sie hat schöne Hüften – es fiel schwer, nicht hinzuschauen. Statt mir zu sagen, warum sie gekommen war, sagte sie: Ich habe dich beim Nachdenken gestört, Mike.

– Nein, ich habe gar nicht nachgedacht, sagte ich. Habe nur zugeschaut, wie die Straßenhändler ihre Lampen anzünden. Die Polizei jagt sie fort, doch sie kommen immer wieder. Sie stehlen Flugbenzin für ihre Lampen, und manchmal explodieren die Lampen. Sie bekommen Narben im Gesicht wie von Napalmverbrennungen – doch sie werden nicht klüger.

– Sie lachte. Ich dachte, jetzt könnte sie mir eigentlich sagen, warum sie gekommen ist, doch sie tat's nicht. Sie schaute aus der Tür nach den Lichtern.

– Diese Tageszeit liebe ich, sagte sie, wenn alle sich auf die Nacht vorbereiten. Das war einmal zu jeder Tageszeit eine schöne Stadt –

doch jetzt wird sie traurig, überall diese Hütten von Flüchtlingen. Ich möchte fort, seit kurzem habe ich immer mehr Heimweh.

– Nach Battambang? fragte ich. Ist das nicht im Wilden Westen?

– Ich hänselte sie, doch sie nahm es nicht übel – sie lächelte. Du solltest mal zur Reisernte hinfahren, sagte sie. Die Ebenen sind golden, und man kann meilenweit blicken. Alle arbeiten gemeinsam, alle tragen Reisbündel, sogar die kleinen Kinder. Und immer in der Ferne die Berge. Als ich Kind war, hat mir mein Vater erzählt, daß die *neak taa* in diesen Bergen wohnen – die Waldgeister, an die die Bauern glauben.

– Ich wollte ihr gerade einen Stuhl anbieten; doch jetzt begann sie, im Zimmer herumzuwandern und sich umzuschauen. Immer wieder glänzte ihr Silbergürtel im Licht auf. Ich wartete darauf zu erfahren, was sie wollte. Es war ruhig, und ein paar Cyclo-Klingeln und die Rufe von Kindern drangen von der Straße herauf. Sie blieb stehen, drehte sich zu mir um und sagte: Vermißt du nicht auch deine Heimat?

– Manchmal schon, sagte ich. Manchmal vermisse ich die Kühle und den Frieden. Doch jetzt ist Kambodscha meine Heimat. Ich liebe das Land.

– Sie runzelte die Stirn und neigte den Kopf, und ihr Ton wurde ernst und scharf. Du liebst Kambodscha? Warum liebst du Kambodscha? Wie kannst du Kambodscha lieben? Es ist nicht dein Land. Ist das möglich?

– Ich erzählte ihr, daß ich das vom ersten Moment an so empfunden hatte. Nicht leicht zu erklären, warum; als wäre es mir schon immer bestimmt gewesen, hierher zu kommen. Ich liebte die ländlichen Gebiete, ich mochte die Khmer, ich mochte die Soldaten, mit denen ich meine Tage verbrachte. Wir verstehen uns, sagte ich.

– Das ist, weil du von einer Farm kommst, sagte sie. Hier würden wir dich einen Büffel-Jungen nennen.

– Ich lachte, und sie auch. Einen Augenblick sahen wir uns an und sagten nichts. Ich hatte plötzlich ein flaues Gefühl im Magen – das passiert mir heutzutage sonst nur bei einem Feuergefecht. Sie sagte immer noch nicht, was sie wollte. Sie blieb vor meiner großen Khmer-Sandsteinskulptur der Glücksgöttin stehen, dem besten Stück, das ich habe. Das ist eine schöne Lakschmi, sagte sie und sah mich über die Schulter an.

– Wieder eine Stille, die keiner von uns störte. Sie blickte mich an, als sehe sie mich zum ersten Mal, als verdaue sie eine Überraschung. Doch vielleicht habe ich mir das eingebildet – oder es mir einbilden wollen. Von der Straße unten schwebten immer noch Kinderstimmen, Motorenlärm und Cyclo-Klingeln herauf. Ich erinnerte mich daran, daß das die Freie aus Battambang war – ein Mädchen von nur vierundzwanzig, immer geneigt, herumzualbern, Dmitris Freundin, und viel zu jung für beide von uns. In den ganzen Monaten, wo wir beide uns im Pressezentrum begegnet waren – gewöhnlich war auch Dmitri dort gewesen –, hatte es kein Vorzeichen für das gegeben, was nun geschah. Im Halbdunkel schaute ich eine Frau an, die ich vorher noch nie gesehen hatte. Schön – so schön. Sie hatte alles um sich verwandelt, und durch sie schien die Luft im Zimmer zu singen. Eine Haarsträhne hatte sich aus dem Kamm oben auf ihrem Kopf gelöst und hing ihr über die Wange; ich wollte sie fortstreichen.

– Sie räusperte sich und schaute wieder die Lakschmi an. Schade, daß ihr ein Arm fehlt, sagte sie, und ihre Stimme klang leiser, als käme sie aus etlicher Entfernung. Bringt sie dir Glück?

– Ich glaube es, sagte ich. Ich berühre sie jedes Mal, wenn ich ins Feld gehe.

– Du bist abergläubisch. Doch vielleicht kümmert sich Lakschmi wirklich um dich, sagte sie. Deshalb bist du *Mean Samnang*. Nennen dich die Soldaten nicht so?

– Sie ging weiter im Zimmer umher und verriet immer noch nicht, warum sie gekommen war. In einer Zimmerecke hatte ich Abzüge von einigen meiner letzten Fotos an ein Brett gepinnt, ein recht heftiges Gefecht mit den Roten Khmer in Neak Luong und Bilder von Bauern aus der Region, die ihre Dörfer verlassen und im Gänsemarsch über ein Reisfeld marschieren, in Baumwollanzügen und Sarongs und karierten *kramas*, ihre Bündel und Kinder mit sich schleppend. Davor blieb sie stehen und sah sie lange an; dann drehte sie sich um und sagte: Kein anderer macht solche Bilder. Ich erinnere mich an dein Titelbild auf dem amerikanischen Wochenblatt – der kleine Junge mit der Fahne, der getötet wird. Alle reden über dieses Bild.

– Es gibt viele Fotografen, die genauso gut sind, sagte ich.

– Nein, du bist der beste. Mir gefällt, wie du die Khmer-Leute zeigst.

– Sie haben ihr Land verloren, sagte ich, und ich zeigte auf die Bauern auf dem Bild. Sie wissen nicht, wohin sie gehen. Das Fischen und die Reisernte, ihr eigenes Stück Land und die Pagode – das ist ihr Leben, das ist wichtig für sie – nicht Geld oder Politik. Und da gehen sie, sagte ich; jetzt haben sie nichts mehr. Die Amerikaner und die kambodschanische Luftwaffe bombardieren sie; die reichen Generäle und Politiker in Phnom Penh halten es für selbstverständlich, daß ihre Söhne für sie in den Krieg ziehen. Jetzt nehmen die Roten Khmer ihnen ihr Land weg und zerstören ihre Pagoden. Ich möchte zeigen, was mit ihnen geschieht. Sie müssen ihr Bündel nehmen und weitermarschieren, ganz egal, was kommt. Für Bauern ist es immer so gewesen. Sie haben nicht viel Gnade zu erwarten, das hatten sie noch nie. Doch in meinem Land ist es nur das Wetter und der Markt und die Banken, was Bauern Sorgen bereitet – nicht die nordvietnamesische Armee oder die Roten Khmer oder die amerikanischen Bombardierungen.

– Sie ließ sich auf einem der Rohrstühle nieder, ohne etwas zu sagen, mit geradem Rücken, die Hände gefaltet. Ich setzte mich ihr gegenüber und wartete. Dann sagte sie: Deshalb bin ich zu dir gekommen – weil du so redest. Alle sagen, Mike Langford wird nie zornig, er mischt sich nie ein. Doch ich glaube, daß du zornig bist und viele andere Gefühle hast. Ich höre vieles über dich.

– Ich fragte sie, was.

– Sie lachte. Schau nicht so verstört drein – nichts Schlechtes, sagte sie. Leute in der Armee erzählen mir von dir. Mein Vater war Bataillonskommandeur – ein guter und ehrenhafter Kommandeur, und er hatte gute Freunde. Sie besuchen mich noch immer und kümmern sich um mich, und es sind Offiziere darunter, die dich kennen. Sie sagen, daß dir unser Kampf nicht gleichgültig ist. Sie erzählen, daß du zwei Wasserflaschen ins Feld mitnimmst – eine für dich, eine, um unseren Verwundeten und Sterbenden Wasser zu geben. Und sie erzählen, daß du oft unsere Verwundeten tragen hilfst, statt zu fotografieren. Andere ausländische Fotografen machen nur ihre Bilder und kehren zum Hotel Royal und den Bars zurück; nur das ist ihnen wichtig. Du bist anders.

– Auch ich bin vor Ort, um Bilder zu machen, wie sie, sagte ich. Ich helfe bei den Verwundeten, wenn sie keine Unterstützung bekommen, das ist alles. Kann ich dir etwas zu trinken anbieten? Einen Brandy?

– Sie schüttelte den Kopf und lächelte dabei, als würde ich versuchen, sie von einem Zweck abzubringen – einem Zweck, den wir beide kannten.

– Die meisten Berichterstatter achten unsere Regierung überhaupt nicht, sagte sie. Das stimmt doch? Sie sagen, Lon Nols Armee wird den Krieg verlieren, weil sie zu korrupt ist, ich weiß. Und natürlich stimmt das weitgehend. Lon Nol ist ein Verbrecher und ein Schwachkopf.

– Sie senkte den Blick, dann hob sie ihn schnell wieder. Ihre Augen glänzten, und ich sah, daß sie plötzlich zornig war. Es war eine Art von Zorn, der einen beunruhigen konnte – er hatte die besondere Heftigkeit, mit der er plötzlich bei Kambodschanern auflodert.

– Lon Nol lügt und behauptet, wir würden gewinnen, sagte sie, und er redet den Amerikanern nach dem Mund. Und die ganze Zeit stehlen seine Palastgeneräle den Sold unserer Soldaten. Diese Hunde werden uns nie retten.

– Vielleicht nicht, sagte ich. Vielleicht ist es zu spät. Siehst du das so?

– Doch sie schüttelte viele Male den Kopf, so daß ihr Haar flog. Nein, sagte sie. Nein. Es *darf* nicht zu spät sein. Die Leute hier in Phnom Penh wissen nicht, was mit den Roten Khmer auf sie zukommt. Sie haben nie welche gesehen, deshalb bilden sie sich ein, so schlimm würden sie schon nicht sein; vielleicht gibt es sie ja gar nicht. Vielleicht sind sie wie die *neak taa* – nur Geister. Die Anderen! Sie sind nicht wie die Nordvietnamesen. Weißt du, was diese Anderen in den Dörfern anstellen, wenn die Menschen sich gegen sie stellen?

– Ich bin in einem Dorf gewesen, wo das so war, sagte ich. Ja, ich weiß.

– Es gibt noch immer gute Kommandeure, wie mein Vater einer war, sagte sie. Ich glaube, auch du weißt das. Ich sage dir: Sie können die Roten Khmer noch immer schlagen, solche Männer. Ich möchte, daß du einen von ihnen kennenlernst. Er ist einer der besten, und er war ein guter Freund meines Vaters. Deshalb bin ich zu dir gekommen. Hoffentlich hast du nichts dagegen; ich glaube, er würde dir gefallen. Willst du das? Willst du ihn kennenlernen?

– Ich sagte, daß ich mich freuen würde.

– Er ist Kommandeur – Bataillonskommandeur. Ung Chandara ist ehrlich; er glaubt an unser Land. Du könntest sein Bataillon unten in Takeo besuchen. Ich habe mit ihm darüber gesprochen; er möchte dich kennenlernen.

– Das ist nett von dir, sagte ich. Doch du hast noch nicht gesagt, warum.

– Major Chandara wird es dir selbst sagen, meinte sie. Und jetzt sollte ich lieber gehen.

– Sie erhob sich und ging auf die Tür zu. Ich schaltete eine Tischlampe an und folgte ihr, um sie hinauszubegleiten. Sie blieb bei meinem Schreibtisch stehen und lächelte, wie über ihre eigenen Gedanken. Es war sehr heiß und still, und ich merkte, wie mir der Schweiß auf die Stirn trat; ich wischte ihn fort.

– So ordentlich, sagte sie. Hier ist alles so ordentlich. Hast du einen guten Diener?

– Nein, sagte ich zu ihr, ich mache alles selber.

– Und du lebst ganz allein hier, sagte sie. Sie schüttelte den Kopf und schürzte die Lippen – spöttisch. Kein Glückspilz.

– Ich hob die Hand und strich ihr die Haarsträhne aus dem Gesicht. Ihre Augen wurden groß, sie senkte einen Moment die Lider, dann lächelte sie, als sei nichts geschehen. Du brauchst eine Frau, die sich um alles kümmert, sagte sie. Aber vielleicht hast du ja schon eine.

– Sie nahm das gerahmte Foto von Claudine, das ich auf dem Schreibtisch stehen habe. Ich glaube, daß ist deine Frau in Saigon, sagte sie. Von der mir Dmitri erzählt hat.

– Wir sind nicht verheiratet, sagte ich zu ihr. Sie ist eine langjährige Freundin.

– Ich weiß, sagte sie, und sie schüttelte den Kopf, während sie das Bild betrachtete. Na gut – ich finde, sie ist zu alt für dich.

– Dazu äußerte ich mich nicht, und sie stellte das Foto zurück und wandte sich schnell um. Ihre Bewegung ließ einen Duft aus ihrem Ausschnitt steigen – Sandelholz, der mich schwindlig machte. Ihre Haut wie dunkler Honig gegen das saubere Weiß.

– Auf Wiedersehen, sagte sie und gab mir die Hand – förmlich auf französische Art. Entschuldige, daß ich ohne Voranmeldung hergekommen bin. Doch Major Chandara wird dir gefallen, das weiß ich.

– Sehr schnell, wie alles, was sie tat, ging sie die Treppe hinunter und verschwand. Ich stand dort, und plötzlich spürte ich, wie eine Hitzewelle mich überkam. Ich ging eine Weile im Zimmer herum, schwitzte und konnte nicht still sitzen. Dann ging ich hinaus und machte mich auf den Weg zu einer der Bars beim Fluß.

– Ich kann ihren Duft immer noch riechen. Vielleicht ist das überhaupt nicht Sandelholz, sondern der Eigenduft ihres Körpers.

4.

Harvey schiebt noch ein Foto über den Tisch.

»Da, Ray«, sagt er. »Major Ung Chandara, mit Mike. Jim hat das gemacht, irgendwo in der Provinz Takeo. Das war Chandaras Gebiet, dort unten in Takeo an der vietnamesischen Grenze. Seine Division war die Siebente. Ihre Aufgabe war, den Highway 2 zu verteidigen – 1973 eine ziemlich undankbare Aufgabe; der Highway ging rasch verloren.«

Er nimmt das Foto in die Hand und betrachtet es. »Chandara war ein ernster Mann«, sagt er. »Das sieht man auch, oder? Kein Dandy – nicht einer wie Hauptmann Samphan. Ein intelligenter, ernster, unbestechlicher Offizier in der korrupten Lon-Nol-Armee. Ein Patriot. Was für ein Schicksal. Das Leben hat es ihm nicht leicht gemacht, was?« Er gab das Bild zurück. »Jetzt sitzt er dort oben an der thailändisch-kambodschanischen Grenze und leitet diese hoffnungslose Widerstandsbewegung: die Freien Khmer. Stolz; nie daran zweifelnd, daß sie am Ende zurückkehren werden. Der arme Kerl.«

Langford und Major Chandara sind in Nahaufnahme zu sehen und blicken in die Kamera, hinter ihnen eine Böschung mit Bäumen. Mike ist barhäuptig, Chandara trägt ein Barett und ein einfaches Militärhemd ohne Abzeichen. Er ist um die vierzig, und seine Züge haben einen starken chinesischen Einschlag – ein Sino-Khmer wie Ly Keang. Er wirkt drahtig und fit und ist fast so groß wie Mike. Sein Blick ist durchdringend, und die Augen stehen weit auseinander, die harte mongolische Linie der oberen Lider läßt sie finster wirken. Die Augen eines Kriegers, doch auch die Augen eines Denkers. Die Lippen unter einem militärischen Schnurrbart sind fest, aber fein geschnitten. Ein interessantes Gesicht – gefährlich und doch sympathisch.

»Von allen Freundschaften, die Mike in Indochina schloß«, sagt Harvey, »wurde diese die wichtigste. Ich kann dir ein bißchen über Chandara erzählen, nicht viel. Er machte seine eigenen Gesetze. Trevor Griffiths nannte ihn immer ›Warlord‹; das war natürlich übertrieben, aber etwas Wahres war daran. Einige dieser Bataillonskommandeure benahmen sich in ihren speziellen Regionen wie Feudalherren, und ihr Gehorsam gegenüber Präsident Lon Nol und seinen korrupten Palastgenerälen war launenhaft – und hing von den Zuwendungen ab, die sie bekamen, oder davon, ob sie es taktisch für klug hielten zu gehorchen.

Laut Langford nahm Chandara nie Bestechungsgeld an. Mike sprach immer mit großer Bewunderung von ihm; er beschrieb ihn immer als ›besten Kommandeur auf dem kambodschanischen Kriegsschauplatz‹. Andere Kommandeure bauten sich von ihren unrechtmäßig erworbenen Geldern Luxusvillen in Phnom Penh, doch das Haus von Major Chandaras Familie in Phnom Penh war bescheiden, erzählte mir Mike, und er hing an seiner Frau und den Kindern. Die Sexpartys mit Barmädchen, denen andere Offiziere frönten, waren nichts für ihn. Und er verfolgte den Feind bei jeder Gelegenheit, im Feld ein spartanisches Leben führend, fast täglich sein Leben riskierend.

Dieses Leben begann Langford immer mehr zu teilen, und er verschwand wochenlang dort unten in Takeo. Das fing bald nach meiner Ankunft an, in den ersten Monaten des Jahres 73. Mike machte also wieder das, was er die ganzen Jahre über mit Hauptmann Trungs Einheit unten im Delta gemacht hatte.

Verstehst du? Habe ich dir nicht gesagt, daß er immer versucht hat, Ersatz für alles zu schaffen?«

TONBANDTAGEBUCH: LANGFORD

TONBAND 43: 25. MÄRZ 1973

– Major Chandara hatte sein Basislager in einem Dorf wenige Kilometer südöstlich von der Stadt Takeo aufgeschlagen. Als ich gestern dort ankam, führte er eine Kompanie in das flache, offene Land hinaus, das sich bis zur vietnamesischen Grenze erstreckt. Ich bin mit ihnen gegangen.

– Ich mußte mich von einem kambodschanischen Armeehubschrauber zu dem Standort bringen lassen, weil sich die Lage auf dem Highway 2 jeden Tag verändert. Die Roten Khmer haben eine größere Offensive in der Provinz Takeo eröffnet; sie wollen den ganzen Highway 2 und auch den Highway 1 unter Kontrolle bekommen und die Verbindung mit Saigon unterbrechen.

– Spät am Nachmittag trafen wir auf eine Gruppe von ihnen. Das Gefecht verlief siegreich für Chandaras Soldaten, und die Roten Khmer zogen sich zurück; er ist ein sehr fähiger Kommandeur. Doch wir mußten viele Verwundete und auch Tote mit zurücknehmen. Kambodschanische Soldaten werden niemals ihre Toten zurücklassen; sie nehmen sie mit sich, ganz gleich, wie groß das Risiko ist, da der Feind sie verstümmeln würde. Die Roten Khmer tun das, weil Buddhisten glauben, daß alle Verstümmelungen und Mißbildungen sie in das nächste Leben begleiten. Ich fange an, die Roten Khmer zu hassen.

– Das Dorf, in dem sich die Basis befand, war sehr klein, und die Bewohner waren geflohen. Major Chandara hatte ein Haus in der Nähe des Lagers okkupiert, und er bot mir Unterkunft für die Nacht an.

– Es war das übliche kleine Bauernhaus auf Holzpfählen, und ich aß mit ihm auf der Veranda zu Abend. Danach setzten wir uns bequem in Korbsessel und tranken Bier. Unter uns befanden sich die verzinkten Wetterschutzdächer des Lagers, die Armeelaster und die Schützenpanzerwagen und die blaß im letzten Tageslicht lodernden Feuer, an denen die Soldaten kochten. Die Hitze war durch einen kurzen, unerwarteten Regenguß gemildert worden – einen dieser verfrühten Stürme, die man manchmal im März hat und die eigentlich in den späten April gehören. Die Kambodschaner nennen sie Mango-Regen. Er hatte den Dunstschleier weggefegt, und plötzlich konnten wir meilenweit über das trockene, gelbe, brettflache Land nach Südosten blicken – bis zu den Bergen an der vietnamesischen Grenze, vielleicht vierzig Kilometer entfernt. Vorher waren die Berge vom Dunstschleier verborgen gewesen; jetzt erhoben sich ihre blassen Umrisse wie eine Luftspiegelung geradewegs aus der Ebene.

– Die Sieben Berge waren darunter, von denen die Kambodschaner sagen, es seien Zauberberge. Dort gibt es alte buddhistische Heiligtümer und Pagoden, wo heilige Männer leben, und Höhlen für Guerillagruppen und Banditen. Sie sind nicht sehr hoch, doch gespenstisch – bleiche Felsspitzen mit grüner Vegetation, wie Berge in einer Vision. Dort existiert eine wichtige Schmuggelstraße für Rindfleisch und Marihuana nach Vietnam, und mir fiel ein, daß Jim, der Graf und ich einmal in den sechzigern von der vietnamesischen Seite aus einen Ausflug gemacht hatten, um von den Grenzleuten kambodschanischen Stoff zu kaufen.

– Major Chandara beugte sich vor, um mir eine Zigarette anzubieten, und lächelte, als könne er meine Gedanken lesen. Er war kein Mann, den man leicht durchschaute, doch ich kam gut mit ihm aus; er war ruhig und höflich. Ich mußte noch herausfinden, warum Ly Keang dieses Zusammentreffen arrangiert hatte, aber ich würde es ihm überlassen, die Frage anzuschneiden. Kambodschaner lassen sich nicht gern drängen.

– Es ist gut, nach dem Regen die Berge zu sehen, sagte Chandara. Kennst du dieses Grenzland?

– Ich bestätigte das. Ich hatte hier Kampfhandlungen mit dem Vietcong gefilmt.

 – Er hatte mir Feuer gegeben, und nun zündete er seine eigene

Zigarette an und tat einen tiefen Zug. Weißt du, Mike, ich habe einmal lange in den Sieben Bergen gelebt, sagte er. Ich war Mitglied der Khmer Serei, der Freien Khmer. In den sechziger Jahren lebten wir dort, auf der anderen Seite der Grenze, im Exil. Wir arbeiteten am Sturz von Sihanouk, wir wurden von den Vietnamesen unterstützt, und die Amerikaner halfen uns. Manchen gefiel es nicht, daß wir uns solche Verbündete suchten – doch wir wollten eine Republik für unser Land. Wir sahen die zukünftige Entwicklung: Sihanouk würde uns den Kommunisten ausliefern. Man sucht seine Verbündeten, wo man sie findet, wenn die Gefahr groß genug ist.

– Er wartete, daß ich mich dazu äußern konnte, doch ich schwieg; dann schaute er über das Geländer hinweg. Die Dämmerung fiel schnell ein, und die Umrisse der Soldaten erschienen schwarz vor den Lagerfeuern und bewegten sich in den orangeroten Lichtkreisen.

– Es ist schön, auf der Veranda zu sitzen und hinauszuschauen, sagte Chandara. Findest du nicht auch?

– Ja, sagte ich. In meinem Land sitzt man auch gern auf Verandas.

– Aber du willst Kambodscha zu deiner Heimat machen, sagte er. Das hat mir jedenfalls Ly Keang erzählt. Du bleibst an Bord eines sinkenden Schiffs, obwohl du, wie ich höre, berühmt genug bist, um überall Arbeit zu finden. Entschuldige bitte, doch das ist seltsam. Ich habe Ly Keang gefragt, warum du das machst, und sie hat geantwortet, sie glaubt, daß du im Grunde deines Herzens Soldat bist. Sie sollte es wissen – sie ist die Tochter eines Soldaten. Ihr Vater, Ly Pheang, war mein bester Freund bei den Freien Khmer.

– Ly Keang irrt, sagte ich. Sie hat eine blühende Phantasie, dieses Mädchen.

– Er lächelte; er beobachtete mich. Es war eine gute Tat, daß du heute unsere Verwundeten mit getragen hast, sagte er. Du darfst nicht mit uns kämpfen – doch du hilfst uns.

– Wir saßen eine Weile und schwiegen. Dann sagte er: Meine Mutter stammt aus dieser Provinz – aus einem kleinen Dorf nicht weit von hier, wenn man auf dem Highway 2 nach Norden fährt. Mein Vater ist Advokat in Phnom Penh, und dort bin ich aufgewachsen; doch meine glücklichen Kindheitserinnerungen habe ich durch Ferien im Dorf meiner Mutter. Damals schaute ich von der Veranda meines großelterlichen Hauses, wie wir jetzt, auf die Reisfelder und den Wald dahinter und dachte mir viele Abenteuer aus. Nun, sie sind jetzt zu mir gekommen. Ich bin nach Takeo zurückgekehrt und kämpfe um meine heimatliche Erde. Letzte Woche haben wir beinah die ganze Provinz verloren, es war sehr nahe daran.

– Ich fragte ihn, ob er schon immer hatte Soldat sein wollen.

– Er schüttelte den Kopf. Als junger Mann wollte ich Architekt werden. Doch als Student traf ich die Entscheidung, daß ich nicht versuchen wollte, ein normales Leben in einem Land voller Korruption zu führen, das von einem korrupten Prinzen und seinem Hofstaat regiert wurde. Ich wünschte Kambodscha etwas Besseres – und ich wollte als Antwort nicht eine kommunistische Diktatur. Deshalb ging ich über die Grenze und schloß mich den Freien Khmer an.

– Er nahm einen Schluck von seinem Bier, wischte sich den Schaum aus dem Schnurrbart und blickte in die Dunkelheit. Dann sagte er: Manche nannten Prinz Sihanouk einen Clown, mit seinen Filmen und seiner Jazzband und seinen Vergnügungen – doch er ist viel mehr als das. Grausam, wie alle selbstsüchtigen Menschen, es klebt viel Blut an seinen Händen. Um an der Macht zu bleiben, würde er alles tun; er würde das Land auch Dämonen ausliefern. Jetzt lebt er bei seinen Gönnern in Peking – und immer noch bereiten seine persönlichen Küchenchefs seine Mahlzeiten zu, er ist immer noch mit allem Luxus umgeben. Wie kann ein solcher Mann sich selbst noch ertragen?

– Seine Miene verfinsterte sich einen Augenblick und wurde starr, und ich sah, daß er sehr zornig werden konnte. Er trank sein Bier aus und lehnte sich zurück, während er sich aus der Flasche nachschenkte.

– Als Lon Nol Sihanouk stürzte, kamen wir über die Grenze und halfen bei der Gründung der Republik, sagte er. Dann wurden die Freien Khmer aufgelöst, da ihre Ziele angeblich erreicht waren. Wir glaubten, jetzt eine anständige Regierung zu haben, die der Tyrannei widerstehen würde. Eine Fehleinschätzung – wie du sicher selbst auch siehst, Mike.

– Ich möchte eure Regierung nicht gern kritisieren, sagte ich zu ihm. Sie befindet sich in einer schwierigen Lage.

– Du bist sehr höflich, sagte er. Er beugte sich vor, um mir Bier nachzuschenken, und sah mich unter seinen Brauen hervor an. Aber ich bin mir sicher, daß du die Wahrheit kennst, wie alle westlichen Korrespondenten. Ich sage dir, ich schäme mich für meine Regierung und für die meisten unserer Generäle. Phnom Penh sorgt nie für genug Ausrüstung oder genug Soldaten – um das zu bekommen, müssen wir alle Mittel nutzen, die uns zu Gebote stehen, ob legal oder nicht. Doch einige Kommandeure fordern Sold für Geistersoldaten und verwenden das Geld, um sich Villen mit Klimaanlagen zu bauen. Das ist dir ja bekannt. Sie verkaufen sogar Munition an den Feind – und ihre eigenen Soldaten lassen sie für ihren Reis zahlen. Sie stehlen den Sold armer Bauern, die für uns sterben, Männern wie die, denen du heute nachmittag geholfen hast. Ich wäre dumm, wenn ich das alles ignorieren würde.

– Ich wußte nicht, was ich sagen sollte, deshalb schwieg ich. Es war friedlich unten im verdunkelten Lager. Gedämpfte Stimmen, manchmal ein Lachen. Ein junger Soldat hatte angefangen, auf einer Flöte zu spielen – ein Khmer-Volkslied. Ich konnte ihn an einem Feuer inmitten eines Kreises von Freunden, Männer und Frauen mit stillen Gesichtern, sitzen sehen. Ein dunkler Khmer mit einem lockigen Wuschelkopf, er spielte mit viel Gefühl, und die Melodie war so schön, wie sie in die Dunkelheit stieg, daß mir die Tränen in die Augen traten. Da liebte ich Kambodscha.

– Chandara warf einen Blick auf mein Gesicht, dann zeigte er auf die Gruppe am Feuer, und seine Stimme war jetzt sanft, der Zorn war fort. Ein Land ist nur so gut wie seine einfachen Leute, sagte er. Und das sind gute Leute. Meine jungen Männer und Frauen sind tapfer und werden bis zum Schluß kämpfen. Wenn die Amerikaner uns nicht im Stich lassen, sind es nur unsere korrupten Führer, die uns eine Niederlage bescheren können.

– Es war ziemlich ungewöhnlich, daß ein Kommandeur bei seinem ersten Zusammentreffen mit einem westlichen Korrespondenten so redete, und ich beschloß, jetzt offen zu sein.

– Ja. Doch du weißt, was viele Korrespondenten äußern, sagte ich zu ihm. Wenn die Lon-Nol-Führer so sind, können dann die Kommunisten schlimmer sein? Die Kommunisten sind ihrer Sache wenigstens ergeben.

– Er blickte mich fest und unverwandt an, und ich fragte mich, ob ich zu weit gegangen war.

– Ich will versuchen, dir ehrlich zu antworten, sagte er. Du glaubst, zwischen Präsident Lon Nol und *les Khmers Rouges* zu wählen, hieße zwischen zwei Übeln zu wählen, ich weiß. Eine Wahl zwischen den Korrupten und den Fanatikern. Doch ich muß dir sagen, daß es meiner Meinung nach besser ist, die Korrupten zu wählen – auch wenn ich sie verachte. Die Korrupten sind nur schwach und böse; sie wollen ihren Brandy trinken und ihre Partys mit den Barmädchen haben und schicke Uniformen tragen. Sie lieben sich selbst und haben kein Pflichtgefühl. Doch sie besitzen keine Ideologie. Das bedeutet, sie wollen nicht unsere Gedanken und unser Leben kontrollieren und unsere Religion vernichten. Es sind keine Fanatiker. Unter den Fanatikern gibt es keine Schlupflöcher – sie schließen alle.

– Er blickte in die Dunkelheit und auf die orangeroten Funken der Lagerfeuer; nur die Gesichter in ihrer Nähe waren jetzt noch zu erkennen. Wir wissen einiges von den Führern der Roten Khmer, sagte er. Es sind ehemalige Studenten, die in Paris studiert haben. Marxistische Intellektuelle – ein Produkt des Westens! Doch sie rekrutieren junge Leute ohne Bildung – Jungen und Mädchen aus abgelegenen Gegenden, unwissend und voller Mißtrauen gegen die Welt außerhalb ihrer Dörfer. Und diese Pariser Intellektuellen erzählen ihnen, daß die Welt da draußen böse ist und zerstört werden muß. Sie stacheln sie zu Grausamkeiten auf – zur Blutrünstigkeit. Früher kämpfte ich gegen die vietnamesischen Eindringlinge. Jetzt muß ich meine Landsleute bekämpfen – einfache Leute, die mit einem Virus infiziert sind.

– Ich fragte ihn, was er machen wolle, wenn sie gewinnen sollten.

– Wenn die Roten Khmer gewinnen, sagte er, müssen die Freien Khmer wiederbelebt werden und eine Widerstandsbewegung gründen. Dann kämpfen wir von der Grenze aus einen Guerillakrieg, genau wie früher die Kommunisten. Dazu gibt es keine Alternative, ein Kompromiß mit den Roten Khmer wird nicht möglich sein – und wir können keine Milde erwarten. Ly Keang weiß das, sie weiß, wozu sie imstande sind. Sie haben ihren Vater ermordet.

– Ich dachte, er sei im Kampf gefallen, sagte ich.

– Nein, sagte er. Sie haben ihn ermordet. Doch das wird dir Ly Keang selbst erzählen, wenn sie bereit dazu ist. Nicht ich. Nun? Wirst du dir überlegen, uns zu helfen?

– Ich starrte ihn an, und er lächelte; sein Ausdruck war jetzt unbekümmert. Du behauptest, du willst nicht fort von Kambodscha, hier sei dein Zuhause, sagte er. Gut! Wenn das Land verloren geht, kannst du dich uns, den Freien Khmer, anschließen.

– Ich dachte, er scherze; ich lachte und schüttelte den Kopf. Dann blickte ich wieder hinunter auf das Lager. Der Flötenspieler hatte aufgehört, und unsere Stimmen auf der Veranda waren sehr deutlich zu vernehmen. Bei meiner Arbeit geht es darum, mich nicht einzumischen, sagte ich. Ein Korrespondent darf sich nicht einmischen.

– Doch diese Erklärung klang in letzter Zeit in meinen Ohren zunehmend lahm, und Chandara schien das zu wissen. Er lächelte jetzt, als sei ich ein begriffsstutziges Kind. Mike, du kommst wie ich jetzt in die mittleren Jahre. Und das ist die Zeit, wo man einen Sinn im Leben finden muß. Als Buddhist weiß ich, die Zeit ist gekommen, um mir Verdienste zu erwerben. Vielleicht solltest du das auch wissen.

– Halb im Scherz fragte ich ihn, wie er Buddhist und Soldat gleichzeitig sein könne.

– Er lachte. Weil ich kein Mönch bin, sagte er. Nur sie können dem achtfachen Pfad folgen. Ich bin ein Mann der Leidenschaften, das sieht man. Doch der Buddhismus toleriert Leute wie mich. Er verlangt nur, daß wir unser Leben so gut wir können leben. Und das bedrohen die Roten Khmer auch. Früher taten sie so, als respektierten sie den Buddhismus, nur zu Propagandazwecken; jetzt verhöhnen sie ihn und entweihen die Pagoden und sagen, es gäbe keinen Geist, die Menschen seien nur Lehm. Deshalb wissen wir, es sind Geschöpfe der Finsternis, die das Gute zerstören wollen. Wenn die große Masse der Menschen nicht gut ist, was können wir dann für unser Leben erhoffen?

– Eine Weile sprachen wir von anderen Dingen. Ein Soldat brachte uns noch mehr Bierflaschen, und wir leerten schließlich einige davon. Ich fühlte mich allmählich ziemlich wohl, und ich glaube, Chandara auch. Es war inzwischen so dunkel, daß ich kaum sein Gesicht erkennen konnte, als er in seinem Stuhl zurückgelehnt wieder sprach.

– Vielleicht geht Kambodscha ja gar nicht verloren, obwohl die Chancen gering sind. Doch wenn der Zusammenbruch kommt, hoffe ich, daß du bei uns bist. Du brauchst jetzt nicht darauf antworten. Der Kampf ist Mittelpunkt deines Lebens, auch wenn du kein Gewehr in die Hand nimmst; das weiß ich. Und ich glaube, daß du vielleicht mehr Soldat bist als ich. Ich bin nur Soldat, weil es sein muß; am Ende hoffe ich auf Frieden. Ich weiß, daß meine Familie auf mich wartet, dort oben in Phnom Penh; ich warte nur darauf, sie zu sehen. Ich sehne mich nach meiner Frau, ich sehne mich danach, daß meine Kinder mir die Arme um den Hals legen, wenn ich sie hochhebe, und daß ich ihr Haar und ihre Haut riechen kann. Das ist das größte im Leben, nicht das Kämpfen. Doch wie steht es mit dir, Mike? Entschuldige, wenn ich so persönliche Fragen stelle. Du wirst jetzt in deine leere Wohnung zurückkehren, von der mir Ly Keang erzählt hat. Vielleicht solltest du besser verheiratet sein. In deinem Alter wird es Zeit, eigene Kinder zu haben.

– Er schlürfte sein Bier und beobachtete mich über den Rand des Glases hinweg. Er war inzwischen ziemlich betrunken, und ich auch. Wenn du Kambodschaner werden willst, sagte er, und hier zu Hause sein willst, solltest du dir vielleicht Ly Keang anschauen. Sie bewundert dich sehr. Sie ist ein feines Mädchen.

– Er überraschte mich wieder, und ich antwortete vorsichtig. Ja, das stimmt, sagte ich. Doch ich kenne sie kaum. Sie steht meinem Freund Dmitri Wolkow näher.

– In deinem Freund sieht sie den Tod, sagte er. In dir sieht sie das Leben. Ich auch.

– Er hob sein Glas, prostete mir zu und lächelte, als wenn das, was er eben gesagt hatte, ganz alltäglich gewesen wäre.

5.

Harvey schaut durch das Gitter hinaus, die Hände hat er gefaltet.

»Kompong Cham«, sagt er. Dann bricht er ab und starrt in den hellen Nachmittag.

»Kompong Cham war in diesem April einfach ein Ort, den man hätte meiden sollen«, erzählt er mir. »Mit seinem Fall wurde jederzeit gerechnet. Die Regierung hielt nur noch eine Pufferzone um die Stadt. Darauf zu drängen, daß die drei dorthin gehen sollten, war deshalb von Mike ...«

Als er sich wieder mir zuwendet, breitet er die Hände mit nach oben gekehrten Handflächen aus. Dann stößt er Luft durch die Lippen, daß sich Bläschen bilden, und läßt die Hände auf den Tisch fallen. »Ich war nicht bereit, mit ihnen zu gehen«, sagt er. Nicht viele Korrespondenten hätten sich bereit gefunden. Und ich bin kein Draufgänger, Ray – das habe ich dir ja schon gesagt.«

Er hält inne und starrt mich einen Augenblick an, als erwarte er eine Frage.

»Ach Scheiße«, sagt er leise. »Ich will nicht behaupten, daß Mike sie unverantwortlicherweise nach Kompong Cham gelockt hat – natürlich nicht. Aber in gewisser Weise forderte er Dmitri heraus. Zu der Zeit existierte zwischen den beiden eine zusätzliche Rivalität. Ohne rechten Grund – sie waren keine direkte Konkurrenz mehr füreinander, da ja Mike das Filmen aufgegeben hatte. Doch sie spielten alle dieses Spiel, die verfluchten Kameraleute, auch wenn es dabei nichts zu gewinnen gab. So waren sie eben.«

 Er hebt eine Hand, um seinen Kahlkopf zu massieren, und

nimmt dann seine Brille ab. Nackt sind seine großen Fischaugen sorgenvoll, und er seufzt.

»Diesmal war es anders«, sagt Harvey. »Es sollten noch zwei Jahre bis zum Fall von Phnom Penh vergehen – doch für mich fing das Ende schon in jenem April und Mai an. Der Krieg strebte seinem Höhepunkt zu, wir alle wußten das; und wenn es soweit war, konnte nichts mehr so sein wie früher. Das wußten wir auch.«

Plötzlich lächelt er. Es ist ein gütiges Lächeln, doch es gilt nicht direkt mir – er ist weit weg in seiner inneren Welt.

»Wir hatten so lang in diesem Krieg gelebt«, sagt er. »Was zum Teufel sollten wir nur ohne ihn tun?«

HARVEY DRUMMOND

Die Opiumlampe stand neben mir auf ihrem Messingtablett. Es war eine Petroleumlampe aus Kupfer und dickem Glas, um die Hitze zu konzentrieren, und sie sandte einen warmen Schein aus. Ein antikes Stück, eine Lampe aus dem vorigen Jahrhundert, die hier in Asien, im Etablissement von Madame Delphine, noch in Betrieb war. Da war auch ein warmer, goldener Geruch; der ließ mir das Wasser im Mund zusammenlaufen.

Mit ein wenig Marihuana kam ich zurecht; Kuskus-Abende waren mir jetzt fast ein Vergnügen; doch bei Opium war für mich bisher immer Schluß. Dennoch war ich jetzt hier, an einem Abend in der letzten Aprilwoche, nackt bis auf einen Sarong (wie es der Brauch bei Madame wollte), auf dem Fußboden, der aus einer riesigen Matratze bestand, ausgestreckt, meine Freunde im trüben Licht um mich herum.

Die meisten Journalisten rauchten nur gelegentlich eine Pfeife; doch Langford, Dmitri Wolkow, Jim Feng und Hubert Whatley kamen jetzt mindestens einmal pro Woche zu Madame. Langford schien es nichts auszumachen, wie ihm auch der Alkohol, jedes andere Aufputschmittel und der Streß nichts anhaben konnten; er hatte die Konstitution eines Ochsen und hielt seinen Konsum in Grenzen. Jim Feng ebenfalls. Doch es ging das Gerücht, daß Wolkow und Whatley seit kurzem sogar in der Mittagszeit kamen und drauf und dran waren, abhängig zu werden. Sie kamen, um sich abzustumpfen gegen das, was draußen vor sich ging: die Bombardements, das zerstörte Land, die vor Kummer fast wahnsinnigen Menschen, die ihre toten Kinder auf dem Schoß wiegten. Heute abend suchte auch ich Vergessen, wenn das Opium mir das geben konnte.

Die Atmosphäre in der Stadt zermürbte einen nach und nach. An diesem Abend wäre ich sonstwohin gegangen, um nur nicht in meinem Zimmer im Hotel le Royal bleiben zu müssen. Der Strom war wieder ausgefallen, die Ventilatoren arbeiteten nicht mehr, und im Zimmer war es zum Ersticken. Das pausenlose Artilleriefeuer draußen vor der Stadt ließ das Gebäude erzittern, und auf einmal gab es einen lauten Knall im Badezimmer. Ich lief dorthin, mein Herz klopfte heftig; ich glaubte, es hätte einen Raketentreffer gegeben. Doch es war nur der Deckel der Luke in der Decke; er war in die Badewanne gefallen.

Die Blockade des Mekong durch die Roten Khmer sorgte jetzt dafür, daß nur ganz wenige Versorgungsschiffe und Tanker den Fluß herauf gelangten. Der Nachschub wurde zum größten Teil auf dem Luftweg herangeschafft. Die Reisstraße nach Battambang war abgeschnitten, Benzin wurde knapp, ständig fiel der Strom aus, und man teilte uns mit, daß Phnom Penh im Moment gerade genug Nahrungsmittel und Brennstoff hatte, um noch drei Wochen durchzuhalten. Außerhalb der Stadt gingen die Bombardierungen durch die unsichtbaren B-52 weiter – massiv und Entsetzen verbreitend, ihr Ziel war die Guerillaarmee der Roten Khmer dort, doch häufig wurden auch die Dörfer getroffen. Das Ziel der Amerikaner war, die Trockenzeitoffensive der Roten Khmer aufzuhalten – eine Offensive, die sich direkt gegen Phnom Penh richtete und schon in den Vororten angelangt war. Die im Pressezentrum verbreitete Weisheit war, daß die Stadt bis August fallen würde.

Ich lag auf der Rauchermatte aus Stroh. Ich war an der Reihe; Zeit für meine erste Pfeife. Madame Delphine kauerte neben mir, und die Lampe warf große Schatten auf ihr fleischiges, französisch-chinesisches Gesicht, ihre Augen glänzten wie schwarze Oliven. Madame war wie eine Krankenschwester; sie konnte dich fast glauben machen, das sei gut für dich. Sie lächelte nicht viel, sie war im mittleren Alter und streng, doch sie hatte einen etwas matronenhaften Charme, und der Hobbygärtner behauptete, in sie verliebt zu sein.

Sorgfältig wie ein Chirurg hielt sie das Opiumkügelchen auf seiner Nadel über die Flamme und brachte es dann mit viel Geduld in die Pfeife. In französisch murmelnd hielt sie mir den Pfeifenstiel an den Mund und drängte mich, einen Zug zu tun.

»*Tirez! Tirez!*«

Ich zog, und das Opium brodelte wie Zucker auf einer heißen Ofenplatte. Dann rollte ich mich von der Matte, um für Jim Feng Platz zu machen, und ein heftiges Kribbeln ging bis in meine Zehen hinunter. Es brachte Liebe zur Welt und zu meinen Freunden mit sich, Liebe für die Welt in mir. Gelbes Entzücken umspülte mich, als ich dort lag, mein Kopf auf ein kleines Lederkissen gebettet.

In diesem finsteren Familienhaus gab es viele Rauchzimmer; ich fand, es war ein irritierender Ort.

Das Etablissement von Madame Delphine befand sich in einem Seitengäßchen vom Monivong-Boulevard, wo es nach offenen Abflußkanälen stank. Es war ein kambodschanisches Haus auf Pfählen, das man über etliche Holzstufen erreichte, draußen bis auf das Licht einer einzigen Glühbirne ganz in Dunkelheit gehüllt, aus Vorsorge gegen die Polizei. Die Wände in unserem Rauchzimmer waren mit kambodschanischen Strohmatten behangen, die in Gold und Schokoladenbraun ausgeführt waren, und über uns schwebte ein großes, düsteres Moskitonetz wie eine Wolke. Es gab keine Decke – von unserem Matratzenboden sahen wir durch das Netz bis zu den Dachbalken und den Ventilatoren, die sich langsam drehten – der Strom war wieder da. Irgendwo spielte gedämpft ein Radio. Aus Nachbarzimmern drangen schwache Stimmen – die Stimmen französischer Geschäftsleute, von Sûreté-Agenten, Korrespondenten und Diplomaten verschiedener westlicher Botschaften. Keine Kambodschaner, dies war eine Opiumhöhle für Ausländer.

Auf allen Seiten kamen selige Seufzer aus der Dunkelheit; die Pfeife gurgelte. Ich konnte gerade noch die reglosen Umrisse meiner Kollegen erkennen. Sie alle sprachen in einer ruhigen, schnurrenden Weise, die ich nie vorher vernommen hatte – die Stimme des Opiums. Keiner sprach in aggressivem Ton, keiner klang gereizt, jede Bemerkung hing in der Dunkelheit wie etwas Nachdenkenswertes. Die Zeit verlangsamte sich zum Fließen von Honig, und wenn einer gesprochen hatte, schien mir oft eine Stunde zu vergehen, bis jemand antwortete, obwohl es vielleicht nur zwei Minuten gewesen waren. Manchmal drifteten die Stimmen weg, und ich hörte sie nicht mehr. Madame Delphine kam und ging, ihre Lampe schuf große Schatten, und nach meiner zweiten Pfeife stellte ich fest, daß ich an zwei Orten gleichzeitig war.

Ich war noch immer im Rauchzimmer, doch ich erblickte auch eine weite Ebene, die sich ausbreitete – eine kahle Landschaft mit dürrem bleichen Gras und niedrigen Büschen, die sich bis zu einem grünen Himmel erstreckte. Weder gefiel noch mißfiel sie mir; sie war einfach da, in mir. Simultan hörte ich Hubert Whatley sprechen. Seine Stimme war überdeutlich, sie drang wie aus einem Lautsprecher in meinen Kopf.

Ich öffnete die Augen und wendete mich dem Ursprung der Stimme zu: Ich konnte nur sein Gesicht und den Bart und die großen weißen Hügel der nackten Brust und des Bauches ausmachen, die sich hinter Wolkow erhoben. Er schien auf etwas zu antworten, das Dmitri gesagt hatte – auf eine Bemerkung, die ich nicht mitbekommen hatte – eine Lücke auf dem Tonband.

»Bald, lieber Junge, ja. Bald werden sie den Mekong dichtmachen. Doch wir behalten unser Kambodscha noch für ein Weilchen. Ein Land, das man in Visionen erblickte, ehe man je hergekommen war. Die B-52 werfen ihre verdammte Fracht auf das Paradies.«

Nach ungefähr zehn Minuten sprach Jim Feng. »Stimmt, Hubert: das Paradies. Größter Vorrat an billigem Stoff, den ich je erlebt habe, und schönste Frauen.«

Leises Lachen; doch der Hobbygärtner war nicht von seinem Thema abzubringen. Ein Weilchen später nahm er den Faden wieder auf.

»Bald werden wir die einzigen sein, die sich an den zauberhaften Frieden erinnern. Unsere stupiden Kollegen, die jetzt hier eintreffen, haben diesen Frieden doch nie gekannt, Gentlemen. Die französischen Pflanzer, die an ihren Tischen auf dem Bürgersteig draußen Kaffee tranken. Die Karawane von Ochsenkarren, die vom Lande hereinkam, mit allen Früchten des Landes. Nach oben gerichtete Deichseln wie Schiffssteven. Stroh auf den Planen aufgestapelt, Kinder und Hunde nebenher trottend. War es nicht immer Mittag, wenn sie kamen?«

 Eine lange Stille folgte; keiner antwortete, und ich fragte mich schon, ob seine polternde Stimme fortfahren würde. Sie fuhr fort, Selbstgespräche führend.

»Ja, die Mittagsstille. Damals gab es keine Geschütze, die sie störten, kein Bomber war zu hören. Nur die Ochsenkarren, die in meilenlangen Kolonnen in die Stadt kamen.«

Wir lagen alle und beobachteten die Karren und hörten das Kreischen ihrer Räder in der Hitze.

Madame Delphine war mit neuen Pfeifen gekommen, und der Hobbygärtner rollte grunzend auf die Matte bei der Lampe.

»Ah Madame«, sagte er. *»Je t'aime. Je suis ton esclave.«*

»Je vous en prie, Monsieur«, sagte sie. *»Ça suffit! Vous êtes trop galant.«* Doch ihr leidenschaftsloses Gesicht zeigte leise Belustigung.

»Ach«, sagte er zu uns, »ich liebe Madame, doch sie hat nur für Snow Augen.«

Madame Delphine warf einen Blick auf Mike, während sie das Opiumkügelchen auf seiner Nadel drehte. *»Il est plus beau«*, sagte sie. Und zum ersten Mal lächelte sie leicht.

Doch Langford war nun tiefer in Trance versunken und hörte nicht, was gesagt wurde. Die Arme neben sich, blonde Haarlocken auf der Stirn, so blickte er hinauf zum Moskitonetz und zeigte das totenbleiche Gesicht im Profil. Und sein Gesicht war plötzlich wie das einer Statue, ausdruckslos und ohne Leben – ein Phänomen, das ich nur einmal zuvor gesehen hatte, fiel mir ein – bei seiner Verwundung in Vietnam. Plötzlich war er nicht mehr er selbst, sondern ein anderer.

Während ich zusah, drehte er den Kopf zu Wolkow und kam wieder zu sich, seine Augen bekamen wieder Blick und spiegelten die Flamme der Lampe.

»Ich hätte was für morgen, Graf, wenn du nicht gerade planst, dich zur Ruhe zu setzen«, sagte er. Er sprach langsam, wie im Schlaf. »Ich gehe hinauf nach Kompong Cham. Nehme einen Hubschrauber der Regierung. Du und Jim, ihr könnt mitkommen. Es ist noch Platz.«

»Kompong Cham?« sagte Wolkow. »Meinst du das ernst?«

»Ja, ich meine es ernst«, sagte Langford. »Es ist gefährlich – aber deshalb ist es ja eine gute Story.«

Sie sahen sich an, die Köpfe einander zugekehrt. Dann lächelte

Mike, und Wolkow ließ ein zischendes Lachen entweichen. Er nickte kurz, als gebe er seine Zustimmung zu einem Verbrechen, und blickte zu Jim hinüber.

»Ich komme mit«, sagte Jim.

Kompong Cham, fünfzig Meilen von hier Richtung Nordosten, war eine wichtige Stadt – ein Verkehrsknotenpunkt auf dem Mekong, von strategischer Bedeutung. Es lohnte sich, über jede Kampfhandlung dort zu berichten. Doch fast die gesamte Provinz Kompong Cham war jetzt an die Nordvietnamesen und die Roten Khmer gefallen, und der Rest ging schnell verloren. Die Stadt selbst stand kurz vor dem Fall, sagte man.

Hubert, der seine Pfeife geraucht hatte, hob den Kopf vom Kissen. »Ihr seid alle verrückt geworden«, sagte er schwach und ließ den Kopf wieder sinken.

Gern würde ich sagen, daß das ein spannungsgeladener, entscheidender Moment war. Doch so war es nicht, nicht für mich. Ich hatte inzwischen fünf Pfeifen geraucht und trieb allmählich fort; ich sah wieder meine Steppe.

Die Dämmerung sank herab, und die Drei Musketiere waren dort. Sie liefen flott durch das Gras und sahen so aus, wie ich sie Hunderte Male gesehen hatte – mit Kameras und Kamerataschen behangen und in ihren Kampfanzügen.

Sie lachten und sahen glücklich aus; doch ich wußte, daß sie sterben würden, und ein schrecklicher Schwindelanfall überkam mich.

Wolkow war in dieser Nacht sehr lieb zu mir. Er half mir, die akute Übelkeit zu überstehen, mit der Einsteiger gewöhnlich auf Opium reagieren.

Dmitri wohnte wie ich weiter im Royal, sein Zimmer befand sich eine Etage tiefer. Er brachte mich heim, als wir schließlich aus Madames Etablissement auftauchten, und stützte mich den ganzen Weg. Die Übelkeit wurde schlimmer, und sobald wir mein Zimmer erreicht hatten, stürzte ich ins Bad und übergab mich. Als ich zurückkam, saß Wolkow im Rattansessel neben dem Bett.

»Hau dich aufs Ohr, Harvey«, sagte er. »Ich werde ein Weilchen hier bei dir bleiben.«

 Ich sagte, das sei nicht nötig, doch er hob die Hand. »Mach dich lang, Mann, und diskutiere nicht. Ein schlechter Trip ist ein schlechter Trip. Überlaß dich ihm, kämpfe nicht dagegen an, laß dich treiben. Ich bleibe eine Weile hier sitzen.«

Ich zog die Schuhe aus und legte mich auf das klumpige Doppelbett. Sprechen fiel jetzt schwer, und Dmitri schien das zu verstehen. Die Klimaanlage war noch ausgeschaltet, doch die Deckenventilatoren funktionierten, und ich segnete sie; ich war in Schweiß gebadet. Dmitri knipste die Nachttischlampe aus und ließ nur eine Lampe auf dem Schreibtisch brennen; dann legte er sich im Halbdunkel in seinen Sessel zurück und holte seine Zigaretten heraus. Er machte keinen weiteren Versuch zu einer Unterhaltung, doch ich war froh, daß er da war.

Es war jetzt ungefähr zehn Uhr. Einige Zeit war ich mir der Anwesenheit von Wolkow bewußt, der ein paar Schritt weiter dasaß, rauchte und vor sich hin starrte, offenbar tief in Gedanken. Dann dämmerte ich weg und hatte entsetzliche Träume, an die ich mich nicht erinnern kann.

Plötzlich erwachte ich und glaubte, noch auf der Matratze bei Madame Delphine zu liegen. Ich spürte, daß mein Kopf frei war, doch ich hatte keine Ahnung, wieviel Zeit vergangen war. Wolkow saß noch immer da und rauchte. Er war kein großer Mann, obwohl er zäh war, und in den ersten Sekunden nach dem Erwachen wirkte er auf mich fast zerbrechlich.

Ich schaute auf meine Uhr und stellte fest, daß es fast ein Uhr morgens war. Er saß seit drei Stunden hier.

»Mein Gott, Graf«, sagte ich. »Du hättest nicht die ganze Zeit hier bleiben müssen. Geh ins Bett.«

»Schon gut«, sagte er. »Einer mußte dir da durchhelfen, *Towarischtsch*. Schließlich haben wir dich in Madames Opiumhöhle mitgenommen. Dein erster und letzter Besuch, nehme ich an.«

Ich schätze, ja, sagte ich.

»Vielleicht vernünftig«, sagte er. »Du bist kein Junkie-Typ. Anders als ich. Ich bin ein Junkie für jeden Stoff.«

Einschließlich der Gefahr, sagte ich. Ob er wirklich morgen nach Kompong Cham ginge?

»Ja«, sagte er. »Willst du mitkommen, Harvey?«

Nein danke, sagte ich, es ähnele zu sehr russischem Roulette, jetzt auf den Straßen zu fahren. Eher dein Spiel als meins, sagte ich

– doch ich denke, diesmal solltest du verzichten, Bruder. Auch Mike und Jim. Es stinkt.

Er lächelte. »Vernünftig wie immer. Du hast zweifellos recht, Harvey. Ja, die Lage verschlimmert sich. Letzte Woche haben zwei amerikanische Korrespondenten versucht, den Highway 1 zu benutzen. Waren neu hier. Sie haben an ihre Windschutzscheibe einen Zettel geklebt: ›Nicht schießen! Presse.‹ Mein Gott. Sie sind nur bis Neak Luong gekommen, und seitdem hat man sie nicht mehr gesehen, die armen Teufel. Bestimmt haben die Roten Khmer sie hingerichtet. Die Roten Khmer sind noch schlimmer als die Vietcong; sie scheinen sich an keinerlei Regeln zu halten. Es ist schlimm jetzt; es ist unheimlich.« Er streckte sich und gähnte. »Du bist ein Mann der Feder, Harvey, du kannst einigem aus dem Weg gehen. Doch mein Spiel bedeutet, daß ich täglich unter Beschuß gerate, das weißt du. Zunächst einmal treibt mich der verdammte Bürochef in Hongkong an. Vergangene Woche habe ich nur hundertzwanzig Meter Film geschickt, da hat mich der Hund am Telefon gefragt, ob ich die Kappe vom Objektiv genommen habe. Also gehe ich hinaus – und Jim geht es genauso. Mike hat es nicht nötig – doch er will sein Glück immer wieder versuchen, und ich kann ihn nicht allein lassen. Außerdem hat er gesagt, in Kompong Cham ist die große Story zu holen, und meist hat er recht.«

Er erhob sich. »Du solltest schlafen, Bruder. Wirst du das jetzt ohne böse Träume können?«

Ich sagte, ja, ich wäre sicher, stand auf und brachte ihn zur Tür. Draußen zögerte er und stand im menschenleeren Korridor mit seinen blaßgrünen Wänden.

»Ich möchte dich um einen Gefallen bitten«, sagte er. Er suchte in seiner Hemdtasche und holte einen verschlossenen Umschlag hervor. »Ich möchte, daß du das für mich aufbewahrst.«

Ich nahm ihn zögernd, und er sagte: »Zweiter Schlüssel. Wenn mir morgen, oder irgendwann einmal, etwas zustößt. Ich möchte, daß du dann die kleine Holzkiste unter meinem Bett an dich nimmst.«

Natürlich, sagte ich. Doch paß auf, daß dir nichts geschieht, Graf. Was ist in der Kiste?

Er lächelte wieder. »Mein Leben ist da drin«, sagte er. »Schick sie an die Person, deren Adresse du im Umschlag findest.«

Und das wird Linda sein, meinte ich.

Sein Lächeln verschwand. Seine Augen wurden in einer Weise kalt, die mich verstummen ließ; er konnte immer noch so wirken. »Du bist ein ganz gerissener Bursche, Harvey«, sagte er. Er drehte sich um, ohne noch ein Wort zu sagen, und ging den leeren Korridor mit der hohen Decke hinunter, seine Hand erhoben, ohne sich umzudrehen.

Mir machte immer noch das Opium zu schaffen. Wegen der unsicheren Stromversorgung verbreiteten die Schirmlampen an den Wänden nur ein unheilverkündendes, schwaches Licht, und Dmitri schien durch dieses Licht in eine andere Zeitdimension vorzudringen – in eine verschwommene Region, deren Ausgang immer weiter wegrückte. Er ging schnell, wie immer, in dem marineblauen Hemd, das er so oft zu tragen schien. Er ging an einem einsamen, kambodschanischen Zimmerboy vorüber, seine Gestalt schrumpfte, dann bog er um die Ecke und verschwand.

Ich stand und schaute mit gemischten Gefühlen auf seinen Umschlag; ich empfand Mitgefühl und die heimliche Irritation, die wir spüren, wenn wir ungebeten eine Verantwortung aufgedrängt bekommen.

DRITTES KAPITEL

DER GEMEINSAME TOPF

1.

JIM FENG

Eins möchte ich klarstellen, Ray: Ich mache Mike nicht für das verantwortlich, was in Kompong Cham passiert ist. Dmitri und ich, wir wollten beide mit ihm gehen; es war unsere freie Entscheidung, wie sonst auch.

Doch als wir an diesem Morgen im Helikopter der Regierung dort hinflogen, hatte ich ein ungutes Gefühl. Ich glaube an meinen sechsten Sinn, er hat mir immer im Kampf aus brenzligen Lagen herausgeholfen; doch heute konnte ich mir dieses Gefühl nicht richtig erklären. Ich wußte, daß man sich auf Mikes Informationen stets verlassen konnte und daß er die Situation bestimmt gewissenhaft geprüft hatte. Ich vertraute ihm.

Doch die Situation dort oben war schwierig. Seit ungefähr einem Jahr hatte es Berichte von Zusammenstößen zwischen den Roten Khmer und den Nordvietnamesen gegeben, und langsam wuchs der Verdacht, daß die Khmer-Kommunisten gegen ihre Verbündeten rebellierten und sie aus Kambodscha hinausdrängen wollten. Die Dorfbevölkerung in der Provinz packte allmählich Wut, weil die vietnamesischen Kommunisten in ihren Dörfern Zuflucht vor den Bombenflugzeugen suchten; und als vor einigen Monaten etliche Dörfer zerstört worden waren, hatten die Roten Khmer die Dorfbewohner in einen Protest geführt. Man berichtete, daß es daraufhin Zusammenstöße zwischen den beiden kommunistischen Armeen gegeben hätte.

Mike sagte, er wolle herausfinden, ob diese Spannungen noch bestünden. Er sprach sogar davon, ein Stück weiter bis zum Ostufer des Mekong vorzudringen – das jetzt gänzlich in kommunistischer Hand war. Das wäre eine tolle Story, doch eher eine für einen Wortjournalisten, dachte ich, als für einen Fotografen. Und es kam mir in den Sinn, daß Mike vielleicht Aubrey Hardwick über die Situation unterrichten wollte. Er traf sich immer noch zum Essen mit Aubrey, wenn der Alte in Phnom Penh war.

Das alles beunruhigte mich. Es sah so aus, als würden die Roten Khmer die Stadt Kompong Cham bald einnehmen, und jetzt dort zu filmen, war unklug. Ich hatte bei Licht besehen keine Lust dazu. Ich wollte am Leben bleiben. Ich hatte jetzt Lu Ying, die auf mich wartete, und das hatte mich verändert.

Ich kann mich noch gut an den Taxifahrer erinnern, obwohl ich nicht einmal seinen Namen wußte. Ich erinnere mich nur deswegen an den Mann, weil er wegen eines Tagesverdienstes umkam.

Doch er wußte, worauf er sich einließ. Manche dieser Burschen würden dich für ein paar Dollar zur Hölle fahren, und er war von dieser Sorte. Ein junger Khmer mit einer lockigen Haarmasse und einem Gesicht, das immer fröhlich wirkte. Hemd und Hose waren nach westlicher Mode, doch um den Hals hing ein rotkariertes kambodschanisches *krama*. In einem zerbeulten grünen Peugeot fuhr er uns schnell über Land und versuchte sich in unsere Unterhaltung einzumischen, obwohl sein Englisch sehr schlecht war.

Wir hatten ihn in der Stadt Kompong Cham gemietet und fuhren nun auf dem Highway 7 nach Südwesten. An diesem Morgen war es sehr heiß, im Peugeot gab es keine Klimaanlage, und unsere Hemden waren bald durchgeschwitzt.

April ist in Kambodscha der letzte Monat der Trockenzeit vor dem Monsun – eine Zeit unbarmherziger Hitze, wenn die Erde hart gebacken und das Wasser aus den Reisfeldern verschwunden ist. Keine Jahreszeit, die mir gefällt. Kompong Cham ist Roterdegebiet, und der rote Staub wehte im heißen Wind über den Asphalt des Highways und drang durch die offenen Fenster. Alles war mit einem rotbraunen Schleier verhangen; die Bananenstauden und Palmen sahen schäbig aus, Dorfhütten wirkten verwittert, und die Reisfelder zu beiden Seiten der Straße waren voller Risse und Sprünge wie irdenes Geschirr und warteten auf Regen. Wenn alles abgeerntet ist, ist solch offenes Land noch ausgesetzter als sonst, man kann nicht im Reis Deckung suchen. An so etwas denkt man, wenn einem das Filmen eines Gefechtes bevorsteht.

Wir hatten erfahren, daß sich ein paar Kilometer vor der Stadt, die noch von der Regierung gehalten wurde, zwei Bataillone der Regierungsstreitkräfte befanden. Das schien sicher genug – vor uns war eine Streitmacht von tausend Mann. Als wir das Nachhut-Bataillon erreichten, passierte dort nichts; eine Schlange von Lastern, Bussen und Schützenpanzern wartete. Der Kommandeur sagte uns, das andere Bataillon sei vier Kilometer weiter vorn, es hätte keine Feindberührung gehabt, und wir könnten uns ihm anschließen, wenn wir wollten. Da stiegen wir in den Wagen und fuhren weiter.

Die Straße war leer; einmal kam uns ein Bauer auf einem Fahrrad entgegen, das war alles. Keine Kinder – immer ein schlechtes Zeichen. Wir kamen um eine Kurve und entdeckten das andere Bataillon – eine weitere wartende Schlange von Lastern und Bussen. Doch sobald wir aus dem Taxi gestiegen waren, sahen wir, daß sie Probleme hatten. Auf zwei der Laster lagen verwundete Soldaten, und Sanitäter kümmerten sich um sie. Doch es wurde nicht geschossen; alles war ruhig. Es war fast Mittag, und die Hitze machte einen schwindlig.

Der Bataillonskommandeur stand bei einem Jeep und sprach mit einem jungen Feldwebel mit Helm, der ein Funkgerät bediente. Der Kommandeur war ein dünner, älterer Mann mit Brille, Käppi und Tarnanzug. Er wirkte besorgt, wie ein Direktor, dessen Schule außer Kontrolle gerät. Dmitri unterhielt sich auf französisch mit ihm; dann kam er zu uns und klärte uns auf.

Das Bataillon war kurz zuvor angegriffen worden. Irgendwo weiter vorn waren die Roten Khmer, und sie hatten mit B-40-Raketen, Maschinengewehren und Granatwerfern losgeschlagen. Die Regierungstruppen hatten Granatwerfer und Maschinengewehre in den Lastern, hatten aber keine Zeit gehabt, sie auszuladen und das Feuer mit ihnen zu erwidern; sie waren gezwungen gewesen, sich mit ihren Schnellfeuergewehren zu verteidigen, und hatten ziemlich viele Verwundete. Jetzt war eine Gefechtspause, und sie brachten ihre Granatwerfer im Reisfeld neben der Straße in Stellung und hoben dort Schützenlöcher aus. Der Feldwebel forderte Luftunterstützung an.

Mike, Dmitri und ich begaben uns hinter den Soldaten ins Reisfeld und ließen den Taxifahrer beim Jeep des Kommandeurs auf uns warten. Wir krochen in eine kleine Gruppe Mango- und Bananenbäume, die uns etwas Schutz geben würden. Da sich zwei Bataillone in unserem Rücken befanden und wahrscheinlich Luftunterstützung kam, glaubten wir uns einigermaßen sicher und konzentrierten uns nun darauf, unsere Kameras zu überprüfen. Es fiel schwer, sich zu konzentrieren, die Hitze war jetzt noch größer. Dmitri und ich hatten uns für die leichte Ausrüstung ohne Tontechniker entschieden; wir hatten Bell & Howells mit Federwerksantrieb bei uns und für den Ton an unseren Gurten Tonbandgeräte. Mike hatte wie immer seine Leica und seine Nikon.

Die Roten Khmer eröffneten plötzlich aus einer langen Baumreihe auf der anderen Seite des Reisfeldes heraus das Feuer. Der Lärm war ohrenbetäubend; die Wipfel der Bäume bogen sich wie im Sturm, und Granaten explodierten ganz in der Nähe. In Abständen kam dann das furchterregende Klack-klack-klack einer fliegenden B-40-Rakete, und ein Bus auf der Straße erhielt einen Volltreffer. Die Überlebenden stolperten und krochen blutüberströmt heraus, und ich drehte ein paar Meter Film davon. Die Roten Khmer konnten aus so geringer Entfernung nicht geradewegs auf die Lon-Nol-Truppe feuern, statt dessen schossen sie in die Luft und ließen die Raketen auf sie herabfallen.

Keine Schlacht, an die ich mich gern erinnere. Der heiße Wind blies noch immer, und der rote Dunst vermischte sich mit dem Pulverrauch, so daß alles undeutlich wurde, wie eine gemalte Schlacht statt einer realen. Die Lon-Nol-Truppen belegten die Baumreihe nach Leibeskräften mit Granatfeuer; doch nach ungefähr einer Stunde hatten sich die Roten Khmer nicht von der Stelle gerührt und erwiderten immer noch das Feuer, und immer mehr Busse mit Verwundeten fuhren zurück. Die Laster, die Ersatz heranschafften, schienen nicht viel an der Lage zu ändern. Im Reisfeld und auf der Straße lagen jetzt viele Tote und Verwundete, und die Anzahl der noch kämpfenden Soldaten schien sehr dezimiert. Geschrei und Stöhnen drang durch den roten und bläulichen Dunst, ganz nah und weit weg.

Ich machte gute Aufnahmen, wie alle. Doch inzwischen explodierten Granaten näher bei unserer Baumgruppe, und nun lagen wir flach auf dem Bauch, hatten das Filmen aufgegeben und drückten unsere Kameras fest an uns, um sie vor umherfliegenden Erdbrocken zu schützen. Wir berieten in aller Eile miteinander und beschlossen, zum Taxi zurückzukehren. Dann wollten wir den Rückzug auf dem Highway zum anderen Bataillon versuchen.

In einer Feuerpause rannten wir in Richtung des Taxis. Busse und Laster fuhren los und machten sich mit den Toten und Verwundeten auf den Rückzug nach Kompong Cham. Hier waren jetzt nur noch wenige Fahrzeuge. Jemand brüllte Befehle, ein paar Stimmen antworteten, doch sie klangen schwach, wie die Stimmen von Leuten, die wissen, daß sie verloren sind.

Unser Taxifahrer saß noch immer hinter dem Lenkrad seines Peugeots; als er uns erblickte, stieg er aus und kam schnell auf uns zu. Der junge Feldwebel mit Helm war auch noch da, stand neben dem Jeep und sprach in sein Funkgerät; doch vom Bataillonskommandeur war nichts zu sehen. Dmitri fragte den Feldwebel in französisch nach ihm, und der Mann sagte ihm, der Kommandeur sei tot. Schweiß stand ihm auf der Stirn, und sein Gesicht war leer; er wirkte wie im Traum. In seiner Hemdtasche steckte ein zusammengefalteter Brief, mit blauem Kugelschreiber in Khmer geschrieben; ich fragte mich, ob er von seiner Frau war und ob er wohl je beantwortet werden würde.

Der Taxifahrer zog mich am Ärmel. Seine Miene war die eines ängstlichen Jungen. Wir fort! sagte er. Fort! Fort! Fort!

Jetzt hörte ich zusätzlich zum Granatfeuer auch noch das Krachen von AK-47-Sturmgewehren, doch ich sagte ihm, er solle warten. Mike verständigte sich in primitivem Französisch mit dem Feldwebel und fragte ihn, was aus der Luftunterstützung geworden sei. Der Feldwebel sagte, daß er versucht habe, sie anzufordern, doch keine Verbindung bekäme. Er könne auch keine Verbindung zum anderen Bataillon bekommen.

Wir schauten uns an.

Merde. Jetzt sitzen wir verdammt in der Klemme, sagte Dmitri. Seine Stimme klang trocken und ruhig, und ich wußte, daß er recht hatte. Noch nie waren wir in einer schlimmeren Lage gewesen.

Wir fort, sagte der Fahrer. Er faltete die Hände und schaute flehend drein, als würde er gleich weinen.

Dmitri legte ihm eine Hand auf die Schulter, während er Mike und mich ansah. Der Mann hat recht, sagte er. Fahren wir.

Wir rannten zum Taxi.

Es ist schwierig, das Chaos einer Schlacht denjenigen zu schildern, die nie eine miterlebt haben; meist weiß eigentlich keiner genau, was vor sich geht. Der Artilleriebeschuß hatte aufgehört, doch sporadisch setzte Gewehrfeuer ein und pflanzte sich auf beiden Seiten fort. Der Taxifahrer beschleunigte und fuhr davon, Mike saß vorn, Dmitri und ich auf dem Rücksitz, doch gerade als wir um die Kurve bogen, wurden wir von hinten, offenbar aus nächster Nähe, ratternd mit Schnellfeuergewehren beschossen, und Kugeln trafen den Wagen. Eine zertrümmerte die Heckscheibe, doch von uns wurde keiner getroffen.

Weiterfahren! hörte ich Mike rufen. Gas geben!

Doch es hatte einen unserer Reifen erwischt – der Wagen schleuderte wie wild, und der Fahrer war voll auf die Bremse getreten. Als das Auto quer zur Straße zum Halten kam, setzte wieder Gewehrfeuer ein, und wir stiegen alle aus und sahen uns nach dem Straßengraben um. Ich lief geduckt darauf zu, hielt meine Kamera mit einer Hand hoch und rollte mich durch den Staub am Randstreifen. Sobald ich im Graben war, zog ich den Kopf ein; Dmitri tauchte heftig keuchend rasch neben mir auf.

In einer Feuerpause schauten wir vorsichtig über den Grabenrand und erblickten den festsitzenden Peugeot mit offenen Türen. Der Fahrer saß noch am Steuer, nach vorn gesunken und still. Sein Hinterkopf und das rotkarierte *krama* waren mit dunklem Blut getränkt, und ich wußte mit Sicherheit, daß er tot war. Das Schießen hatte aufgehört, und jetzt tauchte auch Mike auf und kroch zu uns in den Graben. Wir drei drückten uns gegen die bröcklige rote Erde und wagten nicht zu sprechen oder einen Laut von uns zu geben.

Ich roch den trockenen kambodschanischen Staub und Büffeldung in der Nähe. Wir sahen uns an, und jeder kannte die Gedanken des anderen. Wir waren zusammen und lebten und waren froh darüber, auch wenn uns nur noch fünf Minuten vergönnt waren, oder eine halbe Stunde. Dmitri war gleich neben mir und Mike auf der anderen Seite. Ich sah, daß Dmitris Lippen aufgesprungen waren, und seine Lippen und die Risse in ihnen erschienen mir kostbar. Mike hatte am Kinn einen Schnitt vom Rasieren, und ich wollte darüber lachen. Diese Gefühle mögen seltsam erscheinen und sind schwer zu erklären; doch da Lu Ying und ich nun eine Tochter haben, kann ich sagen, daß man die gleichen Gefühle beim Anblick des ersten Kindes hat, wenn man seine Haut, seine Hände und Füßchen betrachtet.

Wir haben nie erfahren, was mit dem Rest des Bataillons geschah. Ich stelle mir vor, daß die Soldaten auf der Straße zurückflohen und daß die Roten Khmer dann abzogen, da sie ihren Sieg gehabt hatten. Doch davon wußten wir damals nichts, weil wir unsere Köpfe nicht hoben, um nachzuschauen. Wir krochen im Straßengraben weiter, wagten uns nicht zu zeigen und erwarteten jeden Augenblick, Soldaten der Roten Khmer über uns auftauchen zu sehen.

Nach ungefähr zwanzig Minuten, als es weiter ruhig blieb, krochen wir auf dem Bauch in Richtung Osten. Dann berieten wir uns flüsternd. Nur weil es ruhig war, bedeutete das nicht, daß keine Roten Khmer dort draußen waren; sie konnten überall stecken, sagten wir. Doch wir entschieden, daß wir gegen Abend riskieren wollten, uns nach Osten in Richtung Kompong Cham durchzuschlagen. Wir würden nicht auf dem Highway laufen, wir würden hier auf der Südseite durch die Felder gehen und jede mögliche Deckung nutzen.

Bei Sonnenuntergang machten wir uns auf den Weg, und unsere Schatten lagen lang vor uns. Vielleicht hätten wir bis zur Dunkelheit warten sollen, doch wir hatten unsere Feldflaschen geleert und hatten großen Durst. Da ließen wir es darauf ankommen. Wir marschierten ungefähr eine halbe Stunde lang über die rissige Erde der Reisfelder und auf staubigen roten Viehpfaden. Zuerst sahen wir kein Anzeichen von Leben außer einem Büffel; das Land wirkte wie leer gefegt. Dann, als die Dämmerung hereinbrach, sahen wir die Lichter eng beieinanderstehender Hütten mit Palmblattdächern, gleich neben dem Highway 7.

Diese sehr dichte, atemberaubende Dunkelheit, die es im April gibt, brach schnell über uns herein. Doch wir konnten erkennen, daß eins der Gebäude irgendein Warenlager sein mußte, mit Reissäcken und Kisten davor, und dort standen zwei Wagen, vor die Ochsen gespannt waren. Es war ein Laden, doch wir konnten immer noch keine Menschen sehen, sie mußten alle drinnen sein. Wir blieben vor einem hohen Bambusgebüsch auf dem Weg stehen und begannen eine Erörterung der Lage. Wir überlegten, ob wir hier nicht eine Art Beförderungsmittel für die letzten Kilometer bis Kompong Cham bekommen könnten.

Doch dann hörten wir hinter uns eine Stimme einen Befehl rufen, scharf und laut, und mein Herz tat einen Sprung und schlug wie ein Hammer.

Scheiße, sagte Mike und hob die Hände, ohne sich umzudrehen.

Dmitri und ich folgten seinem Beispiel. Beim Umdrehen war ich auf Rote Khmer gefaßt. Doch statt dessen sahen wir drei Soldaten in der Uniform der nordvietnamesischen Armee – blaßgrüne Kampfanzüge mit Gurt um die Taille und schlaffe Buschhüte, wie Mike einen trug.

Sie waren hinter dem Bambus vorgekommen und hatten Sturmgewehre auf uns gerichtet – AK-Gewehre mit ihren bananenförmigen Magazinen. Sie zeigten mit den Gewehren nach oben, um uns aufzufordern, die Hände höher zu heben. Wir gehorchten und sahen uns an, und einer der Soldaten kam mit auf uns gerichtetem Gewehr näher und musterte nacheinander unsere Gesichter. Mich schaute er am längsten an – ich glaube, er war sich nicht sicher, ob ich ein kambodschanischer Chinese oder ein Ausländer war. Er mußte zu uns hochschauen; er hatte die kleine Statur und den zierlichen Körperbau eines Vietnamesen und konnte nicht älter als zweiundzwanzig sein. Alle drei waren fast noch Jungen, sahen aber kampfgestählt aus.

Nha Bao, sagte Mike schnell. Er teilte dem Soldaten mit, daß wir Journalisten waren.

Der Soldat sprach schnell in vietnamesisch, doch Mike schüttelte den Kopf, Dmitri und ich ebenfalls. Ich konnte eigentlich besser vietnamesisch als Mike oder Dmitri, und ich hatte verstanden, daß der Soldat wissen wollte, was wir hier suchten – doch mein Instinkt riet mir, meine Kenntnis der Sprache nicht zu offenbaren.

Der Soldat zeigte jetzt auf Mike und Dmitri. *American*, sagte er. Das war das einzige englische Wort, was er je äußerte; wir sollten bald feststellen, daß keiner dieser Soldaten eine andere Sprache als vietnamesisch kannte.

Mit ihrem blonden Haar und den US-Armeehosen und Kampfstiefeln sahen Mike und Dmitri wirklich wie Amerikaner aus – oder wie sich Asiaten die Amerikaner vorstellen. Und Mike trug eins seiner geschmacklosen Cowboyhemden.

Nein, sagte Mike. Australier. Er zeigte auf seine Brust. *Toi la nguoi Uc dai loi.*

Der Soldat schaute verblüfft drein; dann wandte er sich Wolkow und mir zu.

Français, sagte Dmitri. *Phap*, verstehen?

Chinese, sagte ich. *Tau.*

Das schien momentan einfacher zu sein als zu erklären, daß ich britischer Staatsbürger und Hongkong-Chinese war.

Der Soldat starrte uns noch eine Weile an; er hat wohl keinem von uns geglaubt. Dann sprach er wieder vietnamesisch. Er schwenkte sein Gewehr, um uns zu bedeuten, wir sollten zum Warenlager gehen, und wir gehorchten. Hier ließ man uns im Eingang warten, während einer der Soldaten drinnen verschwand. Er kam mit etwas zurück, was wie ein Strohseil aussah; wir bekamen den Befehl, uns umzudrehen, und man band uns die Hände auf den Rücken. Ein weiteres dünnes Seil wurde benutzt, um uns aneinanderzubinden, dann schwenkte der Soldat, der mit uns gesprochen hatte, wieder sein Gewehr und schrie: *Di di!*

Wir wurden in Marsch gesetzt. Zwei von ihnen gingen neben uns, die Gewehre im Anschlag, ein anderer vor uns. Es ging auf dem Viehpfad nach Süden, weg vom Highway und der Siedlung, hinaus über leere Reisfelder. Und mir wurde klar, was das bedeutete: Sie brachten uns zum Mekong.

Sobald man Gefangener ist, spürt man an sich Veränderungen. Die Gefangenschaft war zunächst nicht ganz wirklich, sie war wie ein Irrtum oder ein Spiel. Ich begann, sofort nach Fluchtmöglichkeiten Ausschau zu halten, auf alles zu achten, was mir Hoffnung darauf machte – oder auch nur den Schein einer Hoffnung.

Ich tröstete mich auch mit der Tatsache, daß diese Soldaten Nordvietnamesen und keine Roten Khmer waren. Ich sagte mir, daß uns das einige Hoffnung auf unser Überleben gab, während es andernfalls keine gegeben hätte. Trotzdem war mir bewußt, daß alles mögliche geschehen konnte; sie könnten ganz einfach beschließen, uns zu erschießen. Es überraschte, sie am Westufer des Mekong vorzufinden, da man doch jetzt behauptete, daß die Nordvietnamesen den Kampf in Kambodscha ganz den Roten Khmer überließen, und ich fragte mich, was sie hier machten. Später sollten wir herausfinden, daß sie über Reiskäufe verhandelten. Das war hier oben an der Tagesordnung, wie auch der Handel zwischen beiden Seiten mit Kautschuk und Waffen.

Es war merkwürdig, diese Nordvietnamesen aus der Nähe zu sehen. Während meiner ganzen Zeit in Indochina hatte ich sie nur als Kriegsgefangene erlebt oder nach einer Schlacht ihre Toten betrachtet, die dann sehr klein, wie Puppen, wirkten. Nun waren sie hier, in ihren grünen, ausgebeulten Uniformen und den aus Reifen hergestellten Ho-Chi-Minh-Sandalen. Sie glauben nicht, daß wir Korrespondenten sind, dachte ich; wenn sie es begreifen, lassen sie uns vielleicht frei. Doch dieser Gedanke verschwand bald.

Di di mau! brüllten sie ständig. *Di di mau!*

Wir gingen ihnen anscheinend nie schnell genug, wie sehr wir uns auch bemühten. Noch immer schleppten wir unsere Kameras und Kamerataschen mit uns, und meine Handfessel war sehr fest und schmerzhaft. Ich war der letzte in der Reihe, mit Dmitri verbunden, der hinter Mike marschierte – und immer, wenn Dmitri oder ich auf der zerfurchten Erde des Reisfelds stolperten, zerrte der Strick und schnitt tiefer in unsere Handgelenke, und sicher auch in die Mikes. Dann schrien uns die Soldaten wieder an. Ich hörte den Grafen leise fluchen; doch als wir miteinander zu reden versucht hatten, war uns von unseren Bewachern sofort Schweigen geboten worden, und wir hatten keinen weiteren Versuch gemacht. Wir schleppten uns mit gesenktem Kopf dahin, schwerfällig und hilflos, schwitzend in der Hitze der Nacht. Der Marsch schien uns lang, da sie uns keine Pause gestatteten; doch ich weiß inzwischen, daß es nicht weit gewesen sein kann – an die sieben Kilometer.

Ich roch den Mekong, ehe ich ihn sah; dann tauchte seine weite braune Fläche auf und glänzte unter einem Halbmond. Die schwarzen Bäume am fernen Ostufer konnte man kaum erkennen; dort drüben waren keine Lichter. Auch auf dieser Seite deutete nicht viel auf eine Siedlung hin, nur ein einzelnes Bauernhaus stand auf Pfählen neben einem Mangrovenhain am Wasser. Einer der Soldaten holte eine Taschenlampe aus seinem Tornister und leuchtete uns der Reihe nach an, dann richtete er den Lichtstrahl auf das Haus und rief leise.

Ein alter krummer Kambodschaner im schwarzen Baumwollanzug und mit einem chinesischen Strohhut auf dem Kopf kam die Stufen herunter. Er führte uns auf einem Uferpfad zu einem motorisierten Sampan, der im Schilf festgemacht war. Die Soldaten befahlen uns, an Bord zu gehen, und ließen uns im Bug hinhocken, und der eine hielt sein Gewehr auf uns gerichtet. Dann warf der Alte den Motor an und steuerte uns in den Strom hinaus.

Draußen auf dem Wasser atmete ich die weiche, kühlere Luft ein und sah mich um. Von der Strommitte aus erblickte ich ein Lichtermeer flußaufwärts am Westufer, und mir wurde klar, daß ich auf die Stadt Kompong Cham blickte. Ich konnte gerade noch die fernen Umrisse der zweistöckigen, gelben französischen Speicher am Wasser erkennen. Ich wandte mich Dmitri und Mike zu und sah, daß auch sie dorthin schauten.

Dmitri murmelte etwas und wies mit dem Kopf in Richtung der Stadt. Scheiße, sagte er. Jetzt könnten wir dort Schweinefleisch mit Nudeln essen. Stellt euch das vor, Leute. Ein großes kaltes Bier zischen.

Wir grinsten uns an und leckten uns die Lippen; wir hatten den ganzen Tag nur Croissants und Kaffee zum Frühstück im Hotel Royal gehabt, und nun quälte uns Hunger und Durst.

Dein Wunsch ist erfüllt, sagte ich zu Mike. Wir fahren zum Ostufer.

Ja, sagte Dmitri. Vielleicht hat er das Ganze organisiert, der Mistkerl.

Wir fingen alle leise zu lachen an. Wir stellten fest, daß wir lachen wollten; die Sache sah nicht länger so schlimm aus.

Als wir dann das Ostufer erreichten, marschierten wir wieder, kämpften uns vorwärts und stolperten dahin. Wir hatten jetzt schrecklichen Durst und baten die Soldaten einige Male auf vietnamesisch um Wasser. Doch sie reagierten nicht.

Nuoc, sagten wir. *Nuoc*. Wir hörten uns an wie erschöpfte Kinder.

Schließlich brachte uns einer von ihnen einen winzigen Schluck Wasser in einer Feldflasche und band unsere Hände los. Als ich schon trank, hoffte ich, das Wasser möge abgekocht sein; während der ganzen Jahre im Feld hatte ich nie unabgekochtes Wasser getrunken. Wenn wir eine Infektion bekamen, würde das unsere

Überlebenschancen halbieren. Wir boten den Soldaten Zigaretten an; sie nahmen jeder eine, nickten und zündeten sie genußvoll an; wir wußten, wie versessen sie auf amerikanische Zigaretten waren. Doch sie lächelten nicht und fesselten uns wieder.

Es war jetzt dunkler, und lange geisterweiße Reihen von Gummibäumen tauchten auf, wie Säulen einer Tempelruine. Wir waren im Plantagenland. Die Vietnamesen erwarteten hier kaum Feinde und redeten ziemlich laut. Nachdem wir noch eine Weile ohne Pause marschiert waren, hörte ich Hunde bellen und wußte, daß wir uns einem Dorf näherten. Kleine Lichter zeigten sich und die üblichen heuhaufenähnlichen Palmblattdächer zwischen Gruppen von Mango- und Bananenbäumen. Wir mußten schnell zwischen Häusern auf Pfählen hindurchmarschieren, wo Leute von Veranden auf uns herabblickten. Von hinten durch Petroleumlampen angestrahlt, waren sie nur schwarze Umrisse. Ich hörte jemanden lachen – eine Frau.

Zwei der Soldaten verschwanden in einem Haus; der andere führte uns bis ans Ende des Dorfs und noch ein Stück weiter – bis zu einer kleinen Lichtung zwischen großen dunklen Tamarinden und Fächerpalmen, wo eine einsame palmblattgedeckte Hütte stand. Hier ließ er uns anhalten und band unsere Hände los. Wir schüttelten sie und versuchten, den Blutkreislauf wieder in Gang zu bringen, vor Schmerz zusammenzuckend. An den Handgelenken waren Schwielen, die zu bluten begonnen hatten; unsere Sachen waren schmutzig und unsere Gesichter geschwollen von Moskitostichen. Der Soldat befahl uns, in die Hütte zu gehen.

Sie war sehr klein, hatte einen Lehmboden und war fast wie ein Büro eingerichtet. In der Mitte stand ein Holztisch, und eine winzige Öllampe brannte darauf – eine einfache Glasflasche mit einem Docht. Es gab ein paar schlichte Holzstühle, sonst nichts. Der Soldat befahl uns, uns auf die Stühle vor dem Tisch zu setzen, und hielt sein Gewehr weiter auf uns gerichtet.

Wir sahen uns an und wollten gerade sprechen, doch sofort kamen zwei Männer herein und setzten sich uns gegenüber an die andere Seite des Tisches. Der eine trug die übliche grüne Baumwolluniform, doch mit drei Kugelschreibern in der Brusttasche. Und jetzt verstand ich, was vor sich ging.

Wegen der kommunistischen Gleichheitsdoktrin hatten die Soldaten der nordvietnamesischen Armee keine Rangabzeichen oder Ehrenzeichen; einen hohen Offizier konnte man nur an der Anzahl der Kugelschreiber in seiner Tasche erkennen. Keiner der jungen Soldaten, die uns hierher gebracht hatten, konnte mit einem Kugelschreiber aufwarten; keiner war Offizier, und sie hatten uns sicher zu einem Vorgesetzten bringen müssen, damit über uns entschieden wurde. Deshalb hatten sie uns über den Mekong geschafft, dachte ich.

Der andere Mann am Tisch überraschte mich. Er war sehr dünn, ziemlich alt und trug eine Brille und Zivilsachen – ein weißes, kurzärmliges Sporthemd und dunkle Hosen. Er sah aus wie ein Beamter, und ich hielt ihn nicht für einen Vietnamesen.

Der Offizier fing an, uns vietnamesisch anzusprechen. Mike und Dmitri schüttelten den Kopf, ich auch. Ich hielt es für klug von uns, daß keiner zeigte, inwieweit wir die Sprache beherrschten. Der Offizier runzelte die Stirn, als glaube er uns nicht. Dmitri wiederholte das vietnamesische Wort für Presse – *bao chi* –, doch der Offizier starrte uns einfach an, und das Licht der Öllampe zeichnete ihm tiefe Schatten ins Gesicht. Es war ein schlichtes Bauerngesicht, doch kein gutes, dachte ich. Sein Unterkiefer war kräftig, der Mund verkniffen und seine Augen klein, glatt wie Lehm und rachsüchtig. Ich habe Männer mit solchen Gesichtern große Grausamkeiten begehen sehen.

Er schaute jetzt auf den alten Mann, der mit gekreuzten Beinen neben ihm saß, eine Zigarette in einer Zigarettenspitze rauchte und uns musterte. Der alte Mann beugte sich vor, und ich merkte, daß er mich ansah. Er sprach zum erstenmal, und die Sprache, die er benutzte, war Mandarin. Das überraschte mich nicht, ich hatte schon erraten, daß er Chinese war.

Sie sind Chinese? fragte er.

Ja, sagte ich, und ich erzählte ihm, daß ich aus Hongkong stamme, britischer Staatsbürger und akkreditierter Bildberichterstatter für die britische Telenews sei. Meine Freunde seien ebenfalls akkreditierte Frontfotografen, sagte ich. Ich legte meinen Presseausweis auf den Tisch, und Mike und Dmitri folgten meinem Beispiel.

Die beiden Männer untersuchten bedächtig die Ausweise, und der chinesische Beamte lächelte. Ja, sagte er und schob die Karten über den Tisch. Akkreditiert von der Marionettenregierung Lon Nol. Seine Miene war amüsiert, verhieß jedoch nichts Gutes.

Wir sind unabhängige Journalisten, sagte ich. Wir sind hier, um zu filmen und über den Krieg zu berichten, ohne Partei zu ergreifen. Warum hält man uns fest? Wir würden gern nach Phnom Penh zurückkehren.

Doch der Beamte zog an seiner Zigarettenspitze und sah mich prüfend an, ohne mir zu antworten. Nun beugte sich der NVA-Offizier vor, schob seinen Unterkiefer vor und sprach plötzlich in gebrochenem Englisch. Seine Augen glühten wie die eines Mannes, der nur mühsam seinen Zorn zügelt.

Ihr seid CIA, sagte er. Ihr alle. Das ist unsere Meinung.

Er schrie, und seine Stimme erfüllte die Hütte. Wenn das stimmt, brüllte er, werdet ihr als Spione erschossen. Verstanden?

Mich überlief es eiskalt. Ich versuchte, gefaßt zu erscheinen, doch ich war sehr müde, hatte Hunger und begann, mich zu fürchten, wie er es wünschte.

Nein, nein. Mike sprach nach vorn gebeugt und lächelnd. Seine Stimme war wie immer sanft, und er wirkte fast so frisch wie am Morgen. Wir sind keine Amerikaner, sagte er. Und wir gehören nicht zur CIA. Wir sind Pressefotografen. Es ist unsere Aufgabe, zu zeigen, was geschieht – nichts anderes. Wir freuen uns über die Möglichkeit, mit Ihnen sprechen zu können. Wir würden gern darüber berichten, wie der Krieg aus Ihrer Sicht läuft. Die Öffentlichkeit im Westen wäre sehr daran interessiert.

Doch der Offizier blickte immer noch finster; er hatte nicht alles verstanden. Er schaute den chinesischen Beamten hilfesuchend an, und der alte Mann übersetzte. Statt einer Antwort grunzte der Offizier tief in der Kehle wie ein Eber. Er riß die Augen auf und sah Mike ungläubig an. In diesem Grunzen lag eine unverhohlene Drohung, und ich fürchtete, er könne gewalttätig werden. Doch nun sprach der alte Chinese, und diesmal in ziemlich gutem Englisch.

Ganz bestimmt werden Sie keine Bilder machen oder Informationen weitergeben, sagte er. Ja, vielleicht kehren Sie überhaupt nicht zurück. Das hängt davon ab, was wir über Sie erfahren können. Wir wollen, daß Sie uns einige Fragen beantworten.

Er beugte sich jetzt leise hustend herab, hob eine grüne Segeltuchtasche neben seinem Stuhl hoch und holte einige Blätter Papier und Kugelschreiber daraus hervor. Eins der Blätter schob er in den Lichtkreis der Öllampe. Riesige Dschungelmotten umkreisten die Lampe, und ihre Schatten wanderten über das Blatt.

Sie werden uns sagen, ob Sie einen dieser Namen kennen, sagte er.

Wir alle reckten die Hälse, um sie lesen zu können; sie waren mit der Hand geschrieben. Man konnte aus der unterschiedlichen Herkunft und dem Gebrauch von Initialen in der Mitte schließen, daß es amerikanische Namen waren; doch wir kannten keinen und sagten das.

Die beiden Männer sahen uns streng an; ich denke, sie glaubten uns nicht. Dann schob der chinesische Beamte einige leere Blätter und Stifte für uns über den Tisch. Schreiben Sie hier alle persönlichen Angaben auf, sagte er. Ihren Namen, die Namen Ihrer Eltern, Ihren Geburtsort, Ihre Stellung, den Namen Ihrer Organisation. Dann schreiben Sie auf, was Sie allein zu Fuß bei Kompong Cham gesucht haben, und wie Sie dorthin gekommen sind.

Jetzt sprach Dmitri. Und wenn wir das zu Ihrer Zufriedenheit getan haben, sagte er, und Sie feststellen, daß wir von der Presse sind – lassen Sie uns dann frei?

Das wird nicht von uns entschieden, sagte der alte Mann. Schreiben Sie.

Wir schrieben, von ihnen beobachtet. Hin und wieder hörte ich den Ruf eines Nachtvogels draußen im Wald; in der kleinen Hütte sirrten Moskitos, und der alte Mann bekam wieder einen langen Raucherhustenanfall. Es war sehr heiß und still, meine Hände waren feucht, und Schweiß tropfte mir von der Nase auf das billige Papier. Die Nachtfalter flatterten wie böse Geister. Auf diesen harten Stühlen saßen wir wie im Schulzimmer über einer Prüfungsarbeit.

Und wenn wir diese Prüfung nicht bestehen, dachte ich, werden wir sterben. Ich grinste über diesen dummen Gedanken, und als ich aufsah, merkte ich, daß der Offizier mich beobachtete. Dieses Lächeln ist vielleicht ein Punkt gegen mich, dachte ich.

Als wir unsere Erklärungen fertig hatten, wurde uns befohlen, die Hütte zu verlassen, und wir bekamen unsere Vernehmer nicht mehr zu sehen. Zwei von unseren drei Soldaten übernahmen uns nun wieder.

Zuerst gaben sie uns aus einem Kännchen Wasser, das wir gierig tranken; dann erlaubten sie uns, neben dem Pfad zu pinkeln. Danach führten sie uns wieder ins Dorf zurück. Auf meiner Uhr war es jetzt um neun, die Straße zwischen den Häusern war menschenleer, und ich nahm an, daß die meisten Dorfbewohner schliefen. Doch einige vietnamesische Soldaten hockten unter den Häusern zwischen Karren, Hühnern und Vorratsbehältern. Das war ganz klar ein NVA-kontrolliertes Dorf.

Wir wurden unter eins dieser Häuser geführt, und neben einer Bettstelle, die mit Matratzen bedeckt war, wurde uns Halt befohlen. Von einem Lehmofen in der Nähe stieg Rauch auf; zwei Soldaten kochten, und ich roch Zimt und Fisch zusammen mit dem Rauch des Holzfeuers. Mein Magen krampfte sich vor Hunger zusammen, und ich hatte einen Schwächeanfall. Doch immer noch gab man uns nichts zu essen. Die Soldaten nahmen uns jetzt alle unsere Besitztümer ab: Kameras, Kamerataschen, Tonbandgeräte, Brieftaschen, Presseausweise, Stifte, Notizbücher. Sie nahmen uns sogar die Uhren ab, und ich trauerte um meine Rolex und war davon überzeugt, daß ich sie nie wiedersehen würde. Nur unsere Zigaretten und Feuerzeuge ließ man uns. Dann befahlen sie uns, alle unsere Sachen auszuziehen, auch die Unterwäsche und die Stiefel, und sie zu dem Haufen unserer Besitztümer auf das Bett zu werfen.

Aus der Dunkelheit tauchte jetzt der dritte Soldat mit einem großen Holzeimer voll Wasser und einem Stück Seife auf, und wir wuschen uns abwechselnd gleich dort an Ort und Stelle. Mir hatte alles wehgetan, doch ich fühlte mich erfrischt und viel munterer, als die Reihe an mir gewesen war; ich fing an, dankbar für kleine Dinge zu sein. Dann brachten die Soldaten vietnamesische Baumwollunterhosen und blaßgrüne NVA-Uniformen wie ihre eigenen und bedeuteten uns mit Zeichensprache, das anzuziehen.

Als Mike Hosen anzog, die viel zu klein für ihn waren, grinste er und zwinkerte Dmitri und mir zu. Ich glaube, wir sind gerade in die Volksbefreiungsarmee eingetreten, sagte er.

Sofort befahl ihm einer der Soldaten in vietnamesisch, das Sprechen zu unterlassen.

Mike zeigte auf seine Füße und fragte höflich nach Sandalen. Keiner von uns hatte welche bekommen. Doch sie schüttelten den

Kopf. Wir blieben barfuß, was mich mit hilflosem Zorn erfüllte. Wie sollten unsere Füße den Marsch überstehen.

Sie hatten uns jetzt alles abgenommen, alles, was uns mit unserer früheren Identität verband, außer den Talismanen, die wir an Halsbändern für Hundemarken trugen. Sie hatten uns auch die abzunehmen versucht: Mikes Vietcong-Gürtelschnalle aus Messing mit dem kommunistischen Stern, Dmitris St.Nikolas-Medaillon, meine kambodschanische Tigerklaue. Doch Dmitri hatte mit einer lauten Rede in französisch an sie appelliert und ihnen gesagt, daß diese Dinge uns beschützten – und Mike und ich hatten ihm beigepflichtet. Die Soldaten verstanden kein Französisch, doch sie verstanden unseren Aberglauben schnell; schließlich waren es Bauernsöhne. Sie sprachen leise miteinander, dann zuckten sie mit den Schultern und ließen uns unsere Amulette.

Das war eine große Erleichterung. Für alle drei von uns war es in diesem Moment außerordentlich wichtig, daß diese Gegenstände um unseren Hals blieben. Wir hatten sie noch aus der alten Vietnam-Zeit, und für uns waren sie Teil des ganz besonderen Glücks, das uns über die Jahre geholfen hatte, am Leben zu bleiben, während so viele unserer Freunde tot waren. Sie konnten nicht ersetzt werden. Ja, wir waren sehr abergläubisch, sehr sentimental, da in unserem Leben so wenig unverändert blieb. Wenn man uns geradeheraus gefragt hätte, ob wir wirklich glaubten, daß unsere Amulette uns vor dem Tod bewahrten, hätten wir das wahrscheinlich verneint; doch in kindlichen Winkeln unseres Gemüts glaubten wir es doch. Und die kindlichen Winkel des menschlichen Gemüts haben eine seltsame Macht, glaube ich – sie verleihen einfachen Gegenständen Bedeutung und lassen die Vergangenheit in der Gegenwart weiterleben. Solche Dinge werden besonders wichtig, wenn man plötzlich Gefangener ist. Ein Gefangener besitzt nichts; er ist wie ein Tier von allem entblößt, und Menschen können es nicht ertragen, so ohne alle Besitztümer zu sein. Deswegen statten wir gewiß unsere Häuser und uns selbst mit Dingen aus, die uns trösten in der Einsamkeit des Universums.

Unsere Amulette waren die letzte physische Verbindung von Mike und Dmitri und mir mit dem, was wir gewesen waren. Sie waren Teil von dem, was unsere Persönlichkeit ausgemacht hatte. Meine Stiefel und Sachen sind fort, meine Rolex ist fort und auch meine Kamera, dachte ich; aber ich habe noch meine Tigerklaue. Ich dachte schon wie ein Gefangener.

Angetan mit unseren dünnen, ausgebeulten Uniformen warteten wir darauf, was als nächstes mit uns geschehen würde. Dmitri lächelte dem Soldaten neben sich zu und bot ihm eine Zigarette an. Ich nehme Schinken und Eier und Kaffee, sagte er zu ihm. Bitte ruf den Zimmerservice, Kamerad.

Der Soldat nahm die Zigarette, blickte uns aber warnend an, als wir lachten. Das sollte für geraume Zeit Dmitris letzter Scherz sein, weil sich die Dinge ab jetzt verschlechterten.

Sie machten sich daran, uns die Hände wieder zu binden, diesmal vorn und ohne uns aneinanderzufesseln.

Nicht so straff, verdammt noch mal. Dmitri sprach englisch und schielte an der Zigarette vorbei, die er nicht mehr aus dem Mund nehmen konnte, und starrte den Soldaten, der seine Handgelenke fesselte, furchtlos an. Der Mann blickte hoch und schien zu verstehen; ich hatte Angst vor seiner Reaktion. Doch er fuhr fort, den Strick zu verknoten, schien ihn aber nicht mehr so straff zu ziehen wie vorher.

Dann trat ein anderer Soldat zu Dmitri und brachte einige karierte kambodschanische Tücher mit. Mit einem davon verband er Dmitri die Augen, und dann machte er dasselbe mit Mike. Dmitri und Mike waren rot im Gesicht durch die Hitze, wie das bei hellhäutigen Europäern leicht passiert; ihr blondes Haar ragte wie Stroh über die Tücher, und ihre hellgrünen Uniformen zeigten dunkle Schweißflecke. Sie sahen aus wie Jungen in zu kleinen Pyjamas, die Blindekuh spielen wollen. Unter anderen Bedingungen wäre das komisch gewesen.

Wozu das? Verdammt, was soll das? hörte ich Dmitri schreien.

Doch die Soldaten antworteten ihm nicht. Jetzt kam ich mit der Augenbinde an die Reihe, und ein eisiger Schauer fuhr mir durch den Leib. Als mir der Anblick der Welt genommen wurde, zweifelte ich nicht daran, daß sie uns erschießen würden. Ich lauschte, der Schweiß lief mir unterm Tuch übers Gesicht; ich hörte andere Stimmen vietnamesisch sprechen und erriet, daß noch mehr Soldaten eingetroffen waren. Ich wurde jetzt bei den Ellenbogen gepackt und in Marsch gesetzt.

Ich lief in der Finsternis und spürte nur den weichen Staub unter den Füßen. Ich war nicht bereit zu sterben; ich liebte das Leben, und ich liebte Lu Ying, und ich konnte den Gedanken nicht ertragen, daß ich nicht zu ihr zurückkehren würde. Ich fing an zu beten. In der anglikanischen Schule, auf die ich in Hongkong geschickt worden war, hatte ich Religionsunterricht erhalten, obwohl mein Vater Atheist war, da seine Weltanschauung allein auf dem Konfuzianismus beruhte. Er wollte, daß ich mich anpaßte, und er tolerierte alle Religionen; er sagte, die Zugehörigkeit zur anglikanischen Kirche würde meiner Karriere dienlich sein. Das schrieb ich also auf Formulare, wenn nach meiner Religion gefragt wurde; doch ich hatte es nie so richtig ernst genommen. Jetzt merkte ich zu meiner Überraschung, daß ich an Gott glaubte, obwohl ich kein Gottesbild hatte, das der Lehre der anglikanischen Kirche entsprach. Ich hatte keine Ahnung, wie Gott beschaffen war, doch das half mir irgendwie, zu ihm zu beten.

Wir marschierten eine Weile durch den Staub, bis ich auf einmal viel härteren Boden unter den Füßen spürte – vielleicht einen Weg für Ochsenkarren, mit scharfen Steinen belegt. Ich war nicht sehr oft barfuß gelaufen, und es war für mich sehr schmerzhaft. Beide Füße waren bald an mehreren Stellen aufgeschnitten, ich konnte kaum weiterhumpeln, doch die Hände, die meine Arme gepackt hatten, zwangen mich dazu. Das ging so ungefähr eine Viertelstunde lang.

Dann hörte ich einen Soldaten Halt befehlen, und gleichzeitig hörte ich einen laufenden Motor. Die Hände unter meinen Armen hoben mich jetzt halb hoch; man half mir auf das, was ich als Laderaum eines Lasters erkannte, und ich wurde auf etwas gestoßen, was sich wie ein Sack Reis anfühlte. Dann hörte ich Mike sagen: Jim? Bist du das, Freund? Dmitri?

Wir antworteten ihm beide, um ihm unsere Anwesenheit zu bestätigen, und mein Herz schlug höher, als ich feststellte, daß meine Brüder noch bei mir waren. Wenn wir sterben mußten, würden wir gemeinsam sterben. Der Laster heulte auf, als der Gang eingelegt wurde, und wir fuhren durch die Nacht davon.

Ich nahm an, daß wir auf der Straße einer alten Kautschukplantage fuhren, und begann zu hoffen, daß wir einfach an einen anderen Ort gebracht und nicht erschossen würden. Schließlich hätten sie das überall auf dem Pfad tun können, wenn das ihre Absicht gewesen wäre.

Unsere Fahrt dauerte ungefähr eine Stunde. Ich war mir nicht sicher, in welche Richtung wir uns bewegten, doch ich nahm an, es müsse weiter nach Osten, auf die Grenze zu, sein. Als der Laster anhielt, wurde mir heruntergeholfen auf den Boden, der zu meiner Erleichterung staubig und nicht steinig war. Ich humpelte auf meinen zerschnittenen Füßen, noch immer mit verbundenen Augen. Ich hörte Frösche quaken und die Soldaten leise in vietnamesisch sprechen; dann wurde meine Augenbinde entfernt.

Wir waren in einem anderen Dorf, und in den Pfahlbauten waren nur ein oder zwei schwache Lichter zu sehen. Mike und Dmitri, die vor mir waren, sahen sich um und grinsten. Der Laster war fort, und unsere drei Soldaten waren bei uns – sonst niemand.

Man führte uns die Stufen zu einem Haus hinauf, ungefähr zehn Fuß über dem Boden, und in einen großen dunklen Raum, wo einer der Soldaten eine Petroleumlampe auf einem Tisch anzündete. Auf dem Boden lagen Strohmatten, einige Holzkisten und Reissäcke waren an einer Wand aufgestapelt. Es gab hier auch vier Betten mit Moskitonetzen. Wir setzten uns nebeneinander auf eins der Betten, während ein Soldat mit auf uns gerichtetem Gewehr neben der Tür stehenblieb. Kurz darauf kam eine sehr alte und krumme kambodschanische Frau im schwarzen Baumwollanzug mit Schüsseln und Tassen und Körben voll dampfendem Reis auf einem Tablett. Sie lächelte freundlich, sprach in Khmer und drängte uns zu essen. Wir stellten fest, daß wir nicht nur Reis bekommen hatten, sondern auch Eier in Sojasauce und Tee.

Wir schlangen alles sehr schnell hinunter, während der Soldat mit seiner AK-47 bei der Tür stand und uns keine Beachtung schenkte. Jetzt war es uns offenbar gestattet zu reden, und wir begannen, leise unsere Lage zu besprechen und darüber zu spekulieren, was sie mit uns machen würden. Doch wir hatten nicht lange Zeit, uns zu unterhalten.

Ein weiterer NVA-Soldat kam in das Zimmer. Er hatte die gleiche grüne Uniform an wie die anderen, doch statt eines Baumwollhuts trug er den altmodischen NVA-Tropenhelm im Kolonialstil, mit dem roten Stern des Kommunismus vorn. Selbst ohne die Stifte in seiner Jackentasche hätten mich seine Haltung und die Autorität in seiner Miene davon überzeugt, daß er Offizier war. Er nahm den Tropenhelm ab, blieb in der Mitte des Raumes stehen und sah uns an. Sein Ausdruck war ernst, doch nicht furchteinflößend. Er war hellhäutig, kleiner als wir alle, doch groß für einen Vietnamesen und von kräftiger Statur. Er mochte Ende dreißig sein und hatte ein ernstes, intelligentes Gesicht.

Wir erhoben uns alle und warteten. Als er sprach, geschah das in englisch; und sein Englisch war das eines gebildeten Mannes, wenn auch ein bißchen steif.

Ich bin hier der Befehlshaber. Mein Name ist Hauptmann Nguyen Van Danh. Ich hoffe, Sie haben ausreichend gegessen?

Wir bestätigten das.

Haben Sie eine Beschwerde über die Art, wie sie behandelt wurden?

Wir zögerten. Dann sagte Mike: Keine Beschwerden. Doch wir wären froh über irgendwelche Sandalen. Und Rasierzeug.

Ich werde mein möglichstes tun, sagte der Hauptmann. Sandalen sind Mangelware; Rasierapparate ebenfalls. Aber sie müssen natürlich welche haben.

Unsere lädierten Füße betrachtete er stirnrunzelnd. Ein Sanitäter wird sich um Ihre Füße kümmern, sagte er. Dann rief er, ohne sich umzudrehen, ein Kommando in vietnamesisch.

In der Tür tauchte ein zweiter Soldat mit zwei Rucksäcken auf, die er zu einer Truhe in der Ecke brachte und dort ausleerte. Alle unsere Habseligkeiten lagen vor uns: Kameras, Tonbandgeräte, Kleider, Stiefel, Brieftaschen, persönliche Papiere und Ausweise. Sogar meine Rolex war da.

Ich glaube, diese Sachen gehören Ihnen, sagte der Hauptmann. Er holte ein Notizbuch und einen Stift hervor. Ich möchte, daß Sie alles kontrollieren und bestätigen, daß nichts fehlt.

Wir gingen die Sachen durch; er ließ uns alles aufzählen, und notierte es. Wir bestätigten, daß alles da war, und ich fragte ihn, wann wir es zurückbekommen würden.

Der Hauptmann sah mich an, als überlege er seine Antwort gut. Ehe er antworten konnte, sagte Dmitri: Hauptmann, was mein Freund sagen will, ist, wann werden wir freigelassen?

Das Gesicht des Hauptmanns wurde ausdruckslos. Im Moment kann ich das nicht beantworten, sagte er. Die Entscheidung, ob Sie freigelassen werden oder nicht, kann noch nicht getroffen werden. Sie werden beschuldigt, im Dienste der CIA zu stehen. Ihre Behauptungen werden überprüft. Sie sind Kriegsgefangene, in der Hand der Volksbefreiungsarmee, und man wird sie korrekt behandeln. Nun haben Sie Schlaf nötig, glaube ich.

Er drehte sich um und verließ den Raum, uns keine Gelegenheit zur Antwort gebend.

Ich lag im friedlichsten Zustand seit unserer Gefangennahme, die nun Tage her schien, auf dem Bett ausgestreckt. Ich war so müde, daß ich wie im Delirium schwebte, doch es ging mir gut. Ein Sanitäter hatte unsere Füße mit Mercurochrom bepinselt, und meine Verletzungen pochten leise. Mike und Dmitri, die schon schliefen, lagen in benachbarten Betten. Wir hatten die Moskitonetze zugezogen, und es war eine Wohltat, nicht gestochen zu werden.

Wir drei hatten uns kurz unterhalten, obwohl wir vor Müdigkeit fast kein Wort herausbrachten. Das Essen hatte uns gestärkt und unsere Lebensgeister geweckt, das Gespräch mit dem Hauptmann ebenfalls. Doch aller Wahrscheinlichkeit nach würde unser Schicksal nun sein, daß wir in einem Gefangenenlager auf der anderen Seite der Grenze landeten; und da kämen wir nicht so leicht lebend wieder heraus, nach allem, was wir von diesen Lagern gehört hatten. Wir mußten die Vietnamesen davon überzeugen, daß wir als Kriegsberichterstatter neutral waren. Und wir mußten irgendwie beweisen, daß wir nicht CIA waren.

Mike schnarchte; Dmitri schien kaum zu atmen. In meinem Herzen sprach ich mit ihnen, als wären sie meine Blutsbrüder. *Schlaft*, sagte ich. *Ruht euch aus, Brüder.*

Ich wurde noch etwas länger wach gehalten durch das Geräusch von Armeelastern, die irgendwo außerhalb des Dorfes vorbeifuhren, und das Heulen ihrer Motoren verriet mir, daß sie alt waren und schwer beladen. Sogar im Schlaf kamen sie in meine Träume – sie fuhren offenbar in Abständen die ganze Nacht hindurch vorüber.

Die Vietnamesen hatten sich große Mühe gegeben, uns über unseren Standort im unklaren zu lassen, indem sie uns die Augen verbunden hatten. Doch ich war mir sicher, daß wir uns in einem Gebiet in der Nähe der vietnamesischen Grenze aufhielten, da das wahrscheinlich die einzige Region war, wo die nordvietnamesische

Armee noch in nennenswerter Stärke nach Kambodscha kam. Ihre Streitkräfte zogen sich jetzt über die Grenze zurück, gemäß dem Pariser Friedensabkommen. Später stellte sich heraus, daß ich recht gehabt hatte – was ich hörte, waren die Nachschublaster der NVA, die auf einem Abschnitt des Ho-Chi-Minh-Pfades fuhren.

Ich kann es im Geist immer noch hören – ein Geräusch, das längst zur Geschichte gehört.

2.

JIM FENG

Wir wurden nur eine Nacht lang im Dorf festgehalten. Am nächsten Morgen schaffte man uns mit Hauptmann Van Danhs Patrouille fort.

Zu der Einheit gehörten nur sieben Soldaten, und wir marschierten mit ihnen auf einem Pfad, dessen Oberfläche mit Splitt befestigt war und dessen Bett aus festgestampfter roter Erde bestand. Er sah nicht viel besser aus als ein Weg für Ochsenkarren, doch wir gingen auf dem Ho-Chi-Minh-Pfad.

Nur wenige haben den Pfad je gesehen, es sei denn aus der Luft. Er war eine Tatsache und auch wieder nicht – ein Gerücht. Und es war nicht *ein* Pfad, sondern viele: ein Netzwerk von Straßen und Wegen, das sich Tausende von Meilen hinzog. Er führte über messerscharfe Grate; durch schmale Bergtäler und durch Dschungel, über angeschwollene Flüsse. Tausende waren bei seinem Bau gestorben – an Malaria, Ruhr und Erschöpfung und auch durch Luftangriffe. Seine nicht sehr stabilen Pontonbrücken wurden immerzu bombardiert und immer wieder geflickt, und die Konvois von Lkws und Fahrrädern auf diesem Pfad rissen nicht ab, schafften Soldaten und Waffen in einem endlosen Strom aus dem Norden heran. Durch den Pfad wurde der Krieg gewonnen; und nun, da der Krieg vorbei ist, wird er wohl bald nur noch in der Erinnerung und in Soldatenliedern der Nordvietnamesen existieren. Da ist es manchmal schwer zu glauben, daß wir – Mike, Dmitri und ich – darauf marschiert sind. Doch so war es, und für mich ist das eine große Sache, trotz all der traurigen Ereignisse.

Wie ich vermutet hatte, befand sich das Dorf, in dem wir übernachtet hatten, in der Nähe einer Stelle, wo ein Abzweig des Pfads durch Kambodscha führte. Ungefähr hundert Kilometer weiter nach Südosten würde er durch den Papageienschnabel – den Grenzabschnitt, der auf Saigon zeigt – auf südvietnamesisches Gebiet führen. Das war das Marschziel der Patrouille; sie waren nach Vietnam zurückbeordert worden, sagten sie, und würden uns mitnehmen. Hauptmann Danh teilte uns mit, daß wir die Grenze in der Nähe des Highway 1 überqueren würden, doch er wollte uns nicht sagen, was sie dann mit uns vorhatten, er verriet nur, daß er sich einer größeren Einheit anschloß.

Auf dem Pfad kamen wir in Abständen an kleinen Stützpunkten vorbei, die von einigen wenigen NVA-Soldaten bewacht wurden: Gruppen kleiner Hütten, deren Dächer mit Palmwedeln getarnt waren. Hier gab es Vorräte an Nahrungsmitteln und Waffen, Laster konnten vor Luftangriffen versteckt werden, und manchmal gab es auch Gemüsebeete zur Versorgung der Konvois. Ich habe mittlerweile erfahren, daß der Pfad weiter nördlich, wo er durch den Dschungel und die Berge Ostkambodschas und Laos' führte, viel eindrucksvoller war als in unserem Abschnitt. Dort war er zu einem zweispurigen Highway geworden, und einige der Hauptkontrollstationen waren so groß wie Dörfer, mit Kasernen, Tankstellen, Apotheken, Einkaufsmöglichkeiten und bequemen Rasthäusern. Durch das Blätterdach des Dschungels getarnt, fuhren dort die Lasterkonvois Stoßstange an Stoßstange, wie zur Hauptverkehrszeit in einer Stadt, und ihre Scheinwerfer bildeten nachts Lichterketten.

Aber auf unserem Abschnitt des Pfads gab es nicht viel Verkehr, weil man in den Deltaprovinzen, zu denen er führte, noch keine Truppen Hanois und keinen Nachschub konzentrieren konnte. Die Grenzregion hier war außerdem offenes Land mit Reisfeldern und lichten Wäldern – so daß Laster aus der Luft leicht auszumachen gewesen wären. Bei Tag war es sicherer, zu Fuß zu gehen, wie wir es taten. Lkws fuhren nachts, und selbst dann war ihre Zahl begrenzt.

Zunächst hofften wir, daß wir fahren würden statt zu laufen. Doch Hauptmann Danh sagte uns, daß die Laster schwer beladen waren und unsere Patrouille die ganze Strecke zu Fuß zurücklegen würde; es sei ein Marsch von weniger als zehn Tagen, sagte er. Er sprach nicht viel über die Aufgabe der Einheit und teilte nur mit, daß sie zu einer Verbindungsabteilung gehörte, die für die Sicherheit des Pfads mitverantwortlich war und mit der ansässigen Dorfbevölkerung zusammenarbeitete.

Eine Verbindungsabteilung konnte alle möglichen Aufgaben haben, das wußten wir alle. Als wir darüber sprachen, sagte Mike, er glaube, Hauptmann Danhs Einheit habe etwas mit COSVN zu tun – dem geheimnisvollen Zentralbüro für Südvietnam, nach dem die Amerikaner ständig suchten und von dem man annahm, daß es den Krieg steuerte. Er hatte gehört, daß COSVN nur ein paar Kilometer von hier in dem Kautschukplantagen-Gebiet, das man Angelhaken nannte, stationiert war. Und er war der Meinung, die wahre Aufgabe der Abteilung sei sehr wahrscheinlich, Waffenkäufe mit den korrupten Lon-Nol-Kommandeuren auf dem Westufer zu verhandeln. Sie könne auch in den Kautschukhandel verwickelt sein, sagte er. Die Kommunisten verkauften Kautschuk an die Lon-Nol-Streitkräfte, und die Lon-Nol-Regierung verkaufte ihn ins Ausland; auf diese Weise füllten sie ihre Kasse. Mike hatte viele derartige Informationen. Einiges davon stammte wahrscheinlich von Aubrey Hardwick, und meiner Vermutung nach waren Aubreys Quellen seine Freunde von der CIA.

Wir waren genauso gekleidet und ausgerüstet wie die Soldaten, nur trugen wir keine Waffen. Wir hatten unsere grünen Baumwolluniformen an und Baumwollbuschhüte auf dem Kopf und trugen unsere Tornister und Baumwollschläuche mit Reis wie sie auch. Und Hauptmann Danh hatte sein Wort gehalten – an den Füßen hatten wir Ho-Chi-Minh-Sandalen. Als wir sie zum erstenmal angezogen hatten, war es, als schwebten wir. Doch weil unsere Füße ziemlich ungeschützt waren, hatten wir stets Angst vor dem Biß der kleinen braunen Giftnatter, die von den Soldaten *cham quap* genannt wird. Sie sieht einem trockenen Zweig täuschend ähnlich, und die Männer suchten immer mit den Augen den Boden ab. Sie sagten, daß viele nordvietnamesische Soldaten durch den Biß der Natter starben. Der Sanitäter hatte Kapseln gegen Schlangenbiß bei sich, doch das beruhigte uns nicht sehr.

Die Verpflegung der Abteilung war extrem karg: kleine Reisportionen, Stückchen von Dörrfleisch und -fisch, ein bißchen Gemüse. Ihre Rationen bekamen die Soldaten zum größten Teil durch die Stützpunkte, doch manchmal gab es auch Verpflegung in den Dörfern, durch die wir marschierten. Sie bezahlten immer für die Lebensmittel und plünderten nie. Sie aßen nur zweimal am Tag, am Morgen und am Abend, und marschierten sehr lang hintereinander, ohne Pausen einzulegen. Weil ihre Ausrüstung so leicht war, bewältigten sie viel mehr Kilometer pro Tag, als westliche Soldaten geschafft hätten. Doch das Wetter war noch immer sehr heiß und feucht, mit wenig Regen, und das machte den Marsch zur Strapaze. Unsere Ausrüstung bestand aus einer Feldflasche, einer zusammengerollten Hängematte, einem leichten Nylonumhang, einem Moskitonetz, einer Uniform und Unterhosen zum Wechseln, einer Blechschüssel, einem kleinen Handtuch und einem Stückchen Seife. Zum Zähneputzen benutzten wir Bambussplitter. Wir wuschen uns in Bächen neben dem Pfad und füllten dort oder an Quellen unsere Flaschen, wobei wir Chlortabletten mit ins Trinkwasser gaben.

Zunächst redete Hauptmann Danh nicht viel mit uns, doch er war immer höflich und rücksichtsvoll. Er teilte uns jeden Tag eine kleine Ration vietnamesischer Zigaretten zu – ich vermute, daß sie aus seinem eigenen Vorrat stammten – und borgte uns sein mörderisches Rasiermesser, damit wir uns rasieren konnten, da kein anderes aufzutreiben war. Es war außerordentlich stumpf.

Über die ersten vier Tage des Marsches gibt es nicht viel zu berichten. Wir gingen ein wenig abgesondert, und stets waren ein oder zwei Soldaten hinter uns. Wir waren bei diesen Männern, doch wir gehörten nicht zu ihnen; wir mußten sogar unsere Mahlzeiten getrennt einnehmen, etwas abseits von ihnen sitzend. Erst in der fünften Nacht fingen wir an, sie näher kennenzulernen.

Da wurde uns erlaubt, mit ihnen um den Reistopf zu sitzen. Eigentlich beginnt die Geschichte unseres Marsches damit.

Die Waldgebiete, durch die wir jetzt kamen, waren voller zersplitterter Bäume und Bombenkrater – einige davon neu, andere stammten von den Bombardierungen durch B-52 vor drei Jahren. Die Krater waren gewaltig, zehn Meter oder mehr im Durchmesser. Etliche hatten sich mit Wasser gefüllt und in Teiche verwandelt, wo die Dorfbewohner nun Enten hielten. Manchmal kamen wir an verlassenen Ruinendörfern mit zerstörten und ausgebrannten Häusern vorbei, in denen nie wieder jemand gewohnt hatte, wo halb wilde Hunde uns anknurrten.

Hier, in diesem vietnamesischen Grenzland, hatte der Krieg in Kambodscha angefangen. Die Amerikaner hatten hier ihre geheimen Luftangriffe durchgeführt, mit denen sie die Zufluchtsstätten des Vietcong zu treffen versuchten; und hier waren 1970 die Amerikaner und die ARVN-Truppen eingedrungen. Jetzt warfen die B-52 hier wieder ihre Bomben ab; doch während der ersten paar Tage fielen in unserer Umgebung keine Bomben. Die wichtigen Konvois, die sie suchten, waren nicht hier, sondern weiter nördlich, hinter uns. Einmal drang aus dem Norden leises Donnern zu uns; wir fühlten die Erde leicht beben und vermuteten, daß es vom Angelhaken kam.

Dann, am fünften Nachmittag, ungefähr um vier Uhr, kamen sie.

Die Wolken hingen tief, der Himmel war hellgrau, und wir sahen sie nicht. Doch man sieht sie nie; sie fliegen zu hoch. Der Pfad führte uns aus freiem Gelände in ein Wäldchen, als wir die Explosionen hörten. Sie mußten viele Kilometer entfernt sein, doch sie erschütterten die Erde unter unseren Füßen, und ich wußte sofort, was das bedeutete. Ich hatte das Wumm-wumm-wumm rings um Phnom Penh gehört, als die Amerikaner die Truppen der Roten Khmer mit Flächenbombardement belegt hatten, doch das war immer in beträchtlicher Entfernung gewesen. Das hier war näher, und die Lautstärke war furchterregend.

Hauptmann Danh brüllte einen Befehl, und die Einheit begab sich rasch in den Schutz einiger Palmen. Die Männer warfen sich zu Boden, und Mike, Dmitri und ich folgten ihrem Beispiel. Die Erde war hier rötlich und kahl, trocken wie Zwieback und voller Laub. Diese Erde werde ich nicht vergessen, denn kurz darauf bäumte sie sich unter uns auf.

Sie bäumte sich in einem großen Krampf auf, und ich klammerte mich plötzlich an sie wie an ein gekentertes Boot; dann verschlang uns ein Brüllen, wie ich dergleichen nie vernommen hatte. Einen solchen Laut hätte ich mir nicht vorstellen können. Es war kein Laut, es war mehr; es riß ein klaffendes Loch in die Welt und in meinen Kopf, ließ meinen Geist vor Entsetzen schreien, die ganze Welt beben und schwanken. Die Palmen und größeren Bäume in der Nähe beugten sich wie Gras. Das ist nicht gerecht, das ist kein

Krieg, keiner darf so etwas tun, sagte ich, und ich pinkelte in die Hosen. Ich schämte mich sehr; in meiner ganzen Zeit als Kriegsberichterstatter war mir so etwas nicht passiert. Ich war erleichtert, als ich später erfuhr, daß es vielen der NVA-Soldaten bei ihrem ersten B-52-Bombardement genauso gegangen war.

Als das Geräusch abebbte, starrten wir uns an, ernst und erstaunt. Es gab keine Explosionen mehr, die Bomber waren weitergeflogen. Ich merkte, daß ich krampfhaft zitterte, und ich sah, daß es Mike und Dmitri auch so ging. Hauptmann Danh, der in der Nähe lag, sah freundlich mitfühlend zu uns herüber; er erkannte, in welchem Zustand wir waren, doch machte keine Bemerkung. Er schob seinen altmodischen Tropenhelm mit dem roten Stern zurück; dann lächelte er und setzte sich auf.

Wir haben Glück, Mister Jim, sagte er. Das war nicht so nahe. Einen Kilometer näher, und uns wäre vielleicht das Trommelfell geplatzt.

Der Topf war groß und aus Gußeisen. Die Soldaten kochten jeden Morgen ihren Reis darin, und sie saßen mit ihren Blechschüsseln im Kreis darum und aßen gemeinsam aus ihm, auch Hauptmann Danh. Am Morgen wurde nicht viel geredet, doch am Abend schwatzten sie, lachten ziemlich viel und verbrachten die Zeit bei ihren Feldflaschen mit heißem Tee. Das geschah auch jetzt.

Die Dunkelheit brach herein, und ihre Gesichter wurden von den Flammen des niedrigen Feuers angestrahlt, auf dem der Reis kochte. Die meisten hatten die Buschhüte und Helme abgenommen, auch Hauptmann Danh. Ihre Sturmgewehre hatten sie neben sich; sie waren immer wachsam; doch sie schienen sich keine Gedanken wegen der Bomber zu machen. Sie waren in ständigem Funkkontakt zu anderen Gruppen und schienen zu wissen, wann Angriffe bevorstanden; offenbar war an diesem Abend alles ruhig, und sie hörten in einem Kurzwellen-Transistorradio Nachrichten von Radio Hanoi.

Wir kampierten auf einer Lichtung in einem Waldtyp, der hier weit verbreitet war – fast parkähnlich, lange dünne Bäume mit weißem Stamm, die wie Birken aussahen, Palmen und Bambusgehölz und dazwischen freie Flecken der rötlichen trockenen Erde. Wie üblich saßen Mike, Dmitri und ich abseits von den anderen.

Wir hockten bei einer großen Bambusgruppe, die sich wie eine Wand hinter uns erhob, und beobachteten den kleinen Kreis um das Feuer. Bald, so wußten wir, würde ein Soldat unsere Portionen in Blechschüsseln herüberbringen. Wir waren jetzt nie gefesselt, unter der Bedingung, daß wir genau dort standen und saßen, wo wir sollten, und keine unerwarteten Bewegungen machten. Doch wir waren immer ein wenig traurig, daß wir so von diesen Männern abgesondert waren, mit denen wir den ganzen Tag lang marschierten.

An diesem Abend war das Gefühl noch stärker. Wir sprachen darüber, wir alle empfanden so. Warum konnten wir nicht mit ihnen essen?

Das wird dir bestimmt seltsam und absurd vorkommen; schließlich waren wir Gefangene und wurden als Feinde angesehen. Doch das Gefühl war teilweise durch das B-52-Bombardement verstärkt worden. Zweifellos werden Gefangene allmählich kindisch; doch Tatsache ist, daß wir – das Bombardement als gemeinsames Erlebnis noch frisch im Gedächtnis – das Gefühl hatten, wir wären nicht mehr einfach Gefangene, sondern zeitweilige Mitglieder von Hauptmann Danhs Einheit. Und als wir so auf unseren Reis warteten, ausgeschlossen von der munteren Runde um das Feuer, wurden wir immer trauriger und ärgerlicher. Wir sollten auch mit ihnen um den Topf sitzen und essen können, sagten wir.

Bisher waren Soldaten der Nordvietnamesen und Vietcong für uns nicht real gewesen – es waren einfach die Leute auf der anderen Seite. Wir hatten sie nur als Gefangene oder Tote erlebt. Als ich einmal bei den Amerikanern im vietnamesischen Hochland ein Gefecht filmte, hatte ich beobachtet, wie US-Offiziere die Leiche eines toten NVA-Soldaten inspizierten und seine Sachen durchsuchten. Es war das erste Mal, daß ich Kampfhandlungen gegen die Nordvietnamesen filmte, daher war er der erste NVA-Soldat, den ich von nahem zu sehen bekam, und er ist mir im Gedächtnis geblieben. Er hat so außerordentlich klein ausgesehen. Er hat nur seinen Tornister gehabt, und darin war nichts außer Unterwäsche zum Wechseln, einigen Briefen von zu Hause und einem traurigen kleinen Plastikpäckchen mit Reis gewesen. So eine kleine Reismenge, hatte ich gedacht, wie konnte die ihn am Leben erhalten? Nun sah ich, daß diese Soldaten von Hauptmann Danhs Verbindungsabteilung genauso waren. Er und seine Männer hatten wenig in jeder Beziehung;

sie kamen mit dem Allernotwendigsten aus, und obwohl wir nicht vergaßen, für welches Regime sie kämpften, konnten wir doch nicht anders, als ihre Ausdauer zu bewundern, und uns von ihrer Armut und Einfachheit rühren zu lassen, als wir das jetzt miterlebten.

Wir waren inzwischen schon mit allen Angehörigen der Abteilung vertraut geworden. Außer Hauptmann Danh waren sie alle viel jünger als wir. Sie sagten uns ihre Namen nicht, daher erfanden wir welche. Der Sanitäter mit seinem offenen Jungengesicht und dem dichten Haarschopf mit geradem Stirnpony hieß natürlich Doc. Ein zäh aussehender Mann mit Schlitzaugen, der das Funkgerät trug, hieß Lenin. Einer mit Brille und einem sensiblen Gesicht war der Professor; ein anderer mit schweren Lidern, anfällig für Malaria, hieß der Müde; und da war noch ein Ruhiger, Hübscher mit einem breiten Gesicht, den Mike Prinz nannte. Einen untersetzten, lustigen Gesellen, der immer den Reistopf auf dem Rücken trug, nannten wir Schildkröte, weil der Topf wie ein Panzer aussah.

Und wir bekamen die kleinen Angewohnheiten dieser Männer mit, die wir nie richtig kennenlernen würden. Schildkröte machte viele Scherze und stieß seine Kameraden in die Rippen; Prinz starrte in die Luft, als denke er an die verlorene Geliebte; Lenin schielte, beobachtete die Leute und bohrte manchmal in der Nase; Doc strich sich beständig den Pony aus der Stirn; der Professor kaute an den Nägeln und las immer wieder Briefe von daheim. Sie marschierten stets zu dritt: Doc, der Müde und Lenin; Prinz, der Professor und Schildkröte. Hauptmann Danh erzählte uns irgendwann, daß das Brauch bei der NVA sei – Gruppen von drei Mann, die sich als Kameraden unterstützten. Seltsam, dachte ich, sie sind wie wir: Mike, Dmitri und ich.

Einige von ihnen begannen allmählich kleine freundliche Zeichen sehen zu lassen. Doc und Schildkröte lächelten uns auf dem Marsch hin und wieder zu, und es ist schwer zu vermitteln, was ein Lächeln bedeutet, wenn man in der Hand des Feindes ist. Sie hatten nach und nach versucht, sich mit uns auf vietnamesisch zu verständigen, indem sie uns die Namen von Dingen sagten und lachten, wenn wir sie aussprachen. Wenn Mike ganze Sätze sprach – was er recht gut machte –, klatschten die meisten der Truppe und lachten; und als ich offen zeigte, daß ich mehr Vietnamesisch konnte, als sie angenommen hatten, tauten viele von ihnen mir gegenüber auf. Sie wußten sehr wenig von der Welt, aus der wir kamen; als ich ihnen zu erklären versuchte, daß ich für das Fernsehen filmte, konnten sie das nicht begreifen, obwohl sie so taten, als verstünden sie, und ich erriet, daß keiner von ihnen schon einmal ferngesehen hatte.

Heute abend kochten sie Schweinefleischsuppe mit Kohl zum Reis; die Zutaten hatten sie von einem freundlichen Dorf in der Nähe bekommen, zusammen mit einigen Bananenbüscheln und Palmzuckersaft. Das galt als ungewöhnlich gute Mahlzeit, und die Gesichter im Feuerschein waren während des Wartens auf das Essen besonders vergnügt. Uns lief der Speichel zusammen. Wie gewöhnlich nagte der Hunger in den Eingeweiden; beinahe unablässig dachten wir ans Essen.

Plötzlich stand Mike auf. Er entfernte sich von der Bambuswand und ging auf Hauptmann Danh zu, während wir überrascht zusahen – er brach die Regeln.

Der Hauptmann drehte sich um und sah ihn an. Er stand beim Topf, während die Männer dort hockten, und auf seinem Gesicht lag der Widerschein des Feuers. Mike lächelte ihn an, doch der Hauptmann behielt seine strenge Miene bei, und die Männer sahen überrascht hoch. Lenin, der die Suppe mit einem Holzlöffel umgerührt hatte, hörte auf zu rühren.

Entschuldigen Sie, Hauptmann, sagte Mike. Wir möchten gern mit Ihnen essen. Dürfen wir das?

Sie werden gleich Ihr Essen bekommen, sagte Hauptmann Danh. Sie sollten dort warten, wo Sie sind.

Nein, nein, sagte Mike. Ich meine, wir würden gern hier um den Topf sitzen. Es gefällt uns nicht, so abgesondert zu sein. Es wirkt unfreundlich.

Eine Weile sagte der Hauptmann nichts, während seine Augen groß und starr wurden.

Ein wenig gebeugt stand Mike dort in seiner zu kleinen grünen Uniform, die nur bis knapp unters Knie reichte, und sah ein wenig wie ein zu schnell gewachsenes Kind aus, das um einen Leckerbissen bittet. Wir empfinden das alle so, sagte er. Wir teilen sonst alles. Wir sind sogar mit Ihnen bombardiert worden. Können wir nicht gemeinsam mit Ihnen aus dem Topf essen?

Sein Blick war gleichermaßen lustig wie vertrauensvoll – ein Blick, den ich auch bei anderen Australiern gesehen habe. Er gestikulierte mit den Händen, die Handflächen nach oben gekehrt, anscheinend bereit, alles anzunehmen, was das Leben in sie legen könnte. Mit dieser Art hatte ich Mike so viele Leute bezaubern sehen, von Zollbeamten, die seine Filme dann zur Ausfuhr freigaben, bis zu Regierungsangestellten, die ihm Informationen lieferten. Würde das bei einem NVA-Offizier wirken?

Hauptmann Danh starrte ihn noch eine Weile an. Sie wollen also mit uns Reis essen, sagte er. Er war immer noch ernst, und ich dachte, gleich würde er Mike den Befehl erteilen, sich zurückzuziehen. Doch plötzlich lächelte auch er; und statt einer Antwort streckte er seinen Arm dorthin aus, wo die Männer im Kreis um den Topf saßen, seine Hand offen, unverwandt Mike anblickend. Er nickte, immer noch lächelnd; dann sagte er: Bitte.

Dmitri und ich erhoben uns und wechselten Blicke; und als ich sah, daß der Hauptmann auch uns anlächelte, schnürte mir das Glücksgefühl die Kehle zu.

Wie kann ich dir erklären, was wir in jener Nacht fühlten, als wir im Kreis um den Reistopf saßen? Wahrscheinlich findest du das seltsam. Vielleicht findest du es auch verkehrt, weil dir all die Geschichten über Gefangene und Geiseln einfallen, die in ihrer Angst und Schwäche ihre Bewacher zu lieben anfangen. Doch so war es nicht. Wir hatten keine Angst vor Hauptmann Danh und seinen Männern; wir krochen ihnen nicht in der Hoffnung auf Freilassung in den Hintern; wir hatten nur angefangen, sie zu mögen. Und da wir offiziell neutral waren, hatten wir nicht das Gefühl, uns zu kompromittieren.

Wir hockten uns zusammen hin, füllten unsere Schüsseln, und eine Weile aß jeder nur. Die Hitze war noch groß, doch der Himmel war klar; in nördlicher Richtung konnte ich über den dunklen Baumwipfeln den Stern ausmachen, den wir in China den Hütejungen nennen. *Fern, so fern funkelt der Stern des Hütejungen*, dachte ich – eine Zeile aus einem der alten Gedichte, die mir mein Vater immer vorgelesen hatte. Aus irgendeinem Grund hatte ich wieder begonnen, in Mandarin zu denken; normalerweise denke ich in Englisch. Aus dem Bambus ließ ein Nachtvogel immer wieder denselben Ruf ertönen; ab und zu schnatterte aufgeschreckt eine Gruppe Affen. Andere Laute gab es nicht.

Schildkröte rülpste, und alle lachten außer Hauptmann Danh, der unbewegt aß. Er saß mir direkt gegenüber, und ich beobachtete ihn heimlich; es war, als versuche man, einen strengen Lehrer zu ergründen. Ich vermutete allmählich, daß unser Schicksal in seinen Händen lag; daß er uns an seine Vorgesetzten ausliefern oder an der Grenze freilassen konnte. Bei dem Gedanken an ein Gefangenenlager in Hanoi wurde mir übel vor Entsetzen, und ich durchforschte Hauptmann Danhs Gesicht nach Hinweisen auf seine möglichen Absichten. Er hatte seinen Helm abgesetzt, und eine Locke seines dicken Haars fiel ihm in die Stirn. Im Schein des Feuers hatte sein Gesicht einen Bronzeton und tiefe Schatten – das hätte ihn furchteinflößend erscheinen lassen können, was aber nicht der Fall war. Er hatte die Angewohnheit, beim Lächeln die Augenbrauen zu heben und die Stirn zu kräuseln – sein Gesicht bekam dann einen sehr warmen Ausdruck. Seine Augen standen weit auseinander, und er hatte den festen Blick, der dein Gesicht nicht losläßt, wenn er mit dir spricht. Zwei Sorten von Männern tun das nach meiner Erfahrung: die Unehrlichen und Berechnenden und die Ehrenhaften, die zu Kompromissen nicht in der Lage sind. Hauptmann Danh schien von der zweiten Art zu sein; doch wie sollte ich das genau wissen?

Er hatte bis jetzt sehr wenig mit uns gesprochen, außer über praktische Dinge. Und ich mußte mir ins Gedächtnis rufen, daß er bestimmt, wie alle NVA-Offiziere, auch ein treuer marxistischer Kader war, zweifellos seiner Sache glühend ergeben und den Westen fanatisch hassend. Gestern abend hatte er sich mit seinen Männern zusammengesetzt und eine Art politische Versammlung abgehalten, die offenbar darauf aus war, ihre Moral zu stärken; sie war mit dem Singen eines patriotischen Lieds beendet worden. Doch er war dabei nicht sehr autoritär gewesen; die sechs jungen Soldaten waren entspannt und salopp gewesen, sie hatten gelacht, Scherze ausgetauscht und sogar wie Schuljungen herumgealbert. Sie respektierten ihn offenbar, ohne ihn zu fürchten. Hauptmann Danh wirkte nicht wie ein Fanatiker; doch seine zurückhaltende Art konnte das verbergen.

Mike rieb sich den Bauch , grinste Schildkröte übers Feuer hin an und sprach in seinem primitiven Vietnamesisch. Das ist gut, sagte er. Dann in englisch: *Bloody good pork, mate.*

Alle Soldaten lachten; sie lachten immer, wenn Mike vietnamesisch sprach, und Schildkröte wiederholte amüsiert seine Worte: *Bluddy good pok!*

Hauptmann Danh sprach Mike in Englisch an. Ich glaube, nicht so gut wie das Essen, das Sie gewöhnt sind, sagte er.

Mike sagte, daß er dieses Essen wohl gewöhnt sei; daß er in Vietnam oft ähnliche Armeerationen gegessen hatte.

Doch das wären wohl amerikanische Rationen gewesen, meinte Hauptmann Danh.

Nein, sagte Mike. Es waren südvietnamesische Rationen.

Hauptmann Danh hob die Brauen. Und was hatten Sie für eine Meinung von der südvietnamesischen Armee? Wir hören, daß die Amerikaner nicht viel von ihr halten.

Die Amerikaner irren sich, sagte Mike. Die ARVN bleibt auf dem Schlachtfeld, solange wie eure Streitkräfte das tun, und meist kämpfen sie genauso hart. Jetzt, wo die Amerikaner fort sind, kämpfen sie sogar noch härter. Letztes Jahr haben sie eure Armee bei Hue aufgehalten, nicht wahr? Und nun sieht es so aus, als würden sie euch bei An Loc aufhalten.

Er sagte das mit freundlicher Miene, saß beim Sprechen ganz still und ließ Hauptmann Danh nicht aus den Augen. Danh musterte ihn eine kleine Weile, und der Kreis der vom Feuer beschienenen Gesichter beobachtete Mike auch, ohne zu verstehen, was er gesagt hatte.

Dazu haben sie die Unterstützung durch amerikanische Bomber gebraucht. Und ich glaube nicht, daß sie den Krieg gewinnen werden, sagte Danh. Seine Stimme klang nicht agitatorisch, sie war leise und gedankenvoll. Sie werden nicht gewinnen, weil sie nichts haben, an das sie glauben können, sagte er.

Und an was glauben Ihre Soldaten, Hauptmann?

Dmitri Wolkow hatte gesprochen, und mein Magen krampfte sich unruhig zusammen. Der Graf neigte stets dazu, unüberlegte Äußerungen zu tun, selbst in unserer gegenwärtigen Lage.

Meine Soldaten?

Hauptmann Danh blickte sich im Kreis der lauschenden jungen Männer um, die von so zierlicher Gestalt waren, daß sie kaum in der Lage schienen, Härten zu ertragen. Sie verstehen sehr wenig von Politik, sagte er. Oft sind sie Hunderte Kilometer marschiert; sie sind bombardiert worden, bis sie halb wahnsinnig wurden; sie sind ausgehungert und haben Heimweh nach ihren Dörfern und Familien. Doch sie glauben an ihr Land.

Und Sie meinen, das wird am Ende ausreichen? Gegen B-52-Bomber?

Dmitri hatte die Knie umschlungen und grinste Hauptmann Danh über das Feuer hin an. Bitte, Graf, dachte ich, mach keinen Ärger.

Alle Bomben, die die Amerikaner abwerfen, werden daran nichts ändern, sagte Danh. Seine Stimme blieb ruhig, und er schien nicht verärgert. Sie töten nämlich nicht viele von uns, diese Bomben. Wir haben es gelernt, wie wir uns vor ihnen schützen können. Die Malaria fordert auf dem Pfad mehr Opfer als die B-52-Bomber – wir nennen es den Dschungelzoll. Die Amerikaner machen sich also etwas vor. Sie sitzen wie Götter im Himmel und betätigen Knöpfe. Aber wenn wir sie über Hanoi abschießen, sehen sie nicht wie Götter aus. Am Ende werden Kriege auf der Erde gewonnen – und das ist unsere Erde.

Er lächelte. Aber ich nehme an, das hören Sie nicht gern, sagte er.

Ich ergriff jetzt das Wort, ehe der Graf es konnte. Als Pressefotografen, sagte ich, sei es nicht unsere Aufgabe, den Krieg gutzuheißen oder nicht; wir berichteten nur über ihn.

Der Hauptmann runzelte die Stirn. Aber Mister Mike und Mister Dmitri vertreten die amerikanische Presse und das amerikanische Fernsehen, sagte er. Er hielt unsere Vornamen offenbar für Familiennamen, wie es die Vietnamesen oft tun. Oder vielleicht kannte er unseren Brauch, da er ein gebildeter Mann war, wählte jedoch trotzdem diese Anrede. Es machte ihm vielleicht Spaß.

Sie vertreten also die amerikanische Regierung, fuhr er fort. Und Sie, Mister Jim, Sie vertreten auf die gleiche Weise die britische Regierung. Stimmt das nicht?

Nein, sagte ich. Und ich versuchte zu erklären, daß die amerikanischen und britischen Fernsehanstalten und Zeitschriften, für die wir arbeiteten, unabhängig waren und nicht den Regierungen gehörten. In unseren Bildern und Filmreportagen zeigten wir, was geschah, ob es nun gute oder schlechte Nachrichten für die Amerikaner waren, sagte ich.

Sie riskieren Ihr Leben, sagte Danh, und seine Augen verengten sich. Warum sollten Sie das tun, wenn Sie auf keiner Seite stehen?

Damit verdienen wir unseren Lebensunterhalt, sagte ich.

Sie machen es nur um des Geldes willen? Danh schaute von einem zum anderen.

Geld und Spaß, sagte Dmitri.

Und Sie glauben an nichts?

Glauben? Sicher, ich glaube an viel, sagte Dmitri. An zu viel. Meine Freunde können Ihnen das sagen. Doch glauben hat nichts mit dem Job zu tun. Glauben ist Privatsache, Hauptmann.

Ich merkte, daß ich meine Ellbogen fest umklammerte, wie ich so dasaß; ich war inzwischen äußerst gespannt. Diese Diskussion verfolgte bestimmt eine Absicht, und wenn Dmitri zu weit ging, könnte er uns jegliche Aussicht auf Freiheit verwirken. Im Feuer sprang krachend ein Funke, und wir alle wandten den Kopf – so still war es.

Erklären Sie mir das bitte, sagte Danh. Wollen Sie damit sagen, Sie würden wahrheitsgemäß über Kämpfe berichten, die von unserer Armee gewonnen werden?

Das tun wir die ganze Zeit, sagte ich.

Nicht wie Radio Hanoi, sagte Dmitri.

Danh schien das nicht gehört zu haben, oder vielleicht wollte er es nicht hören. Er wandte sich an Doc, der neben ihm saß und von dem ich annahm, daß er einen höheren Rang hatte als die anderen Soldaten. Er sprach leise vietnamesisch mit ihm, während Doc nickte; ich konnte fast nichts verstehen, doch ich bekam mit, daß Danh das eben von uns Gesagte wiederholte. Lenin lauschte aufmerksam, und seine Augen glitzerten dabei und blickten starr. Dann schnatterten die Affen in der dunklen Wand aus Bäumen und Bambusgehölz wieder los, und Danh blickte in ihre Richtung und lächelte. Er hatte ein Lächeln, das den Dingen ihre Schwere nahm.

Sie haben auch eine Meinung zum besten zu geben, sagte er, und wir lachten alle.

Am nächsten Abend saßen wir wieder im Freien um den Topf herum. Während wir unseren Reis aufaßen, nahm Hauptmann Danh die Unterhaltung vom Vorabend wieder auf, als hätten wir sie nur kurz unterbrochen, zeigte mit dem Finger auf uns und lächelte.

Ich glaube, ich verstehe Ihre Einstellung, sagte er. Sie sind Individualisten. Ich habe früher selbst an diese Art Individualismus geglaubt. Doch als ich nachdachte und studierte, wurde mir bewußt, daß wir ihn uns in Vietnam nicht leisten können, da er zu Anarchie und unmoralischem Verhalten führt.

Wieso das? fragte Mike.

Haben Sie Hegel gelesen? Ich glaube, daß Hegel recht hat, sagte Danh. Wir können nur wirklich moralisch handeln und frei sein, wenn wir uns dem Staat unterordnen. Das ist ein Paradox – aber wahr.

Und Hegel schenkte uns Marx, der das gleiche Argument benutzte, warf Dmitri ein. Und Marx schenkte uns Stalin und Mao Tse-tung, und die Menschen haben damit keine Freiheit erlangt, sondern sie verloren. Und Millionen wurden liquidiert.

Seine Stimme hatte jenen schnurrenden Tonfall, in den sie manchmal verfiel und der anzeigte, daß er alles mögliche sagen könnte. Gestern abend war die Gefahr vorübergezogen, doch jetzt wurde mir innerlich kalt. Ich suchte Mikes Blick, doch seine Miene sagte mir nichts. Dmitri hatte studiert, Mike und ich nicht. Wenn es dem Grafen einfiel, einen Diskurs in politischer Philosophie zu halten, konnten wir nicht viel tun, um uns einzuschalten und ihn davon abzubringen.

Sie sind französischer Staatsbürger, Mister Dmitri, sagte Hauptmann Danh plötzlich. Doch Ihr Name ist russisch. Sind Sie Russe?

Ich stamme aus einer russischen Familie – doch wie Sie schon sagen, ich bin französischer Bürger, sagte Dmitri. Ich bin nie in Rußland gewesen. Warum fragen Sie?

Ich dachte, Sie würden vielleicht das Sowjetsystem aus eigener Anschauung kennen, sagte Danh. Das ist alles. Und ich möchte Ihnen sagen: Bitte glauben Sie nicht, daß die Kommunistische Partei Vietnams das sowjetische Modell in allen Einzelheiten kopiert. Ich möchte auch sagen, was Sie geäußert haben, ist nicht unbedingt logisch.

Er beugte sich ein wenig vor, holte seine vietnamesische Zigarettenpackung aus der Brusttasche, doch sein Ton war noch immer freundlich, nicht verärgert. Er bot Dmitri eine Zigarette an, der sie nahm und sich bedankte, dann hielt er die Packung Mike und mir hin. Ich merkte, das war ein Mann, der gern diskutierte.

Wenn wir den Staat als hauptsächliche Quelle von Gerechtigkeit und Sicherheit ansehen, sollte das nicht notwendigerweise zu Tyrannei führen, sagte Danh.

Er blickte wieder Wolkow an.

Der Staat ist das Gemeinwesen, sagte er. Und die Menschen können ohne ein gesetzliches Gemeinwesen nicht zivilisiert werden. Stimmen Sie zu? Wenn wir nicht vor Armut und Ausbeutung und kriminellen Angriffen geschützt sind, können wir uns nicht selbst verwirklichen. Es kann dann keine Wissenschaft, keine Poesie, keine Kunst, keine Philosophie geben. Und diesen Schutz gibt uns der Staat. Wenn wir also den Staat als oberste Macht anerkennen, sind wir befreit.

Der Müde schlürfte laut seinen Tee, und Danh blickte ausdruckslos zu ihm hin. Alle Soldaten hörten anscheinend zu und lasen wie Studenten in unseren Gesichtern, und ich fragte mich, ob einige von ihnen nicht doch etwas Englisch verstanden. Lenin war besonders aufmerksam, seine Teeflasche hielt er mit beiden Händen umklammert, seine Augen waren schmal, und er studierte Dmitris Gesicht. Und plötzlich erkannte ich, daß das Leuchten in Lenins Augen von tiefem Mißfallen sprach – ja, vielleicht von Haß. Es schockierte mich ein wenig, und ich hatte Angst um Dmitri. Keiner der anderen sah Dmitri oder einen anderen von uns so an, und ich begann den Verdacht zu hegen, daß Lenin tatsächlich etwas Englisch verstand – und auch, daß er kein gewöhnlicher Soldat war. Ich hatte gehört, daß es sogar in den kleinsten dieser Einheiten einen zweiten Kader der kommunistischen Partei gab, dessen Aufgabe es war, über den Führer zu berichten. Vielleicht hatte Lenin diese Aufgabe; und ich fragte mich, wie politisch orthodox Hauptmann Danh war, wenn er sprach.

Das ist ein elegantes Argument Hegels, Hauptmann, sagte nun Dmitri. Ich kann gut verstehen, warum Sie es annehmen. Leider ging es noch weiter, wie Sie vielleicht noch wissen. Der Monarch ist die Verkörperung des Staates, deshalb darf seine Macht nicht in Frage gestellt werden. Und der Marxismus ersetzt das durch die Partei und ihre Bosse – mit absoluter Macht, die auch nicht in Frage gestellt werden darf. Anders ausgedrückt: Diktatur, die vorgibt, das Volk zu vertreten. Richtig?

Der Hauptmann sagte eine Weile nichts. Dann sah er uns der Reihe nach an. Wenn wir diesen Krieg gewinnen, sagte er, wird das in Vietnam nicht so sein. Wir werden das Volk befreien, es nicht versklaven. Er zog an seiner Zigarette und ließ den Rauch langsam durch die Nasenflügel entweichen. Ich bin Patriot und erst in zweiter Linie Marxist. Verstehen Sie das? Soll ich Ihnen sagen, warum ich Patriot bin?

Wir warteten, und er zeigte in die Dunkelheit hinein nach Westen. Dort draußen sind die alten französischen Kautschukplantagen, sagte er. Sie haben sie gesehen. Während der Kolonialzeit wurden Vietnamesen zum Arbeiten hierher gebracht. Einer von ihnen war der Vater meiner Mutter. Er wurde ständig geschlagen, man gab ihm kaum das Lebensnotwendige zu essen. Er war ein Sklave des Bodens. Es gibt keine schlimmere Sklaverei.

Da haben Sie recht, Hauptmann.

Ich blickte überrascht hoch; Mike hatte das gesagt.

Danh sah ihn an. Sie geben mir recht? Dann werden Sie verstehen, Mister Mike, daß das der Grund für den Kampf der Vietminh war; und warum wir als Söhne der Vietminh weiter kämpfen. Kein anderer wird unseren Boden besitzen! Sie stammen aus Ländern, wo der Patriotismus keine Rolle mehr spielt – doch das ist so, weil ihr nicht um euren Boden kämpfen müßt.

Er wandte sich wieder Dmitri zu. Ich kenne die Gefahren, von denen Sie sprechen, sagte er. Die Leidenschaften des Geistes sind am gefährlichsten, glaube ich – nicht die Leidenschaften des Körpers. Die Europäer sind für diese Leidenschaften sehr empfänglich gewesen. Und auch wir sind dafür empfänglich.

Dmitri betrachtete ihn mit erfreuter Miene. In der letzten Woche hatte sich sein Äußeres so verändert, daß er wie ein Bandit aussah – sein blondes Haar verfilzt, sein Gesicht war von der Sonne gerötet, seine blauen Augen verblaßt und starr. Jetzt hatte er das Lächeln mit offenem Munde für den Hauptmann bereit, das normalerweise für seine Freunde reserviert war. »Die Leidenschaften des Geistes« – gut, Hauptmann, was Sie sagen, ist wahr. Haben Sie in Ihrer Jugend Geschichte studiert?

Ich war gespannt, ob Hauptmann Danh auf diese Vertraulichkeit verärgert reagieren würde, doch er antwortete immer noch höflich. Ja, sagte er, ich habe in den fünfzigern in Paris studiert – wie viele meiner Kameraden. Ich wollte Lehrer werden. Ich habe europäische Geschichte und politische Philosophie studiert.

Seine Offenheit und Freundlichkeit waren beruhigend; aber ich wußte, es wäre töricht von uns, ihm zu trauen. Mag sein, er spielt mit uns, dachte ich; er ermuntert uns zu dieser Diskussion, um das, was wir sagen, seinen Vorgesetzten zu melden.

Meine Freunde und ich lasen in jener Zeit, soviel wir konnten, sagte Danh. Wir wollten alles wissen. Wir lasen Tom Paine, Montesquieu, Voltaire, Marx, Sartre. Wir waren betrunken von Ideen, betrunken von der Revolution; wir diskutierten nächtelang in Paris. Und ich muß gestehen, Mister Dmitri, von europäischer Geschichte und europäischen Denkern haben wir unsere Lektion gelernt. Zum größten Teil von französischen. Die Franzosen wollten uns die Freiheit nicht geben, doch sie haben uns bestimmt mit ihr vertraut gemacht.

Auch ich war Student bei den Franzosen, sagte Dmitri. Eine sehr kurze Zeit lang – ein Jahr, vor meinem Scheitern und der Exmatrikulation von der Sorbonne. Ich war kein Wissenschaftlertyp. Doch ich habe ungefähr dasselbe gelesen wie Sie. Tom Paine hat mir einen Kick verschafft.

Danh runzelte die Stirn, da er diesen Ausdruck nicht verstand; doch Dmitri sprach weiter.

»Noch einmal ganz neu anzufangen«, ja. Das ist eine sehr aufregende Idee, wenn man jung ist. Doch ich sage Ihnen, Hauptmann: Wir können nicht neu beginnen. Ein Neubeginn ist unmöglich; heraus kommt nur Zerstörung, Mord. Die schlimmste Tyrannei – die Herrschaft derer, die von Zerstörung leben und die wirklich nichts wollen außer der Macht. Nach meiner Auffassung müssen wir noch immer von der französischen Revolution lernen. Die französische Revolution ist sowenig Vergangenheit wie die russische. Bei der Revolution ist das Problem – erst kommt der romantische Wahn – dann folgt die Krankheit. Zuerst kommt der liebenswerte Idealismus und die Menschheitsliebe – dann folgt Machtlust und Terror.

Danh verzog keine Miene, als er sich das anhörte. Seine Augen wichen nicht vom Gesicht des Grafen, und seine Zigarette bewegte sich nicht in seiner Hand.

Gestehen Sie den französischen Revolutionären keine Freiheitsliebe zu? fragte er.

Bitte, Graf, dachte ich, nicht weiter. Das war viel schlimmer als gestern abend, und ich kann dir nur schwer erklären, wie angsteinflößend Dmitris Rede in dieser Situation war. Sich so einem kommunistischen Kader gegenüber zu äußern, der unser Bewacher war, mußte ja unsere vagen Aussichten auf Freilassung gefährden; dessen war ich mir sicher.

Doch Dmitri machte weiter.

Natürlich, sagte er. Sie alle liebten die Freiheit: Marat, Robespierre, Saint-Just. Sie alle waren Inquisitoren, die die Freiheit verteidigten – und die überall Ketzer witterten. Robespierre war in der Tat ein sehr gläubiger Mann, der Hohepriester einer neuen Religion – nicht wahr, Hauptmann? Der junge Saint-Just genauso; Sie werden sich daran erinnern, daß von ihm der Ausspruch stammt, das Feuer der Freiheit würde die Gesellschaft reinigen. Er stellte also Listen für Aktionen seiner Geheimpolizei zusammen und schickte Tausende auf die Guillotine. *Mon Dieu*, es ist zum Wahnsinnigwerden! Schneller und schneller arbeitet Madame Guillotine, und die Gefängnisse sind überfüllt – bis es die Menschen nicht mehr ertragen können und sich gegen die Männer der Freiheit erheben. Einer vom Großen Komitee hat gesagt, ihre Augen waren auf zu hohe Ziele gerichtet, um zu sehen, daß der Boden vor Blut schwamm – und er war stolz darauf!

Er zog schnell an seiner vietnamesischen Zigarette, dann nahm er sie heftig aus dem Mund, stieß Rauch aus und blickte sich mit seinen blaßblauen Augen im schweigenden Kreis der Gesichter um. Kein Lächeln jetzt auf seinem Gesicht – es war leidenschaftlich, ernst. Hauptmann Danh und Lenin betrachteten ihn jetzt, als sähen sie ihn zum ersten Mal – als fragten sie sich, welches Kunststück er wohl als nächstes vorführen würde. Was mich anging, so war ich verzweifelt, mein Magen krampfte sich zusammen, und ich hatte gerade für uns alle die Hoffnung aufgegeben. Ich haßte Dmitri fast für das, was er tat, während ich seine Kühnheit gleichzeitig bewunderte – wenn das Kühnheit war und nicht eher Dummheit.

Er warf nun seine Zigarette ins Feuer und schaute Hauptmann Danh wieder an.

Sie kommen immer mit der Revolution an, solche Burschen, sagte er. Sie sind etwas Besonderes. Robespierre, Saint-Just, Lenin, Stalin. Lenin hat viel gemeinsam mit Saint-Just – der hat auch sofort, als er auf der Bildfläche erschien, die Geheimpolizei eingerichtet. Das sind gebildete Männer, wie Sie wissen. Voll verrücktem Enthusiasmus, voll Haß auf alles, was nicht in ihre Pläne paßt! »Die Leidenschaften des Geistes«, Hauptmann! Und das Volk, die Bauern, versuchen sich am Ende gegen sie zu erheben. Sie versuchten einen Aufstand gegen die Jakobiner, gegen Lenin und Stalin auch. In beiden Fällen mit beschissenen Konsequenzen für sie selbst, die armen Teufel.

Er fuhr fort und sagte noch mehr, doch ich habe es jetzt vergessen; vielleicht habe ich es verdrängt. Als er fertig war, räusperte sich Danh und sprach so ruhig wie vorher.

So sind wir nicht, sagte er. Unsere Bodenreformen haben die Bauern von Landbesitzern befreit, die sie bis zur Vernichtung ausgequetscht haben.

Und dann wandte er sich an mich.

Sie werden solche Landreformen aus China kennen, Mister Jim. Wie ich höre, sind Sie vom Festland nach Hongkong gekommen, hat Ihre Familie früher in Peking gelebt. Sie müssen dort vor der Befreiung Ihre Kindheit verbracht haben.

Ich fröstelte. Jetzt verstand ich oder meinte zu verstehen. Das war ein Verhör. Alles, was wir sagten, wurde benutzt, um ein Dossier zu erstellen, das unser Schicksal bestimmen würde. Die Erklärungen, die man uns am Abend unserer Gefangennahme in der Hütte hatte niederschreiben lassen, waren offensichtlich Hauptmann Danh gegeben worden; und er und seine Vorgesetzten hatten daraus abgeleitet, was ich war: ein Klassenfeind, in ihrer Terminologie. Verzweiflung packte mich. Als Chinese würden mich die vietnamesischen Behörden anders betrachten als Mike und Dmitri. Meine Akkreditierung als Korrespondent und mein Hongkong-Paß würden sehr wenig bedeuten. Doch es hatte keinen Zweck zu leugnen.

Ja, sagte ich. Mein Vater war Gelehrter.

Hauptmann Danh nickte. Sie gehörten also zur *shen-shih*, sagte er. Dem Adel. Viele davon waren Landeigentümer und behandelten das Volk sehr schlecht. Ist es nicht so?

Ja, sagte ich. Aber nicht alle. Mein Vater war Beamter, kein Landeigentümer, und glaubte selbst an Reformen. Seine Liebe galt immer in erster Linie der T'ang-Dichtung und nicht dem Geldverdienen.

Danh schaute mich noch eine Weile an, sagte aber nichts. Dann wandte er sich an Mike. Und Sie, Mister Mike, sagte er, was denken Sie? Sie reden sehr wenig.

Mike rieb sich den Nacken und gab zunächst keine Antwort. Dann schwappte er den letzten Tee auf den Boden.

Ich denke, wir müssen einander helfen, sagte er.

Danh schob die Lippen vor und schaute belustigt drein. Das ist alles? Und das schließt alle Feinde ein?

Solange sie nicht versuchen, uns zu erschießen, sagte Mike. Und dann zwinkerte er dem Hauptmann zu, mit unverändert ernster Miene.

Aus Danhs Gesichtsausdruck schloß ich jetzt, daß er nicht wußte, was er von Mike halten sollte, und nicht wußte, ob Mike sich über ihn lustig machte. Doch das wußte man bei Snow oft nicht. Nach der Diskussion zwischen Hauptmann Danh und Wolkow klangen seine Worte ziemlich naiv. Nun gut, Snow war – ganz wie ich – kein großer Denker. Doch es war seltsam, diese unbedeutenden Worte und sein Zwinkern hatten meine Angst gemildert und hatten irgendwie die Atmosphäre entspannt. Vielleicht hatte das etwas mit der Kraft seines Schweigens und mit der Ruhe in seinem Gesicht zu tun. Sogar die Gesichter der jungen Soldaten – Lenin ausgenommen, heißt das – schienen weicher und glücklicher zu werden, wenn sie ihn anschauten. Nichts veränderte Mike, dachte ich, nichts konnte ihn je verändern, schien es. Ich stellte fest, daß ich ihn ansah, wie ein Kind gewisse Erwachsene ansieht, weil es glaubt, solch ein Erwachsener könne jedes Problem lösen und alle Angst aus der Welt verbannen.

Hauptmann Danh wandte sich wieder Dmitri zu. Ich möchte Ihnen nur das eine sagen, Mister Dmitri. Marxismus ist für uns keine Religion, die nicht verändert werden kann; Marxismus ist ein Werkzeug, um unser Land zu befreien. Verstehen Sie?

Dmitri zog die Brauen hoch, dann erhob er seine Teeflasche zum Trinkspruch. Ich verstehe, sagte er. *Bonne chance*, Hauptmann.

Einerseits verwunderte mich diese Reaktion von Dmitri; sein Haß auf den Marxismus war so groß. Doch andererseits verwunderte es mich nicht. Hauptmann Nguyen Van Danh war ein liebenswerter Mann, und für Wolkow kam immer zuerst der Mensch und dann die Weltanschauung. Und ich erkannte auch, daß Dmitri sich trotz all seines Geredes Danh nicht zum Feind gemacht hatte – was nicht heißen sollte, daß er uns im Hinblick auf den Bericht über uns nicht sehr geschadet hatte. Doch was sein Verhalten auch bewirken würde, es gab einen Funken des Interesses zwischen ihm und Hauptmann Danh, den ich für echt hielt. Natürlich mochte Danh ein sehr guter Schauspieler sein und seine Absichten insgeheim feindlich, doch ich mochte das irgendwie nicht glauben. Manchmal entsteht zwischen zwei Menschen eine Atmosphäre, die nicht künstlich erzeugt oder vorgetäuscht werden kann.

Ich hob meine Flasche, Mike auch, und Hauptmann Danh lachte. Schade, daß wir keinen Wein haben, sagte er.

Die hochaufgeschossenen dünnen Bäume mit den weißen Stämmen standen hier eng beieinander, und wir hingen unsere Hängematten zwischen ihnen auf, nah genug, um uns flüsternd unterhalten zu können, und ein Stück von der nächsten Hängematte der Soldaten entfernt. Drüben am erloschenen Feuer saß Prinz und hielt Wache, das Gewehr über den Knien. Die Gruppe wechselte sich die ganze Nacht lang bei der Wache ab.

Ich wollte nur schlafen, aber Mike und Dmitri unterhielten sich flüsternd weiter.

Ich mag diesen Danh, sagte Mike. Ich glaube, er ist gutwillig.

Ich mag ihn auch, sagte Dmitri. Doch vergiß nicht, was er ist. Bilde dir nicht ein, daß er unser guter Kumpel ist.

Ich denke, es besteht eine Chance, daß er uns freiläßt, aber übertreib es nicht mit deinen politischen Ansprachen, Graf. Trag hier nicht den kalten Krieg aus, Freund, sonst läßt er uns nie gehen.

Dmitri kicherte. Es ist sowieso sehr unwahrscheinlich, daß sie das tun, hast du das nicht gemerkt? Du glaubst, ich handle töricht, doch ich sage dir, Snow – es spielt keine Rolle. Alles spricht schon zu unseren Ungunsten, Ansichten ändern da nichts. Sie glauben, wir wären bei der CIA – und Danh redet einfach gern. Er hat seine Pflicht, und die ist, uns auf der vietnamesischen Seite viel rauheren Kerlen zu übergeben – und dort werden wir in ein verdammtes Gefangenenlager gesteckt.

Vielleicht, sagte Mike. Doch ich hoffe weiter, daß es nicht so kommt. Das solltest du auch, Graf.

Dmitris Stimme erhob sich jetzt etwas über den Flüsterton, sie war erschöpft und zaghaft, und plötzlich war alles Leben fort aus ihr.

Ich versuche es, Snow – aber ich werde sehr müde. Ich glaube, ich bekomme bald einen meiner Malariaanfälle.

Wir kriegen dich durch, Freund. Was, Jim?

Mikes blasses Gesicht hatte sich unter dem Moskitonetz zu mir gewandt, und ich riß mich aus dem Halbschlaf. Klar, sagte ich. Mach dir keine Sorgen, Graf. Halte durch.

Eine Weile herrschte Ruhe, nichts zu hören, außer dem Wind, der leise in den Blättern rauschte, dem Sirren der Moskitos und anderen Insektenlauten. Dann hörte ich wieder Dmitri, sehr sanft, wie ein Kind.

He, Jim, wo möchtest du jetzt gern sein?

Das war ein Spiel, das wir oft spielten, um uns weiterzuhelfen.

In Singapur im York, sagte ich. Mit einem großen kühlen Bier, und der alte Charlie hackt das Eis.

Das alte York gibt es nicht mehr, sagte Dmitri.

Den alten Charlie auch nicht, sagte Mike. Vieles gibt es nicht mehr,

Was auch kommt, sagte Dmitri, wir hatten doch schöne Zeiten – stimmt's?

Stimmt, sagten wir beide und waren wieder still. Wir meinten, was wir sagten, und es war uns wichtig. Ich glitt in den Schlaf und fühlte mich getröstet.

Am nächsten Tag wurde der Marsch viel schwerer.

Wir waren nun dem Pfad sieben Tage lang gefolgt, und es hatte die erste Maiwoche begonnen. Der Monsun kam, und die Regengüsse am Nachmittag verwandelten den Boden in dicken roten Schlamm, Schlamm, der an den Sandalen zerrte und das Laufen schwer machte. Bald würden diese Regen heftiger und häufiger werden, und ich fürchtete mich davor, was das bedeutete. Wir würden nie trocken werden und wunde Füße und Fußpilz bekommen, und überall wäre Schlamm, Schlamm, Schlamm.

Als ich mich umdrehte, stellte ich fest, daß Dmitri weit zurückgefallen war, und ich blieb stehen, um auf ihn zu warten. Mike folgte meinem Beispiel, und der Müde hielt an, um uns alle drei zu beobachten, während der Rest der Patrouille weiterging. Wir wurden immer beobachtet.

Dmitri kämpfte sich mühsam zu uns heran und sah sehr blaß und erschöpft aus. Mir fiel ein, daß er uns gestern nacht gesagt hatte, er fühle seine Malaria kommen, und auch Mike schien daran zu denken; er fragte ihn, ob er krank sei. Aber Dmitri schüttelte den Kopf.

Ich bin okay, sagte er. Er ist der Malariakranke.

Und er deutete mit dem Daumen auf den Müden, der dort stand und sein Gewehr kraftlos zu Boden hängen ließ. Seine Lider waren jetzt halb geschlossen, er sah ungesund gelb aus, Schweiß glänzte auf seinem Gesicht, und er hatte regelmäßige Schüttelfrostanfälle. Uns allen waren die Symptome vertraut, und wir sahen ihn besorgt an; daß er überhaupt noch herumlief, war ein Wunder. Mike sprach vietnamesisch mit ihm und zeigte auf seinen Tornister. Er fragte, ob er den übernehmen solle.

Der Müde blickte erstaunt und unsicher und schüttelte den Kopf. Doch Mike nahm ihm den Tornister ab; er versuchte, auch seine Kalaschnikow zu nehmen, doch der Müde sah so erschrocken aus, daß Mike grinste und es aufgab. Er hängte sich den Tornister des Müden über eine Schulter und marschierte nun mit doppeltem Gepäck.

Nach wenigen Minuten drehte sich Hauptmann Danh um und sah, was geschehen war; er blieb mit gerunzelter Stirn stehen und wartete, bis Mike herangekommen war. Was machen Sie? fragte er.

Er ist krank, sagte Mike. Malaria. Er sollte sich hinlegen.

Wir können nicht anhalten. Unser Sanitätsoffizier wird ihm Tabletten geben, sagte Danh. Aber Sie können nicht doppeltes Marschgepäck tragen.

Es geht schon, sagte Mike. Gestatten Sie es mir.

Hauptmann Danh zögerte. Dann sagte er: Wenn Sie wollen. Vielen Dank, daß Sie es mir gesagt haben; er ist ein Mann, der nicht klagt.

Sobald Doc dem Müden ein paar Tabletten verabreicht hatte, ging es weiter auf dem schlammigen roten Pfad durch sumpfiges Gelände. Hier standen Palmen in dichten Gruppen zusammen; der Regen hatte aufgehört, doch die glänzend grünen Palmwedel tropften wie lecke Wasserhähne. Wir gingen im Gänsemarsch außer Hauptmann Danh und Mike, die der Marschkolonne gemeinsam voranschritten. Ich beobachtete durch das düstere grüne Licht, wie Mike sich herabbeugte, um in Danhs Ohr zu sprechen, wozu er auf seine spezielle Weise gestikulierte, doch nur mit einer Hand, da der zusätzliche Tornister ihn behinderte. Einmal wandte sich Danh beiseite, sah ihn an und lachte.

Mir wurde Mikes Ausdauer allmählich unheimlich. Wie Dmitri wurde auch ich immer erschöpfter und schwächer. Ich bin im allgemeinen ziemlich stark, doch ich war es nicht gewöhnt, mit derartigen Hungerrationen auszukommen oder so lange hintereinander ohne Pause zu marschieren. An meinem rechten Fuß bildete sich eine Blase – und das ist mit das Schlimmste, was dir auf einem solchen Marsch passieren kann. Und auch ich hatte Angst vor Malaria; Anfälle suchten mich manchmal heim, wie Dmitri. Unter normalen Umständen, wenn die richten Medikamente zur Hand waren, hätte das ein paar unangenehme Tage bedeutet; doch wenn einen hier die Malaria umwarf, hieße das, daß man auf einem NVA-Stützpunkt zurückgelassen wurde, weil die Einheit mit Sicherheit nicht haltmachen würde. Und unter solchen Bedingungen könnte das bedeuten, daß man wirklich sehr krank wurde – oder sogar starb.

Ich versuchte, nicht daran zu denken. Mike plagten offenbar keine solchen Sorgen; seine Jahre mit der ARVN hatten ihn so zäh wie diese Nordvietnamesen gemacht. Und sogar einige der Soldaten wirkten jetzt überanstrengt, ihre Gesichter waren bleich und gelblich. Sie machten die ganze Zeit über Scherze darüber, wie hungrig sie waren.

Am Abend dieses Tages hatten wir unser erstes Zusammentreffen mit den Roten Khmer.

Wir waren aus dem sumpfigen Gebiet heraus, und die rote Straße wurde breiter; die Dunkelheit brach herein, und obwohl es hier Reisfelder gab, war kein Lebenszeichen in der Nähe zu sehen, keine Lichter. Als wir um eine Biegung kamen, fanden wir einen zum Stehen gekommenen nordvietnamesischen Konvoi vor uns – vier Armeelaster hintereinander, von sowjetischer Bauart, solide und altmodisch, mit auf den Kühlern festgebundenen Fahrrädern. Sie waren voller NVA-Soldaten in ihren ausgebeulten grünen Baumwolluniformen und mit Tropenhelmen – und wenigstens ein Drittel davon waren junge Frauen.

Der vorderste Laster hatte die Scheinwerfer an und den Motor laufen. Nicht weit von ihm standen wie Schatten ein Dutzend oder mehr Gestalten in schwarzen Baumwollanzügen. Sie hatten AK-47-Sturmgewehre über der Schulter, und einer von ihnen sprach mit einem NVA-Offizier mit Tropenhelm. Sie drehten sich um und starrten unsere Einheit an, musterten Mike, Dmitri und mich mit großer Neugier.

Ich hatte noch keine Roten Khmer aus der Nähe gesehen. Sie waren alle sehr jung, abgesehen von dem Mann, der mit dem Offizier sprach; braune Khmer-Bauern mit langem lockigen Haar. Alle trugen das rot-weiß-karierte *krama*, entweder um den Hals oder als Turban. Ihr Aussehen ließ mich vermuten, daß sie aus Wald- und Gebirgsgegenden stammten, die sehr wenig Kontakt zur Außenwelt hatten; und am bemerkenswertesten war an ihnen der Ausdruck ihrer Gesichter. Wie kann ich diesen Ausdruck beschreiben? Er war bei allen gleich. Im Scheinwerferlicht des Lkws, das tiefe Schatten auf ihren Gesichtern erzeugte, schienen ihre Augen vor Zorn über irgend etwas zu glühen – etwas, das sie nicht verstanden, etwas, das sie alle umso feindseliger machte, weil sie es nicht verstanden. Als hätte etwas Größeres als sie selbst Besitz von ihrem Geist ergriffen und ihn mit Bosheit erfüllt. Ich sage das nicht wegen der Dinge, die sie seither getan haben; ich habe es damals gesehen. Sie erinnerten mich am ehesten an eine Straßen-Gang – die Sorte, die man fürchten muß.

Wir machten am Straßenrand Halt, und ich bemerkte, daß alle unsere Soldaten an ihren Gewehren herumhantierten. Hauptmann Danh war zu dem NVA-Offizier und dem Anführer der Roten Khmer gegangen, begleitet von Doc und Lenin. Er holte aus einer Uniformtasche ein Dokument hervor, und der Anführer der Roten Khmer studierte es im Scheinwerferlicht, während Hauptmann Danh auf Khmer zu ihm sprach und freundlich lächelte. Danh war diese Situation offenbar vertraut.

An meiner Seite murmelte der Müde mir plötzlich auf vietnamesisch ins Ohr, wobei er die Roten Khmer nicht aus den Augen ließ.

Sie sagen, sie hätten Anrecht auf einen Anteil dieser Waffen, sagte er. Sie sagen, die Chinesen hätten ihnen die Waffen geschickt. Es sind Diebe.

Nach einer ausführlichen Unterredung kamen Danh und Doc und Lenin zu uns zurück, und der NVA-Offizier, der zum Konvoi gehörte, rief einen Befehl.

Ein Haufen Schnellfeuergewehre und einige chinesische B-40-Raketenwerfer wurden aus den Lkws geladen, und die Roten Khmer sammelten das ein. Dann verschwanden sie ohne einen

Blick zurück in die Dunkelheit zwischen den Palmen und wurden wieder zu Schatten.

Ich hoffte gegen alle Hoffnung, daß wir nun im Konvoi den Pfad hinunter mitfahren würden. Doch die Lkws waren voll, was ziemlich offensichtlich war, und man nahm uns nicht mit. Sie fuhren langsam davon, und die jungen männlichen und weiblichen Soldaten starrten uns neugierig an, während sie fortfuhren. Die eine oder andere Frau lächelte, und eine Gruppe junger Männer winkte uns.

Als sie den Pfad hinunterholperten, sah ich sie mit wachsender Verzweiflung davonfahren. Ich sollte mich nicht so gehenlassen, dachte ich; und ich beschloß, mich abzuhärten. Doch ich machte mir Sorgen wegen der Blase, die jetzt zu klopfen begonnen hatte.

Auf dem letzten Stützpunkt waren nicht viel Lebensmittel zu bekommen gewesen, und heute abend hatten wir nur Reis und etwas Dörrfisch zu essen. Doch unser Lager befand sich in der Nähe eines Dorfes, dessen Lichter wir zwischen den Bäumen sehen konnten, und Prinz und Schildkröte machten sich auf, um zu sehen, ob dort etwas Eßbares zu beschaffen war.

Der Müde wollte nichts essen. Während wir übrigen um den Topf herum saßen, lag er schwitzend auf seinem Umhang, die Malaria hatte ihn voll erwischt. Das erste Stadium der Malaria hatte auch Dmitri erreicht; er saß mit schwitzendem Gesicht da und zitterte krampfhaft, umschlang seine Knie und starrte unverwandt vor sich hin.

Hauptmann Danh hatte Doc angewiesen, sowohl dem Müden als auch Dmitri einige Malaria- und Vitamintabletten zu geben. Jetzt betrachtete er Wolkow über das Feuer hinweg mit gerunzelter Stirn, und dann sah er Mike und mich an. Ich befürchte, daß Mister Dmitri morgen nicht in der Lage sein wird zu marschieren, sagte er. Wir müssen innerhalb der nächsten drei Tage die Grenze erreichen, um die Verbindung mit meinen Vorgesetzten herzustellen. Ich habe den Befehl dazu; ich kann keine Pause einlegen. Vielleicht müssen wir ihn auf einem Stützpunkt zurücklassen.

Der Graf zeigte ihm ein schwaches Grinsen und sprach mit Mühe. Sie können unser ganzes Drei-Mann-Team zurücklassen, wenn Sie möchten, Hauptmann. Wir wollen nicht getrennt werden.

 Das kann ich nicht, ohne drei meiner Männer bei Ihnen zu lassen

– und das kann ich mir wirklich nicht leisten, sagte Danh. Ich möchte auch nicht, daß Sie in die Hände der Roten Khmer fallen, was möglich ist. Er machte eine Pause und sah uns ausdruckslos an. Einige von denen sind nicht zivilisiert, sagte er.

Prinz und Schildkröte tauchten aus dem Dunkel auf und traten in den Schein des niedrigen Feuers. Jeder hielt ein lebendes Huhn an den Füßen, und die Soldaten brachen in Jubel aus, schwatzten und lachten aufgeregt – das war ein Festessen. Die Hühner schlugen mit den Flügeln und kreischten schwach.

Aber Hauptmann Danh hob die Hand und sprach auf vietnamesisch mit Prinz und Schildkröte. Er sprach deutlich, ich konnte ihn verstehen. Wo habt ihr diese Hühner her? fragte er. Habt ihr sie den Dorfbewohnern abgekauft?

Das hübsche Gesicht von Prinz verfinsterte sich. Nein, sagte er. In dem Dorf sind sie schlecht. Sie wollten uns nichts verkaufen. Sie sagen, sie haben nicht genug. Da haben wir die da genommen. Wir haben alle großen Hunger und werden schwach.

Nein. Ihr werdet die Hühner zurückbringen, sagte Danh. Sein Gesicht war streng, seine Lippen zusammengepreßt.

Die Soldaten um das Feuer verstummten; und Prinz und Schildkröte hielten ihre Hühner fest und starrten Hauptmann Danh an. Schildkrötes rundes Gesicht hatte einen komischen, erstaunten Ausdruck, wie ein Hund, dem man den versprochenen Spaziergang verweigert. Aber es war nicht lustig; wir alle wollten die Hühner zu sehr.

Macht, was ich sage, sagte Danh. So gehen wir nicht mit den Menschen um, ihr wißt das. Wir kommen nicht, um sie zu bestehlen, wir kommen, um sie zu befreien.

Ohne ein Wort gingen die beiden Männer fort und trotteten in die Dunkelheit hinein. Ich erwartete Protestgemurmel rings ums Feuer, vielleicht sogar Zorn. Doch nichts dergleichen, nur Schweigen.

Da wußte ich, daß der Norden den Krieg gewinnen würde.

Dmitri war vor Mike und mir in seiner Hängematte, und wir standen neben ihm. Seine Malaria entwickelte sich jetzt schnell, er zitterte heftig, Schweiß strömte ihm übers Gesicht und durchtränkte sein Hemd. Seine halb geöffneten Augen waren blaß und blind, starrten zu uns hoch, und ich sah, daß er nur halb bei Bewußtsein war.

Mike wischte Dmitri die Stirn mit einem Taschentuch ab und beugte sich über ihn. Da mußt du durch, Graf, sagte er. Bis zum Morgen ist es vorüber.

Dmitri antwortete mit kleiner Stimme, und wir beugten uns herab, um ihn zu verstehen. Überlaßt mich bloß nicht diesen verfluchten Roten Khmer, sagte er. Ihr habt ihre verdammten Gesichter gesehen.

Wir werden dich nicht zurücklassen, Freund, sagte Mike. Du bist zu wertvoll: Wir könnten dich vielleicht an der Grenze gegen irgendwas eintauschen.

Wir versuchten beide zu scherzen und ihn zu beruhigen, doch ich glaube, er hörte uns gar nicht mehr; er blickte hinauf in den bewölkten Himmel, seine Augen drehten weg.

Ich lag in meiner Hängematte und hoffte, daß der Regen in der Nacht nicht wieder einsetzen würde. Ich hatte festgestellt, daß die Blase an meinem Fuß zu einer offenen Stelle wurde, und sie klopfte jetzt schlimm. Doc hatte Mercurochrom darauf gestrichen; er hatte keine Pflaster, sondern wickelte eine Baumwollbinde darum, doch ich bezweifelte, daß sie halten würde. Er hatte die Stirn gerunzelt und mit der Zunge geschnalzt, und er sprach vietnamesisch mit mir. Vielleicht kannst du bald nicht mehr laufen, sagte er. Es könnte sich ausbreiten und zu Dschungelmykose werden – besonders wenn es zu regnen anfängt.

Ich wußte, daß das stimmte; ich hatte gesehen, was mit Soldaten in der Regenzeit geschah – mit vietnamesischen Soldaten und amerikanischen GIs gleichermaßen. Es war die Zeit von Hautpilzen, von Geschwüren, die nie heilten, weil sie nie trocken wurden. Doch ich wußte genau wie Dmitri, daß ich durchhalten mußte; ich sprach nicht mit Mike darüber. Im Geist sah ich stets die schwarzen Schatten der Roten Khmer.

Eine Weile lagen Mike und ich ohne zu sprechen in den Hängematten. Der Professor hatte Wache und saß einige Meter entfernt an einen Palmstamm gelehnt, den Kopf auf der Brust, das Gewehr über den Knien. Durch einen Riß in der Wolkendecke schaute der Mond, und wir konnten Dmitris weißes, schweißnasses Gesicht unter dem Moskitonetz sehen, die Augen waren geschlossen. Er phantasierte, warf den Kopf hin und her und murmelte.

 Ich fürchte, er schafft es morgen nicht, sagte ich.

Er schafft es, sagte Mike. Und wenn ich ihn tragen muß.

Ich sah in seinem Gesicht, daß er das wörtlich meinte. Wir beide werden ihn tragen, sagte ich. Aber ich beginne mir etwas Sorgen zu machen, Snow.

Ich auch, sagte er.

Das überraschte mich. Er hatte das noch nie zugegeben, es sah ihm nicht ähnlich. Er schob sein Netz zur Seite und zündete sich eine Zigarette an.

Manchmal glaube ich, wir werden es nie nach Phnom Penh zurück schaffen, sagte ich.

Ich hatte das eigentlich nicht sagen wollen, wenn ich nicht so deprimiert vor Hunger gewesen wäre und aus Angst wegen meines Fußes, wäre es mir nicht entschlüpft, und ich erwartete, daß Mike das von sich weisen würde.

Doch er sagte nur: Du könntest recht haben, Freund. Denk aber nicht darüber nach.

Dann fragte ich ihn, ob er jemals betete. Noch nie hatte ich so etwas gefragt, aber jetzt schien es natürlich und machte nicht verlegen.

Hin und wieder, sagte er. Wenn ich müde bin. Ich weiß gar nicht genau, zu wem ich bete. Doch wer es auch ist, ich stelle mir vor, daß sie mit uns marschieren. Das hilft.

Dann fragte ich ihn, ob er manchmal an seine Heimat dächte.

Manchmal. Ich denke hauptsächlich an die Kühle, sagte er, und ich sah, wie eine leise Sehnsucht in sein Gesicht kam. Nur für ein Weilchen würde ich gern wieder in unserem Tal sein, sagte er. In den Hopfenfeldern. Dort war es immer kühl.

Ich stelle fest, daß auch ich in diesen letzten Tagen viel an meine Kindheit gedacht habe, sagte ich. Ich denke an das Heim unserer Familie in Peking.

Und ich redete über die Dinge in unserem verlorenen Heim, die ich vermißte und an die ich jahrelang nicht gedacht hatte. Ich nannte diese Dinge laut beim Namen, weil es mir so etwas wie Frieden gab. Die Vergangenheit ist eine Geschichte, und wir können nicht zurück in sie, deshalb ist unsere Sehnsucht nach ihr süß und nicht zu bitter. Gedanken an Lu Ying wollte ich nicht zulassen, weil sie zur Gegenwart gehörte und das zu schmerzlich für mich war; vielleicht verschwand ich für Jahre in irgendeinem Lager, und ich wußte nicht, ob sie auf mich warten würde. Jetzt weiß ich, daß sie gewartet hätte.

Ich erzählte Mike vom Haus unserer Familie mit seinen hohen Mauern und rotlackierten Toren und seinen vielen Wohnungen, die unsere große Familie beherbergten. Ich erzählte, wie meine Geschwister und ich zwischen den steinernen Löwen im Hof unter einem großen Magnolienbaum spielten. Und ich erinnerte mich ganz besonders an das Mondtor, das damals für mich immer so aussah wie der Eingang in ein Zauberland – ein Land in einer Geschichte. In der Erinnerung schien es immer Sommer zu sein, wenn Peking heiß und staubig war und alles trocken wie Pfeffer roch. Doch die Robinien und Platanen auf den Straßen waren belaubt und zeigten ein helles, prickelndes Grün. Ich erinnerte mich an die halbdunklen, luftigen Zimmer in dem alten Haus mit den vielen alten Dingen, die Familienerbstücke waren und die wir zum größten Teil bei unserer Flucht zurückgelassen hatten – die Rollbilder und Vasen, die Lackbetten, die Perlenvorhänge. Das alte China. Und ich sprach von meiner bald nach unserer Ankunft in Hongkong gestorbenen Mutter, die klein und hübsch war und uns Kinder stets verwöhnt hatte, zu der wir in die große Küche kommen durften, wo sie alles überwachte. In der Küche roch es stets nach Eingemachtem und Gewürzen, und ich dachte an die Reihen von Vorratskrügen aus brauner Keramik; aus irgendeinem Grund tat es gut, gerade jetzt an diese Krüge zu denken.

Mike konnte gut zuhören. Es schien ihn wirklich zu interessieren, und ich fing an, von meinem Vater zu erzählen, von dem ich ihm schon früher erzählt hatte. Ich bin froh, daß er uns diese alten Dichter vorgelesen hat, sagte ich. Tu Fu. Po Chü-I. Einiges davon habe ich noch behalten, auch wenn ich nie ein Gelehrter war.

Das muß eine schöne Erinnerung sein, sagte Mike. Er klang traurig, dachte ich, und er sprach sehr leise; wir waren beide dem Schlaf nahe.

In diesen Gedichten schienen oft Barbaren vorzukommen, erzählte ich ihm, die hinter der Großen Mauer lauerten. Das war während des Krieges, und ich stellte mir die Barbaren wie die überheblichen japanischen Offiziere vor, an denen wir auf Pekings Straßen vorüberkamen. Ich kann mich noch so halb an ein Gedicht über die Tataren erinnern, und den Klang ihrer Hörner im Nordwind und Mondlicht auf der Großen Mauer. Und an eins über den Stern des Hütejungen.

Ich sah zu Mike hinüber. Er war eingeschlafen.

Die folgenden zwei Tage waren die schlimmsten unseres Marsches. Sie verstrichen hinter einem silbernen Regenschleier. Der Regen setzte frühzeitig ein, genau wie Doc befürchtet hatte.

Wir wurden am Morgen in unseren Hängematten durch Donner und einen Wolkenbruch geweckt. Er war kurz, doch wir waren sofort bis auf die Haut durchnäßt. Wir schwankten in wogenden, dichten Wassermassen umher, die Regenumhänge über dem Kopf, die dünnen Baumwolluniformen klebten am Körper. Die einst trockene Erde wurde zum roten Morast, von glänzenden Blättern und Zweigen floß es herab, kleine Wasserfälle bildeten sich überall.

Es gab kein Frühstück, Hauptmann Danh befahl uns, kalte Reisbällchen in die Hand zu nehmen und sie beim Laufen zu essen. Unsere Kolonne begann zu marschieren. Für mich war das von der ersten Stunde an ein Marsch der Schmerzen.

Der Regen setzte am Nachmittag wieder ein, und diesmal hörte er nicht mehr auf. Normalerweise kommen die Monsungüsse in Kambodscha nur nachmittags; doch manchmal regnet es zwei oder drei Tage lang ohne Unterlaß. Das war ein solches Mal, wie sich herausstellte.

Die offene Stelle auf der rechten Fußsohle war nun ein Geschwür. Ein anderes Geschwür hatte sich über dem Knöchel gebildet, und an beiden Füßen begann sich die Haut abzupellen. Bei jedem Auftreten durchzuckte mich Schmerz. Doc tat sein möglichstes, wandte noch mehr Salbe und Binden an; doch beim Marschieren durch den Schlamm löste sich der Verband, und jeder Schritt bedeutete einen messerscharfen Schmerz. Nach einer Stunde Marsch spürte ich, daß ich nicht mehr weiter konnte; kaum daß ich den Fuß aufsetzen konnte. Ich blieb stehen, und Dmitri kam keuchend heran. Seine Malariaattacke hatte sich an diesem Vormittag etwas abgeschwächt, doch er war noch totenbleich.

Du bist ein verdammter Krüppel, sagte er. Stütz dich auf meine Schulter.

Nein, sagte ich, du bist zu schwach, Graf.

Wir mußten schreien, so laut war der Regenguß. Der Graf sah mich grimmig an, Wasser tropfte vom Rand seines Baumwollhuts. Mir geht's jetzt besser, schrie er. Mach verdammt noch mal, was ich dir sage, Jim, oder du wirst zurückgelassen.

Also stützte ich mich mit der rechten Hand beim Gehen auf seine Schulter und entlastete den Fuß etwas. Es war eine große Erleichterung. Dmitri war immer ein schwieriger Mann gewesen, doch ich war ihm sehr zugetan und wußte nun, daß dieses Gefühl nie zerstört werden würde. Während wir uns vorwärtskämpften, hörte ich ihn vor sich hin singen – er keuchte und sang gleichzeitig. Es war der Elvis-Presley-Song, den er vor Jahren, als wir in Saigon jung waren, so gemocht hatte:

Wise men say
Only fools rush in ...

Nach einer Weile sah ich, daß er wieder zitterte; er hatte aufgehört zu singen und rang nach Luft. Ich überredete ihn, mich allein gehen zu lassen, suchte mir einen kräftigen Stock neben dem Pfad und humpelte damit weiter. Er und ich waren die letzten in der Kolonne außer Lenin, der noch hinter uns ging – unser Bewacher. Wir bewegten uns immer langsamer, durch eine Landschaft wie ein verschwommenes Gemälde, und Lenin fing an, uns anzuschreien, wir sollten schneller machen; seine Stimme wurde drohend.

Di di mau! Di di mau!

Wie satt ich diesen Ausdruck hatte. Mir war Lenin nie sympathisch gewesen, doch nun begann ich ihn zu hassen. Dort vorn war Mike stehen geblieben und hatte sich umgedreht, um nach uns zu schauen; er wartete, bis wir herangekommen waren.

Ihr Burschen seht nicht allzu fidel aus, sagte er. Ich nehme euch mal was ab.

Und während Lenin mit höhnischen Blicken zusah, packte er den größten Teil des Inhalts von meinem und Dmitris Tornister um in seinen. Wir protestierten, doch er wollte nicht hören; er nahm sogar noch unsere Reisschläuche. Nichts davon war an und für sich sehr schwer, doch das alles zusammen hatte sein Gewicht, und wenn man solche Schmerzen hat und sich so schwach fühlt wie Dmitri und ich, macht die Befreiung von jedem kleinen Gewicht eine Menge aus. Als Mike dann merkte, daß Dmitris Malaria ihn wieder überfiel, ließ er den Grafen dicht hinter sich laufen und sich an seinem Hemd festhalten. Er zog Dmitri buchstäblich mit sich; und er würde das nun Stunde um Stunde tun.

Diese Nacht schliefen wir in der Hütte eines Stützpunktes und waren so wenigstens im Trockenen und aßen gut; die Soldaten dort gaben uns frische Vorräte. Doch am nächsten Tag ging der Regen weiter und schien noch heftiger. Ich merkte, daß die Haut an meinen Füßen schwarz und schwammartig wurde und sich in großen Stücken abschälte; und auch Mike und Dmitri hatten ähnliche Fußprobleme. An den Beinen hatte ich noch mehr Geschwüre, eins in der Lendengegend.

Wir torkelten dahin, kauten unseren kalten Reis, und jetzt schien eine Dringlichkeit in den Marsch zu kommen; wir wurden angetrieben und gingen immer längere Strecken ohne Pause. Hauptmann Danh sagte uns, daß sie per Funk gehört hatten, daß man eine baldige Konzentration von B-52-Bombern in dieser Region erwartete, und er wollte schnell zur Grenze.

Ich benutzte noch meinen Stock, und Mike trug noch immer den Inhalt von meinem und Dmitris Tornister. Als ich mich umdrehte, um nach Dmitri zu schauen, der sich wieder einmal an Mikes Hemd festhielt, versetzte es mir einen Schock. Seine Malaria war schlimmer geworden, er taumelte und torkelte, die Augen blind, sein Gesicht das eines Leichnams. Doch bald konnte ich mir keine Sorgen mehr um Dmitri machen. Krampfartige Schmerzen gingen mir durch die Eingeweide, und eine Woge der Übelkeit kam über mich. Ich wußte sofort den Grund dafür: Ich bekam die Ruhr.

Bald packten mich Durchfälle, und ich mußte mich immer wieder neben den Pfad hocken und mich entleeren, bis nichts mehr da war. Die Krämpfe im Darm wurden äußerst quälend. Doch viel schlimmer war die Übelkeit, die mir meinen Mut nahm und die Welt zu einem Ort machte, dem ich zu entfliehen trachtete. Ich wollte nur noch in den warmen roten Schlamm sinken und dort bleiben.

Der Schlamm war jetzt knöcheltief. Unsere Hosen waren bis zu den Knien aufgerollt, und immer wieder mußten wir stehen bleiben und Blutegel mit unseren Feuerzeugen, die schwer anzuzünden waren, abbrennen. Die rote klebrige Masse hielt unsere Sandalen fest und machte es unmöglich, sie anzubehalten; Mike und ich trugen sie in der Hand, Dmitri hatte seine verloren. Ich bezweifle, daß er es überhaupt mitbekam. Jeder Schritt war in diesem roten klebrigen Stoff ein Kampf, jeder nahm mir die letzte Kraft. Wir kämpften uns durch so massiven Regen, daß wir unter Wasser zu marschieren schienen, das wir von den Augen wegblinzelten und in die trockenen Münder laufen ließen. Manchmal vergaß ich, daß ich Jim Feng war, wurde zum Tier und wußte nur noch von den Schmerzen in meinem Fuß und Darm. Ich hatte keine Gedanken, doch ich hielt mich in Gang, indem ich immer wieder einige Zeilen vor mich hin sagte, die mir aus dem Gedicht über den Hütejungen-Stern in den Sinn kamen. Es war mir ein großer Trost, und ich vernahm auch die Stimme meines Vaters beim Rezitieren.

Fern, so fern blinkt der Hütejungen-Stern;
Hell leuchtet die Dame vom Han-Fluß ...
Ihre bitteren Tränen fallen wie strömender Regen.

An jenem Abend hörte der Regen auf, und wir kampierten wieder im Freien.

Ich konnte nichts essen, mir war immer noch elend zumute. Ich glitt in meiner Hängematte in eine Art Delirium und trieb in böse Träume hinein und wieder heraus. Ich schien Leute mit Masken vor den Gesichter um etwas anzuflehen. Dann spürte ich, wie Mike sanft meinen Fuß schüttelte, und merkte, daß es früher Morgen war.

Er machte das immer – er war immer der erste auf den Beinen, und ich öffnete die Augen und sah, wie er mich anlächelte. Ich sah, daß wir auf einer Lichtung kampierten, ein ziemlich wüster Ort. Auf dem Boden lag weißer Nebel, und ein roter Pfad führte in einen Baumgürtel – Arekapalmen und einige große Tamarinden. Am Himmel über diesen Bäumen waren rote Streifen, und die Rufe der Vögel und Affen hatten eingesetzt. Mir schienen sie sehr laut.

Aufi, aufi, Jim, sagte Mike. Erhebe dich, du müder Geist.

Das sagte er immer; doch er tat es nicht so, daß es einem auf die Nerven ging und blöd war. Er flüsterte fast, und irgendwie beruhigte einen das. Das war auch bei seinen Scherzen so. Es waren einfältige Scherze, die meisten habe ich vergessen. Manchmal erinnerte er nur an verrückte Dinge, die er, Dmitri und ich vor Jahren in Saigon oder Singapur getan hatten, und er machte eine Komödie aus diesen Vorfällen. Doch es munterte uns auf, und wir wußten, warum er es tat. Es gab uns Hoffnung; es ließ uns einen Moment glauben, daß wir hier herauskommen und wieder wir selbst sein würden, keine Gefangenen. Denn meistens glaubten wir nicht, daß das geschehen könnte. Wir mochten Hauptmann Danh, doch wir wußten, daß er uns schließlich Leuten übergeben würde, die ganz anders waren als er – Leute wie der Mann, der das erste Verhör mit uns geführt hatte. Wir sahen keinen echten Ausweg. Vielleicht würden wir nie wieder das sein, was wir gewesen waren.

Als ich mich aufzurichten versuchte, hörte ich die nahen Stimmen der Soldaten, die ihre Ausrüstung zusammensuchten, und ich hörte es mit Entsetzen. Ich konnte nicht wieder marschieren, dachte ich. Jeder Körperteil tat mir weh, und ich war zu schwach und mir war zu übel, um mich zu bewegen. Ich wollte mich nur gehen lassen. Das klingt beschämend, ich weiß, doch wenn du diese Art Krankheit durchgemacht hast, weißt du vielleicht, was ich meine. Die Ruhr beraubt dich deines Willens und deines Stolzes, auf eine Weise, wie das andere Krankheiten oder Verletzungen nicht tun. Du willst nur noch wegkriechen und sterben. Und in Situationen wie der unseren stirbt man manchmal auch.

Ich sagte Mike, daß ich nicht weiter könne, daß sie mich zurücklassen müßten. Doch er lächelte nur.

Blödsinn, Freund, sagte er. Ich habe dich mit Granatsplittern im Körper erlebt, und du hast einfach weitergefilmt. Was ist also ein bißchen Bauchweh? Raus mit dir, oder ich schmeiß dich raus.

Und er fing an, mich zum Weitermachen zu überreden, als wäre es ein Spiel, immer noch im Flüsterton. Ich habe vergessen, was er gesagt hat, doch ich sehe ihn immer noch vor mir, in dem graugrünen Licht und dem Nebel dort, in seiner NVA-Uniform, die aussah, als wäre sie eingelaufen, wie ein bleichgesichtiger Riese auf mich herunterlächelnd. Und da schien es mir (vielleicht weil ich leicht benommen war), als wäre etwas Übernatürliches an ihm. Nichts konnte ihn anscheinend brechen oder verändern; aber es war nicht nur das. Er tat so, als spreche er rauh mit mir, um mich auf die Füße zu bekommen, doch seine Stimme war wie die einer sanften Frau. Und da kam es mir auch so vor, als ähnele sein Gesicht dem einer sanften Frau, als es auf mich herabschaute. Da täuschte mich natürlich das Licht und meine Krankheit; Mike sieht nicht wie eine Frau aus. Doch – wie soll ich es ausdrücken? – sein Gesichtsausdruck war zart, als er herabschaute. Er war zart mit mir, und das heilte mich irgendwie und machte mir wieder Mut. Das ist die Wahrheit. Es brachte mich dazu, daß ich mich aus der Hängematte kämpfte und den Weitermarsch ins Auge faßte.

Ich weiß nicht, wie ich diesen Morgen marschiert bin, doch ich tat es. Und nachdem ich ein paar von Docs Tabletten genommen hatte und mein Fuß verbunden worden war, fühlte ich mich ein wenig besser. Doch Dmitris Malariaanfall hielt noch an; er zitterte, war schwächer als ich und konnte sich kaum auf den Beinen halten.

Wir trotteten fünf Stunden ohne Unterbrechung dahin, aßen im Laufen, und am Nachmittag setzte der Regen wieder ein. Vielen der Soldaten ging es nicht besser als Dmitri und mir; auch sie stolperten und taumelten, geschwächt durch Mangel an Nahrung. Sie waren genauso wenig Übermenschen wie wir. Der Müde war wieder fast bewußtlos und hielt sich an Docs Hemd fest, wie Dmitri an Mikes. Ich beobachtete Hauptmann Danhs auf und nieder hüpfenden Tropenhelm an der Spitze der Kolonne, und ich fing an, ihn für das zu hassen, was er uns antat. Doch er tat natürlich nichts als seine Pflicht.

Schließlich blieb ich stehen, mir war schwindlig, meine Beine gaben unter mir nach. Der Schmerz im Fuß trommelte auch im Kopf. Wir gingen am Rand eines leeren Reisfeldes entlang, das silbern vor Wasser glänzte. Weiter vorn, auf der südöstlichen Seite, begann wieder Wald, geisterhaft im Regen.

Und dann, weit weg, hörte ich wieder die Bomben: *Wumm-wumm-wumm.*

Ich spürte fernes Beben in der Erde und sah hinauf in den weißen Regenhimmel – doch nichts war zu sehen. Die Soldaten hatten zu schreien angefangen, und Hauptmann Danh winkte uns vorwärts und schrie etwas, das ich bei dem Regen nicht hören konnte. Die Kolonne watete voran, auf den Wald zu, und beeilte sich nach Leibeskräften. Bald waren Hauptmann Danh und die vordersten uns weit voraus.

Ich werde es bis dorthin nicht schaffen, dachte ich.

Ich stand da, klammerte mich an meinen Stock und schwankte, ich wußte, daß ich schließlich in den Schlamm sinken und nicht wieder aufstehen würde. Meine Angst kam wie durch einen Schleier

– Angst, die ein anderer spürte. Wenn die B-52 mich bombardieren wollen, laß sie, dachte ich. In gewisser Weise wollte ich es.

Die Bomben dröhnten wieder, und die Erde bebte. Doch sie waren noch nicht in unserer Nähe. Mike hatte sich umgedreht, um nach mir zu schauen, und blieb stehen. Sogar er war jetzt kränklich weiß, seine Augen hatten dunkle Schatten und starrten vor Erschöpfung, er atmete schwer. Dmitri war automatisch stehen geblieben und hielt sich wie ein Kind an Mikes Hemd fest; ich bezweifle, daß er wußte, was geschah. Ihre grünen Uniformen und Baumwollhüte waren rot vor Schlamm und schwarz vom Regen. Auch Lenin blieb stehen, und beobachtete uns mit einem Grinsen, das kein Grinsen war, das Gewehr schräg nach unten.

Di di mau, schrie er.

Wir sagten nichts, wir keuchten, und der Regen war sowieso zu laut, als daß wir uns hätten verständlich machen können. Mike streckte die Hand aus, und ich ergriff sie. Er zog mich dicht an sich heran und schrie.

Komm, Jim, halt dich an meinem Hemd fest.

Nein, sagte ich. Hilf Dmitri.

Du auch, schrie er. Ich lasse dich nicht zurück. Halt dich fest.

Seine Augen waren in dem Regen von einem verwaschenen Blau, doch sie leuchteten und erteilten mir Befehle. Ich packte sein Hemd, und er wandte sich um und setzte sich in Gang, während Dmitri und ich beide an ihm hingen. Ja, er zog uns beide, wie ein Büffel.

Doch dann fiel Dmitri um. Er fiel plötzlich um und lag still auf der Seite im Schlamm, die Augen geschlossen, zitternd. Die Malaria hatte schließlich die Oberhand gewonnen, und er war bewußtlos. Wir standen und sahen auf ihn herab, während Lenin seine Kalaschnikow in unsere Richtung schwenkte, uns antrieb und sein *Di di mau!* schrie. Er schrie noch ein paar Worte auf vietnamesisch, und ich verstand, daß er uns sagte, wir sollten Dmitri zurücklassen.

Doch Mike stand mit gespreizten Beinen vor Dmitri und sprach auf englisch.

Nein, wir lassen ihn nicht zurück! rief er.

Und Lenin antwortete ihm auf englisch, was er vorher noch nie getan hatte. Also konnte er es doch. In seiner Stimme war hysterische Wut.

Jetzt gehen! brüllte er. Dieser Mann *fertig*! Gehen!

Nein! brüllte Mike.

Den Kopf gesenkt, schaute er Lenin unter seinem tropfenden Hut hervor an, und wieder erschien er mir wie ein Büffel – einer, der gleich angreifen würde.

Hauptmann Danh hätte das unterbunden, dachte ich, aber er ist zu weit weg, um es mitzubekommen. Und die ganze Zeit über erwartete ich, daß mehr Bomben fielen. Doch das geschah nicht; die Langstreckenbomber waren weiter entfernt gewesen, als es geklungen hatte, und mußten weitergeflogen sein.

Lenin richtete sein Gewehr auf Mikes Brust. Ich sah, daß er die Kontrolle verlor und vielleicht schießen würde. Er war nicht wie die andern – er würde es tun. Ich glaube, er wollte es, und er wollte Wolkow sterben lassen, wegen der Dinge, die er von Dmitri gehört hatte, als wir um den Reistopf gesessen hatten. Ich begann zu planen, wie ich sein Gewehr packen könnte, wobei mir klar war, daß es mir vielleicht aus Schwäche nicht gelingen würde, doch mir war auch klar, daß ich es versuchen würde. Weil mir so furchtbar übel war, machte mir die Vorstellung nichts aus, erschossen zu werden – es wäre fast eine Erlösung gewesen.

Gehen! schrie Lenin Mike an. Gehen! Er riß das Gewehr hoch, und ich sah, wie er sich anspannte, bereit zum Abdrücken.

Mike schüttelte den Kopf. Zuerst mußt du mich erschießen, rief er.

Ich machte mich bereit, mich auf das Gewehr zu werfen, und das Herz klopfte heftig in meiner Brust; doch dann sah ich, daß Mike sich langsam neben Wolkow hockte, wobei er Lenin nicht aus den Augen ließ. Er hob Dmitri hoch und begann ihn zu tragen, schwankend ging er weiter.

Lenin beobachtete ihn, seine Augen leuchteten vor Wut, doch er schoß nicht. Er folgte und zeigte immer noch sein haßerfülltes Grinsen. Ich folgte auch, mein Schwächeanfall ging vorüber.

Wir schafften es bis zum Wald, wo Hauptmann Danh auf uns wartete, und Mike Dmitri auf den Boden legte. Er keuchte heftig und konnte nicht sprechen; er sank zu Boden und blieb mit dem Kopf auf den Knien sitzen. Lenin ging fort und blickte keinen an.

 Hauptmann Danh ordnete an, daß man Dmitri auf einen Regenumhang legte, und befahl Doc und Prinz, ihn zu tragen. Und so marschierten wir weiter.

Die Leute sagen vielerlei über Mike – ich sage, er war ein Held.

Der Regen ging weiter, und wir gingen weiter. Ich hatte jetzt Fieber und war leicht benommen, deshalb spürte ich den Schmerz im Fuß kaum noch. Ich marschierte, immer noch meinen Stock benutzend.

Dann, bei Einbruch der Nacht, änderte sich alles. Ohne Vorwarnung wurden wir von Hauptmann Danh durch eine Falltür in die Erde geführt.

Weil ich Fieber hatte, zweifelte ich, daß dies wirklich geschah. Doch es geschah.

Die Falltür befand sich in einem kleinen Palmenhain und war gut getarnt. Sie wurde wieder zugezogen, und schon kletterten wir eine Leiter hinunter, einer nach dem anderen, durch einen Gang, der direkt in die Erde führte. Und jetzt gab es keinen Regen mehr, kein Wasser.

Wenn ich zurückblicke, bin ich mir immer noch nicht sicher, wieviel von dem, woran ich mich erinnere, Wirklichkeit war, weil mein Fieber damals alles zu einem langen, quälenden Traum machte. Seltsame Gestalten waren auf dem Pfad drohend vor mir aufgetaucht und hatten sich mit meinen Erinnerungen an andere Zeiten und Orte vermischt – und alle diese Bilder waren auf einmal erschienen, in einem wirren Strom. Doch jetzt stieg ich ganz bestimmt Stufe für Stufe diese Leiter hinunter, mein nasses Gesicht brannte, und ich hatte Angst, den Halt zu verlieren. Direkt unter mir hielt Hauptmann Danh eine brennende Taschenlampe, die wie ein Leuchtkäfer tanzte. Über mir sah ich, wie Mike und Doc Dmitri Mut machten, hinunterzusteigen; er schien wieder bei Bewußtsein zu sein.

Dann huschten wir keuchend und tropfend rotbraune Erdgänge hinunter, unter einer sehr niedrigen Decke gebückt, und folgten Hauptmann Danh in eine modrige Unterwelt. Ich begriff allmählich, daß wir uns in einem nordvietnamesischen Bunkersystem befanden; doch das machte es nicht wirklicher. Keiner von uns war schon einmal in einer solchen Anlage gewesen – nur sehr wenige von unserer Seite hatten das geschafft.

Schatten sprangen im Tunnel. Fremde Soldaten erschienen, uns zu begrüßen; junge Männer und Frauen in hellgrünen Uniformen.

Es war wunderbar, die zarten Elfengesichter der vietnamesischen Mädchen zu sehen, und ich fragte mich zuerst, ob irgendeiner dieser Menschen real war oder ob ich Halluzinationen hatte.

Doch sie waren real. Sie führten uns in eine Kammer, wo wir aufrecht stehen konnten, und jetzt erlebten wir unsere erste körperliche Erleichterung seit Tagen, wir zogen unsere nassen Uniformen aus, wuschen uns in Eimern mit warmem Wasser, zogen trockene Sachen an. Das alles passierte für mich in Schüben, da mein Bewußtsein abwechselnd zurückkehrte und schwand, und ich nur das sah, was vor mir war: ein Eimer, ein Stück Seife, Mike, der mich beim Waschen angrinste. Ich weiß, daß Doc mir den Fuß verband und mir kostbares Aspirin gab; ich sehe noch immer seinen buschigen Kopf über meine Füße gebeugt.

Dann wurden wir zu Hängematten an den Wänden geführt.

Ich schlug die Augen auf. Ich wußte nicht, wo ich war oder wieviel Zeit vergangen war oder ob es Tag war oder Nacht. Ich wußte nur, ich war unter der Erde. Ferne Stimmen und Gelächter hatten mich geweckt, so fern, daß sie wie Träume schienen, und mir war, als befände ich mich in einem alten Märchen und wäre in eine unterirdische Zitadelle von Kobolden geraten, wo es weder Zeit, noch Tage und Jahreszeiten gab.

Als ich mich umschaute, stellte ich fest, daß ich mich in einer großen Kammer aus rotbrauner Erde befand, mit Wänden aus gebranntem Lehm und Holzstützen für die Decke. Die Hängematten waren an ihnen befestigt. Der Raum wurde mit einer Öldrucklampe beleuchtet, die auf einem Tisch stand; es waren sogar Stühle da. Der Geruch der trockenen Erde gab mir ein Gefühl der Sicherheit. Ich war noch schwach, doch mein Fieber hatte nachgelassen, wie auch die Magenkrämpfe, und es war wunderbar, nicht laufen zu müssen.

Die Soldaten unserer Gruppe hingen bewegungslos in ihren Hängematten, auch Mike und Dmitri, deren Hängematten in meiner Nähe waren. Durch eine Türöffnung konnte ich in eine benachbarte Kammer sehen, die eine Küche zu sein schien, wo zwei fremde Soldaten in einem Kamin eine Mahlzeit zubereiteten; der Rauch wurde durch ein Rohr abgeleitet. Die fernen Stimmen, die ich gehört hatte, kamen aus Tunneln, die in die Kammer führten.

Als unsere Gruppe an einem Tisch in der Küche saß und aß, hatten wir zum Reis frisches Gemüse und Hühnerfleisch und heißen Tee mit Kondensmilch. Ich hatte wenig Appetit, weil ich noch schwach war von den Magenkrämpfen, doch schon das zaghafte Kosten eines solchen Essens war ein Vergnügen. Dmitris Malaria hatte sich verzogen, und wenn er auch noch zu erschöpft war, um viel zu sprechen, aß er doch auch etwas, wie ich sah, und sein Gesicht bekam wieder etwas Farbe.

Nie wieder habe ich ein solches Gefühl von Luxus erlebt; und der größte Luxus war, trocken und sicher zu sein. Hauptmann Danh, der mit uns aß, erzählte uns, daß diese Bunker vor B-52-Bomben schützten, sogar wenn sie in hundert Meter Entfernung niedergingen. Die einzige Gefahr hier drinnen waren Spinnen, sagte er; doch ich war nicht geneigt, das ernst zu nehmen.

Als ich Mike über den Tisch hinweg ansah, bemerkte ich, daß er erschöpfter aussah, als ich ihn je erlebt hatte; er sprach nicht viel, und ich hatte Angst, daß er sich irgendwie übernommen hatte. Doch er zwinkerte mir auf die ihm eigene Weise zu – das hatte er noch drauf.

Diesen ganzen Tag und die nächste Nacht ruhten wir uns im Bunker aus, und man verlangte nichts von uns. Wir blieben in der Kammer mit den Hängematten, hörten in einem Transistorgerät Radio Hanoi, unterhielten uns in unserem schlechten Vietnamesisch mit einigen der Soldaten und spielten das Streichholzspiel. Dmitris Malaria war im Abklingen. Meine Ruhr ebenfalls, und Doc versorgte meinen Fuß ordentlich mit Heftpflaster. Es ging uns besser, doch wir waren alle noch schwach, und einen beträchtlichen Teil der Zeit dösten wir in unseren Hängematten.

Am nächsten Morgen, gleich nach dem Frühstück, näherte sich uns Hauptmann Danh. Er wirkte ungewöhnlich ernst und forderte uns auf, ihm zu folgen.

Kriechend führte er uns einige Meter einen Tunnel hinunter in eine kleinere Kammer. Lenin folgte uns – noch immer unser Bewacher, sein Gesicht verriet nichts.

Hier saß ein NVA-Offizier an einem Holztisch. Eine Öldrucklampe befand sich darauf und spendete Licht, außerdem einige Papiere, eine billige japanische Kamera und eine Schale mit Bonbons.

Auf einer Bank in der Nähe standen drei vollgestopfte Tornister. Der Offizier war älter als Hauptmann Danh; er hatte ein hageres Gesicht mit Wangenknochen wie Knöpfe und drahtiges, grau werdendes Haar. Er rauchte eine Zigarette in einem Mundstück, seine Bewegungen wirkten langsam und träge – doch ich glaube, er war nur erschöpft.

Danh setzte sich neben ihn und deutete an, daß Mike, Dmitri und ich auf Bänken vor dem Tisch Platz nehmen sollten, Lenin stand neben der Tür. Der Offizier gab uns jedem eine Zigarette, zeigte auf die Bonbons und forderte uns in vietnamesisch auf, zuzugreifen. Es war eigenartig; ich wurde an Schultage erinnert, wenn strenge Lehrer kleine Vergünstigungen gewährten. Und mein Herz begann dumpf zu schlagen; vermutlich wußte ich schon, was kam, doch ich wagte es nicht zu glauben. Mein Mund war durch die ungewohnte Süße des Bonbons voller Speichel; und es schmeckte nach Hoffnung.

Sie sind gestern gut marschiert, sagte Hauptmann Danh. Er blickte Mike schnell an. Sie sind sehr stark, Mister Mike, sonst wären Ihre Freunde vielleicht nicht hier. Es tut mir leid, daß es für Sie alle so hart gewesen ist. Sie müssen Ihre Familien genauso vermissen wie wir.

Wir haben keine Familien, sagte Wolkow.

Danh hob die Brauen. Das ist traurig, sagte er. Sie sind wirklich Individualisten.

Außer Jim, sagte Mike. Er hat vor, anständig zu werden: Er will heiraten, wenn er zurückkommt.

Das freut mich für Sie, sagte Danh. Ich hoffe, daß Sie heute wieder laufen können, trotz Ihrer schlimmen Füße. Sie werden jetzt Ihre ausgezeichneten Schuhe wiederbekommen. Sie alle.

Er sah die anderen an. Heute geht unsere Einheit über die Grenze, sagte er, doch Sie werden nicht mit uns kommen.

Er nahm ein Stück Papier vom Tisch, und mein Herz klopfte stärker, als er laut vorzulesen begann.

Die Volksbefreiungsarmee hat beschlossen, daß die gefangengenommenen Frontfotografen James Feng, Michael Langford und Dmitri Wolkow freigelassen werden. Sie bekommen freies Geleit bis zu einem Punkt, von dem aus es ihnen möglich ist, nach Phnom Penh zurückzukehren. Die Volksbefreiungsarmee hofft, daß sie ehrlich über ihre Behandlung berichten werden und über das, was sie vom Kampf des vietnamesischen Volkes gegen den amerikanischen Imperialismus und seine Lakaien erfahren haben.

Hauptmann Danh legte das Blatt Papier hin und sah uns an. Das geschieht auf meine Empfehlung, sagte er, weil ich zu der Überzeugung gelangt bin, daß Sie ehrlich sind und nicht im Dienst der CIA stehen. Ich vertraue Ihnen, daß Sie Ihrer Presse ehrlich über die Härten berichten werden, die unsere Soldaten auf sich nehmen, um ihr Land zu befreien, da Sie sie jetzt mit ihnen geteilt haben. Mein Kamerad fragt, werden Sie ein Schreiben mit diesem Inhalt unterzeichnen?

Wir saßen alle sehr still und sahen den Offizier mit der Zigarettenspitze an. Schließlich antwortete Mike. Ja, wir machen es, was mich angeht. Sie haben uns gut behandelt, Hauptmann.

Als Danh Dmitri und mich anschaute, nickten wir bloß. Ich brachte kein Wort heraus, ich dachte an Lu Ying.

Danh gab nun Lenin ein Zeichen und zeigte auf die Tornister. Lenin kam heran und legte sie auf den Tisch; und da waren unsere Stiefel, unsere Kleider, unsere Presseausweise, unsere Uhren, unsere Brieftaschen; alles außer unseren Kameras. Es mußte alles von einem der Lkws mitgenommen worden sein. Wir saßen hier in unseren NVA-Uniformen und Ho-Chi-Minh-Sandalen, und es war eigenartig, diese Sachen zu sehen; sie schienen anderen Männern zu gehören und aus einer anderen Realität zu stammen.

Wir wurden aufgefordert, alle unsere Habseligkeiten zu prüfen und dann eine Liste zu unterschreiben, die sie aufführte. Wir mußten auch die Erklärung unterschreiben, von der Danh gesprochen hatte. Als wir das taten, blickte Wolkow hoch, den Stift in der Luft und stellte eine Frage.

Wo sind unsere Kameras, Hauptmann?

Danhs Gesicht wurde leer. Sie sind von der Volksbefreiungsarmee beschlagnahmt worden, sagte er. Sie gehören genau genommen nicht Ihnen, sondern sind Werkzeuge der imperialistischen Presse. Sie werden jetzt der Befreiung dienen.

Er und Dmitri starrten sich schweigend an. Ich hatte den Eindruck, daß Danh seine Rede für den anderen Offizier gehalten hatte und daß er sich nicht ganz wohl dabei fühlte; wie dem auch sei, ich möchte das glauben, weil Danh für mich immer ein guter Mann bleiben wird und einer, den ich nicht vergessen werde.

Schließlich zuckte Dmitri mit den Schultern und unterschrieb. Als er es getan hatte, lächelte Danh und kräuselte seine Stirn in der ihm eigenen Art. Ich werde unsere Diskussionen vermissen, Mister Dmitri, sagte er.

Dmitri brachte ein kleines bitteres Lächeln zustande – das erste seit seiner Krankheit. Dann sagte er: Sie sind der erste Marxist, der so etwas äußert, Hauptmann. Und auch der einzige nette, dem ich begegnet bin, um die Wahrheit zu sagen.

Danh wandte sich jetzt wieder an mich. Mister Jim, Sie lieben die alten Dichter der T'ang, sagte er. Ich auch. Doch Sie sollten wissen, daß unsere Revolution auch ihre Poesie hat. Ich habe etwas von unserem besten Dichter für Sie ins Englische übersetzt. Nehmen Sie es und denken Sie an uns, wenn Sie es lesen.

Er reichte mir eins ihrer billigen linierten Blätter, wie aus dem Schreibheft eines Kindes, auf dem ich einige mit Kugelschreiber geschriebene Zeilen entdeckte. Ich setzte zu einem höflichen Dank an, doch er wandte sich schon ab und erhob sich. Der andere Offizier folgte seinem Beispiel, und wir standen auch alle auf.

Wir sind hier ziemlich nah am Highway 1, sagte Hauptmann Danh. Nicht weit von Svay Rieng, wo es einen Lon-Nol-Armeeposten gibt. Drei meiner Männer werden Sie dorthin begleiten und in Kürze aufbrechen. Ich wünsche Ihnen allen sichere Reise und *bonne chance*.

Seltsam: Es ging alles sehr schnell zu Ende, und ich wollte nicht, daß es so eilig geschah. Warum das? Vielleicht weil es schien, als wären wir mit diesen Männern monatelang zusammengewesen, und nicht bloß ungefähr zehn Tage, und ich merkte, daß ich sie vermissen würde – alle außer Lenin – und traurig war, wenn ich daran dachte, was ihnen zustoßen könnte.

Nun richtete der Offizier mit der Zigarettenspitze die japanische Kamera auf uns und sagte auf vietnamesisch, wir sollten ihn anschauen; dann machte er ein Bild mit Blitzlicht. Hauptmann Danh kam und stellte sich zu uns, und wir gruppierten uns alle für ein weiteres Bild.

Für unsere Akten, sagte Danh, und es blitzte wieder. Wir lachten alle und sahen uns an. Nur Lenin, der wieder neben der Tür stand, lachte nicht; er schaute mit leerem Gesicht zu.

 Ich denke manchmal, ich würde meine besten Fotos für einen

Abzug von diesem einen Foto geben, das ich nie gesehen habe. Vermutlich existiert es irgendwo – vielleicht in irgendeiner Akte in Hanoi. Das allerletzte Bild von Mike und Dmitri und mir, zusammen mit Hauptmann Nguyen Van Danh! Ich möchte glauben, daß Hauptmann Danh den Krieg überlebt hat und Lehrer geworden ist; doch man sagt, es sind die Guten, die sterben, und ich befürchte, er ist auf irgendeinem Schlachtfeld in Südvietnam gefallen.

Es gibt keine Traurigkeit, die mit der zu vergleichen ist, die einen erfüllt, wenn man in die Gesichter auf einem solchen Foto blickt. Sie werden nicht älter wie im Leben, sie sind nicht verblaßt wie in deinem Gedächtnis. Sie sind wirklich – wieder ganz wirklich. Und das geht einem durch und durch. Nein, vielleicht könnte ich das Bild nicht ertragen. Es ist besser, daß ich es nie sehen werde.

Das Gedicht, das mir Hauptmann Danh gegeben hat, habe ich noch. Dieses ausgefranste Stück Papier ist das einzige Beweisstück dafür, daß ich jemals dort gewesen bin, auf dem Ho-Chi-Minh-Pfad. Hier ist es, Ray; ich habe es dir mitgebracht. Es handelt von zwei Soldaten, die sich auf dem Pfad treffen. Um die Wahrheit zu sagen, ich habe mir eine Weile nicht die Mühe gemacht, es anzuschauen; ich dachte, es wäre nur Propaganda. Als ich wieder meine eigenen Sachen anzog und mich darauf vorbereitete, den Bunker zu verlassen, schob ich es in eine Hemdtasche und vergaß es dort. Ich habe es erst wieder entdeckt, als wir nach Phnom Penh zurückgekehrt waren.

Wir begegnen uns zum erstenmal -
Wie ist dein Name, wie meiner?
Wo kommst du her, wo ich?
Einander nahe – sind wir Brüder.

Ein Blick ohne ein Wort ist genug:
Unsere Blicke begegnen sich und wollen sprechen;
Unsere braunen Kleider, mit derselben Wurzel gefärbt,
Sprechen still von unserer Zuneigung …

Zu dieser Mittagsstunde, dort oben auf dem Paß,
Für wenige Minuten der Ruhe
Teilen wir eine Wasserpfeife,
Du tust einen Zug, dann ich.

Kurz darauf gehen wir unseres Wegs,
Du in die Ebene, ich bergauf;
Dein Herz und mein Herz
Sind schwer vor Gefühl.

Oh, die Fische im Wasser.

3.

JIM FENG

Am späten Vormittag schickten sie uns unter Aufsicht von Doc und Lenin los. Wir bedauerten, daß Lenin dabeisein mußte; wir überlegten uns sogar, ob er irgend etwas anstellen könnte, um zu verhindern, daß wir davonkamen. Doch wir meinten dann, daß das unwahrscheinlich wäre – er würde seinen Befehlen gehorchen, ob sie ihm gefielen oder nicht.

Ehe wir losgingen, hatten wir uns am Bunkereingang von allen anderen verabschiedet. Weil ich sie verlassen mußte, fühlte ich mich einsam. Und der Ausdruck auf den Gesichtern der Soldaten überraschte mich; sie lächelten, doch es schimmerte noch etwas anderes durch: Wehmut. Der Müde hielt lange Mikes Hand – er hatte nicht vergessen, wie Mike seinen Tornister getragen hatte. Er sah sehr schwach aus, mit seinem mageren Körper und den hängenden Lidern eines alten Mannes in seinem Jungengesicht, und ich wußte plötzlich, daß er nicht mehr lange leben würde. Doch vielleicht hatten nicht viele dieser jungen Männer lange zu leben, dachte ich, und ich sagte in meinem Herzen ein Gebet für sie und bat um Schutz für sie auf dem Schlachtfeld.

Als wir fortgingen, winkte uns Hauptmann Danh vom Eingang des Bunkers, wo er aufrecht und still mit seinem Tropenhelm mit dem feindlichen roten Stern stand. Das Winken sah aus wie Salutieren; er blieb dort stehen, bis wir um eine Biegung des Pfades verschwanden, und ich sagte bei mir: Sei vorsichtig in der Schlacht, Hauptmann – und hüte dich vor Lenin.

Da waren wir also und marschierten wieder in unseren guten amerikanischen Dschungelstiefeln und Drillichhosen; Mike in seinem grünen Cowboyhemd, Dmitri in seinem marineblauen Hemd, alles wie früher, als hätte man die Zeit zurückgedreht – nur hatte jeder von uns ungefähr zehn Kilo abgenommen, und unsere Sachen hingen an uns herum. Ich mußte noch einen Stock zur Unterstützung benutzen, und das Geschwür pochte noch, doch es war wunderbar, die Stiefel wiederzuhaben, die sich zunächst schwer und seltsam anfühlten; und weil ich nichts zu tragen hatte, nicht einmal eine Kameratasche, war mir leicht und frei und verantwortungslos zumute. Immer wieder schaute ich liebevoll auf meine Rolex am Handgelenk. Daß niemand sie gestohlen hatte, beeindruckte mich sehr.

Doc marschierte vor uns, Lenin hinter uns. An diesem Tag hatte es nicht geregnet, und es war klar und heiß, überall standen Pfützen, die rote Erde war feucht und dampfte, war aber nicht klebrig. Wir hatten den Ho-Chi-Minh-Pfad verlassen und liefen jetzt auf einem schattigen Viehpfad in einem Gebiet mit verstreuten Dörfern und halb unter Wasser stehenden Reisfeldern – in einem von ihnen setzten die Bauern schon junge Reispflanzen ein, als wäre dies ein Land im Frieden. Es war ziemlich offenes Gelände, mit fernen blauen Bergen im Osten – das Land des Papageienschnabels.

Doc sagte uns, wir würden ungefähr zwei Stunden bis zum Highway 1 brauchen, und sie würden uns so nah wie möglich an die Stadt Svay Rieng bringen, die noch von der kambodschanischen Armee gehalten wurde. Doch wir müßten uns selbst bis zum kambodschanischen Militärposten auf dem Highway durchkämpfen und darauf hoffen, den Roten Khmer nicht zu begegnen.

Mittags machten wir eine kleine Rast. Dann gingen wir weiter, und ungefähr um zwei kamen wir zu einem verlassenen Dorf.

Nur ein paar der üblichen Häuser auf Pfählen, mit Bananen- und Mangobäumen in der Nähe und einem Teich mit Lotosblumen. Und keiner hier; nichts. Keine Hunde. Hier mußte gekämpft worden sein, und die Menschen waren geflohen. Doc und Lenin blieben stehen, um im Schatten einer Bananenstaude die Lage zu besprechen. Während sie das taten, hörten wir alle plötzlich das ferne Dröhnen von Artillerie und hoben die Köpfe.

Lenin runzelte die Stirn und sprach schnell auf Doc ein; ich konnte nicht alles verstehen, doch er schien zu sagen, daß es hier eine Schlacht zwischen den Lon-Nol-Truppen und den Roten Khmer geben müsse – und daß er und Doc uns nun verlassen sollten.

Doc schien Argumente dagegen zu bringen, doch Lenin wurde ziemlich wild und redete sogar noch schneller, seine Stimme war laut und drohend. Er bedachte uns mit kurzen feindseligen Blicken.

Schließlich wandte sich Doc an mich und sprach langsam in vietnamesisch, seine Miene war unsicher und beschämt. Wir müssen euch hier verlassen, sagte er. Wir können nicht weiter, sonst könnten wir von den Lon-Nol-Soldaten gefangen werden. Es tut mir leid. Wenn ihr weiter in Richtung Westen geht, müßtet ihr bald den Highway 1 erreichen.

Er wies die Richtung mit dem Zeigefinger, dann schüttelte er jedem von uns der Reihe nach die Hände. Denkt in Freundschaft an uns, sagte er. *Bonne chance.*

Wir dankten ihm für alles, was er für uns getan hatte, während Lenin beiseite stand und ungeduldig an seiner Kalaschnikow herumspielte, seine Augen waren dabei schmal und verächtlich. Ich streckte auch Lenin die Hand entgegen, doch er ignorierte sie und wandte sich ab, etwas murmelnd, was ich nicht verstand.

Wir beobachteten, wie die beiden davongingen, und schauten uns dann an. Wir verschwendeten keine Zeit damit, Lenins Verhalten zu besprechen, oder die Tatsache, daß wir so weit weg vom Highway verlassen worden waren; wir wußten, ohne darüber zu reden, daß wir unseren nächsten Schritt schnell planen mußten. Über die Jahre hin hatten wir uns daran gewöhnt, uns in solchen Situationen mit einem Minimum an Worten zu verständigen. Schließlich zeigte Mike in westliche Richtung auf ein Wäldchen kleiner Bäume. Dort hinüber, sagte er. Wir sind zu ungeschützt.

Wir kamen zu den Bäumen und liefen dann zwischen ihnen, in den dünnen Schattenstreifen, die ihre schlanken Stämme warfen. Als wir in einen kleinen Graben kamen, hörten wir das laute Summen von Fliegen.

Verdammte Scheiße, sagte Mike und fuhr mit der Hand zur Nase.

Dmitri fluchte leise, und ich auch. Ich war ein Stück hinter ihm und humpelte heran, und er drehte sich um, als ich heran war. Schau nicht hin, James, sagte er; doch ich schaute hin.

In den Streifen aus Licht und Schatten lag der obere Teil eines männlichen Leichnams auf der roten Erde, an der Taille halbiert.
 Nur die obere Hälfte; die untere Hälfte oder die Beine waren nir-

gends zu sehen. Es war ein Kambodschaner und fast mit Sicherheit ein Lon-Nol-Soldat, da er ein olivfarbenes Militärhemd im amerikanischen Stil trug, um den Hals ein kariertes *krama*. Keine Waffe lag in der Nähe; sie hatten sie gewiß genommen. Seine Augen waren offen und blickten starr, die Zähne waren in Todespein gefletscht, was sein Gesicht tierähnlich machte. Riesiges glänzendes braunes Gedärm quoll aus seinem halben Körper und wirkte nicht menschenähnlich, es sah aus wie Schläuche im Motor eines alten Autos. Es war schwarz vor Fliegen, deren Summen hier immer lauter zu werden schien. Der Gestank war sehr schlimm. Ich habe viele Tote gesehen und habe mich viel zu sehr daran gewöhnt, doch dieser Leichnam war anders – nicht nur weil man ihm das angetan hatte, sondern wegen des Geheimnisses, das ihn hier an diesem Ort umgab. Es lagen einige alte Patronenhülsen herum, doch sonst gab es kein Zeichen dafür, daß hier ein Gefecht stattgefunden hatte, keine anderen Leichen. Warum war hier nur dieser eine Soldat? Und warum fehlte die Hälfte von ihm?

Wir sprachen darüber, und Mike sagte: Vielleicht haben Hunde den Rest gefressen. Und vielleicht haben die Roten Khmer seine Leber gegessen.

Wir schauten ihn an, und er sagte: Um stark zu werden. Einige Kambodschaner machen das, auf beiden Seiten. Ein leichter Krampf zog über Mikes Gesicht – mehr an Furcht habe ich bei Mike nicht erlebt. Das ist ein schlimmer Ort, dieser Graben, murmelte er und zog seinen Buschhut über die Augen. Gehen wir.

Wir gingen weiter nach Westen, in eine Richtung, die uns zum Highway 1 bringen würde, wie wir hofften – dem Highway, der geradewegs nach Phnom Penh führte und uns zu unserem anderen Leben zurückbringen sollte. Die Roten Khmer hatten jetzt viele Abschnitte davon besetzt, doch wenn wir zum Posten der Lon-Nol-Armee bei Svay Rieng durchkamen, wären wir gerettet; die Kambodschaner würden sich mit unseren Botschaften in Verbindung setzen und uns mit einem Helikopter in die Stadt fliegen. Im Moment wußten wir jedoch nicht einmal, wo wir uns befanden.

Wir wollten nach einem Dorf suchen und die Richtung erfragen; doch es gab kein Anzeichen für Leben. Wir vermuteten, daß alle Einwohner hier vor den B-52-Bombern geflohen waren, oder auch vor den Roten Khmer. Ab und zu war wieder das Rumpeln von Artillerie aus dem Nordwesten zu hören, und trotz der Gefahr entschieden wir, daß es unsere beste Chance war, darauf los zu marschieren, weil uns das zumindest die Möglichkeit bot, Verbindung zur kambodschanischen Armee aufzunehmen. Wir liefen also auf dem roten Viehpfad in diese Richtung. Und die ganze Zeit hielten wir auf dem Marsch verstohlen nach den dunklen Gestalten der Roten Khmer Ausschau. Sie waren in der Nähe; sie mußten in der Nähe sein – doch darüber sprachen wir nicht.

Bald bekamen wir ein palmblattgedecktes Bauernhaus vor uns zu sehen und nahmen an, daß es leer war. Doch als wir herankamen, traten zwei Männer und eine Frau hinter einer Gruppe Bananenbäume an der Seite des Hauses hervor.

Es waren Bauern, die Männer trugen schwarze Baumwollanzüge, die Frau einen schwarzen Sarong und eine schwarze Bluse. Die Männer hatten das rotkarierte *krama* um den Hals, die Frau trug es als Turban. Sie war jung, mit einem hübschen, finsteren Gesicht, das keine Regung zeigte, als sie uns ansah. Auch die Männer waren jung, hatten dichte lange Mähnen; sie musterten uns mit Interesse, doch ohne Freundlichkeit, dachte ich. Einer war kurz und untersetzt – ein dunkler, zäh aussehender Khmer-Typ – während der andere größer war und ein eher chinesisches Gesicht hatte. In ihren dunklen Sachen wirkten sie wie Rote Khmer; aber natürlich kleideten sich die Roten Khmer wie die Bauern. Und diese Männer waren unbewaffnet, so daß ich zunächst nicht beunruhigt war.

Ich war von uns der einzige, der etwas Khmer sprach, es war also meine Sache, mit ihnen zu verhandeln. Ich fragte sie, wo wir uns befänden und wie wir zum Highway 1 kämen.

Einen Moment sagten sie gar nichts; dann stellte der Untersetzte einige Gegenfragen. Ich bemerkte, daß eins seiner Augen leicht schielte und sich nach außen drehte. Wer wir waren, wollte er wissen, und was wir hier machten.

Ich sagte ihm, daß wir Korrespondenten für die westliche Presse seien, daß wir vom Highway abgekommen und unser Fahrzeug verloren hätten und daß wir nach Svay Rieng zurückwollten. Ich spürte allmählich etwas, was mir nicht gefiel, und mir war nicht danach, ihnen die wahre Geschichte zu erzählen.

Der Mann mit dem schielenden Auge runzelte die Stirn, als vermute er, daß ich lüge. Auch der Große runzelte die Stirn, die Frau ebenfalls. Und bei diesem Stirnrunzeln der drei durchlief es mich plötzlich kalt.

Das ist nur bäuerliches Mißtrauen, sagte ich mir – sie haben guten Grund, mißtrauisch zu sein. Doch ich wußte es besser. Sie waren genau das, was ich befürchtete.

Jetzt sprach der Große. Ihr seid Amerikaner?

Nein, sagte ich, wir sind keine Amerikaner; und ich erklärte, was wir waren.

Die beiden Männer musterten uns weiter von Kopf bis Fuß, ohne etwas zu sagen. Die Frau starrte auf die Felder. Dann zeigte der Große nach Westen, quer über die Reisfelder. Dort ist der Highway, sagte er. Genau hinter dem Reisfeld. Ihr könnt nach Svay Rieng laufen – nicht weit. Aber dort ist eine Schlacht; es ist gefährlich für euch, dort hinzugehen.

Vielen Dank für die Hilfe, sagte ich. Wir werden weitergehen und unser Glück versuchen.

Ich erklärte Mike und Dmitri, was gesagt worden war, und ihre Gesichter hellten sich auf.

Der Highway ist genau hinter dem Reisfeld? Dann los, sagte Dmitri. Unsere Sorgen sind vorbei, Brüder. Er lachte und boxte Mike gegen die Schulter, und Mike lächelte. Dmitri hatte eine Woche lang nicht gelacht, und es klang ungeübt; seine Malaria war fort, doch er sah immer noch schwach aus. Ich versuchte auch, glücklich auszusehen, doch meine böse Ahnung wollte nicht verschwinden. Ich fühlte, wie die Augen der drei Bauern uns noch immer musterten, und ich wußte, ich würde nicht ruhig sein, bis sie völlig aus dem Blickfeld waren. Falls Dmitri und Mike etwas gespürt haben sollten, dann ließen sie sich nichts anmerken.

Wir liefen los, und ich wußte, daß die Bauern uns dabei beobachteten, auch wenn ich mich nicht umschaute; und ich spürte ein kaltes Kribbeln im Rücken und ein Ziehen im Unterleib. Doch ich humpelte weiter, sagte den anderen nichts und betete, daß ich mich irrte.

Wir liefen auf einem der Deiche über das Reisfeld. Das Feld war zum größten Teil trocken; hier war nicht genug Regen gefallen, um es zu füllen. Auf der anderen Seite, auf der Krone des letzten Deichs, war eine Baumreihe. In einer solchen Situation bekommen Bäume am Horizont viele Bedeutungen, und man weiß nicht, welche Bedeutung zutrifft. Still vor dem Himmel sind sie eine Dekoration in einem Buch oder ein angenehmer Park, der Frieden schafft; sie sind vielleicht eine Zuflucht vor Gefahr. Doch andererseits sind sie der trügerische Mantel, der die Gefahr selbst verbirgt. Was waren diese Bäume?

Wir bewegten uns zwischen ihnen, in ihrem Schatten. Schaut euch nicht um, sagte ich den anderen. Mir haben diese Leute nicht gefallen.

Ich weiß, sagte Mike. Doch sie sind nicht hinter uns her; ich habe das kontrolliert. Bleib ruhig. Geh einfach weiter.

Als wir dann aus den Bäumen traten und eine Böschung hinunterkletterten, stießen wir auf den Highway 1. Sein graues Asphaltband zog sich gerade und leer dahin, Wälder auf der östlichen Seite und noch mehr Reisfelder auf der anderen, die sich weit nach Südwesten erstreckten. Kein Verkehr; doch dort vorn, bei einer Kurve, gab es einige palmblattgedeckte Dächer.

Ich weiß nicht mehr, was wir sagten, doch wir schöpften alle allmählich große Hoffnung. Seite an Seite begannen wir drei den Highway entlang zu laufen, nach Nordwesten, auf die Dächer und auf Svay Rieng zu. Es war gut, den harten Asphalt unter den Stiefeln zu spüren. Ich merkte, daß die anderen schnell gehen wollten, und ich beeilte mich, so gut ich konnte.

Wir gingen an den Häusern vorüber, die still waren, und kamen um die Kurve. Da vorn, vielleicht vierhundert Meter weit weg, wo die Straße mit den blauen Bergen am Horizont verschmolz, stand eine Gruppe Armeelaster und Schützenpanzer, neben denen Soldaten standen. Wir blieben stehen und kniffen die Augen in der Hitze zusammen – der Asphalt reflektierte das Licht, und die Soldaten und Fahrzeuge schienen sich aufzulösen und sich in der Luft neu zu formieren, wie in einem Traum. Sie schienen uns nicht zu sehen. Doch wir konnten ihre Helme und ihre olivgrünen Uniformen ausmachen – keine schwarzen Anzüge.

Regierungssoldaten, sagte Mike, und wir blickten uns an, dann fingen wir alle an zu lächeln, fanden uns in Umarmungen wieder. Als ich zuschaute, wie Mike und Dmitri sich umarmten, lachten die beiden sich ins Gesicht, wie sie das in ihrer Jugend getan hatten. Ich merkte, wie ich sagte: Gott sei Dank, Gott sei Dank; aber ob ich das laut sagte, oder nur still bei mir, weiß ich nicht.

 Wir brauchen eine weiße Flagge, entschieden wir; Dmitri hatte ein weißes Taschentuch, und er band es an einen Stock und trug ihn hoch erhoben. Wir gingen auf die Soldaten zu, auf der Mitte der Straße. Als wir näher kamen, sahen wir, daß einer von ihnen uns durch ein Feldglas beobachtete. Wir winkten, und ich rief laut: *Kassat, kassat* – was »Presse« bedeutet – aber ich glaube, wir waren noch zu weit weg, um gehört zu werden.

In diesem Augenblick hörte man ein AK-47-Sturmgewehr, der Laut kam von irgendwo vor uns, aus den Bäumen auf der Ostseite der Straße. *Tack-tack-tack* – diese verdammte Kalaschnikow ist nicht zu verkennen.

Ich tat, was ich schon so oft getan hatte, ich warf mich zu Boden und kroch zum Graben auf der Westseite der Straße. Mike tat das gleiche, und wir duckten uns dort und keuchten. Doch wo war der Graf? Wir spähten durch das Gras über dem Graben.

Er lag auf der Seite mitten auf der Straße, den Stock mit dem weißen Taschentuch neben sich. Er war zusammengerollt wie ein Kind, das sich zum Einschlafen schickt, sein Mund stand offen und bewegte sich ein wenig, wie das der Fall war, wenn etwas ihn gerade zu einer seiner Reden provoziert hatte, seine Augen starrten in meine Richtung. Sie schienen mich in einer Angelegenheit, die ihn erstaunte, zu befragen; und sie werden nie aufhören, mich anzublicken. Ich habe blaue Augen immer sehr seltsam gefunden; ich kann nichts dafür. In diesem Augenblick hatten Dmitris Augen nicht die gewöhnliche Farbe – sie waren intensiver, leuchtender, wie blaue Flammen. Ich schaute an ihm vorbei auf die Bäume und erblickte dort die beiden Bauern von dem Haus, den Großen und den Untersetzten. Der Große hatte das AK.

Er feuerte wieder, schnelle einzelne Schüsse. Die Kugeln pfiffen über unsere Köpfe hinweg, aber es war ein guter tiefer Graben, und wenn wir den Kopf unten behielten, konnte er uns gar nicht treffen. Dann wurde mir bewußt, daß Mike sich aufgerichtet hatte.

Was er tat, war selbstmörderisch und sah ihm nicht ähnlich; ich hatte nie erlebt, daß er sich in dieser Weise dem feindlichen Feuer aussetzte. Geduckt rannte er zur Straßenmitte, packte Dmitri unter den Armen und begann, ihn zum Graben zu ziehen. Doch diesmal wurde erstaunlicherweise nicht geschossen. Sonst hätte er wohl kaum eine Chance gehabt. Er zog Dmitri rasch zu uns in den Graben und legte ihn flach hin.

Warum hatte der Rote Khmer nicht geschossen?

Lenin, dachte ich, dieser Hund Lenin hatte Kontakt zu ihnen aufgenommen. Er hatte den Auftrag gegeben, Dmitri zu erschießen; er wollte nur Dmitri, nicht Mike und mich. Eine verrückte Idee, ich weiß – doch damals glaubte ich das. Wie sonst sollte ich erklären, warum der mit der AK nicht auf Mike geschossen hat?

Danach wurde nicht mehr geschossen; doch das verwunderte mich nicht. Um uns zu treffen, hätte er über die Straße kommen müssen; doch dann hätte er sich den Regierungstruppen gezeigt. Vielleicht ist er fort, dachte ich, und Mike und ich kauerten über Dmitri gebeugt und hielten den Kopf unter dem Grabenrand.

Er lebte, sah zu uns hoch, und sein Gesicht war noch blasser, als es auf dem Ho-Chi-Minh-Pfad gewesen war. Mike hielt seine Hand, keuchte, starrte ihm ins Gesicht und sagte nichts. Zuerst konnten wir keine Wunde entdecken.

Wo hat es dich erwischt? fragte ich.

Dmitris Augen richteten sich nach unten, wie die Augen von einem, der nach verkleckertem Essen auf der Brust forscht, und ich entdeckte einen Blutfleck unter seiner Brust, in der Mitte seines dunkelblauen Hemdes – kaum wahrnehmbar auf dem dunklen Stoff und so eine kleine Menge, daß ich mir zu hoffen gestattete. Doch als ich sein Hemd bis zur Brust hochzog, starrte mich das rote Loch in seiner Haut wie ein kleiner häßlicher Mund an. Eine Kugel war genau unter dem Brustbein eingedrungen, in den Solar Plexus. Ich hatte mir im Laufe der Jahre genug Kenntnisse über Wunden angeeignet, um zu wissen, was das bedeutete. Die Blutung würde zum größten Teil innerlich sein, und wenn die Kugel die Aorta durchschlagen hatte, hatte er nicht mehr lang zu leben – vielleicht zehn Minuten.

Laßt mich hier, sagte Dmitri. Verschwindet, beide.

Seine Stimme war schwach, doch deutlich; er blickte ruhig zu uns hoch.

Kommt nicht in Frage, sagte Mike. Er hielt immer noch Dmitris Hand. Du wirst durchkommen, Graf. Gib nicht auf. Die Regierungstruppen kommen.

Ich spähte durchs Gras und sah, daß es stimmte: Zwei Schützenpanzer hatten sich in Bewegung gesetzt und rumpelten den Highway hinunter in unsere Richtung. Immer noch kein Feuer von den Roten Khmer, die ganz bestimmt verschwunden waren.

Dmitri rülpste plötzlich und blickte mit einem Ausdruck der Verlegenheit zu uns auf; er schien uns zu bitten, ihm nicht die Schwäche seines sterbenden Körpers vorzuhalten. Ein krampfhafter Schmerz zog über sein Gesicht, und seine Augen wurden groß, als könne er es nicht glauben.

Versuche nicht zu reden, sagte Mike. Wir bringen dich zurück. Sie kommen schon. Gib nicht auf, Freund. Gib nicht auf.

Laß meine Hand nicht los, sagte Dmitri. Er blickte zu Mike auf, und seine Augen hatten sich verändert. Dann blickte er fort, und sagte etwas auf russisch, sehr leise und schwach. Dann sagte er: *Mon Dieu* und bekreuzigte sich auf russisch-orthodoxe Weise, die rechte Hand benutzend und seine linke Schulter zuletzt berührend. Mike hielt immer noch seine andere Hand. Dmitris Lippen bewegten sich wieder, und ich brachte mein Gesicht dicht an seines, um zu verstehen. Doch es kamen keine Worte, und seine Augen sahen mich durch einen Schleier an.

Mike sah mich über seinem Kopf an, und ich nickte. Ja, er war tot.

Mike blickte mich finster an, seine Miene war verstört, als hätte er gerade etwas erfahren, das er sich nie hatte vorstellen können. Er setzte sich auf, sein Kopf war jetzt über dem Grabenrand, und er legte Dmitris Kopf auf seine Knie und blickte auf ihn hinab. Er schob ihm das Haar aus der Stirn. Die Augen waren immer noch offen – immer noch die blaue Flamme, doch das ganze starke Leben war aus der Flamme gewichen.

Bleib lieber unten, sagte ich, doch Mike beachtete das nicht. Ich hörte Motorengeräusche und sah einen Schützenpanzerwagen fast direkt neben uns halten, über der Böschung. Zwei kambodschanische Soldaten mit Helmen und M-16 blickten auf uns herab.

Kassat, sagte ich und hob die Arme. Sie lächelten und nickten.

Ich erhob mich und kletterte aus dem Graben, doch Mike rührte sich nicht. Er saß im Graben, Dmitris Kopf auf dem Schoß, und blickte hinab in das weiße Gesicht des Grafen, und sein eigenes Gesicht war fast ebenso weiß und völlig ausdruckslos. Er begann, den Kopf zu schütteln und vor sich hin zu murmeln; ich konnte es gerade noch verstehen.

Nicht du, Graf, sagte er. Nicht du.

Ich legte ihm die Hand auf die Schulter. Komm, Snow, sagte ich.

Da blickte er hoch, seine Augen leuchteten und waren scharf, als weise er etwas zurück, etwas, das er haßte. Dann nahm er das St. Nikolas-Medaillon von Dmitris Hals und steckte es in seine Hemdtasche.

Als wir mit dem Regierungshelikopter von Svay Rieng nach Phnom Penh zurückflogen, wollte Mike immer noch nichts sagen. Dmitris Körper war in einem der Plastiksäcke mit Reißverschluß verstaut, die sie für tote Soldaten benutzen, und wir saßen auf dem Boden neben ihm. Da fing ich an zu weinen, und die vier kambodschanischen Soldaten, die mit uns flogen, beobachteten mich von der anderen Seite der Kabine aus.

Doch Mike blieb den ganzen Flug über tränenlos und starrte aus der offenen Tür der Huey. Er schien im Himmel nach Antworten zu suchen.

VIERTES KAPITEL

TRAUMPAVILLON

1.

HARVEY DRUMMOND

Die Nachricht, daß Mike Langford und Jim Feng von der nordvietnamesischen Armee freigelassen worden waren, erreichte die Presseleute noch etwas vor der Ankunft des Helikopters, der die beiden nach Phnom Penh zurückbrachte. Die Nachricht von Dmitri Wolkows Tod ebenfalls. Das war während der Siesta-Zeit, als viele Korrespondenten von der Front zurück waren, und eine Reihe unserer Leute fuhr zum Flughafen hinaus.

Es hätte eine Feier gegeben, doch nun waren nur zwei von ihnen zurückgekehrt. Aber für die Korrespondenten, die Dmitri nicht näher gekannt hatten, war es eine gute Geschichte, und die Abflughalle in Pochentong wimmelte von Presseleuten. Langford und Feng kamen durch die Glastüren, begleitet von zwei Offizieren der kambodschanischen Armee, und wurden von Journalisten umschwärmt, die Cognac- und Whiskeyflaschen als Geschenke schwenkten und ihnen sofort Fragen zu stellen begannen.

Doch keiner von beiden lächelte, und zunächst antwortete auch keiner. Beide waren sichtlich dünner und sehr abgespannt, und Jim Feng hinkte wegen eines infizierten Fußes. Sie blieben stehen und blickten in die Gesichter um sie herum, auf eine Art, die nüchtern, aber irgendwie auch benommen war, als fragten sie sich, wo sie waren und warum sie hier waren. Sie machten den Eindruck, als befänden sie sich in einer anderen Dimension. Die fragenden Stimmen erstarben, und es wurde fast still in der Lounge.

Dann fingen die Leute an, mit leiser Stimme Beileidsbekundungen wegen Dmitri zu murmeln und gleichzeitig Fragen zu seinem

Tod zu stellen. Jim antwortete kurz, Mike überhaupt nicht; er starrte nur mit leeren Augen vor sich hin. Das beunruhigte mich. Ich wollte dringend mit beiden allein reden; doch das war unmöglich, deshalb blieb ich etwas zurück. Kurz darauf wurden sie von amerikanischen und kambodschanischen Beamten in Beschlag genommen, die sie zu einer ärztlichen Untersuchung und einer Art offizieller Befragung brachten.

Bei Einbruch der Dunkelheit tauchten sie nach einem Bad und einer langen Siesta im Hotel Royal zu einer Pressekonferenz am Swimmingpool auf. Auch ich war dort und konnte sie begrüßen; sie schienen erfreut, mich zu sehen, doch es gab immer noch wenig Aussicht auf ein persönliches Gespräch. Ich dachte an die »Kiste«, für die Dmitri mir die Verantwortung übergeben hatte und die sich vermutlich immer noch oben in seinem Zimmer befand. Die Verantwortung drückte mich jetzt. Am Nachmittag hatte ich mit der französischen Botschaft telefoniert und festgestellt, daß sie schon Verbindung zu Wolkows CBS-Büroleiter in Hongkong aufgenommen und seine Mutter und Schwester in Paris von seinem Tod unterrichtet hatten. Sein Leichnam sollte zur Beerdigung nach Paris ausgeflogen werden. Doch keiner hatte an seine persönliche Habe gedacht; und die erschöpfte männliche Stimme am Telefon hatte deutlich werden lassen, daß man bei der gegenwärtigen Lage der Dinge in Phnom Penh dringendere Angelegenheiten hätte, um die man sich kümmern müßte. Ich fühlte mich also frei, Dmitris Wünsche auszuführen. Doch ich wollte, daß Mike und Jim mit mir in sein Zimmer kamen; ich wollte die Kiste nicht allein öffnen.

Auch das mußte warten, da ein emotionsgeladenes Korrespondentenessen in der Jade-Pagode bevorstand. An diesem Abend gab es keinen Kuskus, nur Schnaps; und der Abend wurde zu einer Art Totenwache für den Grafen. Es war seltsam – oder vielleicht auch nicht –, daß Trevor Griffiths derjenige war, dem es am sichtbarsten naheging.

Sturzbetrunken erhob er sich und bat sich im Befehlston Ruhe aus, seine Augen hatten rote Ringe, die dunklen Brauen waren zusammengezogen, der schwarze Bart ragte nach vorn. »Dmitri Wolkow war ein Bruder«, sagte er. »Was gibt es da sonst noch zu sagen?« Dann rezitierte er Dylan Thomas: »Do not go gentle into that good night«, und seine besten walisischen Baßtöne kamen aus seinem Brustkasten.

Aus irgendeinem Grund sah ich damals und später Wolkow immer wieder in der Schlacht am Eisernen Dreieck, in der Langford den Granatsplitter ins Gehirn bekam – ich sah Dmitri aus der orangeroten Wand herausgelaufen kommen, die ich zuerst für Feuer gehalten hatte. In vielen darauffolgenden Nächten kehrte vor dem Einschlafen dieses Bild zurück: Er kam aus den Flammen auf mich zu gelaufen.

Lauf, Graf, sagte ich dann, und mir wollte scheinen, wenn er nur schnell genug liefe, würde er ins Leben zurücklaufen.

Mike, Jim und ich waren zur Ausgangssperre zurück im Royal. Mike hatte eingewilligt, mit auf Dmitris Zimmer zu kommen, doch Jim hatte sich wegen Müdigkeit entschuldigt. Er war wirklich erschöpft, Langford ebenfalls.

Der Direktor übergab uns ohne Einwände den Schlüssel. Er hatte Wolkows Zimmer weiter für ihn reserviert, wie er es auch mit Jim Fengs Zimmer getan hatte, in der Hoffnung auf seine Rückkehr. Das Zimmer befand sich im dritten Stock vorn und war meinem ziemlich ähnlich – so groß wie ein kleines Restaurant, mit derselben enormen Fläche rotgefliesten Fußbodens, einem großen Doppelbett mit einer klumpigen Matratze und einem alten dunklen französischen Kleiderschrank, der ächzte und dessen Türen klemmten. Das Zimmer war finster, und die Luft darin zum Ersticken, als wir es betraten; wir schalteten die Ventilatoren an und eine Nachttischlampe. Über einem Stuhl hingen ein weißes Hemd und ein Paar hellblauer Baumwollhosen, achtlos dorthin geworfen; am Bett stand ein Paar Sandalen. Die furchtbaren stummen Stimmen von Gegenständen, nun herrenlos! Sie sprechen bei einem Tod viel deutlicher als alles andere.

O Gott, sagte ich; doch Mike sagte nichts.

Sonst gab es nicht viel, was davon zeugte, daß das Zimmer bewohnt war. Ein kleiner Stapel von Büchern und Papieren auf einem Schreibtisch; seine große Auricon-Magnettonkamera, ein paar Filmbüchsen, ein Nagra-Tonbandgerät. Die Lamellen zum Balkon über der Auffahrt waren geschlossen, wir öffneten sie, um Luft hereinzulassen, und mit ihr die grummelnde Stimme des Krieges – Artillerie- und Raketenfeuer außerhalb der Stadt, das sich jetzt noch näher anhörte als vor einem Monat.

Ich schaute unter das Bett, wo nach Wolkows Angaben die Kiste sein mußte. Sie war da, am Fußende, und ich holte sie hervor – eine kleine, lackierte Kiste, einer alten Munitionskiste sehr ähnlich, mit einer schwarzen Metallhaspe, die mit einem Schloß gesichert war. Ich riß den Umschlag auf, der den Schlüssel enthielt, während Mike mir zusah. Wie Dmitri versprochen hatte, war darin ein Blatt Papier mit einem Namen darauf: *Linda Holmstrom*, und eine Adresse in Washington.

Ich klappte den Deckel der Kiste zurück, und Mike und ich setzten uns rechts und links neben sie auf das Bett. Als ich ihren Inhalt zu sortieren begann, machte er keine Anstalten, sich zu beteiligen, sondern saß nur da und sah mir zu, die Lider schwer. Seine Erschöpfung machte deutlich jede Bewegung zur Anstrengung, und ich fühlte mich allmählich schuldig, weil ich ihn nicht ins Bett gehen ließ.

Mein Leben ist in der Kiste, hatte Wolkow gesagt. Hier war also sein Leben – diese wenigen Dinge.

Obenauf lag sein Testament, kein offizielles Dokument, nur zwei getippte und unterschriebene Blätter, mit einem Datum von vor sechs Monaten, bestätigt von seinem Chef bei CBS in Hongkong. Als ich einen Blick auf die erste Seite warf, sah ich, daß er alles Linda Holmstrom hinterlassen hatte. Das bedeutete, alle seine Ersparnisse: eine Summe von an die 50 Tausend Dollar. Er besaß wenig Wertsachen. Es gab nicht viel vorzuweisen für ein halbes Leben voller Gefahr.

»Herrgott«, sagte Mike langsam. »Ihr hat er alles vermacht! Aber diese Dame hat Schluß mit ihm gemacht. Warum ausgerechnet ihr?«

Der Graf war einer von denen, die nicht genug lieben oder zu sehr, sagte ich.

Er warf mir einen fragenden Blick zu, gab aber keinen Kommentar ab. Ich wandte mich wieder der Truhe zu und holte vier Porträtfotos heraus.

Das erste, gerahmt, war ein Schwarzweißbild einer blonden Frau Ende dreißig. Sie blickte direkt in die Kamera und lächelte, wie um uns die Befangenheit zu nehmen; doch ihre schönen grauen Augen blickten durch uns hindurch in eine Ferne, von der wir nichts wußten und auch kein Anrecht darauf hatten. Das war zweifellos seine »Schwedin aus Minnesota« – eine skandinavische Amerikanerin von eigentlich nüchterner Schönheit, deren Gesicht von Intelligenz ohne Phantasie sprach. Sie würde sich nicht für Dinge erwärmen, die keine Rolle spielen sollten; und es war gewiß ein Gesicht, das sich bei Dmitris Exzessen verfinstert hätte.

Die anderen Porträts waren von Personen, die ziemlich deutlich zu Wolkows Familie gehörten. Ein recht verletzlich wirkender Mann mittleren Alters mit einem hübsch gestutzten blonden Bart, Dmitris Mund und einem Ausdruck melancholischer Hingabe: sein Vater, entschied ich. Eine hübsche, kräftige Frau in einem ärmellosen langen Abendkleid aus den dreißigern – zweifellos seine Mutter in jungen Jahren. Und schließlich ein ungerahmtes Porträt in Sepiatönen von einem Mann in einem Anzug aus dem neunzehnten Jahrhundert, mit einem Orden am Revers und einer Krawatte. Er war sauber rasiert, hatte aber lange Koteletten, und seine Miene hätte man im vorigen Jahrhundert als »gebieterisch« bezeichnet. Dieses Gesicht mit seinen weißblauen Augen glich auf erstaunliche Weise dem Dmitris, nur die Kieferpartie war kräftiger. Auf der Rückseite war eine Inschrift in kyrillischer Schrift. Ich zweifelte nicht daran, daß das Graf Alexis Wolkow war, und sagte das zu Mike.

Er nahm das Bild und betrachtete es, sein Schweigen wurde bedrückend. »Aristokraten«, sagte er schließlich. »Wozu sind sie jetzt nütze? Ich schätze, mit diesem Großvater fingen Dmitris Probleme an.«

Ich ging weiter den Inhalt der Kiste durch.

Eine Reihe von Umschlägen enthielten einzelne Fotos. Eine chinesische Statue aus Jade, die alt und wertvoll aussah – vielleicht eine Glücksgöttin. Bücher, zwei davon russisch, eins aus dem vorigen Jahrhundert: die Werke Puschkins und ein kurzes Werk von Tostoi, dessen kyrillischen Titel ich nicht entziffern konnte; auf den Illustrationen waren Kosaken zu sehen. Französische Bücher: »Der Fremde« von Camus, die Gedichte von Baudelaire. Dostojewskis »Dämonen« in englisch. Noch viele Schmucksachen, offenbar ohne Wert für andere – die traurigen Lieblingsstücke eines Lebens. Und schließlich Briefe – nur zwei Stapel von Briefen.

Da waren zwei Briefe von Linda Holmstrom an Dmitri, vor zwei

Jahren datiert; und da waren sechs von ihm an Linda, alle mit vielen Seiten, in unverschlossenen Umschlägen, adressiert, aber nicht abgeschickt. Ich schaute mir bei einem davon ein paar Zeilen an und wollte nicht weiterlesen. Sie würde sie jetzt lesen müssen.

Ich schloß Wolkows Kiste und stellte fest, daß Mike mich noch immer anschaute, während er auf der Bettkante saß und die Hände zwischen den Knien lose gefaltet hatte. Zum ersten und einzigen Mal in all den Jahren, die ich ihn kannte, sah ich Tränen in seinen Augen, und das brachte mich aus der Fassung. Er blinzelte, doch sein Gesicht blieb starr und ausdruckslos. Mit jedem Augenblick sah er körperlich erschöpfter aus, schien mir, und ich erriet, daß er bis jetzt keine Zeit zum Trauern gehabt hatte; die Trauer fing gerade erst an.

Er erhob sich und trat durch die Lamellentür auf den kleinen Balkon hinaus, sich im Gehen schneuzend. Nach einer Weile folgte ich ihm, und wir verharrten in der drückenden Schwüle der Nacht, blickten auf die Auffahrt hinunter und dahinter auf den mit Lampen erhellten Monivong-Boulevard, den die Ausgangssperre leergefegt hatte. Es half, daß wir beide Australier waren; ich wußte, wie ich sein Schweigen einzuschätzen hatte und wie lange ich ihm Raum geben mußte.

Schließlich sagte er abrupt: »Zwischen mir und Ly Keang ist nichts passiert.«

Ich schaute ihn überrascht an. Das hatte ich auch nicht angenommen, sagte ich. Warum erzählte er mir das?

»Ich dachte mir, es hätte Dmitri stören können«, sagte er.

Jetzt weißt du es besser, sagte ich. In Dmitris Kopf war nur eine Frau, und sie wollte daraus nicht weichen.

Er sah mich mit einem Ausdruck an, der bei ihm ungewöhnlich war: eine Art Abwehr. »Hast du mal eine Zigarette, Harvey?«

Ich schüttelte den Kopf; er hatte vergessen, daß ich nicht rauchte.

»Mist«, sagte er. »Warum fängst du nicht damit an?«

Er zeigte mir den Ansatz eines Grinsens, dann wandte er sich ab und lehnte die Unterarme auf die Balustrade, die Hände verschränkt, sein langes, leeres Gesicht der Dunkelheit zugekehrt, aus der in Abständen das Dröhnen der Artillerie zu vernehmen war. Als er endlich sprach, geschah das in der flachen, sprunghaften Art von phlegmatischen Menschen, wenn sie von Gefühlen übermannt werden.

»Dmitri war mein Bruder«, sagte er. »Und ich denke, es ist meine Schuld, daß er jetzt tot ist, Harvey. Ich habe ihn überredet, mit nach Kompong Cham zu kommen.«

Nein, nicht doch, sagte ich. Bild dir das nicht ein, Snow. Dmitri hat sich entschieden, dorthin zu gehen, wie er das bei hundert anderen Gelegenheiten getan hat. Du hast ihn nicht dazu gebracht.

Doch er starrte weiter in die Dunkelheit und antwortete nicht.

Diesmal war ich dankbar für seine Wortkargheit.

Sein Verhältnis mit Ly Keang fing kurz danach an, wie du vielleicht weißt.

Mein Eindruck war, daß sie für Langford zur Verkörperung Kambodschas wurde.

Vielleicht findest du das phantastisch und sentimental. Nun gut, mag sein. Doch ich habe die Auffassung, Ray, daß wir einen anderen Menschen nie vollständiger lieben, als wenn dieser Mensch Teil von etwas anderem ist. Von etwas, das wir liebten oder zu lieben bereit waren, ehe wir ihnen überhaupt begegnet sind. Etwas, was in unsere Träume von dieser Frau, diesem Mann eingeht. Verstehst du? Ein Ort, ein Stück Vergangenheit, ein Land, ein vage erinnertes Leben, das nicht einmal das unsere ist, nach dem wir uns aber törichterweise sehnen. Ich glaube, so war es für Langford mit Ly Keang.

Und die Freie aus Battambang war eine Patriotin, um das zu bestätigen. Eine Patriotin auf eine Weise, wie es im Westen außer Mode gekommen ist; ihrem Land und ihrer Sache treu ergeben, und sie hatte, wie die Heldin eines Melodrams, geschworen, die Ermordung ihres Vaters durch die Feinde zu rächen, die schließlich auf dem Sprung waren, ihr Land und sein Volk zu erobern – ein Volk, dessen Leiden nicht mit dem Krieg enden würde, sondern von neuem beginnen würde, auf einer viel schlimmeren Ebene, in einer finsteren Wüstenei, beherrscht von den schwarz gekleideten Anderen.

Jim Feng hat gewissermaßen recht: Es war, als ob Mike nie zuvor geliebt hätte. Vielleicht war das so. Vielleicht war er gerade erst reif geworden für die Liebe, als er sich den mittleren Jahren näherte. Das kommt vor. Jedenfalls trennten sie sich in den nächsten beiden Jahren, bis die Stadt fiel, nur selten. Sie zog zu ihm in die Wohnung am

Alten Markt; das war für eine junge kambodschanische Frau ihrer Klasse eine äußerst ernste Angelegenheit. Nun würde sie nie einen Kambodschaner heiraten, nun lag ihre Zukunft bei Mike.

Er sprach zu keinem von uns viel über sie – nur, daß sie heiraten wollten, wenn die Zeit gekommen sei. Wir versuchten erst gar nicht, mit ihm über sie zu sprechen. Seine Stimme und seine Miene verbaten das – sie war ein besonderes Wesen.

2.

TONBANDTAGEBUCH: LANGFORD

TONBAND 44: 10. MAI, 1973

– Sie kam an diesem Abend ungefähr um halb acht, mitten in einem Gewitter. Der Monsun hat zeitig eingesetzt, der Regen fällt seit gestern, als Jim und ich nach Phnom Penh zurückkehrten, heftig.

– Ich saß in der Wohnung auf dem Rattansofa und schwitzte in der drückenden Hitze, hatte kein Hemd an, rauchte und trank Brandy, tat nichts und dachte an Wolkow. Mir war noch ganz eigenartig zumute, ein Gefühl, das ich habe, seit er gestorben ist – und das war erst gestern.

– Kleinigkeiten über Dmitri gingen mir ständig durch den Kopf. Wie er schielte, wenn er filmte; wie er über Musik sprach, wenn wir tranken, wie er sie beschrieb und mit den Händen herumfuchtelte. Ich hörte ihn immer »*Mon Dieu*« sagen und »in der Tat«, die Worte irgendwie nuschelnd. Ich wollte, daß es aufhörte, doch es hörte nicht auf, egal, wieviel Brandy ich trank. Ich sah ihn vor mir, wie er mich anlächelte.

– Der Regen wurde stärker, als versuche er, alles zu ersäufen, was geschehen war. Die Regenfälle am Nachmittag gehen weiter, und die Bombardierungen gehen weiter. Alles kommt vom Himmel. Zum erstenmal haben sich die Roten Khmer mit der Regenzeit nicht zurückgezogen; sie versuchen immer noch, die Stadt einzunehmen, kämpfen im Regen weiter, im Schlamm. Daher bombardieren die B-52 weiter, ziemlich nah; man hört die Explosionen durch den rauschenden Regen und den Donner. Nichts als roter Schlamm und zerstörte Dörfer draußen im Land; alles wird zerstört. Kambodscha wird zerstört.

– Heute war es wie beim erstenmal, als Ly Keang kam. Außer daß es regnete.

– Sary saß wie eine kleine braune Statue auf der chinesischen Anrichte und beobachtete mich. Kein Licht im Zimmer. Ich sah durch die offenen Balkontüren – drüben bei den Geländern des Marktes wirkten die Lampen der kambodschanischen Händler im Regen verwaschen und zittrig. Wind und wieder Donner. Vom Wipfel der Kokospalme neben dem Balkon strömte das Wasser, die Wedel glänzten und zappelten wie an Land gezogene grüne Fische.

– Dann kam sie. Meine Tür stand wie gewöhnlich offen, und sie trat hinter mir ins Zimmer, wie schon einmal.

– Sie sagte mir später, daß sie mich angesprochen habe, doch ich hörte sie nicht wegen des Donners. Ein kühler Finger auf meiner nackten Schulter war das erste, was ich von ihr bemerkte. Ich dachte, Sary wäre auf der Rückenlehne des Sofas zu mir gekommen. Als ich mich umdrehte und Keang sah, stand ich auf. Sie kam um das Sofa herum und sah mich im Dunkeln wortlos an. Als klage sie mich an, nur war ihr Ausdruck dafür nicht ganz passend – er war eher fragend.

– Sie ist gekommen, um meine Erklärung wegen Dmitri zu hören, dachte ich; sie wird mir die Schuld geben. Mein Herz hämmerte, weil sie mich erschreckt hatte und weil sie hier war. Sie hatte den Kopf zurückgeworfen und blickte mich unverwandt an, dann trat sie vor mich und nahm meine beiden Hände in ihre. Keiner von uns sprach, ich hatte nicht vorgehabt, sie anzurühren, doch plötzlich hielt ich sie in den Armen. Sie schien mir in die Arme zu sinken. Ihr Körper lag leicht, doch deutlich spürbar an meinem.

– Wir küßten uns lange. Sie öffnete die Lippen, ihr Speichel in meinem Mund setzte ein elektrisches Prickeln in Gang, das immer stärker und stärker geworden wäre, wenn ich sie nicht freigegeben hätte. Extrem, dieses Prickeln – alles verwandelte sich für uns, weit in die Zukunft hinein. Ich hörte ein Moskito sirren, dann ließ es sich auf meiner Schulter nieder und begann mein Blut zu trinken. Ich ließ es gewähren und schaute sie an. Der Stich gehörte zum Geschehen, er war eine Brandmarkung.

– Jim Feng sagte, du wärst hier. Du lebst, sagte sie. Doch dünn, so dünn, Mike.

– Sie lächelte nicht. Sie wandte die Augen nicht von mir, als könne sie alles aus meinem Kopf ziehen, wenn sie mich lange genug anstarrte.

– Ja, ich lebe, sagte ich. Doch Dmitri ist tot. Es tut mir leid.

– Doch sie verstand mich nicht.

– Es tut mir auch leid, sagte sie. Er war ein guter alter Freund von dir. Ich glaube, du hast ihn geliebt.

– Ja, sagte ich. Und ich glaube, du auch.

– Sie wandte sich ab und schüttelte den Kopf. Durch die Nasenflügel sog sie die Luft ein, deutlich hörbar. Dann sagte sie: Er war ein lieber Freund, doch du weißt, daß ich ihn nicht geliebt habe. Ich liebe dich, dich. Und du lebst.

– Sie blickte durch die Tür zu den Lichtern im Regen. Ich werde bereuen, daß ich das gesagt habe, sagte sie. Doch ich habe es gesagt, egal. Als man erzählt hat, daß du vermißt bist, dachte ich, ich werde verrückt. Ich war sicher, daß die Roten Khmer dich erwischt hatten. Meine Tante und mein Onkel haben geglaubt, ich sei nicht ganz richtig im Kopf. Ich konnte nicht zur Zeitung gehen, konnte nicht arbeiten, konnte nicht essen. Und dann kam gestern die Nachricht, daß Dmitri tot ist und du und Jim leben. Doch ich konnte nicht zum Flughafen oder ins Hotel Royal kommen, um dich mit all den anderen zu treffen. Ich habe allein um Dmitri geweint – dann habe ich darauf gewartet, dich ohne andere Leute zu sehen.

– Ich nahm mein Hemd vom Stuhl und zog es an, ging zur Anrichte und suchte die Cognacflasche. Sary erhob sich und machte einen Buckel. Keang kam herüber, streichelte sie und schaute mich von der Seite her an, während ich zwei Gläser füllte. Sary verengte die Augen und fing an zu schnurren.

– Sie mag mich, sagte Keang.

– Wir beide mögen dich, sagte ich. Ich gab ihr den Cognac, trank meinen in einem Zug und goß den nächsten ein. Meine Hände zitterten.

– Sie trank ihren fast genauso schnell und hielt mir ihr Glas hin. Als ich einschenkte, sah sie mich wieder an, diese lange Oberlippe fest über die Zähne herabgezogen, ihre Miene fragend – ihre Kobold-Miene. Du magst mich also, sagte sie. Ein Mann, der alle mag und keine liebt – das bist du.

– Nein, ich liebe dich, sagte ich.

– Jetzt hatte ich es also gesagt. Und ich kam dicht heran und schaute auf sie herab, aber ich berührte sie nicht. Sie starrte zurück, die Augen wurden groß. Kein Flirten in ihnen, keine Täuschung – klares schwarzes Glas in der Nacht. Zwischen uns waren nur Zentimeter, ich spürte die Wärme ihres Körpers.

 – Doch heute abend denke ich an Dmitri, sagte ich ihr. Heute abend muß ich immerzu an ihn denken. Seinetwegen fühle ich mich sehr schlecht. Und das sollte ich auch.

– Sie schüttelte den Kopf und sah mich an. Nein, sagte sie. Nein, du solltest dich nicht schlecht fühlen.

– Ich nahm ihre Hand und führte sie zum Sofa. Wieder ein Donnergrollen, Sary sprang von der Anrichte und versteckte sich darunter, und Keang lachte. Sie schlürfte ihren Cognac, beobachtete mich mit geneigtem Kopf. Dann starrten wir beide in den Regen hinaus, auf die Marktlampen und den sich wiegenden Wipfel der Palme. Wasser gurgelte irgendwo in einer Röhre. Alles dort draußen hatte sich verändert, die Lichter und der wilde Regen gehörten zu einem anderen Ort, einem Ort, fremder als Phnom Penh, zu dem wir, sie und ich, unterwegs waren.

– Willst du darüber sprechen, was geschehen ist? fragte sie.

– Nein, sagte ich. Nicht heute abend. Doch es war alles meine Schuld.

– Und ich erzählte ihr, wie ich Jim Feng und den Grafen dazu überredet hatte, mit mir nach Kompong Cham zu fliegen.

– Sie legte mir die Hand auf die Schulter und streichelte sie leicht. Daran hast du gedacht, als du hier gesessen hast. Deshalb bist du traurig, sagte sie. Aber du irrst dich, du bist nicht schuld. Jeder entscheidet selbst, was er tut. Dmitri mußte nicht nach Kompong Cham gehen.

– Wir saßen lange schweigend da. Eine Europäerin hätte mehr gesagt; doch sie sagte nichts weiter. Ich spürte sie, obwohl wir uns kaum berührten, doch von ihrem Körper ging diese starke Wärme aus. Dann sagte sie: Was wirst du nun tun? Kombodscha verlassen, ehe die Roten Khmer in die Stadt kommen?

– Nein, sagte ich. Ich bleibe.

– Sie saß ganz still und dachte nach. Dann nickte sie und sagte: Gut. Dann werden wir zusammen sein. Jetzt muß ich gehen. Mein Onkel und meine Tante werden warten.

– Geh nicht, sagte ich.

– Doch, sagte sie. Heute abend trauerst du um Dmitri. Ruh dich aus. Wir sehen uns übermorgen.

– Sie erhob sich, ich konnte ihr Gesicht kaum erkennen. Mach das Licht nicht an, sagte sie.

– Sie handelte richtig, als sie ging; sie hatte mich verstanden. Wegen Dmitri mußten wir uns heute nacht trennen. Doch wie ich nun hier wieder allein sitze, denke ich nur an sie, und daß ich sie übermorgen sehen werde.

12. MAI

– Sechs Uhr: Eben von der Front zurückgekehrt. Der Regen hat aufgehört – wieder ein später Guß. Über den Balkon kommen die Gerüche herein, die er zurückläßt: Schlamm und Abwasser, vermischt mit dem Duft der Blumen vom Markt drüben.

– Gleich gehe ich rüber und kaufe welche, um sie damit zu begrüßen. In einer Stunde bringt sie ihre Sachen her. Sie sagt, sie ist neugierig, ob Sary eifersüchtig ist. Ich will immerzu lachen, will im Zimmer herumlaufen, kann nicht stillsitzen. Kindisch.

– Regen und Ly Keang.

– Meine Hände riechen nach Wasser vom Reisfeld, und ich möchte den Geruch nicht wegwaschen.

– Wir hatten uns zum Kaffee im Royal verabredet, das war alles. Aber sobald wir uns niederließen, bat sie mich, sie mit an die Front zu nehmen.

– Zuerst habe ich es abgelehnt.

– Aber ich bin immer mit Dmitri mitgegangen, das weißt du doch, sagte sie. Sie hatte Jeans und ein Armeehemd an und eine Nikon dabei – startbereit.

– Hör mal, ich bin nicht wie Dmitri, sagte ich. Ich arbeite nur allein. Es war mir schon unangenehm, mit einem Tontechniker zusammen zu arbeiten, als ich noch gefilmt habe. Ich möchte nicht für das Leben eines anderen Menschen verantwortlich sein, besonders nicht für das einer Frau. Besonders nicht für deins.

– Sie machte einen Schmollmund. *Mon Dieu*, so ein altmodischer Mann, sagte sie. Ein Büffeljunge!

– Es war gegen neun. Wir saßen auf der Terrasse über dem Garten und dem Pool. Strahlender Sonnenschein, und die Leute nahmen ein morgendliches Bad oder saßen unter den Schirmen. Normal und glücklich, als befände sich die Stadt nicht im Kriegszustand. Plötzlich streckte sie eine Hand aus und legte sie auf meine. Ihre Stimme, die gewöhnlich etwas hoch klang, wurde tief.

– Du wirst mich nicht verlieren. Ich bin zu schlau. Wohin fährst du heute?

– Ich sagte ihr, daß ich auf dem Highway 5 nach Norden fahren wolle, in Richtung Oudong. Die Roten Khmer zogen sich anscheinend dort zurück, und ich hatte erfahren, daß ich sicher bis zu einem von der Fünften Brigade gehaltenen Abschnitt kommen könnte, wo es vielleicht ein paar Scharmützel geben würde. Bei den meisten anderen Highways bestand jetzt keine Hoffnung, daß sie frei waren, doch die Regierungstruppen hatten die Reisstraße ganz gut im Griff, und es sah so aus, als würde sie wieder geöffnet werden.

– Dann ist es nicht zu gefährlich, sagte sie. Sie lächelte, da sie wußte, daß das nie stimmte. Und sie bekommen viel Unterstützung aus der Luft, sagte sie. Also nimm mich bitte mit, Mike. Ich möchte nur eine Story für meine Zeitung und ein paar Bilder, die ich verkaufen kann. Wenn es zu dick kommt, kannst du ohne mich weiter. Ich weiß, wie du arbeitest.

– Ich sagte, nein, das könne ich auch nicht. Der Rückweg könnte ihr abgeschnitten werden.

– Na gut, egal, dann laß mich eben nicht zurück, sagte sie. Wir bleiben zusammen. Du solltest nicht so schnell wieder rausgehen, eigentlich mußt du dich ausruhen. Wenn du also in Schwierigkeiten kommst, ist es besser, wenn ich da bin.

– Sie neigte den Kopf und versuchte, ernst zu sein; doch sie kann nie lange ernst sein. Wir lachten beide und wußten, daß sie gewonnen hatte. Ein kleiner, väterlicher Chinese, der in seinem weißen Jackett in Rufweite bei einem Servierwagen stand, lächelte uns an, als verstünde er.

– Warum willst du das tun? fragte ich sie. Deine Zeitung macht sich doch nicht das Geringste aus wahren Geschichten von der Front. Sie möchten nur, daß du gute Nachrichten erfindest. Die kannst du hier schreiben.

– Na schön, das ist nicht mein Hauptgrund, sagte sie. Ich möchte Kampferfahrung.

– Ich wollte wissen, warum.

– Ich glaube immer noch, daß unsere Armee gewinnen kann, wenn die Amerikaner uns helfen, sagte sie. Doch man hört von so vielen, daß die Roten Khmer bald den Mekong dichtmachen werden. Dann sind wir verloren, das weißt du ja. Und wenn sie siegen, will ich bereit sein. Ich möchte mich an den Kampf gewöhnen. Ich möchte mich Major Chandara anschließen, wenn er eine Widerstandsgruppe an der Grenze bildet.

– Aber das ist nicht die Art, wie du helfen kannst, bei deiner Ausbildung. Chandara möchte bestimmt nicht, daß du das tust. Es gibt bessere Möglichkeiten.

– Vielleicht, sagte sie. Doch vielleicht kommt die Zeit, wo es nicht mehr viel angenehme Möglichkeiten des Kampfes gibt. Ich weiß mit einem Gewehr umzugehen – mein Vater hat es mir beigebracht.

Einige unserer Bauernmädchen ziehen mit den Männern in den Kampf. Warum ich nicht?

– Ich starrte sie an. Sie hielt immer noch meine Hand, doch ihre Augen waren jetzt ernst. Der chinesische Kellner lächelte, er schien auf meine Antwort zu warten. Heute nehme ich dich mit, sagte ich. Aber wenn es zu starken Beschuß gibt, wenn die Truppe zurückgeworfen wird, dann ziehen wir uns gleich zurück.

– Sie strahlte mich an, als hätte ich sie zu einer Party eingeladen.

– Wir fuhren also in Black Bessie auf der Reisstraße entlang, nur wir beiden. Die Sonne schien, noch kein Regen. Vora war nicht dabei, ich fuhr selbst. Vielleicht nicht klug, doch ich wollte mit ihr allein sein. Als wir am Fluß entlangfuhren, kamen wir an den schwimmenden Hütten des Fischerdorfes am Rande der Stadt vorbei, und dann waren wir draußen zwischen den Reisfeldern.

– Ich liebe diese Jahreszeit zu Beginn der Regenfälle. Hellgrüne Reisschößlinge überziehen die Felder mit einem zarten Gewebe, alles wird lebendig. Die Frauen bücken sich und bringen die jungen Pflänzchen aus – friedliches Pflanzen, so nah an der Stadt, als ob das ferne Geräusch gar kein Artilleriefeuer wäre. Rosa- und lilafarbene Lotusblüten und Wasserhyazinthen öffnen sich in Teichen neben der Straße. Kambodscha beginnt sich mit Wasser zu füllen; das leuchtet und flimmert, spiegelt den Himmel und die großen Maiwolken. Schwarzweiße Reiher flogen auf, als wir vorbeifuhren; watschelnde braune Enten wurden von kleinen Jungen gehütet. Alles war frisch gewaschen und neu. Auch mein Leben, dank Keang. Wir lachten beide grundlos, als hätten wir Brandy getrunken und nicht Kaffee.

– Vielen Dank, daß du mich mitgenommen hast, sagte sie. Fahr uns gleich bis nach Battambang; ich will dich mit nach Hause nehmen.

– Nach dem Krieg, sagte ich. Wenn die Straße wieder frei ist.

– Nach dem Krieg, sagte sie und legte mir ihre Hand auf den Arm.

– Vor uns im Nordwesten schienen die niedrigen blauen Berge auf uns zu warten – ich sah, wie sie nach ihnen Ausschau hielt.

– Ein paar Kilometer weiter erreichten wir den von der Fünften Brigade gehaltenen Abschnitt, unmittelbar vor einem zerbombten und verlassenen Dorf in einem weiten, flachen Land. Die Häuser standen mit eingestürzten Dächern oder in verrückten Winkeln schräg auf ihren Pfählen. Eine Gruppe Khmer-Flüchtlinge zog an uns vorüber, einige schoben Karren, einige trieben Schweine vor sich her, andere fuhren mit Rädern, und alle strebten sie auf Phnom Penh zu.

– Ein Gefecht war im Gange, doch es war fast friedlich, als wir aus dem Auto stiegen. Die Fünfte Brigade hatte hier eine Anzahl Lkw und Schützenpanzer und einige hundert Mann. Eine Abteilung der Roten Khmer hatte sich weiter vorn auf einem flachen Höhenrücken verschanzt, in der Nähe der gelben Hülle einer zerstörten französischen Villa. Durch die Fenster sah man den Himmel, und Rauch zog darüber hin. Ab und zu feuerten die Roten Khmer ein paar Mörsergranaten ab, aber sie waren schlecht gezielt. Es war alles ziemlich ruhig – sogar langweilig, wie diese Scharmützel oft sind.

– Ich kannte den Kommandeur hier, er war recht zuverlässig. Er sagte, daß sie dem Feind zehn zu eins überlegen waren und er zuversichtlich sei, die Roten Khmer zurückwerfen zu können. So erhielt ich seine Erlaubnis, daß wir bleiben durften. Ly Keang ging herum und machte mit ihrer Nikon Bilder von den Soldaten und unterhielt sich mit ihnen. Es schien fast eine Routinesituation, keine, die eine schlimme Wendung nehmen konnte. Doch nach einer halben Stunde änderte sich das.

– Der feindliche Granatbeschuß nahm zu, Maschinengewehrfeuer kam hinzu. Die Fünfte Brigade antwortete mit Granaten und Raketen, und einige Soldaten rückten jetzt in die Reisfelder vor und suchten Deckung hinter den Deichen. Wegen Ly Keang dachte ich an einen Rückzug zum Wagen. Doch es schien noch nicht gerechtfertigt, und ich sagte ihr, das beste sei, wenn wir uns hier mit den Soldaten eingraben und im Reisfeld Deckung suchen würden.

– Wir liefen auf der Straße zurück und gingen an einer Stelle ins Reisfeld, wo wir allein waren, doch nicht zu weit von der Truppe entfernt. Das Feld stand ungefähr zwei Fuß unter Wasser. Zuerst lagen wir hinter einem Deichwall, doch dann wurde der Granatbeschuß heftiger, und ein Geschoß explodierte ganz in unserer Nähe, der Schlamm kam wie schmutziger Schnee auf uns herabgefallen. Ich nahm Keang bei der Hand und zog sie mit mir in das Wasser hinunter; unsere Kameras ließen wir in einer Furche am Deichwall.

– Wir lagen halb untergetaucht, die Köpfe hielten wir unten. Sie zitterte leicht, aber das war vielleicht der Lärm; ich erkannte nun, daß sie niemals panisch reagieren würde. Die Tochter eines Soldaten.

– Dann hörte ich das laute Dröhnen von Flugzeugen mit Propellerantrieb. Der Lon-Nol-Kommandeur hatte Luftunterstützung angefordert: zwei kleine T-28, die altmodischen leichten Jagdbomber, die die Amerikaner der kambodschanischen Luftwaffe vermacht hatten. Wie immer flogen sie ganz dicht über den Wipfeln der Zuckerpalmen, ihre tollkühnen Khmer-Piloten flogen dicht über dem Boden, um ihre Ziele zu finden. Bald hörten wir die Bomben, und eine schwarze Rauchwolke stieg in den Himmel.

– Wir hielten uns bei den Händen und sprachen nicht, konnten nichts sehen außer den schlanken Zuckerpalmen, die über den Deich ragten. Nach einer Weile hörte der Granatbeschuß auf, und es wurde still. Ich schaute über die Deichkrone. Eine schwarze Rauchsäule kam vom Hügelkamm, wo die Roten Khmer waren, und die zwei T-28 stiegen hoch und flogen fort – sie hatten einen Volltreffer gelandet. Gewitterwolken standen am Horizont – es würde Regen geben.

– Es war vorbei. Die Regierungssoldaten luden ihre Verwundeten in Lkw, andere rückten in Schützenpanzern auf die Stellung der Roten Khmer vor. Ich wußte, daß ich mich aufmachen und den Soldaten folgen sollte, um Aufnahmen zu bekommen; doch heute kümmerte ich mich nicht darum. Ich glitt zurück neben Keang und nahm sie in die Arme. Sie nur zu umarmen, machte mich gleich wieder betrunken.

– Gut, daß sie Unterstützung aus der Luft hatten, sagte sie. Siehst du? Du hättest dir keine Sorgen machen müssen, ich hatte recht. Sie lächelte mich spöttisch an, doch ich spürte, daß sie noch zitterte.

– Wir blickten uns unverwandt an. Weicher Schlamm und warmes braunes Reisfeldwasser – ein Bad. Wir hier allein, im Umkreis von fünfzig Metern keine Soldaten. Große Regentropfen begannen zu fallen und platschten aufs Wasser. Der Schlamm zog an uns, und Wasser lief über uns, als ich die Hand ausstreckte und ihre Wange berührte. Ihr grünes Hemd war schwarz geworden – Wasser und Schweiß. Donnergrollen und herabstürzender Regen.

– Wasser – Kambodscha ist Wasser. Tausende Morgen Land füllen sich mit Wasser; Reisfelder und Dschungel tauchen unter; bald laichen Fische zwischen Bäumen in Unterwasserwäldern – wimmeln in den Feldern. Kambodscha war Wasser, und Keang war Kambodscha. Wieder ihr Mund, sein Saft. Wir kämpften und zerrten an schwarz gewordenen Kleidungsstücken. Fische im Wasser. Als ich sie halb aus dem Reisfeld und zur Deichböschung zog, zitterte auch ich. Keang. Gold vor glattem roten Schlamm, Brüste zeigten zum Himmel, glänzten, und Wasser strömte über sie. Schamhaar dünne schwarze Seidenfäden, Höhlen und heimliche Früchte bloßliegend. So vollkommen, daß ich im Wasser vor ihr kniete. Reisfeldwasser, Regen und der Saft ihres Körpers – was war einfach Regen?

5. JUNI

– Das Zimmer zur Siestazeit. Kurz nach zwei – die große heiße Stille, wenn die Stadt beinahe zum Stillstand kommt. Die Zeit, die der Hobbygärtner so liebte.

– Wir lassen die Jalousien geschlossen, winzige helle Sonnensplitter dringen durch die Schlitze. Wir lassen uns treiben, auf dem Bett in der Hitze, die grelle Sonne und die Welt ausgesperrt. Wir sagen uns, daß wir forttreiben, hier im Zimmer.

– Heute tappte Sary über uns weg, als wir wie Statuen ausgestreckt lagen, naß von Kopf bis Fuß, unfähig, uns zu rühren. Sie schnupperte an unserem trocknenden Schaum und erstarrte plötzlich, geschockt. Wir lachten, und sie rannte beleidigt fort.

6. JUNI

– Gerüche, die nie zuvor im Zimmer gewesen waren.

– Limonenblüten, die ich vom Markt mitgebracht habe und die sie überall in Vasen aufgestellt hat – ihre Lieblingsblumen. Ihre Parfüms und Kosmetikartikel, die auf der Kommode stehen. Alle Düfte kräuseln sich unter dem langsamen alten Ventilator. Auch Licht, das von den schmutzig-blauen Wänden reflektiert wird, kräuselt sich, als wären wir unter Wasser.

– Warum hast du nie geheiratet?

– Ich erzählte es ihr. Erzählte ihr alles.

– Sie hörte zu, mit gekreuzten Beinen nackt in der Mitte des Betts sitzend; sie kennt keine Befangenheit. Das schwarze seidene Dreieck zwischen ihren Schenkeln wie eine Zeichnung auf einer ockergelben Vase.

– Warum liebst du mich? Sie sah stirnrunzelnd auf mich herab – eine Mahnung, die Antwort gut zu bedenken.

– Ich glaube nicht, daß ich vorher schon einen Menschen richtig geliebt habe, sagte ich. Ich liebte nur das Bild, das ich mir machte. Bei dir weiß ich, daß es Wirklichkeit ist.

– Sie warf sich wie ein Kind auf mich.

8. JUNI

– Sie amüsiert sich über Kleinigkeiten, obwohl sie so viel gebildeter ist als ich. Gestern kam ich nach Hause mit einer Affenmaske auf dem Gesicht, die ich auf dem Markt gekauft hatte – ein dummer Scherz, doch sie konnte gar nicht wieder aufhören zu lachen.

– Heute drehte sie das Foto von Claudine zur Wand, machte einen Schmollmund und sah mich von der Seite an. Will nicht mehr, daß diese vietnamesisch-französische Dame uns zuschaut, sagte sie. Wird Zeit, sie einzupacken.

– Sie wird immer eine Freundin sein, sagte ich. Sie hat vor Jahren viel für mich getan.

– Doch sie zog ein Gesicht. Keine Freundinnen mehr, sagte sie. Nicht einmal dieses Tantchen.

9. JUNI

– Keang nackt am Fenster, den Arm erhoben, um einen Spalt der Jalousie offenzuhalten. Sie schien an etwas sehr Fernes zu denken. Betrachtete sie vom Bett aus. Ein heißer Lichtstreifen drang herein und erfaßte ihren Körper wie eine Flamme; ihr erhobener Arm und eine Brust aprikosenfarben glühend, die Brustwarze eine dunkle Pflaume. Der Fächer des schwarzen Haars bis über die Taille herabhängend – fast zu schwer für sie. Nackt ist sie ziemlich klein, obwohl sie eine volle Figur hat. Mir erscheint ihr Körper vollendet, doch seine Proportionen sind eigentlich unregelmäßig: die lange schlanke Taille und dann die geschwungenen Hüften, die kurzen Beine.

– Wann wirst du uns ein Baby schenken?

– Eigentlich hatte ich das gar nicht sagen wollen; meine Stimme sprach die Worte, und ich hörte sie mich mit Erstaunen sagen.

– Sie kam schnell herüber und setzte sich rittlings auf mich – wild, feucht, heftig, meine Handgelenke festhaltend.

– Du wünscht dir, daß wir eins haben?

– Sehr, sagte ich.

– Wenn der Krieg zu Ende ist, sagte sie. Wenn es sicher ist. Dann will ich dein Kind haben.

– Neben mir liegend, erkundete sie alte Narben, fuhr mit dem Finger auf ihnen entlang, wie es einst Claudine getan hatte.

– Du bist wirklich ein Soldat, sagte sie. Wann wirst du diese Kamera beiseite legen und zum Gewehr greifen?

– Niemals, sagte ich. Ich werde keine Menschen töten.

– Aber du willst doch nicht, daß wir Kambodscha verlieren, sagte sie. Du willst hierbleiben. Das ist jetzt deine Heimat, Mike – das hast du gesagt. Du liebst Kambodscha, hast du gesagt. Für das, was du liebst, mußt du kämpfen, weißt du das nicht?

 – Nicht mit dem Gewehr, sagte ich.

– Sie legte sich neben mich, ihr Kopf an meiner Schulter, ihre Stimme sanft. Ich weiß, daß du mit uns kämpfen wirst, wenn die Zeit da ist, sagte sie. Du wirst bleiben und mit den Freien Khmer kämpfen. Chandara glaubt das auch.

– Ich werde weiter die Verwundeten tragen, sagte ich. Ich schicke Bilder hinaus, um zu zeigen, was geschieht. Doch ich werde nicht zur Waffe greifen.

11. JUNI

– Gestern abend hat Keang mir von ihrem Vater erzählt. Jetzt verstehe ich, warum sie kämpfen will, und warum sie will, daß ich mit ihr kämpfe. Ich frage mich, ob ihr Zorn nicht tiefer sitzt als ihre Liebe.

– Es war etwa um neun. Wir saßen im Dunkeln auf dem Rattansofa und schauten zur Balkontür hinaus. Zeit der Ausgangssperre: Der Verkehrslärm verstummt, Stille senkt sich über die Stadt. Soldaten blasen irgendwo auf ihren Trillerpfeifen und fordern Nachzügler auf, die Straßen zu verlassen. Die grünen Kioske auf dem Markt machen den Laden dicht, die Straßenhändler packen ihre Stände zusammen, um zu verschwinden, ehe die Soldaten kommen, die Petroleumlampen erlöschen.

– Habe mit Keang über den Erfolg der Roten-Khmer-Offensive gesprochen. Heute bin ich mit Bill Wall draußen auf dem Highway 1 gewesen, und es hat schlecht ausgesehen, erzählte ich ihr. Die Kommunisten hatten auf beiden Seiten des Mekong schwere Angriffe gestartet und eine Menge Regierungsposten überrannt. Es sah so aus, als ob der Korridor zwischen Mekong und Highway 1 bald in ihre Hände fallen würde. Für diesen Fall, sagte ich, wollte ich ihre Einwilligung, daß ich sie nach Bangkok bringen durfte.

– Doch sie schüttelte den Kopf, und ihre Augen wurden groß, wie immer, wenn sie erregt ist. Ich gehe nicht fort, sagte sie. Ich habe versprochen zu bleiben und zu kämpfen, bis es keine Hoffnung mehr gibt – und vielleicht sogar noch danach.

– Ich fragte, wem sie das versprochen habe.

– Meinem Vater, sagte sie. Ich habe es ihm in meinem Herzen versprochen. Die Roten Khmer haben ihn umgebracht, und ich habe gesagt, daß ich eine Möglichkeit finden werde, sie zu bekämpfen, wenn die Zeit dazu kommt. Daß ich nie aufgeben werde.

– Doch dein Vater war Soldat – er starb bei der Erfüllung seiner Pflicht, sagte ich. Er hätte das nicht von dir verlangt. Er würde dich in Sicherheit wissen wollen.

– Er ist nicht im Kampf gefallen, sagte sie.

– Plötzlich beugte sie den Kopf wie ein Mädchen, das bestraft wird, ihre Stimme klang wie erstickt. Mir fiel ein, was Chandara über ihren Vater gesagt hatte, und ich wartete.

– Das habe ich dir nie erzählt; jetzt will ich es, sagte sie. Er ist vor fünf Jahren gestorben, als ich neunzehn war. Das war die Zeit eines Bauernaufstands in Battambang – die Roten Khmer hatten ihn organisiert. Das war, als sie gerade ihre Armee auf dem Land zu formieren begannen und Dorfälteste hinrichteten. Keiner wußte damals viel über sie. Der Aufstand wurde von unserer Armee auf Befehl von Prinz Sihanouk niedergeschlagen; es gab sehr viele Tote. Mein Vater spielte als Kommandeur eine wichtige Rolle. Er wurde verwundet.

– Sie hielt für einen Moment inne. Sie hatte den Kopf noch gesenkt, die Hände im Schoß verschränkt, und sah mich nicht an. Eines Nachts kamen drei Männer in die Küche unseres Hauses in der Stadt Battambang, und sie erschossen meinen Vater vor unseren Augen – vor meiner Mutter, meinen zwei kleinen Brüdern und mir. Dann zogen sie wieder ab. Es waren Agenten der Roten Khmer.

– Sie rührte sich immer noch nicht, hob nicht den Kopf und schaute mich nicht an. Mir fielen keine anderen Worte als Beileidsbeteuerungen ein. Ich legte ihr den Arm um die Schultern und spürte, wie steif ihr Körper war.

– Ich habe meinen Vater geliebt, sagte sie. Ich will, daß die Roten Khmer dafür bezahlen, was mit ihm geschehen ist und mit anderen. Ich werde nicht zulassen, daß mein Vater umsonst gestorben ist. Das habe ich zu meiner Lebensaufgabe gemacht. Deshalb habe ich nicht geheiratet.

– Sie legte ihren Kopf an meine Schulter. Ich möchte dich heiraten. Doch du mußt verstehen, warum ich gegen sie kämpfen muß.

– Ich verstehe es, sagte ich. Doch warum willst du dich opfern? Was soll das nützen, verflucht noch mal?

– Sie blickte zu mir hoch, und dieser Blick ließ das, was ich gesagt hatte, töricht klingen. Wer war ich, daß ich einen Menschen beurteilte, dessen Vater vor seinen Augen erschossen worden war? Ich war nur ein weiterer verwöhnter westlicher Korrespondent, der am Rande des Geschehens hier stand. Und in gewisser Weise war das alles unwirklich für mich. Hier saß sie im Dunkeln und sprach von Rache für den Tod ihres Vaters wie eine Gestalt in einem Melodram. Doch wer war ich, um zu urteilen? Das waren Gefühle, an die sie glaubte; sie zerrissen wirklich ihr Leben. Jetzt war eine Menge an ihr erklärt – sogar ihre Scherze, die wohl oft nur den Schmerz überdeckt hatten.

– Ich will nicht sterben, ich möchte ein Leben mit dir, sagte sie. Aber ich muß weiter gegen die Roten Khmer kämpfen – selbst wenn sie diesen Krieg gewinnen. Verstehst du? Und wenn sie die Macht ergreifen, vielleicht werden dann eure Leute nach Möglichkeiten suchen, sie zu stürzen. Ich könnte dabei helfen.

– Und sie sah mich im Dunkeln an, als erwarte sie etwas von mir.

– Meine Leute? fragte ich.

– Ich möchte, daß du mich deinem Freund Mr. Aubrey Hardwick vorstellst, sagte sie.

– Ich starrte sie an. Ich hatte Aubrey einmal ihr gegenüber erwähnt und ihr erzählt, wie er mir geholfen hatte, als Kameramann anzufangen – doch ich hatte ihr nicht gesagt, was er trieb. Ich hatte ihn einfach als Diplomaten beschrieben. Mir hätte klar sein sollen, daß sie schließlich herausbekommen würde, daß er ein Agent des australischen Geheimdienstes war; in Phnom Penh bleibt kaum etwas verborgen. Ich fragte sie, warum sie ihn kennenlernen wollte.

– Bitte, Mike, sagte sie. Du darfst keine Geheimnisse vor mir haben. Ich weiß Bescheid über Mr. Hardwick, durch Freunde in der kambodschanischen Armee. Freunde meines Vaters. Sie kennen ihn von früher, aus der Zeit vor dem Krieg. Sie sagen, er ist ein sehr wichtiger Spion. Sie behaupten, er habe gute Verbindungen zu den Briten und Amerikanern. Ich weiß, daß er Kambodscha helfen wird, wenn die Zeit gekommen ist. Ich möchte ihn kennenlernen. Ich möchte ihm helfen, wie du es tust.

– Ich helfe Aubrey nicht mehr, sagte ich. Ich vertraue ihm nicht richtig. Ich vertraue keinem Spion – auch wenn sie auf unserer Seite sind.

– Doch sie hörte nicht zu, sie hatte es sich in den Kopf gesetzt, Aubrey zu treffen, und damit basta. Und ein erbärmlicher Gedanke kam mir, der Gedanke , daß sie mich nur benutzt. War das so? Ja und nein. Sie liebt mich, und eben aus diesem Grund findet sie es natürlich, daß sie durch mich an Hardwick herankommt – und sie denkt, ich sollte das auch so sehen. Kambodschanische Frauen sind sehr praktisch.

– Werde ich den Kontakt für sie anbahnen? Vermutlich werde ich's am Ende tun; es wird sich nicht vermeiden lassen. Sie wird erfahren, wenn er in der Stadt ist. Doch ich habe ein ungutes Gefühl dabei.

20. JUNI

– Gestern ist Ly Keangs Wunsch in Erfüllung gegangen. Ich habe ein Gewehr benutzt, und nun ist alles anders.

– Ich war mit Major Chandara draußen, unten in Takeo, in der überschwemmten Gras- und Schilfebene. Er führte eine Kompanie bei einer Suchaktion. Es war später Nachmittag, und Chandara und ich gingen mit einem seiner Feldwebel ein Stück vor der Einheit her. Plötzlich beschoß uns eine Gruppe der Roten Khmer mit Sturmgewehren. Sie hatten sich vor uns in einem Bunker im Schilf verschanzt, und wir hatten sie nicht gesehen.

– In diesem Augenblick wurden Chandara, der Feldwebel und ich abgeschnitten. Der Rest der Kompanie befand sich nur zwanzig Meter links hinter uns und hatte eine Anzahl Schützenpanzer, die ihnen Deckung gaben – doch wir konnten unmöglich über diese paar Meter zu ihnen zurückkommen. Die Einheit erwiderte das Feuer, doch dem Überraschungsangriff waren etliche Soldaten zum Opfer gefallen.

– Wir warfen uns unter einem alten Mangobaum zu Boden und umklammerten die gewundenen grauen Wurzeln. Chandara schoß mit seinem M-16-Gewehr, und auch der Feldwebel schoß, doch die Roten Khmer waren gut verschanzt. Ich bekam es mit der Angst zu tun, daß sie bald in Wellen anstürmen würden, wie sie das oft taten. Ich hob den Kopf nicht und machte keinen Versuch zu fotografieren.

– Dann sah ich, daß der Feldwebel sich aufrichtete. Ein zäher alter Khmer mit einem wettergegerbten braunen Gesicht und anscheinend völlig furchtlos. Er löste eine Granate von seinem Gürtel, entsicherte sie und schleuderte sie in Richtung des Bunkers der Roten Khmer. Das Aufstehen war unter diesen Umständen der schiere Wahnsinn, doch die Kambodschaner machen das immer. Als er die Granate geschleudert hatte, warf er sich schnell zu Boden, doch nicht schnell genug. Aus dem Schilf kam eine Feuersalve, und der Feldwebel drehte sich und schrie auf und fuhr mit der Hand zur linken Seite unter den Rippen. Unter seinen Fingern breitete sich auf seinem Hemd ein großer Blutfleck aus; ich konnte nicht erkennen, wie schlimm er verwundet war, und ich war schon dabei, zu ihm zu kriechen, um zu helfen, als ich Chandara meinen Namen rufen hörte und ihn mit dem Finger zeigen sah.

– Sie kamen. Sie hatten ihren Bunker verlassen, der von der Granate des Feldwebels getroffen worden war, und sprangen durchs Schilf auf uns zu, daß das Wasser aufspritzte, Gewehre schußbereit

– nicht viele, vielleicht ein Dutzend in ihren schwarzen Sachen, mit den karierten *kramas* um den Hals. Hier sind sie schließlich, die Schwarzen Geister, und die leuchtend dunkelgrünen Blätter des Mangobaums direkt über mir erschienen mir überdeutlich.

– Unsere Einheit feuerte immer noch von der linken Seite her, und zwei der Roten Khmer fielen. Doch die übrigen kamen weiter auf uns zu und waren schon sehr nahe. Der Feldwebel lag still, die Augen halb geschlossen, sein Gewehr neben ihm, eine erbeutete AK-47. Chandara beugte sich herüber, hob sie auf und drückte sie mir in die Hand, wobei er sehr schnell sprach, den Lärm überschreiend.

– Ich glaube, du mußt das benutzen, Mike, sagte er. Schieß! Und wenn sie uns erwischen, erschieß dich damit. Du weißt, was die Roten Khmer machen.

– Ich zögerte nicht. Ich nahm die AK, stützte mich auf eine Wurzel des Mangobaums und visierte eine schwarze Gestalt an. Ich hatte schon vor langer Zeit gelernt, ein Sturmgewehr zu benutzen, wenn ich mir bei der Truppe die Wartezeit zwischen Kampfhandlungen vertrieben hatte, und ich war froh, daß das eine Kalaschnikow war und keine M-16, weil ich mich erinnerte, daß die AK nie Ladehemmungen hatte. Als ich den Schaft an meiner Schulter spürte und das Öl roch, war mir, als hätte ich nie etwas anderes getan.

– Ich schoß auf den Mann in meinem Visier und verfehlte ihn; ich hatte keine Kontrolle über das Gewehr. Gleich waren sie da; ich konnte ihre Gesichter erkennen. Chandara schoß, und ich sah einen von ihnen fallen. Dann nahm ich einen anderen ins Visier. Es war ein junger Mann in den Zwanzigern mit einem sehr dunklen, harten Khmer-Gesicht und einem wilden Haarschopf, ich feuerte eine weitere Salve, und er warf die Hände in die Luft und ging direkt zu Boden. Zwei weitere fielen, den einen erschoß Chandara; dann plazierten unsere Soldaten eine Granate zwischen ihnen – einer wurde in die Luft gesprengt, und ein anderer wurde durch die Wucht der Explosion zurückgeschleudert.

– Es war wieder still geworden, und ich stellte fest, daß es keinen von ihnen mehr gab. Statt erleichtert zu sein, war ich im ersten Moment enttäuscht. Ich war bereit gewesen, weiterzukämpfen. Dann kam ich zu mir und legte die Kalaschnikow hin.

– Chandara lächelte mir zu und wischte sich das schwitzende Gesicht mit seinem Schal ab. Kein Zweifel, *Mean samnang*, sagte er, du bist ein Glückspilz.

– Die übrigen Soldaten der Kompanie kamen herüber zu uns, und Chandara und ich beugten uns über den Feldwebel. Er lag auf dem Rücken, und eine große Pfütze Blut sickerte unter ihm in den Boden, die Augen waren halb geschlossen, sein Buddha-Amulett hatte er zwischen den Zähnen. Er lag im Sterben. Er sagte ein paar leise Worte, ein schwaches Lächeln erschien auf dem Gesicht, und Chandara blickte zu mir hoch.

– Er sagt, er kann sie sehen. Die Herrin.

– Welche Herrin, fragte ich ihn.

– Die Herrin des Todes, sagte Chandara. Viele sehen sie, wenn es soweit ist. Sie sagen, sie ist warm und gut.

– Als die Sanitäter eintrafen und den Feldwebel auf eine Bahre hoben, richtete sich Chandara auf und erteilte Befehle, und einige der Soldaten schwärmten aus, um die Toten und Verwundeten der Roten Khmer zu untersuchen. Dann wandte sich Chandara mir zu und nahm plötzlich meine Hand. Er lachte halb und drückte sie fest.

– Es gibt uns also noch, dich und mich, sagte er. Ich wußte, daß du eines Tages ein Gewehr benutzen würdest. Jetzt bist du einer von uns. Jetzt bist du doch zum Soldaten geworden.

– In diesem Moment spürte ich, was er sagte, war die Wahrheit, ob das nun gut oder schlecht war. Wir hatten zusammen gekämpft, er und ich, um unser Leben zu retten, und es war ein einzigartiges Band entstanden, das fester werden würde. Eines Tages würde ich mit ihm für Kambodscha kämpfen – es hatte so kommen müssen.

– Die Motoren der Schützenpanzer wurden angelassen, die Soldaten unterhielten sich und lachten erleichtert, und alles war wie immer nach einem Gefecht. Doch alles war anders geworden.

FÜNFTES KAPITEL
DER FALL

1.

HARVEY DRUMMOND

Es dauerte noch zwei weitere Jahre, bis Phnom Penh und Saigon fielen, und mein Leben wurde eine Geschichte zweier Städte. In diesem Zeitabschnitt verschwindet Langford immer wieder einmal aus meinem Gesichtskreis und taucht wieder auf.

ABS hatte mich jetzt hier in Bangkok stationiert, und Lisa war zu mir gekommen. Ich verteilte meine Besuche ziemlich gleichmäßig auf Vietnam und Kambodscha, doch ich war nicht die ganze Zeit als Berichterstatter in Indochina tätig. Daher war ich nicht ununterbrochen mit Mike in Verbindung, es gab Lücken. Ich sah ihn einige Wochen lang in Phnom Penh, und dann monatelang nicht. Oder ich lief ihm in Saigon über den Weg, wo er noch hin und wieder im Auftrag seiner amerikanischen Wochenzeitschrift auftauchte. Und als in den ersten Monaten des Jahres 1975 das Ende von Kambodscha näherrückte, begann ich daran zu zweifeln, daß ich ihn noch wirklich kannte.

In jenem Februar lag ich jede Nacht in meinem Bett im Hotel Royal wach und lauschte der fernen Artillerie der Roten Khmer. Ich fragte mich, wie lang es noch dauern würde, bis ich mich in der letzten Maschine, die vom Pochentong-Flughafen abflog, wiederfinden würde – und manchmal fragte ich mich, ob es mir überhaupt noch gelingen würde, eine zu bekommen.

Phnom Penh war jetzt eine Insel, umringt von ihren Feinden. Es war erstaunlich, daß die Stadt so lange durchhielt; doch sie hielt durch und hatte seltsamerweise noch ihren Zauber. Sie tat weitgehend so, als gäbe es den Krieg nicht, bot denen, die es sich leisten konnten, immer noch die alten Freuden. Die Nachtklubs und französischen Restaurants machten guten Umsatz, die Nachmittage waren träge, die Meute am Pool vom Royal war mit Brandy und Champagner noch gut versorgt. Doch die alljährliche Trockenzeit-Offensive der Roten Khmer war in vollem Gange.

Sie bedrängten die letzten Regierungsenklaven, die im Land noch übriggeblieben waren, und zogen den Belagerungsring enger um Phnom Penh. Die Regierungstruppen kämpften mit hoffnungsloser Tapferkeit, doch die Kommunisten standen jetzt nur fünfzehn Kilometer vor dem Stadtrand. Ihre Raketen stiegen aus den Sumpfgebieten und flogen nach Süden, um Zivilisten in den Vororten zu töten und zu verstümmeln – Leute, die an einer Bude Nudeln aßen, Kinder, die zur Schule gingen. Das elektrische Licht flackerte wie das Tageslicht in einem Alptraum, und der Mekong wurde endgültig abgeschnitten; das letzte kleine Versorgungsschiff aus Saigon war zwischen dem Feuer von beiden Ufern durchgeschlüpft und hatte seine Ladung im Hafen von Phnom Penh gelöscht. Doch die Amerikaner versorgten die Stadt weiter per Luftbrücke, und die Optimisten sprachen von einer Atempause, wenn die Regenzeit einsetzte. Keiner mochte so recht daran glauben, daß das Ende wirklich kommen würde, obwohl es drohend wie eine Gewitterwolke über der Stadt hing. Die trügerische Ruhe des Wahnsinns lag in der Luft.

Damals merkte ich, daß Langford sich verändert hatte. Vorher war sein geheimes Leben eine Nebensache gewesen, unerheblich für seine Persönlichkeit. Jetzt schien es mir überhand zu nehmen.

Meine Sorgen um ihn wurden zunächst durch ein Gespräch mit Roger Clayton geweckt.

Ich traf Clayton zufällig vor dem Telekommunikationsgebäude in der Nähe des Postplatzes. Es war gegen vier Uhr an einem Montagnachmittag – Ende der Siestazeit, und die Stadt noch träge in der Hitze. Das war mein erster Tag wieder hier im Land, nach einer etwa einmonatigen Abwesenheit, und ich hatte eine Story über Funktelefon an ABS in Sydney durchgegeben. Clayton und ich liefen zusammen zum Platz hinüber und verglichen unsere Notizen.

Der Platz war halb leer, die scharlachroten Flammenbäume beim weißen französischen Postamt glühten unerträglich in der Sonne, ein paar Cycloboys kamen im Zeitlupentempo mit ihren quietschenden Gefährten vorbeigeradelt. Als wir über die Straße gingen, donnerte ein kambodschanischer Armeelaster vorüber, und Clayton verzog sein Gesicht zur Grimasse.

»Da fahren sie«, sagte er. »Sie zwangsrekrutieren jetzt Jungen von der Straße weg. Und es hat alles keinen Sinn, Harvey. Die Luftbrücke der Amis wird sie nicht retten. Nichts wird sie retten.«

Er schaute mich mit zusammengekniffenen Augen an – nicht so frisch und eifrig, wie er vor zwei Jahren gewesen war. Man sah seinem schlichten, schwitzenden Gesicht die Anspannung an, und ich ahnte, daß er fast ausgebrannt war, wie viele der Presseleute hier.

»Einige hohe Tiere beim US-Militär behaupten immer noch in Interviews, daß die Regierung die Städte halten kann«, sagte er. »Herrgott noch mal. Verarschen die sich selber oder nur uns?« Ohne eine Antwort abzuwarten, fragte er plötzlich: »Hast du Mike Langford in letzter Zeit gesehen?«

Ich sagte, daß ich mich heute abend mit ihm treffen würde.

Wir kamen gerade am Freisitz vor dem Restaurant »La Taverne« vorüber, wo einige Leute von der französischen Botschaft und ein paar ausländische Journalisten bei Kaffee und Cognac saßen. Clayton, die Hände in den Taschen, schaute mich von der Seite her an, und sein Ausdruck war merkwürdig: der mißbilligende Blick eines Menschen, der sich anschickt, ein neues Beispiel der menschlichen Verworfenheit oder Korruption zu erzählen.

»Langford ist einer von denen, die offenbar nicht akzeptieren wollen, daß ein baldiges Ende bevorsteht«, sagte er. »Es ist seltsam. Eigentlich ein bißchen besorgniserregend.«

Mike hat gefühlsmäßig viel investiert, sagte ich. Er betrachtet das hier als seine Heimat.

Clayton schüttelte den Kopf. So einfach war das nicht, sagte mir sein Blick. Er schien entschlossen, darüber zu sprechen Ich erinnerte mich daran, wie sehr er Langford bewundert hatte, und ich nahm an, daß ich mir jetzt eine Art Analyse der Fehler seines Idols anhören müßte. Rogers unkritischer jugendlicher Eifer wurde neuerdings allmählich von einer kritischen Ernsthaftigkeit verdrängt, die mir nicht gefiel – viele Journalisten werden von ihr befallen.

»Mike weiß verflucht gut, daß Lon Nol am Ende ist«, sagte er, »doch er hat sich offenbar mit dieser Gruppierung um seinen

Freund Chandara eingelassen – der zum Oberst befördert worden ist. Ich nehme an, es ist eine Neubelebung der alten Freien Khmer, die sich darauf vorbereiten, wieder auf der Bildfläche zu erscheinen, wenn Lon Nol verliert. Gegen die Roten Khmer! Ein Kampf gegen Windmühlenflügel, Herrgott. Aber du hast bestimmt diese Gerüchte über Langford gehört?«

Mike sei mein Freund, sagte ich. Ich würde nicht auf Gerüchte hören.

Doch Clayton ignorierte meinen Ton. »Du weißt, daß ich ihn auch als Freund betrachte«, sagte er, »und als großartigen Frontfotografen. Nichts wird das ändern. Doch, mein Lieber, er ist dabei, seine Professionalität zu verlieren.« Er blickte sich jetzt um, als könnte er belauscht werden. »Du mußt das auch gehört haben«, sagte er. »Man nimmt an, daß er draußen im Feld zum Gewehr greift. Er ist nicht die ganze Zeit als Berichterstatter dort, er *kämpft*, verdammt noch mal.«

Ich blieb stehen und sah ihn an. Das glaube ich nicht, sagte ich zu ihm; und ich glaubte es wirklich nicht.

»Hör mal, es wird von verschiedenen Quellen bestätigt«, sagte Clayton. »Ein Korrespondent der *New York Times* ist bei Takhmau auf dem Highway 1, wo die Regierung sich noch behauptet, auf ihn und einen Zug Lon-Nol-Soldaten gestoßen. Sie kamen gerade aus einem Gefecht, und Mike trug ein M-16-Gewehr – er schien sie anzuführen. ›Himmel‹, sagte der Mann von der Times, ›was machst du mit dem Gewehr da?‹ Und Langford sagte: ›Wir sind abgeschnitten worden, und ihr Hauptmann wurde getötet. Einer mußte das Kommando übernehmen.‹«

Ich lachte, trotz der Besorgnis, die Clayton bei mir erfolgreich geweckt hatte. Jeder andere Journalist hätte auch über diese Geschichte gelacht, obwohl die Folgen ernst waren, doch nicht Clayton. Sein starrer Blick mahnte mich, Vernunft anzunehmen.

Er mußte sich vielleicht den Weg freikämpfen, sagte ich. Das passiert; das weißt du doch. Es ist schon vielen anderen Kameraleuten so gegangen. Man verteidigt sich oder man stirbt.

»Es gibt zuviel andere Geschichten«, sagte Clayton. »Und Langford versteckt sein Engagement für den verdammten Verein nicht. Er redet nur davon, wie Kambodscha betrogen worden ist und daß es gerettet werden muß. Er verliert seine Objektivität, Harvey.«

Vielleicht glaubt er, es gäbe jetzt Wichtigeres im Leben als den Journalismus, sagte ich.

Clayton sah verletzt aus, wie ein Religionslehrer, der sich eine Gotteslästerung anhören muß, und ich klopfte ihm auf die Schulter.

Ich werde Mike von dir grüßen, sagte ich, und winkte einem Cyclo.

Ich hatte mich an diesem Abend mit Langford auf einen Drink am Pool des Royal verabredet. Ich kam gegen acht aus meinem Zimmer herunter, setzte mich an einen Tisch und wartete auf ihn unter einem der gestreiften Schirme, Cognac und Soda vor mir.

Die bunten Glühlämpchen hingen wie immer zwischen den Zuckerpalmen, und die Petroleumlampen flackerten auf den Tischen wie die Jahrmarktlichter der Kindheit. Vor mir, hinter dem Pool, die mit Jalousien versehenen Fensterreihen des Hotels. Dahinter die Auffahrt mit ihren Cyclos und Taxis, und dann die Dunkelheit von Phnom Penh – undurchdringlich und äußerst unsicher. Alles hier war wie immer, und doch nicht. Die von Düften erfüllte Luft des Gartens atmete Frieden, aber einen Frieden, der gerade mumifiziert wurde; während wir hier saßen, wurde er zum Frieden der Vergangenheit, der sich für eine kleine Weile als Frieden der Gegenwart verkleidet hatte. Ich versuchte mir vorzustellen, was geschehen würde, wenn die Roten Khmer die Auffahrt heraufkamen.

Die Menge um mich herum setzte sich zusammen aus Botschaftspersonal, kambodschanischen Offizieren und Beamten, westlichen Korrespondenten und einigen darunter gemischten mondänen kambodschanischen Prostituierten in schwarzen Seidensarongs. Ein kleines kambodschanisches Orchester spielte auf der Terrasse des Cafés »Wonderland by Night«. Meine Kollegen von der Presse, die über ihren Tischlampen die Köpfe zusammensteckten, so daß ihre Gesichter im Lampenschein wie die von Verschwörern aus dem vorigen Jahrhundert wirkten, waren die lauteste Gruppe unter den Schirmen. In dieser Nacht schwang in ihrem Gelächter eine hysterische Note mit, und sie betranken sich mehr als gewöhnlich. Wilde Heiterkeitsausbrüche wechselten ab mit aufgeheizten Schmähreden gegen die korrupten Lon-Nol-Führer – oder einfach den Krieg selbst.

Eine dieser Reden kam von einem Korrespondenten am Nachbartisch, der ein rotes Piratentuch um die Stirn trug. Die meisten seiner Thesen konnte ich in Bruchstücken aufschnappen. Nur die amerikanischen Falken wollten jetzt den Krieg verlängern, und ein Sieg der Roten Khmer wäre das beste Ergebnis für das Land und würde Frieden und Stabilität bringen. Sie wären nicht die Buhmänner, als die man sie darstellte; die bösen Roten Khmer wären eine Fiktion, geschaffen von den Kriegstreibern des rechten Flügels. Sie würden sich als gemäßigte Sozialisten erweisen, frei von Korruption und bereit, ein friedliches Kambodscha aufzubauen, mit dem zurückgekehrten Prinzen Sihanouk als Staatsoberhaupt.

Diese Rede hatte ich schon gehört, mit geringen Variationen. Inzwischen kursierten auf den Märkten Gerüchte einer ganz anderen Art, die von den Flüchtlingen aus den ländlichen Gebieten mitgebracht wurden: Horrorgeschichten vom Bauchaufschlitzen und Kopfabschneiden mit den messerscharfen Blattstengeln der Zukkerpalmen. Man konnte es sich aussuchen – keiner von uns wußte wirklich, wie die Anderen sein würden.

Mir waren hier an diesem Abend nur sehr wenige Korrespondenten bekannt. Ich vermißte den Hobbygärtner, der schon lange abgereist war, ich vermißte Wolkow. Jim Feng weilte in dieser Woche in Saigon, Griffiths war wieder im Vereinigten Königreich, und ich erwartete Mike allein, oder vielleicht mit Bill Wall. Doch als er erschien und die Hoteltreppe herunterkam, sah ich überrascht, daß ihn Aubrey Hardwick begleitete.

Langford hatte mich Hardwick einmal in Saigon vorgestellt, doch wir hatten sehr wenig miteinander geredet, und das lag auch schon einige Jahre zurück. Hier in Phnom Penh hatte ich die beiden verschiedene Male aus der Entfernung zusammen gesehen – oft tranken sie oder aßen in einer der kleinen Bars unten beim Tonle Sap. Sie waren gewöhnlich allein, und ich habe nie versucht, mich ihnen anzuschließen. Manchmal war Donald Mills bei ihnen, der immer noch Stellvertretender Botschaftsrat der Australischen Botschaft in Saigon war. Hardwick ging in unserer Botschaft hier ein und aus. Er sollte Militärberater sein, und seine Verbindung mit der Auslandsvertretung Australiens blieb etwas im Vagen – was keinen hinters Licht führen konnte, der in solchen Dingen Bescheid wußte.

Als sie ihre Stühle an den Tisch zogen, musterte ich ihn mit einiger Neugier. Er ist jetzt ziemlich alt, wie du vielleicht weißt – ein Junggeselle Mitte sechzig, der überall und nirgends zu Hause ist. Seither habe ich erfahren, daß er hier in Bangkok eine Wohnung hat und in Melbourne ein Haus; doch er scheint nirgendwo lange zu bleiben. Wie viele alternde Diplomaten und Geheimdienstleute hat er im Laufe der Jahre eine Tünche bekommen, die ziemlich undurchdringlich ist. Aubreys Tünche – ganz Tradition und Melbourne Club – ist eine Art Selbstkarikatur; weltentrückt und antiquiert, geprägt von der Zeit vor dem Zweiten Weltkrieg, mit einem Touch Noel Coward. Doch die Tünche überdeckt einen Kern, der zu einem Diplomaten gar nicht passen will – da ist eine Härte, die einen im übertragenen Sinne Haltung annehmen läßt – und dann ärgert man sich über sich selbst, daß man so reagiert hat.

Er lehnte sich im Sessel zurück und sah wie ein Offizier in Zivil aus. Alles sprach davon: die drahtige Fitneß, die Haare – nun ganz weiß – militärisch kurz, der abgehackte, quasi-britische Akzent, das Baumwollhemd mit aufgesetzten Taschen und die gelbbraunen Hosen mit den messerscharfen Bügelfalten. Er besaß die erwartete harte Kieferpartie, doch der Mund war seltsam: aufgeworfene rosa Lippen, die ziemlich feminin waren – die Lippen einer verwöhnten älteren Dame. Ein Augenlid hing etwas herab, als sei es beim Zwinkern erstarrt. Es gab kein Geplauder, er ließ keins aufkommen. Sobald er einen Cognac in der Hand hatte, konzentrierte sich Aubrey voll auf mich und ging zu dem einzigen Thema über, das alle Gespräche hier beherrschte – dem Sterben des Landes. Er begann mit einer Dosis Schmeichelei.

»Schön, Sie wieder mal zu treffen, Harvey. Wenn ich zu Hause in Melbourne bin, lasse ich mir Ihre Fernsehberichte nie entgehen. Ich höre mir auch regelmäßig Ihre Radioreportagen im Auslandssender von ABS an. Vorzüglich; sie halten mich auf dem laufenden. Und ich stelle fest, daß Ihre Lagebeurteilungen selten falsch sind. Sagen Sie mir also, wieviel Zeit wird noch vergehen, bis wir die Roten Khmer in der Stadt begrüßen können, was glauben Sie?«

Ich sagte ihm, höchstens noch ein paar Monate.

Doch er schüttelte den Kopf, seine Augen sahen mich unverwandt an – kluge, ungewöhnlich helle Augen, die die Aufmerksamkeit gefangen nahmen, ein eiskalter Blick. Und etwas verrückt – das einzige äußere Merkmal, das seine Profession verriet. Alle Spione sind ein wenig verrückt; das müssen sie sein.

»Keine Monate«, sagte er. »Wochen.«

Ich fragte ihn, ob das eine Vermutung sei, oder ob er über vertrauliche Informationen verfüge. Wenn dem so sei, sagte ich, vielleicht würde er dann erwägen, uns an ihnen teilhaben zu lassen.

Mag sein, daß ich mich etwas barsch anhörte, und ich sah, wie Langford mir einen Blick zuwarf. Doch ich habe nun einmal einen Widerwillen gegen Spione – und außerdem mußt du wissen, daß in jenem Februar, in der Atmosphäre einer letzten Katastrophe, die sich um die Stadt zusammenzog, keinem mehr nach den Katz-und-Maus-Spielen zumute war, mit denen sich sonst Journalisten, Staatsbeamte und Politiker ihren Adrenalinschub holen. Wir waren über diese Spiele hinaus; Diskretion und Andeutungen wurden fallengelassen. Es war eher wie auf einem sinkenden Schiff.

Aubrey war nicht verärgert, oder ließ es sich nicht anmerken. Doch er nahm sich Zeit mit der Antwort, beugte sich erst einmal über den Glasschirm der Lampe, um sich an der Flamme ein Zigarillo anzuzünden, wobei auf sein gegerbtes altes Gesicht tiefe Schatten fielen. Er hatte viel von einem Schauspieler. Als er sich zurücklehnte und in der klassischen Art eine lange Rauchfahne ausstieß, sah er mich wieder mit seinem unverwandten Blick an.

»Mit Vergnügen«, sagte er. »In Notzeiten sollten wir Aasgeier jeden Bissen teilen, wie? Ich habe heute mit meinem Freund John Gunther Dean gesprochen. Und auch mit meinem alten und lieben Freund Generalleutnant Sutsakhan.«

Mein Freund John Gunther Dean, mein Freund Sutsakhan. Ich bezweifelte nicht, daß Aubrey sowohl mit dem amerikanischen Botschafter als auch mit dem Oberkommandierenden der kambodschanischen Streitkräfte gut bekannt war. Doch ich spürte plötzlich etwas Antiquiertes an ihm, als sei er ein Mann von gestern. Ich spürte es, war jedoch nicht sicher. Er war mit ziemlicher Wahrscheinlichkeit ein hochrangiger Agent des australischen Geheimdienstes und dicht am Brennpunkt des Geschehens, doch die Atmosphäre, die er jetzt, hinter seiner verbindlichen und selbstsicheren Art, verbreitete, war die eines um seinen Platz kämpfenden Mannes, der fühlt, daß ihm der Boden unter den Füßen wegrutscht.
 Das ist eine Atmosphäre, die ein alter Journalist sehr gut kennt, und

ich fragte mich, warum ich sie bei Aubrey aufspürte. Ich frage mich das immer noch, weil er nun mit einigen knallharten Informationen von ziemlich überraschendem Charakter herausrückte.

»Die Regierung wird fast mit Sicherheit Lon Nol in Kürze seines Amtes entheben«, sagte Aubrey. »Vielleicht wird ihn Sutsakhan als Staatsoberhaupt ablösen. Das ist ihr Versuch, internationale Anerkennung zu finden, da sie durch Lon Nols Korruptionsregime jetzt in so schlechten Geruch gekommen sind. Und die armen Burschen erhoffen sich davon, daß sie die Unterstützung des US-Kongresses für Militärhilfe durch die Luftstreitkräfte in größerem Umfang bekommen, die ihnen jetzt verweigert wird. Aber leider, nein. Es ist zu *spät*. Die Soldaten desertieren zu Tausenden, und beinahe jede Brigade des Verteidigungsrings um die Stadt ist schon außer Gefecht gesetzt, das ist ja bekannt. Die Amerikaner haben Pläne für die Evakuierung der Regierung, und John Gunther Dean bereitet den Rückzug der Botschaft vor. Es wird bald sein, Harvey, *sehr* bald; mehr kann ich nicht sagen. Und der Botschafter glaubt, was dann folgt, wird ein Blutbad sein.«

Ja, das hatten wir oft genug gehört, sagte ich ihm. Dean hat immer der Presse gegenüber vom drohenden Blutbad der Roten Khmer gesprochen, wenn er uns in der Botschaft zu Drinks einlud.

»So ist es«, warf Mike ein. »Die Journalisten haben daraus sogar ein Lied gemacht. Wahrscheinlich bekommst du es zu hören, ehe die Nacht um ist, Aubrey. Das ›Lied vom Blutbad der Roten Khmer‹.«

Aubrey kicherte. »John Gunther Dean ist ein Pessimist«, sagte er. »Das sage ich ihm oft.« Er wandte sich wieder mir zu; er schien es darauf angelegt zu haben, mich zu beeindrucken. »Ein Blutbad wird es nicht geben – das ist Unfug. Da fällt einem das Gedicht von Cavafy ein – sind Sie ein Bewunderer von Cavafy, Harvey? – ›Warten auf die Barbaren‹.« Er zitierte, und seine Stimme gewann einen musikalischen Tonfall. »›Was wird nun aus uns ohne Barbaren? Diese Leute waren eine Art Lösung.‹« Er ließ ein kehliges Lachen hören, und seine Augen suchten die meinen, als hätte er einen anzüglichen Witz erzählt. »Offenbar *brauchen* die Amerikaner Monster, um die Kinder zu erschrecken, ist es nicht so? Ich mag sie sehr, aber so ist es.« Er beugte sich zu mir, senkte die Stimme ein wenig und prüfte die Tische zu beiden Seiten – die verstohlenen Blicke, mit denen man beim politischen Journalismus nur zu vertraut wird. »Die Frage ist doch, Harvey, was passiert *nach* der Niederlage? Darüber habe ich mit Michael hier gesprochen.«

Ich blickte Langford an; doch er hörte schweigend zu, und sein Gesicht verriet nichts.

»Wenn die Stadt fällt«, sagte Aubrey zu mir, »haben Sie in Betracht gezogen, dann zu bleiben?«

Ich hätte es in Betracht gezogen, sagte ich, doch ohne große Begeisterung. Es schien nicht wahrscheinlich, daß die Roten Khmer die Neutralität der Presse respektierten.

»Jetzt sehen Sie in ihnen Buhmänner, wie die Amerikaner auch«, sagte Aubrey. »Doch unsere Freunde sprechen aus Unkenntnis, glauben Sie mir. Ich weiß ein wenig mehr über die Roten Khmer. Auch einige meiner Kollegen im Auswärtigen Amt wissen mehr; es war ja unsere Aufgabe, Bescheid zu wissen. Ich kenne einige der KR-Führer persönlich. Bin ihnen früher in Paris begegnet, damals waren es noch Kinder. Und ich habe die Freundschaft mit ihnen hier in Phnom Penh aufrechterhalten, als ich in den sechziger Jahren Erster Botschaftsrat war. *Wirkliche* Freundschaften, Verbindungen, die wiederbelebt werden können. Sie müssen erkennen, wie sie wirklich sind, Harvey – das könnte Sie überraschen.« Seine Stimme nahm jetzt einen beschwichtigenden Ton an, und er lächelte; ich begriff allmählich, warum Mike ihn Onkel Aubrey nannte. »Es sind keine Monster«, sagte er. »Es sind linke marxistische Intellektuelle, Idealisten. Etwas naiv. Mit anderen Worten: Leute, mit denen wir *verhandeln* können. Und das werden wir auch.«

Mike leerte seinen Cognac und stellte das Glas geräuschvoll ab. Er sagte nichts, doch seine gehobenen Brauen und sein schwaches Lächeln veranlaßten Harvey, ihn scharf anzusehen.

»Michael ist nicht meiner Meinung«, sagte er. »Ich respektiere seine Erfahrungen mit dem Soldaten der Roten Khmer im Feld, Harvey, doch nicht einmal *er* weiß viel über die KR-Führung.« In seiner Stimme war Schärfe, und zum erstenmal sah man deutlich die Härte – eine besondere Art von Härte, die mir sonst bei höheren Polizeibeamten aufgefallen war. Doch immer noch saß Langford zurückgelehnt und schwieg, seine Miene blieb ruhig und verriet nichts, wie bei einem pflichtbewußten Sohn, der seinen Vater ausreden läßt.

Aubrey wandte sich wieder mir zu. »Sihanouk hat in seinen Radioansprachen aus Peking gesagt, daß die KR nur die exekutieren werden, die sie als Verräter betrachten«, sagte er. »Danach wird das Land zur Ruhe kommen, darauf können wir uns verlassen. Dann werden wir das Regime verstehen müssen – und nicht nur Canberra, sondern auch Washington wird dringend Einblick zu gewinnen versuchen. Daher sollte ein Korrespondent Ihres Kalibers hierbleiben, Harvey. Die Verbindungen, von denen ich sprach, könnten interessant für Sie sein. Verbindungen, die unsere amerikanischen Freunde einfach nicht bekommen können.« Er zog an seinem Zigarillo und beobachtete mich.

Ich muß Sie enttäuschen, sagte ich. Ich bin ein feiger Journalist, ohne Bereitschaft zum Risiko. Und ich muß an meine Frau denken. Ich werde mit dem ersten Helikopter ausfliegen, wenn die Roten Khmer kommen.

Aubreys Blick blieb auf meinem Gesicht hängen, und sein Lächeln verschwand. »Ach ja«, sagte er, und weiter nichts; er wandte sich ab, um einen Kellner herbeizuwinken.

Er hatte mich verstanden, und nun verschwendete er keine Zeit mehr – das Thema war erledigt.

Kurz darauf entschuldigte er sich, er hätte eine Verabredung zum Dinner mit einem alten und lieben Freund von der französischen Botschaft, sagte er.

Nun allein, saßen Mike und ich und schwiegen uns etwas verlegen an. Dann sagte ich: Dein Onkel Aubrey verschwendet keine Zeit. Ist das bei ihm üblich, daß er jeden Journalisten, dem er begegnet, anzuwerben versucht?

Er grinste und spielte mit einem Aschenbecher. »Üblich ist das nicht«, sagte er. »Doch er ist ganz scharf darauf, Leute zu finden, die hier ausharren, wenn die Roten Khmer gesiegt haben. Leute, die über das neue Regime berichten können.«

Ich fragte ihn, ob er die Absicht habe, einer davon zu sein.

Er blickte mich einen Moment starr an und lehnte sich zurück. Während all der Jahre hatten wir beide nie über seine Verbindung zu Hardwick gesprochen – und ich hatte nie angedeutet, daß ich annahm, Aubrey sei ein Mann des australischen Geheimdienstes. Doch heute abend schien die Gelegenheit günstig. Alles hatte sich verschworen, sie zu schaffen: das immer stärker werdende Katastrophengeflüster in der Dunkelheit hinter den Schirmen; das betrunkene, nervöse Gelächter, das unter ihnen hervordrang; das Gefühl, daß alles zu Ende ging. Und ich hatte recht; als Langford wieder sprach, setzte er voraus, daß ich Bescheid wußte.

»Nein«, sagte er schließlich. »Ich bleibe – doch nicht wegen Onkel Aubrey.« Er wandte den Blick ab, immer noch mit dem Aschenbecher spielend, und erläuterte das nicht weiter. Dann sagte er: »Aubrey hat mir bei meinen ersten Schritten als Frontkameramann geholfen, als ich jung und in Schwierigkeiten war, das ist lange her. Ich war ihm deswegen zu Dank verpflichtet. Deshalb habe ich ihm im Laufe der Jahre ein paar verwertbare Informationen geliefert, was ich so aufgelesen habe, wenn ich unterwegs war – Informationen, an die seine Leute vom Auswärtigen Amt nicht herankamen. Manches davon ließ sein Ansehen in London und Washington, und auch in Canberra, steigen. Das war Aubreys größter Erfolg. Unsere Geheimdienstleute lieben es, wenn die CIA auf sie hört. Er glaubt, daß einiges davon bis hinauf zum Weißen Haus gedrungen ist.«

Er blickte schnell zu mir auf und setzte den Aschenbecher nieder. »Ich weiß, was du jetzt denkst, Harvey. Doch es hat nie einen Interessenkonflikt gegeben. Für einen Wortjournalisten wie dich hätte es den gegeben; du wärst verpflichtet gewesen, solche Informationen zuerst an ABS zu liefern. Doch für einen Fotografen stand das nicht zur Debatte, für mich waren das nur Hintergrundinformationen. Und ich wollte Aubrey wirklich helfen, damals in den sechzigern. Er ist ein ziemlich ungewöhnlicher Bursche, nicht bloß irgendein alter Spion.«

Er fischte in der Tasche seines knalligen aquamarinblauen Hemdes und fand dort eine einzelne, verbogene Zigarette – bestimmt erbettelt. Er beugte sich vor, zündete sie an der Lampe an und starrte dann weiter mit geistesabwesendem Blick in die Flamme. »Aubreys Sondereinsätze«, sagte er. Er ließ die Zigarette im Mund, was seine Worte undeutlich machte, und seine Stimme war – bestimmt absichtlich – leiser als gewöhnlich, so daß ich mich vorbeugen mußte, um ihn zu verstehen. »Er mischt an entscheidender Stelle mit, hier und in Vietnam. Er ist Berater für das US-Militär, unter anderem. Es gibt nicht viel, wo der alte Bursche zu seiner Zeit nicht mitgemischt hat. Dieser Mann hat beim britischen MI6 vor dem Zweiten Weltkrieg angefangen, Harvey, als er an der Sorbonne in Paris studiert hat. Er hat den australischen Geheimdienst praktisch gegründet, auf Anweisung des MI6.«

Er ließ eine Pause eintreten, zog an seiner krummen Zigarette und erwartete, daß ich beeindruckt wäre.

Ich ließ ein angemessenes Grunzen hören; doch um ehrlich zu sein, fand ich seinen Respekt, bei dem Leben, das er selbst geführt hat, merkwürdig. Er offenbarte damit einiges nicht nur über Onkel Aubrey, sondern auch über sich selbst – wie das Leute oft tun, die sich über ihre Eltern oder eine geliebte Person äußern. Onkel Aubrey war eine Gestalt aus dem Krieg der Kriege, der unser beider Kindheit überschattet hatte und der den gegenwärtigen Konflikt klein erscheinen ließ, wie die Legende die Realität immer klein erscheinen läßt. Für Mike war Hardwick eine lebende Legende: ein Kunstprodukt aus Fleisch und Blut, vor dem er immer besondere Ehrfurcht empfinden würde – obwohl Langford selbst vielleicht in den Augen anderer inzwischen zur Legende geworden war. Ich möchte wissen, ob das immer so ist, wenn eine Ära die andere ablöst? Ein Spiegelsaal: Die Wirklichkeit ahmt eine frühere Legende nach und wird dann selber zur Legende und kann es nicht ganz glauben, daß es so ist – und wird erst durch den Tod endgültig verwandelt. Das ist nicht ohne Pathos, findest du nicht?

Mike sprach jetzt weiter. »Ich habe für den alten Knaben also getan, was ich konnte. Ich glaubte früher sogar, ich würde gewissermaßen etwas Gutes damit tun. Ich würde helfen, die Machtübernahme der Kommunisten in Asien zu verhindern. Jetzt wirst du mich für einen Falken halten, oder für naiv, oder für beides. Hm, ich *war* in den sechzigern verflucht naiv, Harvey, das steht fest.«

Du hast deine Ansichten also geändert, sagte ich.

»O ja«, sagte er. »Ich habe sie allerdings geändert.« Er stieß mit einem langsamen, bedauernden Zischen Rauch aus.

»Ich habe einmal geglaubt, daß die Amerikaner Vietnam retten würden, daß sie Kambodscha retten würden«, sagte er. »Jetzt wissen wir ja, wie ernst das zu nehmen war, was? Der Süden kämpft ums Überleben, und es gibt keine Hoffnung mehr. Nixon hat dem Süden versprochen, ihn auf Dauer mit Geld und Waffen zu unterstützen und nicht zuzulassen, daß er besiegt wird. Jetzt ist Nixon fort, und der Kongreß bricht alle Versprechen – also ist der Süden erledigt. Und du weißt ja, was sie in Kambodscha machen werden. Sie werden bald abhauen und diese Leute ihrem Schicksal überlassen, sie den Roten Khmer überlassen. Sogar die Waffen- und Lebensmittellieferungen werden aufhören. Und die Politiker und Geheimdienstler gehen und beginnen danach ein neues Spiel. Aubrey bereitet sich schon darauf vor, du hast es ja gehört. Widerlich, mein Freund.«

Ich hatte keinen Grund, die Gefühle zu bezweifeln, die hinter diesen Worten standen. Doch das Komische war, daß sie ohne Nachdruck gesprochen wurden, ja sogar beiläufig, wie immer. Er würde immer so sein – immer diese unparteiische Haltung, dachte ich, so daß man sich fragte, wie stark seine Gefühle überhaupt waren. Ich habe nie gehört, daß er sich bitter oder wütend geäußert hat; das war ja das Angenehmste an ihm, was ihn bei so vielen beliebt machte. Es schien ihm angeboren, daß er nicht wütend oder übermäßig parteiisch werden konnte – und doch stand das, was er jetzt sagte, völlig im Widerspruch dazu. Es machte ihn zu dem Rätsel, das er immer noch für mich ist.

Das alles wissen wir, Snow, sagte ich. Aber hör mal, was kann man da machen? Jetzt ist es bald vorbei. Die Lon-Nol-Sippschaft war zu korrupt, zu chaotisch. Sie sind geschlagen.

Er beugte sich zu mir und legte beide Hände bedächtig auf den Tisch. Diese Handlung war bei ihm genauso eindrücklich wie eine heftigere Geste bei einem anderen. Er wurde nicht lauter, doch jetzt glaubte ich eine Spur von Leidenschaft in seiner Stimme zu hören. »Nein«, sagte er. »Sie sind *nicht* geschlagen, Harvey. Das ist die Lüge, die verbreitet wird, damit man sie schließlich in der Scheiße sitzen lassen kann. Doch sie halten noch die meisten Provinzhauptstädte – stimmt's? Und dort befindet sich jetzt der größte Teil der Bevölkerung; die Städte sind überfüllt mit Leuten, die vor den Roten Khmer geflohen sind – Leute, die dort sind, weil sie einen Vorgeschmack von dem bekommen haben, was sie erwartet. Wenn die Amis eine richtige Luftbrücke organisieren würden, könnte die Regierung noch gewinnen. Siehst du das nicht?«

Ich sah ihn zweifelnd an, doch ich wollte nicht mit ihm streiten. Er lehnte sich wieder zurück, drückte die gemarterte Zigarette aus und schien sich zu entspannen. »Vielleicht denkst du, diese Regierung ist es nicht wert, daß man sie rettet«, sagte er. »Und ich halte auch nicht viel von ihr. Doch die einfachen Khmer-Soldaten kämpfen noch wie die Tiger für ihre Familien und ihr Heim und ihre Tempel.« Er machte eine vage Handbewegung in Richtung der Auffahrt. »Es ist alles so hoffnungslos, aber sie sind so verdammt tapfer. Sie wissen, diese Regierung ist alles, was sie haben. Ja, sie ist verdorben, doch sie gibt ihnen eine Chance gegen die Tyrannei. Denn das, was kommt, ist *wahre* Tyrannei, mein Freund, so viel schlimmer, daß du es nicht glauben wirst. Wir reden nicht mehr von den Nordvietnamesen, sie könnten im Vergleich dazu annehmbar gewesen sein.«

Glaubst du das? fragte ich.

»Ich weiß das, verflucht noch mal.« Er zeigte auf unsere Kollegen um den Pool herum. »Doch diese Burschen wissen es nicht, die Regierung hier weiß es nicht, sogar ihre hohen Militärs wissen es nicht – und Aubrey weiß es nicht. Er hat hier wirklich eine Menge Beziehungen, die lange zurückreichen – die hohen Beamten und die Militärs und viele von der königlichen Familie sind seine Spezis aus seiner Diplomatenzeit hier. Doch er ist zu alt, um selbst an die Front zu gehen, und er hat keine Agenten vor Ort, die nahe an die Roten Khmer herankommen. Keiner kann bei ihnen eingeschleust werden.«

Er schwieg einen Moment, und ich sah, daß die Legende, der Ersatzvater, zurückgewiesen wurde.

»Er will nicht auf mich hören«, sagte Mike. »Aubrey lebt noch in den sechzigern. Er glaubt, es kann wieder so werden, wie es unter Prinz Sihanouk war – seine schönste Zeit in Kambodscha. Er erinnert sich an die netten jungen Studenten, mit denen er damals bekannt war, die jetzt zu Kadern herangewachsen sind. Er glaubt diesen Blödsinn, den er und seine Freunde vom Auswärtigen Amt über die Intellektuellen der Roten Khmer in die Welt setzen. Er ist nicht auf dem laufenden.«

Wir werden jedenfalls alle bald fort sein, sagte ich.

»Ich nicht«, sagte er.

Das meine er doch bestimmt nicht ernst, sagte ich.

»Ich bleibe«, sagte er. »Bei Ly Keang.« Seine Stimme blieb leidenschaftslos.

Warum? Für Aubrey? Du bist verrückt, sagte ich. Geh fort, nimm Ly Keang mit.

Darauf sagte er eine Weile nichts. Dann schaute er in Richtung Auffahrt und sprach so leise, daß ich mich anstrengen mußte, um ihn zu verstehen. »Es ist nicht für Aubrey«, sagte er. »Es ist für uns, für Kambodscha.« Er sah mich an. »Die einfachen Menschen auf der Welt werden stets benutzt und mißbraucht – das habe ich als junger Mann gelernt. Und ich stehe jetzt nur noch auf einer Seite, auf der Seite dieser Menschen, Harvey, der einfachen Menschen hier.«

Er leerte seinen Cognac und Soda. »Es waren Scheißpolitiker, die dieses Land zerstört haben, das stimmt doch, Harvey? Und einige davon waren noch nicht einmal vor Ort. Die Bauern zu Hause haben recht: Traue nie einem Politiker.« Er grinste freudlos. »Man kann die Menschen nicht gleichzeitig benutzen und sie retten«, sagte er. »So geht das nicht.«

»Wie geht es dann?« fragte ich.

»Man muß *mit* ihnen kämpfen«, sagte er. »Dazu bin ich bereit. Da kann auch Aubrey noch nützlich sein – er kann uns einen Teil der Hilfe, die wir brauchen, heranschaffen. Waffen. Geheime Unterstützung. Wir werden alles brauchen, was wir bekommen können.«

Mir war plötzlich zumute, als träumte ich. Er gab sich so normal, fast glücklich. Und doch war das, was er sagte, unwirklich.

Wir? sagte ich. *Wir*?

»Oberst Chandaras Gruppe«, sagte er. »Die Freien Khmer. Ly Keang und ich werden uns ihnen anschließen, wenn sie sich neu formieren, wahrscheinlich an der thailändischen Grenze. Das ist jetzt mein Land, Bruder. Ich bleibe, um zu kämpfen.«

Ich starrte ihn an; ich weiß nicht mehr, was ich darauf von mir gegeben habe. Hilflose Vorhaltungen, ohne Zweifel, sinnlose Anstrengungen, ihm zu erklären, für wie wahnsinnig ich das hielt.

Und kurz darauf wurde ein paar Tische weiter das Lied über das Blutbad der Roten Khmer angestimmt; als wir hinschauten, sahen wir, daß die Sänger Bill Wall und mehrere britische Korrespondenten waren. Bill sah zu uns herüber und winkte uns heran. Als ich mich erhob, um der Aufforderung nachzukommen, merkte ich, daß ich ziemlich betrunken war. Ich glaube, Langford ging es ebenso.

Die Szene fängt nun an, bizarr und undeutlich zu werden: der dunkle Garten, das leere blaue Rechteck des Pools, die aufgefädelten bunten Lämpchen in den Bäumen, die leichten tropischen Anzüge und Kleider, die weißen und braunen Gesichter und die verschwiegenen Fensterreihen des alten Hotels, dessen herabgelassene Jalousien aus dem vorigen Jahrhundert einst französische koloniale Intrigen, Langeweile und Ehebrüche verborgen hatten, und nun wildere Intrigen verbargen, auch läutende Telefone und schnelle Hurereien meiner Kollegen von der internationalen Presse, die das Royal in den vergangenen fünf Jahren wie einen Bienenstock zum Summen gebracht hatten. Bald sollte das Summen verstummen (wenn ich mir einen elegischen Rückblick auf diese vergangene Periode meines Lebens erlauben darf), und wir wären auch fort; bald, es konnte nun jede Nacht sein, wären auch wir nichts als Bilder aus der Vergangenheit, die in der Atmosphäre um das alte Hotel Royal schwebten; das wichtigtuerische Klingeln unserer Telefone wäre zum Schweigen gebracht, unsere Scherze und alle unsere äußerst dringlichen Angelegenheiten und Termine wären so überholt und lächerlich wie die Angelegenheiten der französischen Pflanzer. Doch jetzt, und vielleicht zum letzten Mal, saßen wir hier noch an unserem kleinen runden Tisch und sangen miteinander, während ein unschlüssiger und besorgter chinesischer Kellner uns beobachtete. Die Melodie war die von »She was Poor but She was Honest«:

Ach, wird es ein schreckliches Blutbad geben,
Wenn die Roten Khmer hier einziehen?
Ja, es wird ein schreckliches Blutbad geben,
Wenn die Roten Khmer hier einziehen …

Langford sang gut, er hatte eine natürliche, angenehme Stimme. Sein Gesicht mir gegenüber rötete sich ein wenig, und eine blonde Haarsträhne fiel ihm in die Stirn. Ich schaute ihn an und sagte mir, daß seine Meinung, er gehöre hierher, Unfug sei. Nie hatte er mehr wie ein Australier vom Lande ausgesehen, und ich kam zu dem Schluß, daß die Erklärung, die er gerade mir gegenüber abgegeben hatte, das Produkt einer Laune war; ein Hirngespinst. Schließlich waren die meisten von uns in diesem Monat leicht verrückt.

2.

HARVEY DRUMMOND

Es stellte sich heraus, daß Aubrey Hardwick sich geirrt hatte: Die Roten Khmer schafften den Durchbruch in den nächsten Wochen nicht. Die Stadt hielt sich noch bis Februar und auch noch den ganzen März.

Der April brachte dann den Fall; und selbst da kam er überraschend. Die meisten von uns nahmen an, daß die Niederlage noch ein paar Monate auf sich warten lassen würde. Nie können wir an ein absolutes Ende glauben, vermute ich, wir sind nie ganz bereit dazu.

Ich weiß, daß Langford es auch so sah. Sonst wäre er nie mit Jim Feng und mir nach Saigon gekommen.

Wir traten den kurzen Flug dorthin am Donnerstag, dem 10. April, an und beabsichtigten, innerhalb von achtundvierzig Stunden nach Phnom Penh zurückzukehren – und der Grund, weshalb wir uns auf den Weg machten, war, daß es jetzt sicher schien, Saigon würde zuerst fallen. Es konnte nur noch Wochen – vielleicht Tage – dauern, bis die nordvietnamesische Armee die Hauptstadt erreichte. Keiner wußte, was dann passieren würde; man sprach noch immer von einem Waffenstillstand.

Unsere Bürochefs drängten uns natürlich zu der Reise, doch das war es nicht, was dem Unternehmen solche Dringlichkeit verlieh. Wir hatten einen beträchtlichen Abschnitt unseres Lebens für diesen Krieg gegeben – wir wollten das Ende miterleben.

Mike und Jim und ich hatten uns geduscht und umgezogen und saßen nun biertrinkend in denselben alten grünen Korbsesseln auf der Terrasse des Continental.

Es war ein Freitagnachmittag, fünf Uhr. Um uns herum saßen bekannte Gestalten von der Presse und den ausländischen Botschaften, die Getränke wurden uns von denselben betagten chinesischen Kellnern serviert. Doch hinter der niedrigen Steinmauer am Ende der Terrasse war nichts mehr so wie früher. Die Armee von Nordvietnam bewegte sich mit unglaublicher Geschwindigkeit nach Süden und trieb alles vor sich her. Vielerorts hatte es offenbar nicht einmal Widerstand gegeben. Die Kommunisten waren jetzt ungefähr eine halbe Autostunde auf dem Highway 1 von der Stadt entfernt. Keiner hatte gedacht, daß das Ende so schnell kommen würde.

Wir waren gerade zurück von einem Einsatz als Berichterstatter über eine Schlacht in Xuan Loc, einer Provinzhauptstadt, wo die Armee von Südvietnam versuchte, letzten Widerstand zu leisten. Wir waren auf der Ladefläche eines Armeelasters mitgefahren, so nah heran, wie wir konnten – bis zu einer südvietnamesischen Artilleriestellung in einer kleinen Ortschaft, wo ein Gefecht mit Geschützen großer Reichweite stattfand. Mike hatte fotografiert, Jim und ich hatten ein Interview mit einem Militärsprecher der ARVN aufgezeichnet. Der Sprecher hatte gesagt, daß Xuan Loc entscheidende Bedeutung habe und daß die ARVN es halten werde. Doch wir wußten, daß sie es nicht schaffen würden. Nichts würde jetzt mehr standhalten.

Hue war gefallen. Da Nang war gefallen. Kontum, Pleiku, Nha Trang und Cam Ranh waren gefallen, als die nordvietnamesische Militärmaschine nach Süden vordrang. Das waren Orte, die nie fallen sollten – Städte, von denen das verschwundene US-Militärkommando geschworen hatte, daß sie nie fallen würden, und von wo aus wir zahllose Male berichtet hatten. Jetzt waren sie im Abstand von wenigen Tagen untergegangen. Der Widerstand bröckelte stündlich, und draußen auf der Tu-Do-Straße hinter der Terrasse strömten die Flüchtlinge vorbei: in zerbeulten Autos, auf Fahrrädern und zu Fuß. Bauern in schwarzen Baumwollanzügen gingen mit Familien aus der Mittelschicht in westlicher Kleidung, alle trugen sie ihre Kleinkinder und Babys. Alle hatten denselben Gesichtsausdruck, alle trugen Körbe und Koffer und traurige Plastikbeutel der Fluggesellschaften, vollgestopft mit Habseligkeiten. Einige schoben Schubkarren. Bösartige Windböen wirbelten erstickenden braunen Staub um ihre Füße.

Wie kann ich dir erklären, wie Saigon an diesem Nachmittag war? Es roch immer noch nach Benzin und Dieselabgasen, Kordit, *nuoc mam* und Gewürzen. Doch mir schien, als läge nun über allem ein neuer und stärkerer Geruch, der die ganze Stadt durchdrang. Das war der Geruch der Angst – ein bißchen wie Tang oder vielleicht wie welkende Blumen. Ich rieche ihn immer noch.

Auf dem Platz gab es die übliche Verkehrsverstopfung, doch eine neue Wut war in den plärrenden Hupen und Stimmen zu hören. Über dem Wirrwarr hingen schlaffe Spruchbänder der Regierung in Rot und Gelb. Alles neigte sich und bewegte sich wie die Segel einer Yacht, schnell und doch langsam, schnell und doch langsam – und wie in bösen Träumen blieb die Erscheinung der Dinge tückisch unverändert. Doch im tiefen, heißen Herzen des Wirrwarrs hatte sich alles verändert.

Korrespondenten bekamen jetzt in ihren Hotelzimmern Besuch von schönen jungen Vietnamesinnen aus reichen Familien, die ihren Körper anboten und dann baten, nach Amerika, Europa, Australien mitgenommen zu werden. Eine hatte vergangene Woche an Bill Walls Tür geklopft, mit einer Aktenmappe in der Hand. Die junge Frau hatte die Mappe geöffnet, und sie war vollgestopft gewesen mit einhunderttausend Dollar in bar. Sie wollte nur aus dem Land gebracht werden, sagte Bill. Sie hatte geweint, als er ablehnte.

Wir beobachteten jetzt zwei Wagen, die ein paar Schritte weiter im rechten Winkel zueinander festsaßen – ein ramponiertes blauweißes Renaulttaxi mit einem ARVN-Hauptmann auf dem Rücksitz und ein langer schwarzer Ford, der von einem Mann gefahren wurde, den ich als Drogendealer einstufte, mit weißem Anzug und Sonnenbrille. Der Dealer, der Taxifahrer und der Hauptmann fuchtelten mit den Händen und brüllten sich an, und ihre Gesichter waren von einer Wut verzerrt, die irrsinnig wirkte. Dann ließ uns ein Pistolenschuß auffahren. Aus dem Fenster des Taxi gebeugt, hatte der Hauptmann seinen 45er Colt gezogen und in die Motorhaube des Ford gefeuert.

Mike warf den Kopf zurück und lachte. »Hat ihn zwischen die Lichter geschossen«, sagte er, und auch Jim lachte.

Doch ich konnte nicht lachen. Meine Kehle war trocken, meine Hände wurden feucht. Jetzt mußten sogar Maschinen abgestraft werden; und jeder dachte nur an Flucht. Man konnte es in ihren Gesichtern sehen, die alle nach innen gewandt schienen. Alle dachten das gleiche; man konnte es hören, es vibrierte in der Luft. *Wohin kann ich fliehen, wohin? Wer wird mich retten?*

Wir hatten uns an jenem Nachmittag viele Gerüchte angehört, Gerüchte, was geschehen würde, wenn die Kommunisten kamen. Alle sagten ein Massaker an Zivilisten voraus – wie dasjenige, das die Kommunisten 1968 in Hue angerichtet hatten. Die ersten, die man umbringen würde, so wurde vermutet, wären Beamte – und ausländische Journalisten wie wir. Und es gab noch seltsamere Gerüchte. Alle alleinstehenden Frauen würden zur Heirat mit kommunistischen Soldaten gezwungen – und die lackierten Fingernägel der Barmädchen würden ausgerissen. Es gab auch Gerüchte von einer Gnadenfrist: Die amerikanischen B-52-Bomber würden zurückkommen und den Süden in der elften Stunde retten. Die Amerikaner würden sie nicht verlassen.

Plötzlich sprach Jim Feng mich an und blickte hinaus auf die Menschenmenge. »Wie lange noch, Harvey?«

Das war nicht das erste Mal, daß wir diese Frage diskutierten, und ich wußte, daß er nun eine neue Einschätzung der Lage hören wollte.

Vielleicht noch eine Woche oder zehn Tage, sagte ich. Es hängt davon ab, wie hartnäckig die ARVN die Stadt verteidigen wird. Oder Präsident Thieu handelt etwas aus, obwohl ich das bezweifle.

Jim wandte sich an Mike, seine Augen waren schmal und scharf, fast übermütig. »Wir sollten bleiben, Snow«, sagte er. »Wir sollten bis zum bitteren Ende bleiben, wenn die NVA hier eintrifft. Du auch, Harvey.«

Ich schüttelte den Kopf. Das gehört nicht zu meiner Pflicht, sagte ich. Ich bezweifelte, daß ein einziger Korrespondent in der Stadt zu finden sein würde, wenn die NVA kam. Die Gerüchte könnten falsch sein, sagte ich, doch ich wollte das lieber nicht selbst überprüfen. Alle großen Einrichtungen planten schon ihre Evakuierung, auch Telenews. Keiner wollte an die Wand gestellt werden. Du solltest es auch nicht darauf ankommen lassen, Jim, sagte ich.

Doch Jim schüttelte den Kopf und beugte sich eifrig vor. »Das wird nicht geschehen, Harvey. Viele Journalisten machen sich in die Hosen, ohne Grund. Die Nordvietnamesen werden keine Presseleute hinrichten. Wir wissen, wie sie sind, Mike und ich – sie sind diszipliniert. Stimmt das nicht, Mike?«

Mike nickte. »Ich würde ihnen vertrauen«, sagte er. »Wenn ich auch den Vietcong nicht trauen würde. Doch ich bleibe nicht, Jim. So lange kann ich hier nicht warten. In Phnom Penh könnte jetzt jederzeit alles zusammenbrechen. Ich muß zu Ly Keang zurück.«

Jim lehnte sich in seinem Sessel zurück und seufzte, das Bier hielt er in der Hand, seine Miene war resigniert und nachdenklich, die

Beine in den verblichenen Khakihosen und den auf Hochglanz polierten Stiefeln hatte er vor sich hingestreckt. Sein weißes Hemd war wie gewöhnlich wunderbar gebügelt, und sein glatt zurückgekämmtes Haar glänzte. Aber ich sah plötzlich die tiefen Linien in seinen Wangen und den erschöpften Zug um die klugen und humorvollen Mandelaugen; und ich sah ein Doppelbild vor mir. Der junge Jim Feng von vor einem Jahrzehnt saß auch hier, in einem dieser Rohrsessel, während der Zeit des Rollenden Donners.

»Klar, Snow, das verstehe ich«, sagte er. »Du mußt bei ihr sein. Doch wir haben viele Jahre damit zugebracht, über diesen Krieg zu berichten, was? Viel von unserer Jugend. Wäre schade, nicht den Vorhang fallen zu sehen. Dmitri sollte auch hier sein.«

»Ja, wirklich«, sagte Mike.

Sie schwiegen eine Weile. Dann sagte Jim, halb humorvoll, halb mit plötzlicher Unruhe: »O Gott, Mike. Keine Gefechte mehr. Was machen wir bloß, wenn es keine Gefechte mehr gibt?«

Kurz darauf ging er. Die Pflicht rief ihn zum Essen mit einem seiner Chefs von Telenews, der aus London zu einem Besuch in die Stadt gekommen war, ehe das Büro hier dichtmachte.

Mike und ich blieben sitzen. Er blickte mit abwesenden Augen über die Tu-Do-Straße, und die Frage, die er jetzt an mich richtete, zeigte, daß seine Gedanken bei Ly Keang waren.

»Hast du dich beim AP-Büro erkundigt, Harvey? Gibt es was Neues aus Phnom Penh?«

AP hatte Korrespondenten in Phnom Penh und bekam über Fernschreiber ständig Berichte; Jim und ich hatten es uns angewöhnt, in ihrem Büro im Eden-Gebäude, eine Etage über Telenews, vorbeizuschauen und nachzusehen, was sie hatten. Ja, sagte ich, wir haben uns erkundigt; seit dem Morgen ist nicht viel gemeldet worden. Aber sieh zu, daß du bestimmt am Sonnabend zurückfliegst, sagte ich. Ich habe so ein Gefühl.

»Bestimmt. Ich fliege auf alle Fälle am Sonnabend zurück«, sagte er. »Doch zuerst muß ich hier etwas erledigen – ich muß mich mit Leuten treffen, in der amerikanischen Botschaft.«

Er erklärte das nicht sofort, statt dessen verfiel er in kurzes Schweigen. Schwalben flatterten und kreisten in der frühen Dämmerung; der Sonnenuntergang färbte den Himmel über dem Caravelle-Hochhaus tiefrot. Auf dem Dach konnte man dort die üblichen winzigen Gestalten ausmachen, die auf das Chaos der Tu-Do-Straße herabblickten; ein Kameramann drehte einen Film.

»Ich möchte dich um etwas bitten«, sagte Langford plötzlich. »Komm morgen abend mit mir zum Essen bei Claudine Phan.«

Das überraschte mich. Während all der Jahre hatte er Madame Phan nur flüchtig erwähnt; und er hatte nie vorgeschlagen, mich ihr vorzustellen. Ich erkundigte mich danach, wie sie es aufnehmen würde, einen zusätzlichen Gast zum Essen zu haben.

Er lächelte. »Warum sollte sie das stören? Sie hat ihr Haus in ein Restaurant verwandelt – so kommt Claudine jetzt über die Runden. Das Geschäft der Familie und das Geld sind futsch.«

Er beugte sich näher zu mir und senkte die Stimme. »Sie möchte, daß ich ihre beiden Söhne in die USA bringe. Es sind Burschen in den Zwanzigern, beide stehen sie Regierungskreisen sehr nah. Du kannst dir vorstellen, was sie erwartet. Claudine glaubt, daß die Vietcong sie hinrichten werden, wenn Hanoi die Macht übernimmt, und das stimmt vielleicht. Ich muß das also für sie tun, Harvey. Und ich möchte auch Claudine ausfliegen lassen.«

Ich zeigte über die Mauer auf die sich dahinschleppenden, dichtgedrängten Flüchtlingsströme. Sie würden jeden Piaster, den sie haben, für das geben, was du Madame Phan anbietest, sagte ich. Einige würden dafür töten. Kannst du dein Versprechen wirklich wahrmachen?

»Ja«, sagte er. »Kein Problem. Die Amerikaner planen, ausgewählte vietnamesische Staatsbürger auszufliegen, wenn sie die Botschaft evakuieren. Ist dir das nicht zu Ohren gekommen? Sie stellen schon geheime Listen auf, und sie hören auf Journalisten. Ich habe einen Freund in der Botschaft; ich kann die Söhne auf die Liste setzen lassen.« Er beugte sich noch weiter vor, beide Hände auf dem Tisch. »Doch ich muß Claudine überzeugen, daß sie auch geht, Harvey. Im Augenblick sagt sie, sie will nicht; aber sie hat nicht mehr Überlebenschancen als ihre Söhne – vielleicht weniger. Das Problem ist, sie will nicht gerettet werden. Es ist verrückt.«

Er blickte weg und suchte in seiner Brusttasche nach einer einzelnen Zigarette. »Claudine ist eine wunderbare Frau«, sagte er. »Man kann sie nicht hier in einem verfluchten Gefangenenlager verrotten lassen.« Er knipste sein Feuerzeug an und sah mich wieder an. »Hilf mir, sie zu überreden, mein Freund. Vielleicht hört sie ja auf dich.«

Deshalb also war er nach Saigon gekommen, dachte ich. Das hatte ihn aus Phnom Penh gelockt – nicht die Story. Ja, ich verstand. Phnom Penh war die Gegenwart, und Ly Keang war die Zukunft. Doch Saigon war die Vergangenheit, und Madame Phan war die Hüterin der Vergangenheit; und er konnte die Vergangenheit oder sie nicht im Stich lassen. In Wirklichkeit war er gekommen, um Claudine zu retten – nicht ihre Söhne.

Alle Kerzen im Zimmer waren heruntergebrannt und einige verlöschten flackernd und ließen Schatten an den Wänden zittern. Junge Vietnamesinnen im *ao dai* hatten die Überbleibsel des Mahles vom Tisch geräumt und uns mit Schwenkgläsern voll Weinbrand alleingelassen. Die Mädchen waren völlig geräuschlos gewesen, außer wenn sie miteinander sprachen – ein sanftes Tschilpen, wie das von schläfrigen Vögeln.

Jetzt waren wir drei allein, und es war still im Raum. Alle Gäste waren gegangen.

Einige Augenblicke saßen wir ohne zu sprechen da, wie in Trance. Die Phan-Villa hatte diese Wirkung, fand ich – ein Haus der nachdenklichen Stille. Ein nackter Arm von Madame Phan war quer über den Tisch ausgestreckt, und ihre Hand lag auf Langfords Hand. Sie saßen und schauten sich an, erstarrt wie auf einer Bühne, mit mir als ihrem Publikum.

Ihr Elfenbeinarm war fest und wohlgeformt, der Arm einer viel jüngeren Frau. Doch ihr Gesicht war hager und müde. Ihr Aussehen hatte mich schockiert, als wir einander vorgestellt wurden. Ihr Haar war halb ergraut, und eine lange Strähne war aus dem Knoten im Nacken geschlüpft – ein kleiner nachlässiger Zug, der wohl nicht typisch war, oder früher nicht gewesen war. Sie trug ein ärmelloses schwarzes Seidenkleid chinesischer Machart mit Seitenschlitzen. Sie war vielleicht um die Fünfzig und noch eine schöne Frau – die überraschend graugrünen Augen in dem vietnamesischen Gesicht waren ihr auffälligster Zug. Mir fiel ein, wie oft ich in den sechzigern gehört hatte, wie schön sie war, wie reich und mächtig. Hier saß sie nun – die Schönheit war im Schwinden, das Geld fort, die nordvietnamesische Armee hämmerte an das Tor zu Saigon.

»Liebster Mike«, sagte sie. Sie hatte eine tiefe, schleppende Stimme, die Aufmerksamkeit erregte. »Sag es mir noch einmal«, sagte sie. »Bist du sicher? Keine häßlichen Hintertürchen? Sie werden das nicht zurücknehmen?«

»Nein«, sagte Mike. »Du kennst doch die Amerikaner – es wird gemacht, wenn sie sagen, daß es gemacht wird. Larry Hagen wird mich nicht im Stich lassen. Alles, was deine Jungen jetzt tun müssen, ist, sich bereitzuhalten und zu warten.«

Sie sah ihm weiter ins Gesicht, als versuche sie einen Hinweis auf Täuschung zu entdecken. Dann zwinkerte sie rasch und blickte mich an.

»Wie kann ich diesem Mann danken, Harvey? Wie kann ich diesem meinem Snow danken?« Trotz der altmodischen Frivolität der Worte war ihr Ton nicht leichtfertig, sondern ernst.

Langford antwortete, bevor ich dazu kam. »Ich sage dir, wie, Claude. Indem du mir gestattest, deinen Namen mit auf die Liste zu setzen. Morgen. Es ist wirklich keine Zeit mehr zu verlieren.«

Sie gab seine Hand frei und legte einen Finger auf ihre Lippen, wobei sie die Augen schloß und die Stirn runzelte, als packe sie eine plötzliche Migräne. »Nein«, sagte sie. »Nein, *mon cher*, fang nicht wieder damit an.«

Ihre Augen blieben geschlossen; sie saß reglos, und wir beide betrachteten die blinde Maske ihres Gesichtes, als suchten wir nach Hinweisen darauf, was sie bewegen mochte. Und jetzt schaute Mike verzweifelt drein, sein Mund war zusammengepreßt, seine Augen waren groß und erschöpft – der Ausdruck eines Kindes, das einen Verlust zu verkraften sucht, der die Wurzeln der Kindheit bedroht. Die Stille dehnte sich aus, in diesem seltsamen Zimmer.

Es gab dort sechs kleine runde Tische mit Spitzendecken, auf jedem brannte eine Kerze. Sie standen ziemlich weit auseinander, um sie herum alte französische Stühle mit hoher Rückenlehne. Durch die hohe Decke wirkte der Raum offiziell und imposant, im übrigen aber irgendwie verstaubt, die Wände waren dunkel und angeschmutzt. Alles sah vernachlässigt aus. Trotz eines Deckenventilators war es hier drinnen stickig. Ich bezweifle, daß es dort seit den sechziger, oder vielleicht seit den dreißiger Jahren Veränderungen gegeben hat – der Ort wirkte, als sei die Zeit stehengeblieben. Auf vergoldeten Vitrinen standen wertvolle indochinesische Antiquitäten, in hohen Regalen drängten sich europäische Bücher. Es wirkte überhaupt nicht wie ein Restaurant; Madame Phan hatte einfach ihr Wohnzimmer, wie es war, zugänglich gemacht. Auch war draußen kein Schild zu sehen gewesen, was auf die Gaststätte hinwies; sie versorgte wenige Stammgäste, hatte Mike mir erzählt, man kam nur auf Bestellung.

Als wir eintrafen, waren die meisten Tische besetzt gewesen. Alle Gäste waren Vietnamesen und alle außer einem gutgekleidete Angehörige der Mittelschicht. Ich hielt sie für Beamte und Geschäftsleute mit ihren Frauen. Langford hatte Claudine auf die Wange geküßt, während die nächstsitzenden Gäste verstohlen zusahen; und ich war beeindruckt von der Art, wie er es tat. Darin lag ein zarter Respekt, den ich nur mit dem Respekt eines Sohnes beschreiben kann, und Claudines Gesicht zeigte eine Freude, die mütterlich wirkte. Und doch war das nicht alles – ich ahnte andere Dimensionen. Sie hatte uns gesagt, daß sie später zu uns kommen würde, und war zu den anderen Tischen gegangen; schließlich war sie in der Küche verschwunden.

Das Essen, serviert von den schwebenden weißgekleideten jungen Frauen, war köstlich gewesen – eine wunderbare Mischung von französisch-provinzieller und vietnamesischer Küche, begleitet von einem guten Bordeaux. Aber wir aßen in gespanntem Zustand. Es gab keine Musik, und die Gäste sprachen mit leisen, heimlichen Stimmen, damit keiner mithören konnte. Ihre Unterhaltung war durchsetzt von langen, unnatürlichen Pausen, in denen sie mit dem Besteck spielten oder in ihre Weingläser starrten. Einige hörten auf zu essen und starrten in die Luft, und ich blickte ab und zu hoch und begegnete einem neugierigen Blick, der dann weghuschte. Alle hatten sie den gleichen nach innen gekehrten Blick, den ich schon auf der Tu-Do-Straße gesehen hatte. *Wohin kann ich fliehen, wohin?* Das Klappern des Bestecks und des Geschirrs erschien unnatürlich laut, und es entstand eine Atmosphäre, die vage-bedrohlich war. Doch alles schien nun in Saigon bedrohlich.

Ein für sich sitzender Gast hatte mir besonderes Unbehagen verursacht, ein langhaariger, jüngerer Vietnamese, der in einem billigen weißen Sporthemd und schwarzen Hosen in einer Ecke saß. Er hatte ein Gesicht, das mir überhaupt nicht gefiel: asketisch und gleichzeitig brutal. Zumindest wirkte es in dieser Düsternis und in meinem angespannten Zustand so auf mich. Jedesmal wenn ich hochblickte, ertappte ich ihn dabei, wie er uns beobachtete. Er sah auch nicht weg – seine dunklen Augen schauten mich irgendwie verächtlich an. Ich versuchte, ihn anzustarren, bis er den Blick abwandte, doch er wandte ihn nicht ab, sondern sein Blick wurde offen drohend.

Plötzlich war ich überzeugt gewesen, daß er ein Vietcong war; er entsprach dem Bild, und ich hatte Langfords Aufmerksamkeit auf ihn gelenkt.

»Stimmt«, hatte er gesagt. »Ganz sicher ein Vietcong. Ich frage mich, warum Claudine ihn hereingelassen hat? Sie werden sie natürlich schon jahrelang beobachtet haben.« Er hatte an mir vorbeigestarrt, düstere Vorstellungen im Kopf. »Du siehst, warum ich sie rausholen muß.«

Madame Phans Augen waren noch geschlossen, und das Schweigen dauerte an.

Langford trank seinen Weinbrand aus, dann sah er mich an. »Erklär es ihr, Harvey.«

Daraufhin öffnete Claudine die Augen und sah uns beide schweigend an; dann lächelte sie und wartete höflich auf meine Antwort.

Ich denke, Mike rät Ihnen gut, sagte ich zu ihr. Es geht mich nichts an, Madame, doch ich glaube wirklich, daß Sie seinem Ratschlag folgen sollten. Vielleicht ist das eine einmalige Chance .

Ich wußte, daß es hoffnungslos war; sie würde mich ausreden lassen, doch nur aus Höflichkeit. Sie hatte deutlich die Lebensphase erreicht, in der bei einer verständigen Frau Gelassenheit und Resignation vorherrschen. Und in ihrem Fall begann ich eine zugrundeliegende Geisteshaltung zu erkennen, die ich nicht gerade Melancholie nennen würde, doch die eine Schwester der Melancholie war. Für mich paßte das zum Geist ihrer Stadt, deren Zusammenbruch jetzt so nahe war, doch bei Madame Phan wirkte das nicht pathetisch.

Ich denke, Sie haben ungefähr noch eine Woche, sagte ich ihr. Zwei Wochen höchstens. Das ist die Einschätzung meiner amerikanischen Kontaktpersonen. Dann ist alles vorbei.

»Die Parteien könnten zu einer Übereinkunft kommen«, sagte sie. »Vielleicht kommen die Kommunisten nicht nach Saigon. Vielleicht, wenn Präsident Thieu durch einen anderen ersetzt wird, den sie anerkennen, stimmen sie einem Waffenstillstand zu und lassen uns etwas vom Süden. Darauf hoffen einige. Sogar die Amerikaner.«

Glauben Sie daran? fragte ich.

Sie lächelte wie ein junges Mädchen, das man bei einer Notlüge ertappt hat. »Nein«, sagte sie.

»Nein«, sagte ich. »Weil sie es nicht nötig haben, Zugeständnisse zu machen. Sie können sich alles nehmen, und das werden sie auch. Sie werden auf bedingungsloser Kapitulation bestehen. Und Sie müssen wissen, was das bedeutet, Madame.«

»Nennen Sie mich Claudine«, sagte sie. »Ich mag Sie, Harvey; ich sehe, daß Sie Mike ein guter Freund sind.« Sie schlürfte ihren Weinbrand und sah mich ernst, fast streng an. »Glauben Sie, ich kenne die Kommunisten nicht, nach so langer Zeit? Uns wird alles genommen werden – da haben Sie recht. Man wird uns sagen, was wir zu tun und zu denken haben, und wie wir es zu denken haben. Alle wahre Freiheit wird dahin sein. Wir werden in Umerziehungslager gesteckt und in den Dschungel geschickt werden, um Reis zu pflanzen. Deshalb wollte ich, daß Mike meine Söhne rettet, und das hat er getan – sie werden ein neues Leben in Amerika anfangen. Aber ich nicht, Harvey. Für mich ist es zu spät.«

Mike unterbrach sie, seine Augen hingen fast flehend an ihrem Gesicht. »Es ist *nicht* zu spät«, sagte er. »Das ist Unfug, Claudine! Du brauchst nichts weiter zu tun, als mir zu erlauben, dich auf diese Liste zu setzen.« Über den Tisch gebeugt streckte er ihr beide Hände mit gekrümmten Fingern entgegen, als hielte er ihr einen schweren, wertvollen Gegenstand zur Begutachtung hin. Nie hatte ich ihn in einem Zustand gesehen, der dem der Erregung näher kam. »Sag ja, um Gottes willen! Es ist keine Zeit mehr zu verlieren«, sagte er. »Verstehst du das nicht?«

Doch sie schüttelte immer noch den Kopf und streckte die Hand aus, um seine Wange zu streicheln. Daß sie es war, die ihn tröstete, beeindruckte mich; der Logik nach hätte es andersherum sein sollen.

»Ja«, sagte sie schließlich. »Ich verstehe das. Und ich verstehe, was du anbietest, Snow. Du setzt mich auf die Liste, und die Amerikaner fliegen mich fort in ihrem Zauberhelikopter, mit all den anderen verdammten Deserteuren. Ja?«

 Plötzlich warf sie den Kopf zurück und lachte. Es war ein erstaunliches, vollkehliges Lachen, laut und ansteckend. Ob wir wollten oder nicht, mußten wir beide lächeln. Doch dann brach sie abrupt ab, und ihr Gesicht wurde wieder ernst. »Aber wenn ich den Helikopter verlasse, was wird dann aus mir?«

Wir sahen sie verdutzt an.

»Dann bin ich ein Flüchtling«, sagte sie. »Und was ist ein Flüchtling? Einer, der nirgends hingehört. Sag nichts, Michael – hör zu. Ich bin zu alt, Darling, verstehst du? Zu alt, um mich irgendwo anders einzugewöhnen. Was sollte ich denn in Amerika machen? Ein neues Restaurant eröffnen? So tun, als hätte ich ein kleines Stück Vietnam in einem Winkel einer fremden Stadt geschaffen? Den Geschmack von *nuoc mam* spüren und sentimental werden? So bin ich nicht. Das würde mir nicht genügen – ich will in keiner verfluchten Seifenblase leben. Und ich will kein Deserteur sein. Ihr habt sie doch heute abend hier in ihren Wein starren sehen. Sie dachten: ›Was kann ich machen? Wem kann ich trauen? Wenn ich meine Flucht plane und sie mir nicht gelingt, könnten mich andere an die Kommunisten verraten, wenn sie kommen?‹ Man sieht sie das in den Cafés in der Tu-Do-Straße denken, während sie ihren Kaffee umrühren und auf das Ende warten. So will ich nicht sein. Für Claudine Phan heißt es: Das Leben geht weiter!«

Und wieder ließ sie ihr lautes Lachen ertönen – diesmal unnatürlich laut. Dann zeigte sie auf Langford und blickte mich an.

»Sieh ihn dir an, Harvey! Er will, daß alles so bleibt wie auf seinen Fotos. Ja? Alles bleibt so und ändert sich nicht – nichts und niemand geht je verloren.« Sie beugte sich zu Mike vor, und ihre Stimme wurde leiser. »Doch am Ende geht alles verloren, Snow – alles und alle. Weißt du das noch nicht? Kannst du damit nicht leben? Wir müssen alle damit leben, in jedem Augenblick. In jedem Augenblick, an jedem Tag unseres Lebens beobachten wir, daß Menschen und Dinge verloren gehen. Und eines Tages werden auch wir verloren sein. Du hältst so viel aus – kannst du *das* noch nicht aushalten?«

Mike antwortete nicht. Er saß völlig reglos da und starrte sie an. Mehr denn je kam er mir wie ein großes verstörtes Kind vor – ein Kind, dessen unbewegtes Gesicht eine Reaktion auf das Unerträgliche verbarg. Sie sahen einander unentwegt in die Augen, und die Stille dehnte sich aus, unterbrochen nur von leisem Klappern aus der Küche. Die beiden schienen meine Anwesenheit vergessen zu haben.

Um die Spannung zu lösen, sprach ich Claudine an. Sie könnten fortgehen und dann auf eine mögliche Rückkehr warten. Vielleicht ändert sich etwas.

Sie wandte sich mir zu und blickte mich an. »Bestimmt ändert sich etwas«, sagte sie, und ihre Stimme war jetzt flach. »Doch erst, wenn ich eine alte Frau bin – oder tot. Die Leute vergessen das, Harvey, wenn ein schlimmes Regime schließlich zu Ende geht. Sie sagen: Seht an, es war doch gar nicht so schlimm. Aber sie vergessen die Menschen, denen man ihr Leben gestohlen hat. Wie kann man denen ihr Leben wiedergeben?«

»Heute abend war hier ein Vietcong«, sagte Mike plötzlich. »Hast du das gewußt, Claude?«

»Natürlich«, sagte sie. »Ich kenne ihn gut. Er bekommt hier umsonst zu essen. Und auch seine Kameraden.«

Mike machte ein langes Gesicht. Er sah jetzt schockiert aus, und das wirkte leicht komisch.

»Und wenn sie die Macht übernehmen, bekomme ich vielleicht Schutz, wenn ich Glück habe«, sagte sie. »Mein Restaurant könnte sogar im kommunistischen Saigon geöffnet bleiben. Schau nicht so entsetzt drein, *mon cher*. Das nennt man Überleben. Begreifst du noch nicht einmal das, nach so langer Zeit? Nur ein Dummkopf stirbt für Ideen, wenn die Ideen keine Verbündeten mehr haben. Das kannst du Onkel Aubrey sagen, wenn du ihn mal siehst. Und wenn ich nicht überlebe …«

Sie zuckte auf eine Weise mit den Schultern, die plötzlich französisch war, und griff nach der Weinbrandflasche.

Kurz darauf brachte sie uns zur Tür.

Wir blieben vor dem Eingang stehen, vor der Doppeltür. Claudine wurde von einer der weißgekleideten jungen Frauen begleitet, die sie ihre Waisen nannte. Diese war fast noch ein Mädchen und sprach eindeutig kein Englisch. Ihr strahlendes, unwandelbares Lächeln sagte, daß sie unseren Abschied für Routine hielt – nichts anderes als jedes beliebige fröhliche Auseinandergehen.

»Mach dir keine Sorgen, Snow«, sagte Madame Phan. »Ich halte mich über Wasser. Das ist meine Spezialität, weißt du noch?«

Ihre Stimme war jetzt weich und jung, doch die graue Haarsträhne hing noch immer aus dem Knoten und machte sie zu einer alten Frau. Mike stand stumm da, die Hände hingen schwer herab wie die eines Bauern, und Claudine reckte den Kopf und küßte ihn auf den Mund, eine Hand auf seine Schulter gelegt.

»Mach dir Sorgen um deine kleine Kambodschanerin«, sagte sie; und sie sprach, als wären weder ich noch das vietnamesische Mädchen da. »Ich werde dich vermissen, Mike. Ich werde dich vermissen. Geh jetzt zurück zu ihr.«

Sie wandte sich abrupt mir zu, ihre Hand noch immer auf seiner Schulter. »Sorgen Sie dafür, daß er wirklich geht, Harvey. Er muß begreifen, daß er sich nicht um alle kümmern kann.«

Dann zog sie sich ins Haus zurück und hielt die winzige Taille des Mädchens umfaßt. »Ich habe jetzt diese Kleinen, um die ich mich kümmern muß«, sagte sie. »Wer wird es sonst tun, wenn nicht ich?«

Langford und ich gingen auf das Gartentor zu. Mike schaute nicht zurück, aber ich. Die beiden Frauen sahen zu, wie wir gingen, beide lächelten, als gäbe es gute Nachrichten, Claudine hielt immer noch das Mädchen um die Taille gefaßt. Eingerahmt von den hohen, alten Türen, hinter ihnen der warme Schein des Vorzimmers, schienen sie von einer Bühne herabzublicken – Spielerinnen in einem Traditionstheater, von dem Langford und ich nichts verstanden.

Ich glaube, Claudine Phan wurde einmal als Drachenfrau bezeichnet. Das war sie gewiß nicht mehr – das Geschäftsimperium war zusammengebrochen, und die Katastrophe strömte auf die eisernen Tore ihrer Villa zu, sie kam aus dem dunklen, menschenwimmelnden Tunnel des Highway 1. Aber die Frau, die ich kennengelernt hatte, war beeindruckender als jede Drachenfrau. Ich verstand jetzt, warum Langford ihr so viele Jahre zugetan geblieben war.

Der nächste Tag war Sonnabend, der 12. Man hatte uns für einen Flug der Air Cambodge vorgemerkt, der mittags nach Phnom Penh ging. Um zehn Uhr liefen Mike und ich zum Eden-Gebäude auf dem Nguyen-Hue-Boulevard, um zu sehen, was wir im AP-Büro erfahren konnten. Jim war auf eigene Faust los, um in der Stadt zu filmen.

Das AP-Büro hatte draußen einen Empfangsbereich mit großen französischen Sesseln. Nicht für AP tätige Korrespondenten kamen immer hier vorbei, um zu sehen, ob sie irgendwelche Informationen aufschnappen könnten, und man bekam selten einen freien Sessel. Die meisten von uns standen auf den Tresen gelehnt, der den Empfangsbereich vom Hauptbüro trennte – hauptsächlich um die Informationen des Klemmbretts zu lesen. Das Klemmbrett, das auf der Theke lag, hielt Fernschreiben mit Geschichten, die über die Leitung aus New York gekommen und für die Öffentlichkeit bestimmt waren. Nur bevorzugte Besucher, zu denen ich zählte, durften das Hauptbüro betreten, wo uns manchmal gestattet wurde, die Originalgeschichten zu lesen. Die Ausdrucke kamen direkt aus dem Sende-Fernschreiber und sollten streng gehütet werden, bis die Story in New York redaktionell bearbeitet und wieder ausgesendet wurde.

Heute war der Empfangsraum ungewöhnlich voll, und ich wußte sofort, als wir hereinkamen, daß etwas geschehen war; die gespannte Atmosphäre war nicht zu verkennen. Das Klemmbrett wurde gerade von einer Korrespondentin der *Washington Post* gelesen, einer mittelalterlichen Presseveteranin namens Barbara Hauser. Andere sahen ihr über die Schulter. Wir gesellten uns dazu und fragten sie, was es Neues gäbe.

»Phnom Penh ist gefallen«, sagte Barbara. »Finito.« Sie sprach schnell und undeutlich, und ihr wettergegerbtes Gesicht zeigte keine Regung. Sie blätterte weiter in dem Material und blickte sehr finster.

Stimmen von allen Seiten wiederholten sie. »Richtig.« »Futsch.« »Alles vorbei.«

»Gefallen?« Mikes Stimme klang ungläubig, und er stierte von einem zum anderen – ich kann seinen Ausdruck wirklich nicht anders beschreiben.

Barbara blickte ihn kurz an. Sie hatte angefangen, sich Notizen zu machen, und ihre Miene wirkte ungeduldig. »Lies es selber. Unsere Botschaft wird heute evakuiert«, sagte sie. »Ich würde sagen, das läuft auf das gleiche hinaus, oder? Du mußt mich entschuldigen, ich hab's ein wenig eilig.« Sie schrieb eifrig, über den Tresen gebeugt.

Jemand tippte mir auf die Schulter, ich drehte mich um und sah Ed Carter, der gerade von draußen gekommen war. Das war ein

AP-Korrespondent, mit dem wir früher oft getrunken hatten, ein cooler Typ aus Ohio, ein großer Dicker mit einem braunen Haarschopf, der langsam grau wurde.

»Katastrophenzeit, Harvey«, sagte er. »Kommt mal mit, Jungs.«

Er hielt die kleine Schwingtür im Tresen auf und nahm uns mit ins Hauptbüro, wo die Redakteure an ihren Schreibtischen saßen. Wir folgten ihm zum Mattglasabteil des Telexraums, wo die großen alten Fernschreiber ratterten und summten. Hier blieb Ed stehen und drückte mir ein Telex in die Hand.

»Steck es weg«, sagte er. »Die US-Regierung hat uns aufgefordert, das bis elf Uhr unter Verschluß zu halten, aus Sicherheitsgründen. Also bitte ich dich, es unter Verschluß zu halten, Harvey, okay? Das kommt von unserem Freien in Phnom Penh. Die US-Botschaft hat vor einer Stunde mit der Evakuierung begonnen. Sie haben alle unsere Leute, den amtierenden Präsidenten und ein paar andere glückliche kambodschanische Staatsbürger mitgenommen. Der Premierminister und das Kabinett sind nicht mit – sie sind geblieben, um mit den Roten Khmer zu verhandeln. Die armen Schweine – stell dir mal vor, was das für Verhandlungen sein werden.«

Ich begann die Geschichte zu lesen, während Langford Ed einfach anstarrte. Seine Augen glänzten unnatürlich, und auf den Wangen zeigten sich rote Flecken; seine Brust hob und senkte sich schnell. Er sah zornig aus, fast anklagend. Er schien Wut zurückzuhalten.

Ed merkte das anscheinend nicht. »Die Helikopter der Marineinfanterie haben um neun mit der Evakuierung angefangen«, sagte er. Seine Stimme klang unnatürlich ruhig, doch das war immer so – er war so ein Typ Amerikaner. »Also ist es schon vorbei«, sagte er. »Tschüs für unsere kambodschanischen Verbündeten; hallo Rote Khmer.«

Mike sprach zum erstenmal. »Sind die Roten Khmer schon in der Stadt?« Er stand auf den Zehenspitzen, seine Hände geöffnet, wie ein Rugbyspieler, der gleich auf den Rasen geht.

»Noch nicht«, sagte Ed. »Im Augenblick ist es offenbar ziemlich ruhig. Richtig unheimlich sei es, berichtet unser kambodschanischer Freier. Die Bevölkerung weiß zum großen Teil noch gar nicht, daß die Botschaft fort ist.«

Ohne noch etwas zu sagen, drehte sich Mike um und ging los. Ich packte ihn beim Arm und fragte ihn, wo er hinginge.

»Kontrollieren, ob wir noch auf dem Air-Cambodge-Flug sind«, sagte er.

»Nach Phnom Penh?« fragte Ed. Er grinste schwach. »Keine Flüge mehr, alter Knabe. Alle zivilen Flüge sind storniert.«

»Militärmaschinen?« fragte Mike.

»Nein«, sagte Ed. »Die Luftbrücke gibt es nicht mehr. Es ist alles *vorbei*, Mann, wie es auch bald hier vorbei sein wird. Keiner betreibt den Flughafen mehr – und die Roten Khmer haben vom anderen Ufer aus auf die Helikopter der Marineinfanterie geschossen, als sie gestartet sind.«

Er blickte Langford plötzlich über den Rand seiner Brille eindringlich an.

»Herrgott, Mike, ist mir grade eingefallen – du hast doch dort eine Wohnung? Alle deine Sachen. Das ist hart, Mann. Aber du hast Glück, daß du draußen bist – sieh es doch mal so. Jetzt brauchst du nur noch aus Saigon rauszukommen.«

Doch Mike hatte sich schon abgewandt und verließ das Büro im Laufschritt.

Ed starrte ihm hinterher und zog an seiner Unterlippe. Er hatte einen abwesenden Blick, und ich stellte mir vor, daß er über Langfords Krise nachdachte. Doch als er sprach, merkte ich, daß er schon gar nicht mehr an Mike dachte.

»Diese armen Teufel«, sagte er. »Die haben wir wirklich verraten und verkauft.«

3.

JIM FENG

Als Mike und ich plötzlich aus Kambodscha ausgesperrt waren, hatten wir nichts bei uns als jeder einmal Sachen zum Wechseln und unsere Kameras; und Mike hatte den kleinen Kassettenrecorder bei sich, den er überallhin mitnahm. Was wir in Phnom Penh zurückgelassen hatten, war für immer verloren.

In meinem Fall war das nicht viel – ich hatte in einem Zimmer des Hotel Royal nur ein paar Sachen. Meine wichtigeren Besitztümer waren jetzt in Bangkok, wo Lu Ying und ich unsere Wohnung hatten. Wir waren seit fast zwei Jahren verheiratet, und ich wanderte die ganze Zeit zwischen Bangkok, Phnom Penh und Saigon hin und her. Aber Mike hatte alles verloren, weil Phnom Penh sein Zuhause gewesen war: seinen persönlichen Besitz, seine Möbel und Kunstgegenstände. Da die Roten Khmer jetzt an der Macht waren, gab es keine Hoffnung, diese Dinge je wiederzusehen.

Er hatte gegen das, was geschehen war, nur eine Vorsichtsmaßnahme getroffen. Vor einigen Monaten, als er sich klargemacht hatte, daß es für die Lon-Nol-Regierung wenig Überlebenschancen gab, hatte er mir eine kleine Tasche mit seinen persönlichen Papieren, Tonbändern und Fotografien gegeben und gebeten, daß Lu Ying und ich sie in unserer Bangkoker Wohnung für ihn sicher aufbewahrten. Deshalb haben diese Dinge überdauert. Sonst nichts.

Viel schlimmer als das alles war der Umstand, daß er nicht feststellen konnte, was mit Ly Keang passiert war. Er wußte nicht, ob sie noch in der Stadt war oder über die Grenze geflohen war. Und kein Anruf und keine Botschaft von ihr, worauf er noch hoffte, erreichten ihn im Hotel Continental.

Das erste, was wir taten, als wir unsere Situation begriffen, war, Mr. Minh, den Schneider, aufzusuchen und uns neue Sachen nähen zu lassen. Er fertigte sie mit seinen Gehilfen innerhalb von achtundvierzig Stunden an; ich glaube, das war sein letzter Auftrag, armer Mr. Minh. Er war jetzt ziemlich alt und sehr krumm. Am nächsten Tag schloß er sein Geschäft für immer und verschwand. So viele Leute flohen wie Mr. Minh und nutzten dazu jede sich bietende Gelegenheit. Doch Mike und ich hatten beschlossen, in Saigon zu bleiben und auf die Ankunft der nordvietnamesischen Armee zu warten.

Die meisten unserer Kollegen von den Medien hielten uns deswegen für verrückt; sie sagten uns, wir würden erschossen oder eingesperrt, wenn die Kommunisten kämen, und sie glaubten, wir würden unsere Meinung in letzter Minute ändern. Aber wir waren ziemlich zuversichtlich, daß die Nordvietnamesen uns korrekt behandeln würden. Wir erinnerten uns an Hauptmann Danh; und ich meinte, daß Leute, die mir meine Rolex wiedergegeben hatten, als ich Gefangener gewesen war, bestimmt unsere Neutralität als Kriegsberichterstatter achten würden. Mike war derselben Ansicht.

Doch obwohl die Divisionen der NVA mit jedem Tag näherrückten, kreisten Mikes Gedanken nur um Kambodscha. Er blieb nicht in Saigon, um über den Sieg der Kommunisten zu berichten, sondern weil er hier der kambodschanischen Grenze nahe war. Wir blieben im Continental, und in diesen ersten Tagen war seine ganze Aufmerksamkeit darauf gerichtet, zurück nach Phnom Penh zu gelangen. Er versuchte jemanden zu finden, der ihn dorthin fliegen würde – doch keiner wollte es tun. Und wenn er nicht damit beschäftigt war, versuchte er Ly Keang telefonisch zu erreichen – im Haus ihres Onkels oder bei ihrer Zeitung. Doch die Telefonverbindungen nach Phnom Penh, die immer schlecht gewesen waren, schienen jetzt permanent gestört. Auch Aubrey Hardwick, der in Phnom Penh im Haus eines Freundes, eines französischen Diplomaten, gewohnt hatte, konnte er nicht erreichen. Unter dem Anschluß der französischen Botschaft meldete sich auch keiner.

Mike tat mir jetzt mehr leid, als ich sagen kann. Er sah krank aus und aß fast nichts; seine Gedanken waren die ganze Zeit bei Ly Keang. Er machte sich auch Sorgen um Lay Vora und Bopha und die Kinder – sie waren ihm wie eine eigene Familie geworden. Innerhalb von vierundzwanzig Stunden hatte er sein ganzes Leben verloren – und er befürchtete, daß er auch Ly Keang verloren hatte. Er wollte es nicht glauben, doch er befürchtete es. Er machte sich Vorwürfe, daß er sie verlassen hatte, und zürnte mit sich – obwohl keiner von uns geglaubt hatte, daß Phnom Penh in diesen wenigen Tagen fallen würde.

Ich konnte mir seinen Schmerz und seine Verzweiflung nur vorstellen, nicht sie teilen. Daß er nichts tun konnte, machte ihn schier wahnsinnig; und wo er sich auch hinwandte, wurde er abgewiesen. Dann, am 17. April, marschierten die Roten Khmer schließlich in Phnom Penh ein und riegelten das Land ab.

Das war kein gewöhnliches Regime – das war von vornherein klar. Die ausländischen Journalisten, die geblieben waren, durften das Land bald darauf verlassen; doch danach konnte keiner hinein- und herausgelangen. Die Grenze wurde geschlossen und alle Verbindungen mit der Außenwelt unterbrochen. Keine Telefonverbindung, keine Post, keine ausländischen Botschaften, keine Flüge außer zwischen Kambodscha und China. Wir waren jetzt von Kambodscha so abgeschnitten, als läge es auf dem Mond.

Am Montag, dem 28., waren mittlerweile sechzehn nordvietnamesische Divisionen um Saigon konzentriert, einige davon in nur acht Kilometer Entfernung.

Der Tan-Son-Nhut-Flughafen wurde mit Raketen beschossen, und obwohl viele südvietnamesische Piloten weiter kämpften und in Kampfhubschraubern aufstiegen, um die kommunistischen Stellungen anzugreifen, kämpften nun andere miteinander um den Zugriff auf Flugzeuge. Sie flohen mit ihnen und flogen sie nach Thailand.

Es gewitterte an diesem Tag, erinnere ich mich – der natürliche Donner vermischte sich mit Artilleriedonner. Mike und ich zogen durch die Stadt, machten Bilder und drehten Filme. Restaurants und Geschäfte waren noch geöffnet, doch Tausende von Menschen strömten in Autos und Lastwagen und zu Fuß hinaus zum Flughafen, immer noch in der Hoffnung, einen Platz in einem Flugzeug zu ergattern.

Die Armee von Südvietnam verteidigte noch die Stadtgrenzen. Sie hatte in diesen letzten Etappen mit großer Tapferkeit gekämpft, doch nun begann sich Panik auszubreiten. Der Süden hatte alle seine Hoffnung auf die von den Amerikanern versprochene Militärhilfe gesetzt – jetzt war die Nachricht durchgesickert, daß keine Hilfe mehr kommen würde. Man hatte die letzte Artillerie-Lieferung geschickt, und es gab keine Granaten mehr. Die Regierung und die ARVN-Truppen wußten nun, daß die Lage hoffnungslos war.

Das Ende kam am nächsten Tag, Dienstag, dem 29. Am Morgen dieses Tages begannen die USA mit der Evakuierung ihrer Botschaft. Den Amerikanern in Saigon hatte man gesagt, daß sie auf eine verschlüsselte Nachricht im Sender US Armed Forces Radio achten sollten, als Signal, daß die Evakuierung begonnen hatte; sie sollte alle fünfzehn Minuten ausgestrahlt werden, gefolgt von Bing Crosbys Song »White Christmas«. Als das zu hören war, begannen die ausländischen Nachrichtenagenturen zusammenzupacken – im Eden-Gebäude, im Caravelle-Hotel und anderswo. Die Mannschaft von Telenews war schon in der vergangenen Woche abgereist, hatten ihre Ausstattung nach Bangkok geschafft und das Büro dichtgemacht. Mir hatten sie die Schlüssel gegeben. London war glücklich darüber, daß ich weiter berichten wollte, da ich es selbst wollte, sagte man mir, doch Telenews würde keine Verantwortung für mich übernehmen.

Trotz des Raketenbeschusses von Tan Son Nhut wurden Helikopter der Marineinfanterie von der vor der Küste liegenden US-Flotte aus geschickt, um alle in Saigon verbliebenen amerikanischen Staatsbürger auszufliegen. Sie sollten auch die Vietnamesen mitnehmen, die für amerikanische Agenturen gearbeitet hatten. Doch Starrflügler konnten nicht mehr fliegen, weil der Flughafen wegen des Bombardements geschlossen wurde, und das bedeutete, daß weniger Vietnamesen evakuiert werden konnten, als die Amerikaner ursprünglich geplant hatten. Die Leute in der Stadt wußten das, und die Panik wuchs. Die Amerikaner hatten den westlichen Korrespondenten mitgeteilt, daß für sie Plätze in den Helikoptern bereitgestellt werden würden; Sonderbusse holten ihre Leute von vorher festgelegten Treffpunkten in der Stadt ab, und die Journalisten und Fotografen wurden angewiesen, sich zu diesen Punkten zu begeben. Nur eine sehr kleine Zahl von Journalisten und Fotografen entschlossen sich wie Mike und ich zum Bleiben.

Wir hatten das verlassene Telenews-Büro im Eden-Gebäude zu unserer Basis gemacht. Das AP-Büro war eine Etage darüber, und ungefähr um 11 Uhr, nachdem wir Filme in unsere Kameras eingelegt hatten, beschlossen wir, dort vorbeizuschauen und uns zu verabschieden.

Keiner hatte viel Zeit, mit uns zu reden. Die Szene war hektisch, wie in einem Klassenzimmer, das außer Rand und Band ist. Telefone klingelten, aber keiner nahm ab, aus einem Radio kam eine amerikanische Stimme, und im ganzen Raum leerten die Leute in aller Eile Schreibtische und Ordner und stopften Sachen in Taschen. Die meisten von ihnen schwitzten gewaltig, einige lachten und scherzten, andere sahen bleich und verängstigt aus.

Ein Redakteur mit einem blonden Schnurrbart, dessen Namen ich vergessen habe, schaute von der Tasche, die er gerade packte, hoch. Kommt ihr Burschen mit? fragte er. Dann seid nicht so lahmarschig.

Nein, sagten wir, wir würden bleiben.

Und wir übergaben ihm Filme, die er für uns mitnehmen und abliefern sollte. Das hat er auch getan, und Telenews war sehr zufrieden mit meinem Beitrag; er wurde in vielen Ländern ausgestrahlt.

Ihr seid wahnsinnig, sagte er. Verrückt wie Ed Carter. Ihr werdet draufgehen.

Inmitten der herumhampelnden, hastenden und schreienden Gestalten saß Ed an seinem Schreibtisch, die Füße hochgelegt, und las eine Zeitung. Ed war immer die Ruhe selbst.

Wir gingen zu ihm, und er schaute über den Brillenrand zu uns hoch. Ich glaube, einer sollte da sein, um General Giap willkommen zu heißen, sagte er. Ihr Jungs wollt mir also Gesellschaft leisten? Ich habe einen fahrbaren Untersatz.

Und er hielt einen Schlüsselbund hoch.

Die Korrespondenten, die mit den Helikoptern ausgeflogen wurden, durften jeder nur eine Tasche mitnehmen, alles andere mußten sie zurücklassen. Ein AP-Redakteur hatte so notgedrungen einen schönen Ford Mustang zurückgelassen, und er hatte Ed die Schlüssel gegeben, mit der Anweisung, daß er den Wagen schließlich verkaufen und ihm das Geld schicken solle, wenn die Kommunisten ihn am Leben ließen. Wir fuhren also zum Haus des Mannes, holten seinen Mustang und fuhren damit durch die Stadt.

Die Menschenmengen auf den Straßen waren gewaltig und wälzten sich überall dahin. Jeder trug Taschen oder Kinder. Viele rannten in einer Art Hysterie; doch ich glaube nicht, daß sie überhaupt noch wußten, wohin sie rannten. Ich sah einen kleinen grauhaarigen Mann mit einem weißen Segeltuchhut, ein Köfferchen in der Hand, der tatsächlich auf dem Nguyen-Hue-Boulevard im Kreise herumlief – ich glaube, er hatte den Verstand verloren. Die Weißen Mäuse waren jetzt verschwunden, Gesetz und Ordnung existierten nicht mehr; die Stadt war führungslos. Eigentlich sollte Ausgangssperre herrschen, doch das bedeutete jetzt nichts. Es war wie ein verrückter Karneval.

Die amerikanischen Busse nach Tan Son Nhut fuhren durch die Stadt zu den Sonderhaltestellen und sammelten ihre Passagiere ein; und die Leute auf der Straße folgten diesen Bussen zu Zehntausenden und bettelten und schrien, um mitgenommen zu werden. Sie sahen die Busse als ihre letzte Hoffnung an, und sie hatten recht. Die Fahrer wehrten sie mit Gewalt ab, wenn sie die Türen öffneten, nicht immer erfolgreich. Die meisten Fenster waren mit robusten Drahtgittern gesichert, doch einige gelangten durch Schiebefenster im Heck in die Busse; andere reichten ihre Babys hinein. Autos standen verlassen, die Zündschlüssel noch im Schloß; wenn man ein Auto wollte, brauchte man sich nur eins zu nehmen. In vielen Nebenstraßen sahen wir ARVN-Uniformen im Rinnstein liegen; die Soldaten zogen Zivil an und mischten sich unter die Menge. Plünderungen hatten begonnen: Man brach in die Villen der Reichen ein, und die Straßen wurden gefährlich. Viele haßten die Amerikaner jetzt, weil sie die Südvietnamesen im Stich gelassen hatten, und als wir vorübergingen und man die weißen Gesichter von Mike und Ed Carter sah, brüllte man: *Go home, Yankees!* Die Ganoven von Saigon kurvten mit ihren Hondas herum und hielten nach Beute Ausschau. Wir sahen auch Leute, die nichts taten, nur weinend auf dem Fußweg standen, wie Kinder, die sich verlaufen hatten.

Mit dem Mustang fuhren Mike, Ed und ich an diesem Abend zur amerikanischen Botschaft. Mike und ich filmten und fotografierten, wie die Helikopter der Marineinfanteriekorps »Sikorsky« und »Sea Knight« auf dem Gelände der Botschaft und auf dem Dach landeten und das Botschaftspersonal evakuierten, während Marineinfanteristen oben auf den Mauern Wache standen. Die »Jolly Green Giants« und die kleineren »Sea Knights« waren seit dem späten Nachmittag hin- und hergeflogen, und jetzt war es ungefähr halb acht. Sie würden noch in Intervallen bis zum Einbruch der Dunkelheit kommen. Wir erwischten am Tor einen amerikanischen Journalisten, der mit einem der Helikopter mitfliegen wollte, und übergaben ihm unsere Filme, die er mitnehmen sollte. Du kennst die Bilder bestimmt – einschließlich der Aufnahmen, die Mike gemacht hatte, die in seiner amerikanischen Wochenzeitschrift veröffentlicht wurden, und die jetzt in Büchern über den Krieg zu finden sind.

Tausende hämmerten mit den Fäusten an das geschlossene Tor und an die Mauern, forderten, flehten, weinten, viele hielten Ausweise hoch. Meist regnete es, und es war sehr dunkel; die Stromversorgung der Stadt war um sieben Uhr zusammengebrochen. Das Surren und Schlagen der Tandemrotoren füllte die Dunkelheit, und die Helikopter schwebten über dem Gelände und neigten sich, die blendendweißen Lichter in ihren Nasen wiesen ihnen den Weg nach unten. Junge Vietnamesen erkletterten die Mauern und schafften es bis oben, doch die großen Marineinfanterieposten stießen sie mit den Füßen und wehrten sie ab. Andere Marineinfanteristen warfen im hohen Bogen Tränengaskanister in die Menge. Was macht ihr da? dachte ich. Ihr seid vor langer Zeit hierhergekommen, um ihnen gegen ihre Feinde zu helfen; wie könnt ihr ihnen das jetzt antun? Und ich schämte mich zu filmen.

Es waren einige ARVN-Soldaten da, und voller Zorn auf die Amerikaner, weil sie jetzt von ihnen im Stich gelassen wurden, schrien sie zu den Marineinfanteristen hoch. *Du-ma*, riefen sie – was soviel wie »Arschloch« heißt. Doch etliche der Leute um die Mauern waren eigentlich in aufgekratzter Stimmung, weil man wußte, daß uns, die wir zurückblieben, gemeinsam eine neue Situation erwartete und daß man nichts weiter tun konnte. An einer solchen Katastrophe ist etwas Aufregendes – es entsteht eine Kameradschaft, was die meisten von uns nicht zugeben. Und diese Leute hatten jetzt begriffen, daß sie das, was sie am meisten wollten, nicht bekommen würden: Sie würden nie von einem dieser riesigen grünen Helikopter mitgenommen werden – die einzige Möglichkeit, noch gerettet zu werden. Sie konnten nur zusehen, wie die weißen Lichter durch die Dunkelheit niederschwebten, wie Lichter aus einer anderen Welt.

Diese Szenen werde ich nicht vergessen; doch was ich noch weniger vergessen kann, sind gewisse andere Dächer in der Stadt, an denen wir später am Abend vorbeikamen. Die Amerikaner hatten am Nachmittag einige Helikopter zu diesen Gebäuden geschickt, um Vietnamesen aufzunehmen, denen die Evakuierung versprochen worden war. Viele waren noch dort, doch die Helikopter kehrten nicht zurück. Dennoch standen Menschengrüppchen im Dunkeln auf diesen Dächern, ruhig und geduldig, ihr Gepäck neben sich. Das Dröhnen der Helikopter war verschwunden aus der Luft, nur aus der Richtung der Botschaft war es noch zu hören; die Evakuierung war vorbei. Und immer noch konnten diese Leute nicht glauben, daß die Amerikaner nicht zurückkommen würden. Ich habe gehört, daß sie dort noch beim Morgengrauen standen und den Himmel beobachteten. Sie warteten auf Helikopter, die es nur in ihrem Kopf gab, die kommen und sie vor dem morgigen Tag retten würden.

Als der Morgen kam, war Saigon sehr still. Aller Lärm war verstummt; es war die seltsamste Stille, die ich je erlebt habe.

Mike, Ed Carter und ich saßen im Restaurant des Continental

beim Frühstück – Orangensaft, Croissants und Kaffee. Außer uns war nur noch ein halbes Dutzend da – einige Italiener, zwei französische Journalisten von *Le Monde* und ein japanischer Fotograf. Es war ein heißer Morgen, ruhig und angenehm. Es gab wieder Strom, die großen Deckenventilatoren drehten sich, und die chinesischen Kellner in ihren gestärkten weißen Jacketts standen bei den gelben Säulen.

Die ganze Stadt schien ruhig, die Straßen waren halb leer. Draußen auf dem Platz fuhren Armeelaster vorbei, und einige wenige Flüchtlinge trotteten noch mit ihren Habseligkeiten durch die Stadt. Doch es waren keine ARVN-Soldaten da, keine Schwarzmarktbosse, keine Saigon-Ganoven auf Hondas, keine Weißen Mäuse. Der blaue Dunst von Abgasen löste sich auf, die Luft war fast sauber. Nach dem Chaos und der Angst des vergangenen Tages bedeutete das Erwachen bei dieser Stille so etwas wie das Erwachen nach einem Fieberanfall, wenn es einem wieder besser geht. Saigon erwartete das Eintreffen der Sieger.

Wirklich friedlich, sagte Ed. Davon kann ich nicht genug kriegen. Die Frage ist nur, wer hat das Kommando?

Keiner, sagte Mike. Ich hätte nie gedacht, daß ich diese kleinen Weißen Mäuse vermissen würde – doch daß sie nicht zu sehen sind, ist etwas unheimlich.

Wir lachten, und Ed winkte mehr Kaffee herbei. Einer der alten chinesischen Kellner kam mit der großen silbernen Kaffeekanne herangeschlurft. Er hatte eine würdevolle Miene, doch ich entdeckte die Andeutung eines sorgenvollen Stirnrunzelns. Was wohl nach dem heutigen Tag aus ihm werden würde? Er war vielleicht schon seit vierzig Jahren im Continental; ob er überhaupt verstand, was geschah?

Wir begannen die Frage zu diskutieren, wo wir Position beziehen sollten, um das Eintreffen der NVA zu erwarten. Keiner konnte wissen, wann das sein würde oder wohin sie sich zuerst wenden würden, wenn sie in die Stadt kamen.

Hier, direkt in der Stadtmitte scheint mir am besten, sagte Ed. Wir können es uns ebensogut bequem machen. Ich möchte auch nicht mit der südvietnamesischen Armee zusammentreffen; sie sind heute ziemlich wütend auf Amerikaner. Gestern hat mich auf dem Bürgersteig ein ARVN-Feldwebel angespuckt und mir gesagt, wir ließen sie im Stich. Ich sagte ihm, daß ich bleiben würde, und da hat er mir die Hand geschüttelt. Sie sind ziemlich aufgebracht.

Kannst du ihnen das verdenken? fragte Mike. Seine Miene wurde starr und bitter, und Ed sah ihn an.

Wahrscheinlich nicht, sagte er.

Wir schwiegen einen Augenblick, dann sagte Ed: Die NVA wird ihre Fahne an einer bedeutsamen Stelle hissen wollen, wenn sie in die Stadt kommt. Vielleicht auf dem Palast. Ich schätze, dort draußen sitzt Big Minh in seiner Amtsstube und wartet auf die Kapitulation. Doch ich wette darauf, daß sie nur um die Ecke fahren, zum Rathaus.

Du übernimmst das Rathaus, sagte Mike zu Ed. Jim und ich gehen zum Palast. Und zwanzig Dollar darauf, daß wir recht haben.

Wir besiegelten die Wette mit Handschlag, und Mike grinste. Er hatte noch etwas vom alten Geist; doch er lächelte selten. Seine Gedanken waren immer bei Ly Keang.

Ich fuhr also mit ihm zum Präsidentenpalast, wieder im Mustang, der die Nacht im Continental überstanden hatte, ohne gestohlen zu werden.

Es war jetzt halb zwölf, die Sonne wurde heiß. Die Straßen waren noch immer sehr ruhig, und draußen beim Palast war es sogar noch ruhiger. Das große schmiedeeiserne Tor war wie gewöhnlich verschlossen, und wir fuhren auf einer Seitenstraße zum Diensteingang, wo in der Vergangenheit immer Journalisten hineingegangen waren. Dieses Tor war offen, und von den Posten, die sonst immer hier gestanden hatten, war weit und breit nichts zu sehen. Wir betraten das Grundstück und gingen um das lange weiße Gebäude herum zur Vorderseite mit der zum Eingang hinaufführenden Marmortreppe.

Hier herrschte eine noch größere Stille als in der Stadt. Der Palast befindet sich in einem großen Park, eingefaßt von eisernen Geländern, wo breitkronige Tamarinden und andere Bäume auf weiten Rasenflächen stehen. Bis hin zur Straße und den Geländern – eine Entfernung von etwa hundert Metern – war hier niemand zu sehen, und die Stille war wie Schlaf. Nichts als Vogelrufe und das Zirpen von Zikaden. Es schien eine ungewöhnlich große Menge von Libellen in der Luft zu geben, die dort schwebten und glitzerten, und ich überlegte, was das zu bedeuten hatte. Sie müssen etwas bedeuten, dachte ich. Aber was? Ich bin abergläubisch, schätze ich; und jetzt waren meine Nerven bis zum Zerreißen gespannt.

Die einzigen Menschen, die wir am Palasteingang antrafen, waren einige südvietnamesische Soldaten – Angehörige der Palastwache. Sie saßen oder lagen bei der Marmortreppe im Gras, auf eine sehr unmilitärische Weise, die Schnellfeuergewehre neben sich zu einer Pyramide zusammengestellt, und viele hatten die Helme abgenommen. Es sah fast wie ein Picknick aus.

Sie betrachten sich nicht mehr als Soldaten, dachte ich. Für sie ist es vorbei.

Als wir zu ihnen gingen, sprachen wir sie auf vietnamesisch an. Ich war besorgt, daß sie uns gegenüber feindlich sein könnten, wie die, denen Ed Carter begegnet war, doch sie erwiderten unser Lächeln und waren recht freundlich. Die meisten waren jung, doch da war auch ein Feldwebel in mittleren Jahren.

Was macht ihr hier? fragte ich.

Wir warten auf die Kapitulation, sagte der Feldwebel. Weiter kann man jetzt nichts machen.

Das ist richtig, schätze ich, sagte Mike und bot ihm eine Zigarette an.

Wir setzten uns ins Gras und unterhielten uns mit ihnen. Viele ARVN-Soldaten hätten heute ihre Uniformen weggeworfen, sagten sie uns; doch sie hielten es für besser, den Palast weiter zu bewachen, bis man ihnen etwas anderes befehle. Sie wollten ihre Pflicht tun. Dann würden sie ihre Waffen übergeben.

Es war sehr still, und es wurde immer heißer; bald sprachen wir dort im Gras liegend nur in abgerissenen Sätzen. Das Schwirren der Insekten klang für mich mit der Zeit wie ein mechanisches Alarmsystem, das uns vor dem Kommenden warnte.

Dann sah ich den Panzer.

Ich konnte zunächst nicht glauben, was ich sah. Ich weiß nicht, was ich erwartet hatte, doch das war es nicht gewesen; einige Sekunden blickte ich ihn mit zusammengekniffenen Augen durch die flimmernde Hitze an, ehe ich Mike darauf aufmerksam machte. Es war ein grüner Panzer sowjetischer Bauart, und er fuhr vor dem Geländer auf der Straße entlang. Auf einer Stange flatterte eine riesige Fahne der Nationalen Befreiungsfront – blau und rot mit einem gelben Stern –, und die Nummer auf seiner Seite war 843. Ein nordvietnamesischer Soldat schaute aus dem Panzerturm; andere, in ihren Tropenhelmen und vertrauten grünen Baumwolluniformen saßen vorn drauf und fuhren mit. Ich sah Leute hinterherlaufen, einer davon war ein britischer Korrespondent, und ich erkannte einige französische Korrespondenten und Fotografen. Während wir zusahen, schoß eine Flamme aus dem Geschützrohr, und es gab einen Knall, dann drehte sich das Rohr in Richtung des verschlossenen Palasttores, und Mike und ich standen auf. Auch die Soldaten standen auf und hoben die Hände.

Der Panzer rammte das Tor, und einer der Flügel brach fast aus den Angeln. Mike rannte quer über den Rasen auf das Tor zu, seine Leica schußbereit. Ich hatte meine CP16 Commag, eine Tonfilmkamera; ich hievte sie auf die Schulter und folgte ihm.

Der Panzer blieb stehen, wie ein großes langsames Tier, und schien sich zu bedenken, dann stieß er zurück und griff das Tor wieder an, und ich sah, wie Mike seine Kamera hob. Diesmal krachte der Panzer direkt durchs Tor und rollte weiter, sich schwerfällig über den Rasen bewegend. Ich rannte noch, denn die Kamera behinderte mich. Im Laufen kontrollierte ich den Belichtungsmesser, Schweiß strömte mir übers Gesicht, und das Herz hämmerte. Ich wußte nur das eine: Das war der Film, den ich drehen mußte, ganz egal, was mir zustieß.

Mike fotografierte noch, als der Panzer wieder anhielt. Einige der Soldaten zeigten auf uns und machten sich daran, herunterzuklettern, und ich merkte nun, daß Mike und ich allein auf diesem Rasenfleck standen; keiner der Soldaten von der Palastwache war uns gefolgt. Doch ich filmte jetzt, alles andere war jetzt nebelhaft: das Zirpen der Zikaden in meinem Kopf, der Tanz der Libellen um mich herum. Als ich durch das Objektiv auf die Soldaten blickte, konnte ich ihre Gesichter deutlich erkennen, und sie kamen mir plötzlich vertraut vor. Sie waren sehr jung, zum großen Teil fast Kinder, und sie erinnerten mich an Hauptmann Danhs Einheit; ich glaubte fast, Doc und den Müden und Prinz unter ihnen auszumachen, doch natürlich stimmte das nicht. Und in diesem Moment sah ich einen Soldaten mit Tropenhelm auf uns zu laufen und schreien, seine AK-47 war entsichert. Er befahl uns, die Hände zu heben.

Er kam zuerst bei Mike an, und Mike hob die Hände, seine Kamera in der Rechten haltend. Ich folgte seinem Beispiel; ich mußte meine ganze Kraft aufbieten, um die schwere Commag zu stemmen. Der Soldat stand dicht vor Mike, die AK auf ihn gerichtet, brüllte er in vietnamesisch.

Amerikaner! brüllte er. Du bist Amerikaner!

Er hatte ein breites braunes Bauerngesicht, und seine Augen leuchteten wild und hart – sie leuchteten vor Mordlust.

Mike antwortete auf vietnamesisch, die Hände immer noch erhoben. Nein, sagte er. Australier. Willkommen in Saigon.

Der Soldat runzelte die Stirn und blickte erstaunt drein; dann sah ich, wie das Leuchten aus seinen Augen verschwand. Er senkte das Gewehr, und ich wußte, wir würden leben.

4.

Jetzt verschwindet Langford allmählich.

Es gibt nur noch eine Kassette in seiner Tonbandtagebuch-Sammlung. Darauf sind vier datierte Aufnahmen – alle in Saigon in jenem April aufgenommen. Das sind anscheinend die letzten Tagebuchpassagen, die er aufgezeichnet hat.

Nach dem Fall der Stadt ging er mit Jim Feng nach Bangkok und blieb eine Weile dort in der Wohnung von Jim und Lu Ying, ehe er sich eine eigene Wohnung mietete. Aus dem folgenden Jahr in Bangkok, dem Jahr vor seinem Verschwinden, gibt es keine Tonbandaufnahmen – oder wenn er welche gemacht hat, ordnete er sie nicht denen zu, die er Jim übergeben hatte. Doch ich vermute, daß diese Saigon-Aufnahmen wirklich die letzten sind, und daß er nach seiner Vertreibung aus Phnom Penh und dem Verschwinden von Ly Keang nicht mehr den Mut hatte, ein Tagebuch zu führen.

Die Saigon-Aufnahmen sind mündliche Notizen, wie hastig auf einen Schreibblock gekritzelte Botschaften. Es ist nicht einfach, sich diese Passagen anzuhören.

TONBANDTAGEBUCH: LANGFORD

TONBAND 72: 10. April, 1975

– Im Continental: 10 Uhr. Vor einer halben Stunde angekommen, mit Jim und Harvey. Alle Zeichen deuten darauf, daß Saigon bald fallen wird, und ich muß zu Claudine.

– Habe das gestern abend Ly Keang zu erklären versucht, doch eine Weile wollte sie es nicht einsehen. Wir haben uns gestritten. Ich habe sie noch nie so wütend erlebt.

– Sie stand mit geballten Fäusten in der Wohnung vor mir. Warum mußt du nach Vietnam gehen? sagte sie. Warum, wenn hier mit jedem Tag alles schlimmer wird? *Hier* solltest du sein, sagte sie, nicht in Saigon.

– Phnom Penh wird sich noch eine Weile halten, habe ich gesagt. Aber in Vietnam geht alles auf ein schnelles Ende zu. Es könnte jetzt jeden Tag kommen, und vielleicht kann ich nie mehr dorthin. Ich werde nur achtundvierzig Stunden wegbleiben. Ich habe viel von meinem Leben damit zugebracht, über diesen Krieg zu berichten, habe ich gesagt. Ich möchte Bilder vom Ende. Meine Zeitschrift erwartet das.

– Sie starrte mich an und wußte, das war nicht alles; also habe ich es ihr gesagt.

– Ich muß auch zu Claudine Phan, sagte ich. Ich muß sie mit den Amerikanern aus dem Land bringen lassen, sie und ihre Söhne. Ich kann das erreichen, ich habe die Beziehungen dazu. Sie wird sonst erschossen oder eingesperrt, wenn sie bleibt; nichts ist sicherer.

– Diese Frau! sagte sie. Ich wußte, es ist diese verdammte französische Vietnamesin. Also gut, geh zu deiner Vietnamesin, sagte sie. Geh nach Vietnam, diesem Feindesland. Mich findest du hier nicht mehr, wenn du zurückkommst.

– Und sie stürzte aus der Wohnung und lief die Treppe hinunter.

– Ich folgte ihr kurz darauf, doch sie war schon verschwunden. Ich schaute mich auf dem Alten Markt um, doch ich konnte sie dort nicht finden. Mir war zumute, als hätte ich eine Ladung Blei verschluckt.

– Bin zurück und habe auf dem Balkon gesessen, als es dunkel wurde. Jede Minute, in der sie nicht wieder auftauchte, war unerträglich für mich. Eine Stunde verging, ohne daß sie kam. Ich saß und trank Cognac.

– Um acht Uhr stand ich auf und beschloß, nach ihr zu suchen –

bei ihrem Onkel, dann in der ganzen Stadt, wenn es sein mußte. Ich würde meine Reise nach Saigon absagen.

– Wie konnte das mit mir geschehen? Ohne sie gibt es kein Leben. Ich will ihre Späße, ich will ihren Zorn, ich will das Gespräch mit ihr. Ich will alles, was sie ist.

– Ich ging zur Tür hinaus und traf sie, wie sie die Treppe heraufkam. Sie hatte ein kleines braunes Päckchen dabei und sah mich mit besorgtem Ausdruck an. Dieser besorgte Blick war halb komisch, halb entschuldigend; aufregender, als es ein Lächeln oder ein zärtlicher Blick gewesen wäre. Sie warf mir die Arme um den Hals, und ich ging rückwärts zur Tür hinein und zog sie mit mir. Wir sagten nichts, bis wir uns geliebt hatten.

– Dann sagte sie, daß sie sich schlecht benommen habe. Ich bin eifersüchtig, sagte sie. Ich habe auch ein Vorurteil gegen Vietnamesen. Das geht uns allen so, sagte sie, allen Kambodschanern. Sie sind immer unsere Feinde, und man kann ihnen nicht trauen. Das ist nicht vernünftig, ich weiß, doch ich fühle mich verraten, wenn du jetzt dorthin gehst. Jetzt, wo wir fast verloren sind, möchte ich, daß du dir nur Gedanken um Kambodscha und um mich machst. Ich weiß, daß du dieses alte Tantchen nicht liebst; ich weiß das. Du möchtest sie nur retten; du möchtest alle retten. Geh also und tu es, sagte sie. Aber bitte, komm schnell zurück.

– Nur zwei Tage, sagte ich. Und ich sagte ihr, daß ich sofort zurückfliegen würde, wenn sich etwas änderte. Wenn es irgendwelche Probleme gibt, sagte ich, dann setze dich mit Aubrey Hardwick in Verbindung. Er ist noch in der Stadt; er wird dir helfen.

– Und ich gab ihr die Adresse des Franzosen, in dessen Villa Aubrey wohnt.

– Wenn ich zurückkomme, gehen wir beide über die Grenze nach Thailand. Wenn es keine normalen Flüge mehr gibt, fliegen wir mit den Amerikanern.

– Ja, sagte sie, und wir nehmen Sary mit, nicht wahr? Wir besorgen uns eine Villa an der Grenze, nicht weit von Battambang, und heiraten und gründen ein Zuhause. Wir helfen den Freien Khmer, sagte sie, und leben dort, bis Kambodscha wieder frei ist.

– Das war eine Geschichte, die wir einander erzählten – halb Spiel, halb glaubten wir daran.

– Das braune Päckchen lag neben mir auf dem Bett, und sie gab es mir. Ich habe dir ein Geschenk mitgebracht, sagte sie.

– Beim Auswickeln gab das Päckchen einen wimmernden Laut von sich. Es war ein Spielzeugkätzchen mit orange-gestreiftem Fell, in Japan hergestellt. Wenn man es umdrehte, miaute es. Wir fingen beide an zu lachen. Sie kauft mir eine Menge solcher einfältiger Geschenke; die Wohnung ist voll davon.

– Nimm es nach Saigon mit, sagte sie. Ein Maskottchen. Es wird dich beschützen; ich habe es ihm gesagt. Ich habe ja hier Sary, die auf mich aufpaßt.

12. APRIL

– Phnom Penh ist gefallen – die Amerikaner sind abgezogen. Keine kommerziellen oder militärischen Flüge. Habe versucht, ein Flugzeug zu chartern. Keins zu haben.

– Kann Ly Keang nicht über ihre Nummer zu Hause erreichen, auch nicht bei ihrer Zeitung.

– Habe Aubrey in der Villa seines Freundes zu erreichen versucht – kein Anschluß. Die Telefonverbindungen zwischen hier und Phnom Penh sind immer schlecht gewesen; es war leichter, vom Hotel Royal nach New York zu telefonieren als nach Saigon. Jetzt scheint das Telefonnetz völlig zusammengebrochen zu sein. Die Telefonzentrale im Royal antwortet nicht; in meiner oder Voras Wohnung kommt kein richtiges Rufzeichen, und auch keins bei Ly Keangs Onkel.

– Herrgott. Es ist wie eine Mauer.

13. APRIL

– Ich habe den ganzen Tag versucht, einen Flug nach Phnom Penh zu chartern. Unmöglich.

– Ein AP-Mitarbeiter ist noch dort – ein Kambodschaner, der telegrafiert. Er berichtet AP per Telex, daß in der Stadt nichts passiert; die Roten Khmer sind noch nicht eingetroffen.

– Ed Carter hat ihn gebeten, für mich mit Ly Keang Kontakt aufzunehmen. Doch er hat eine Nachricht zurückgeschickt, daß er sie nicht finden kann.

14. APRIL

– Chartern eines Flugzeugs nicht möglich. Telefonkontakt mit Ly Keang nicht möglich.

– Sie muß zu Aubrey gegangen sein, wie ich ihr gesagt habe. Habe versucht, Aubreys Aufenthaltsort festzustellen, ohne Erfolg;

heute habe ich die PR-Agentur in Bangkok angerufen. Donald Mills war am Apparat. Er hat gesagt, Aubrey ist sofort nach seiner Rückkehr aus Phnom Penh nach Europa gegangen; er ist mit dem Personal der amerikanischen Botschaft mit einem Helikopter ausgeflogen. Doch Mills hat mir erzählt, Aubrey habe gesagt, daß er Ly Keang nach meiner Abreise überhaupt nicht mehr gesehen hat, nicht einmal an dem Tag, als die US-Botschaft evakuiert wurde.

– Ich könnte versuchen, über die Grenze zu gehen, doch ich weiß, daß meine Chancen, Phnom Penh zu erreichen, gleich Null wären.

22. APRIL

– Mitternacht. Ich sitze in meinem Zimmer im Continental. Kann nicht schlafen. Alles geht auch hier zu Ende; es kann nicht mehr länger als eine Woche dauern, bis der Süden kapituliert. Wenn Indochina verloren ist und der Krieg schließlich zu Ende, was wird dann aus meinem Leben? Und wenn ich Ly Keang nicht finden kann?

– Habe gerade in meiner Reisetasche nach Zigaretten gesucht. Habe die Spielzeugkatze gefunden, die sie mir gegeben hat. Als ich sie in die Hand nahm, gab sie einen Laut von sich, der sich wie ein weinendes Kind anhörte. Warum ist ein solch einfältiges Ding so schwer zu ertragen?

– Kleinigkeiten, immer Kleinigkeiten. Genauso war es, als der Graf starb – das Sammelsurium in seiner Kiste. Als Ken starb – sein Soldatenhut, der auf der Veranda hing. Und als Mum starb, die alte Schokoladenbüchse, die ich in ihrem Schrank fand – darin Kinderfotos von uns allen und eine Einladung für einen Ball in Hobart, vor ihrer Heirat. Miss I. Olsen. Nichts weiter, sie hinterließ weiter nichts. Warum hatte sie diese Einladung aufgehoben? War das ihre glücklichste Nacht? Und warum waren diese Kleinigkeiten das einzige, was von ihr blieb? Die Einladung ist bei meinen Fotos und Manuskripten und Tonbandtagebüchern; gut, daß ich Jim und Lu Ying dazu bewogen habe, sie für mich aufzuheben. Das kriegen die Roten Khmer nicht. Aber was ist mit Sary? Man wird sie töten und essen, wenn sie sich draußen rumtreibt.

– Keang, wo bist du? Ich hätte nie nach Saigon fliegen sollen.

SECHSTES KAPITEL

DIE GRENZE

1.

Das Büro von »Pacific Consultants« befindet sich in der Raja Damri Straße, eine Straße weiter vom »Newsroom«. Hardwick und Mills haben zweifelsohne diese Lage wegen der Nähe zu den ausländischen Medienbüros gewählt.

Mein Taxi kommt hier kurz nach acht abends an – das ist die mit Donald Mills am Telefon verabredete Zeit. Ich bin zeitig von meinem Hotel los, weil ich mit Staus in der Stadt rechnete. Es ist schon dunkel geworden, und es gießt gerade; Neonreklamen und Scheinwerfer spiegeln sich in den Wasserströmen, die über die Straße schießen. Ich eile vom Bordstein zum Schutzdach eines Würfels aus Glas und Beton, der sich Raja-Damri-Gebäude nennt; der Name ist mit schweren Metallbuchstaben an der Markise befestigt. Doch das Büro ist nicht so einfach zu finden, wie sich herausstellt.

Es befindet sich nicht bei den Firmen, die in englisch und Thai in goldenen Lettern an den Glastüren stehen. Ich laufe eine Gasse an der Seite des Gebäudes entlang, während der Regen mein Hemd durchweicht, und gelange schließlich auf einen Platz, der nach Abwässern stinkt, wo Jungen hinter Imbißständen mich unter bunten Schirmen hervor beobachten. Schließlich entdecke ich »Pacific Consultants, 3. Etage« auf einer kleinen Glastür. Ein anderes Schild in englisch sagt: »Alter Massagesalon, 2. Etage«.

Ich erreiche die dritte Etage in einem leeren Aufzug, der schaukelt und ächzt. Als ich ihn verlasse, schließt sich dröhnend die automatische Tür, und ich stehe in einem menschenleeren Foyer mit schmutzig-weißen Wänden. Mir gegenüber sieht man durch gläserne Doppeltüren offenbar einen Empfangsbereich: einen leeren, flurähnlichen Raum mit Ledersesseln und Topfpalmen, schwach beleuchtet. Als ich gerade anklopfen will, taucht dort ein Mann in einem kanariengelben Hemd und weißen Hosen auf.

Als er stehen bleibt, um mich durch die Glasscheibe zu mustern, schwankt er ein wenig, und mir fällt Harveys Bemerkung über Mills Alkoholkonsum ein. Er öffnet den einen Türflügel und starrt mich mit einem Blick benebelten Argwohns an. Seine etwas schielenden blauen Äuglein sind leer und glasig.

»Ray Barton? Gut. Sie sind beeindruckend pünktlich«, sagt er.

Er spricht schnell und hastig, was ein Stottern andeutet, das nicht da ist, und die Verschleifungen, durch Alkohol verursacht, sind kaum wahrnehmbar. Er hebt eine Hand, um mich hereinzuwinken; als ich drinnen bin, schlägt er die Glastür kräftig zu. Das Krachen läßt mich zusammenfahren, und ich drehe mich um und starre ihn an. Er grinst die Tür an und schwankt. »Vergesse immer, daß das keine Schwingtür ist«, sagt er. Dann streckt er die Hand aus und packt die meine mit sportlicher Energie.

Ein Tresen trennt hier den Empfangsbereich von einem großen Hauptbüro, das fast im Dunkeln liegt; ich kann eine Reihe schmaler Regale erkennen, die Ordner enthalten. Dahinter könnten weitere Räume sein oder auch nichts; man kann es nicht sehen. Eine große Lampe mit einem grünen, zylinderförmigen Schirm steht auf dem Tresen und verbreitet ein gedämpftes Licht. Mills winkt mich zu einem der Ledersessel und wirft sich in einen anderen. Wir sitzen uns an einem kleinen runden Couchtisch gegenüber, auf dem eine Flasche Johnnie Walker Black Label und zwei Whiskygläser stehen. Ohne mich zu fragen, ob ich etwas trinken möchte, beugt sich Mills vor und füllt beide Gläser zur Hälfte. Wasser ist nicht da. Mir wird mulmig, ich frage mich, ob eine zusammenhängende Diskussion mit ihm möglich sein wird.

Ich stelle mir vor, daß er sich ganz schön verändert hat – zumindest vom Äußeren her –, verglichen mit dem jungen Diplomaten, den Mike in Singapur kennengelernt hatte. Er hat hochgekämmtes, rötliches Haar, noch dicht, doch von Grau durchzogen. Die Augenbrauen sind heller als das Haar – rotblond, und sie werden jetzt mit zunehmendem Alter buschig. Sein kantiges Gesicht und kampflustiges Kinn scheinen einem unversehrten Boxer zu gehören, und sein Gesicht ist auf eine Art gerötet, die Sonnenbrand und Aufenthalt im Freien vermuten läßt, doch die geplatzten Äderchen auf seiner Nase verraten ihn. Er prostet mir mit dem Whisky zu und stürzt die Hälfte auf einmal hinunter. Dann lehnt er sich zurück und schaut mich schweigend an, die eine Hand liegt mit gespreizten Fingern auf der Sessellehne, die andere hält das Glas. Das Gelb seines Hemdes ist grell. Während ich darauf warte, daß er etwas sagt, hoffe ich, daß er nicht einer jener Trunkenbolde ist, die einen durch ihre Grobheiten Spießruten laufen lassen. Zunächst sieht es fast so aus.

»Sie werden Aubrey Hardwick nicht sehen können«, sagt er. »Ist Ihnen das klar?«

»Das ist schade. Ich habe gedacht, daß er bald einmal nach Bangkok kommen könnte«, sage ich.

Er schüttelt den Kopf. »Nein. Aubrey und ich haben unsere Zusammenarbeit beendet«, sagt er. »Kein Aubrey.« Er wedelt mit der Hand in Richtung des halbdunklen Büros, wie zum Beweis, daß Hardwick sich dort nicht versteckt. »Es gibt auch die Firma nicht mehr. Ich wickle sie ab.«

Ich verfalle in meinen trockenen juristischen Ton. »Es tut mir leid, das zu hören. Aber vielleicht können Sie mir helfen, selbst wenn Mr. Hardwick es nicht kann.«

»Ihnen helfen, Mike Langford zu finden? Keiner kann das«, sagt er. »Ich bin aber bereit, mit Ihnen über ihn zu reden.«

Er schüttet den Rest seines Whiskys in sich hinein, dann starrt er mich schweigend an. Sein glasiger Blick ist eindringlich und irgendwie merkwürdig, und ich spüre, dafür ist nicht nur sein angetrunkener Zustand verantwortlich. Er hat mir etwas Bestimmtes zu sagen; etwas, was wichtig für ihn ist. Ich habe einen Instinkt für so etwas, der sich durch die Arbeit mit Klienten im Laufe der Jahre herausgebildet hat.

»Worauf ich hoffe, ist, daß ich von Ihnen eine wohlbegründete Meinung höre, warum Langford nach Kambodscha gegangen ist. Wie ich erfahren habe, hat Mike für Sie und Aubrey Hardwick einmal gearbeitet. Ich habe gedacht, vielleicht könnte es damit zusammenhängen.«

Seine Augen werden jetzt wachsam, fast nüchtern. Ich bemerke, daß sein Mund nicht zu dem Gesicht eines Boxers paßt – es ist der Mund eines Besessenen; dünn und mit herabgezogenen Mundwinkeln. Er beantwortet meine indirekte Frage nicht; statt dessen sagt er: »Harvey Drummond hat mir gesagt, daß sie viele von Mikes Papieren und Tagebüchern haben.«

»Ja«, sage ich. »Er hat sie mir testamentarisch vermacht. Ich bin sein Testamentsvollstrecker, wie ich Ihnen gesagt habe.«

Er nickt und greift zur Flasche, diesmal füllt er sein Glas bis zum Rand. Meins ist noch viertelvoll, doch er füllt auch dieses bis zum Rand nach und ignoriert meine abwehrende Hand. Dann, nachdem er einen kleinen Schluck getan hat, schaut er zu mir herüber, die dünnen Lippen über die Zähne nach innen gezogen, den Mund etwas geöffnet, den Kopf schräg.

»Es hat keinen Zweck, wenn man einen Juristen an der Nase herumzuführen versucht«, sagt er. »Auch wenn er aus Tasmanien kommt.« Er lächelt. »Nicht böse sein, Ray. Ja, Mike hat uns früher mit einigen gesammelten Eindrücken versorgt. Ich nehme an, Sie haben einige der Berichte unter seinen Papieren gefunden. War immer sehr ordentlich, dieser Mike. Von allem hatte er Kopien.«

Er fängt an, mich zu irritieren, und ich entschließe mich, deutlich zu werden. »Er hat also für den australischen Geheimdienst gearbeitet«, sage ich.

Gewöhnlich vergehen einige Sekunden, während derer Mills vor sich hin starrt und dem nachhorcht, was man zu ihm sagt; diesmal ist es genauso.

»Über eins sollten Sie sich im klaren sein«, sagt er. Er schaut an mir vorbei auf die Glastür. »Ich bin jetzt nicht mehr dabei. Ein Ex-Spion. Verstanden? So etwas gibt es, Ray, und Sie sehen einen vor sich. Und ich habe in keiner Weise mehr etwas mit Hardwick zu tun. Wenn Sie Aubrey wegen dieser Sache verfolgen wollen, und wenn Sie ihn am Ende in Schwierigkeiten bringen, ist mir das recht. Es kümmert mich einen feuchten Kehricht. Klar?« Er schaut mich kampflustig an, und sein Blick sagt: Untersteh dich, nicht zu begreifen, wie das Angewohnheit schwieriger Trinker ist. »In den letzten beiden Jahren habe ich nur versucht, ein gutes PR-Geschäft zu führen«, sagt er. »Doch das reichte Aubrey nicht. Verstehen Sie, was ich sage, Ray?«

»Ich glaube schon.«

»Nein, Sie verstehen nicht. Doch Sie werden verstehen, weil ich mich entschlossen habe, es Ihnen zu erzählen. Warum nicht Ihnen? Mikes Kindheitsfreund; ein ehrlicher Mann von zu Hause und Jurist. Möchten Sie das Geheimnis lüften? Gut. Ich bringe Sie auf den Weg, und Sie können Ihre eigenen Schlüsse ziehen. Doch wenn Sie mich als Quelle angeben, werde ich es abstreiten.« Er weist auf das abgedunkelte Büro. »Keine Zeugen, wie? Können Sie mir folgen?«

Ich nicke, und er starrt mich schweigend an und schnauft hörbar.

»Der verfluchte Krieg ist vorbei«, sagt er schließlich und verschleift die Silben noch mehr. »Wir haben verloren, doch Aubrey will nicht aufgeben. Er will nicht in den Ruhestand; er kann nicht loslassen. Deshalb habe ich die Partnerschaft beendet. Er hat Versprechen gebrochen, die er mir bezüglich dieser Firma gegeben hat. Versprechen, die sehr wichtig waren. Eins davon war, daß sie nie zur Tarnung benutzt würde.«

Er hält sein Glas mit beiden Händen, in seinen schrägen Äuglein glitzert eine Abneigung, die unheilbar und tief ist; und ich begreife allmählich, sein Zustand ist so, daß man nicht sicher sein kann, ob er von einem Moment zum anderen noch weiß, mit wem er redet. Vielleicht spielt das keine Rolle.

»Okay. Früher hat Mike uns geholfen«, sagt er. »Ich war eine Weile sein Führungsoffizier, als er in den sechziger Jahren nach Saigon kam; doch meist hatte er mit Aubrey zu tun. Er hat sich nie allzusehr mit uns eingelassen, hat nie Geld genommen. Er hat uns nur ab und zu Hintergrundinformationen geliefert – Dinge, auf die er im Zusammenhang mit seiner Arbeit gestoßen ist. Er war eine unabhängige Quelle zu einer Zeit, als wir es satt hatten, auf Informationen der Amis angewiesen zu sein. Wir wollten Canberra unser eigenes Bild liefern, und er hat uns dabei geholfen. Langford kannte nicht nur die letzte militärische Entwicklung in den verschiedenen Regionen, er kannte auch viele Leute. Ein ARVN-General hatte vielleicht einen Vietcong-Bruder; ein kambodschanischer Politiker hatte vielleicht eine Geliebte, die für die andere Seite arbeitete. Mike kamen solche Dinge zu Ohren. Und in den frühen Jahren des Kambodschakriegs hat er uns ein so detailgetreues Bild gegeben, wie es kein anderer gekonnt hätte. Welche Unterstützung die Nordvietnamesen in den Dörfern hatten, wo ihre Benzinlager waren, wo ihre Flöße Munition stromab brachten. Informationen, die man nur am Boden sammeln kann und die sich nur ein Kameramann, der überall herumkam, so leicht verschaffen konnte. Richtig heiße Ware. Sogar Washington war beeindruckt. Ihre Luftaufklärung lieferte ihnen solche Informationen nicht. Und daß wir in der Lage waren, die Amerikaner zu beliefern, war für uns eine große Sache.« Er lächelt ein wenig zärtlich, wie ein Mann, der sich an eine verlorene Geliebte erinnert.

»Aubrey und ich haben einmal Jim Feng zu überreden versucht, uns in ähnlicher Weise zu unterstützen«, sagt er. »Doch Jim wollte sich nie darauf einlassen. Er war freundlich, doch er hat uns nie etwas geliefert. Manche Korrespondenten sind so. Sie machen sich Gedanken um ihre Integrität.«

»Und was war mit Mike?« frage ich. »Worum hat er sich Gedanken gemacht?«

»Mike war unpolitisch, wenn Sie das meinen«, sagt Mills. »Und wie ich schon sagte, hat er es nicht des Geldes wegen getan.«

»Weswegen dann?«

»Ich glaube, man muß es Idealismus nennen.« Die Winkel seines dünnen Mundes ziehen sich noch weiter nach unten, als koste er etwas Saures. »Vermutlich müßte man ihn in jungen Jahren als Patrioten bezeichnen. Das war bei unserem Spiel immer eine Hilfe. Ja, Mike war ein Idealist. Und es liegt in der Natur des Idealisten, daß er nicht lernfähig ist – stimmt's?« Er kippt den größten Teil seines Whiskys; dann blickt er mich wieder an. »Sind Sie verheiratet, Ray?«

»Geschieden«, sage ich.

»Hätte geglaubt, Sie sind der Typ, der verheiratet bleibt. Solide. Hm, willkommen im Klub. Meine Ehe ist schon vor Jahren gescheitert; sie paßte nicht zum Spiel. Paßt selten. Die Frau weiß nicht, mit wem sie verheiratet ist.« Er greift wieder zur Flasche und schaut vorwurfsvoll auf mein noch fast volles Glas. »Herrgott, Ray, Sie sind ja nicht gerade trinkfest. Runter damit. Wir müssen noch eine Menge besprechen.«

»Das muß ein seltsames Leben sein – geheimdienstliche Nachrichten zu sammeln«, sage ich. »Schwierig, normale Beziehungen zu unterhalten.«

Ich habe erwartet, daß er diese List zurückweist; doch die Einladung wirkt besser, als ich annehmen konnte. Der Ausdruck, den Mills jetzt hat, ist der eines Mannes mit ausgefallenem sexuellen Geschmack, der auf Verständnis hofft. Er lehnt sich im Sessel zurück und scheint nach Worten zu suchen.

»Man verliert am Ende seine Persönlichkeit«, sagt er. »Für einen Agenten kommt der Tag, an dem er nicht mehr genau weiß, wer er ist. Und jeder, den man kennt, wird zum Ziel der Anwerbung. Verstehen Sie? Das Rechtswesen muß dagegen schön einfach sein.«

Ich bin überrascht, daß er so mit mir spricht; doch als ich darüber nachdenke, stelle ich fest, daß er mir bis jetzt nichts Wichtiges mitgeteilt hat. Aber noch immer habe ich das Gefühl, daß er es tun wird. Er macht den Eindruck, als sei er innerlich destabilisiert, als habe sich ein großer Riß in seinem Leben aufgetan. Ich muß nur warten, und er wird ihn zeigen.

Ich finde mich schon mal mit Kopfschmerzen am Morgen ab.

Jetzt ist er wirklich sehr betrunken. Die Hände in den Taschen, die Beine von sich gestreckt, starrt er vor sich hin, wie in einen Tunnel ohne Ende. Ich bin sicher, daß er meine Anwesenheit manchmal minutenlang vergißt. Hinter ihm ist ein vergittertes Fenster; es rahmt den Nachthimmel ein, die schwankenden Baumwipfel in dem lautlosen Gewitterregen und eine Kette blauer Lampen auf einer fernen Stadtautobahn. Eine rote Neonreklame läßt *Mitsubishi* erscheinen, und ein Blitz zuckt darüber. Der Aufruhr der Elemente dort draußen ist unwirklich, von diesem klimatisierten Raum aus betrachtet – ein Bild auf einer Filmleinwand.

»Kein Leben nach dem Geheimdienst«, sagt Mills plötzlich. Seine Stimme ist schleppend, doch bedächtig; er kann ganz offensichtlich viel Alkohol vertragen. »Und kein Leben ohne ihn«, sagt er. »Das bleuten sie dir ein, wenn sie dich anwarben, diese alten Empire-Typen vom Schlage eines Aubrey. Das hat er bestimmt auch Mike beizubringen versucht. Als ich in meiner Jugend bei MI6 in London ausgebildet wurde, fühlte ich mich, als hätte ich eine Welt betreten, wo alles möglich war, wo alles überstiegen und unterboten wurde, was sich der normale Sterbliche vorstellen konnte. Ein Leben, das Langeweile nicht kannte – eine große Luftreise.« Er schüttelt mit dem Nachdruck des Betrunkenen den Kopf. »Na, so war es auch, eine große Reise«, sagt er. »Und nun bin ich hier, auf dem Boden.«

Er versucht ironisch zu sein, doch heraus kommt ein bedauernder, ja sogar sentimentaler Ton. Die Gefühlskalten leben in einer Art Vakuum, stelle ich mir vor, die Nasen an das Fenster des Lebens gepreßt; Sentimentalität kommt der Wärme, die ihnen nicht gegönnt ist, am nächsten.

»Sie stellen sich vielleicht vor, daß Spionagearbeit kaltblütig ist«, sagt er. »Blödsinn, im Gegenteil. Viel Gefühl ist im Spiel. Sogar Liebe. Ein Führungsoffizier identifiziert sich *sehr* mit seinen Informanten. Sie sind wie seine Geschöpfe, Ray. So war es auch zwischen Mike und Onkel Aubrey. Er hat geglaubt, Mike gehöre ihm, in den frühen Tagen; er gehöre ihm mehr als ein Sohn.«

Er greift wieder zum Glas, dann zeigt er mit dem Finger auf mich.

»Möchte, daß Sie das begreifen«, sagt er. »Hören Sie zu? Das Schwerste für einen alten Geheimdienstler ist, aufzuhören. Und Aubrey Hardwick war wirklich einer der großen Spione seiner Generation. Vielleicht können Sie nun verstehen. Den Kontakt zu den Tugendbolden des westlichen Spionagesystems zu verlieren – vom Verteiler gestrichen zu werden – das ist der größte Alptraum eines Geheimdienstoffiziers. Der Verteiler ist Onkel Aubreys Lebensblut. Der bedeutet ihm mehr als seine kleinen Thaifreunde oder seine Sammlung chinesischer Schriftrollen oder der verdammte Adelstitel, hinter dem er her ist. Deshalb hat er getan, was er getan hat.«

Ich warte. Ich brauche ihn nicht zu drängen.

»Ich spreche von dem Mädchen – Ly Keang«, sagt er. »Ihretwegen ist Mike zurückgegangen; das werden Sie ja schon herausgefunden haben. Ly Keang war Aubreys Zurückbleiber.«

Der Ausdruck ist mir nicht geläufig, doch ich sage immer noch nichts. Ich möchte ihn nicht daran erinnern, daß ich hier bin.

»Alle setzten vor Phnom Penhs Fall Zurückbleiber ein«, sagt er. »Einheimische, die über das neue Regime berichten würden. Die CIA hatte eine ganze Reihe. Alle gingen natürlich verloren – absolut alle. Und als Ly Keang vermißt wurde, benutzte sie der alte Hund als Köder.«

Plötzlich habe ich den Eindruck, daß die Klimaanlage zu kalt geworden ist. »Ich verstehe nicht«, sage ich.

»Nein«, sagt er. »Sie verstehen nicht, Ray. Sie sind ein Rechtsanwalt aus Launceston.« Sein Ton ist brutal, der Alkohol spricht aus ihm. »Aber Sie werden bald verstehen.« Wieder einmal wedelt er mit der Hand zum abgedunkelten Büro hinter der Theke. »Keine Zeugen, eh?«

Er hat mir bewußt gemacht, wie still und leer es hier ist. Trotz des Regens an der Scheibe und des fernen Verkehrslärms hört man ihn recht deutlich schlucken, als er seinen Whisky austrinkt. Auch ich habe jetzt mein Glas geleert, und er beugt sich vor, um mir und auch sich selbst einzuschenken. Die Flasche ist fast leer.

»Langford hat sie Aubrey vorgestellt«, sagt er. »Noch eine Idealistin, dieses Mädchen, noch eine Patriotin. Und während Mike in jenen Tagen Anfang April in Saigon war, überredete sie Aubrey zum Bleiben, wenn Phnom Penh fällt. Er sagte ihr, sie solle ihren Job bei der Zeitung weitermachen, wenn die Roten Khmer die Macht übernehmen und noch ungefähr einen Monat bleiben – um ihm Berichte über das neue Regime zu schicken.« Er bricht ab, trinkt, wischt sich den Mund. Dann lacht er leise, seine Augen sind glasig. »Über die Roten Khmer berichten, können Sie sich das vorstellen? Er hat sie ganz regulär als Spionin ausgestattet. Das Radio, das er ihr gegeben hat, war auf dem neusten Stand der Technik – sehr beliebt bei seinen Kumpels von der CIA. Sah wie ein normales Radio aus – nicht zu unterscheiden. Gesendet wurde auf einer speziellen Frequenz. Die Nachrichten erreichten uns in Aranyaprathet, oben an der Grenze.«

Er schließt für einen Moment die Augen und sitzt ganz still. Als er sie öffnet, ist das Weiße blutunterlaufen, und seine Lider hängen etwas. »Unter jedem anderen Regime hätte sie es machen können«, sagt er. »Es wird ständig gemacht. Und Aubrey sagte ihr, man würde sie über die Grenze schaffen. Er hätte Spione dort, die sich um sie kümmern würden – kambodschanische Schläfer.« Er atmet heftig aus. »Und das war ein Mann, der behauptete, ein Kenner der Roten Khmer zu sein. Hm, die CIA machte den gleichen Fehler.«

Er sieht mich nicht an, er blickt wieder in seinen Tunnel, nach vorn gebeugt, mit den Ellbogen auf den Knien, sein Glas umklammernd. Dann imitiert er eine übertrieben sonore Stimme. »›Leute mit denen man *verhandeln* kann‹«, sagt er. »›Linke Marxisten‹. Mein Gott. Es gibt immer noch Idioten vom Auswärtigen Amt, die das Zeug glauben. Wir wissen zwar nicht viel darüber, was jetzt dort drinnen geschieht, doch wir wissen, daß sie die gesamte Bevölkerung hinaus aufs Land getrieben haben. Wir wissen, daß die Städte mörderisch leer sind. Zurück zur Basis – keine westliche Technik, kein Geld, keine Städte. Ganz pur. Eine wahrhaft kommunistische

Gesellschaft, alle in Lagern, alle Befehlen gehorchend, wo man eine Genehmigung braucht, um mit seiner Frau zu schlafen. Es gab also keinen Platz, wo sich ein Zurückbleiber verstecken konnte. Verstehen Sie? *Nirgends*. Es war alles in ein paar Tagen erledigt. Wenn man zur Mittelschicht gehörte, wenn man Bildung hatte, wenn man auch nur eine Brille trug, war man tot. Wie sollte da eine junge Frau wie sie funktionieren? Wie sollte sie sich tarnen? Wo sollte sie sich verstecken? Können Sie sich das ausmalen?«

Er sieht mich einen Augenblick an, dann schließt er wieder die Augen. Als er sie öffnet, sagt er: »Aubrey hat alles natürlich schrecklich bedauert.« Er imitiert wieder die übertrieben sonore Stimme. »›Ein reizendes Mädchen. Intelligent, tapfer. Ly Keang ist für mich wie eine Nichte. Eine Nichte, die ich an die Haie verloren habe.‹«

Ich beschließe, ihm auf die Sprünge zu helfen. »Sie haben gesagt, sie war ein Köder.«

Er schaut mich an, dann wendet er den Blick wieder ab. Seine Miene sagt nichts. »Aubrey hatte eine enge Verbindung zu einem der Führer der Roten Khmer«, sagt er. Seine Stimme ist belegt, doch er kann sich noch klar ausdrücken. »Einer von den alten Kameraden aus früheren Tagen in Phnom Penh. Dieser Kerl wollte sich absetzen, über die Grenze kommen. Wissen Sie, was das bedeutet hätte? Wenn es Aubrey gelungen wäre, diesen Mann herauszuschleusen und ihn zu befragen, hätten wir die ersten wirklichen Erkenntnisse über das Regime und seine Führung. London und Washington und Canberra würden niederknien und Aubrey bewundern, und seine Kameraden vom MI6 und vom CIA würden ihn ewig verehren. Und er würde *nie* in Ruhestand gehen. Er wäre auf dem Gipfel seines Ruhms. Er würde nun das bekommen, was er immer heimlich geplant und wovon er geträumt hatte. Und raten Sie einmal, was das ist?« Er blinzelt mir zu und zeigt wieder mit dem Finger auf meine Brust. »*Das Standardwerk über die Geschichte des Dienstes zu schreiben*.«

Ich muß lachen, doch er verzieht keine Miene. »Versuchen Sie, das zu verstehen«, sagt er. »Das würde bedeuten, er hätte im Alter ein Büro und einen Schreibtisch und Reisespesen – ständige Vergünstigungen. Und noch mehr, viel mehr. Die geheimsten Dossiers für ihn zugänglich – die Dossiers, die sonst *keiner* zu sehen bekommt. Haben Sie es? Aubrey, der Altmeister, Aubrey, der Historiker, der den Eleven Studien über die Top-Fälle an die Hand gibt. Der größte Ex-Agent. Das Paradies eines älteren Geheimdienstoffiziers.«

Er setzt sein Glas ab, langsam und sehr vorsichtig. »Deshalb hat er also Langford über die Grenze geschickt«, sagt er.

Ich sehe ihn groß an, vielleicht einfältig. Er schaut zu mir hoch und liest mir die Frage offenbar von den Augen ab.

»Aubrey hatte keinen Agenten beim australischen Geheimdienst, der unter diesen Umständen geeignet gewesen wäre«, sagt er. »Selbstmörderisch, über diese Grenze zu gehen. Er wollte also, daß Langford seinen Einfluß bei den Freien Khmer geltend machte und zwei oder drei von ihnen als Führer gewänne. Sie wissen vielleicht von Mikes Busenfreund, Oberst Chandara. Der Oberst würde alles für Langford tun, und er besorgte Leute. Der Plan war, ungefähr zehn Kilometer ins Land hineinzugehen, nicht weit vom Flüchtlingscamp der Freien Khmer. Es war alles organisiert. Der Kader der Roten Khmer würde an einer verabredeten Stelle vor einem bestimmten Dorf warten. Er war nicht gewillt, sich auf eigene Faust zur Grenze durchzuschlagen; er konnte nicht sicher sein, daß ihn die Einheimischen nicht verrieten, und er war rauhes Gelände nicht gewohnt. Ein Intellektueller, kapiert? Die Freien Khmer kannten sich in der Gegend aus, und Aubrey gab Mike eine Karte und einen Kompaß. Es hätte eigentlich funktionieren sollen; doch er kam nicht zurück.«

»Doch warum sollte Mike das tun? Hatte er sich denn wirklich mit euch Geheimdienstleuten so intensiv eingelassen?«

Mills schüttelt den Kopf. »Er gab keinen Pfifferling mehr auf den australischen Geheimdienst«, sagt er. »Er hatte Aubrey oder mir seit Jahren nichts mehr geliefert.«

»Warum also?«

Jetzt studiert er erstaunt mein Gesicht, als erblicke er mich zum erstenmal. »Sie haben ja wirklich ein behütetes Leben gehabt, mein Freund«, sagt er. »Er hat sich darauf eingelassen, weil ihm gesagt wurde, Ly Keang würde auch dort sein. Aubrey hat ihm erzählt, daß sie wieder Funkkontakt aufgenommen hätte. Er hat gesagt, daß sie sich dort in der Nähe der Grenze aufhielte.«

Ich starre ihn immer noch an, und er scheint sich jetzt auf mein

Gesicht zu konzentrieren und seinen Ausdruck wirklich zu registrieren. Er hebt die Augenbrauen über das, was er sieht (was das auch sein mag), zuckt mit den Schultern und seufzt. »Ich habe das erst herausgefunden, nachdem Mike schon über die Grenze gegangen war«, sagt er. »Möchte das klarstellen, Ray.«

Ich habe zuviel von seinem Whisky getrunken, mir wurde schwindlig. »Kann es nicht wahr gewesen sein? Es ist doch möglich, daß sie trotz allem überlebt hat«, sage ich.

Er sinkt in seinen Sessel, liegt fast darin, Beine ausgestreckt, Hände in den Taschen. Er hat zu trinken aufgehört, und als er spricht, ist seine Stimme so leise geworden, daß ich mich anstrengen muß, etwas zu verstehen.

»Nein«, sagt er. »Nein. Ich war auch mit Aubrey dort oben in Aranyaprathet, Ray, und habe in den ersten paar Tagen, nachdem die Amis ihre Botschaft evakuiert hatten, darauf gewartet, daß sie Funkkontakt aufnimmt, ehe die Roten Khmer in Phnom Penh einmarschierten. Sie hat nur zweimal mit uns Verbindung aufgenommen. Das erstemal, als sie noch auf die Roten Khmer gewartet haben, und es gab nicht viel zu berichten. Sie hat Aubrey gebeten, Mike in Saigon eine Nachricht zu übermitteln, und Aubrey hat das versprochen. Doch er hat's nicht getan; das habe ich später herausgefunden. Er wollte nicht, daß Mike erfährt, daß er sie angeworben hatte. Er hat mich auch dazu gebracht, daß ich in dieser Sache gelogen habe. Das zweitemal, als sie mit uns Verbindung aufgenommen hat ...«

Er bricht ab, und einen Moment lang spricht er nicht weiter.

»Das zweitemal war, als die Roten Khmer in die Stadt gekommen waren«, sagt er. »Ihre Stimme war ganz anders; sie hatte Angst.« Er legt eine Hand auf den Mund und schaut mich nicht an. »Sie hat folgendes gesagt: ›Wir müssen alle fort – raus aus Phnom Penh. Sogar die Kranken müssen aus den Krankenhäusern. Es ist nicht so, wie Sie behauptet haben. Die Soldaten sind schrecklich. Sie gehen in jedes Haus in dieser Straße. In wenigen Minuten sind sie hier bei meinem Onkel. Was soll ich machen?‹«

Er hält inne.

»Raten Sie mal, was Onkel Aubrey gesagt hat? ›Tun Sie, was Sie für richtig halten, meine Liebe. Nehmen Sie wieder mit uns Kontakt auf, wenn Sie können.‹« Plötzlich – und mit überraschender Grobheit – spuckt er zur Seite auf den Boden. »Ich werde nicht vergessen, was sie dann gesagt hat. Wollte, ich könnte es. ›Sie sind ein Dummkopf, Mr. Hardwick. Sie haben nichts verstanden. Sie sind hier. Sie sind hier.‹ Dann war da ein dumpfes Geräusch wie von einem Schlag, und die Verbindung war unterbrochen. Sie meldete sich nie wieder.«

Der Regen peitscht immer noch ans Fenster. Wir starren darauf – unser Phantomkino. Dann sagt Mills: »Wenn gewisse Leute befürchten, daß sie nicht mehr so leben können, wie sie wollen, gibt es nichts, was sie nicht tun würden, um das zu verhindern. So ist Onkel Aubrey.«

Ich merke, daß ich nicht in der Lage bin zu sprechen. Ich blicke durchs Fenster auf die ferne Schnellstraße, ihre blauen Lichter führen in ein Land, von dem ich nichts weiß.

2.

Der Wagen von Telenews ist ein neuer BMW – geräumig, mit Klimaanlage und fast geräuschlos; eine von Jims Vergünstigungen als Bürochef hier. Er verläßt in der Dunkelheit vor der Dämmerung die Vororte Bangkoks. Durch die Frontscheibe sieht man draußen hier und da ein Hauslicht schimmern.

Es ist erst gegen fünf. Jim und ich sitzen hinten im Wagen und schweigen, der Schlaf hat uns noch nicht ganz losgelassen. Daeng, der thailändische Fahrer, ist ein untersetzter Mann in mittleren Jahren; jetzt zündet er sich seine erste Zigarette an und zieht geräuschvoll den Rauch ein, auf seinem Gesicht liegt der sanfte Widerschein von der Armaturenbrettbeleuchtung. Er legt die Packung neben die Handbremse, deutet mit dem Kopf darauf und wendet sich halb zu uns. Er spricht uns mit einer Stimme an, die der frühen Stunde angemessen gedämpft ist. »Habe immer dort eine Packung für Mike gehabt, wenn er an die Grenze gefahren ist. Da sind sie mir wenigstens nicht ausgegangen.« Er kichert, und Jim kichert mit.

»Er hat nie aufgehört zu glauben, daß er das Rauchen aufgeben wird«, sagt Jim. »Und hat nie aufgehört, Zigaretten zu schnorren.«

»Aber sonst hat er nichts geschnorrt«, sagt Daeng.

»Nein. Er hat verschenkt, er hat nichts genommen. So war er«, sagt Jim, und ich spüre, daß sie diese Äußerungen schon oft gemacht haben – eine Litanei, die nun für mich wiederholt wird.

Sie verstummen für eine Weile, und das Auto summt. Dann dreht sich Daeng um und schaut mich an. »Glauben Sie, daß er noch am Leben ist, Mr. Barton?«

»Ich hoffe es«, sage ich.

»Jim hofft ebenfalls, und auch ich«, sagt Daeng. »Doch ich habe große Angst um ihn. Wo kann er sein? Sehr mutig, was er getan hat, aber nicht klug. In Kambodscha gibt es kein Versteck. Die Roten Khmer haben jedes Dorf besetzt. Wohin man sich auf dem Land auch wendet, sie sind da; das hat man mir erzählt.«

»Mike ist am Leben«, sagt Jim.

Sein Ton ist ruhig, doch wie immer wehrt er eine Diskussion ab. Wieder Schweigen, dann wendet er sich an mich. Sein Gesicht hat in dem trüben Licht etwas Versteinertes; das ist erst seit gestern da. »Doch ich habe daran gedacht, daß ich etwas wegen Hardwick unternehmen sollte«, sagt er. »Vielleicht jemand auf ihn ansetzen, wenn er wieder nach Bangkok kommt. Hier ist das ziemlich preiswert zu haben.«

Ich schaue ihn an, um zu sehen, ob er das ernst meint. »Nein. Schon gut«, sagt er. »Was hätte das für einen Sinn? Man wird Mike finden, ich weiß es. Und vielleicht auch Ly Keang.«

Wir fahren nach Nordosten, und jetzt tauchen rosige Streifen am Himmel vor uns auf.

»Es wird hell«, sagt Daeng.

Die Sonne steigt vor uns aus dem leuchtenden Asphaltband, und um das Auto herum erscheint plötzlich die friedliche thailändische Landschaft. Hochspannungsmaste marschieren über eine weite grüne Ebene und ziehen sich im Osten in blaue Berge zurück. In Tapiokafeldern wachsen Trompetenbäume und Casuarinas; schlafende Häuser gleiten vorbei, deren siamesische Giebel nach oben geschwungen sind; eine buddhistische Pagode erhebt sich auf einem weißen Felsberg. Diese Bilder muß Mike jede Woche gesehen haben, wenn er zu seinem »Fenster mit Ausblick auf Kambodscha« gefahren ist. Und plötzlich, als würde ich einen schwachen Funkspruch empfangen, spüre ich seine Sehnsucht.

Harvey Drummond verweilte gestern im »Newsroom« mit einiger Beredsamkeit bei dieser Sehnsucht, er beugte sich vor, als wäre er im Zeugenstand, deutete mit dem Zeigefinger und wollte mich überzeugen.

Ich frage mich, ob du dir seine Verzweiflung vorstellen kannst, sagte er. Ich habe ihn beobachtet, wie er sie fast ein Jahr lang im »Foxhole« in sich hineingefressen hat. Er hat nicht aufgehört, nach ihr zu suchen. Im letzten Jahr ist er jede Woche zu diesen geheimen kambodschanischen Lagern hinaufgefahren. Jim ließ ihn den Wagen von Telenews benutzen, und um das zu rechtfertigen, fing Mike wieder zu filmen an und arbeitete als Freier für Telenews, mit Daeng als Tontechniker. Er filmte Angriffe der Roten Khmer auf Thai-Dörfer, die Flüchtlinge beherbergten, aber er machte auch Interviews mit Chandara und anderen Führern der Freien Khmer. Doch die ganze Zeit über suchte er nach Ly Keang. Es war wie eine religiöse Verpflichtung, und man durfte nicht daran rühren. Wenn einer das tat und andeutete, Langford sollte es aufgeben und sich damit abfinden, wurde er böse. Ein bescheuerter Korrespondent im »Foxhole« wiederholte immer wieder, daß sie tot sein müsse, und Mike schlug ihn zusammen – und das sah Mike gar nicht ähnlich.

Stell dir das vor, sagte Harvey. Ein Jahr lang prüfte er jede Gruppe von Kambodschanern, die über die Grenze floh – immer in der Hoffnung, Ly Keang unter ihnen zu finden. Sie hatte ihm alles bedeutet; er hatte sie ziemlich spät gefunden, und nun war sie ihm entrissen worden, war in diesem abgeriegelten Land eingesperrt, wo diese blutigen Greuel geschahen. Verstehst du? Verstehst du, Ray?

Die Gegend hat sich verändert. Wir haben in einem Café an der Straße gefrühstückt und sind durch Aranyaprathet, die wichtigste Stadt der Region, gefahren. Jetzt nähern wir uns der kambodschanischen Grenze.

Die Straße ist nicht länger asphaltiert und ist jetzt leuchtend ocker-rot. Wir sind nicht mehr weit vom Lager 008, sagt Daeng, und der BMW rollt durch flaches rotes Ödland ohne Wasser, ausgetrocknet und glutheiß, ähnlich dem roten Herzen Australiens. Selbst die spärliche Vegetation hier hat das saftlose Graugrün der Trostlosigkeit.

Wir sind von mehreren Militärposten hintereinander angehalten worden. Um in dieses Gebiet der kambodschanischen Flüchtlingslager fahren zu dürfen, haben wir die Erlaubnis der thailändischen

Regierung einholen müssen, und Soldaten haben unsere Ausweise an jedem Posten kontrolliert. Beim letzten hatten wir zwei Stunden auf den unsichtbaren Befehlshaber dieser Region gewartet, der unser weiteres Vordringen genehmigen mußte, und hatten auf Holzbänken neben einem kleinen Betonhaus gesessen. Die Hitze brannte so unbarmherzig, wie ich es noch nie erlebt hatte, und ich fühlte mich allmählich schwach und schwindlig; ich sehnte mich nach der Klimaanlage des Wagens.

Lager 008, das geheime Hauptquartier der Guerillas von den Freien Khmer, entpuppt sich als kleine primitive Siedlung von Bambushütten mit Palmblattdächern, die sich in die trockene rote Einöde duckt. Palmen und Bananenstauden stehen traurig in der windstillen Luft. Dort hinten, im Osten, liegen die Hügel und Berge Kambodschas – rostbraun, zartgrün, dann violett, und ihr friedlicher Schirm verbirgt das Grauen. Jim und ich lassen Daeng im Wagen zurück und gehen mit braunem Kies belegte Wege hinunter, die sich als Straßen ausgeben.

Es stinkt nach offenen Abwässern; halbnackte Khmer-Kinder starren uns an und laufen vor uns davon; während wir vorübergehen, beobachten uns dunkle Gesichter. Sie spähen aus dem Innern von schlichten Hütten. Es ist unheimlich still hier, und Langeweile liegt drückend in der Luft. Ein leichter heißer Wind kommt auf, und vereinzelte, schwarzgekleidete Kambodschaner wandern ziellos auf den behelfsmäßigen Seitenwegen umher.

»Hier gibt es nichts für sie zu tun«, sagt Jim. »Ein Jahr lang sitzen sie schon hier und warten. Einige hoffen auf eine Ausreise nach Amerika oder Australien. Andere warten darauf, daß die Freien Khmer ihnen ihr Land wiedergeben. Ich denke, sie werden wohl noch lange warten.« Er schüttelt den Kopf und hinkt mit ruckhaften Bewegungen über den Kies.

In der Lagermitte befindet sich ein behelfsmäßiges Bürogebäude – ein erstickend heißer Bambusschuppen ohne Ventilatoren, da es keinen elektrischen Strom im Lager gibt. Ein halbes Dutzend kambodschanische Beamte sitzen an alten Holztischen und brüten über Papieren; einer steht auf und kommt zu dem Bambusschalter herüber. Jim spricht ihn auf französisch an und fragt nach Oberst Chandara .

 Der Beamte schaut verlegen drein. Er spricht zu schnell französisch, als daß ich ihm folgen könnte, und Jim wendet sich zu mir.

»Er sagt, Chandara ist nicht da – doch ich glaube, er lügt. Chandara empfängt nicht jeden, seit er die Führung der Freien Khmer übernommen hat. Aber Mike hat er immer empfangen. Und ich glaube, mich wird er auch empfangen, wenn er erfährt, daß ich hier bin.« Er spricht wieder mit dem Beamten, wiederholt laut seinen Namen, und seine Miene ist finster und beleidigt, und ich frage mich, ob er sich diesen Ausdruck angewöhnt hat, seit er sein Bein verloren hat.

Der Beamte zögert; dann sagt er: »*Attendez*« und verschwindet.

Kurz darauf kommt er zurück und lächelt, als hätte er etwas Großartiges erreicht, und spricht englisch. »Oberst Chandara will Sie sehen. Bitte.« Er deutet auf die Tür und begleitet uns dann.

Wir setzen uns auf rohe Holzbänke an einen Tisch mit rotkariertem Tischtuch, Jim und ich auf der einen Seite, Oberst Chandara auf der anderen. Dieser Konferenztisch wird vermutlich auch vom Oberst und seinen Soldaten als Eßtisch genutzt. Eine Schale mit gelben Rosen befindet sich darauf, ein Becher mit Stiften, ein Schreibblock und einige Aschenbecher, sonst nichts. Die Rosen stammen von einem Garten draußen, man sieht ihn durch die offene Tür hinter uns; ein Stück zwiebacktrockener Boden hinter einem Eisenzaun, das in der enormen Hitze ausdörrt. Ein junger kambodschanischer Soldat in grüner Uniform steht in Habachtstellung neben einer Tür und bemüht sich, uns nicht anzustarren.

»Entschuldige bitte, Jim«, sagt Chandara. »Sie haben nicht mitbekommen, wer du bist. Ich freue mich immer, dich zu sehen.«

Er lächelt, lehnt sich über den Tisch und schüttelt uns die Hand. Auch er trägt eine grüne Uniform, ohne Rangabzeichen. Das Foto, auf dem er mit Mike zu sehen war, hat seine Erscheinung ziemlich gut getroffen: dünn und fit, mit der dicken glatten Haarmähne und dem schwarzen Schnurrbart. Doch das Foto konnte seine Ausstrahlung nicht vermitteln und auch nicht den eindringlichen Blick seiner Augen, deren tiefes Braun fast ein Schwarz ist.

Jim hält ihm eine Packung Winstons hin, und Chandara nimmt eine. »Von denen bekommen wir hier oben nicht viele zu sehen«, sagt er und beugt sich zu Jims Feuerzeug hinunter. Dann lehnt er sich wieder zurück und inhaliert den Rauch mit sichtbarem Vergnügen. »Wir bekommen auch nicht viele Journalisten zu sehen. Ich habe kein Vertrauen mehr zu ihnen, Jim; meine Leute haben Anweisung, die falsche Sorte abzuweisen. Du weißt schon, was ich meine.« Er schaut mich an. »Aber Sie und Jim, Sie sind beide willkommen, Ray. Jim sagt, daß Sie Mike aus der Kindheit kennen. Das reicht für mich aus.«

Ich danke ihm und schaue mich um. Der Raum ist lang und schmal, er ist als Büro eines Militärkommandeurs eingerichtet, und an den Wänden hängen große Karten der Region. Doch das Haus dient offensichtlich auch als Unterkunft für Oberst Chandara, und vielleicht auch für einige seiner Offiziere. An einer anderen Wand sieht man persönliche Details: ein Farbfoto von Chandara mit seiner Frau und seinen drei Kindern, eine kambodschanische Landschaft in Öl, Bilder von buddhistischen Mönchen. In einer Ecke steht ein kleiner Schrein mit einer Buddhastatue und einer Anzahl Kerzen, die nicht brennen. Das ist das größte Gebäude im Lager, doch es ist nicht viel mehr als eine Hütte mit einem Boden aus Erde und ohne Ventilatoren wie die anderen Hütten. Auch hier herrscht eine Backofenhitze, und wir wischen uns alle paar Minuten den Schweiß von der Stirn. Sogar Oberst Chandaras Gesicht glänzt, und sein Hemd hat unter den Achseln Schweißflecke.

Ein anderer junger Soldat kommt durch eine Tür hinter dem Oberst herein und trägt ein Tablett mit Kaffee. Er bewegt sich mit förmlicher Achtsamkeit, als er die Tassen auf den Tisch stellt. Chandara erteilt einen kurzen Befehl in Khmer, und beide Soldaten verlassen eilig den Raum. Während ich das beobachte, versuche ich, mir nichts anmerken zu lassen. Die mit Sorgfalt geschaffene Förmlichkeit der Situation, die Karten, der Konferenztisch, die Rosen, das alles wirkt wie die Nachahmung der Erwachsenenwelt durch ein Kind. Doch es ist einfach, sich über die lustig zu machen, die alles verloren haben, und ich empfinde auf einmal Scham. Als ich meine Kaffeetasse hebe, sehe ich, daß Chandara mich anblickt, und als er spricht, scheint er an meine Gedanken anzuknüpfen.

»Nur wenige westliche Journalisten wollen etwas von uns wissen, Ray«, sagt er. »Und wir werden oft mißverstanden. Sie erzählen gern Geschichten über die Machenschaften der CIA. Wenn sie nur wüßten, wie wenig die CIA oder sonst jemand uns helfen will. Nur Mike Langford hat die Wahrheit über uns gesagt.«

»Er hat immer an die Freien Khmer geglaubt«, sagt Jim.
»Ja, er hat an uns geglaubt.«
Er macht eine Pause, zieht an seiner Zigarette, und seine Augen wandern fort von uns; und jetzt kommt ein Ausdruck der Traurigkeit in sein Gesicht; er scheint nach Fassung zu ringen. Er stößt Rauch aus und spricht weiter.
»Als ich unsere Nationale Befreiungsfront gegründet habe und allein nach Bangkok gekommen bin, hat mich Mike in sein Haus aufgenommen, und später hat er unsere Sache bei der internationalen Presse bekannt gemacht.« Er schaut mich an. »Haben Sie das gewußt, Ray? Haben Sie gewußt, wie sehr er uns unterstützt hat?«
Ich sage, daß ich eine Ahnung davon habe.
»Wer wird tun, was Mike für uns getan hat? Wir brauchen so dringend gute Öffentlichkeitsarbeit«, sagt Chandara. Er macht wieder eine Pause, seine Lippen unter dem Schnurrbart sind zusammengepreßt. Als er weiterspricht, scheint sein ruhiger weitschweifiger Ton darauf abzuzielen, die Aufmerksamkeit von seiner Erregung abzulenken.
»Darauf hat sich Mike verstanden«, sagt er. »Damit hat er uns im letzten Jahr geholfen. Wir führen Guerillaaktionen bis dreißig Kilometer hinter der kambodschanischen Grenze aus, doch das ist erst der Anfang. Wir brauchen Nachschub, Aufklärung, Nachrichtentechnik. Wir brauchen das Vertrauen der Großmächte. Wir müssen drei, vier, fünf Jahre im voraus planen; es wird Zeit brauchen, die ländlichen Gebiete zurückzugewinnen. Nicht viele wollen gegen den Alptraum kämpfen; sie sind zu schwach. Doch wir müssen uns opfern, wie es die Kommunisten tun, und ein so hartes Leben führen wie sie. Auf keine andere Weise werden wir unser Land zurückgewinnen. Wir haben es aus Liebe zum Luxus verloren. Jetzt …« Er breitet die Hände aus, die Handflächen nach oben gekehrt. »Ich habe meine Frau und die Kinder nach Bangkok geschickt«, sagt er. »Hier gibt es nichts als den Kampf. Das ist der einzige Weg.«
Er schaut uns beide an, als erwarte er Fragen; doch keiner von uns beiden sagt etwas. Ich habe nicht viel Hoffnung für Chandara und seine Sache. Das wohlhabende Thailand mit seinen Autos, Fernsehern, Transistorradios und Sexmärkten für Touristen wartet an seiner Flanke; und seine Leute warten in ihren Hütten auf die Ausreise

nach Amerika und Australien. Er wird hier mit seiner Flüchtlingsarmee an der Grenze schmoren, in seiner Bambushütte mit ihrem Rosengarten und den Militärkarten, unterstützt von seinen jungen Offizieren und Adjutanten, und er wird wahrscheinlich nie aufgeben; doch am Ende wird alles an ganz anderer Stelle entschieden werden, von Leuten in klimatisierten Büros, die keine emotionale Bindung an Kambodscha haben, Leute, die das Schicksal des Landes entscheiden und dabei größere Ziele im Auge haben.

»Mike hat uns die ganze Zeit geholfen«, sagt jetzt Chandara. »Seine Herzlichkeit und Unterstützung haben so viel für mich bedeutet. Wir wollten ein kleines Buch zusammen schreiben. Er hat das alles aus Freundschaft getan, und weil er Kambodscha liebte.« Er leert seine Kaffeetasse und stellt sie hin. Er sitzt sehr gerade und unnatürlich still.

»Mike war mein bester Freund«, sagt er. »Deiner auch, Jim. Ich habe ihn geliebt. Ich habe ihm von ersten Tag unserer Bekanntschaft an vertraut. Meine Männer bewunderten ihn.« Er hält inne und schaut Jim direkt an.

»Doch jetzt hat ihn sein Glück verlassen«, sagt er. »Ich weiß, daß du mit mir besprechen willst, wie man ihn finden kann – doch ich muß dir sagen: Es ist unmöglich.« Er bricht abrupt ab, und ich bin erschrocken, weil seine Augen in Tränen schwimmen. Dann sagt er: »Es ist sehr hart für mich, mit dir darüber zu sprechen.«

Er sitzt weiter reglos da und klammert sich an den Armlehnen des Bambussessels fest, sein Gesicht ist hart und gefaßt und schaut an uns vorbei zur Tür hinaus; weder kostet er seinen Schmerz aus, noch wischt er die Tränen weg.

Jim hat genauso aufrecht und still dagesessen wie Chandara. Jetzt beugt er sich vor, und ich sehe, daß sein guter Fuß in dem auf Hochglanz polierten braunen Stiefel nervös auf den Erdboden klopft. »Sein Glück hat ihn nicht verlassen«, sagt er. »Er ist nicht fort, Oberst. Wir müssen immer noch nach ihm suchen.«

Doch Chandara schüttelt den Kopf, blinzelt und räuspert sich. »Du wirst ihn jetzt nicht mehr finden«, sagt er. Er holt ein Taschentuch hervor und wischt sich übers Gesicht. »Seit du das letztemal hier gewesen bist, ist etwas geschehen, Jim. Es ist keine gute Nachricht.« Er wendet sich zur Seite, schneuzt sich und ruft dann zwei Worte in Khmer.

Einer der jungen Soldaten kommt herein und salutiert. Chandara spricht schnell mit ihm, und der Soldat eilt zur Tür hinaus und verschwindet durch den Rosengarten in den gelb-braunen Backofen des Tages. Dann blickt Chandara wieder Jim an.

»Diese Woche ist Lay Vora zu uns gekommen«, sagt er. »Du erinnerst dich noch an Lay Vora? Mikes Fahrer?«

»Natürlich erinnere ich mich an Vora«, sagt Jim. »Ich habe mir so oft Sorgen um ihn gemacht – und auch um seine Familie. Ich hatte die Hoffnung für sie aufgegeben. Er ist hier? Sie sind entkommen?«

»Er ist gerade mit seiner Frau und seiner kleinen Tochter über die Grenze gekommen«, sagt Chandara. »Ich lasse ihn holen, damit er sich mit euch unterhalten kann. Er wird euch von Michael erzählen.«

Ich beuge mich vor. »Er hat Mike gesehen?«

Chandara antwortet zunächst nicht. Dann sagt er: »Ja. Doch das erzählt er euch besser selber. Ich kann euch das nicht sagen.«

Harvey Drummond hat mir Vora als Mann in kraftvollen mittleren Jahren geschildert, immer adrett und lebhaft und gut angezogen. Doch die kleine, gebeugte Gestalt, die in den Raum geschlurft kommt, ist die eines alten Mannes, und das ausgeblichene blaue Hemd, die schwarzen kurzen Hosen und die Gummisandalen lassen ihn wie einen Straßenbettler erscheinen.

»Vora«, sagt Jim. Er erhebt sich und streckt die Arme aus.

Sie umarmen sich, und Vora sagt auf englisch: »Mr. Jim. Schön, Sie wiederzusehen. Man hat mir gesagt, daß Sie hier in Thailand sind.«

Er wirkt halb kaukasisch, wie das bei Kambodschanern oft der Fall zu sein scheint: lockiges Haar und Augen, die eher rund als mandelförmig sind. Wenn nicht die dunkelbraune Haut wäre, könnte er fast ein alter Australier irischer Abstammung sein. Er ist irgendwie vertraut, und sein Gesicht ist sanft und angenehm. Sein Haar ist noch schwarz, doch mit weißen Strähnen durchzogen, und seine Haut ist sehr faltig. Als er mit einem Ausdruck zu Jim hochblickt, der halb erfreut und halb niedergeschlagen ist, hat er seine Brauen hochgezogen, und dadurch erscheinen viele Furchen auf seiner Stirn. Mit Ende vierzig wirkt er jetzt wie bald siebzig.

Chandara wartet eine Weile, dann spricht er in Khmer mit Vora und weist auf einen Bambusstuhl neben Jim. Der kleine Mann zögert, als gehe er mit sich zu Rate, ob er die Kühnheit haben soll, sich zu setzen, doch Chandara spricht wieder mit ihm, seine Stimme ist ruhig und beschwichtigend, und Vora gehorcht, respektvoll auf der Stuhlkante sitzend und nach vorn gebeugt. Seine Brauen sind wieder hochgezogen, diesmal ängstlich-flehend.

Jim sitzt neben ihm. »Schön, dich zu sehen, Vora«, sagt er. »Ich bin sehr froh, daß du's geschafft hast. Und deine Frau und die Familie sind auch in Sicherheit?«

Eine Weile schaut ihn Vora an, ohne zu antworten, und die vielen Falten auf seiner Stirn scheinen noch zahlreicher zu werden. Dann sagt er: »Bopha ist bei mir und unsere kleine Tochter. Aber meine Söhne sind tot, Mr. Jim. Beide tot.«

Jim verzieht das Gesicht und starrt ihn an. Einen Moment herrscht Schweigen. Dann nimmt er Voras Hand. »Vora, das tut mir unendlich leid. O Gott, deine Söhne.«

»Besser, wenn ich sie nicht bilde«, sagt Vora. »Wenn ich sie nicht Schule schicke.«

Seine Stimme ist tonlos, und er blickt zu Boden, während Jim seine Hand hält. Dann erzählt er weiter. Er hat sein Englisch von den Korrespondenten, für die er gearbeitet hat; es ist primitiv, und er benutzt meist die Gegenwart, doch alles, was er sagt, ist klar.

»Die Roten Khmer merken, daß meine Söhne gebildet sind«, sagt er. »Sie töten alle gebildeten Leute. Sie nehmen also meine Söhne mit gebundenen Händen mit. Später sagt man uns, man schlägt sie mit Hacken und schlägt sie tot.«

Keiner spricht. Vora blickt weiter zu Boden, dann blickt er hoch zu uns, als frage er nach etwas, seine Miene ist bestürzt.

»Es ist immer die gleiche Geschichte«, sagt Chandara. »Wir hören sie so oft.« Ich merke, daß er mich anschaut, und seine Augen glitzern zornig. »Doch immer noch wollen viele eurer westlichen Intellektuellen und Journalisten sie nicht glauben, Ray. Es paßt ihnen nicht – daher sagen sie, die Geschichten stimmen nicht. Doch zu uns kommen jede Woche Flüchtlinge, die uns diese Dinge erzählen. Die Roten Khmer töten alle, die gebildet sind; ein bißchen Bildung ist schon genug. Als sie die Leute auf die Straße getrieben haben, haben sie alle umgebracht, die Bücher dabei hatten. Sie töten nicht nur Tausende, sondern Zehntausende. Sie schaffen Berge von

Leichen. Sie sind wie die Nazis. Die Städte sind leer, die Tempel zerstört, die Mönche abgeschlachtet. Das ist wahre Barbarei, die alles zerstören will, was zivilisiert ist.«

Vora hört Chandara still zu, mit einer Art Ehrfurcht, als würde dem Verlust seiner Söhne schließlich ein Sinn verliehen. Ein Soldat bringt ihm Kaffee, und er schlürft ihn respektvoll, während Chandara weiter zu Jim und mir redet. Die Stimme des Obersts ist leise, doch gepreßt vor Zorn; als er noch eine von Jims Winstons anzündet, sehe ich, wie seine Finger zittern.

»Der Kommunismus ist dort drüben bis an seine Grenzen geführt worden«, sagt er. »Neid ist zur Religion geworden – sie nennen das *angka*. Im Gespräch mit unseren Flüchtlingen habe ich viel über *angka* erfahren. Es ist ein neues Mittelalter. Keine Bücher für die Menschen zum Lesen, keine Arzneimittel, die sie heilen, wenn sie krank werden, kein Gesetz, das sie schützt, kein Familienleben, keine Religion, die sie tröstet, keine Musik außer Propagandamusik über Lautsprecher. O ja, sie haben Lautsprecher, wie sie auch AK-47 haben. Sie wollen die westliche Technik verbannen, doch die Führer machen bei dem, was für sie selbst wichtig ist, Ausnahmen.«

Er tut einen tiefen Zug an der Zigarette, und ich spüre, daß er zum Teil redet, um den Moment hinauszuzögern, wenn Vora uns erzählen muß, was er weiß.

»Viele der Soldaten sind Bauern, nicht älter als zwölf Jahre«, sagt er. »Kinder mit Schnellfeuergewehren. Alles, was sie beneiden oder was sie nicht verstehen, muß böse sein, muß getötet und zerstört werden. Bei der Exekution verschwenden die Roten Khmer keine Kugeln, sie benutzen Hacken und andere einfache Methoden. Mein eigener Bruder und seine Familie müssen so umgekommen sein. Sie sind nicht rechtzeitig geflohen, und wir hören nichts von ihnen.«

Aus dem Augenwinkel sehe ich, wie Jim Fengs Stiefel wieder klopft. Er holt eine Winston hervor und gibt sie Vora, der lächelt und sich dankbar zu Jims Feuerzeug beugt. Jim hat seine Beinprothese mit Hilfe der linken Hand über das andere Bein geschlagen. So sitzt er nun da, und jede Faser seines Körpers verrät Anspannung. Er läßt das Feuerzeug zuschnappen, und seine Stimme ist unnatürlich und trocken, als er spricht. »Vora – Oberst Chandara sagt, du hast Neues von Mike zu berichten.«

Einen Augenblick schweigt Vora. Er sitzt und schaut die kostbare amerikanische Zigarette in seiner Hand an, als hoffe er, die Frage möge fortschweben wie der Rauch. Dann blickt er Chandara an.

Chandara nickt und wischt sich mit dem Taschentuch Schweiß von der Stirn. Er sagt nichts.

Vora blickt wieder zu mir und Jim, und die Furchen auf seiner Stirn scheinen vervielfacht. »Die Anderen marschieren in Phnom Penh ein«, sagt er, »den Monivong-Boulevard hinunter. Keiner weiß, was sie tun werden, wie sie sein werden. Dann befehlen sie, alle sollen raus – raus aus der Stadt. Wir, meine Frau, meine Söhne und ich, werden auch fortgeschickt – mit allen anderen auf die Straße geschickt. Neben der Straße haben wir viele Tote gesehen, die Hände hinter dem Rücken gebunden. Aber weil ich sage, daß ich nur ein Taxifahrer bin, töten sie mich nicht.« Er blickt Jim an. »Ich mußte Black Bessie zurücklassen«, sagt er.

Jim nickt, immer noch steif, er wartet.

»Zuerst arbeiten wir draußen vor Phnom Penh und graben Kanäle«, sagt Vora. »Es ist sehr schwer, wir haben nur Reis zu essen, und meine Frau ist krank. Da haben sie meine Söhne weggeführt. Sie führen viele weg und richten sie hin, jeden Tag. Dann werden wir mit andern mit einem Zug nach Sisophon gebracht, hier oben an der thailändischen Grenze. Und von dort gehen wir aufs Land und müssen Hütten bauen und auf den Reisfeldern arbeiten. Dort sind wir lange gewesen, bis jetzt, wo wir geflohen sind. In einer Nacht sind wir mit anderen weggelaufen und durch den Wald zur Grenze.«

»Du erzählst uns nichts von Mike«, sagt Jim.

Voras bittender Blick wird eindringlicher; die Wirkung wäre unter anderen Umständen komisch. Sein kleines, faltiges Gesicht ist eigentlich für Humor geschaffen, für Scherze. In seiner Zeit als Fahrer für Mike wurde bestimmt viel gescherzt.

»In der Nähe von dem Ort, wo wir sind, gibt es ein Dorf«, sagt er. »Die Bosse der Roten Khmer in unserem Lager haben gesagt, dort ist Mr. Mike hingekommen. Sie sagen, ein Weißer und einige Soldaten der Freien Khmer sind über die Grenze gekommen und wurden dort gefangengenommen. Wir hören nur, was sie sagen – wir sehen nichts. Die Leute sagen, der Weiße ist ein CIA-Spion. Am nächsten

Tag werden wir hinausgeführt auf ein Feld beim Dorf, und wir haben sie gesehen – in der Ferne. Die Wächter der Roten Khmer sagen, das geschieht mit Lon-Nol-Offizieren und amerikanischen Spionen und Verrätern, die Feinde von *angka* sind.« Er beugt sich vor und drückt seine Zigarette aus, er schaut von einem zum anderen, als bitte er, daß man ihm ersparen möge, mehr zu sagen.

»Du hast sie gesehen?« fragt Jim. Sein Ton ist fast zornig. »Was hast du gesehen? Erzähl es uns.«

»Da sind sechs hingerichtet«, sagt Vora. »Wir haben sie gesehen, da draußen in dem Feld. Die Roten Khmer haben so viele hingerichtet; ich habe alles schon gesehen. Ich habe sie so viel Böses tun sehen. Diesmal ...« Er bricht ab und schaut uns mit flehender Verzweiflung an. Dann hebt er die Arme und hält sie in Schulterhöhe steif zur Seite gestreckt.

Während Jim und ich starr blicken, spricht wieder Chandara. »Diesmal war ihre Methode die Kreuzigung. Das tun sie oft. Vielleicht ist das ein Einfluß ihrer französisch-katholischen Erziehung.«

Erneut bricht mir der Schweiß aus und läuft mir übers Gesicht; während ich ihn wegwische, wird mir schwindlig. Von weit her höre ich Jim sagen: »Und einer von ihnen war Mike? Willst du das sagen, Vora?«

»Ich habe einen Mann wie Mr. Mike gesehen«, sagt Vora, »an ein Kreuz gebunden. Ich kann seine weiße Haut sehen und sein gelbes Haar. Er hat ein schwarzes Hemd an und schwarze Hosen wie ein Khmer. Es ist weit weg, und sie haben Feuer unter den Kreuzen, deshalb ist dort viel Rauch. Doch ich glaube, es war Mr. Mike.«

»Doch du konntest sein Gesicht nicht erkennen.« Jim Fengs Stimme ist gepreßt und fast anklagend. Er lehnt sich zu Vora vor, und seine Fäuste liegen geballt auf seinen Knien. »Du konntest sein Gesicht nicht sehen, deshalb weißt du auch nicht, ob es Mike war!«

»Jim«, sagt Chandara. »Jim. Wer sonst hätte es sein können?«

Vora hat zu weinen angefangen. Er weint auf eine Weise, wie es Weiße selten tun – wie ein Kind, den Mund offen, die Augen in trauriger Verwunderung aufgerissen, den Rücken der rechten Hand an die Wange gepreßt. Als er wieder spricht, ist seine Stimme hoch und kläglich, und er blickt zu Boden.

»Ich weiß, daß es Mr. Mike sein muß«, sagt er. Dann hebt er das

Gesicht, um uns wieder anzusehen, und blinzelt die Tränen fort. »Er hat meiner ganzen Familie geholfen«, sagt er. »Er hat vielen anderen geholfen. Er hat für Kambodscha gekämpft. Ich werde ihn nie vergessen. Ich denke oft an ihn. So oft, wie ich an meine Söhne denke.«

Jim stellt keine Fragen mehr. Sein Gesicht ist gelb und wirkt krank, es ist schweißüberströmt. Sein Bein umklammernd wendet er sich halb von uns ab und schaut durch die Tür hinaus. Hinter den ausgedörrten weißen Flächen dort draußen kann man die grünen und violetten Berge von Kambodscha sehen, beschaulich und friedlich.

Chandara kommt um den Tisch herum und legt Vora eine Hand auf die Schulter. Er spricht ruhig in Khmer mit ihm. Vora reibt sich die Nase und schnieft. Er hat sein Weinen um Mike beendet und sitzt nun da mit geduldiger Würde, in seinen schäbigen Sachen und Gummisandalen, schaut von einem zum anderen und wartet, was als nächstes geschehen wird.

3.

Meine letzte Pflicht in Bangkok vor meinem Heimflug ist es, mich um den Verkauf von Langfords Haus zu kümmern.

Ich beschließe, es mir anzusehen. Es ist vom »Newsroom« nur ein Spaziergang von fünf Minuten am Kanal entlang. Das Haus steht an einem Abschnitt des *klong*, der von riesigen Bäumen mit mächtigen Kronen gesäumt wird. Harvey Drummond, Jim Feng und ich gehen nachmittags um vier dorthin und überqueren den *klong* auf einer kleinen Holzbrücke.

Wir kommen bei einem schlichten, zweistöckigen Haus aus Betonplatten mit einem gegabelten Eisendach an, das inmitten von Bananen- und Mangobäumen steht. Eine mittelalterliche thailändische Haushälterin lebt mit ihrem Mann unten; Mike wohnte allein in den beiden oberen Räumen. Die Haushälterin läßt uns ein und führt uns hinauf; sie öffnet die Läden eines Fensters mit Blick auf den *klong* und schaltet den Deckenventilator an.

Wir stehen in der Mitte des Zimmers, das stickig ist, weil es verschlossen war; es riecht nach Staub und Tabak. Es ist sehr heiß und still, und ein Vogel vor dem Fenster wiederholt immer den gleichen Ruf. Harvey und Jim fangen ein Gespräch mit der Haushälterin an, deren Name ich nicht verstanden habe. Harvey spricht ein wenig Thai; sie kann kein Englisch.

Während sie miteinander reden, gehe ich im Zimmer herum. Es ist schlicht und ohne besondere Merkmale, wie ein Motelzimmer, mit einem Sofa und Stühlen aus Bambus, einem Eßtisch, einem Schreibtisch und einer Anrichte aus thailändischem Teakholz. Langford hatte offenbar noch nicht begonnen, die Wohnung irgendwie zu dekorieren oder Ersatz für irgendeinen der Kunstgegenstände zu schaffen, die er in Phnom Penh verloren hatte. Persönliche Besitztümer sind nicht zu sehen; Jim Feng hat sie vor langem weggeschafft. Eine Reihe Zettel liegen auf dem Schreibtisch – Rechnungen für Filme. Das einzig Persönliche hier ist ein Notizbrett aus Kork an der Wand, leer, bis auf zwei Fotos, und ich trete näher und betrachte sie.

Das eine ist ein Bild von einer Gruppe kambodschanischer Bauern, die querfeldein marschieren – Männer und Frauen in Baumwollanzügen und Sarongs und karierten *kramas*, ihre Gesichter sind stoisch, die Kinder und Bündel, die sie schleppen, weisen sie als Flüchtlinge aus. Das andere ist ein Bild von Mike und Oberst Chandara. Sie entfernen sich von einem Helikopter, der gerade gelandet ist.

»Die Aufnahme habe ich gemacht«, sagt Jim. Er ist herangetreten und steht hinter mir. »Das war das letzte Bild von Mike in Kambodscha. Das andere hat Mike vor langer Zeit gemacht. Ich habe Abzüge. Du solltest sie beide behalten.« Er zieht die Pins heraus und gibt mir die Abzüge. »Ich habe seine drei Kameras zu Hause«, sagt er. »Viel mehr gab es hier nicht, aber ich habe alles für dich aufgelistet. Er hat alles, was er in Phnom Penh besaß, verloren.«

»Die Kameras gehören dir«, sage ich. »Er hat sie dir in seinem Testament vermacht.«

Jims Gesicht verhärtet sich. »Ich behalte sie, bis er zurückkommt«, sagt er.

Die Haushälterin und Harvey sind in der Mitte des Zimmers noch bei ihrer Unterhaltung. Sie ist eine kurze, kompakte Frau mit einer scharlachrot gemusterten Bluse und einem braunen Sarong; ihr Gesicht ist rund und erinnert mich an das einer Tigerkatze. Harvey muß sich in der Taille biegen und herunterbeugen, um sie zu verstehen; sie scheint schon eine ganze Weile mit leiser, klangloser Trauerstimme gesprochen zu haben, und ich werde allmählich neugierig.

»Was sagt sie?« frage ich Harvey. »Gibt es Probleme wegen des Hauses?«

»Keine Probleme«, sagt Harvey. Er richtet sich auf, massiert sich den Kahlkopf, und seine Miene ist verlegen.

Die Haushälterin schaut mich und Jim mit eindringlichem, traurigem Blick an. Dabei sagt sie wieder etwas kurz zu Harvey und bittet ihn offenbar, zu übersetzen.

Harvey zögert. »Sie möchte, daß ich euch folgendes sage«, meint er. »Vor kurzem hat sie Mike ein paarmal hier hereinkommen hören. Das letzte Mal war vor zwei Nächten.«

Jim und ich starren sie an, und die Frau spricht noch schneller, ihre Stimme wird lauter, ihr Gesicht wird störrisch und trotzig.

»Sie sagt, in einigen Nächten, wenn sie und ihr Mann im Bett sind, haben sie Mikes Stiefel draußen auf dem Kies gehört«, sagt Harvey. Sein Ton ist sachlich, doch ich spüre seine Verlegenheit, als er Jim ansieht. »Sie wissen, daß es Mike war, sagt sie, weil er immer diese Dschungelstiefel anhatte. Sie kannten ihren Tritt; sie wußten auch, daß es Mikes Gang war. Sie hörten ihn die Treppe hinaufsteigen; dann hörten sie ihn oben in seinem Zimmer herumlaufen. Er lief hin und her, sagt sie, wie einer, der sich Sorgen macht. Eines Nachts ist ihr Mann heraufgekommen, um nachzusehen, doch es war keiner da.«

Jim saugt die Luft zwischen den Zähnen mit einem ungeduldigen Zischen ein, seine Miene ist zornig. »Das sind abergläubische Leute, diese Thailänder«, sagt er zu uns. »Das ist nur Blödsinn. Sie haben Mikes Geist nicht gehört, weil Mike nicht tot ist.«

Er dreht sich abrupt um und geht schnell zur Tür, sein Hinken ist dabei stärker als gewöhnlich. Harvey und ich schauen uns an und lauschen auf seine ungleichmäßigen Schritte die Treppe hinunter. Ich schicke mich an, ihm zu folgen, doch Harvey packt mich beim Arm und schüttelt den Kopf.

»Laß ihn gehen«, sagt er. »Wir wissen, wo er ist.«

Als wir aus dem Haus treten und über die kleine Brücke gehen, laufen wir auf dem Weg am *klong* entlang, der zum »Newsroom« zurückführt. Es ist noch Tag, doch die Dämmerung bricht allmählich herein. Schwärme kleiner Vögel zwitschern in den riesigen Tropenbäumen am Kanal – Bäume, deren Namen ich immer noch nicht kenne. Das Summen des unsichtbaren Verkehrs auf den großen Hauptstraßen schwillt an.

Der »Newsroom« ist um diese Zeit nicht sehr voll, und Jim sitzt an unserem Stammtisch, ein Bier vor sich, seine Beinprothese steif in den Gang gestreckt. Sobald er uns sieht, lächelt er. Es ist ein seltsames Lächeln, es zeugt von milder Nachdenklichkeit. Als wir uns setzen, winkt er einem der Kellner und bestellt noch zwei Bier. Als sie kommen, schenkt er uns aus den Flaschen ein und hebt dann sein Glas. »Zum Wohl«, sagt er. Wir trinken, doch keiner von uns sagt etwas.

Harvey und ich sitzen auf der einen Seite des Tisches, Jim auf der anderen. Ich sehe durch das weiße Eisengitter zu, wie auf der anderen Straßenseite die ersten bunten Laternen in den Ständen unter ihren Markisen aufleuchten. Wir haben hier so viele Nachmittage verplaudert, Harvey und Jim und ich, im Geiste in jenen Ländern jenseits der Grenze, die jetzt abgeriegelt sind. Leidenschaften, die vor mehr als einem Jahrhundert in Europa heraufbeschworen wurden, haben dort einen so langen Todeskampf ausgelöst – Leidenschaften des Geistes. Jetzt ist der Krieg zu Ende, und geblieben ist ein Hauch von vergeblicher Sehnsucht – und die werden Harvey und Jim für den Rest ihres Lebens spüren, vermute ich. Ich wende mich vom Fenster weg und sehe, wie Jim Harvey anschaut, eine nicht angezündete Zigarette im Mund.

Er lächelt immer noch und hat einen Ausdruck, der vielleicht durch die Erinnerung an etwas Bewegendes hervorgerufen wird, und er spielt mit dem Zippo-Feuerzeug, das ein Relikt aus seiner Jugend und der Vietnamzeit ist, und wendet es hin und her. Als er spricht, klingt es nostalgisch; er scheint eine unterbrochene Unterhaltung wiederaufzunehmen.

»Du hast dich nur Gefahren ausgesetzt, wenn du es mußtest, Harvey, wie? Du warst nie verrückt. Snow und Dmitri und ich haben uns ihnen ausgesetzt, weil wir das wollten – wir waren süchtig danach.«

Harvey erwidert das Lächeln. »Du hast das bisher immer abgestritten, James.«

Jim nimmt die Zigarette aus dem Mund und schaut sie an; dann räuspert er sich. »Das gehörte zu unserer Jugend«, sagt er. »Und wir haben zu lange so weitergemacht. Doch seit ich mein Bein verloren habe, habe ich mich gequält, weil ich es nicht mehr tun konnte.« Er stößt ein Lachen aus, das wie ein Seufzer klingt. »Das bedeutet natürlich, ich bin ein verdammter Idiot. Ying sagt mir das die ganze Zeit. Sie sagt mir auch, daß ich Glück habe, Glück, weil ich das Bein verloren habe und nicht umgekommen bin. Vielleicht hat sie recht. Das denke ich oft, wenn die kleine Meiping auf mich zugelaufen kommt und ihre Hände zu mir hochstreckt.«

Nun zündet er die Zigarette doch an, kneift die Augen zusammen, und sein Gesicht wird leer. Als er wieder spricht, ist seine Stimme trocken, als spreche er über Geschäftliches. »Natürlich habt ihr alle recht, Harvey – Mike ist tot. Als ich es Ying erzählt habe, daß er vermißt ist, rief sie: ›O nein, nicht er, nicht er!‹ Sie wußte sofort, daß er verloren war, sie wußte, daß er nicht zurückkehren würde. Ich wollte es nie glauben – zum Teil, weil ich ihn liebte, zum Teil, weil ich das Wissen nicht ertragen kann, wie er gestorben ist.«

Er bricht ab und lehnt sich zurück. Er entfernt einen Tabakkrümel mit seinem Zeigefinger von der Unterlippe und besieht ihn sich, er blickt nicht hoch, als er wieder spricht.

»Ich werde also mir und anderen nicht mehr einreden, daß Mike noch lebt«, sagt er. »Wenn ich auch in einem Winkel meines Herzens immer noch nicht überzeugt bin, daß er tot ist.«

»Vielleicht wirst du nie davon überzeugt sein«, sagte Harvey. »Auch wir anderen nicht. Doch das ist in Ordnung, Bruder.«

Harvey und Jim sind nun nach Hause gegangen. Doch ich sitze immer noch im »Newsroom« und zögere den Abschied hinaus. Morgen ist mein letzter Tag in Bangkok.

Ich schaue weiter durch das Gitter – vorbei am Mercedes der chinesischen Restaurantbesitzerin, vorbei an den neuen japanischen Motorrollern und Wagen, die auf dem Platz wenden und surrend ihre Runden drehen. Während die Dunkelheit einsickert, sind an der Reihe kleiner Stände drüben beim Kanal schwarzhaarige Gestalten zwischen Tonkrügen und Körben geschäftig – billige Waren aus einem anderen Zeitalter. Ich stelle mir vor, daß sie und ihre Stände bald verschwinden werden wie eine Fata Morgana; sie passen nicht so recht zum neuen Bangkok.

 Ich greife in die Tasche neben mir und hole eins der Fotos heraus, die Jim von dem Notizbrett in Langfords Haus genommen hat, in diesem Zimmer, das wie ein Wartezimmer war.

Mike läuft hinter Oberst Chandara vom Helikopter weg, und sein Haar flattert im Luftzug der Rotorblätter. Hier sieht er anders aus – anders als auf allen anderen Bildern. Er ist hager und wirkt zum erstenmal nicht mehr so jugendlich; und diese Wirkung wird durch das Hemd betont, das er trägt, es scheint fast schwarz zu sein. Vielleicht hat die Einheit gerade schwierige Kampfhandlungen erlebt; oder vielleicht ist ihm nur die Anspannung des vergangenen Jahres anzusehen. Doch er sieht ganz sicher älter aus: Ein anderes, inneres Gesicht ist durchgekommen, und ein Trick des Luftzugs verleiht seinem dichten, hochgewehten Haar eine Fasson wie aus dem 19. Jahrhundert, was durch seine Koteletten noch betont wird. Die langen, hohlen weißen Wangen und in die Ferne gerichteten, verblichenen Augen sind die eines Gentleman aus der Mitte des viktorianischen Zeitalters – ein Bild aus der Geburtsstunde der Fotografie. Und plötzlich sehe ich seinen Urgroßvater, dessen Porträt jetzt in meinem Arbeitszimmer an der Wand hängt. Es ist Robert Devereux' Gesicht.

In einem Reich von Dis hinter der thailändischen Grenze ragt eine Reihe von Kreuzen aus der roten Erde des Reisfelds, in der unbewegten und entsetzlichen Hitze. Ich sehe Flammen zu ihm aufzüngeln, wie der erstickende Geist der Hitze selbst. Doch dann sind andere aufgerichtete Stangen um ihn, und er ist an einem anderen Ort.

Akkurate Drähte ziehen sich in die Ferne, und verborgene Stimmen murmeln im glänzenden Laub. Umgeben und überschattet von Grün, von einem Grün wie das Licht selbst, hängt er in einer gesegneten Kühle – der Unterwasserkühle der Hopfenfelder.

Daheim.

Huaning
Pan Qi
Mong Tze
Lashio
Mekong
Phong To
Schwarzer Fluß
Lai Tschau
Phong Saly
B U R M A
Kengtung
GOLDENES DREIECK
Ban Huei Sai
Sam
Chiang Saen
Mekong
Chiang Rai
Sayaburi
Mae Hong Son
Xieng Kuang
Vang Vieng
ARAKAN
Vientiane
Nong Khai
MENAM-EBENE
Rangun
T H A I L A N D
Don-Muang
Bangkok
Poipet
Sisophon
Siem Reap
Battambang
Chantaburi
Trat
Phnom
ANDAMANEN-SEE
Kompong Som
N
GOLF VON THAILAND

C H I N A
Kanton
HONGKONG
MACAU
Nanning
Cao Bang
Dong Dang
Lang Son
Vietri
Thai Nguyen
Vinh Yen
Hanoi
Gialam
Hongay
Hadong
Haiphong
Hung Yen
Phuly
Thai Binh
Ninh Binh
Nam Dinh
Phat Diem
GOLF VON
TONKING
HAI-NAN
Vinh
SÜDCHINESISCHES
MEER
Waffenstillstandslinie (22. Juli 1954)
am 17. Breitengrad
Quang Tri
Hue
Phu-Bay
PARACEL- INSELN
Da Nang
Pakse
Paksong
BOLOVEN-
PLATEAU
Atopeu
Dak-To
Kontum
Kim Son-Tal
Pleiku
Qui Nhon
Mekong
SÜD-
VIETNAM
Kratie
Snoul
Nhatrang
Dalat
Mimot
Cam Ranh
Ph. Krek
Loc Ninh
An Loc
Chon Tanh
Tay Ninh
Bien Hoa
Xuan Loc
Tan Son Nhut
Tu Duc
Cholon
Saigon
My Tho
EBENE
Vung Tau
Can Tho
Vinh Long
MEKONG
100
200
300 km
SPRATLY-
INSELN

ANMERKUNG DES AUTORS

Dieses Buch gehört zu einem Doppelband – einem Diptychon. Der zweite Band wird in Kürze folgen.

Jeder Band kann unabhängig vom anderen gelesen werden, und jeder ist als Erzählung eigenständig. Es gibt jedoch Querverbindungen und korrespondierende Tatsachen; die wichtigste Verbindung besteht darin, daß Mike Langford der außereheliche Ururenkel von Robert Devereux ist, dessen Geschichte im zweiten Roman erzählt wird.

In welcher Reihenfolge die Bücher gelesen werden, ist unwichtig. Durch die Reihenfolge, in der sie nun erscheinen, wird die Gegenwart vor die Vergangenheit gerückt; doch letztendlich kann man ihre Aufeinanderfolge dem Geschmack des Lesers überlassen und davon abhängig machen, ob man es vorzieht, in der Gegenwart Botschaften der Vergangenheit zu erkennen oder in der Vergangenheit Botschaften für die Gegenwart.

Der Kampf ist, ähnlich wie die Liebe, eine der wesentlichen Erfahrungen des Menschen, und ohne die zahlreichen Gespräche, die ich mit Korrespondenten und Kameraleuten geführt habe, die über den Krieg in Vietnam und Kambodscha berichtet haben, hätte ich ›Das Verschwinden des Michael Langford‹ nicht schreiben können. Wenn meine Romanfiguren vom Krieg sprechen, geschieht das mit den Stimmen dieser Freunde und Bekannten, die nicht mit ihrer Zeit gegeizt haben. In diesem Buch sprechen durch mich viele Stimmen, und ich habe mich bemüht, sie wahrheitsgetreu wiederzugeben.

Den Frontfotografen James Gerrand, David Brill, Hubert Van Es, Derek Williams und dem verstorbenen Yosep (Joe) Lee bin ich zu besonderem Dank verpflichtet.

Von unschätzbarem Wert war für mich das Gespräch mit ehemaligen Auslandskorrespondenten, die sowohl über den Indochinakrieg als auch über das alte Südostasien der sechziger und siebziger Jahre berichtet haben, und hier schulde ich Dank insbesondere Carl Robinson, Tim Bowden, Peter Barnett, Barry Wain, dem verstorbenen William Pinwill und meinem Bruder Philip Koch.

Zwei Autoren und Wissenschaftler, die Kambodscha-Kenner sind, stellten mir ebenfalls großzügig ihre Zeit und Kenntnisse zur Verfügung: Professor David Chandler von der Monash-Universität und Dr. Milton Osborne. Auch ihnen meinen aufrichtigen Dank.

Die Konflikte in Vietnam und Kambodscha bilden hier den Hintergrund für einen Roman. Die geschilderten Charaktere und Ereignisse sind fiktiv und sollten so betrachtet werden. Nur die historischen Ereignisse sind real.

Nur wenige Kriege haben unsere Gesellschaft so gespalten wie der Vietnamkrieg, und dieses Gespaltensein spiegelt sich bei meinen fiktiven Berichterstattern wider, die mit ihren politischen Ansichten das ganze Spektrum von links bis rechts umfassen. Keine ihrer Ansichten ist zwangsläufig die des Autors – und ich behaupte nicht, irgendeine Art höheres Wissen über jenes lange und bittere Epos zu besitzen, das in einem solchen Maß die zweite Hälfte dieses Jahrhunderts beherrscht hat. Ein Romancier sollte sich meiner Meinung nach nicht einer Ideologie verpflichtet fühlen, sondern den Konflikten und moralischen Zwangslagen, in denen seine Charaktere stecken. Die hier geschilderten sind so beschaffen, hoffe ich, daß sie über die künstlichen Fragen und Antworten der Politik hinausgehen, wie das auch im wirklichen Leben der Fall ist.

Um den Hintergrund wahrheitsgetreu gestalten zu können, habe ich soviel wie möglich gelesen. Zwei ausgezeichnete Werke über den Krieg in Vietnam beziehungsweise Kambodscha lagen immer griffbereit und sollten gewürdigt werden: ›A Bright Shining Lie‹ (Die große Lüge) von Neil Sheehan und ›Sideshow‹ (Nebenschauplatz) von William Shawcross. Ich möchte auch erwähnen, daß ich dem bemerkenswerten Buch der Korrespondentin Kate Webb ›On the Other Side‹ (Auf der anderen Seite), einem Bericht über ihre Gefangennahme durch den Vietcong, viel verdanke. Dieses Buch lieferte einige wertvolle Details für das Kapitel *Der gemeinsame Topf*, das hauptsächlich durch Gespräche mit dem jetzt verstorbenen Joe Lee angeregt wurde, der von der nordvietnamesischen Armee gefangen genommen wurde, als er 1970 Kampfhandlungen in Kambodscha filmte.

Schließlich müssen der Einfluß und die Inspiration zweier weiterer Bücher gewürdigt werden: ›One Crowded Hour‹ (Eine ereignisreiche Stunde), Tim Bowdens Biographie des Frontkameramanns Neil Davis, und ›Page After Page‹ (Seite um Seite), die Autobiographie des Kameramanns und Fotografen Tim Page.

Wer Neil Davis kannte, meinen tasmanischen Landsmann und Schulkameraden an der Oberschule von Hobart, der ein Jahrzehnt lang Kriegsberichterstatter in Indochina war und umkam, als er 1985 eine kleinere Attacke der Thai begleitete, könnte in ihm das Vorbild für

Mike Langford sehen. Damit haben sie teilweise recht – aber nur teilweise. Die Mike-Langford-Legende gleicht der von Davis, und Mike trägt den Spitznamen, der einst Neil gehörte: ›der Glückspilz‹. Aber wie das gewöhnlich bei Romanfiguren der Fall ist, setzt sich Langford aus mehreren Elementen zusammen: zum großen Teil ist er erfunden, aber auch von anderen Frontfotografen inspiriert – einige davon sind Freunde, andere Männer, denen ich nie persönlich begegnet bin. Und obwohl Langford auch aus Tasmanien stammt, unterscheidet sich sein familiärer Hintergrund völlig von dem Davis'. Das trifft auch auf seine persönlichen Beziehungen, die entscheidenden Ereignisse in seinem Leben und am Ende sein Schicksal zu. Das alles ist im wesentlichen erfunden.

Mit einer Ausnahme – obwohl auch hier die Phantasie mit den Tatsachen frei umgegangen ist, fürchte ich. Am Tag nach dem Fall von Saigon wartet Mike Langford auf dem Gelände des Präsidentenpalasts, wie das Neil Davis tat, der so dazu kommt, die Ankunft des ersten nordvietnamesischen Panzers und seine Fahrt durchs Tor zu filmen. Doch Mike fotografiert, er filmt nicht, ein reales Vorbild für Jim Feng war überhaupt nicht dort, und die persönlichen Umstände, die dieser Szene zugrunde liegen, sind auch fiktiv.

In der Erzählung kommen Passagen aus sechs Gedichten vor.

Die erste, zitiert von Aubrey Hardwick, stammt aus ›The Widow at Windsor‹ (Die Witwe in Windsor) von Rudyard Kipling. Die zweite, zitiert von Madame Phan, stammt aus ›An der Quelle zum weißen Reh‹ vom Ming-Dichter Yüan Hung-Dao. Die dritte, zitiert von Dmitri Wolkow, stammt aus Alexander Bloks ›Die Zwölf‹. Die vierte, an die sich Jim Feng erinnert, ist Nummer neun der ›Siebzehn alten Gedichte‹. Die fünfte, Jim Feng von Hauptmann Nguyen Van Danh überreicht, ist ›Der Fisch im Wasser‹ vom vietnamesischen Revolutionsdichter To Huu. Die sechste, zitiert von Aubrey Hardwick, stammt aus ›Waiting for the Barbarians‹ (Warten auf die Barbaren) von C.P. Cavafy.

C. J. K.

J. M. Coetzee

Eiserne Zeit

Roman

Aus dem Englischen von Wulf Teichmann
240 Seiten, gebunden

Eiserne Zeit ist ein großartiges und beunruhigendes Buch von erschütternder Menschlichkeit. J. M. Coetzee, einer der meistgerühmten Autoren Südafrikas, schildert die Schicksalsgemeinschaft einer alten Frau und eines Obdachlosen.

»Ein ergreifendes, aufrüttelndes Zeugnis, das, trotz all seiner Bezüge zum politischen Geschehen, nie die Tatsache vergessen läßt, daß es das Leben – und den Tod eines einzelnen Menschen beschreibt. Es gibt Passagen von spröder Schönheit, zornige Stellen und grimmigen Humor. Coetzee bietet wenig Trost, doch am Schluß ist man getröstet. Es ist der Trost durch die Kunst.«
John Banville, ›Evening Standard‹